CB067653

CORVOS DE
AVALON

MARION ZIMMER BRADLEY
e DIANA L. PAXSON

CORVOS DE AVALON

Tradução
Marina Della Valle

Planeta minotauro

Copyright © The Marion Zimmer Bradley Literary Trust Works e Diana L. Paxson, 2007
Copyright © Editora Planeta do Brasil, 2024
Copyright da tradução © Marina Della Valle, 2024
Todos os direitos reservados.
Título original: *Ravens of Avalon*

Preparação: Lígia Alves
Revisão: Caroline Silva e Carmen Costa
Projeto gráfico e diagramação: Márcia Matos
Capa: Fabio Oliveira
Ilustração de capa: Bruno Biazotto

Dados Internacionais de Catalogação na Publicação (CIP)
Angélica Ilacqua CRB-8/7057

Bradley, Marion Zimmer
  Corvos de Avalon / Marion Zimmer Bradley, Diana L. Paxson; tradução de Marina Della Valle. – São Paulo: Planeta do Brasil, 2024.
  368 p.

  ISBN 978-85-422-2938-7
  Título original: Ravens of Avalon

  1. Ficção norte-americana I. Título II. Paxson, Diana L. III. Valle, Marina Della

  24-4783   CDD 813

Índice para catálogo sistemático:
1. Ficção norte-americana

MISTO
Papel | Apoiando o manejo florestal responsável
FSC® C019498

Ao escolher este livro, você está apoiando o manejo responsável de florestas do mundo

2024
Todos os direitos desta edição reservados à
EDITORA PLANETA DO BRASIL LTDA.
Rua Bela Cintra, 986 – 4º andar
Consolação – 01415-002 – São Paulo-SP
www.planetadelivros.com.br
faleconosco@editoraplaneta.com.br

Para Sarah Rachel,
que lutou duro e por muito tempo...

nomes na história

MAIÚSCULAS = personagens principais
+ = figuras históricas
( ) = mortos antes do início da história
[ ] = nome alternativo ou posterior

pessoas

BRITÕES

(Nota: a maioria dos nomes é confirmada por documentos escritos do período; no entanto, deixei o final nominativo britânico "os" em alguns e não em outros, para dar variedade e trazer menos confusão ao leitor.)

+Adminios – filho do meio de Cunobelin, rei exilado dos cantíacos
Anaveistl – mãe de Boudica
Antebrogios – chefe dos durotriges na defesa da Colina de Pedras
+Antedios – grande rei dos icenos
Argantilla – filha mais nova de Boudica
Aurodil – donzela icena
Beric – filho de Segovax, um jovem guerreiro na rebelião
Bethoc – mulher idosa da vila de pescadores de Mona
Bituitos – guarda-costas de Prasutagos
+Bodovoc – rei dos dóbunos do norte, súdito de Togodumnos
+BOUDICA – filha de Dubrac, segunda mulher de Prasutagos e rainha dos icenos
Bracios [Braci] – irmão mais novo de Boudica
Brocagnos – fazendeiro iceno
Calgac – guerreiro a serviço de Boudica
+CARATAC [Caratacus] – terceiro filho de Cunobelin, rei dos cantíacos e líder da luta contra Roma
+Cartimandua – rainha dos brigantes
Carvilios – guerreiro na rebelião
Caw – escravo liberto a serviço das filhas de Boudica
Cingetor – rei dos siluros

+Cogidubnos – neto de Verica, mais tarde, rei dos atrébates e regnenses
+Corio – rei dos dóbunos do sul
Crispus – escravo liberto gaulês a serviço de Boudica
(+Cunobelin [Cunobelinos]) – rei dos trinobantes e catuvelanos, suserano do sudoeste da Britânia
Drostac da Colina dos Freixos – chefe dos icenos
Dubnocoveros – filho mais velho de Dubrac e irmão de Boudica
Dubrac – pai de Boudica, príncipe dos icenos do sul
Eoc Mor – guarda-costas de Prasutagos
Epilios – filho mais novo de Cunobelin, irmão de criação de Braci
+Esico – ourives que cunha moedas para Prasutagos
Kitto – filho de um fazendeiro perto de Manduessedum
Leucu – guerreiro iceno a serviço de Dubrac
Maglorios – rei supremo dos belgas
Mandos – guerreiro iceno
Morigenos – chefe de clã iceno
Nessa – uma velha serva da família de Boudica
Palos – dono da fazenda perto do Santuário do Cavalo, marido de Shanda
+PRASUTAGOS – filho de Domarotagos, grande rei dos icenos, marido de Boudica
Rigana – filha mais velha de Boudica
Rosic – fazendeiro perto de Eponadunon, pai de Temella
Segovax – líder de clã iceno
Shanda – mulher de Palos, da fazenda perto do Santuário do Cavalo
Tabanus – escravo trinobante em Colonia
Tancoric – rei dos durotriges
Tascio – filho de Segovax, um jovem guerreiro na rebelião
Taximagulos – fazendeiro iceno
Temella – serva de Boudica
Tingetorix – líder de guerra na rebelião
+Togodumnos – filho de Cunobelin, rei dos trinobantes e dos catuvelanos
+Venutios – rei dos brigantes
+Veric [Verica] – rei dos atrébates expulso por Caratac

DRUIDAS

Albi – um menino em treinamento com os druidas
Ambios – druida conectado à casa do rei Caratac
ARDANOS – sacerdote druida
Belina – sobrinha de Cunobelin e sacerdotisa

Bendeigid – rapaz da tribo dos cornóvios em treinamento com os druidas
Brangenos – bardo druida da Gália
Brenna – garota da tribo dos brigantes em treinamento com os druidas
Brigomaglos – druida da tribo dos durotriges
Caillean – garota irlandesa criada por Lhiannon
(Catuera – sacerdotisa lendária)
Cloto [Lucius Cloto] – rapaz dos atrébates em treinamento com os druidas
Coventa – garota dos brigantes em treinamento com os druidas, mais tarde sacerdotisa
Cunitor – sacerdote druida
Elin – velha sacerdotisa
Divitiac – chefe druida na tribo dos durotriges
Helve – sacerdotisa avançada, mais tarde grã-sacerdotisa
Kea – garota em treinamento com os druidas
LHIANNON – jovem sacerdotisa
Lugovalos – arquidruida em Lys Deru
Mandua – garota dos atrébates em treinamento com os druidas
Mearan – grã-sacerdotisa quando Boudica chega a Mona
Nan – velha sacerdotisa que vive em Avalon
Nodona – jovem sacerdotisa, segunda protegida de Helve
Rheis – filha de Ardanos, depois mulher de Bendeigid
Rianor – rapaz dos trinobantes em treinamento com os druidas, mais tarde sacerdote
Sciovana – mulher de Ardanos
Senora – garota em treinamento com os druidas

ROMANOS

Calvus [Julius Antonius Calvus] – advogado romano
+Catus [Decianus Catus] – procurador romano encarregado de cobrar dívidas
+Cláudio [Tiberius Claudius Caesar Augustus Germanicus] – imperador de 41 d.C. a 54 d.C.
Crispus – um escravo liberto galo-romano na casa de Boudica
+(Caio Júlio César [Gaius Julius Caesar]) – imperador e líder de uma campanha de sucesso na Britânia em 54 a.C.
+Caio Nero "Calígula" – imperador de 54 d.C. a 68 d.C.
+Gallus [Aulus Didius Gallus] – governador da Britânia de 52 d.C. a 57 d.C.
+Narcissus – escravo liberto e secretário de estado de Cláudio

+Nero [Nero Claudius Caesar] – imperador de 54 d.C. a 68 d.C.
+Paulinus [Gaius Suetonius Paulinus] – governador da Britânia de 58 d.C. a 61 d.C.
+Petilius Cerialis – comandante da Legião IX em 60 d.C.
+Plautius [Aulus Plautius] – comandante da força de invasão, governador militar da Britânia de 43 d.C. a 47 d.C.
+Poenius Postumus – comandante da Legio II Augusta, a legião que não saiu em auxílio a Paulinus
Pollio [Lucius Junius Pollio] – coletor de impostos na Britânia
+Scapuola [Publius Ostorius Scapuola] – governador da Britânia de 48 d.C. a 52 d.C.
+Sêneca [Lucius Annaeus Seneca] – senador e dramaturgo, um dos regentes do imperador Nero
+Silanus [Lucius Junius Silanus Torquatus] – senador, genro de Cláudio
+Vespasiano [Titus Flavius Vespasianus] – legado legionário em comando da Legio II Augusta durante a invasão (imperador, 69 d.C. a 79 d.C.)

animais

Bogle – líder da matilha de cães de caça brancos de orelhas ruivas de Boudica
Branwen – égua branca de Boudica
Roud – égua vermelha de Boudica

deidades

Andraste – deusa de batalha dos icenos
Argantorota [Arianrhod] – senhora da Roda Prata
Arimanes [Arawn] – governante do Submundo (ou Arihausnos)
Belutacadros, Cocidios, Coroticos, Lenos, Olloudios, Teutates – deuses de guerra
Brigantia – deusa da inspiração, da ferraria e da cura, também deusa territorial dos brigantes
Cathubodva – "Corvo de Batalha", ver Morrigan
Dagdevos [o Dagda] – o Bom Deus, deus da fertilidade, companheiro de Morrigan
Epona – a Deusa dos Cavalos, patrona dos icenos
Lugos [Lugh] – o de muitas habilidades, honrado na colheita
Morrigan – "Grande Rainha", um título da deusa de batalha, também chamada de Cathubodva ("Corvo de Batalha") e Nantosuelta ("a Tortuosa")

Sucellos – "o Golpeador", equivalente gaulês de Dagdevos, companheiro de Morrigan
Taranis – deus do trovão

Locais

An-Dubnion [Annwyn] – o Submundo
Briga/as terras brigantes – Yorkshire e Lancashire
Camadunon [Castelo de Cadbury] – forte à beira de Somerset, que no século VI foi refortificado como a Camelot do rei Artur
Camulodunon [Camulodunum, Colonia Victricensis, Colchester] – forte principal no território dos trinobantes, capital de Cunobelin e depois centro administrativo da Britannia Superiore
Carn Ava [Avebury] – círculo de pedra ao norte de Stonehenge
Casa da Lebre (perto de Teutodunon) – casa dos pais de Boudica
Círculo de Terra – Arminghall Henge, ao sul de Norwich
Colinas de Chumbo [Colinas Mendip, Somerset]
Danatobrigos, a colina das Ovelhas [Sedgeford, Norfolk] – fazenda de Boudica
Deva [Chester] – forte que abrigava as legiões II e IV
Dun Garo [Venta Icenorum, Caistor St. Edmunds, Norfolk] – capital dos icenos, um pouco ao sul da atual Norfolk
Durovernon [Durovernum Cantiacorum, Canterbury] – forte de Caratac, capital dos cancíacos
Durovigutum [Godmanchester] – forte romano na divisa do território dos icenos
Eponadunon [Warham Camp, Norfolk] – forte do rei Prasutagos
Eriu [Irlanda]
Estrada Isca [Via Fosse] – estrada romana de Exeter até Lincoln
Fonte Sagrada – poço sagrado em Walsingham, Norfolk
Forte de Pedras [Hod Hill, Dorset] – forte na colina defendido pelos durotriges
Garo – rio Yaro, Norfolk
Gesoriacum [Bolonha] – porto romano na Gália
Grande Estrada [via Watling] – estrada do início do período romano cortando a Britânia de Londres a Wroxeter
Ilha de Vectis [Ilha de Wight]
Lago das Pedrinhas [llyn Cerrig Bach, Anglesey]
Laigin [Leinster, Irlanda]
Letocetum [Wall] – forte romano na via Watling em Midlands
Limes – fronteira entre terras pacificadas e não pacificadas, indo mais

ou menos da atual York até Usk, no País de Gales

Londinium [Londres] – centro administrativo e cidade mercantil no Tamesa

Lys Deru (Oakhalls) [perto de Brynsiencyn, Anglesey] – comunidade de druidas em Mona

Lys Udra [perto de Aldborough, Yorkshire] – lar da rainha Cartimandua

Manduessedum [Mancetter, perto de Nuneaton] – local da última batalha de Boudica

Mar Estreito [Canal da Mancha]

Medu [rio Medway, Kent]

Mona [Anglesey] – ilha na costa noroeste do País de Gales, santuário druida

Noviomagus – Chichester, Sussex

Rigodunon – forte de Venutio em Stanwix, perto de Carlisle

Rio Brigante – o Braint, em Anglesey

Rio Brue – perto de Glastonbury

Sabrina [rio Severn]

Salmaes Firth [Estuário Solway]

Santuário do Cavalo [Sedgeford, Norfolk] – lugar de oferendas locais perto de Danatobrigos

Tamesa [rio Tâmisa]

Teutodunon [Thetford, Gallows Hill] – forte do clã iceno da Lebre, lar da família de Boudica e local do grande salão de Prasutagos

Verlamion [Verulamium, St. Albans] – capital dos catuvelanos

Vernemeton, a Casa da Floresta (perto de Chester) – santuário para onde os druidas sobreviventes foram levados depois da queda de Mona

territórios tribais

(fronteiras aproximadas e em mudança)

Atrébates – Hampshire, Berkshire
Belgas – Wiltshire, Hampshire
Brigantes – York, Lancaster
Cancíacos – Kent
Catuvelanos – Oxfordshire, Herthsire
Deceanglos – Flintshire (costa norte do País de Gales)
Démetas – Pembrokshire (sudoeste do País de Gales)
Dóbunos – Gloucestershire
Durotriges – Dorset, Somerset

Icenos – Norfolk
Ordovicos – oeste do País de Gales até Anglesey
Regnenses – Sussex, Surrey
Siluros – Glamorgan e Monmouthshire (sul do País de Gales)
Trinobantes – Essex, Suffolk

Prólogo

Lhiannon fala

Em samhain, abrimos nossas portas aos espíritos daqueles que se foram. Nesses dias acho mais fácil me lembrar dos mortos do que dos vivos. Eu me recordo do detalhe mais insignificante das vestes e dos hábitos das mulheres que eram sacerdotisas quando eu era jovem, e me esqueço dos nomes das garotas que me servem agora. Até mesmo nesta estação de ventos gelados e folhas caindo a casa que fizeram para mim sob as árvores de Vernemeton é confortável, mas, quando me lembro de nosso santuário na Ilha de Mona, é tudo uma tarde dourada, pois Lys Deru era um lugar de magia.

Essas meninas cresceram sob a sombra de Roma. Como posso mostrar a elas a glória daquele mundo em que vivíamos antes da chegada das legiões? Imagino que não era mais perfeito que qualquer outra sociedade de humanos, mas era o nosso. Os druidas de Lys Deru preservavam uma tradição nobre da qual só podemos praticar uma imitação pálida aqui.

Ardanos diz que para sobreviver precisamos curvar nossas cabeças, esconder nosso poder, ceder. Não o contradigo... para quê? Mas às vezes desejo que pudéssemos fazer esses jovens entender por que lutamos para permanecer livres. Dizem que a Sociedade dos Corvos está se levantando novamente. Vão invocar a Senhora dos Corvos para liderá-la? Boudica invocou, e quase deixou Roma de joelhos.

Naqueles dias amávamos profundamente e ousávamos muito. Agora, tudo que podemos fazer é persistir. É a vez da neta de Ardanos, Eilan, me servir. Talvez esta noite, enquanto esperamos que a procissão de espíritos chegue à minha porta, tente contar a história a ela...

∽ um ∽

Haviam chegado à Ilha dos Druidas um pouco antes do anoitecer, Boudica sentada muito ereta na sela, de modo que ninguém percebesse que ela sentia medo. Piscou para afastar memórias de águas azuis enevoadas de magia e telhados cônicos de colmo contra um céu que esmaecia, um grupo de homens de barba usando túnicas brancas e mulheres veladas com olhos cheios de segredo, e o pequeno choque quando passavam entre as colunas entalhadas e pintadas que protegiam Lys Deru – o pátio dos carvalhos.

Eles a tinham levado para a Casa das Donzelas. Oito meninas de idades variadas, de nove ou dez a catorze, a idade dela, olhavam para ela.

— É sempre frio aqui dentro? — Boudica perguntou.

Ela não sabia se tremia de exaustão ou por causa da magia.

— Frio? — respondeu uma garota de cabelos escuros que tinha sido apresentada como Brenna. — No inverno, claro, mas agora é primavera!

Ela usava a túnica simples sem mangas de linho sem tingimento que todas as meninas usavam, presa nos ombros com fíbulas de bronze e com um cinto verde.

— Vai aprender a manter seu fogo interno aceso, para não sentir frio — Brenna continuou. — Mas agora vamos ver se conseguimos deixar o lugar mais quente...

Ela franziu o cenho em concentração, então fez um gesto, e os gravetos na lareira principal irromperam em chamas de repente. Pelo sorriso de Brenna, Boudica achou que ela acabara de aprender aquela habilidade. Ela sorriu de volta, tentando não demonstrar o quanto tinha ficado impressionada com aquele feito. Poderia ser uma noviça na magia, mas vinha de família real e fora criada na casa do grande rei Cunobelin.

Boudica tinha muita consciência de ter vivido na túnica de lã e culotes que usava por baixo pelo último mês de viagem, mas as vestes simples das outras garotas pareciam uma péssima alternativa. E quanto a um banho... os druidas provavelmente se banhavam nas águas geladas do riacho. Ela se endireitou e tocou a barra de pele de raposa do manto, que tinha a cor tão parecida com a de seu cabelo. Melhor que a achassem vaidosa do que fraca. Tinha chorado nas primeiras noites da viagem através da Britânia, embrulhada em mantos e cobertores sobre o chão duro, mas não iria chorar agora.

— Você é da terra dos icenos, não é? Quero apresentar o resto do nosso grupo. Essa é Coventa — Brenna passou o braço em torno de uma menina pequena, de cabelo loiro. — Ela vem da terra dos brigantes, como eu. E aquela é Mandua, dos atrébates. — Apontou para uma menina mais velha com uma cara descontente.

Conforme os nomes passavam, Boudica via curiosidade e julgamento nos olhos delas.

Vestidas como estavam, todas iguais, ela não sabia quais eram filhas de chefes tribais e quais eram filhas de fazendeiros. Essa era provavelmente a intenção. Era costume enviar os filhos das boas famílias para uma estação ou duas com os druidas, para que tivessem um fundamento da filosofia mais profunda atrás das superstições do povo comum. Mas as crianças camponesas escolhidas pelos sacerdotes por seus talentos poderiam desdenhar daquelas cujo nascimento era a única qualificação para estarem ali. Boudica já havia jurado que não teriam motivo para desdenhar *dela*.

— Mas a Ilha de Mona não pertence a nenhuma tribo — terminou Brenna. — É por isso que a Escola de Mistérios foi estabelecida aqui em Lys Deru.

— Sério? — perguntou Mandua. — Achei que tivéssemos vindo aqui para o fim do mundo para ficar fora do alcance dos romanos.

Boudica sentou-se na cama, lembrando da imensidão e do poder das montanhas pelas quais tinham passado. E, no entanto, a estrada, por mais que tivesse sido difícil, a levara até ali. Em Camulodunon parecia que nada estava fora do alcance dos romanos. Mas ali, tão longe de tudo o que já conhecera, não tinha mais certeza. Ela abriu um sorriso alegre para as outras garotas.

— Abençoo a hora de nosso encontro. Tenho certeza de que vocês terão muita coisa a me dizer...

— É Lhiannon quem você precisa ouvir — disse a pequena Coventa, com um riso. — Helve tem o título de Senhora da Casa das Donzelas, mas é Lhiannon quem faz o trabalho. — Ela parou com a cara feia de Brenna. — Bem, é *verdade*, e não é a verdade que estamos buscando aqui?

Boudica levantou uma sobrancelha.

— Se for, os druidas são diferentes de qualquer outro grupo de pessoas que já conheci — ela disse, secamente.

— Acha que sabe tanta coisa a mais porque foi criada no forte de um rei? — protestou Brenna. — Aqui servimos aos deuses!

— Mas ainda não são deuses. — Boudica deu de ombros. — Os druidas que serviam o rei Cunobelin eram tão ávidos de poder quanto qualquer outro dos chefes.

Coventa franziu o cenho.

— Talvez viver no mundo os tenha corrompido.

— Bem, não devemos brigar por isso na sua primeira noite aqui — disse Brenna, de modo apaziguador. — Como era em Camulodunon? O forte de Cunobelin realmente tem colmo dourado e paredes de mármore?

Boudica riu.

— Só o dourado da palha de trigo, mas é cortada em um padrão de camadas, e os muros exteriores são caiados e pintados com espirais coloridas.

— Parece uma morada dos deuses — suspirou Brenna.

— Era... — disse Boudica, com os olhos marejando por uma onda súbita de anseio pelo lugar que tinha sido seu lar desde os sete anos.

Mas o grande rei estava morto, sua corte havia se dispersado, e seu pai a tinha enviado ali para o fim do mundo.

— Não somos deuses aqui, mas não vamos deixá-la com fome — veio uma voz da porta.

Levantando os olhos, Boudica viu uma jovem esguia usando a túnica azul de uma sacerdotisa formada, com cabelos loiros caindo até a metade das costas debaixo de um véu escuro. Quando ela entrou na casa redonda, as outras meninas se endireitaram e se curvaram.

Boudica lançou um olhar rápido, imaginando o quanto ela havia escutado. Se a mulher era um poder naquele lugar, precisaria tratá-la com cuidado. Ela olhou novamente e viu seu olhar retribuído por olhos azuis tão claros que pareciam luminosos. A crescente azul da Deusa estava tatuada entre as sobrancelhas claras.

— Meu nome é Lhiannon — a mulher então disse.

Enquanto ela sorria, os cílios velaram aquele olhar azul, e Boudica conseguiu desviar os olhos.

— Serei sua professora.

***

A correnteza do riacho era rápida e forte. Acima, três corvos crocitavam enquanto dançavam no vento.

Boudica tinha ficado feliz com uma pausa nas lições, mas lutar com a água não fazia parte de sua ideia de diversão. Ela avançou com cuidado na direção do meio do riacho, onde águas pardas espumavam em torno de um emaranhado de galhos. O riacho era tido como consagrado à deusa Brigantia, mas, se era verdade, ela era uma deusa raivosa naquele momento.

Os sacerdotes tinham colocado os mais jovens para limpar o curso do córrego que corria por trás de Lys Deru, agora cheio com a água das chuvas de primavera. A enchente trouxera grandes quantidades de detritos que sufocavam o curso d'água e ameaçavam inundar as casas redondas, e a vala que impedia o gado de entrar na vila não era funda o suficiente para levar o excesso de água. Como Lhiannon tinha observado, sempre precisavam de madeira para o fogo. Seria ingrato desperdiçar aquela generosidade.

O jovem sacerdote Ardanos, que as garotas diziam que cortejava Lhiannon, havia dito a eles que limpar o riacho seria um serviço para o espírito que vivia ali. Boudica esperava que sim. Ela pegou com força o galho mais próximo e começou a puxar, xingou quando os dedos escorregaram no galho molhado, e puxou de novo. Algo cedeu, então enroscou. Um graveto tinha enganchado debaixo de outro galho e estava preso ali. Claramente aquela tarefa precisava de mais mãos. Ela se virou, apertando os olhos ao procurar as outras. Mais nuvens se empilhavam acima. A costa rochosa que dava para o mar de Eriu receberia o pior da tempestade, mas a chuva iria assolar a ilha.

— Mandua! — ela gritou, reconhecendo a trança castanha da menina. — Mandua... levante aquele galho para mim, assim consigo soltar esse!

A outra garota se virou, surpresa, então jogou o graveto que segurava na direção da margem e começou a descer pelo riacho.

Tinha sido uma boa ideia, pensou Boudica quando a madeira se soltou. Um galho daquele tamanho manteria o fogo aceso por horas. E a pilha estava cheia de outros como aquele. Parecia uma pena gastar tempo para levar o galho que segurava até a margem. Ela olhou para as outras formas enlameadas.

— Senora! Coventa! Venham aqui. Podemos tirar essa madeira muito mais rápido se a passarmos de mão em mão! Os rapazes não vão conseguir chegar nem perto.

Conforme olharam para Boudica em dúvida, ela apontou para mais abaixo no riacho, onde os rapazes trabalhavam.

— Prometeram que os que fizerem a maior pilha de madeira vão ganhar bolos de mel hoje à noite.

Em alguns minutos Brenna e Kea cuidavam da próxima pilha de madeira para ela, com as meninas menores ajudando. Boudica puxava a madeira molhada, os lábios repuxados em um sorriso feroz. Não importava mais que aquele não era um trabalho digno de uma mulher da realeza ou de uma icena. Tantos costumes dos druidas eram estranhos para ela; era um alívio lidar com algo que ela realmente podia *fazer*.

Perdida no ritmo do trabalho, ela não prestava atenção em nada além dos emaranhados de madeira diante dela. Foi só quando não havia mais mãos disponíveis para pegar o próximo tronco que ela se concentrou nos arredores.

— Não consigo pegar, Boudica... minhas mãos estão dormentes! — Senora as levantou.

— Troque de lugar com Coventa e coloque as mãos nos sovacos enquanto espera que ela passe o próximo — ela ordenou. — Vamos, Coventa... não, não é muito fundo. Aqui, pegue a ponta desse galho e passe adiante.

Coventa parecia quase tão pálida quando Senora, mas obedeceu. Agora as outras também estavam reclamando. Boudica também estava molhada e com frio, mas isso não tinha permissão para importar. Estavam fazendo um bom progresso. A água parda corria rapidamente onde haviam limpado o canal, e a pilha de galhos na margem era mais alta que Coventa.

— Não tiramos o suficiente? — perguntou Mandua, gritando acima do barulho do riacho. — Não consigo mais sentir meus pés!

— Não até *termos* acabado — gritou Boudica. — Olhe, há só essa última pilha, e nossa parte do riacho vai estar limpa.

Estava escurecendo, mas ela podia ver onde pegar o próximo pedaço de madeira. Ela se aproximou dele, lutando contra a correnteza, que tinha ficado mais forte com a retirada das obstruções.

— Coventa! Coventa caiu! — Senora acenava desenfreadamente, apontando para o riacho adiante dela.

Boudica avistou uma bolha clara de pano passar boiando e se jogou em um mergulho baixo. Suas mãos, mais frias do que tinha se permitido perceber, tentaram se fechar no pano e fracassaram. Ela desceu, bateu os pés no chão, se jogou e pegou a outra menina pelo braço. A carne fria de Coventa era escorregadia, mas Boudica apertou. Agora as duas estavam debaixo d'água. Era um galho molhado que prendia sua túnica ou mãos frias que buscavam puxá-la para baixo? Mais uma vez ela se esforçou para ficar de pé, segurando Coventa pelo meio do corpo. Brenna veio em sua direção, com as outras atrás dela. Mão a mão, passaram a garota para a margem, e então Brenna estava ajudando Boudica a subir para a margem, onde ela se sentou, os dentes batendo tanto de choque quanto de frio.

Nesse momento Ardanos a levantava, e ela foi levada de volta para a Casa das Donzelas. Coventa tinha sido levada aos curandeiros, mas ninguém parecia se importar que Boudica também estivesse molhada e congelada. Ela se secou da melhor maneira que conseguiu, vestiu uma túnica de lã e seu manto com barrado de pele, então se sentou ao pé da pequena fogueira, tendo apenas a cabeça de pedra do espírito da casa em seu nicho na porta como companhia.

Iam enviá-la de volta para casa? Boudica não sabia se devia sentir esperança ou medo. Ir para casa derrotada iria amargurar sua alma.

Preferiria ficar o ano todo, e quando os homens da tribo viessem com as oferendas do ano seguinte, poderia escolher ir embora com eles.

Seu cabelo tinha secado do castanho-avermelhado molhado para seus cachos ruivos dourados de sempre quando a pele que cobria a porta farfalhou. Boudica levantou os olhos e reconheceu a silhueta esguia de Lhiannon na penumbra.

— O que está fazendo aqui? O jantar está pronto e vi que não estava lá. Não está com fome?

Boudica assentiu.

— Ninguém veio avisar. Pensei que estava sendo punida.

— Ah...

Lhiannon cutucou as brasas, e as chamas que subiram brilharam no cabelo louro dela. Com um suspiro, a sacerdotisa sentou-se do outro lado da fogueira.

— Acha que deveria ser?

— Não! — a resposta saiu. — Foi um acidente! O rio estava com correnteza forte... qualquer um poderia ter caído! E... acho que o espírito do riacho quer uma oferenda.

— Isso foi providenciado — respondeu Lhiannon.

Ela esperou, olhando Boudica com aquele olhar azul calmo até que a menina tivesse controlado a respiração de novo.

— Coventa está bem? — Boudica engoliu em seco, relembrando como a outra menina estava mole em seus braços.

— Bem — disse Lhiannon —, não foi a primeira coisa que você disse, mas ao menos perguntou... Achamos que Coventa bateu a cabeça em uma pedra quando caiu na água. Mas ela está acordada agora, e pedindo comida. Os curandeiros vão ficar com ela por um tempo para verificar se a água que ela engoliu causou algum mal, mas ela deve se recuperar bem.

— Fico feliz — sussurrou Boudica.

Ela se endireitou, aliviada com o fim de um medo que não sabia que sentia bombeando calor pelas veias.

— Deveria ficar. Então faço a pergunta novamente... acha que deveríamos puni-la?

A garota deu de ombros.

— As pessoas sempre procuram alguém para colocar a culpa quando as coisas dão errado.

Tinha visto aquilo com frequência no salão do rei Cunobelin.

— Vamos olhar para isso de outra maneira — disse Lhiannon. — Se Coventa tivesse morrido, ficaria devendo compensação pela morte dela?

Boudica levantou os olhos para ela, entendendo que era uma questão diferente.

— Quer dizer que o que aconteceu foi minha responsabilidade?

Lhiannon olhou para ela, os olhos claros brilhando esmaecidos.

— Por que Coventa estava no riacho?

— Porque a senhora nos mandou retirar a madeira que o bloqueava! — retrucou Boudica.

— De fato, e não fique surpresa em saber que a grã-sacerdotisa e eu já tivemos a mesma conversa que estamos tendo agora. Foi minha culpa que vocês estivessem lá, e eu deveria ter ficado para supervisioná-las.

— Mas estávamos indo muito bem...

— Era um bom plano — concordou Lhiannon —, mas até o maior dos guerreiros não pode lutar bem com uma espada enfraquecida.

Boudica franziu o cenho, vendo na mente a forma pequena da menina mais nova.

— Ela era muito pequena... — por fim disse.

— Ela não estava à altura da tarefa que você deu a ela, e vocês todas trabalharam muito duro e por muito tempo. Imagino que não tenha passado muito tempo com outras crianças... é verdade?

Conforme Boudica assentiu, ela continuou.

— Você vem da raça belga, que é um povo alto e vigoroso, e você mesma é mais forte que muitas meninas de sua idade. Precisa aprender a ver os outros como são, não como gostaria que fossem. Você se transformou na líder delas, então elas eram sua responsabilidade.

— O rei Cunobelin tinha um dom para isso — disse Boudica. — Até quando os homens tentavam traí-lo, serviam a seus propósitos, porque ele os colocava em posições em que a inclinação pessoal deles avançaria para seus objetivos. Mas eu sou só uma menina. Jamais pensei...

— Acha que tem menos poder por ser mulher? Dizem que não é assim entre os romanos, mas nós druidas sabemos que a Deusa é a fonte de soberania, e é por intermédio das rainhas e sacerdotisas que ela é concedida aos homens. E você é a filha de gerações de chefes. Não me surpreende que as outras meninas tenham obedecido.

A menina se irritou com o tom. O que aquela mulher sabia sobre os costumes dos reis? Mas ela tinha razão num ponto: Boudica sempre fora súdita de alguém. Jamais havia pensado que ela, também, poderia ter poder.

— Entendo — ela disse devagar.

— Bem, se entende, então algo útil saiu deste dia! — concluiu Lhiannon, brevemente. — Venha comigo agora e coma alguma coisa quente, e depois, se quiser, pode visitar Coventa e se certificar de que ela está bem.

***

Na semana seguinte ao quase afogamento de Coventa, uma última tempestade enviou águas gargalhando pelo leito limpo do riacho. Então o tempo esquentou, como se o espírito do riacho, tendo sido aplacado, houvesse trazido a primavera. Foi só na noite da lua nova que Lhiannon teve a oportunidade de falar com Ardanos.

Enquanto passavam pela floresta a caminho do bosque, ele diminuiu o ritmo normalmente ligeiro para acompanhar o dela. Ele era pouco mais alto que ela, e mais magro que musculoso, mas tinha uma autoridade natural, e os outros homens o respeitavam. Ele assoviava baixo. Ela corou ao perceber que era uma canção que ele escrevera para ela...

> *Meu amor tem cabelos de linho dourado*
> *Com olhos como o céu do verão,*
> *Os juncos se curvam, com inveja de seu gingado*
> *Os salgueiros oscilantes suspiram...*

Vendo a resposta dela, ele riu.

— E como nossa princesa icena está se estabelecendo?

— Muito consciente de que *é* uma princesa, temo — respondeu Lhiannon.

Ela baixou a voz quando um grupo de jovens sacerdotes passou por eles, as túnicas uma mancha pálida no anoitecer.

— Mas ela é uma líder natural. Pode virar sacerdotisa se aprender a ter humildade.

— Bem, ela não seria a primeira a ter esse problema... — respondeu Ardanos.

Ele falava de Helve. Lhiannon seguiu o olhar dele. Muitos anos atrás, aquela parte da floresta tinha recebido a plantação de um círculo triplo de carvalhos, cujas folhas recortadas farfalhavam baixo no vento da noite. A lua brilhava como uma pérola de rio curvada presa numa rede de galhos. As capas das sacerdotisas formavam uma mancha escura debaixo das árvores. Ela apertou a mão dele em sinal de concordância antes de cruzar o gramado para encontrá-las.

— Lhiannon, sua presença nos honra — disse Helve.

Ela era uma sacerdotisa experiente e quase tão talentosa quanto achava que era. Lhiannon não sabia dizer se ela falava em zombaria.

— As meninas deram trabalho para se aquietar para a noite?

Se você estivesse lá, ela pensou, *não precisaria perguntar.*

— Aquela nova, a menina icena, precisa de observação... talvez eu devesse pegá-la para um treinamento especial — continuou Helve.

— Você é a Senhora da Casa das Donzelas — ela respondeu em voz baixa, mas pensava: *Se quer ensinar Boudica, sugiro que comece por aprender o nome dela!*

Ela não sabia se sentia esperança ou temor de que Helve tirasse a garota de suas mãos. Boudica era tão orgulhosa quanto a sacerdotisa, e poderia ser ainda mais teimosa. A menina poderia se rebelar, ou pior, Helve poderia encorajar a arrogância dela em vez de ensinar humildade.

Um tilintar de sinos soou pelo círculo. Acompanhada de suas aias, a grã-sacerdotisa emergia das árvores. Movendo-se no ritmo do ritual, a figura robusta de Mearan tinha uma graça equilibrada. Embora toda a comunidade venerasse junta, os rituais da lua pertenciam às sacerdotisas, assim como os sacerdotes se encarregavam dos rituais do sol, e aquela era a hora da Senhora.

— Contemplai, ó minhas crianças, como a Lua Donzela brilha sobre nós — a voz da grã-sacerdotisa ecoava pelo círculo. — Ela se levanta cedo e vai para a cama cedo... jovem e cheia de promessas, como as crianças que vêm estudar aqui. De nós, vão aprender nossa tradição ancestral. Mas o que vamos aprender com elas? Nesta noite pedimos à Deusa para abrir nossos corações e nossas mentes. Pois, embora a sabedoria dos antigos perdure, o mundo está em mudança constante, e o significado da sabedoria também muda. Não será proveitoso para nós se nos afastarmos das pessoas que estamos aqui para servir a ponto de não entenderem nossas palavras.

O círculo estava em silêncio. No bosque de carvalhos, um pombo cantou uma vez, e então tudo ficou quieto. Concentrando-se em sua ligação com a terra, Lhiannon tentou deixar suas tensões se esvaírem. A quietude aumentou enquanto as outras faziam o mesmo, e o silêncio no círculo se tornou carregado de energia.

A grã-sacerdotisa se aproximou da pedra em pé no centro do círculo.

— Para ti, amada Senhora, trazemos essas oferendas.

Uma a uma, as aias depositaram sobre a pedra as flores de primavera que carregavam, e Lhiannon e as outras sacerdotisas se aproximaram para cercá-las.

— Deusa sagrada, Deusa sagrada... — As vozes das mulheres se ergueram, invocando o nome sagrado em harmonias tecidas.

Sobre estas árvores ancestrais sagradas
Derrama tua linda luz prateada;
Revela tua face, para nos mostrar
Tua luz na noite, desvelada...

Mearan ficou na frente do altar, as mãos levantadas em adoração. Conforme a música continuou, o luar parecia se concentrar em torno dela de modo doce e suave enquanto a Deusa entrava. Seu corpo robusto ficava mais alto, o rosto, radiante; ela brilhava de poder. Agora estava esquecida a face da raiva que a Deusa mostrava quando os homens a chamavam de Corvo de Batalha. Era a doce Deusa da Roda Prateada que tinha chegado ali para eles.

— Deusa sagrada, Deusa sagrada... — cantavam os homens, como se a terra sólida tivesse encontrado uma voz para responder.

Brilha sobre a terra fecunda,
Brilha sobre o mar que ressoa;
Como bênção envia tua terna luz
A todas as coisas vivas que a ti oram.

A Deusa se virou, as mãos abertas em bendição. No olhar profundo Dela encontravam perdão, entendimento, amor.

Lhiannon suspirou, soltando o resto de seu ressentimento. E, como se aquilo fosse a oferta esperada, sentiu a alma se encher de uma paz branca. *Ah, Boudica, isso é o que precisamos oferecer a você* – um pensamento solto lhe veio à cabeça. *Espero que um dia você entenda...* Então aquilo também desapareceu, e só havia luz.

***

A vez de Boudica servir a senhora Mearan só chegou no outono. A grã-sacerdotisa ocupava a casa redonda grande na beirada do Bosque Sagrado. A cada lua, duas aias e uma das sacerdotisas mais jovens se juntavam a ela lá.

Boudica disse a si mesma que não havia motivos para ficar nervosa. Havia servido no forte de um grande rei. Mas os reis só tinham poder físico. A vida entre os druidas não era cheia de sinais e maravilhas, mas, nos seis meses desde que tinha chegado, tinha vislumbrado estranhezas o suficiente para saber que o poder estava ali. E, no entanto, na vida diária a grã-sacerdotisa parecia ser pouco diferente de qualquer mulher na idade dela. Ela deslizava os braços pelas mangas da túnica, um de cada vez, e se atrapalhava se as criadas tivessem dobrado a veste de maneira errada. Mas, quando a grã-sacerdotisa olhava para ela, Boudica sempre sentia seu olhar.

Na casa da grã-sacerdotisa, o aroma doce de ervas secando se mesclava à fumaça da lareira, e sempre havia uma chaleira de cobre cheia de água para o chá pendurada sobre as brasas. Os únicos sons eram o murmúrio das vozes das mulheres, o crepitar do fogo e o sussurro da chuva que caía. Em uma noite assim, quando o anoitecer chegara cedo, Boudica se viu sozinha com a grã-sacerdotisa enquanto as outras pegavam comida para o jantar. Ficou tensa quando a mulher mais velha fez um sinal para que ela se sentasse perto.

— Então, está contente conosco aqui? — perguntou Mearan.

A menina arriscou um olhar rápido para a sacerdotisa. A idade tinha soltado a carne que recobria os ossos fortes, mas os olhos escuros da mulher eram como uma poça profunda em que desculpas ou prevaricação simplesmente desapareceriam.

— Eu gosto de Lys Deru — Boudica disse abruptamente. — Mas não tenho talento para as coisas que vocês fazem, e não gosto de ser tratada como um bebê porque não consigo fazê-las...

— Perceber o que precisa ser feito e liderar os outros a fazê-lo também é um dom — disse a sacerdotisa. — Não esteja tão certa de que sabe tudo o que consegue ou não consegue fazer...

Boudica estava tentando encontrar palavras para perguntar o que ela queria dizer quando ouviu vozes pela porta. Mandua a abriu com os ombros e entrou, seguida por Lhiannon e Coventa, todas carregadas de comida. Foram seguidas por uma rajada de chuva fria.

— Isso parece esplêndido — disse a grã-sacerdotisa. — E a água na minha chaleira está quase fervendo, então vamos tomar chá logo.

— Com pão de aveia? — perguntou Coventa, com esperança.

— Assim que a pedra ficar quente — respondeu Boudica, colocando um pouco de gordura na tigela de aveia moída.

Era agradável ouvir a chuva chacoalhando as árvores lá fora sentada com amigas ao lado da lareira. Ela jogou leite coalhado na mistura, fazendo uma pasta, salpicando aveia em uma tábua chata, e virou a massa sobre ela, colocando mais farinha nas mãos antes de começar a sovar. A luz avermelhada coloria as pregas longas das túnicas que pendiam das vigas da casa e tocava as formas menos identificáveis de sacolas e caixas com magia. Provavelmente, ela pensou, elas *eram* magia – ervas e pedras e pedaços disso e daquilo, as coisas das quais os druidas precisavam para seus feitiços.

Coventa respingou um pouco de chá sobre a ardósia chata que tinham colocado sobre as brasas. Conforme o chá sibilou, Boudica fez um círculo com a massa e a dividiu rapidamente. Um respingo de gordura sobre a pedra e ela estava pronta para o pão de aveia. Em instantes, o cheiro suave de aveia assando começou a se mesclar com os outros cheiros do cômodo.

— Escutem o vento! — disse Mandua, estremecendo.

— Ele sussurra histórias de todos os lugares em que esteve — concordou Coventa.

— Ou grita — corrigiu Boudica, ouvindo a estrutura de madeira que dava apoio ao telhado de colmo se flexionar com uma nova rajada.

Lhiannon sorriu.

— Em uma noite assim, sempre penso naqueles que enfrentaram a tempestade para chegar a esta ilha. Dizem que os primeiros sábios que viveram em Avalon vieram de uma grande ilha que foi tomada pelo mar.

— Mas como os druidas chegaram aqui? — perguntou Coventa, tirando os pães de aveia tostados da pedra e colocando-os num cesto.

— Parece uma noite apropriada para a história... — A senhora Mearan pingou um pouco de mel no pão de aveia e deu uma mordida com um suspiro satisfeito. — Aqueles primeiros sacerdotes do Carvalho devem ter achado o oceano apavorante quando chegaram aqui, seguindo os primeiros guerreiros celtas que viram esta terra. O povo deles cresceu muito, e seus clãs espiralaram por todas as direções. Alguns foram para o norte para fazer a Gália, e dali eles se aventuraram a estas ilhas.

— Os atrébates são das tribos belgas, que foram as últimas a vir para cá, e assim são os príncipes que governam as terras dos icenos — completou Lhiannon. — Embora exista sangue mais antigo entre as pessoas que eles governam.

Ela se virou para a grã-sacerdotisa.

— Quem foi o primeiro de nossa Ordem a vir para Avalon?

— O primeiro? — Mearan sorriu. — Há uma tradição de que não foi um sacerdote que chegou primeiro a Avalon, mas sim uma sacerdotisa, fugindo da destruição de seu forte em uma das primeiras guerras. O nome dela era Catuera. As tempestades de inverno tinham sido duras, então Avalon era de fato uma ilha. Em um clima como aquele, quando as brumas descem sobre os pântanos, é fácil perder o caminho. Catuera andou pelas brumas, encharcada e tremendo, até que ela chegou...

Mearan fez uma pausa para um gole de chá.

— A Avalon? — disse Coventa, ansiosamente.

A sacerdotisa balançou a cabeça.

— Ela chegou a um lugar sem sol nem lua, onde as árvores estavam sempre dando frutos e flores. E a rainha desse povo, que está há mais tempo do que qualquer pessoa humana nessas ilhas, a acolheu. Por um tempo fora do tempo, ela ficou lá, e quando estava curada atravessou as brumas mais uma vez. Foi assim que ela chegou a Avalon.

— Havia sacerdotisas morando lá? — perguntou Boudica.

— Sacerdotisas e sacerdotes — respondeu Mearan. — Descendentes da mistura dos primeiros povos destas ilhas e dos mestres da alta magia que tinham vindo das Terras Afundadas. Mas havia essa diferença... enquanto entre os primeiros druidas as sacerdotisas estavam presentes apenas para servir aos sacerdotes nos rituais, em Avalon os sacerdotes e as sacerdotisas trabalhavam juntos, e era a Senhora de Avalon quem tinha mais poder.

— E essa ainda é a diferença entre nossa Ordem aqui e o jeito como é, ou era, na Gália — completou Lhiannon.

— As mulheres sábias de Avalon treinaram Catuera, e a enviaram de volta para estabelecer a paz entre o povo dela e os homens da raça antiga, e, embora as guerras e saques tenham continuado, eles nunca mais foram tão ruins como tinham sido, e no fim nos tornamos um só povo, como somos hoje.

— E todos os homens honram nossas sacerdotisas... — completou Coventa, satisfeita.

— Vamos tomar cuidado para merecermos essa reverência — disse Lhiannon.

dois

— Um é para a fonte, a origem divina, sem nome, incognoscível, além da percepção — cantaram as meninas e os meninos sentados sob o freixo.

Pela primeira vez em semanas, as nuvens haviam deixado passar um pouco de sol, e os professores trouxeram os alunos para aproveitá-lo ao ar livre. Ardanos tinha enviado os estudantes bárdicos para praticar além do bosque. Até mesmo os erros deles pareciam mais doces no ar da primavera.

A Verdade pode ser Uma para sempre, pensou Lhiannon, *mas suas manifestações no mundo estão sempre em mudança*. O pensamento a fez estremecer.

— Dois é para o Deus e a Deusa, homem e mulher, luz e escuridão, todos os opostos que se encontram e se separam e se juntam uma vez mais — ela falou as palavras sem pensar, então fez uma pausa.

A primavera estava cedendo lugar ao verão. Em mais uma semana, acenderiam as fogueiras de Beltane. Nos festivais em que homem e mulher se deitavam juntos para trazer o poder do Senhor e da Senhora ao mundo, apenas as sacerdotisas que tinham feito voto de castidade em prol da alta magia ficavam longe. Ela lançou um olhar rápido para Ardanos, sentado do outro lado do círculo, e sentiu o rosto arder.

Mesmo do outro lado do círculo ela conseguia sentir o desejo dele por ela. Quando o inverno gelava todos os fogos era fácil negar as demandas do corpo, mas, quando o sol reavivava nova vida em cada folha de árvore ou de grama, ela se lembrava de que era jovem e estava apaixonada.

— Três é para a Criança Divina que nasce da união deles, e três as faces da Deusa que dá vida ao mundo.

O sol de primavera passava pelas folhas novas, coroando os estudantes com luz. O cabelo claro de Coventa rebrilhava um dourado prateado, e atrás dela via uma cabeça inclinada como fogo aceso que só podia ser Boudica.

Seriam essas as únicas crianças que Lhiannon teria? Mais uma vez, ela olhou para Ardanos. Poderia sonhar em ter um filho dele, mas nunca tinha tido vontade de ter um bebê. Que os outros criassem corpos – aqui em Mona, ela e Ardanos formavam mentes e almas.

Ela queria sentar no assento da profecia e voar pelos céus, mas também desejava a força dos braços magros dele em torno de si. Os druidas mais velhos ensinavam que era preciso escolher entre corpo e alma. Os lábios de Lhiannon continuaram a se mover enquanto o canto seguia, mas a mente dela estava muito longe.

Enquanto os jovens marchavam de volta para Lys Deru, Lhiannon podia ouvi-los especulando sobre o que tinham escutado. Boudica, em particular, parecia pensativa. Era tempo. Depois de pouco mais de um ano, a menina ainda às vezes agia como... um romano visitando os bárbaros. Mas Boudica foi esquecida e Lhiannon sentiu um calor ao seu lado e se virou para encontrar Ardanos ali. O corpo todo dela corou em resposta quando ele tomou a mão dela.

— Quando leio os céus, eles me dizem que Beltane está próximo... — ele disse em voz baixa. — Vai dançar comigo quando acenderem a fogueira festiva?

Vai se deitar comigo? Ele não precisava dizer as palavras em voz alta.

Os sacerdotes diziam que o fluxo de energia do corpo era alterado quando um homem se deitava com uma mulher, bloqueando os canais pelos quais o poder fluía em profecia. Mas que esperança tinha Lhiannon de se sentar no banco do Oráculo enquanto Helve fosse a querida dos sacerdotes? A energia que fluía entre um homem e uma mulher criava outro tipo de poder. Era uma tola por recusar aquele êxtase em nome de uma oportunidade que poderia nunca chegar?

Ela não conseguiu falar, mas apertou a mão dele com mais força, e soube que seu corpo havia respondido.

***

— Mas meninas não jogam hurling! Boudica, nunca vão deixar você entrar no campo! — gritou Coventa, pegando-a pela manga.

Do campo veio um grito conforme um dos jogadores acertou a bola de madeira coberta de couro com o taco camán e a mandou para o gol.

Boudica resistiu ao impulso de seguir arrastando a menina menor atrás dela. Aos quinze, tinha quase alcançado sua altura final.

— É um jogo para treinar guerreiros — disse Coventa, quando tomou fôlego. — Nos velhos tempos, não era uma bolinha que jogavam com aquele taco, era a cabeça de um inimigo.

— Eu sei disso — retrucou Boudica. — Também jogam na minha tribo. Mas os druidas não lutam, então por que estão jogando? De qualquer jeito, em Eriu as mulheres ainda vão para a guerra.

Coventa piscou, tentando entender a lógica, e Boudica começou a andar de novo. Os druidas reconheciam que uma mente saudável funciona melhor em um corpo saudável, e um gramado grande perto de Lys Deru tinha sido transformado em campo de jogos. Quando trinta jovens corriam atrás da bola com joelhos, cotovelos e tacos de freixo de noventa centímetros, o jogo poderia ser quase tão perigoso quanto um campo de batalha. Era questão de tempo até que alguém fosse tirado do jogo.

— Ah, muito bem. — Coventa sentou-se na grama. — Você sempre faz o que quer, de um jeito ou de outro.

Um grito de Ardanos tinha separado os combatentes, que se reagruparam em seus times, de frente para os próprios gols atrás da linha central. O jovem sacerdote jogou a bola no ar e correu para trás enquanto os dois lados se aproximavam de novo.

Além do estreito, as grandes formas corcundas das montanhas eram como uma muralha no horizonte. Eram uma barreira protetiva ou um muro de prisão? Ser dada a um marido era ir de um cativeiro a outro. Mas Boudica queria ficar ali como professora ou ir para a casa de algum chefe, ou talvez para os pântanos da Terra do Verão para servir à Deusa na Ilha de Avalon? Como poderia decidir?

Ela se encolheu quando a bola veio na direção delas saindo do centro da massa pulsante de meninos e tacos. Um estudante de Ardanos, Bendeigid, bateu a bola na direção de um menino trinobante moreno chamado Rianor, que foi atingi-la, o taco girando conforme ele pulava para a frente. O primeiro giro não acertou, mas o segundo mandou a bola na direção das duas árvores sagradas que marcavam o gol.

É uma coisa boa que a bola não lute de volta, pensou Boudica. *Se fosse o inimigo com uma espada, ele estaria morto antes de conseguir dar o segundo golpe.*

Ela tentou discernir o padrão do jogo, mas, se os dois times tinham um plano, não estava aparente. Aquilo, também, era como o povo dela guerreava. O jogo foi ficando cada vez mais desesperado. Ela ouviu alguém gritar e Ardanos pedindo uma parada. Arfando, os jogadores cercaram a figura que se retorcia no campo.

O jogador se esforçou para sentar, o rosto cheio de sardas, apoiando a perna com as mãos. O nome dele era Beli, e ele estava no time de Rianor.

— Leve-o para os curandeiros — disse Ardanos, com um suspiro. — E, a não ser que tenham reforço escondido em algum lugar, isso acaba com o jogo.

Houve um murmúrio de protesto dos meninos e um gemido de desapontamento do público. Os jogos normalmente seguiam até que um time tivesse marcado dez gols ou anoitecesse. Nove cachecóis coloridos voavam da árvore do gol do outro time, e nove do time de Rianor. Boudica se levantou, o coração batendo rápido no peito.

— Vou ficar no lugar dele — disse, numa voz clara.

Ela prendeu as saias e andou para o campo. Fez-se silêncio. Agora todo mundo estava olhando para *ela*.

— Mas você é menina — por fim disse Rianor.

Alguém riu, e foi silenciado. Boudica deu de ombros.

— Sou maior que a maioria dos meninos. É claro, se quiser apelar para a segurança, pode botar a culpa da derrota no acidente. Mas, se tiver coragem, pode me desafiar!

Ela olhou nos olhos escuros dele, e viu as luzes de batalha subitamente se reavivarem.

— Por que não? — Ele sorriu e levantou a mão, como se jogasse dados.

Ardanos olhou para Cloto, um rapaz robusto que era líder do outro time.

— Para mim não há problema — ele desdenhou. — Agora eu *sei* que vou ganhar.

— Então está resolvido — disse Ardanos, franzindo a testa para impedir a resposta irritada de Rianor.

Com um último olhar para Cloto, o menino fechou a boca e entregou o taco para Ardanos, que o ofereceu a Boudica.

— Você jura que não está usando nenhum feitiço ou magia neste campo, e que vai jogar honesta e verdadeiramente, sem ajuda além do poder do próprio corpo?

Era uma pergunta necessária em uma escola em que alguns dos alunos podiam mover a bola somente pela força do pensamento, pensou Boudica enquanto pegava o taco e fazia o juramento.

— A posição de Beli era ali. — Rianor apontou para um ponto no meio do caminho de um dos lados do campo.

Ela tomou seu lugar, notando as localizações dos outros jogadores. Fazia muito que não jogava, mas se lembrava das poucas diretrizes que serviam como regras. Viu Ardanos se aproximar do meio com a bola e levantou o taco. Nunca tinha pensado nisso antes, mas a ponta larga o deixava mais parecido com uma daquelas grandes colheres de madeira que as cozinheiras usavam para mexer um caldeirão do que com uma espada. Ela riu de repente. Por que uma garota não poderia jogar aquele jogo? Estavam usando uma arma de mulher, afinal de contas!

A bola foi para cima e alguém do outro lado a rebateu e enviou no ângulo do gol do time dela. Taco a postos, Boudica correu para interceptá-la, driblando o nó de garotos que avançava com a mesma ideia em mente. Ela ouviu a batida da madeira no couro quando alguém acertou a bola, e o grupo de jogadores correu atrás dela em uma massa confusa, girando com garotos de ambos os times. Ela vislumbrou Cloto passar correndo, viu quando ele se virou e pulou em cima dela, deliberadamente enfiando a ponta do cotovelo em seu peito. Conforme foi arremessada, ouviu o riso dele. Indignada, ela abriu a boca para xingá-lo – *hurley* era um jogo duro, e o bloqueio de ombro era um movimento permitido, mas só para impedir um oponente de acertar a bola –, mas a dor tirou seu fôlego.

Vou chutar as bolas dele até as orelhas! Por um momento, ela só conseguiu ficar deitada encolhida em agonia, enquanto a raiva espalhava asas negras por sua visão, gritando por caça. Quando Boudica conseguiu ficar de pé, ainda encurvada, viu Ardanos correndo na direção dela e fez um gesto para que ele se afastasse. A escaramuça estava perigosamente perto do gol do seu time. Além dele, ela via túnicas brancas e vestidos azuis entre os espectadores, mas não se importava mais se os druidas estivessem assistindo. Com uma mão no seio machucado, ela examinou a massa agitada, tentando encontrar Cloto, mas o que viu foi uma bola vindo em sua direção.

A pressão atrás dos olhos dela baixou. Ganhar seria uma vingança ainda melhor.

Ela correu para o lado e bateu, mandando a pequena esfera na direção do gol inimigo. Alguém gritou atrás dela, mas Boudica já estava em movimento, a trança batendo nas costas enquanto ela galopava pelo campo. A defesa do oponente tinha visto o perigo. Um deles pegou a bola e a mandou voando perto de Bendeigid, que conseguiu acertá-la de lado com a mão esquerda, girou com o impacto e caiu na grama. Um dos meninos de Cloto girou o taco para pará-la, e a bola foi rebatida para o lado de Boudica.

Por um momento, então, parecia que havia para ela todo o tempo do mundo para observar a bola girando em sua direção. Firmou os pés, pegando o taco com as duas mãos como uma espada e flexionando os ombros conforme rebatia, os lábios repuxados para soltar toda a sua raiva no grito de guerra dos icenos.

O impacto da conexão do taco com a bola estremeceu o corpo dela, e de repente era de novo parte do mundo, ainda girando com a conclusão da jogada, enquanto a bola passava sobre a cabeça dos jogadores de defesa e do goleiro.

Todos os olhos se fixaram no voo da bola. A poeira levantou quando ela acertou a terra debaixo das árvores sagradas. E, naquele momento de espanto em que perceberam que o jogo havia terminado, Coventa gritou.

Boudica correu na direção da amiga, que estava sentada muito ereta, olhando fixo. Quando chegou ao lado dela, Coventa pegou seus braços.

— A Rainha Vermelha! Sangue nos campos e cidades em chamas, sangue correndo em todo lugar...

Coventa arquejou e soluçou. O aperto dela enfraqueceu, e Boudica a abraçou. Por um momento, o olhar vacilante dela se fixou no rosto de Boudica.

— Era você! Você estava empunhando uma espada...

— Era só um taco de *hurley* — protestou Boudica, mas os olhos de Coventa tinham rolado para trás.

— Solte-a, garota, vou pegá-la agora...

Boudica levantou os olhos e reconheceu Helve, o cabelo escuro preso em torno da cabeça em espirais precisas.

— Posso levantá-la — ela começou, mas a sacerdotisa a empurrou de lado com o ombro, procurando o pulso de Coventa, e então fazendo sinal para que um dos sacerdotes pegasse a menina nos braços. Só então ela se virou para Boudica.

— Ela tem sempre esses ataques?

Boudica deu de ombros.

— Ela tem pesadelos, mas essa é a primeira vez quando está acordada. Ela não está forte desde que teve febre depois do... acidente dela... no ano passado. — Ela corou de vergonha.

Mas, se Helve se lembrava da parte de Boudica naquele acidente, não parecia se importar. Ela observou enquanto o jovem druida carregava Coventa, com especulação no olhar.

— Ela tocou o Além-Mundo! Às vezes é só o que é necessário. Veremos o que um pouco de treino pode fazer.

Mas e se Coventa não quiser se tornar um oráculo? Boudica abriu a boca, mas Helve não estava falando com ela. A garota sentou-se nos calcanhares, olhando, enquanto a sacerdotisa se afastava.

***

Por meses, os céus tinham se alternado entre nuvens de tempestade e sol molhado, como uma donzela tímida incapaz de decidir se encorajava um pretendente ou o rejeitava. *Como eu*, pensou Lhiannon, fechando os olhos e virando o rosto para um sol que brilhava num céu azul. Mas agora tudo – as flores brancas do pilriteiro nas cercas e as prímulas cremosas abaixo, as folhas verdes eretas da grama que crescia e as curvas ternas das folhas novas de carvalho – parecia aceso por dentro. *Hoje as fogueiras de Beltane vão arder, e eu também.*

Ela havia ido aos vendedores de ervas a fim de comprar mais sementes de papoula para a poção que as sacerdotisas bebiam antes do ritual. Os campos abertos em torno de Lys Deru estavam cheios de barracas de vendedores, tendas, carroças e cercados de animais. Todos os fazendeiros que tinham jurado servir a comunidade druídica estavam ali, junto com algumas famílias da terra firme. Lhiannon não era a única que sonhava encontrar um amante nas fogueiras de Beltane. Jovens de vilas onde conheciam todos da sua idade desde bebês vinham até ali para buscar novos rostos e sangue novo para seus clãs. Depois daquela noite, haveria muitas uniões das mãos, e casamentos se seguiriam.

Mas antes que Lhiannon fosse às fogueiras, precisava auxiliar o ritual do Oráculo. Quando cantassem a canção sagrada, ela saberia se a convocação dele seria mais forte que a que seu corpo lhe enviava naquele momento.

Conforme ela se aproximava da área cercada, ouviu Helve, em seu humor aristocrático de costume. Foi com choque que Lhiannon percebeu que as instruções da outra mulher não eram para o conforto de Mearan, mas para o dela própria. Lhiannon afastou a cortina que pendia na porta.

— Onde está a grã-sacerdotisa? — ela sussurrou para Belina, uma das sacerdotisas mais antigas.

Helve estava nua diante do fogo, esticando os membros brancos para que as outras pudessem banhá-los com água da fonte fervida com ervas.

— Ela não está bem — a outra mulher respondeu, levantando uma sobrancelha. — Helve vai se sentar na cadeira alta nesta noite de Beltane.

— Que a Senhora conceda sua inspiração — Lhiannon disse, de modo seco, e Belina suspirou.

Lhiannon foi para o canto onde a velha Elin macerava ervas em um pilão de madeira e entregou a ela as sementes de papoula. Conforme se virou, viu Coventa entrando no cômodo. O sorriso dela morreu quando viu que a menina estava usando o mesmo azul da meia-noite que as sacerdotisas, a testa cercada, como as delas, por um diadema de flores da primavera e ervas de cheiro.

— Helve, o que é isso? — ela exclamou. — A menina não é treinada. Não pode querer que ela a auxilie na cerimônia!

Os olhos pálidos de Helve se viraram com irritação, mas a voz dela, como sempre, era doce e baixa.

— Sem ela, o número de atendentes que me acompanham será ímpar, e eu a venho treinando. — Ela sorriu para Coventa. — Não venho, minha pequena? Vai se sair muito bem.

Ela vai parecer uma criança vestida com as túnicas da mãe, pensou Lhiannon, mas Coventa estava radiante de felicidade.

Ela olhou para as outras sacerdotisas buscando apoio, mas todas evitavam cuidadosamente o seu olhar. Por alguns momentos, o único som era o dos respingos de água quando as sacerdotisas mergulhavam os panos no banho de ervas e o da raspagem de Elin macerando as sementes de papoula.

Lhiannon suspirou e tirou o véu. Se Helve estava nervosa, tinha algum motivo. Aquela não seria sua primeira vez na cadeira alta, mas ela não havia servido como Oráculo muitas vezes, e, se a indisposição de Mearan fora súbita, não tinha tido muito tempo para se preparar. Pela primeira vez lhe ocorreu que o talento natural de Helve para a autocracia deveria tornar especialmente difícil submeter a vontade dela até ao direcionamento gentil de Lugovalos.

Seria mais fácil para mim, ela pensou com amargura. *Não consigo nem me impor o suficiente para apoiar Coventa.* Mas ela podia ao menos ficar de olho na menina durante o ritual.

Acima da lareira borbulhava um pequeno caldeirão. Elin jogou um punhado de sementes de papoula moídas para ferver com bagos de visco e outras ervas, então ficou mexendo a mistura, cantando baixo. Helve continuou a conversar enquanto a vestiam com as túnicas soltas do Oráculo. Quando Lhiannon se aproximou com uma guirlanda de aquilégias trançadas com flores da primavera, ela viu o triunfo nos olhos pálidos da outra mulher.

Helve nunca vai permitir que eu me sente como Oráculo. Por que me neguei por tanto tempo?, perguntou-se então Lhiannon. Dominando uma onda de ódio, ela colocou a guirlanda na testa de Helve, e as outras mulheres por fim fizeram silêncio. Elin despejou um pouco da poção em uma vasilha de azeviche ancestral e colocou para esfriar. Nesse momento, a cortina da porta farfalhou e entrou o arquidruida, apoiado no cajado. A barba prateada dele brilhava contra a lã cor de creme da túnica.

— Está na hora, minha filha — Lugovalos disse baixo, e Elin colocou a vasilha de azeviche nas mãos de Helve.

Ela respirou fundo e bebeu, estremeceu uma vez e engoliu o resto. Elin e Belina a pegaram pelos cotovelos e a acompanharam até a liteira que esperava do lado de fora. Conforme Lhiannon seguia atrás, sentia as vibrações dos tambores através das solas dos pés, como se a terra pulsasse o ritmo do festival.

No Oeste, o céu era de um azul translúcido, aprofundando-se acima para o mesmo tom de azul da meia-noite que as sacerdotisas vestiam.

Uma grande multidão havia se reunido diante do bosque sagrado. Helve balançou enquanto era sentada no banco de três pernas, e por um momento Lhiannon temeu que ela fosse cair, mas, antes que alguém pudesse tocá-la, ela se endireitou, parecendo ficar mais alta; Lhiannon sentiu um bafo de vento quente, perfumado com flores que nenhum jardim mortal poderia exibir, e soube que a Deusa estava ali.

Aliviada, puxou Coventa para trás para ficar com as outras, e relaxou enquanto seguiam os ritmos familiares do ritual. Ela precisava admitir que Helve era uma vidente poderosa. De seu lugar atrás da cadeira alta, sentia a aura da mulher se expandir enquanto afundava mais no transe, e levantou as próprias barreiras para se proteger.

A primeira pergunta veio de Lugovalos, e era, como esperado, sobre as perspectivas de uma boa colheita. Houve um murmúrio de satisfação quando a vidente falou de céus ensolarados e campos dourados de grãos maduros. Agora o ar em torno dela começava a brilhar. Lhiannon sorriu. Mona era um dos celeiros da Britânia – seria preciso um destino muito malvado para ameaçar aquela colheita. Coventa balançou ao lado dela, murmurando baixo, e Lhiannon apertou forte a mão dela.

— Prenda-se à terra, criança — ela sussurrou rispidamente. — Só a vidente deve atravessar o portão da profecia.

Coventa soluçou e então ficou quieta, mas permaneceu instável enquanto Lugovalos falava de novo.

— Na Gália, as legiões de Roma colocaram um jugo de ferro em nosso povo, e agora o imperador deles expulsou a Ordem dos Druidas das terras deles. Diga então, vidente, o que o futuro reserva para nós aqui na Britânia?

Houve um silêncio, como se não apenas o arquidruida, mas toda a Britânia esperasse pela resposta.

As flores na guirlanda de Helve começaram a tremer, e Lhiannon sentiu Coventa estremecer como se por empatia. Mais uma vez ela amaldiçoou o orgulho de Helve. A menina estava sendo presa nas visões e não tinha nenhuma defesa contra isso.

— Vejo remos que sobem e descem como asas na água... — murmurou Helve. — Enquanto os gansos voam para o norte na primavera, eles vêm... três grandes bandos de barcos alados atravessando o mar...

— Quando eles virão, sábia? — Lugovalos perguntou, com urgência. — E onde?

— Onde as falésias brancas se erguem e a areia branca brilha — veio a resposta. — Quando o pilriteiro branco estiver florido.

Era notoriamente difícil determinar o tempo em profecia, pensou Lhiannon, enquanto um murmúrio de desconforto perpassou a multidão.

Mas o mais breve não poderia ser antes do próximo ano. Reunir um exército tão grande levaria tempo, e, embora os druidas pudessem ter sido expulsos da Gália, a Ordem tinha muitos agentes do outro lado do mar. Com certeza, quando uma invasão fosse planejada, eles saberiam. Ela passou o braço em torno de Coventa, segurando-a perto e rezando para que Helve acabasse logo. Mas o arquidruida queria mais.

— E então? Onde estão nossos exércitos? — ele exigiu.

— Os Penachos Vermelhos marcham para oeste e ninguém se opõe a eles. Vejo um rio... — o gemido de Helve foi ecoado fracamente por Coventa.

O brilho em torno dela se aprofundou em um tom de fogo. Lhiannon balançou a cabeça conforme visões provocavam sua percepção, exércitos em combate e copos flutuando pela água.

— O rio se torna vermelho... vermelho... ele se torna um rio de sangue que cobre a terra!

O grito fino de Coventa se juntou ao berro de Helve em uma harmonia assustadora. Concentrados em Helve, os sacerdotes não pareciam notar, mas as outras sacerdotisas se viraram, alarmadas.

— Tire-a daqui! — sibilou Belina no ouvido de Lhiannon.

Agora os membros de Coventa se retorciam. Com a força do desespero, Lhiannon levantou a menina e foi para as árvores. Atrás de si, ouvia o uivo de Helve e o murmúrio enquanto Lugovalos se esforçava para estancar a torrente de visões. Os druidas teriam mais perguntas sobre os romanos, mas Lhiannon não precisava estar em transe para adivinhar que não iriam fazê-las em um festival público.

Arfando, ela se reclinou contra uma árvore. Ela se retesou quando uma sombra apareceu ao seu lado e então relaxou, reconhecendo Boudica. Coventa tinha ficado inerte, ainda murmurando. Juntas, elas a carregaram por entre as árvores de volta para a Casa dos Curandeiros.

***

— Ela vai ficar bem?

Boudica olhou do rosto imóvel da amiga para os traços tensos da sacerdotisa, alternadamente iluminados e sombreados pelo bruxulear da pequena lareira. Coventa tinha se aquietado assim que a tiraram do bosque, e agora jazia como que em sono profundo. Ela se inclinou para a frente, imaginando em qual sonho Coventa perambulava agora.

— Deveríamos tentar acordá-la?

— Melhor não — respondeu Lhiannon. — As pessoas sempre têm medo de ficarem perdidas em transe, mas, se alguém não consegue voltar conscientemente, é melhor simplesmente passar para o sono normal. A mente de Coventa vai se reordenar antes de acordar de novo. Tudo o que podemos fazer é ficar de guarda. Se ela acordar de modo muito súbito, alguma parte de seu espírito pode se perder no sonho, e vai ser difícil conseguir pegá-la de novo.

— Mas você faria isso, não faria? — Não era bem uma pergunta. — Helve faria?

O som do festival era como ondas distantes na costa – elas poderiam estar sozinhas no mundo.

Lhiannon olhou para ela, surpresa, e Boudica sustentou o olhar dela. A não ser por Coventa, por um ano ela recusara todas as ofertas de amizade, especialmente a de Lhiannon, suspeitando de condescendência, ou pior ainda, pena. Lhiannon era tão linda, que serventia achariam em uma menina desajeitada, sem dotes psíquicos? Mas naquela noite estavam todas unidas por uma necessidade comum e um medo comum. Boudica tinha sido a única a perceber que Coventa estava com problemas. Naquela noite ela poderia enfrentar a professora como uma igual e ousar imaginar o que estava além daquele rosto sereno que a sacerdotisa mostrava ao mundo.

— Ah, sim. Não deve subestimar as habilidades dela. É provável que seja grã-sacerdotisa depois de Mearan.

De fora, ouviram o grito alegre que celebrava o acendimento da fogueira de Beltane.

— Acho difícil gostar dela — disse Boudica.

Lhiannon não disse nada, mas seus lábios se estreitaram, e Boudica entendeu o que a sacerdotisa era leal demais para dizer.

— Ela flerta com cada homem que vê, mas não dá seu amor a ninguém.

— Ela precisa se manter pura para servir como Oráculo — disse Lhiannon, em voz firme. — Quando Mearan ficou doente, foi uma boa coisa termos outra sacerdotisa qualificada.

— Você poderia fazer isso — disse Boudica com afeto, e ela notou a cor traiçoeira nas bochechas vermelhas de Lhiannon. — É por isso que está aqui, em vez de dançar em torno da fogueira?

Ela havia notado que Lhiannon e Ardanos olhavam um para o outro quando achavam que ninguém podia ver.

— Eu estou aqui porque Coventa precisa de mim! — retrucou a sacerdotisa, e dessa vez a resposta foi ríspida o suficiente para alertar Boudica.

— Não entendo toda essa ênfase na virgindade — a menina por fim disse.

— Para dizer a verdade — Lhiannon disse ironicamente —, neste momento, nem eu!

Boudica sorriu, achando surpreendentemente doce saber que era perdoada.

— Não gosto da ideia de ficar à disposição de um marido, mas gostaria de ter filhos. Mearan sempre pareceu uma mãe para essa comunidade. Fico surpresa por ela não ter nenhum.

— No passado a grã-sacerdotisa frequentemente tinha filhos, e outra mulher servia como Oráculo — respondeu Lhiannon.

— Mas é tão importante? — perguntou Boudica. — Como eles fazem em Roma?

— Os romanos não têm videntes próprios — respondeu Lhiannon, obviamente aliviada por mudar a conversa para um terreno mais neutro. — Eles visitam o oráculo de Hellas, mas, quando a Sibila de Cumas ofereceu os livros de profecia ao último rei deles, ele recusou duas vezes, e ela queimou seis dos livros antes que os anciãos tribais implorassem que ele comprasse os últimos três – pelo mesmo preço que ela pedira originalmente por todos os nove!

As duas mulheres riram.

— Agora eles consultam presságios ou se debruçam sobre os versos que restam, ou fazem peregrinações a oráculos em outras terras.

— Ouvi falar que existe um oráculo em Delfos. Ela é virgem?

— É o que dizem. A pítia é uma donzela não treinada, embora em outros tempos escolhessem mulheres mais velhas que já tinham criado suas famílias.

— Mas ninguém que tenha um marido ou amante... — observou Boudica.

Lhiannon suspirou.

— Há outros tipos de divinação que uma mulher casada pode fazer. Ler presságios não exige o mesmo nível de transe. Ou mesmo profetizar nas pontas dos dedos ou em resposta a questões súbitas, como fazem em Eriu. Mas o rito do sono do touro, no qual o druida professa o nome do rei por direito, exige que o sacerdote se prepare com rezas e jejum, e sentar no trípode envolve uma entrega ainda maior, para a qual todos os canais devem estar limpos. — Ela suspirou.

— E você quer fazer isso — disse Boudica.

— Quero. As visões me chamam como chamaram Coventa, mas sei que preciso resistir a elas.

Sobre o crepitar do fogo elas podiam ouvir o som das gaitas e um grito repentino conforme algum par sortudo pulava sobre as chamas. Lhiannon se virou, os olhos brilhando com lágrimas não derramadas.

— Preciso resistir a elas — ela disse. — Helve é a querida dos sacerdotes, e nunca vou me sentar na cadeira alta enquanto ela estiver aqui.

— Então vá atrás do que você *pode* ter — disse Boudica. — Coventa só precisa de uma guardiã. Se alguém estiver esperando por você — ela disse com tato —, vá para as fogueiras... posso ficar aqui fazendo vigília.

— Havia alguém, mas não imagino que ainda esteja esperando — a sacerdotisa disse em voz baixa, a cabeça abaixada, de modo que o rosto estava escondido por uma queda brilhante de cabelos claros. — Um dia achei que a Deusa havia me chamado para servir como oráculo, mas agora esse caminho parece bloqueado. Estou parada, não importa para onde me vire!

Boudica olhou, abalada por descobrir que até uma sacerdotisa jurada poderia ser tão atormentada pela dúvida como ela mesma fora.

— Como sabe a vontade da Senhora? — ela perguntou. — Ela fala com você?

Lhiannon levantou os olhos com um suspiro tremido.

— Às vezes... embora eu esteja normalmente muito concentrada na minha própria dor para escutar nas horas em que mais quero ouvir.

Como agora..., pensou Boudica.

— Às vezes Ela fala comigo através dos lábios de outras pessoas — Lhiannon conseguiu dar um sorriso irônico —, como acho que está falando através de você agora. Uma ou duas vezes, Ela falou comigo em voz alta, quando ocupava o corpo da senhora Mearan durante um ritual, e, às vezes, a ouço falar na calma da minha alma. Mas em algumas ocasiões sabemos quais são nossas escolhas somente depois de fazê-las. Achei que para ganhar amor precisaria abrir mão de poder, mas em vez disso pareço ter trocado amor por dever.

— Ou talvez por amizade? — perguntou Boudica, percebendo só agora, quando se via baixando as barreiras que a mantinham sozinha ali, o quanto tinha estado solitária.

— Sim, irmãzinha... talvez tenha sido isso que eu fiz. — Lhiannon conseguiu sorrir.

três

Numa tarde quente um pouco antes do festival de Lugos, o som de uma trombeta carynx de bronze ecoou pelos campos. Depois do Oráculo de Beltane, o arquidruida tinha reunido os reis para aconselhamento sobre o destino da

Britânia, e eles por fim chegavam. Boudica correu para a Casa das Donzelas para trocar de roupa. Por mais de um ano, seu mundo havia se limitado à comunidade da ilha. O que ela diria a eles? Será que aqueles que conhecera em Camulodunon se lembrariam dela?

Seu segundo verão na Ilha dos Druidas tinha sido tão abundante quanto Helve prometera. Na metade do verão, a cevada pendia pesada nas hastes e as ovelhas engordavam na grama rica. Mas, para os que tinham escutado as previsões do Oráculo, as bênçãos da estação eram um mau presságio, pois, se Helve estava certa sobre a colheita, poderia estar certa sobre a invasão romana também.

Boudica colocou rapidamente o vestido branco sobre a cabeça e passou o pente pelo cabelo grosso. Brenna e Morfad já estavam colocando guirlandas de ásteres de verão na cabeça. Ela pegou a própria guirlanda e correu atrás das outras pelo caminho que ia de Lys Deru até a costa.

O coro de jovens e donzelas se colocou em posição atrás dos druidas e sacerdotisas mais antigos. Na parte mais fina do estreito, os penhascos eram íngremes dos dois lados da água. Os barcos atracavam mais além, onde havia uma praia estreita entre penhascos e bancos de areia. Uma barca se colocava na direção deles através das ondas azuis. Havia uma névoa sobre a água, e tudo que Boudica podia ver eram as manchas vivas das vestes e um brilho dourado. Outra barca se seguiu; ela vislumbrou as formas de cavalos. Sem dúvida o resto do cortejo havia sido deixado na costa mais distante.

O arquidruida havia mandado seu chamado a todas as tribos do sul. Ninguém em Lys Deru parecia duvidar de que fossem obedecer, mas, se Cunobelin, com toda a sua habilidade desonesta, só tinha conseguido colocar os trinobantes e os catuvelanos sob seu jugo, Lugovalos seria mesmo capaz de impor união a tribos que tinham sido inimigas desde que seus pais chegaram a essa terra?

Quando a barca atingiu o meio do estreito, pareceu perder o rumo. Boudica se lembrava daquele momento de sua própria chegada, quando, mesmo sem treino e exausta como estava, tinha sentido a pressão da parede invisível que protegia Mona.

— Quem se aproxima da ilha sagrada? — a voz de Lugovalos ressoou até o outro lado da água.

— Reis da Britânia vêm se aconselhar com os sábios — veio a resposta, embotada por algo além da distância.

— Passem, então, pela vontade dos deuses poderosos — gritou o arquidruida, e os sacerdotes e sacerdotisas atrás dele começaram a cantar.

Não houve coro de druidas para a fileira de montarias que trouxera Boudica, somente um sacerdote e duas sacerdotisas. Mas ela sentira um formigamento estranho quando as vozes deles se juntaram no feitiço.

Havia doze deles agora ali, e o décimo terceiro era o arquidruida na frente deles. O canto vibrava através de seus ossos.

Os druidas estavam remodelando o relacionamento entre céu e mar. Por um momento, aquela vibração combinou com a dela própria; Boudica via cada partícula brilhar e entendeu o que suas professoras queriam dizer com a harmonia de todas as coisas. Quando conseguiu se concentrar de novo, viu claramente as duas barcas e seus passageiros. Mas a costa distante atrás deles ainda seguia velada por uma névoa dourada. Os convidados deles haviam passado pela barreira.

Boudica reconheceu imediatamente os dois filhos de Cunobelin; Caratac, magro e ruivo, que tinha tomado o reino dos cancíacos, e Togodumnos, já mais portentoso ao se acomodar nos altos cargos do pai. Com eles estavam mais dois que ela não conhecia. Atrás de Togodumnos, viu outro homem, alto e de cabelos claros e bigode. Ela levantou uma sobrancelha ao perceber que era Prasutagos, irmão do rei dos icenos do norte.

Conforme a barca se aproximou da costa, os jovens e donzelas começaram a cantar:

> *É para a terra dos homens talentosos que vieram,*
> *É para a terra das mulheres sábias que vieram,*
> *É para a terra da bela colheita que vieram,*
> *E para a terra da música.*
> *Você que ocupa o lugar do herói,*
> *Você que ocupa o lugar de rei,*
> *Você que escuta bons conselhos,*
> *Aqui seja bem-vindo...*

— Se tanto Helve quanto a senhora Mearan previram uma vitória romana, por que nos chamaram aqui? — perguntou o rei Togodumnos. Incomum para os jovens, ele usava barba curta. — Está nos aconselhando a desnudar o pescoço para o lobo romano sem luta?

Houve um rosnado dos outros líderes, e Boudica, que estava enchendo de novo a vasilha dourada de beber, parou com ela nas mãos. Os reis já tinham passado metade de um dia debatendo se as visões deveriam ser acreditadas. Nesse passo, decidir o que fazer a respeito delas poderia seguir até a próxima lua cheia.

— Estou disposto a cair lutando — completou Caratac —, mas preferiria não saber que estou condenado antes de começar!

À medida que ele se inclinou para a frente, a luz do fogo acendeu uma nova chama no cabelo castanho-avermelhado dele. Não era uma figura majestosa como o irmão mais velho, mas, embora sempre falasse com e de Togodumnos com respeito, Boudica achava que, dos dois, ele tinha, se não a maior inteligência, certamente mais energia.

Para abrigar seus hóspedes, os druidas tinham consertado as cabanas do gramado onde faziam os festivais e removido as laterais de palha do grande salão de banquete, a fim de deixar entrar luz e ar, para as deliberações deles. Na vala central, uma fogueira era mantida acesa, dando luz, calor e também uma testemunha para juramentos. Vários baldes de madeira presos com bronze e cheios de cerveja serviam para lubrificar as deliberações. Boudica, que vivera em uma casa real, era a escolha óbvia para levar a vasilha de beber. Ela não tinha certeza se deveria considerar aquilo um privilégio, mas ao menos seus deveres eram claros.

— Se a ruína fosse certa, acha que os teria chamado até aqui? — respondeu o arquidruida. — O que prevemos é o que pode ocorrer se as questões continuarem como começaram. Mas o destino é como um rio, em mudança constante. A junção de um novo riacho pode transformá-lo em inundação; um pedregulho... ou seis — ele observou os homens diante de si com um sorriso irônico — pode alterar o curso. Não estamos condenados, mas fomos advertidos.

— O modo mais fácil de evitar derramamento de sangue seria receber os romanos quando eles vierem — observou Tancoric dos durotriges.

As terras dele, recordou-se Boudica, incluíam o País do Verão e a Ilha de Avalon.

— Se fizermos tratados — ele continuou —, eles não precisarão nos conquistar. Deixe o imperador nos chamar de reis clientes. Ele estará em Roma, e nós estaremos aqui, desfrutando dos benefícios do comércio romano.

— E pagando impostos romanos, e mandando nossos guerreiros para os confins da terra para lutar as guerras dele — explodiu Caratac.

— O comércio romano pode ser um perigo tão grande quanto os exércitos romanos — disse, devagar, o rei Togodumnos. — Meu pai manteve sua liberdade, mas quando morreu era mais romano que catuvelano. Eu também me acostumei com os luxos deles, mas começo a temê-los. Se continuarmos a fazer comércio com eles, ainda vamos mudar, porém mais lentamente. Se eles nos governarem, a próxima geração de britões vai falar latim e fazer oferendas aos deuses romanos.

E os druidas e sua sabedoria terão partido desta terra..., pensou Boudica.

— Se escolhermos lutar, acha de fato que podemos vencer? — perguntou então o rei Maglorios dos belgas.

Ele era um homem mais velho, ficando careca agora, mas ainda forte, cujas terras ficavam entre as dos durotriges e as dos atrébates. Ele fez um gesto e Boudica se adiantou para oferecer a vasilha de bebida com a elegância que tinha aprendido no salão de Cunobelin. Ele lançou um olhar de apreciação a ela, e ela se esquivou de uma apalpada mais-do-que--apreciativa ao pegar a vasilha para enchê-la novamente.

— Se os senhores se unirem — respondeu a grã-sacerdotisa —, creio que podem fazer com que eles se retirem, como César, apesar de se gabar da conquista, fez há cem anos.

Ela parecia cansada. Boudica tinha escutado que quando os druidas fizeram um segundo ritual, reservadamente, Mearan vira ainda mais derramamento de sangue que Helve.

— Eu dou as mãos com alegria a todos que estão aqui — disse Tancoric —, mas e quanto aos que não estão? Noto que os regnenses não aceitaram seu convite.

— Eles podem ter mais de um motivo para isso — disse Mearan.

— Talvez tenham escutado que os filhos de Cunobelin estariam aqui — apontou Maglorios, e os outros riram.

As terras dos regnenses eram ladeadas ao norte pelo território governado por Togodumnos e ao leste pela terra dos cancíacos, onde Caratac agora era rei.

— E talvez os atrébates tenham ouvido que *você* estaria aqui — retrucou Togodumnos. — Eles são seus vizinhos, afinal.

O arquidruida balançou a cabeça.

— Eu não os convidei. O rei Veric tem um tratado com os romanos. Ele enviou o neto Cogidumnos para ser criado pelo imperador, e não ousaria se virar contra eles, mesmo se desejasse.

— A Ilha de Vectis tem um porto tentador. Os romanos poderiam marchar bem para o meio da Britânia através das terras dos atrébates. Vamos precisar fazer alguma coisa a respeito de Veric... — disse lentamente Caratac.

Ele olhou para o irmão, e Boudica estremeceu. Os filhos de Cunobelin tinham herdado a ambição do pai de unir a Britânia. A ameaça da conquista romana poderia ser o que precisavam para ter sucesso.

— E os homens da arte lutarão conosco? — veio uma voz nova.

Os outros se viraram enquanto o príncipe Prasutagos se inclinou para a frente. Ele não tinha falado muito naquele conselho, mas quando falava os homens escutavam suas palavras.

— De fato — disse o arquidruida, com um sorriso gélido. — Os romanos não *nos* dão a opção de rendição. Talvez nossa magia não seja o que diz a lenda, mas temos algum poder sobre o vento e o tempo, e na leitura de presságios. Vamos enviar nossos sacerdotes e sacerdotisas mais talentosos para marchar com vocês quando chegar a hora da batalha.

O príncipe assentiu, e Boudica se adiantou para oferecer a ele a vasilha de beber. Quando ele levantou os olhos para pegá-la, havia tristeza por trás de seu sorriso. Os criados haviam dito que o príncipe perdera a mulher no parto recentemente. Ele tinha um bom rosto, e ela pensou que ele daria um pai bondoso para crianças.

— Então espero que seus videntes possam nos dizer quando a invasão vai chegar. Vai ser difícil reunir um exército, e muito mais difícil mantê-lo junto — disse o rei Maglorios.

Boudica carregou a vasilha em torno do círculo, e a discussão sobre guerreiros, suprimentos e estratégias seguiu.

***

Por mais que Lhiannon amasse Lys Deru, às vezes a atmosfera de dedicação concentrada podia ser fechada, especialmente agora, quando a presença de estranhos reais os recordava tão forçadamente de que havia outro mundo além da Ilha dos Druidas. Tinha ficado honrada em acompanhar os reis em suas oferendas no Lago das Pedrinhas, embora não soubesse se Mearan queria a ajuda dela como sacerdotisa ou como dama de companhia de Boudica, que caminhava à frente dela.

Tinham saído naquela manhã, passando por trechos de floresta e campos ceifados onde corvos que procuravam grãos caídos entre os tocos voavam em alarme barulhento. Havia sido de fato uma colheita generosa, e nas estações vindouras os grãos que enchiam os fossos de armazenamento poderiam ser necessários para alimentar as pessoas cujos campos tinham sido arrasados pela guerra.

Mas os campos de Mona, embora ricos, não cobriam a ilha toda. Alguns quilômetros para dentro da costa o terreno fértil no lado leste dava lugar a uma faixa pantanosa que corria da costa sul para o meio da ilha. Enquanto Lhiannon aspirava fundo o ar perfumado pela vegetação com um toque de mar, o voo de uma gaivota atraiu o olhar dela pelo pântano. Algo se movia entre os juncos. Ela reconheceu o passo majestoso de uma garça, penas cinzentas com um brilho azulado sob o sol. Uma flotilha de patos e andorinhas-do-mar surgiram em vista na água aberta que brilhava além, ancas emplumadas apontando para o céu conforme mergulhavam. Os humanos não eram os únicos a encontrar uma boa colheita ali. O vento puxava o véu dela, e ela o desprendeu, deixando o cabelo fino voar tão livre quanto o de Boudica. Naquela noite ambas teriam uma massa de nós, mas poderiam ajudar uma à outra com o emaranhado.

Da frente vinha o estrondo grave do riso masculino de onde os reis marchavam juntos. Depois deles vinha o arquidruida, ladeado por Ardanos e Cunitor, com o jovem Bendeigid puxando a égua mansa que levava Mearan. A grã-sacerdotisa era a única que seguia a cavalo. Naqueles dias, as dores no quadril dela dificultavam a caminhada. Lhiannon suspeitava de outros males que a mulher mais velha estivesse escondendo, mas nenhum deles tinha coragem de perguntar.

Enquanto Lhiannon observava, Ardanos ficou para trás a fim de falar com Mearan. Ela balançou a cabeça e ele levantou o olhar com um rosto preocupado que retorceu o coração de Lhiannon. *Ah, meu querido, é claro que ela sente dor, mas nunca vai admitir isso a você...* Mesmo assim, ela o amou por tentar. Desde o encontro fracassado nas fogueiras de Beltane havia um constrangimento entre eles. Ele havia dito que entendia por que ela não comparecera, mas ela viu a mágoa nos olhos dele e não ousava tentar curá-la antes de ter certeza de que entendia o que a Deusa queria dela.

De trás ela ouvia o bater irregular de cascos e o tilintar dos arreios dos pôneis que carregavam as oferendas. A ilha tinha poucas estradas apropriadas para uma carroça, e havia locais em que até mesmo cavalos com cargas não passavam. Era um caminho tortuoso que os levaria até o lago sacrificial, mas, com aquele dia bonito, ensolarado, Lhiannon achava difícil se importar.

Um pouco depois do meio-dia, cruzaram o riacho que alimentava o pântano e viraram para oeste. A mata fechada se reduziu a emaranhados de tojo que se prendiam a pedras cinzentas espalhadas, e riachinhos ladeados de junco drenavam a terra. Conforme o dia seguiu, Lhiannon começou a desejar que tivesse passado mais tempo em atividade física e menos em meditação. Ela olhou para Boudica, invejando o passo fácil, ágil. Suas costas doíam e seus pés estavam em pandarecos.

Eles por fim fizeram uma parada em uma depressão onde uma pedra em pé marcava um caminho estreito saindo da estrada. O sol desaparecia atrás da massa cinza da montanha sagrada diante deles, mas à esquerda o terreno descia na direção do mar. Mais perto, um lago pequeno refletia o céu translúcido.

— Sente-se, criança — disse Lhiannon, acenando para Boudica, que havia subido em um afloramento de pedras para ter uma vista melhor. — Fico cansada só de olhar para você.

Lhiannon se recostou numa rocha e esticou as pernas com um suspiro enquanto a garota descia.

— Aquela é a lagoa sagrada? — ela perguntou, apontando colina abaixo.

— Essa é a lagoa que chamamos de a Mãe — respondeu Lhiannon. — A Filha fica um pouco mais para baixo, protegida da vista casual. Vamos até lá em jejum, no amanhecer.

— Mas vamos comer hoje à noite, não vamos? — perguntou Bendeigid, que tinha vindo se juntar a elas.

Ardanos e Cunitor ajudavam Mearan a descer do cavalo e a levavam para um assento coberto de mantos dobrados. Apesar de sorrir em agradecimento, ela parecia pálida.

— Se dependesse de Lugovalos, não comeríamos — respondeu Lhiannon —, mas nem o arquidruida vai exigir uma privação dessas dos reis. Console-se com o pensamento na carne com que vamos nos banquetear amanhã. Se quisermos comer qualquer coisa no jantar hoje, é melhor nos ocuparmos agora.

Ela se levantou e mancou até a fogueira.

Alguns dos homens já tinham instalado ferros de suporte para pendurar o caldeirão de bronze com rebites e acendido uma fogueira debaixo dele. Lhiannon ficou ao lado do caldeirão, esperando que fios de vapor subissem da água. Quando os viu, despejou o saco de cevada. Boudica equilibrou uma tábua lisa entre duas pedras e começou a cortar vegetais.

O longo dia de verão se apagava no ocaso em tons ainda mais delicados de rosa e dourado. O borbulhar do caldeirão se mesclava ao silêncio da noite que calava até a voz dos homens. Três corvos vieram voando da direção da ilha sagrada, suas formas elegantes definidas nitidamente contra o céu luminoso.

— Desculpe, irmãos… não temos nada para vocês hoje — disse o rei Tancoric. — Voltem amanhã e vamos alimentá-los bem.

— E, quando os romanos vierem, faremos a vocês uma oferenda realmente digna — completou Caratac.

Uma explosão de riso se seguiu às palavras dele.

Os corvos rodearam o acampamento como se estivessem ouvindo. Lhiannon estremeceu enquanto eles se afastavam com um último grito severo.

— Está com frio? Posso pegar um manto — disse Boudica.

A sacerdotisa balançou a cabeça e mexeu o caldeirão de novo.

— Foram os pássaros — ela explicou. — Nós invocamos os deuses por bênçãos, mas eles podem ser terríveis, especialmente Cathubodva, o Corvo de Batalha, a quem aqueles corvos pertencem…

— O que ele quis dizer com uma oferta digna? — perguntou Bendi.

— Ele quis dizer cadáveres — disse Ardanos, juntando-se a eles. — Depois de uma batalha, os lobos e os corvos se banqueteiam com os mortos. Sabe como os bosques de carvalho ficam no outono, quando as bolotas cobrem o chão? As bolotas são comidas pelos porcos, mas dizem que num campo de batalha as cabeças decepadas dos caídos jazem como bolotas, e as chamam de "bolotas da Morrigan", a Grande Rainha que também chamamos de Cathubodva…

Ele se virou para Lhiannon.

— A grã-sacerdotisa está gelada. Há algo que eu possa dar a ela?

— Passe aquela xícara... a cevada ainda não amoleceu, mas passou o suficiente de sua essência à água para fazer algum bem a ela.

Lhiannon despejou caldo na xícara e colocou um pouco de sal.

— Aqui, Bendi. — Ela se virou para o rapaz. — Você está aprendendo a ser um curandeiro. Às vezes comida também é remédio. Leve isso para a senhora, e, quando ela tiver terminado, pergunte se quer mais.

— A Morrigan *gosta* do derramamento de sangue? — perguntou Boudica, quando ele tinha saído.

— Ela chora... — disse Lhiannon em voz baixa. — Na noite antes da batalha, ela anda pelo campo e grita em desespero. Espera no baixio e lava as roupas ensanguentadas dos condenados. Ela implora que eles voltem, mas eles nunca voltam.

— E então, quando a batalha é travada — completou Ardanos, de modo sombrio —, ela concede a loucura que dá aos guerreiros a força de heróis, e permite que cometam os atos que nenhum homem conseguiria enfrentar a sangue-frio. E assim os reis fazem sacrifícios a ela pedindo vitória.

— Ela é boa ou má? — perguntou Boudica.

— As duas coisas — respondeu Lhiannon, com uma tentativa de sorriso. — Quando ela faz amor com o Bom Deus no rio, traz vida à terra. Ele equilibra a destruição dela e a faz sorrir mais uma vez.

— Veja desse modo — disse Ardanos. — Uma tempestade é boa ou ruim?

— Imagino que boa quando traz a chuva de que precisamos e ruim quando uma enchente leva nossas casas embora.

— Nem sempre sabemos por que a chuva cai — completou Ardanos — ou por que os deuses fazem o que fazem. As pessoas chamam os druidas de sábios, mas você precisa perceber a esta altura que deveríamos ser chamados de pessoas que buscam sabedoria. Estudamos o mundo visível em torno de nós e contatamos o mundo invisível interno. Quando os entendemos verdadeiramente, nos tornamos como os deuses, capazes de comandar seus poderes porque nos movemos em sua harmonia.

É isso que amo nele, pensou Lhiannon, *não só o toque de sua mão, mas o toque de sua alma.*

E, como se ele tivesse sentido aquele pensamento, Ardanos olhou para ela, e a ruptura entre eles estava curada.

***

Era a hora cinza pouco antes do amanhecer. Levantaram-se em silêncio, as túnicas brancas dos druidas com aspecto fantasmagórico na penumbra.

Até os reis se moviam em silêncio enquanto carregavam as oferendas nos cavalos. Boudica esfregou o sono dos olhos e apertou mais o manto em torno dos ombros, encolhendo-se conforme movia músculos que não sabia que estavam doloridos. Então, com os outros, seguiu o arquidruida pelo caminho. Na penumbra, a forma do adereço de penas de ganso na cabeça e as dobras duras da capa de couro de cavalo dele assomavam como os rochedos que se curvavam como guardiões monstruosos contra o céu que clareava. Uma tocha ardia na mão dele.

Atrás dele vinha a grã-sacerdotisa, ajudada por Ardanos e Lhiannon, a forma frágil embrulhada em drapeados escuros nos quais ocasionalmente brilhava uma centelha prateada. A cada movimento vinha o tilintar dos sinos de prata amarrados ao galho na mão dela.

Enquanto deixavam o local de acampamento, um grito áspero quebrou o silêncio. Os corvos estavam de volta, rodando acima como cacos da noite.

Eles se lembram do banquete que o rei prometeu, pensou Boudica. De repente as formas dos rochedos e das árvores pareciam insubstanciais, como se fossem apenas um véu que poderia ser puxado de lado para revelar alguma realidade mais luminosa, e ela entendeu por que o sacrifício precisava ser feito naquela hora liminar entre a noite e o dia.

Na metade da descida, o chão se nivelou. Ela não conseguia ver o que vinha adiante. Os reis descarregaram os cavalos, e então os levaram de volta para o cume, a não ser pelo último, um garanhão branco que não trazia carga além da própria pelagem brilhante. Este foi preso ao espinheiro que crescia à margem da saliência rochosa. Na penumbra, ela só conseguia ver três formas escuras entre os galhos. Os corvos. Esperando...

A grã-sacerdotisa e Lhiannon se adiantaram para ficar de frente para o arquidruida na beira do penhasco. Abaixo, as águas brilhavam negras e tão imóveis que a superfície era desenhada por pequenas espirais pelas gaivotas que voavam.

— Pelo céu que nos dá vida e alento — cantou Mearan. — Pelas águas, em cujo movimento todas as coisas crescem e mudam; pela terra sólida em que pisamos... Ó espíritos que habitam este local, pedimos sua bênção.

— Pelo fogo que ilumina o espírito; pelo lago do qual tiramos poder, pelas árvores que ligam terra e céu... — Lugovalos ergueu alto a tocha. — Invocamos os Iluminados como testemunhas.

Lhiannon avançou.

— Por todas as esperanças nascidas do vento; por todas as memórias que jazem dentro do lago; pelo conhecimento presente nos campos que conhecemos; invocamos a sabedoria de nossas mães e de nossos pais que se foram antes.

— Escutai-nos! Abençoai-nos! Estai conosco agora! — eles gritaram em uníssono.

O garanhão saltou nervosamente na correia, e as gaivotas assustadas saíram gritando pelo ar.

O céu havia clareado para um azul-claro translúcido. O sol ainda estava escondido atrás das montanhas na terra principal, mas sua vinda era anunciada por um brilho crescente. Togodumnos pegou uma espada longa, e a luz rebrilhou na lâmina. Os druidas ensinavam que havia dois tipos de sacrifício: os que eram partilhados para ligar os homens e os deuses, e aqueles que eram partidos e inutilizados pela humanidade. Era o segundo que iam oferecer agora.

— Estas armas ganhamos de nossos inimigos em batalhas entre as tribos. Conforme destruo esta lâmina — ele colocou o salto sobre a ponta da espada e o metal gemeu e cedeu —, termino a inimizade que existia entre nós. Deuses de nosso povo, aceitai este sacrifício!

A espada girou para fora quando ele a soltou, a curva distorcida esculpindo o céu pálido, e desapareceu com um respingo nas águas escuras abaixo.

Caratac quebrou a haste de uma lança, então quebrou a ponta contra uma pedra.

— Esta lança nunca mais beberá sangue celta! Que a Senhora dos Corvos aceite este sacrifício!

Se ao menos, pensou Boudica, *os ódios entre as tribos pudessem ser afogados com essa facilidade!* Mas talvez a ameaça romana os assustasse a ponto de deixarem as velhas inimizades de lado. Um a um, os reis se aproximaram com espadas e lanças, escudos com ornamentos de bronze esculpidos em graciosas espirais triplas, pedaços de arreios de cavalos, e equipamentos para as carruagens de vime que eram as armas mais terríveis das tribos nas guerras. Eram obras de arte além de úteis, um tesouro que poderia ter trazido apoio de seguidores, mas não poderia haver seguidores se não tivessem o favor dos deuses. Conforme a pilha diminuía, Boudica passou os dedos em seu punhal, imaginando se deveria jogá-lo no mar. Mas, embora tivesse sangue de reis, ela mesma não tinha nem posição nem poder. Por que deveria incomodar os deuses, especialmente naquele ritual?

Sagrados, pensou ela, *se me disserem o que vai agradá-los, darei meu melhor para fazer o sacrifício.* Ela teve uma sensação repentina de vertigem, como se a terra tivesse se movido sob seus pés. Por um momento, teve dificuldade para respirar. Boudica sempre *acreditara* que os deuses ouviam, mas de repente *soube* que tinha sido ouvida, e estremeceu, imaginando se fora sábio fazer uma oferta tão espontânea.

E agora as ondas causadas pelo último escudo amassado tinham se aquietado. Uma rajada de vento trouxe o cheiro do fogo que Bendeigid estava preparando. O céu estava claro agora, e o contorno dentado do horizonte a leste estava ladeado de dourado. Ardanos e Cunitor tiraram as túnicas brancas e as colocaram de lado, então foram até o espinheiro e desamarraram o arreio do garanhão.

Os icenos eram grandes amantes de cavalos. Boudica não tinha perdido oportunidades de estar por perto deles. Aquele era um belo animal, cujo pelo brilhante e olhos claros proclamavam sua boa condição. Mas, enquanto olhava para o cavalo, sentiu algo mais. Ela havia visto muitos animais sendo mortos para a mesa ou para oferendas, mas naquele momento tudo – o animal, os humanos, as águas escuras abaixo do penhasco, pareciam subitamente mais *reais*. *Não*, ela então pensou, *o sacrifício torna tudo mais* sagrado...

O animal se debateu nervosamente quando um dos corvos soltou um grito rouco. Dessa vez ninguém fez nenhuma brincadeira sobre isso. Todos sentiam que não apenas os pássaros, mas os próprios deuses estavam ávidos pelo sacrifício.

Enquanto os dois druidas jovens seguravam o cavalo, Mearan andou lentamente em seu entorno, moldando o ar ao redor do corpo dele com o galho de sinos prateados. As orelhas do garanhão se bateram nervosamente, seguindo o som.

— A cabeça do cavalo é o amanhecer! Seus olhos são o sol e seu alento é o vento — cantou Lugovalos. — Suas costas são largas como a vasilha do céu. O sol se levanta na testa e se põe no vinco entre seus quartos.

O ronco profundo da voz do arquidruida parecia vibrar na própria terra. Eram as palavras ou a bênção dos sinos que fazia o ar em torno dele brilhar? Era uma canção de transformação, a parte se transformando em todo, o mundo da carne oferecido ao mundo do espírito.

O garanhão se debateu quando uma rajada de vento fez a chama da tocha bruxulear.

— Este cavalo é a terra e as estrelas do céu. Este cavalo é o corcel que viaja entre os mundos. Este cavalo é a oferenda.

Bendeigid ofereceu a lâmina sacrificial a Ardanos. O aço refletiu a luz quando ele se esticou para passá-lo na garganta do animal, e o garanhão relinchou e se levantou, golpeando o ar. Uma pata que se debatia acertou Ardanos nas costelas, e a faca voou brilhando da mão dele e caiu no lago. Lhiannon gritou e correu para Ardanos enquanto ele caía.

Os reis pularam de lado enquanto o cavalo arrastava Cunitor pelo chão, mas Prasutagos se desviou dos cascos e saltou para a frente, pegando o cabresto e usando seu grande peso para segurar o animal.

— O golpe o deixou sem fôlego — disse Lhiannon, enquanto Ardanos ofegava.

Ela começou a explorar o torso dele com dedos gentis, mas, quando apertou as costelas, ele gritou.

— E algumas costelas quebradas — ela completou. — Fique quieto, meu querido. Precisamos enfaixá-lo antes que tente se mexer.

O garanhão parou de se debater conforme Prasutagos falava com ele, a voz um murmúrio gentil incessante como o vento. Só então, olhando para os outros, Boudica percebeu como aquilo deveria ser um presságio desastroso.

Ela tirou a faca e rasgou a parte de baixo de sua túnica, apertando os dentes até que o linho forte cedeu e ela conseguiu arrancar uma faixa da barra.

— Use isso — ela disse, oferecendo-a para Lhiannon.

— Cunitor, traga o cavalo de volta — disse Lugovalos. — Precisamos completar o ritual.

— Vou levá-lo — disse Prasutagos. — Ele sente o medo de seus druidas.

Bem, isso não é surpresa, pensou Boudica, vendo o que tinha acontecido com Ardanos. Mas ela não conseguiu evitar uma onda de orgulho. Os icenos eram conhecidos pelo treinamento e pela criação de cavalos, e Prasutagos era claramente um mestre.

O príncipe levou o animal de volta para a beirada. Ele acariciou o pescoço acetinado, sussurrando na orelha de pé até que a cabeça nobre baixou e o cavalo ficou imóvel. Ainda sussurrando, ele se encostou no pescoço forte e tocou os joelhos do animal até que ele se ajoelhasse, balançasse e se deitasse.

Lugovalos tirou o adereço de plumas da cabeça e o manto de couro farfalhante e os colocou de lado.

— Pegue meu punhal. — Caratac estendeu uma lâmina brilhante. — Acabou de ser afiado.

— Esse cavalo é a oferta... — disse o arquidruida em voz baixa.

Movendo-se lentamente, ele foi até o outro lado do cavalo e se abaixou segurando a faca de lado até o último momento, e então, com um movimento rápido, suave, a passou pela garganta dele.

O sangue espirrou em um fluxo brilhante. Por um momento o cavalo pareceu não perceber o que acontecia. Então ele se bateu, mas Prasutagos segurava o pescoço com o peso do corpo, ainda murmurando, e então a grande cabeça do animal caiu e o príncipe a baixou com cuidado para o chão.

Na luz repentina do sol nascido, o mundo parecia vermelho enquanto o sangue empoçava debaixo do corpo branco e fluía em um rio vermelho na direção da beira do penhasco. Boudica piscou, vendo o brilho da energia que cercava o garanhão se mover na lagoa. Mas pareceu levar muito tempo até que a força vital saísse totalmente e houvesse somente uma carcaça ali.

Em silêncio, Cunitor e os outros homens abriram o animal, tirando o coração e o fígado e arrancando grandes pedaços de carne das ancas traseiras. Boudica ajudou a colocar pedaços da carne em espetos de ferro e suspendê-los sobre o fogo. A cabeça e as pernas ficaram presas ao couro, que foi arrastado para a beira da água e pendurado em um poste que claramente já tinha sido usado para aquele propósito. Quando terminaram, as entranhas foram empilhadas atrás do espinheiro, e o resto da carcaça foi jogado na lagoa.

O silêncio da manhã foi estilhaçado pelo crocitar triunfante dos corvos que desciam sobre a parte deles do banquete. A barra da túnica do arquidruida estava ensanguentada, e a parte da frente das vestes de Prasutagos estava escarlate onde ele havia aninhado a cabeça do cavalo enquanto o animal morria. A náusea lutava com a fome enquanto o cheiro de carne assando tomava o ar.

Tudo é comida para alguma coisa..., pensou Boudica. *Que minha morte seja tão digna quando minha hora chegar.* Mas ela tinha uma consciência aguda de que todos que partilharam do banquete não apenas ofereciam, mas eram parte do sacrifício.

~ QUATRO ~

— Helve não quer que eu me sente com você — disse Coventa.

As dobras do manto com barra de pele de Boudica ainda eram suficientes para cobrir as duas enquanto esperavam que o banquete do meio do inverno chegasse.

— Mas não ligo se ela queimar minhas orelhas amanhã, se você me esquentar esta noite!

Quando os reis foram embora de Mona, tinham levado o verão com eles, e o inverno que se seguiu estava se tornando o mais frio e mais úmido que Boudica já vira desde que chegara ali, ou talvez só parecesse assim porque para cada tribo que tinha concordado em se unir à aliança havia outra que se recusara a atender o chamado do arquidruida.

Uma onda de música fez a cabeça de Boudica virar. No fim da cova para a fogueira, painéis de peles amarradas impediam o vento de atingir os divãs de refeição e mesas laterais onde os druidas mais antigos dominavam.

Aquele homem novo, Brangenos, tinha vindo e ajustava as cordas da harpa em forma de crescente. Bardo da Ordem dos Druidas da Gália, ele chegara recentemente ao refúgio da ilha. Era alto, e magro quase ao ponto da emaciação, com uma mecha branca no cabelo negro. Também era um harpista muito melhor que Ardanos, que tinha sido o chefe dos bardos até agora. Mas mesmo quando sorria era possível ver tristeza nos olhos dele.

Quando ele terminou a afinação, houve uma agitação na porta. O arquidruida estava entrando. Em honra ao festival, sobre a túnica branca ele usava um manto grosso franjado feito com sete cores. Depois dele vinham os druidas mais antigos, seguidos por Ardanos e Cunitor e os outros sacerdotes mais jovens. Onde, ela pensou enquanto eles tomavam seus lugares em torno do buraco da fogueira, estavam as sacerdotisas?

> *As pessoas celebravam os líderes dos bandos de guerreiros*
> *O rei dos homens em marcha chamou as tribos para a guerra*
> *Agora todos os gritos silenciaram e o vento toca uma harpa de ossos.*

A harpa soltava um raio de som conforme o druida passava os dedos sobre as cordas. *Ele vem da terra de Vercingetorix*, lembrou-se Boudica. *Ao menos o único gaulês que superou César na batalha é relembrado aqui.*

Em todas as terras celtas as pessoas sabiam a história de como Vercingetorix tinha unido as tribos gaulesas, usando fortes em colinas e as próprias colinas como bases para atacar as legiões de César. Mas, no fim, o imperador romano o cercou em Alésia e o fez morrer de fome.

> *O grande rei veio ao senhor das águias*
> *Deitou armas para salvar seus guerreiros*
> *Sem nome na cova, e o vento toca uma harpa de ossos.*

Mais uma vez o som suspirou das cordas. Então a harpa ficou em silêncio. O rei gaulês tinha sido arrastado pelas ruas de Roma no triunfo de César e ficara preso por anos em um buraco no chão antes de ser morto pelos romanos. Certamente não era música alegre para o solstício. Por que os derrotados sempre tinham as melhores músicas?

Enquanto o bardo tocava, Mearan havia aparecido. Por um momento, Boudica ficou desapontada por perder a entrada dela, pois a grã-sacerdotisa normalmente fazia suas refeições na própria casa, mas sua aparição nos grandes festivais tinha certa cerimônia. No entanto, nem a luz avermelhada do fogo podia disfarçar o fato de que ela estava pálida. Talvez ela tivesse tirado vantagem da distração para evitar que notassem que precisara ser ajudada ao tomar seu assento.

Helve, por outro lado, florescia. A sacerdotisa sempre havia sido agradável com Boudica, mas era mais porque sabia que Boudica era de família real do que por algum sentimento pessoal. A menina tinha visto aquele olhar nos filhos de reis que ansiavam por herdar as honras do pai. E ela os tinha visto depois, às vezes, quando a escolha dos chefes havia recaído em outro homem de família real. Não achava que Helve lidaria bem com o desapontamento, mas se perguntou como o resto deles lidaria com ela caso suas expectativas fossem alcançadas.

As peles que cobriam as portas foram puxadas para o lado mais uma vez, e o perfume maravilhoso de porco assado encheu o salão. Coroada com hera em honra da estação, a velha Elin liderava a procissão. Havia tigelas de mingau de aveia com frutas secas, pratos de tubérculos e cestos de linguiça e queijo. Dois dos meninos mais velhos traziam uma tábua sobre a qual pedaços de porco soltavam espirais brancas para o ar. As bocas se encheram de água quando o arquidruida levantou as mãos e começou a entoar uma bênção sobre a comida.

***

Boudica bebeu a cerveja de seu copo de madeira e se recostou com um suspiro.

— Isso estava bom. É a primeira vez em dias que me sinto aquecida por dentro e por fora.

— Seu rosto está vermelho da cerveja — disse Coventa. — Ou é porque Rianor está te olhando?

— Ele não está. — Boudica levantou os olhos e viu que o rapaz tinha tomado seu olhar como convite e estava vindo na direção delas com dois amigos.

— Acho que ele gosta de você... — Coventa riu, e depois guinchou quando Boudica a beliscou.

Rianor não era mais um menino, ela percebeu de repente. Ele crescera nos últimos meses, e seu queixo tinha traços de barba escura. Era só que, comparado com guerreiros como os que as visitaram ultimamente, ainda parecia uma criança.

— Movam-se, donzelas. — Ele sorriu. — Ou vocês comeram tanto que não tem espaço no banco? Não é justo que bloqueiem todo o calor daquele fogo.

— Está dizendo que fiquei gorda? — protestou Boudica, mas ela já estava deslizando para que Rianor pudesse sentar.

Ela corou um pouco quando ele colocou o braço em torno dos ombros dela. O amigo dele, Albi, tentou fazer o mesmo e caiu, sentando-se na palha aos pés deles, onde ganhou a companhia dos outros meninos, dando tapinhas de brincadeira uns nos outros como os cães de caça do pai costumavam brigar antes de se esticarem diante da lareira.

Na matilha havia uma ordem; na matilha de meninos, também. Rianor era um líder. Cloto também, mas desde a visita dos reis muitos de seus seguidores o evitavam.

— O que achou do nosso novo bardo? — perguntou Rianor.

— Ele tem olhos tão tristes — observou Coventa, com um suspiro.

— Bem, a música dele era bem triste — concordou Albi.

— Então deveríamos aprender com ele — disse Cloto, de modo ríspido. — Não se pode lutar com Roma. Vercingetorix tentou e morreu, e todos aqueles reis orgulhosos que vieram aqui também vão morrer.

— César venceu Vercingetorix, e César está morto — objetou Rianor. — O imperador que eles têm agora não é um guerreiro.

— Ele não precisa ser — disse Cloto, sombriamente. — Ele tem generais que farão o trabalho por ele.

— E você acha que deveríamos simplesmente ficar aqui e deixar? — exclamou Albi.

Conforme eles ficavam mais barulhentos, outros começaram a se virar. Boudica fez um gesto pedindo silêncio, e por um minuto todos ficaram imóveis. Quando Cloto falou novamente, sua voz era intensa, mas baixa.

— Nós deveríamos recebê-los, fazer tratados. Eles precisarão nos tratar com justiça se estivermos protegidos pelas leis deles.

— Como Veric — disse Boudica.

Cloto deu de ombros. Todos sabiam que ele era primo do rei dos atrébates. É claro que concordaria com ele.

— E quando formos tão mansos quanto as tribos da Gália, e então? — sussurrou Rianor. — Nossos filhos vão crescer falando latim e vão se esquecer dos nossos deuses.

— Acho que isso não é justo — disse Albi, lentamente. — Ouvi dizer que os povos do império são livres para cultuar seus próprios deuses desde que também honrem os deuses de Roma.

— Todos exceto os druidas... — Coventa disse subitamente.

Os olhos dela estavam desfocados e ela tremia.

— Os druidas da Gália que não fugiram foram mortos.

Boudica apertou o braço dela e deu uma pequena sacudida, querendo que ela se concentrasse no aqui e agora. Se ela tivesse um de seus ataques, os sacerdotes viriam para cima deles com certeza. Por um momento, a jovem ficou rígida sob a mão dela, então relaxou com um suspiro.

— É verdade — disse então Rianor. — Nós druidas não temos escolha. Se os romanos governarem a Britânia, o povo pode sobreviver, mas não serão mais atrébates, brigantes ou regnenses. — A voz dele se ergueu. — Pelos deuses, nós das tribos amamos tanto nossa liberdade que nem mesmo nos unimos como britões sob um rei! Como pode achar que seria melhor ser engolido por Roma?

Ele olhou para Cloto, e o outro menino ficou de pé, punhos fechados e prontos.

Enquanto Rianor se levantava para enfrentá-lo, Ardanos apareceu de repente atrás deles, pegando o ombro de cada rapaz com uma mão forte.

— O que estão pensando? — ele sibilou, o cabelo ruivo parecendo ficar de pé. — Discutem profanidades no festival! Graças à Deusa o arquidruida e a grã-sacerdotisa já foram embora.

Eles ficaram boquiabertos na frente dele. Quanto Ardanos tinha escutado? Boudica sabia que os druidas andavam tendo as mesmas discussões que os rapazes que ensinavam. Mas não, ela precisava admitir, na frente de toda a comunidade em um festival.

Ardanos soltou os meninos.

— Se podem brigar, podem trabalhar! O banquete acabou. Vão se ocupar limpando o salão!

***

— Os deuses são muitos, ou há apenas dois, ou um? — Lugovalos se inclinou para a frente, a barba branca brilhando na luz do dia de primavera.

Boudica esfregou os olhos e tentou prestar atenção. Tinha feito dezesseis anos recentemente, e os membros longos ganhavam uma nova harmonia. Ela preferiria estar correndo atrás das ovelhas ou colhendo verduras para o pote, ou qualquer outro trabalho que permitisse que se *mexesse*.

— Lhiannon nos ensina que tudo isso é verdade — disse Brenna, com um sorriso para a mentora. — Todas as deusas, tudo o que vemos como feminino e divino, chamamos de Deusa. Mas, quando rezamos, Ela usa um rosto ou outro... Donzela, Mãe ou Sábia, ou Brigantia ou Cathubodva.

E nenhuma delas, pensou Boudica, *parece querer falar comigo*.

— Tudo o que é divino e masculino, nós chamamos de Deus. Nós os invocamos como Senhor e Senhora em Beltane... — Brenna corou.

Ela havia acabado de voltar das cerimônias de sua feminilidade da Ilha de Avalon e se certificava de que todos soubessem que planejava encontrar um amante nas fogueiras de Beltane.

— Sua professora a ensinou bem — disse o arquidruida.

Lhiannon baixou a cabeça, mas não pareceu ter ficado muito feliz com o elogio. Ou talvez fosse a referência a Beltane. Ela iria encontrar Ardanos naquele ano?

— Então — disse Lugovalos —, vocês entendem que os deuses são ao mesmo tempo um só e muitos. Nós honramos o Uno, mas há poucos que de fato conseguem aguentar o toque daquele poder.

Ele pausou por um momento, o rosto virado para cima iluminado, e Boudica subitamente teve certeza de que tinha estado na presença da Fonte de Tudo. Então ele sorriu e se virou para eles de novo.

— Talvez saibamos mais quando estivermos entre as vidas, mas enquanto estivermos em corpos humanos, com sentidos humanos, é para os muitos deuses que fazemos nossas preces e oferendas.

Rianor levantou a mão.

— Meu senhor, para qual deus deveríamos rezar agora, quando enfrentamos guerra?

— Como chamam esse poder em sua terra?

— Os trinobantes fazem oferendas a Camulos — veio a resposta orgulhosa. — Camulodunon é a fortaleza do deus.

Boudica assentiu, recordando-se do imponente círculo de carvalhos na floresta ao lado da fortificação. Ela abrigava uma laje de pedra na qual o deus tinha sido esculpido de pé entre duas árvores, usando uma coroa de folhas de carvalho.

Outros estudantes ofereciam nomes adicionais – o vermelho Cocidios ao norte, Teutates entre os catuvelanos, e Lenos dos siluros. Os belgas faziam oferendas a Olloudios, e os brigantes a Belutacadros. Entre o povo dela, Coroticos era o nome que chamavam quando iam para a guerra, mas, como muitos entre as tribos, era a uma deusa, Andraste, que rezavam pelo fervor que traria a vitória.

— Quando as tribos se juntarem, qual deus ou deusa deveria liderá-las? — perguntou Bendeigid.

— Farei uma pergunta a você — respondeu o arquidruida. — Qual a diferença entre um exército e um guerreiro?

— Um guerreiro é um homem e um exército são muitos — o menino respondeu.

Ele não era o único que parecia confuso.

— Mas um exército é mais que uma reunião de guerreiros. Quando você diz "um druida", pode estar falando de mim, ou de Cunitor, ou de Mearan. Mas, quando você diz "os druidas", está falando de uma entidade maior que inclui todos os nossos poderes e nossas tradições.

— As pessoas também são assim — disse Coventa subitamente. — Uma mulher pode ser uma filha, uma mãe e uma sacerdotisa, mas as pessoas falam com você como apenas uma dessas coisas a cada vez.

O arquidruida assentiu.

— Um exército é muito mais que a soma de seus guerreiros. Ele tem um espírito, uma mente própria. E assim é com os deuses. Quando os lutadores de um exército invocam o deus da guerra por nomes diferentes, invocam a existência de um ser maior que os inclui todos.

— Nem todos... — alguém disse, em voz baixa.

Ardanos estava de pé na beira do círculo, parecendo muito sério.

— O deus dos atrébates não vai conosco. Caratac expulsou Veric da terra dele.

Por um momento, todos ficaram em silêncio. A notícia não era inesperada, mas ouvi-la subitamente, e naquele contexto, era assustador, como se, por falar do deus da guerra, o tivessem invocado.

— Malditos sejam todos! — Cloto ficou de pé, olhando em torno. — E você acima de todos!

Ele cuspiu nos pés do arquidruida.

— Os catuvelanos sempre cobiçaram nossas terras, mas sem o apoio de vocês não teriam ousado tomá-las!

Cunitor colocou uma mão no braço do rapaz.

— Vamos, Cloto, aqui não somos mais atrébates ou trinobantes, mas druidas. Lugovalos fez o que achou ser o melhor para toda a Britânia.

— Ele trouxe a condenação para nosso povo! — Cloto desvencilhou o braço das mãos de Cunitor e ficou de punhos fechados, desafiando todos.

Lugovalos poderia imobilizá-lo com uma palavra, mas o arquidruida apenas olhou para o menino, com tristeza nos olhos.

— Vocês acham que são tão sábios! — Cloto cuspiu. — Não percebem que vão causar a mesma coisa que temem? Caratac jogou Veric nos braços dos romanos. Os tratados deles exigem que o ajudem, e essa será a desculpa de que precisam!

— Mas Helve os *viu* invadindo — disse Coventa, estendendo as mãos em apelo. — Não entende que nos unirmos contra eles é nossa única chance de sobreviver?

Por um momento eles se encararam, o menino furioso e a menina clarividente. Quem estava certo? O destino estava fixado, como estava nas histórias que o velho escravo grego de Cunobelin costumava contar?

— Eu amaldiçoo vocês. Amaldiçoo todos vocês! — gritou Cloto. — Quando esta ilha ficar encharcada de sangue, vão se recordar e desejar que tivessem o...

E por fim Lugovanos levantou a mão, e, embora os lábios do menino continuassem a mexer, não saía nenhum som. No silêncio súbito, alguém riu nervosamente, então engoliu e ficou quieto.

— Basta — disse o arquidruida. — Se não vai ficar conosco, não faz mais parte de nossa companhia. Vá pegar suas coisas e siga para o porto. Um barco estará esperando lá.

Mudos, eles observaram Cloto sair. Lugovalos o tinha silenciado, mas nem mesmo o arquidruida poderia apagar aquelas palavras da memória de todos. E se Cloto estivesse certo? Era melhor lutar pelo motivo certo, mesmo que fracassasse, ou se render em prol da segurança? Os druidas não tinham escolha. E, se estavam condenados, ao menos os bardos poderiam cantar sobre como haviam sido valentes ao tentar.

***

Aquele verão trazia rumores de guerra a cada vento. Alguns disseram que o rei Veric tinha sido morto, outros, que ele atravessara o mar em fuga para pedir ao imperador que cumprisse o tratado e regressaria com um exército romano para tomar suas terras de volta. Se fosse assim, pensou Lhiannon, sombriamente, os esforços de Lugovalos para criar uma aliança defensiva estavam criando um pretexto para o ataque que os britões temiam. Mas, conforme a primavera dava lugar ao verão, ela achou difícil se importar, pois a senhora Mearan estava morrendo.

Quando Lhiannon entrou no caminho para a casa redonda em que vivia a grã-sacerdotisa, viu Boudica empurrar o pano preso à porta, com uma vasilha de madeira nas mãos.

— Como ela está?

— A senhora não conseguiu segurar nada no estômago hoje — exclamou Boudica. — Ela ficou tão magra, Lhiannon! Acho que só a força do espírito dela a mantém viva.

— Ela sempre teve coragem — murmurou a sacerdotisa.

— Vi o rei Cunobelin morrer. Ele alternava entre sonho e vigília até que finalmente não acordou mais. Mas Mearan está acordada. Não há nada que possa fazer por ela, Lhiannon?

— Se ela não consegue segurar as infusões, não podemos ajudá-la com remédios, mas posso conseguir ajudá-la a afastar a mente das dores do corpo.

Boudica assentiu e foi esvaziar a vasilha. Lhiannon respirou o ar com perfume de feno pela última vez e entrou. Ao notar a palidez cerosa da pele de Mearan, teve um sentimento pesado de que iriam perder a batalha que estava sendo travada ali.

— Minha senhora, como está passando? Está sentindo dor? — ela perguntou em voz baixa, ajoelhando-se perto de Coventa ao lado de Mearan.

As pálpebras arroxeadas se abriram lentamente.

— Não agora. Eu me sinto… leve…

E ela bem poderia estar, pensou Lhiannon. Tinha a impressão de que os ossos fortes do rosto da mulher mais velha se projetavam na pele ainda mais que no dia anterior.

— Acho que logo devo flutuar para longe. — Mearan fez uma pausa, então respirou de novo. — Não é por minha vontade que deixo vocês, mas alguma coisa boa pode sair disso. Entre os mundos, eu consigo *ver*...

— Não deve se cansar — Lhiannon se ouviu dizer as palavras de negação enquanto percebia que Mearan estava certa.

Dizia-se que a visão final de um adepto tinha grande poder.

— *Você* não deve se iludir... — a grã-sacerdotisa ecoou amargamente. — Sei que estou morrendo.

Lhiannon sentou-se nos calcanhares quando Boudica entrou com a vasilha vazia e um jarro.

— Minha senhora, aqui tem água fresca da fonte — disse a garota. — Vai aliviá-la.

Lhiannon ajudou a mulher doente a se sentar ereta para poder beber e então a deitou sobre o travesseiro de novo.

— Obrigada... — Mearan fechou os olhos.

Por alguns momentos, a respiração difícil dela era o único som.

— Escutem. Nesta manhã tive um sonho desperto... — ela disse.

Lhiannon se endireitou, concentrando a atenção de modo a se recordar de tudo o que ouviria, como tinha sido treinada a fazer.

— Vi você, Lhiannon... só que estava velha. Mais velha, acho, do que jamais serei.

— Era ela! — exclamou Coventa.

Ela corou ao ver o olhar de desaprovação de Lhiannon.

— Eu sei que não deveria, senhora, mas realmente não consegui evitar. Estava meio dormindo, e sentada bem ao lado dela, então vi...

Lhiannon suspirou. Se a menina captava as visões da vidente na cadeira, não era surpreendente que partilhasse das visões de Mearan agora. Pelo seu próprio bem, Coventa deveria receber outras obrigações, mas se Lhiannon sugerisse aquilo, Helve sem dúvida discordaria.

— Deixe para lá, criança — ela murmurou. — Senhora... o que mais viu?

— Você estava em uma casa cercada pela floresta, num lugar em que nunca estive. Você usava os ornamentos de uma grã-sacerdotisa. — De olhos ainda fechados, ela sorriu.

Lhiannon endureceu em choque, olhando para as duas meninas para ver se elas tinham escutado.

— Mearan — ela sussurrou —, o que quer dizer? Serei grã-sacerdotisa depois de você?

Era o privilégio da grã-sacerdotisa escolher sua sucessora, embora os druidas pudessem decidir se aceitavam a decisão. E Helve estivera tão certa...

— Grã-sacerdotisa... — a voz da mulher doente se firmou. — Sim... isso você será, mas não agora, minha criança. E não aqui... — Ela tossiu. — Entre aquele tempo e este há um vácuo. Há alguma coisa ali... fogo... sangue...

A cabeça dela rolava nervosamente no travesseiro.

— Não consigo ver... — ela gemeu. — Preciso ver!

As palavras foram interrompidas enquanto ela vomitou na vasilha que Boudica segurava.

— Mearan! Beba isso! Não tente falar, querida... não preciso saber.

— Saber... — a mulher doente arquejou.

Por alguns momentos, a respiração difícil dela era o único som no cômodo.

— Não aqui... — ela por fim sussurrou. — Levem-me para o Bosque Sagrado. Lá... eu vou ver.

Lhiannon colocou a sacerdotisa de novo no travesseiro, onde ficou de olhos fechados, respirando cuidadosamente. Ela não falou de novo.

***

Mearan morreu pouco depois do Festival de Lughnasa, tendo entregue com seu suspiro final uma profecia cujos detalhes somente os sacerdotes superiores sabiam. Mas, quando o corpo dela foi colocado no fogo, foi Helve quem presidiu como grã-sacerdotisa, não Lhiannon. Boudica se recordava vividamente do sussurro rouco de Mearan quando ela falou sobre *ver* Lhiannon com os ornamentos da grã-sacerdotisa na testa. Nenhuma das estudantes esteve presente no ritual final de Mearan, mas, pelo outono e inverno que se seguiram, a escola esteve cheia de rumores exagerados sobre o que a moribunda tinha dito. Ela mudara de ideia, ou os druidas superiores tinham recusado a seleção dela por alguma razão própria?

Naquela noite esses questionamentos pareciam triviais. O inverno tinha dado lugar a uma primavera de tempestades, e do outro lado do mar estreito os exércitos romanos se reuniam. Caratac e os cancíacos estavam se preparando para resistir ao desembarque deles, mas Helve tinha jurado que não viriam e convocou os druidas e os estudantes para juntar seus poderes em ritual.

Conforme a escuridão desceu, o vento que castigava as chamas das tochas dava a impressão de vir diretamente dos picos das montanhas do outro lado do estreito, onde a neve permanecia. Helve estava como grã-sacerdotisa diante do altar, túnicas escuras caindo como asas negras à medida que ela levantava os braços. Nos pulsos, braceletes de ouro brilhavam sob a luz das tochas; um torque de ouro pesava no pescoço. Aqueles ornamentos tinham pertencido a Mearan? Boudica não se lembrava de ter visto a antiga grã-sacerdotisa usando-os. Quando Mearan liderava os rituais, você se lembrava de quem ela *era*, não do que ela vestia...

A nova grã-sacerdotisa tinha se acomodado no ofício com menos distúrbios que alguns poderiam esperar, ou talvez fosse porque ela passava muito de seu tempo em conferência com os druidas superiores, e eles a viam pouco. Mas ela era como uma égua de raça que o pai de Boudica tivera uma época, forte, linda e tanto poderia mordê-lo como carregá-lo.

Lhiannon tinha recebido o título de Senhora da Casa das Donzelas, e agora, como se até esse tanto de reconhecimento fosse uma ameaça para ela, Helve escolhera a rival para ir com Ardanos e os outros druidas que seriam enviados a Durovernon para dar apoio a Caratac com magia de batalha, se aquele ritual falhasse.

Boudica voltou a prestar atenção quando o murmúrio da invocação parou, um tremor de antecipação e apreensão mescladas gelando a espinha. No equinócio o mundo estava em equilíbrio entre a velha estação e a nova. O que fosse feito naquele momento daria um empurrão na sorte da nova estação para um lado ou para o outro. Mas eles realmente queriam envolver os deuses? Era uma coisa falar da Senhora dos Corvos num círculo de aulas de tarde, e algo totalmente diferente invocá-la quando a escuridão varria a terra.

O arquidruida tocou uma das tochas na madeira preparada no altar e ela explodiu em chamas.

— Corvo da Batalha... — a grã-sacerdotisa gritou, e, como um suspiro, as sacerdotisas a ecoaram:

— Escuta-nos!

Virgem, bruxa e amante...
Senhora da boca retorcida...
Senhora das coxas abertas...
Bruxa de ossos, noiva de sombra...
Arauto da verdade, cavaleira do Pesadelo...
Grande rainha que concede vitória...
Grande rainha que concede a morte...

— Cathubodva! Grande rainha! Escuta-nos!

A resposta ficou ainda mais alta, coros masculinos e femininos em choque conforme incitavam uns aos outros a uma maior intensidade.

— Tua carne é morte, tua bebida, o sangue da vida! Aqui está comida para teus corvos. Senhora... recebe nossa oferta!

Dois dos druidas mais jovens avançaram, carregando um animal pequeno e peludo que pulava e lutava nas mãos deles – uma lebre.

Boudica reprimiu um pulso de horror supersticioso. A lebre que se levantava renascida de debaixo da foice era sagrada. Nunca era comida – o sacrifício não seria partilhado, mas levado a algum lugar solitário e dado inteiro à Deusa.

Um homem pegou a criatura pelas orelhas compridas, segurando-a esticada. O aço brilhava avermelhado na luz do fogo à medida que Helve cortava a garganta da lebre. Um carmim mais profundo manchou as mãos dela enquanto o sangue jorrava fervilhando no fogo. O ar acima das chamas tremeluzia – era fumaça ou ela via a energia vital do animal? As narinas de Boudica se abriram ao cheiro de carne queimada conforme a carcaça esvaziada era colocada de lado.

— Tira de nossos inimigos o sangue de seus corações e os rins de sua valentia! — Mais nuvens acres espiralavam para cima enquanto a grã-sacerdotisa jogava um punhado de ervas no fogo. — Sobre nossos inimigos joga tua sombra do medo e do ódio, a sombra do oceano, a sombra na floresta, a sombra no espírito... Quando eles se virarem para a Britânia, cada terror noturno, cada medo diurno que esteja em seus corações se levantará para assombrá-los!

Helve se virou, braços esticados, mas ninguém se moveu. Não eram os seus corpos que ela chamava, mas suas almas. De dezenas de gargantas veio um grito, carregado do poder de quem gritava, e a sacerdotisa o encrespou no rolo de energia acima do fogo.

Acima do círculo a fumaça fazia uma forma ora sedutora, ora monstruosa. Uma das sacerdotisas havia desmaiado, e Boudica viu uma pilha branca onde um sacerdote agarrava a grama, amedrontado, mas os outros, pálidos como ela sabia que deveria estar, continuaram a cantar. Os olhos de Helve tinham bordas brancas, os dentes sobre os lábios em um sorriso extático.

— Sou eu, Helve, que te conjura, sou eu que te comanda! Escuta minha vontade!

Ela deveria estar dizendo aquilo? Certamente o lugar de uma mortal era rogar, não comandar... Por um momento, Boudica sentiu um tipo diferente de medo.

— Grita sobre os romanos que eles não devem vir contra nós! Esmaga a coragem deles! Eles não virão!

Mais uma vez os braços dela foram para cima, e ela gritou. Boudica se encolheu sob o olhar de olhos negros como uma noite sem estrelas.

Eu sou fúria..., disse uma voz na alma dela. *Eu sou medo... O que vai escolher?* Um carvalho rachou conforme o poder desceu, e pássaros que dormiam explodiram em revoadas que gritavam do bosque. *Com sangue vocês me chamaram, e o sangue vai correr até que eu fique satisfeita!*

Boudica gritou – estavam todos gritando quando a sombra passou sobre eles e foi levada para o sul e o leste numa onda de som.

***

Pela Britânia ele soprou, um vento de pesadelo que fez os cães latirem e os bebês chorarem enquanto galopava pelos sonhos dos homens, sobre a Britânia e através das ondas cinzentas do mar estreito até um lugar chamado Gesoriacum, na costa da Gália. Atingiu as tendas de couro em fileiras próximas como mil fúrias, quebrando cordas e lançando mastros pelo ar. E os homens das legiões acordaram falando em temor.

E pela manhã olharam para o mar e viram em cada onda o rosto do horror, e se viraram em suas fileiras para ficar de frente para os oficiais e disseram:

— Não iremos...

CINCO

Lhiannon estremeceu quando o martelo do ferreiro acertou a barra incandescente. Depois de um mês em Durovernon, deveria ter se acostumado ao barulho, mas cada golpe sacudia sua espinha. Ela olhou para as pilhas de espadas e ponteiras de lança de ferro, peças de arreio de bronze e adornos de escudos e capacetes, e se lembrou da oferenda que os príncipes haviam feito na lagoa. Quantas das armas que os ferreiros batiam agora terminariam na água, e quem as jogaria lá?

Três semanas tinham se passado desde o equinócio. Os romanos não haviam chegado, mas claramente o mar estreito que um dia tornara a chegada de César tão perigosa era mais bondoso com mercadores, que iam e vinham entre as tribos celtas da Gália e da Britânia, pois através dos portões do forte rangia uma carroça dirigida por um grego moreno, cheia de luxos do sul. Conforme o mercador começou a descarregar, os homens se juntaram em torno dele. Lhiannon chegou mais perto, seguida de outros druidas, com Bendeigid logo atrás. Momentos depois chegavam Caratac e alguns de seus chefes.

— Vocês, guerreiros, voltem para casa agora. — Dentes brancos brilharam em uma barba negra quando o vendedor sorriu. — Aqueles romanos, estão todos com medo! Chamam o Mar do Meio de "Nosso Mar", mas essas ondas — ele fez um gesto para o leste —, aquilo é o *Oceano*... cheio de monstros para comê-los se vierem para este lado. E aqui — ele fez um aceno vago ao entorno —, isso é o fim do mundo.

— Eles se amotinaram? — retrucou Caratac.

— Eles fizeram isso... logo depois do equinócio! — O mercador sorriu de novo. — Acordaram todos gritando. Quando os oficiais ordenaram as fileiras, disseram que a Britânia não é lugar para homens civilizados, e que não vão!

Houve um brado de triunfo de um dos homens, e outro saiu correndo para espalhar a notícia.

— A Virada da Primavera... — ecoou Ardanos. — Eles fizeram, e então... o Chamado...

Antes que ele, Lhiannon e os outros saíssem de Mona, houve muitas discussões a respeito de qual papel a magia druida deveria ter no conflito que viria, e que forma de mágica poderia servir melhor à causa. O olhar que ele trocou com Lhiannon comunicou o que ele não poderia dizer em voz alta na presente companhia: *Então Helve é boa para alguma coisa, no fim das contas...*

— Mas já sabíamos disso — disse Lhiannon em voz baixa. — Na noite do equinócio, sentimos o poder passar!

— E agora sabemos que funcionou! — disse Cunitor. — Que funcione de acordo com nossa vontade!

Caratac levantou uma sobrancelha.

— Aquela noite de terror foi obra dos druidas? Gostaria que tivessem nos avisado na hora.

Cunitor teve a graça de parecer envergonhado, mas na verdade não havia ocorrido a nenhum deles contar o que sabiam a aqueles que não eram druidas jurados e treinados.

— Aquela foi a Senhora dos Corvos que gritou através de nossos sonhos — explicou Ardanos.

E ela é uma força que, uma vez invocada, pode ser difícil de expulsar, pensou Lhiannon, mas isso não era algo que Caratac precisasse saber.

Belina se curvou para murmurar no ouvido de Lhiannon:

— Você realmente acha que Helve iria escolher um trabalho menor quando podia invocar um poder tão espetacular?

Lhiannon assentiu, mas nada disse. Belina, que nunca tinha sido considerada para ser grã-sacerdotisa, podia se expressar sem a suspeita de inveja.

— Bem, seja o que for que conquistaram, meus guerreiros parecem convencidos de que conseguiram um milagre. Bom para a reputação de vocês, não tão bom se eu quiser manter um exército.

Caratac apontou na direção do acampamento que havia brotado ao redor da fortificação, agora agitado como uma colmeia virada. Alguns já empacotavam seus equipamentos.

Bendeigid os observou melancolicamente. No ano anterior, tinha ficado desengonçado com a chegada da idade adulta. Desde que chegaram a Durovernon, ele tinha passado a maior parte do tempo importunando os guerreiros para ensinarem o uso de espada e escudo. Houve momentos em que as durezas da jornada deixaram Lhiannon dolorosamente consciente de como sua vida tinha sido fácil em Lys Deru. Mas pés feridos e músculos doloridos eram um preço pequeno a pagar por estar com Ardanos em vez de imaginar como ele estava.

— Quantos acha que vão ficar? — Ardanos perguntava agora.

— Metade da Britânia já acha que essa reunião é um estratagema para tornar Togodumnos grande rei acima de todas as tribos — Caratac disse amargamente. — E aqueles que responderam ao meu chamado vão querer voltar para semear os campos.

Os druidas assentiram. Todos os homens sabiam que a época de lutar era o verão, entre a plantação e a colheita. Somente os romanos haviam tornado a guerra um modo de vida e podiam pôr um exército em campo a qualquer momento do ano.

— A questão é se os romanos estão verdadeiramente desencorajados ou apenas esperando — observou Cunitor. — Eles não terão se esquecido de como os navios de César foram dizimados pelas nossas tempestades. Certamente não vão subir num navio antes do verão, se de fato vierem.

— Gostaria que viessem exatamente agora, enquanto ainda tenho um exército — murmurou Caratac.

Franzindo o cenho, ele se virou para Lhiannon.

— Sei que algumas da sua Ordem são treinadas como oráculos. Senhora, se é uma dessas, poderia tentar ver o que está acontecendo? Certamente entende por que quero saber!

— Todos nós entendemos... — murmurou Lhiannon.

— Ela vai tentar, mas não até a noite de Beltane. — A voz de Ardanos cortou a dela. — Em três semanas as energias estarão mais fortes, e ela precisa de tempo para se preparar.

Havia uma intensidade na voz dele que apenas Lhiannon conseguia entender. A ascensão de Helve à posição de grã-sacerdotisa tinha mudado muitas coisas no relacionamento de Lhiannon com a comunidade de Mona. Ainda não estava claro se o relacionamento dela com Ardanos era uma delas. À noite, durante a jornada deles até ali, ela estivera muito consciente de que ele estava dormindo do outro lado da fogueira. Como seria dormir *ao lado* dele, com o corpo curvado contra o dela, os barulhinhos de bufar que ele fazia ao dormir acariciando a orelha dela? Às vezes ele acordava e ela sentia o olhar dele como um toque sobre a alma, e sabia que ele também estava imaginando aquilo.

Mas a jornada deles, que poderia ter oferecido tantas oportunidades, não oferecia a privacidade necessária para aproveitá-las. E, se ela precisava servir Caratac como vidente, ali estava uma razão para preservar sua virgindade, por fim. Helve provavelmente preferiria ser a única a servir como Oráculo, mas aquela não era uma das habilidades dos druidas que tinham sido enviados para oferecer a Caratac?

Agora Ardanos olhava para ela, e ela entendeu tanto a dor quanto a decisão nos olhos dele. *Ele sabe que isso significa que não poderá se deitar comigo em Beltane... e tomaríamos a mesma decisão de novo.* Ela sentiu uma dor estranha perto do coração ao perceber que sempre escolheriam o dever acima de seus desejos.

***

Nos dias que se seguiram a Beltane, Lhiannon percebeu que, quando a maioria das pessoas pensava em oráculo, pensava de maneira inversa. Ter visões era fácil. A parte difícil era entender o que havia sido visto. Tinham ido a um dos montes que os ancestrais haviam construído para seus mortos a fim de fazer o ritual. Ela vira uma águia brigar com um corvo, e uma flor de narciso branca que assomava sobre tudo. E a água tinha virado três revoadas que foram na direção da Britânia.

Mas não precisaram passar muito tempo imaginando o que aquelas visões poderiam significar. Antes que se passasse uma semana, uma embarcação leve veio da Gália sobre as ondas com notícias. O motim havia acabado. Um dos secretários do imperador, um escravo liberto chamado Narcissus, tinha posto um fim nele falando com os soldados do pódio do general, e, depois do primeiro choque, apelando para um senso de humor que não se suspeitaria que os legionários tivessem. E agora a frota que havia esperado tanto tempo estava sendo carregada de homens e suprimentos. Eram três frotas, como Lhiannon havia visto – uma para levar Veric de volta às suas terras e as outras duas para seguir a rota de César até as terras dos canciácos.

Os druidas juntaram suas energias para enviar um aviso psíquico a quem pudesse ouvir. Aqueles da ordem deles servindo como sacerdotes nas vilas iriam alertar seus guerreiros – se alguém acreditasse neles. E Caratac havia enviado corredores para convocar os que tinham voltado para casa recentemente e que agora estavam no meio do trabalho nos campos. Eles vieram, mas lentamente, e o rei mal reunira metade de suas forças quando o general romano Aulus Plautius colocou suas proas na costa do solo britânico.

Os romanos atracaram na costa a leste de Durovernon, onde o rio desaguava no mar. Centenas de navios negros estavam nas areias inclinadas como alguma migração de aves aquáticas fora de estação. Os batedores que Caratac enviara para observá-los relataram que tinham marchado por uma distância curta terra adentro e construído defesas simples em uma colina baixa. Deviam ter se perguntado por que não havia ninguém lá para encontrá-los, mas as ordens do rei tinham feito até os fazendeiros ficarem longe do caminho deles.

Em pouco tempo a horda de romanos estava marchando para oeste, preocupada com qualquer um que pudesse jogar uma lança ou empunhar um arco. E Caratac ainda esperava, enquanto, de dois em dois e em dezenas, chegavam guerreiros trinobantes e cancíacos do outro lado do Tamesa, até que, nos dias finais do mês de Beltane, os romanos se aproximaram de Durovernon, e Caratac precisou escolher entre render sua fortaleza e tomar posição.

***

— Sinta a terra tremer — disse Cunitor. — Senti um tremor desses nas montanhas uma vez, quando era menino.

Lhiannon colocou a palma da mão no solo. Do topo da colina onde os druidas estavam posicionados, não conseguiam ver muita coisa, mas um tremor fraco e regular vibrava sob a mão dela. Para criar um ritmo daqueles, quantos pés deveriam estar atingindo a terra, que tipo de disciplina os mantinha naquele uníssono? Pela primeira vez ela teve ideia da magnitude da força que tinha vindo contra eles.

— É uma batida de tambor, não um tremor — disse Belina em voz baixa. — O tambor da guerra.

Um raio de sol brilhou nos novos fios brancos no cabelo dela.

— Eles estão vindo? — perguntou Ambios.

Ele era o druida de Caratac, um homem mais velho que ficara rechonchudo com a boa vida e, até agora, não tinha se decidido se acolhia ou se ressentia dos reforços enviados da Ilha dos Druidas. Com o inimigo se aproximando, parecia aliviado por ter a companhia deles.

Lhiannon ficou de pé e levantou um galho para ver. O declive descia em um emaranhado de matas e gramados até chegar ao brilho azul sinuoso do rio. Acima do rio, no baixio, os tetos de colmo do forte brilhavam sob o sol. Abaixo, as forças de Caratac eram uma colcha de retalhos de xadrez, destacada por um brilho de ferro, bronze e ouro. Mas a leste levantava-se uma nuvem de fumaça, quebrada pelo brilho cruel do aço. Ela sentiu um calor que era tanto no espírito quanto na carne quando Ardanos se levantou para ficar ao lado dela.

— Eles estão vindo... — ela sussurrou.

Instintivamente, ela esticou a mão e ele a tomou.

Enquanto observavam, a poeira começou a se resolver em quatro divisões de homens em marcha, divididas em dezenas de quadrados menores, seguindo a mesma rota que as legiões de César haviam encontrado. Oficiais montados se moviam entre eles, e a cavalaria trotava dos dois lados.

Agora os outros druidas estavam de pé, espiando entre as folhas. Lhiannon levantou os olhos quando uma sombra bruxuleou entre ela e o sol. As asas de um corvo brilhavam brancas conforme refletiam a luz, então negras de novo enquanto o pássaro fazia um círculo e se acomodava num galho. Ele chamou, e outros responderam.

Você pode se dar ao luxo de ser paciente, pensou Lhiannon com amargura. *Seja quem for o vencedor da guerra, você recebe sua recompensa.* Pela primeira vez ela se perguntou se a própria Rainha dos Corvos se preocupava com qual lado vencia.

Ardanos acenou com a cabeça para Bendeigid, que levantou o chifre que carregava e soltou um longo chamado. Uma onda de movimento passou por entre os britões reunidos abaixo conforme as trombetas de cabeça de javali deles baliam desafio, e os trompetes romanos respondiam com um estrondo insolente.

— Esperem por eles — murmurou Ardanos. — Caratac, você tem a vantagem do território... deixe que eles venham até você!

Adiante vinham as legiões, inexoráveis como a maré, sandálias de tachas amassando a plantação jovem. O forte tinha sido esvaziado, mas o inimigo passava como se uma capital bárbara não fosse nenhuma tentação. Nem o rio, naquele ponto largo e raso, representou qualquer barreira. Mas agora a formação perfeita por fim se quebrava – não, estava mudando, em um movimento disciplinado como a dança, uma legião avançando enquanto as outras se espalhavam como apoio, uma ponta de lança apontada para a formação de celtas multicoloridos na colina.

Da linha de frente celta, primeiro um guerreiro nu, depois outro, saíam correndo para a frente bradando insultos contra o inimigo, mas Caratac ainda tinha controle sobre os homens. Atrás dos campeões estavam as carruagens, e atrás delas uma massa de guerreiros que berravam. O ar ressoava oco conforme espadas longas batiam nos escudos.

Lhiannon estremeceu com a visão daquela beleza mortal, mas o tempo para contemplação tinha passado. Os outros davam as mãos, apoiavam os pés com firmeza no solo argiloso, tomando fôlego para a parte deles no combate.

— Ah, poderosos mortos, eu vos invoco! — gritou Ardanos. — Vós que lutaram com os pais desses inimigos, escutai-nos agora! Levantai para nos ajudar, vós, cujo sangue e vida alimentaram estes campos quando César liderou as legiões até aqui, pois o velho inimigo mais uma vez nos ataca. Levantai-vos em raiva, levantai-vos em fúria, levantai-vos para mandar a horda romana de volta pelo mar aos gritos!

De baixo veio um clamor em resposta enquanto os guerreiros celtas, por fim liberados, giravam para a frente em uma multidão aos berros.

— *Boud! Boud!* — eles bradavam. — Vitória!

As carruagens dispararam na direção do inimigo, condutores sentados dirigindo os pôneis de pés velozes por entre os obstáculos, os guerreiros que estavam na parte de trás por algum milagre mantendo o equilíbrio conforme levantavam zagaias. Foram para mais perto; viraram, romanos caíram à medida que as zagaias faziam um arco no ar.

Mas os pesados pilos romanos, embora tivessem alcance mais curto, eram mortais do mesmo jeito. Quando uma das carruagens chegou perto demais, Lhiannon viu um projétil se embutir no corpo do carro. Os lanceiros e o condutor pularam soltos conforme os pôneis saíram galopando selvagemente, espalhando pânico entre aliados e inimigos.

Sobre a colina, um tremor que não vinha do vento agitava as folhas. O arrepio em toda a pele de Lhiannon não vinha do vento. Ela não sabia se fora a invocação de Ardanos ou os gritos celtas de guerra que os tinham despertado, mas os espíritos estavam ali.

Com visão dupla, ela viu as massas de vivos que lutavam no campo abaixo e suas contrapartes fantasmas acima, presos em combate mortal como tinham feito quase um século antes. Além deles, via outras figuras, tão grandes que só conseguia ter vislumbres de um capacete emplumado ou uma lança que atingia como relâmpago, um manto de asas de corvo cujo dono lutava com alguém com cabeça de águia, que rasgava o inimigo com o bico perverso.

Ela sentiu a garganta se abrir num grito, dobrado, quadruplicado conforme os outros se juntavam a ela em um guincho de fúria que ressoou em ambos os mundos. Não era o grito da Morrigan, mas foi suficiente para fazer a primeira fileira de legionários vacilar. Por um momento os druidas saborearam o triunfo, então os trompetes romanos soaram mais uma vez, e o inimigo foi em frente com energia redobrada.

Os punhos de Lhiannon se apertaram em fúria. Se ela ao menos pudesse estar lá, golpeando o inimigo! Das árvores acima os corvos gritavam, mas o que Lhiannon ouviu foram palavras: *Você pode, você pode, voe livre em minhas asas, voe livre...*

A visão se borrou; zonza, ela oscilou. Ela ouviu alguém xingar quando caiu, mas aquilo não fazia sentido – ela estava se erguendo, abandonando a carne fraca para se elevar sobre o campo de batalha.

Em um momento, sentiu outro corvo voando com ela, e na parte da mente em que ainda tinha memória, reconheceu Belina. Mas seu foco eram os homens que lutavam abaixo, o brilho das espadas e o jorro de sangue conforme a carne encontrava o aço. Onde ela descia, homens aos gritos fraquejavam e caíam, mas havia sempre mais. A consciência foi embora em uma maré vermelha.

***

O chão tremia, cada tranco um martelo que atravessava o crânio dela. Lhiannon gemeu e sentiu um braço forte levantá-la, água tocou seus lábios e ela a engoliu, depois engoliu de novo. A dor melhorou um pouco e ela se esforçou para ver. Agora eram as árvores que se moviam. Ela fechou os olhos de novo.

— Lhiannon... consegue me ouvir?

Aquela era a voz de Ardanos. Ninguém estava gritando. Em vez disso, ouvia o ranger de madeira e o bater de cascos. Lentamente, ela percebeu que estava em uma carroça, sacudindo em uma estrada esburacada em algum lugar que não era um campo de batalha.

— Ardanos... — ela sussurrou.

Os dedos dele encontraram a mão dela.

— Graças aos deuses! — A dor conforme ele apertou os dedos dela era uma distração da dor de cabeça.

— Sandálias romanas... — ela disse — estão marchando pelo meu crânio...

— Nenhuma surpresa aqui — ele rosnou. — Eles nos expulsaram das terras dos cancíacos.

— Perdemos. — Não era uma pergunta.

— Ainda estamos vivos — respondeu Ardanos, numa tentativa de animação. — Considerando tudo, tomo isso como uma vitória. Mas deixamos a metade de nossos guerreiros no campo de batalha. Eles lutaram com bravura, mas os romanos tinham os números... e a disciplina — ele completou, com amargura. — Estamos em retirada. Não teríamos nem chegado tão longe se o general Plautus deles não tivesse parado para saquear e queimar Durovernon e erguer algum tipo de fortificação ali. Caratac perdeu metade de seu exército, mas mais se juntaram a nós desde então. Ele quer fazer uma defesa depois do rio Medu. Graças aos deuses, estamos quase lá, e bendito seja que você acordou. Não estava feliz em atravessar o rio com você nos ombros feito um saco de farinha.

— Quanto tempo fiquei inconsciente?

— Você ficou aí deitada gemendo por três dias eternos! Maldição, mulher, o que a possuiu para sair voando desse jeito? Fiquei com medo...

Ardanos engoliu em seco, e completou em voz tão baixa que ela mal conseguiu ouvi-lo:

— Não sabia se você ia voltar para mim...

Lhiannon conseguiu abrir os olhos e sentiu o coração se apertar com o que viu nos dele. No instante seguinte ele desviou os olhos, mas ela sentiu um calor interno que fez muito para aliviar a dor.

— Possuiu... sim, eu era um corvo... Eu os odiava tanto... era a única coisa que podia fazer.

— Bem, não faça isso de novo — ele rosnou. — Tenho certeza de que assustou vários inimigos, mas contra aqueles números?

Ele balançou a cabeça.

— Pode fazer bem melhor com a cabeça boa.

— Vou tentar não fazer — ela respondeu. — Acho que não gosto mais de corvos.

Ardanos suspirou e a aconchegou de modo mais confortável contra o peito.

— Os corvos são os verdadeiros vencedores. Eles não se importam com quem é o dono da carne com que se alimentam.

***

— Recuem! Os batavos cruzaram o rio... recuem!

Acima do clamor geral, Lhiannon mal conseguia ouvir o grito. Ela olhou para o corpo largo e cinzento do Tamesa, tentando ver.

— Malditos! Não de novo! — xingou Cunitor.

Duas semanas antes, os auxiliares batavos dos romanos – homens do delta do Rhenus que sabiam lidar com a água como sapos – tinham vadeado o Medu, pegando Caratac de surpresa. Só podiam esperar que os durotriges e os belgas sob o comando de Tancoric e Maglorios tivessem se saído melhor contra as forças que os romanos haviam enviado para as terras de Veric.

Mas o Medu era um rio pequeno. O Tamesa era tão largo quanto um pasto, uma fita cinza prateada que serpenteava sob um céu cinzento. Ninguém tinha pensado que os batavos podiam nadar tão longe. Era como um daqueles pesadelos que se repetiam infinitamente.

— Coloquem os suprimentos de volta na carroça! — explodiu Ardanos. — Vão trazer os feridos para trás, não importa onde eles possam estar!

A estratégia que tinha sido o fracasso de Caratac no Medu precisaria ter funcionado para ele e Togodumnos no Tamesa. Para cruzar o rio, os romanos precisariam usar grandes balsas e barcas lentas, fáceis de serem atacadas quando chegavam à margem. Enquanto Lhiannon pegava as pilhas de curativos que tinham deixado prontas, conseguia ver as barcas começando a aparecer agora, diminuídas pela distância ao tamanho de tábuas de pão, brilhando com homens armados.

Mas as forças combinadas dos trinobantes e catuvelanos e os cancíacos sobreviventes não poderiam atacá-los se o flanco já tinha sido virado pelos germanos, guerreiros ferozes primos dos belgas. Embora não devesse ser surpresa – naqueles dias, italianos nativos eram minoria no exército romano. A maioria dos homens naqueles barcos era de filhos de povos conquistados. Se os britões fossem derrotados, um dia seus próprios filhos poderiam usar aquele uniforme odiado.

Lhiannon jogou o saco de curativos dentro da carroça e colocou potes de unguentos em outra, feliz por ao menos terem persuadido Bendeigid a ficar para trás com os suprimentos. Em torno dela, as tribos e clãs se transformavam em uma grande massa confusa enquanto tentavam se reorganizar para enfrentar o inimigo. A primeira das barcas romanas tinha entrado ao alcance. Flechas assoviavam no ar, disparadas pelos arqueiros que Togodumnos colocara onde o terreno começava a se elevar. Um legionário caiu do lado de uma das barcas e afundou com o peso da armadura. O escudo vermelho dele, com asas vermelhas douradas de cada lado do centro e flechas onduladas saindo acima e abaixo, flutuava pelo rio.

As orelhas do pônei batiam nervosamente enquanto o tumulto ficava mais barulhento. Belina pegou o arreio do animal e fez com que ele se mexesse, murmurando em alguma língua que os cavalos conheciam. Pegando o último saco, Lhiannon correu atrás deles.

O clamor aumentou até um rugido conforme os batavos atacavam o flanco deles. Os atiradores tiveram tempo para uma disparada, os projéteis de argila endurecida no fogo passavam voando como abelhas enlouquecidas, antes que aliados e inimigos se engalfinhassem em uma massa confusa. Observar uma batalha de cima tinha sido um horror; estar no meio dela era um terror que apenas uma vida inteira de disciplina mental permitia que ela suportasse.

Os rostos dos homens que passavam correndo por ela estavam em um ricto de raiva. Lhiannon sentia a Senhora dos Corvos tomando forma sobre o campo de batalha, convocada pela fúria que batia como asas negras em sua alma. Mas sua promessa a Ardanos a manteve longe. Protegendo o espírito, ela agarrou o lado da carroça e se segurou enquanto ela subia a colina.

A oeste, os dóbunos do sul estavam engajados em luta com os batavos. Os clãs do norte deveriam estar lutando ao lado deles, mas o rei Bodovoc havia se tornado um traidor, aliando-se aos romanos antes da batalha no Medu. Agora as primeiras barcas deslizavam na lama grossa das beiradas do rio. Uma onda de pilos furou carne celta e se enfiou em escudos, ganhando espaço para que a primeira fileira de romanos saltasse para a margem, onde fecharam os próprios escudos para formar uma linha atrás da qual os companheiros pudessem desembarcar.

Mais barcos vieram atrás deles, vomitando ainda mais legionários para fortalecer aquela linha de aço. Ela se estendia e engrossava a cada momento, empurrando para a frente como uma muralha em movimento contra a qual as lanças longas e as lâminas dos homens da tribo batiam em vão. No entanto, um movimento mais ordenado emergia da colina enquanto o som rouco distinto dos trompetes do rei juntava sua guarda.

Os homens começaram a ir para o lado enquanto um torvelinho de movimento se resolvia em fileira após fileira de guerreiros. O sol brilhou subitamente nos torques e braceletes dourados, em jubas de cabelos endurecidos clareados do vermelho ou dourado normais, na pele leitosa de corpos musculosos e esguios que se despiam apenas para o amor ou para a guerra.

Sem prestar atenção no tumulto em torno dela, Lhiannon fixou o olhar. Certamente era assim que o bando de deuses guerreiros deveria parecer quando marchou com Lugos da lança brilhante para enfrentar os exércitos da escuridão. Acima de suas cabeças, ela via o próprio rei, equilibrando-se com facilidade na plataforma de vime frágil de sua carruagem de guerra, com o condutor agachado a seus pés, calcanhares presos nas laterais curvadas.

Enquanto os defensores se espalhavam para ambos os lados, Togodumnos entrou em plena vista. O manto que voava de seus ombros era feito dos azuis e verdes prediletos dos catuvelanos. Placas douradas brilhavam no cinto e no colete de couro que cobria seu torso largo, o pescoço levava um torque de cordas de ouro torcidas, grosso como um cabo de lança, e o cabelo rareando estava coberto por um capacete de bronze folheado de ouro e esmalte que formava a imagem de um pássaro de asas abertas.

Caratac vinha bem atrás dele, o equipamento surrado um contraste agourento com a majestade do irmão. Mas qualquer deficiência em suas vestes era mais que compensada pela fúria que fervilhava em torno dele. Outras carruagens se seguiram, e, se nenhuma tinha tanto esplendor, os olhos ainda eram deslumbrados pelos mantos listrados e xadrezes em vermelho, roxo, verde e dourado.

Mais guerreiros se aglomeraram de cada lado, usando apenas calças para facilitar os movimentos ou sem roupas, sigilos pintados com ísatis espiralados na pele branca dos torsos e das costas. Por tribo e por clã, os guerreiros trinobantes e catuvelanos, com os cancíacos sobreviventes espalhados entre eles, saíram em disparada na direção da morte ou da glória. O contingente iceno seguia liderado pelo irmão mais velho de

Prasutagos, Cunomaglos. Como uma lança no coração veio a certeza de que, vitória ou derrota, o mundo que Lhiannon conhecia estava mudando. Jamais veriam tal corrida de novo.

Como uma manada de pôneis selvagens disparando na direção da água, os guerreiros passaram; ela ouviu o rugido quando encontraram a fileira romana. Agora tudo o que via era uma confusão de lanças jogadas. Nesse momento, as carruagens forçavam caminho para trás. Seria luta no chão agora, na lama e no sangue à beira da água. O som bateu em seus ouvidos enquanto as emoções dos lutadores golpeavam seu espírito; o ruído de lâmina contra lâmina criava um ritmo para a música pavorosa de gritos de batalha e berros.

Agora os feridos começavam a chegar para eles, levados pelos camaradas ou apoiados em lanças quebradas. Os druidas ficavam ocupados costurando ou enfaixando feridas. Alguns ficavam tempo suficiente apenas para beber um pouco de água, e então mancavam de volta para a batalha. Para outros, o máximo que podiam fazer era embotar a dor enquanto a força vital encharcava o solo.

Lhiannon tinha prometido manter o espírito amarrado, mas nada poderia impedi-la de retirar poder da terra e projetá-lo para a frente a fim de dar apoio aos homens que lutavam. Nesse momento, ela percebeu que a forma da batalha estava mudando, o olho do furacão de espadas se movia gradualmente colina acima. Pés batiam no chão mais seco levantando nuvens de fumaça nas quais corvos revoavam aos gritos. Ela se perguntou se Togodumnos tinha errado ao prender os romanos entre seu exército e a água. Havia escutado um velho guerreiro dizer que era um engano deixar um exército sem ter para onde correr. Depois de terem desembarcado, os romanos não tinham escolha a não ser lutar abrindo caminho em meio ao inimigo.

Ela estava se virando para perguntar a Ardanos se talvez deveriam mover a carroça dos curandeiros quando de repente um emaranhado de homens lutando veio na direção deles. Uma zagaia passou zunindo e se cravou tremendo na lateral da carroça. Ardanos pegou um punhado de terra e jogou para a frente, murmurando um feitiço. Subitamente o ar ficou negro em torno deles, o rugido da batalha como o rosnado de uma tempestade distante.

Só um homem passou pela barreira. Quando o romano ficou de pé, brandindo a espada, Lhiannon pegou a zagaia e bateu desgovernadamente, tirando o equilíbrio dele. Um dos feridos que ela achara que estava à beira da morte o pegou pelo calcanhar e enfiou uma faca em sua garganta quando ele caiu. O romano gorgolejou horrivelmente enquanto o sangue jorrava de sua jugular, os olhos arregalados com o mesmo descrédito que ela vira nos rostos dos guerreiros deles quando morriam. O celta que o tinha matado jazia morto também, mas seus lábios estavam esticados em um sorriso rosnado.

— Deixe-os! — Belina explodiu. — Precisamos sair daqui!

Muda, ela assentiu, jogando suprimentos no véu. Logo estariam sem curativos. Enquanto Cunitor e Ardanos guardavam a traseira, Belina pegou a cabeça do pônei e rangeram na direção do que esperavam que fosse uma nova beirada do campo de morte. Homens com cavalos e carruagens passaram galopando por eles, prontos na vitória ou na derrota para levar os mestres para longe.

Diante deles o chão descia em um longo declive para o leste, onde os pastos eram quebrados por matas, em torno das quais a batalha girava como águas de enchente divididas por árvores arrastadas em um riacho. Os curandeiros tomaram uma nova posição na sombra, e logo estavam trabalhando duro de novo. Ficaram sem água, e, quando as pessoas do local que haviam saído para ajudar voltaram com mais, disseram que os barcos romanos ladeavam a costa por mais de um quilômetro e meio. Uma trilha de corpos empilhados e espalhados mostrava por onde a batalha tinha passado. Havia mais celtas que romanos, disseram. Lhiannon apertou os braços, sentindo muito frio de repente.

O sol poente começava a jogar sombras longas pelo campo, e os druidas tinham acendido uma tocha para que os feridos pudessem encontrá-los quando a massa de figuras lutando veio para cima deles mais uma vez. Em outro momento perceberam que todos os guerreiros que vinham na direção deles eram britões.

— Não estão lutando... — sussurrou Cunitor em descrédito. — Isso é uma dispersão. Perdemos...

O rosto dele estava manchado de terra e sangue, o cabelo claro de pé.

Não pode ser verdade, ela pensou, anestesiada. *Tentamos tanto. Não podemos perder agora!* Ela se assustou quando Ardanos pegou seu braço. Os romanos estavam vindo? Uma carruagem veio na direção deles com a máxima velocidade que o condutor conseguia tirar dos cavalos cansados. Em mais um momento ela reconheceu o arreio dourado e os pôneis negros, embora sem eles não fosse ter reconhecido a meia dúzia de homens que andavam ao lado como os guerreiros esplêndidos que tinham seguido o rei para a batalha apenas horas antes.

Lhiannon reconheceu o condutor – ela havia visto Caratac naquele estado duas semanas antes. Só que agora a emoção que contorcia seus traços não era fúria, mas desespero.

— Caratac — disse Ardanos —, está...? — A pergunta morreu nos lábios dele conforme Caratac se levantou e eles viram o corpo de Togodumnos jogado ao lado dele.

Ardanos procurou pulso no pescoço do rei, então passou as mãos sobre o corpo, tentando sentir a energia ali.

— Meu senhor — ele disse de modo mais formal. — Temo dizer que o grande rei está morto.

Um dos guerreiros caiu de joelhos. Belina tentou silenciá-lo quando ele começou a uivar.

— Deixe-o em paz — disse Caratac, de modo cansado. — Nenhum inimigo vai escutá-lo. Nós fizemos um bom estrago neles, mas os romanos tomaram o campo. Por que arriscariam mais homens nos caçando por terras desconhecidas no escuro?

Mais homens se reuniam em torno deles. Um a um, começaram a ficar de joelhos.

— O senhor é o mais velho dos filhos vivos de Cunobelin — disse um deles. — Somos seus homens agora.

— Onde vamos enterrá-lo?

— Vai montar resistência em Camulodunon? — veio outra pergunta do escuro.

— Levem-no para casa... — Caratac por fim respondeu. — Construam um monte para ele onde está nosso pai.

— Não lamentem. Togodumnos agora se banqueteia com seus pais nas Ilhas Abençoadas — disse Ardanos, mas a voz dele saiu fraca com o esforço.

Por um momento Caratac apenas olhou para ele.

— Achou que estava chorando por meu irmão? — ele perguntou, sombriamente. — Hoje, os mortos é que tiveram sorte. Choro pelos vivos, por todos nós que ainda precisamos lutar esta guerra!

Ele se curvou e beijou a testa do irmão, então pegou o torque de ouro pesado, girou-o e o tirou do pescoço do homem morto. A luz da tocha bruxuleava no rosto do rei, e, cortando o sangue e a terra, Lhiannon viu lágrimas.

— Camulodunon não pode ser defendida — ele disse rispidamente. — Não de exércitos como esse.

— O senhor precisa ir para oeste — Lhiannon se ouviu dizer, a fadiga e a tristeza deixando-a de repente vulnerável a visões. — Na terra dos druidas há colinas fortificadas onde pode se refugiar. Se as tribos lutarem contra os romanos uma a uma, elas vão cair. Construa uma aliança. Se nos unirmos contra eles, os romanos não vão conseguir manter o que conquistaram.

Caratac assentiu. Ele curvou a cabeça como se o ouro pesado já o curvasse, e ajeitou o torque que havia tirado do pescoço de Togodumnos no seu.

SEIS

— Boudica, graças aos deuses você está de volta! — gritou Brenna. — Coventa teve outro desmaio e não conseguimos acordá-la!

Boudica soltou o saco de ervas que tinha colhido e se abaixou passando pela porta da Casa das Donzelas. Coventa se retorcia na cama enquanto Kea tentava segurá-la.

— Coventa! — Boudica se ajoelhou do lado da cama e segurou os ombros magros, sentindo os ossos finos flexionarem como os de um passarinho preso sob as mãos. — Coventa, volte, minha querida. Sou eu, Boudica! Preciso de você, Coventa, fale comigo!

Lhiannon poderia viajar para o mundo dos espíritos para encontrá-la; Boudica só podia persuadi-la a voltar para o mundo da humanidade.

Coventa tomou fôlego de repente.

— Sangue... — ela sussurrou. — Há tanto sangue...

— Não dê atenção a isso... não é o seu. — Boudica tentou se lembrar das palavras que Lhiannon usava para tirar alguém do transe.

Ela pegou a mão de Coventa e a esfregou nos cobertores.

— Sinta a cama debaixo de você, sinta a lã grossa. Isso é a realidade!

Ela sentiu um jorro de esperança quando os dedos da menina se mexeram. O que mais poderia ajudar? Lhiannon disse que o cheiro era o sentido mais antigo e mais profundo. Ela respirou fundo, tentando identificar os aromas no ar.

— Agora respire, Coventa. Sinta o cheiro da fumaça de madeira do nosso fogo. Nos campos, o feno está quase pronto para ser ceifado. Aspire... e expire... — Ela deixou a voz mais grave. — Sinta o cheiro da grama amadurecida, ainda quente do sol. Você está aqui em Mona, está segura aqui comigo! — ela completou, quando a respiração da menina se normalizou.

Podia sentir os músculos tensos começando a relaxar sob seus dedos.

— E comigo... — outra voz cortou com suavidade.

Boudica olhou para cima, apertando os olhos ao ver a figura alta de Helve na porta, uma silhueta contra o céu que esmaecia. Uma das tranças dela ainda estava solta. As mechas desciam em cachos serpentinos até o pescoço, como a senhora que tinha serpentes em vez de cabelos das histórias contadas pelo escravo grego de Cunobelin.

— Você pode ir — a sacerdotisa disse em voz baixa. — Vou cuidar dela agora...

— Eu quase a acalmei — começou Boudica, mas a autoridade no gesto de Helve a fez ficar de pé antes que pudesse pensar em resistir.

Ela foi para trás enquanto Helve se ajoelhava ao lado da cama e colocava uma mão branca na testa da menina.

— Coventa, filha de Vindomor, eu a chamo!

Boudica deu um passo, embora a sacerdotisa não estivesse falando com ela.

A menina na cama tomou fôlego, trêmula.

— Senhora, eu escuto...

— Você escuta minha voz, escuta minhas palavras, vai seguir como peço, e vai ver o que digo.

— Eu escuto e obedeço — veio a resposta fraca.

Boudica endureceu. Era assim que Helve vinha treinando sua assistente?

— Busque o oeste, onde marcham os romanos. O que vê?

O que ela estava fazendo? Ia forçar Coventa a aguentar todo o horror de novo? Boudica mordeu o lábio, conseguindo concentração com a dor.

— Sangue e fogo! — A respiração de Coventa se prendeu. — Corpos...

— Deixe-a! — Boudica interrompeu. — Não percebe como ela está sofrendo? Ela...

— Fique quieta!

Era o mesmo golpe de poder que Lugovalos tinha usado para silenciar Cloto, e, como ele, quando tentou protestar, Boudica descobriu que seu poder de falar estava bloqueado.

— Tenho notado, Boudica, que você tem um instinto forte de proteger seus amigos. Isso não é uma coisa ruim, mas precisa escolher suas lutas com sabedoria. Há alguns poderes que não pode enfrentar, e vai apenas terminar se machucando se tentar. Eu sou um deles.

Helve olhou de volta para Coventa, do modo, pensou Boudica, que um fazendeiro poderia olhar para uma ovelha premiada.

— Não deve se meter no que não consegue entender. Quando a visão segue seu curso, ela passa e deixa a vidente em paz. Mas, se tentar suprimi-la, o horror vai permanecer na alma dela e voltar para assombrá-la. A criança não sofrerá nenhum dano. — Helve levantou uma sobrancelha belamente arqueada. — Na verdade, ela já reclamou com você do trabalho dela comigo?

Boudica balançou a cabeça. Agora que pensava nisso, percebia que, quando estavam juntas, Coventa mal falava da professora, mas, se era por respeito, aversão ou porque Helve tinha suprimido as memórias dela, não sabia.

Os lábios de Helve se torceram em desdém. Então, tão certa de seus poderes que nem pediu que Boudica fosse removida, ela se virou para Coventa de novo.

— Coventa, criança, suba acima do campo de batalha. Você é um pássaro, subindo acima de uma cena com a qual não tem nenhuma relação. Voe mais alto, minha querida, e me diga o que o pássaro vê...

A menina na cama soltou um suspiro longo e trêmulo.

— A noite cai. Mulheres andam pelo campo, procurando aqueles que amam. Homens arrastam troncos para construir piras, e os corvos se banqueteiam com os mortos.

Para Boudica, era como se aqueles pássaros negros estivessem engaiolados em algum lugar bem no fundo. Asas negras batiam em sua consciência.

— Então os reis perderam a batalha — Helve disse sombriamente. — Agora precisa procurar Ardanos e seus companheiros.

— Eu vejo os druidas. Estão se movendo para o norte do grande rio. Na carroça que seguem jaz o corpo de um homem de cabelo e barba castanhos.

— Togodumnos... — Helve suspirou.

Presa pelo feitiço, Boudica estremeceu onde estava. Sem liberdade física, sua raiva explodia para dentro. Em um momento ela quebraria a barreira que protegia sua identidade. Mas não era mais simplesmente uma emoção – ela a sentia tomar forma, aglutinando-se num ser que podia rir do feitiço da sacerdotisa. *Eu sou fúria...*, aquilo sussurrou. *Sou poder. Deixe-me voar livre!*

— E os romanos? — perguntou Helve.

— Estão construindo uma ponte... — sussurrou Coventa. — Eles construíram um acampamento com uma paliçada quadrada e lá ficam. Não vejo mais.

Coventa mudou de posição com um suspiro, o relaxamento do sono tomando o lugar da intensidade do transe.

A sacerdotisa se recostou, franzindo a testa. Na pequena parte de sua mente que permanecia sua, Boudica viu o braço dela se levantar, e soube que acertaria a mulher em um momento. Agora seu próprio terror lutava com aquela Outra que havia nascido de sua raiva – ou Ela sempre estivera ali, apenas esperando o momento de estresse que derrubaria as barreiras que a mantinham lá dentro? Seus lábios se abriram em um arquejo estrangulado, e Helve se virou.

Por um momento os olhos dela se arregalaram. Então ela se endireitou, olhando Boudica como se fosse um guerreiro confrontando um inimigo. Mas até aí ninguém jamais tinha duvidado da coragem da mulher.

— Fale! — Era a mesma nota com a qual ela prendera a língua de Boudica. — Quem é você? Não a chamei aqui!

A resposta foi riso. Um riso de mulher, envenenado de zombaria, que para o alívio de Boudica começou a se transformar em raiva.

— Não chamou? Já se esqueceu do ritual pelo qual Me chamou na Virada da Primavera?

O olhar de reconhecimento pasmo no rosto de Helve fez muito para reconciliar Boudica com aquela invasão de sua alma.

— Grande Rainha — ela murmurou, com uma queda de cabeça que poderia ter tido a intenção de ser uma reverência.

— Essa é uma égua forte que você enfreou para Mim — disse a Outra. *Cathubodva*, pensou Boudica, tão pasma quanto Helve ao perceber Quem mandava no corpo dela agora.

A Deusa se levantou um pouco sobre os dedos dos pés de Boudica e esticou os braços como se tentasse expandir o corpo da garota o suficiente para caber confortavelmente lá dentro.

— Mas vejo que não foi sua intenção. De fato, vocês druidas fizeram muito pouco que teve o resultado esperado no ano que passou. Não foi?

Boudica tinha visto Mearan falar com a Voz da Deusa em festivais, mas carregar os deuses era algo feito apenas pelos druidas mais experientes, e mesmo assim apenas dentro dos limites rígidos do ritual. E mesmo para eles não ficava claro se aquilo deveria ser considerado um fardo ou um privilégio.

— A senhora fala a verdade — disse Helve.

— Sempre — respondeu a Deusa —, quando Me perguntam. Mas você não perguntou, não foi? Você não buscou a Minha sabedoria. Você invocou a Minha ira, que explode como fogo selvagem e queima tudo no caminho.

— Mas funcionou! A Senhora fez os romanos se amotinarem de pavor!

— Até que eles encontraram de novo a própria coragem — concordou Cathubodva. — Ainda mais forte porque estava do outro lado do medo deles.

Boudica sentiu o corpo relaxar conforme a Deusa se acomodou nele e se moveu para um banco que estava contra uma parede para sentar-se, uma perna dobrada e outra esticada.

— Mas o que mais poderíamos ter feito? Que mais podemos fazer agora? — uivou Helve.

— O que não podem fazer é manter as coisas como estão. Todas as coisas se alteram, uma se transformando em outra até que o mundo em si está mudado. Curve-se ou quebre... a escolha é de vocês. — Mais uma vez, Cathubodva riu.

Do canto em que a consciência se escondia, Boudica ouvia fascinada. Era aquilo de fato a Deusa falando ou seu próprio desejo reprimido? Era verdade que alguns daqueles pensamentos tinham cruzado sua mente, mas não achava que poderia tê-los expressado, ou ao menos não com aquela segurança e poder.

— Muito bem — disse Helve, soturnamente. — Estou ouvindo.

— Que obediência! Que reverência! — A Deusa riu. — Você não dobra o pescoço com facilidade, sacerdotisa, e nesses dias há poucos que a fazem dobrá-lo. Essa criança cujo corpo tomei é mais parecida com você do que ambas gostariam de admitir. Até os anos reservados para vocês são os mesmos.

— Então vamos passá-los lutando para preservar nosso aprendizado e nossa tradição — respondeu Helve.

— E não sua própria posição e seu poder?

A sacerdotisa ficou imóvel.

— O prestígio da grã-sacerdotisa serve sua causa. É tão errado desfrutar dele?

— Se você se lembrar de que é à grã-sacerdotisa, e não a Helve, que a honra pertence — respondeu Cathubodva, com mais gentileza do que tinha falado antes.

— Não importa se me lembro ou não caso os romanos destruam todos nós.

— Acha que são os primeiros a rezar aos deuses quando um invasor botou os pés nesta costa? — Ela não estava rindo agora. — Um dia o inimigo foi o seu povo. Um dia os romanos vão enfrentar um inimigo que não conseguirão derrotar. Assim é o mundo.

— E a senhora será esquecida! — disse Helve, com desdém. — Se não nos ajuda pelo nosso bem, não nos ajudará pelo bem da senhora?

— Esquecida? — A Deusa balançou a cabeça. — Os nomes mudam, mas, enquanto os guerreiros odiarem e as mulheres chorarem, eu estarei lá.

A voz Dela se tornou mais profunda.

— Você não entende? Diante do perigo a vida arde com mais luz, e o túmulo é o útero da vida que brota nova. Sou o Caldeirão do Bom Deus. A única morte verdadeira é ficar imóvel.

Helve empalideceu, e, naquele lugar que não era um lugar, Boudica ficou imóvel como um rato que sabe estar sob o olhar de um falcão. Por alguns instantes, a respiração regular de Coventa era o único som.

Então alguém chamou o nome de Helve lá fora. A sacerdotisa piscou, o rosto se suavizando na calma orgulhosa costumeira, e se levantou.

— Grande Rainha, agradeço seus conselhos, mas chegou a hora de voltar para o Além-Mundo.

A Morrigan levantou uma sobrancelha e a sensação de algo grande demais para a compreensão humana se ofuscou.

— Não vai nem mesmo Me oferecer uma bebida? — ela disse, ironicamente. — Vim sem ser convidada, mas tenho certeza de que não gostaria que Eu notasse sua negligência na hospitalidade...

Com um olho ainda na convidada, Helve saiu pela porta da cabana e falou, e então trouxe um jarro de cerâmica cheio da cerveja escura e espumante que era a receita especial da velha Elin. Boudica sentiu a apreciação de Cathubodva da bebida de sabor encorpado, com gosto de nozes, enquanto bebia tudo em um longo gole. Ela teve um momento para imaginar que um imortal poderia apreciar tais prazeres simples, mas sejam quais forem as delícias do Além-Mundo, imaginava que até os deuses dependessem dos sentidos humanos para apreciar o gosto de cerveja.

Então a caneca escapou de uma mão subitamente sem nervos. Boudica caiu como um odre de vinho esvaziado quando a Deusa saiu dela, a consciência seguindo um fluxo escuro enquanto ela se amontoava no chão.

***

Boudica voltou a si, arquejando. Helve estava ao lado dela, com um balde pingando água nas mãos. Coventa estava sentada na cama, olhando para ela com olhos arregalados.

— Boudica, o que aconteceu com você?

Boudica engoliu em seco, sentindo gosto de cerveja, e se encolheu com o cálculo frio nos olhos de Helve.

— Eu desmaiei? — ela perguntou fracamente. — Por que estou sentada aqui?

Coventa nunca parecia se lembrar do que acontecia nos transes dela. Se Boudica deveria se recordar do que havia se passado, não tinha certeza, mas estava claro que estaria melhor se Helve não percebesse o que ela sabia.

***

Boudica correu pelo gramado maduro de verão, girando o taco para manter a bola em jogo. Mas nenhuma plateia a aplaudia, nenhum oponente tentava impedi-la. Nas semanas passadas, tantos estudantes haviam deixado a escola para voltar para suas tribos que não havia mais alunos suficientes para formar dois times de *hurley*. Mas a atividade suavizava um pouco da inquietude que nos últimos dias tornava dormir bem quase impossível, mesmo que jogasse sozinha.

Ajudava imaginar que era uma cabeça romana que ela mandava voando pela grama. Ela entendia por que os meninos que partiram tinham ido embora. Ela até entendia por que Helve insistia em fazer Coventa falar todas as suas visões. De que outro jeito poderiam saber o que estava acontecendo, presos ali na beira do mundo? Lhiannon estava lá fora em algum lugar. Ela e Ardanos estavam em perigo – Helve provavelmente os tinha enviado para ajudar Caratac *por causa* do perigo. Certamente a nova grã-sacerdotisa havia ficado feliz em se livrar dos dois que mais provavelmente discordariam de sua vontade enquanto o arquidruida também estava afastado, tentando convencer chefes hesitantes de que era possível se opor aos romanos.

Sem dúvida Helve gostaria que eu sumisse também, ela pensou, mirando uma tacada forte na bola. Ou talvez não. *Ela me observa como se não tivesse certeza de que espera que a Morrigan faça outra visita, ou teme que fará...* Boudica tinha passado a maior parte de suas meditações recentes protegendo o espírito contra outra violação daquelas, mas gostava bastante de manter Helve imaginando.

Enquanto ela mandou a bola voando além do gol, ouviu Coventa chamar seu nome.

— Boudica, você precisa vir! — A menina parou para tomar fôlego. — A senhora Helve está atrás de você. Há um mensageiro!

Lhiannon foi ferida!, ela pensou, mas notícias da sacerdotisa iriam primeiro para os druidas mais antigos. Alguma coisa tinha acontecido com seu pai? Ele estivera nas batalhas? Mas ela já estava correndo, deixando Coventa ofegante atrás dela.

O dia estava quente, e Boudica encontrou Helve sentada debaixo do carvalho cujos galhos abraçavam o teto cônico da casa dela. Ela parou e se endireitou, esperando.

— Chegou um mensageiro... um homem chamado Leucu. Você o conhece?

Boudica assentiu.

— Ele serve meu pai desde antes do meu nascimento.

O coração dela tinha disparado com o exercício; agora palpitava de ansiedade. Mas ela se recusava a dar a Helve a satisfação de vê-la implorar por notícias.

— Seu pai pede que volte para casa.

Boudica assentiu, sem deixar nada transparecer. Ela imaginava que Leucu fosse o acompanhante perfeito – familiarizado com a ilha toda e velho demais para ameaçar a virtude de uma princesa. *Velho demais para ficar com os guerreiros*, ela pensou sombriamente, sustentando o olhar pálido de Helve. Surpreendentemente, foi a sacerdotisa quem falou primeiro.

— Ele me diz que os romanos estão marchando em Camulodunon. Parece que Coventa... viu a verdade — disse a sacerdotisa, nervosamente. — Os icenos decidiram se submeter.

— Ele certamente não precisa de mim para isso! — explodiu Boudica, apesar de sua resolução.

A não ser que houvesse alguém que desejava se casar com ela. Ela respirou fundo.

— Eu tenho escolha nisso?

Helve suspirou.

— Você tem — ela respondeu, com um pouco de relutância. — Precisaria decidir rápido de qualquer modo se deseja ficar conosco ou voltar para casa. Vou dizer agora que não vejo em você o potencial para uma sacerdotisa, mas você tem alguns talentos que podem ser úteis — ela completou indiretamente, e Boudica reprimiu um sorriso.

— Se deseja ficar, nós a acolheremos.

— Quanto tempo tenho para decidir?

— Pode decidir ir embora com Leucu agora, mas também tenho outra mensagem — Helve completou relutantemente —, de Lhiannon.

Ela estava em segurança! Boudica tentou não demonstrar a alegria com aquela percepção.

— Como sabe, é costume mandar nossas donzelas a um retiro em Avalon antes que tomem seus lugares em nossa comunidade. Lhiannon pede que a encontre no País do Verão. Normalmente você seria enviada com um grupo de sacerdotisas, mas nestes tempos não podemos abrir mão de ninguém. Lhiannon saberá o que precisa ser feito.

Não vou reclamar... de vocês todos, Lhiannon é aquela que eu escolheria, pensou Boudica.

— Depois você irá para Camulodunon. Quando tiver visto ambos, com os olhos de uma mulher em vez dos de uma criança, vai decidir onde está seu caminho.

Conforme Helve falava, sua voz ficava mais ressoante – por um momento, ela soou quase como a senhora Mearan –, e por aquilo Boudica entendeu que Helve falava verdadeiramente como grã-sacerdotisa, apesar do que pudesse sentir pessoalmente. E foi para a sacerdotisa, não para a mulher, que ela se curvou em reverência.

— Senhora, eu agradeço. Irei para Avalon.

***

Em vez da jornada tediosa no lombo de um cavalo que Boudica havia esperado, os druidas encontraram um navio mercante indo para o sul cujo capitão consentia em levar a garota e Leucu pela costa oeste da Britânia até o estuário largo onde o Sabrina encontrava o mar. Ainda assim, sua infelicidade física embotou a tristeza de deixar um lugar que fora sua casa por quatro anos, e, quando ela se acostumou com o movimento do barco, os lugares pelos quais passavam eram todos novos e estranhos.

Agora o barco virava para o leste ao longo da costa, onde as montanhas os protegiam dos ventos do norte. Dali eram dois dias de navegação através do canal do Sabrina para uma costa de juncos e pântanos pelo quais águas pardas plácidas desciam na direção do mar.

Boudica respirou fundo quando o vento vindo da terra trouxe o cheiro fedido e fecundo dos pântanos adiante.

— Sim, isso fede, senhora — disse o capitão, interpretando mal a reação dela. — Vou ficar feliz em voltar para as brisas limpas do mar.

Boudica riu.

— Não me importo — ela disse. — Venho da terra dos icenos. Isso me lembra dos charcos perto de casa.

— Isso é bom, já que precisa viajar para aquele lado para chegar à ilha sagrada.

Ele apontou vagamente para o leste. Entre os pântanos e o mar, ela viu um grupo de cabanas sobre postes. As brumas enevoavam o que existia além das árvores emaranhadas.

— Vamos achar um barqueiro na vila. Eles são um povo estranho por aqui, pessoas pequenas e morenas que estão aqui desde que essa terra foi criada, mas eles conhecem o caminho pelos pântanos e são leais aos sagrados de Avalon.

Boudica continuou a observar enquanto seguiam lentamente para a margem, tentando decidir se a forma pontuda que achava que via era realmente o Tor sobre o qual tanto tinha ouvido falar, e imaginando o que iria encontrar lá.

SETE

A CRIANÇA CRESCEU, pensou Lhiannon, observando Boudica subir o caminho, fazendo uma pausa para olhar para o cone pontudo do Tor. Atrás dela, junco e moitas rendavam a extensão brilhante do charco, salpicada de colinas verdes, desaparecendo no brilho prateado do mar.

Ou talvez ela simplesmente tivesse se esquecido de como o passo dos membros compridos e o cabelo flamejante de Boudica podiam ser impressionantes. Ela se movia como uma jovem deusa enquanto subia a colina. A menina era uma visão bem-vinda depois de todos os horrores que Lhiannon tinha visto. Ela havia esperado que as duas semanas que passara no Tor trariam cura, mas seus nervos ainda se retorciam a cada som inesperado. Talvez a alegria robusta de Boudica fosse o remédio.

Lhiannon saiu da sombra das macieiras silvestres que formavam um pomar natural na encosta. Um sorriso largo iluminou o rosto de Boudica, com novas sardas da viagem pelo mar, quando ela viu a sacerdotisa esperando ali.

Lhiannon deu um abraço breve na menina.

— Venha, depois de dois dias nos pântanos, deve estar com fome... espero que o barqueiro tenha servido algo melhor que bulbos de ninfeia e enguias defumadas para comer.

— Comemos *alguma coisa* defumada — respondeu Boudica. — O que exatamente, não me dei ao trabalho de perguntar...

A sacerdotisa riu.

— O barqueiro levou o homem de seu pai para a Vila do Lago? Ele será hóspede deles até quando tivermos terminado, embora não possa responder pelo que vão dar a ele para comer. Temos verduras e bolos de cevada e um pouco de pato assado para o *seu* jantar. As cabanas onde dormimos são simples, mas nesse tempo precisamos de pouco mais.

— Lhiannon, você está divagando — disse Boudica, olhando para ela. — E você não parece bem... sei que esteve nas batalhas. Sofreu algum ferimento?

— Só no meu espírito... — Lhiannon sentiu a boca se torcer de dor, começou a se virar, então olhou de volta de novo. Como poderia ensinar autoconhecimento a Boudica se escondia a própria dor?

Mas só depois de terem comido o momento pareceu adequado para conversar. Lhiannon cozinhava uma refeição simples em uma fogueira do lado de fora de algumas casas perto da fonte sagrada onde ficavam as sacerdotisas quando visitavam Avalon. Uma colina gentil escondia parcialmente o Tor adiante, embora as pessoas sempre estivessem conscientes de sua presença. Os únicos residentes permanentes eram alguns velhos sacerdotes druidas que passavam o tempo em contemplação nas antigas cabanas no lado norte da ilha.

Embaladas pelo rumor da água que brotava continuamente da Fonte de Sangue, elas se sentaram e observaram a noite se aprofundar ao redor. A névoa subia nos pântanos, envolvendo a parte baixa do vale em mistério, mas o céu acima do Tor brilhava com estrelas. Conforme o fogo ia apagando, Lhiannon começou a falar, e, ao reviver o sangue e a angústia, descobriu que por fim podia soltar aquilo.

— Então o rei Togodumnos está morto? — disse Boudica, quando ela terminou.

Lhiannon assentiu.

— Foi uma morte de herói. Agora ele se banqueteia nas Ilhas Abençoadas. A flor dos trinobantes vive lá com ele, e muitos dos catuvelanos e cantíacos também. Caratac tinha a intenção de procurar o rei Tancoric no oeste e tentar construir uma aliança lá.

— Você e Ardanos enterraram o rei em Camulodunon? — Boudica perguntou em voz baixa, depois de um tempo.

Lhiannon assentiu.

— Por fim. Aquela primeira noite foi um horror, correndo, buscando esconderijo, correndo de novo, imaginando quando os batedores romanos nos encontrariam. Foi só no terceiro dia que ousamos parar por tempo suficiente para queimar o corpo. Levamos as cinzas para os campos de túmulos na saída dos fossos de Camulodunon e as enterramos perto das do pai dele. Foi um funeral ruim, sem bens do túmulo, mas deixamos a lança e o escudo para ele. — Ela levantou os olhos com um suspiro. — Como você sabia?

— Coventa viu vocês — Boudica parou, como se houvesse mais que ela não iria contar.

Em algum lugar, uma coruja soltou três pios, e então houve silêncio.

— Aquela pobre criança... Helve vai usá-la sem misericórdia, como suponho que eu faria, se a escolha me coubesse. — Ela se inclinou para a frente para avivar o fogo. — Nos dias que virão, vamos precisar de cada vantagem.

— E o que os romanos estão fazendo agora?

— Esperando. — Lhiannon soltou um riso sem alegria. — O general romano construiu uma ponte sobre o Tamesa, e dizem que está esperando que o imperador dele a atravesse e complete nossa conquista.

— Ele pode fazer isso? — Um brilho perdido da luz do fogo reluziu no cabelo de Boudica.

— Minha querida, no sudoeste não restou ninguém para se opor a eles. Se vamos *permanecer* conquistados é a questão.

Júlio César, afinal, tinha vindo, proclamado ser um conquistador e ido embora, e a Britânia fora deixada em paz por um século depois. O vento murmurava entre as copas das árvores, mas, se estava tentando responder a ela, não conseguia entender as palavras.

— Está ficando tarde. — Lhiannon se levantou subitamente e começou a ir na direção da casa redonda. — Devemos dormir um pouco.

Amanhã vou mostrar a ilha a você, e, quando for lua nova, no dia seguinte, vamos fazer sua iniciação na Fonte de Sangue.

***

Na hora cinzenta antes do amanhecer, o ar tinha um frio que chegava aos ossos. Boudica imaginou que precisava ter esperado aquilo, tendo-se acostumado com as cerimônias ao nascer do sol na Ilha dos Druidas, mas de algum jeito tinha imaginado que, sendo mais ao sul, Avalon não seria tão fria. No sol da tarde, a ilha sagrada parecera um lugar de beleza e poder. Mas, enquanto seguia a figura de Lhiannon envolta num manto na direção da dobra entre a colina do pomar e o Tor, onde brotava a Fonte de Sangue, as formas opacas de árvores e rochas mudavam ao redor dela com uma ambiguidade inconstante, e ela não sabia dizer se as novas formas seriam maravilhosas ou terríveis.

Imagino que essa seja a primeira lição... ela pensou ao seguir o caminho. *Nós todos temos potencial para o bem e para o mal, e, sabendo disso, precisamos escolher...*

Elas pararam diante de uma sebe de teixos. Na penumbra, ela via uma abertura na base. Ela se virou para perguntar se aquela era a entrada, mas a outra mulher tinha desaparecido.

— Boudica, filha de Anaveistl, por que veio para cá? — veio uma voz do outro lado da sebe.

Boudica piscou. Antes sempre fora conhecida como a filha de seu pai, mas estavam preocupados com coisas de mulher aqui. Pela primeira vez ela se perguntou como a mãe tinha se sentido ao se tornar mulher. Ela não teria tido *aquela* cerimônia, mas a passagem para mulher adulta era sempre honrada nas tribos.

— Fui uma criança... quero ser mulher. Fui ignorante... quero buscar sabedoria.

— Remova suas vestes. Nua como veio ao mundo. Nua deve fazer a passagem para renascer...

Boudica sabia que quem falava deveria ser Lhiannon, mas ela soava... estranha.

— Venha!

Tremendo, Boudica deixou o manto cair. Pedras ralaram seus joelhos e os espinhos do teixo riscaram seu torso quando ela se arrastou pela abertura. Abaixou-se mais para evitar ser esfolada.

O sol ainda estava escondido atrás da colina, mas, quando ela emergiu, descobriu que conseguia ver. A sebe se estendia pelos dois lados para se juntar à colina do pomar. A fonte sagrada jorrava em algum lugar acima delas, gotejando para encher uma lagoa larga, ladeada e revestida de pedras manchadas de vermelho-ferrugem pelo ferro na água.

No outro lado estava a figura coberta por um manto que ela sabia – esperava – ser Lhiannon. Ela imaginou se o ritual era como aquele feito por todo um conjunto de sacerdotisas, e não conseguiu decidir se deveria se sentir desapontada ou feliz por receber aquela iniciação apenas de Lhiannon, que era em quem mais confiava de todas elas.

— Você chegou ao templo da Grande Deusa, que, embora use muitas formas, não tem formato, nem nome, apesar de ser chamada por vários. Ela é Donzela, para sempre intocada e pura. Ela é Mãe, Fonte de Tudo. Ela é a Senhora da Sabedoria que permanece além do túmulo. E Ela responde a todos os nomes. Ela é distribuída em todas as tribos da humanidade. A Deusa está em todas as mulheres, e todas as mulheres são rostos da Deusa. Tudo o que Ela é você será. Criando e destruindo, Ela dá à luz toda transformação. Está disposta a aceitá-la em todas as aparências?

Boudica limpou a garganta.

— Eu estou...

— Contemple o Caldeirão dos Poderosos. — A sacerdotisa fez um gesto na direção da lagoa. — Quem entra indigno deve morrer; os mortos colocados nele viverão. Vai desafiar o Mistério?

O céu estava mais claro agora. Boudica imaginou se a água que brilhava levemente mostrada por ele era tão fria quanto parecia, mas sua voz era firme quando respondeu:

— Eu vou...

— Então desça para a lagoa.

No primeiro passo, o toque gelado da água enviou um choque pelo corpo. Ela estremeceu com o esforço para não pular para fora gritando. Mas, embora Helve pudesse desdenhar de suas habilidades, Boudica tinha dominado algumas das disciplinas dos druidas. Ela respirou fundo, buscando o fogo interior. Conseguia senti-lo debaixo do esterno, pulsando como um pequeno sol. Com mais uma respiração, ela o enviou para cada membro.

Desceu sem hesitação, a pele formigando enquanto o gelo de fora encontrava o fogo de dentro, e, levantando os olhos, viu outra figura descendo os degraus do outro lado, os movimentos espelhando os seus. *Era Lhiannon*, disse a si mesma, mas contra o céu brilhante via apenas uma silhueta. Na postura, reconhecia algo de Mearan na graça, a própria mãe, e a virada de cabeça era algo que tinha visto em si mesma ao se debruçar sobre o reflexo de uma lagoa.

Ondas quebraram suas imagens numa miríade de reflexos enquanto afundavam até os seios na água. Ruiva e loura, esguia, musculosa e delgada, elas se moveram uma na direção da outra através da lagoa.

— Pela água que é o sangue da Senhora, seja limpa — sussurrou a Outra que era e não era Lhiannon. — Que deste útero você renasça...

Os seios delas se roçaram conforme Lhiannon se aproximou, então ela colocou as mãos nos ombros de Boudica e a empurrou para baixo.

Quando a água se fechou sobre ela, as feridas onde a sebe tinha arranhado as costas de Boudica arderam intensamente, então começaram a formigar numa sensação que se espalhou por todo o corpo, como se ela de fato estivesse sendo criada novamente. Sentia a bênção das mãos de todas as que tinham sido iniciadas naquela lagoa. O pulso do sangue em seus ouvidos era como a batida de asas poderosas; banhava-se em luz e não sabia se ela vinha de dentro ou de fora.

— *Filha amada...*

Das profundezas de sua consciência veio uma voz. No começo ela achou que fosse a de Morrigan, mas isso era muito maior – ressoava em seus ossos.

— *Em sangue e espírito és Minha filha verdadeira. Eu te dou ao mundo, e te dou o mundo. Aconteça o que acontecer, nunca estarei longe de ti, basta olhares para dentro. Vai e vive!*

Então, mãos fortes a puxaram para cima. A pele deslizou com facilidade sobre outra pele conforme ela emergiu dentro do círculo dos braços de Lhiannon. Da água, a luz brilhava e refletia em torno delas, uma multidão de espíritos brilhantes celebrava. Durante os momentos em que estivera debaixo d'água, o sol havia nascido, e elas estavam em um lago de fogo.

***

— O ritual de feminilidade foi assim para você?

Com a pergunta tímida de Boudica, Lhiannon terminou de amarrar os cadarços dos sapatos e levantou os olhos. Dois dias tinham se passado desde a iniciação. A noite anterior tivera um céu carregado de nuvens, mas a névoa estava sumindo dos pântanos, e, além das macieiras, o Tor se erguia suave e verde contra um céu sorridente.

— É sempre o mesmo, é sempre diferente — ela disse, sorrindo. — A estrutura do ritual não mudou muito, acho, desde que o Povo da Sabedoria iniciou suas filhas nessa lagoa. Mas o poder que ele invoca, a transformação interna, deve ser diferente para cada donzela que abençoa.

Ela se lembrou da própria iniciação como uma consciência lenta, nível acima de nível, como o desabrochar de uma flor, até que por fim vislumbrou o âmago da luz. Uma vida inteira, pensou, podia ser curta demais para compreender o que tinha tocado quando estava na lagoa.

Não achava que o que Boudica tinha experimentado era o mesmo, mas claramente algo havia acontecido com a garota. E como sempre nos rituais, quem o realizava era tão abençoado quanto quem recebia. Lhiannon ainda sentia dor pelos guerreiros mortos da Britânia, mas tinha sido lembrada de que a Grande Mãe que chora por seus filhos também os dá à luz de novo.

— Ainda estou tentando digerir todas as palavras sábias que me deu depois, quando tomamos o desjejum na beira da lagoa — disse Boudica.

Lhiannon franziu o cenho. Na euforia que se seguiu à bênção, os corpos ainda quentes do fogo sagrado, havia se flagrado dizendo a Boudica coisas que mal admitia a si mesma. Nem quando caminhava com Ardanos conseguia se abrir tanto. As almas delas tinham sido despidas como os corpos, não eram mais professora e aluna, mas duas mulheres juntas em uma intimidade de espírito que teria sido impossível se não estivessem sozinhas. Agora começava a suspeitar que tinham formado um laço que não havia previsto.

Há potencial nessa menina que não percebemos em quatro anos, ela pensou, melancolicamente. *Contudo, essa chance perdida não é o que me dará tristeza se ela decidir voltar para seu povo, mas a perda da primeira alma que encontrei que poderia ser um verdadeiro amigo.*

— Se já entendesse tudo, não seria uma iniciação verdadeira — respondeu Lhiannon, tentando esconder a emoção. — Vai ter o resto da vida para descobrir o que significa.

— Imagino que sim... Preciso decidir sobre ficar com os druidas hoje?

Lhiannon respirou fundo. *Não, graças aos deuses...* Em voz alta, ela disse:

— Temos alguns dias antes que precise escolher. Permita que cada dia traga sua lição. Hoje, proponho uma subida até o Tor.

Ela pegou o cajado.

Podia ver Boudica segurando outra pergunta, e sorriu. Podiam conversar mais depois. Ainda tinham tempo.

O caminho passava pela base da colina do pomar e pela sebe de freixos que escondia a lagoa sagrada. Adiante, as águas da Fonte de Leite caíam lentamente para se juntar ao transbordamento, deixando sua própria película pálida nas pedras. Vermelho e branco, sangue e leite, elas nutriam a terra. Ali as mulheres pararam para encher seus odres. Depois do amargor de ferro da Fonte de Sangue, as águas da Fonte de Leite tinham gosto de pedra.

As árvores se agrupavam em torno da base do Tor, mas em alguma época prévia elas tinham sido arrancadas da encosta, e as ovelhas haviam mantido a colina livre de árvores desde então. Conforme as mulheres saíram de debaixo dos galhos, a longa espinha do Tor assomava diante delas.

— Vamos subir diretamente? — perguntou Boudica.

Dali, a primeira subida íngreme escondia a inclinação mais suave que se seguia, e o círculo de pedra no topo não podia ser visto.

— Poderíamos... ou poderíamos dar a volta até a parte de trás e pegar um caminho mais curto, mas ainda mais íngreme, se tudo o que desejarmos é chegar ao topo e desfrutar da vista...

Ela esperou, observando Boudica considerar a amplidão de grama ondulante diante dela. A base do Tor era mais ou menos oval, num eixo noroeste-sudoeste. De longe, parecia um cone perfeito, mas o cume ficava mais para o norte. De longe também parecia liso, mas dali se via claramente que era rodeado por caminhos escalonados.

— Eles não são naturais, são? — apontou Boudica. — É um dos mistérios dos druidas?

Lhiannon balançou a cabeça.

— Os caminhos estavam ali quando nosso povo chegou a estas ilhas. Foram feitos pelo Povo da Sabedoria. Não são círculos, mas um labirinto. É preciso caminhar em silêncio, em meditação, para chegar ao topo.

Boudica olhou para o caminho diante delas, o começo marcado por uma pedra ancestral.

— E quando uma pessoa tiver caminhado pelo labirinto — ela perguntou com cuidado —, aonde chega?

Inesperadamente, Lhiannon riu.

— No topo do Tor... normalmente. Mas às vezes, dizem, os caminhos vão para dentro, para o Além-Mundo.

Debaixo do chapéu de palha largo, o rosto de Boudica se iluminou num sorriso como resposta.

— Acho que você tem mais probabilidades de achar o caminho do que eu. Mas tome cuidado para se recordar do caminho de volta.

— Não vamos chegar a lugar nenhum se não começarmos. — Lhiannon passou pela pedra e começou a subir o caminho.

Durante o primeiro circuito, esteve muito consciente de que Boudica a seguia. O caminho seguia pelo meio do lado norte do Tor, e na direção horária em torno do sul até que chegassem perto da pedra, então ia para baixo no sentido anti-horário e ladeava a base. Ali a caminhada era fácil. Lhiannon caminhou, desfrutando do sol nas costas e do modo como o vento agitava suas saias. Ela havia passado por ali antes, e o exercício era bem-vindo num dia de sol tão belo.

Só quando o caminho chegava perto da entrada de novo ele seguia pela espinha da colina, voltando pela metade da encosta para tomar um ângulo na direção das pedras em pé. Foi quando Lhiannon começou a suspeitar de que dessa vez poderia ser diferente. A luz parecia mais fraca, embora nenhuma nuvem cobrisse o sol. Cada passo parecia mais deliberado. Ela não se sentia mais pesada, mas sim como se alguma força a empurrasse para o Tor.

Lhiannon olhou para o caminho. Via Boudica na metade da inclinação atrás dela, movendo-se lentamente, às vezes parando para olhar para a cadeia de colinas ao norte e o mar distante. O vale de Avalon ficava entre duas cadeias dessas, uma terra protegida com o Tor em seu coração secreto. A menina – não, a mulher mais jovem – não corria risco. Com um suspiro de libertação, Lhiannon voltou ao caminho.

Ela via as pedras sagradas diante de si agora. O ar acima fervilhava. Ela as circundou, então avançou, perto o suficiente para tocá-las, mas agora não precisava ver o caminho. Uma corrente de poder a levou como se andasse na correnteza de um riacho. O caminho fez uma volta sobre ele mesmo e foi para baixo, fez uma curva larga para trás e uma maior para a frente, levando-a mais longe do cume. Àquela altura, o sol havia desaparecido. Ela andou por um anoitecer luminoso enquanto seguia de volta, para trás e para cima de novo, por fim ao ponto de poder dentro do círculo de pedras. O terreno descia de cada lado, como antes, mas agora cada árvore estava radiante e cada junco brilhava, e as ilhas de outeiros eram pontos cintilantes que marcavam o fluxo de poder.

Lhiannon ficou de pé, a pele formigando como acontecera na lagoa sagrada. Cada sacerdotisa e sacerdote druida tinha feito aquela subida, e um a cada cem, no máximo, encontrava o caminho entre os mundos. Quantos nunca haviam notado o momento de transformação potencial? Quantos pareciam tê-lo sentido e recuado por medo? Ela se perguntou por que tinha recebido aquele dom, e desejou que pudesse compartilhá-lo com Boudica.

— Só quando a alma está pronta ela consegue encontrar o caminho.

Ela levou um momento para perceber que não era seu próprio espírito falando. Com o coração disparado, ela se virou.

No começo, achou que via a senhora Mearan de pé ali, mas, enquanto corava de felicidade, percebeu que aquela mulher era pequena como o povo da Vila do Lago, vestida com uma manta de couro de veado e coroada com flores de verão. E, no entanto, a felicidade permaneceu, pois a sabedoria e o poder que lia no rosto da mulher eram os mesmos. Instintivamente, curvou-se como teria se curvado para uma grã-sacerdotisa do seu tipo, pois certamente a rainha do povo das fadas tinha a mesma posição. E ela era muito mais velha.

— Os sacerdotes do Carvalho a treinaram bem — a mulher disse, sorrindo. — Mas seu povo não me visita tanto quanto no passado. Veio aqui buscando refúgio, agora que seu povo está em guerra?

— É verdade que um povo estrangeiro nos invadiu, mas a maioria dos nossos sábios está em segurança na Ilha de Mona. Não acho que irão para lá — respondeu Lhiannon, em uma onda de orgulho.

— O tempo corre diferente aqui, e vi muitas pessoas indo e vindo desta terra. Mas você, ao menos, pode ficar em segurança.

A mulher das fadas fez um gesto, e Lhiannon viu que um pano tinha sido estendido sobre a grama dentro do círculo, e havia comida e bebida sobre ele. O estômago dela roncou quando olhou para os pães brancos, as aves assadas e as vasilhas de bagas e nozes de todos os tipos. Havia passado muito tempo desde a refeição da manhã.

Com aquele pensamento, ela teve a memória súbita de Boudica mexendo mingau de aveia com a luz da manhãzinha iluminando seu cabelo vivo. Lhiannon sabia que a mulher mais jovem enfrentava uma escolha, mas não tinha esperado receber uma também.

— Senhora, não quero insultar sua hospitalidade, mas não posso deixar minha amiga.

A mulher olhou para ela pensativa.

— A amizade é uma das grandes virtudes de sua raça. Mas ela ainda não está pronta para entender. Se a amizade perdurar, talvez chegue o dia em que voltem para mim juntas...

— Então pode ver o futuro? — perguntou Lhiannon, ansiosa. — Vamos expulsar os romanos da Britânia?

Por um momento, a mulher simplesmente olhou para ela.

— Eu me esqueço de como você é jovem... Sua vida humana é um rio, e vocês são todos parte disso, como os riachos, as nuvens e a chuva, cada coisa se movendo de acordo com sua própria natureza, uma corrente fluindo com força, depois dando espaço para outra por sua vez. Os romanos são muito fortes, mas é só aqui que posso lhe dizer o futuro, pois somente meu reino permanece sem mudança.

— Isso significa que é inútil resistir aos romanos? — Lhiannon se prendeu à única parte que não conseguia entender.

— Inútil? Nenhum feito de um coração valente está perdido. Se seus reis os desapontarem, olhem para suas rainhas. Seu amor e sua coragem serão uma corrente forte naquele riacho. Mas você vai conhecer a dor, e um dia vai morrer.

— Mas vou crescer — disse Lhiannon, lentamente —, e aqui não posso ser melhor do que sou neste momento.

— Talvez você não seja uma criança, por fim — a mulher das fadas então disse. — Vá agora, com a minha bênção. A luz do dia está se apagando no mundo dos homens.

— Obrigada — disse Lhiannon, mas tanto a mulher quanto a comida das fadas haviam desaparecido. Ainda se perguntando, ela deu o primeiro passo e se viu mais uma vez no mundo da humanidade.

***

Embora os céus acima do vale estivessem limpos, uma tempestade se formava no mar. O sol poente acendia as nuvens distantes em estandartes de chamas. Boudica bebeu o resto da água do odre e pensou em descer a colina. Estava muito quieto. Até o corvo que se erguia sobre o vale voava em silêncio.

Sem dúvida Lhiannon já tinha voltado para a casa redonda, estava preparando o jantar e imaginando quando Boudica chegaria lá. A outra mulher não havia passado por ela ao descer, mas deveria ter descido, talvez quando Boudica estava na longa curva do outro lado da colina. Quando chegara ao topo, tinha olhado em todas as direções e Lhiannon não estava em lugar nenhum. Havia ficado um pouco surpresa – não, na verdade havia ficado um pouco magoada – porque a companheira não tinha se dado ao trabalho de avisar que estava indo embora. Elas pareciam tão próximas, depois daquela manhã na lagoa. Mas Lhiannon dissera que aquela subida deveria ser uma meditação solitária. Talvez tivesse deixado Boudica sozinha para que ela pudesse se decidir.

— Não quero decidir! — ela disse, de modo rebelde.

— *O que* você quer?

Boudica olhou. Um momento antes estava olhando para o círculo de pedras e agora Lhiannon estava à sua frente. Se *fosse* Lhiannon. A sacerdotisa sempre fora clara, mas agora seu rosto brilhava.

— Onde esteve? — Boudica se viu de pé sem saber bem como chegara lá.

— Encontrei a outra estrada... Encontrei o caminho interior — a sacerdotisa disse, de modo exultante. — Encontrei o caminho para o País das Fadas...

Ela olhou em volta num misto de desapontamento e maravilha, e Boudica acreditou nela.

— Na metade, o labirinto começou a mudar. Você não viu nada? Esperava que fosse me seguir.

— Não vi nada além da terra verde e do céu acima.

Nos olhos de Lhiannon ainda brilhava a luz do Além-Mundo. Boudica percebeu o abismo entre elas. *Lhiannon em si é metade espírito – não é surpresa que tenha encontrado o caminho para o mundo deles*, ela percebeu. *Se eu tivesse ido, seria somente porque ela estava ali. Ela anseia pelo Oculto — mas o pôr do sol que deixa a grama verde dourada é mágico o suficiente para mim.* Com um misto de alívio e arrependimento, ela percebeu que sua decisão tinha sido tomada.

— Não sou uma sacerdotisa. Este mundo é suficiente para mim.

Os olhos dela se encontraram, e nos de Lhiannon ela viu uma tristeza que se transformava gradualmente em aceitação, e algo mais que só podia identificar como amor.

— Então fico feliz por ainda estar nele... — a sacerdotisa disse, e sorriu.

O coração de Boudica ficou leve. Se não fosse sacerdotisa, poderia se casar, mas, não importava o que o futuro reservasse, a ligação entre ela e Lhiannon permaneceria.

OITO

— Em nome de todos os poderes na terra, no céu e no mar, o que é aquilo?

Boudica se virou ao ouvir a exclamação de Lhiannon, arregalando os olhos quando viu o que parecia ser um monte de feno com quatro pernas cinzentas atarracadas, movendo-se lentamente pelo campo. Conforme observavam, um apêndice com aparência de cobra se esticou para cima e tirou um pouco do feno.

— Acho... é algum tipo de animal. — Ela protegeu os olhos do sol com uma mão.

Enquanto o vento mudou, os pôneis delas começaram a bufar e correr.

— Definitivamente um animal — Lhiannon concordou, com uma voz abalada. — Essa deve ser uma das criaturas estranhas das quais ouvimos falar ontem... os *elephanti* que os romanos trouxeram com eles através do mar.

Estimaram que o animal tinha ao menos duas vezes a altura de um homem alto. As ponteiras de latão nas presas de marfim brilhavam sob o sol da tarde. A mente dela se espantava com a ideia de que tal coisa pudesse ser levada em qualquer tipo de embarcação no oceano. Sem dúvida o imperador tinha trazido os animais para apavorar os nativos — certamente estava assustando os cavalos, mas a pura improbabilidade da criatura fez Boudica querer rir.

— Não nos diz respeito — grunhiu Leucu. — Se quisermos chegar à tenda de seu pai antes do jantar, precisamos seguir.

Ele abraçou a cabeça do cavalo e o puxou para a frente pelo caminho que levava ao que um dia havia sido a fortaleza de Cunobelin. Os romanos queimaram os antigos prédios dos quais os reis tinham tanto orgulho – depois de saqueá-los, é claro. Os líderes tribais que haviam vindo para fazer a paz com o imperador acampavam nos campos de Camulodunon.

Sem dúvida Leucu ficaria feliz em abrir mão da responsabilidade pela filha do chefe. Ele passara boa parte da jornada de três semanas através da Britânia em um estado de nervos que encurtava tanto seu sono quanto seu pavio. Mas só nos últimos dias haviam encontrado vigias romanos, o último deles no vão dos fossos que não tinham, afinal, protegido Camulodunon. Duas mulheres e um velho não pareciam ameaçar as legiões que cercavam o imperador, então os tinham deixado passar.

— Ainda não gosto disso — disse Boudica, enquanto passavam pelo gramado.

— O quê, está com medo dos elefantes?

Boudica bufou.

— Não... é que pensei que estivesse voltando para casa! — Enquanto viajavam através da Britânia e os membros dela relembravam as alegrias da cavalgada, tinha começado a sonhar com os pastos ondulantes onde os icenos criavam seus cavalos. — Mas é uma volta maligna quando chego bem a tempo de ver meu pai se submeter a Roma!

Os soldados romanos em Camulodunon eram uma flecha apontada para o coração de todas as terras que um dia estiveram sob o comando de Cunobelin. Mas os conquistadores se contentariam com a submissão ou ela logo se veria acorrentada em um navio a caminho de Roma? Por mais restrita que a vida entre os druidas pudesse ser, ao menos era livre. Ela tentou convencer a sacerdotisa a deixá-los, mas Lhiannon parecia serenamente confiante. Ou talvez estivesse tão determinada a ir para Camulodunon porque Ardanos ainda estava ali.

Eles cruzaram uma pastagem e viraram para a estrada que seguia entre os campos. O trigo que crescia tinha sido pisoteado, com apenas algumas touceiras sendo colhidas pelos pássaros. O gado, também, desaparecera. Sem dúvida tinham servido aos soldados para um banquete de comemoração de vitória.

Outra vala, com as margens coroadas de espinheiros, cercava o complexo, mas as casas com telhados redondos que deveriam aparecer sobre a cerca viva haviam sumido. Fazia um mês desde que os romanos as queimaram, mas o fedor acre de fumaça ainda pairava no ar. E, no entanto, o pasto além do complexo tinha uma colheita colorida de tendas, como se fosse um festival de Lugos atrasado. Os chefes que não haviam marchado a tempo de defender Camulodunon tinham vindo se submeter aos conquistadores.

Depois de ouvir quatro anos de diatribes dos druidas, Boudica achava perturbador ver seu próprio corpo esticando a garganta para o inimigo. Sabia que voltaria para as amarras de um casamento. De fato, ela e Lhiannon tinham passado boa parte da jornada especulando sobre quem seria o marido dela. Ela lutou contra a raiva ao perceber que sua tribo também estaria amarrada.

Conforme entraram no acampamento, as pessoas saíram das tendas para ver quem tinha chegado. Subitamente Boudica ficou consciente de como deveria parecer para eles – uma jovem mulher sardenta de pernas longas com uma massa de cabelo ruivo dourado, vestida em uma túnica de linho sem tingimento encardida por semanas de viagem e um manto rasgado na bainha. Parecer desmazelada tinha sido um bom disfarce para uma viajante, mas era menos ali, onde as pessoas entendiam quem você era pelo que usava.

Os grupos de tendas eram marcados por postes com estandartes. Ela olhou para cima, procurando a bandeira marrom-avermelhada com a lebre branca de seu próprio clã. *Talvez meus pais não me reconheçam*, ela pensou, sombriamente. *Então não terei opção a não ser voltar para Mona com Lhiannon...* Cercada por tantas pessoas de vestes coloridas, ela precisou sufocar o impulso de virar e voltar para a estrada.

Lhiannon a viu colocar as mãos sobre os ouvidos e balançou a cabeça;

— Não pode passar pela vida assim, criança... pense em um véu que só deixa atravessar os sons que quer ouvir.

Boudica fechou os olhos por um momento e foi recompensada quando o nível de som baixou. Quando os abriu, percebeu que era porque o pai havia saído para recebê-la, com a mãe correndo atrás para alcançá-lo como de costume. Ele parecia ainda mais grave do que se lembrava, e havia muito cinza em seu cabelo. A mãe, também, tinha o cabelo prata agora. Quando os pais dela haviam ficado tão *velhos*?

— Então, você por fim está aqui. Parece não ter se apressado... — Ele olhou a filha de cima até embaixo, mas sua expressão não mudou.

Boudica mordeu o lábio. Certamente, qualquer tempo que tivessem perdido em Avalon, tinham ganhado ao fazer parte da viagem pelo mar. Mas Leucu estava murmurando alguma coisa sobre atrasos para evitar romanos e ela relaxou de novo.

— Deixe para lá, homem — Dubrac por fim disse. — Vá descansar um pouco. Tenho certeza de que merece. Ao menos a trouxe até aqui...

Ele se virou para a mulher.

— Mandem limpá-la, Ana. Ela precisa estar apropriada para ser mostrada aos príncipes na refeição noturna.

Ele se virou.

— É para um banquete dos mercadores de gado a que vou comparecer? — Boudica murmurou enquanto passava uma perna sobre as costas do pônei e descia.

Ela lançou um olhar suplicante para Lhiannon, mas a sacerdotisa se limitou a sorrir.

Então a mãe dela a abraçava, afastando-se para olhá-la no rosto e abraçando-a de novo.

— Ah, minha querida, como você cresceu! Mas agora está marrom feito uma baga, criança, ou isso é sujeira da estrada? Deixe para lá, deixe para lá... ah, como senti sua falta! Sonhei com este dia!

Eu não, percebeu Boudica, com uma pontada de culpa. Mas era curiosamente reconfortante ser mimada como se tivesse oito anos, não dezoito, e, por todas as suas questões, a mãe não parecia esperar muita coisa em resposta.

— E a você, minha senhora, minha gratidão por seu cuidado. — Ana se virou quando Lhiannon também desmontou, baixando a cabeça em um tipo de reverência truncada.

As vestes azuis da sacerdotisa estavam um pouco empoeiradas, mas, exceto por isso, ela parecia intocada pelas manchas de viagem. *Como se*, pensou Boudica, com um espanto exasperado familiar, *ela tivesse usado alguma magia druida para dirigir toda a sujeira para mim!*

— Minhas mulheres prepararam um lugar para você. — Ana fez um gesto vago na direção das outras tendas conforme uma criada se aproximou. — O que precisar para seu conforto, basta pedir...

Boudica mal teve tempo de assentir em despedida antes que a mãe a arrastasse para dentro de uma das tendas, um lugar espaçoso feito com um tecido de lã oleada esticada sobre paredes de vime. Suspirando, ela deixou Ana lhe dar bolos de aveia e chá de menta, se preocupar com seu cabelo e sua pele e discutir o que ela deveria usar. Era daquele jeito, ela se recordava, quando era pequena. Enquanto o marido tinha assumido o treinamento de cada filho, todos os instintos maternais de Ana foram concentrados em sua única filha sobrevivente, que por sua vez queria provar ser um menino melhor que qualquer um dos irmãos. Mas Boudica percebia que, entre outras coisas, seu tempo com os druidas tinha lhe mostrado que havia mais de uma maneira de ser mulher, e mais de uma maneira de ser uma mulher poderosa.

***

Lhiannon, tendo deixado Boudica a seu destino, saiu para encontrar Ardanos. Algumas perguntas discretas a levaram a um grupo de tendas sobre as quais voava o estandarte de javali dos icenos do sul.

Ela o encontrou de pernas cruzadas, esculpindo um pedaço de madeira, e fez uma pausa para saborear o prazer de simplesmente vê-lo ali, vivo e bem. Ele gostava de esculpir quando criança. Era um sinal de contentamento que fizesse isso agora, ou estava tão frustrado com a situação que não conseguira pensar em mais nada para fazer? Frustração, provavelmente, ela pensou enquanto se aproximava. Ele estava esculpindo pássaros.

— E quando tiver acabado, eles vão voar? — ela perguntou em voz baixa.

Por um momento ele ficou totalmente imóvel, mas ela viu os nós dos dedos branquearem em torno do cabo da faca. Muito cuidadosamente, ele afrouxou os dedos e baixou a lâmina. Só então levantou os olhos.

O que, meu amado, não quer que eu veja em seus olhos?, ela se perguntou. Eles brilharam com água que ele era orgulhoso demais para limpar. Ela se ajoelhou ao lado dele e pegou um dos pássaros.

— O rei Antedios teve uma filhinha — ele disse, quase com firmeza. — São aves aquáticas, então ela vai colocá-las no rio...

— E da corrente do rio, então, elas vão flutuar até o mar, e dali podem por fim seguir até as Ilhas Abençoadas. Entendo.

— Correu tudo bem? — Ardanos esticou um braço para tirar uma folha que tinha se prendido ao véu dela; o toque se transformou numa carícia que tirou uma mecha de cabelo da testa dela e ficou ali.

— Muito bem, tanto para Boudica quanto para mim, embora – talvez porque – estivéssemos sozinhas. Ardanos, dessa vez, quando subi o Tor, fui para dentro! Preciso contar...

— Não aqui! — ele disse rispidamente. — Iria profanar a memória. Quando estivermos na estrada. Agora que chegou, podemos ir embora daqui.

— Ardanos! — ela exclamou, dividida entre a irritação e o riso. — Eu passei três semanas cavalgando. Boudica nasceu num cavalo, acho, e recuperou toda a sua habilidade anterior, mas eu não, e nem por você vou me sentar de novo em uma sela antes que minhas costas tenham se curado. Além disso, preciso esperar até Boudica...

— Que Boudica se dane! Quero tirar você daqui em segurança! — Ele balançou a cabeça. — Ao menos use uma faixa na testa para esconder a crescente azul enquanto estiver aqui!

Lhiannon franziu o cenho.

— Essa marca só é usada pelos da nossa Ordem que foram iniciados em Avalon. Os romanos não vão saber o que significa.

— A não ser que alguém conte a eles... — O rosto dele estava sombrio. — Há muitos aqui que gostariam de ganhar favores dos que concedem os luxos dos romanos. Use uma faixa ou lenço na cabeça.

— E quanto a você? — ela disse, com ironia. — Certamente vão reconhecê-lo como druida com as sobrancelhas raspadas.

— Todos aqui já sabem quem sou. — Ele deu de ombros. — Quando há romanos por aqui, tenho um chapéu que posso usar.

— Então use-o. — Ela se recostou ao lado dele. — E, já que precisamos ficar aqui por um tempo, imagino que me diga quem veio para esse desastre, e o que acha que vai acontecer agora.

***

O festival de Lugos sempre tinha incluído uma feira de gado, onde as pessoas vendiam animais supérfluos e compravam outros cuja raça poderia melhorar os próprios rebanhos. Para Boudica, de pé no meio da tenda dos pais enquanto a mãe dirigia um bando de aias cacarejantes a esfregá-la, passar óleo nela, penteá-la e adorná-la, a comparação pareceu desconfortavelmente apropriada. A única coisa que a impedia de sair correndo era o conhecimento de que, se ela se decidisse por Mona, Lhiannon e Ardanos eram um tanto capazes de fugir com ela.

— Aqui agora, minha querida. — A mãe foi para trás, inspecionando-a. — Agora você parece uma mulher da realeza.

Ela segurou um espelho de bronze, a parte de trás gravada com espirais e gavinhas graciosas, para que Boudica pudesse ver.

Reconhecidamente, a coisa mais próxima de um espelho em Mona era a lagoa parada, mas o rosto que a olhou de volta não era de ninguém que conhecesse. Tinham trançado o cabelo dela para trás com fitas vermelhas e deixaram o resto da juba cair pelas costas em ondas de cobre e ouro. Uma aplicação artística de cosméticos romanos avermelhou os lábios e definiu as sobrancelhas dela.

A túnica dela era de linho fino e seguia as linhas de seu corpo, caindo em dobras graciosas, presa nos ombros com fíbulas de bronze folheadas a ouro e com cinto dourado, e tingida do vermelho mais profundo que a raiz de garança permitia. Brincos dourados e um colar de ouro torcido completavam o conjunto, com um manto tecido nos vermelhos, marrons e amarelos de sua tribo.

— Vai estar quente demais para isso — ela disse, e tentou devolver a lã.

— Pode sentar-se nele quando não estiver carregando o jarro de vinho — a mãe respondeu, azeda.

— Estou honrada — disse Boudica secamente, lembrando-se da última vez em que tinha servido reis.

Dos governantes que haviam ido planejar a defesa da Britânia em resposta ao chamado do arquidruida, Togodumnos estava morto e Caratac estava escondido, e os reis dos durotriges e dos belgas esperavam para ver quem a águia romana atacaria em seguida. Entre aqueles cujos copos encheria naquela noite, apenas Prasutagos, que fora transformado em rei dos icenos do norte com a morte do irmão, se recordaria.

— Bem, deveria estar — a mãe disse brevemente. — A maioria deles já tem sua rainha, é claro, mas eles têm filhos e irmãos. Não tenho dúvida de que vamos conseguir uma boa colocação para você.

Boudica respirou fundo, grata pelas lições de autocontrole dos druidas.

— E se eu escolher não me casar? Quando me mandou para Mona, o entendimento não era que eu poderia ficar?

— Mas... você voltou...

Vendo o rosto da mãe se amarfanhar, Boudica esticou uma mão consoladora. Dois irmãos dela tinham seguido Togodumnos para o Tamesa e morrido, deixando apenas Dubnocoveros, o irmão próximo dela em idade, e o pequeno Bracios. A mãe ainda estava de luto, e não precisava de mais dor da filha agora.

— Prometo que vou dar uma chance. Não vou desgraçá-la no banquete desta noite, e vou ouvir qualquer oferta que possa ser feita.

— Nós chamávamos você de "potranca" quando era pequena, era tão selvagem. — A mãe balançou a cabeça com um suspiro. — Eu esperava que tivesse mudado. Mas ao menos você *parece* uma mulher da realeza.

Com a aprovação qualificada, ambas deveriam ficar contentes. Em silêncio, Boudica seguiu a mãe em torno do círculo ao redor da fogueira onde panos esticados protegiam um salão de banquete ao ar livre.

***

Boudica não era a única mulher real a chegar atrasada à reunião. Naquela tarde a delegação dos brigantes havia chegado, e Lhiannon, vendo-se desnecessária entre os icenos, andou entre a confusão de tendas e carroças até onde o estandarte com o cavalo negro voava. Por direito, o estandarte deveria mostrar uma manada de cavalos, pois os brigantes não eram tanto uma tribo quanto uma federação de clãs. O casamento de Cartimandua e Venutios os tinha unido mais ou menos. Mas Lhiannon conhecera a rainha dos brigantes quando ambas eram meninas na Casa das Donzelas em Mona. Ela imaginou se Cartimandua tinha mudado.

Aparentemente não, pois, conforme se aproximou, ouviu uma voz firme, um tanto alta, dando uma enxurrada de ordens. Uma serva saiu pela porta como se atirada por um arco e correu depressa, e, no momento de silêncio que se seguiu, Lhiannon se abaixou e entrou.

— Bem-vinda a Camulodunon, minha senhora — ela disse em voz baixa.

Cartimandua se voltou, o cabelo preto brilhante girando como a cauda dos pôneis elegantes que eram o significado de seu nome. Pequena e elegantemente curvada, ela devia o sangue real às tribos que governavam aquelas terras quando os príncipes belgas chegaram da Gália.

— Lhiannon, por tudo o que é sagrado! Você sempre descobriu o que os grandes estavam fazendo. Eu deveria saber que estaria aqui.

Lhiannon se viu envolvida em um abraço cheiroso, então afastada enquanto as mulheres conduziam uma inspeção mútua.

— Você manteve a silhueta — disse a rainha. — Ela é de alguma serventia, ou ainda está brigando com Helve pelo direito de se sentar na cadeira do Oráculo?

Lhiannon sentiu-se corar sem querer. Claramente a fala de Cartimandua não tinha ficado menos sincera desde que ela se tornara rainha.

— A senhora Mearan morreu neste verão. Helve é grã-sacerdotisa agora.

— Ah, ó... e aposto que ela ama. Você se lembra do verão em que a infernizamos com sapos? Sapos na cama dela e sapos em seus sapatos e em todo lugar. Acho que ela nunca descobriu quem de nós, santas donzelas, foi a responsável. Então ela comanda agora, e você e Ardanos estão em exílio, é?

— Fomos enviados para auxiliar Caratac — disse Lhiannon, um pouco rigidamente.

— Ah, aquilo foi uma coisa ruim. — O humor de Cartimandua mudou e ela suspirou. — Tantos belos homens perdidos. Mas não é bom lutar contra a maré. Os romanos são fortes demais, precisamos conseguir a melhor paz que pudermos.

— Então você e Venutios têm intenção de se render?

— Nos transformar em reino cliente, se pudermos — a rainha corrigiu. — Vamos pagar por isso, mas manteremos alguma liberdade.

Ela riu de repente.

— Posso viver com essa barganha. É a mesma que fiz com Venutios, afinal.

Lhiannon piscou.

— Seu marido a ama?

Cartimandua levantou uma sobrancelha escura.

— *Amor* não é uma palavra muito usada entre os príncipes. Ele é vigoroso na cama, quando a situação exige. O resto do tempo... ele me respeita.

Ela tem amantes, pensou Lhiannon. Mas certamente isso não era nenhuma surpresa. Em Lys Deru, Cartimandua levava qualquer rapaz que a agradasse para a cama mesmo antes de ter a idade oficial para ir às fogueiras de Beltane. Fora um pouco escandaloso na época, mas todos sabiam que os brigantes tinham seus próprios costumes, e alguns dos clãs ainda contavam a descendência real por suas rainhas. Ela suspeitava de que Cartimandua faria o que quisesse em qualquer terra.

— E o que está fazendo aqui? Está com Caratac enfiado em algum lugar disfarçado de noivo? Não que eu não fosse gostar de vê-lo novamente, mas acho que os romanos não iriam recebê-lo bem.

Uma cautela súbita impediu Lhiannon de dizer a Cartimandua onde o rei cancíaco estava agora. Em vez disso, começou a falar de Boudica e da viagem delas de Avalon.

— Sem dúvida vou vê-la no banquete — disse a rainha. — Pobre criança. Com dois filhos mortos, Dubrac vai usá-la para comprar uma aliança em algum lugar. A mulher de Prasutagos morreu três anos atrás. Meu palpite é que vão casá-lo com Boudica para unir as linhas reais do norte e do sul.

***

Estou vendo a última cavalgada da Britânia livre, pensou Boudica, conforme o pai liderava o pequeno cortejo para se juntar aos outros reis. Até agora, a realidade da situação deles não a tinha tocado. Lutando contra uma onda de pânico, ela apertou o lado da carroça enquanto balançava pela estrada.

Os romanos tinham construído o acampamento deles entre os velhos fossos de proteção e uma nova vala tripla e um aterro entrando como uma flecha no rio, sem concessões para a disposição da terra. Pela primeira vez ela começou a entender o tamanho de um império que podia dedicar permanentemente tantos homens para tal propósito. E aquele era apenas um dos exércitos de Roma.

Apenas alguns postes com estandartes podiam ser vistos sobre os fossos, mas ela ouvia o barulho do acampamento romano, como o zumbir de uma colmeia humana. E então chegaram ao portão no centro, ladeado por legionários cujas armaduras brilhavam sob o sol do verão. Eles observavam os britões com olhos apertados. Pelo bode-peixe pintado nos escudos batidos, ela os reconheceu como a legião liderada pelo general Vespasiano, que tinha sido responsável pela vitória na batalha do Medu.

Calma, ela pensou sombriamente. *Não viemos para lutar com vocês, mas para ir para baixo do jugo de Roma.*

Boudica se virou conforme o pai e o irmão tiraram as espadas e as passaram para um centurião condecorado com medalhas. Então, com dentes apertados, cada grupo de príncipes nativos foi acompanhado para dentro. O acampamento tinha trinta mil homens. Só agora, vendo as fileiras precisas de tendas de couro que se estendiam para os dois lados, ela começou a compreender o que aquele número deveria significar. Se pudessem se reunir, os britões teriam mais guerreiros, mas ela não conseguia imaginar um exército celta um dia conseguindo tal disciplina. Sua própria resposta a um desafio sempre fora lutar, mas aquele inimigo era sobrepujante. *Os romanos não podem ser derrotados*, ela pensou, com o coração afundando. *Cada tribo precisa buscar os melhores termos de rendição que puder.*

Foram levados em marcha pela avenida principal na direção de um pavilhão grande como o salão de banquete de Cunobelin, de tecido pesado tingido de roxo profundo com adornos dourados. A área na frente estava cercada por soldados altos cujas armaduras eram ornamentadas de ouro, e cujas expressões mostravam menos ódio, mas maior orgulho. Aqueles escudos azuis-escuros nunca tinham visto batalha. Os raios dourados que saíam de asas prateadas acima da bossa e as estrelas e luas de prata nos cantos estavam sem danos.

— A Guarda Pretoriana... — murmurou o irmão dela, Dubnocoveros. — Eles assassinaram o predecessor de Cláudio, Calígula. São os únicos com permissão para matar um imperador, parece...

Um olhar de um dos oficiais o calou, seja porque o homem falava celta, seja porque não era permitido falar – o homem parecia gaulês.

Um a um, os pequenos grupos da realeza eram levados para fazer sua submissão ao imperador. A rainha Cartimandua, resplandecente em um vestido verde bordado que fez Boudica se sentir despida, entrou com o marido, com uma grande papada e rosto austero, ao seu lado. Os romanos entendiam que os governantes brigantes só podiam falar pelos clãs naquela vasta região do norte que, na teia cambiante das alianças brigantes, naquele momento estavam do lado deles? Ou era Cartimandua que dependia da ajuda dos romanos para mudar o equilíbrio de poder e trazê-los todos sob seu comando?

Bodovoc dos dóbunos do norte estava afastado dos outros, presunçosamente consciente de que se submetera aos romanos *antes* da conquista deles. O outro colaborador mais antigo, rei Veric, já tinha sido apresentado. Ele e seu herdeiro vestido de toga, Cogidubnos, tiveram o privilégio de ficar com os senadores e assistir à humilhação dos colegas reis. Ninguém esperou ali para fazer a submissão para os cancíacos, os trinobantes ou os catuvelanos. Aqueles eram povos conquistados, e as terras deles seriam administradas diretamente pelo governador romano.

E então foi a vez dos icenos. O grande rei, Antedios, ficando grisalho nas têmporas e magro da ansiedade recente, avançou, seguido por Dubrac, que agora era seu parente homem mais próximo, e Prasutagos, que tinha sido transformado em lorde dos clãs dos icenos do norte pela morte do irmão.

Meu possível futuro marido..., ela pensou, considerando-o com novos olhos. Embora em teoria ela tivesse o direito de recusar, o pai tinha deixado clara sua preferência. Ao menos ela já encontrara Prasutagos, e imaginava que fosse bondoso. Ela se recordava dele como um homem de poucas palavras. Naquele momento, estava tão quieto que mal parecia presente. Quando entraram na tenda imperial, seus olhos se encontraram, e Boudica soube que ele deveria estar se recordando de todas as vanglórias orgulhosas deles em Mona.

E, no entanto, aqui estamos nós dois, e você não dirá a eles que fui treinada pelos druidas, e eu não direi que você foi aliado de Caratac. Talvez eles precisassem se casar para assegurar o silêncio um do outro. Mas primeiro precisavam sobreviver à hora seguinte.

Uma iluminação fraca, roxa como o amanhecer de inverno, passava pelo pano grosso. À medida que os olhos dela se ajustavam, começou a perceber os perfis sombrios, desgastados dos guardas, os rostos barbeados dos senadores, calculando ou entediados, e o imperador Tibério Cláudio César Augusto Germânico em pessoa, envolto em uma veste de seda bordada do mesmo roxo da tenda, de modo que o rosto dele parecia flutuar sobre ela como a aparição de um deus.

Ele era um deus tenso, cansado, pensou, com um rosto enrugado e orelhas que saíam de uma cabeça que parecia grande demais para o pescoço. As enfermidades físicas das quais ela ouvira falar estavam escondidas pela túnica solta. Mas os olhos dele pareciam inesperadamente bondosos. Que reconfortante, ela pensou, saber que o que ele tivesse ordenado para ser feito com eles não seria por despeito, mas por política.

Ela se ajoelhou com os outros, grata pelo tapete luxuoso que cobria o chão. Se precisavam se rebaixar, ao menos seria em luxo.

Um dos servos do imperador começou a declamar algo em que ela percebeu os nomes icenos, traduzidos para o celta, frase a frase, pelo intérprete.

— Estão aqui para se submeterem ao Senado e ao Povo de Roma, para oferecerem a si mesmos, e suas famílias, os homens de sua tribo e seus servos como súditos dispostos e obedientes do império. Concordam com esse laço?

Antedios, Dubrac e Prasutagos colocaram as palmas das mãos sobre o chão.

— Que a terra se abra e nos engula, que o mar nos leve, que o céu caia sobre nós, se não seguirmos leais ao grande rei das tribos romanas.

O tradutor falou de novo:

— Este é Lucius Junius Pollio.

Um dos romanos, usando uma toga, mas sem a faixa roxa de senador, avançou. Magro, de traços escuros, ele parecia militar, apesar das vestes soltas.

— Ele vai recolher os seus impostos sob o procurador, mas vão manter suas próprias leis e governar seu próprio povo como nossos clientes, desde que as leis e o governo não estejam em violação das leis de Roma. Nossos aliados serão seus aliados, e seus inimigos são nossos inimigos.

O imperador se curvou para sussurrar algo para um de seus conselheiros, que por sua vez falou com o tradutor.

— O imperador pergunta se têm herdeiros.

— O rei Prasutagos recentemente se tornou rei e não tem mulher ou filho — veio a resposta. — Rei Antedios é o grande rei, e seu herdeiro é Dubrac, cujo filho, Dubnocoveros, se ajoelha a seu lado.

Boudica viu o irmão endurecer quando o imperador falou novamente.

— Seu povo não pode se transformar em bons súditos do império até que entenda Roma. Assim, é nossa política educar herdeiros reais em nossa própria corte, como fizemos com o príncipe Cogidubnos. Dubnocoverus filius Dubraci virá conosco junto com outros jovens de boas famílias quando retornarmos.

O tremor convulsivo de Dubi foi parado pela mão do pai dele. Aquilo não fora discutido, mas tomar reféns era política romana. Ela via agora por que os reis tinham sido instruídos a trazer suas famílias. O homem do governador, Pollio, olhava para ela como se desejasse que *ela* tivesse sido a refém. Ela desejou ser invisível, grata porque a decisão não estava nas mãos dele.

— Levantem-se, aliados de Roma!

Primeiro Antedios, e então Prasutagos receberam uma corrente de ouro com um medalhão mostrando o rosto do imperador. Um a um, receberam permissão para beijar a mão imperial. E então eram levados para um dia que parecia ter sido roubado de calor, como se os romanos tivessem tomado a luz do sol junto com a liberdade deles.

***

— Eles roubaram até as estrelas — disse Boudica.

Lhiannon levantou os olhos, assustada pela amargura no tom da jovem mulher. Não era preciso perguntar quem seriam *eles*. Acima do acampamento romano, o céu estava vermelho com a luz de mil fogueiras. Ela sabia que as nuvens refletiam a luz, mas havia algo mais enervante sobre aquele brilho sangrento. Elas tinham andado para os campos atrás do acampamento iceno para conversar, mas ali não havia paz.

— Atrás das nuvens, as estrelas ainda brilham — ela disse, de modo revigorante. — E nós as veremos de novo um dia.

— Isso é alguma profecia druida? Suas previsões provaram que eram verdadeiras... você deveria ter dado ouvidos a elas. — A voz de Boudica tremia de dor.

— A situação parece desfavorável, mas os romanos só governam um canto da Britânia. Se Caratac conseguir unir as outras tribos...

— Ele vai lutar com mais esperança se não deixar que ouça as predições do Oráculo — respondeu Boudica. — Você não viu o acampamento romano, fila atrás de fila de homens cobertos de metal. Como alguém pode enfrentá-los?

Lhiannon se encolheu, lembrando-se de como os guerreiros trinobantes pareceram belos quando correram para a frente para bater seus corpos nus contra o aço romano.

— Volte comigo para Mona. Vai ficar segura na Ilha dos Druidas.

O caminho as levou para uma cerca viva de espinheiros. Conforme passaram, uma lebre pulou das sombras e saiu saltando pela grama.

— Realmente acredita nisso? Nós duas ouvimos as palavras da senhora Mearan. Os romanos sabem que, até eliminarem os druidas, o domínio sobre a Britânia jamais estará seguro. Eles vão encontrar Mona. É questão de tempo.

Lhiannon se afastou um pouco, erguendo instintivamente escudos mentais contra o desespero da jovem.

— Preciso acreditar que há esperança — ela disse em voz baixa. — Mesmo se estiver errada, não posso trair os homens que vi morrer no Tamesa desistindo agora.

— Ah, sinto muito! Não quis magoá-la! — Boudica se esticou para abraçá-la. — Quando cheguei, desprezei meu pai por ter se rendido tão facilmente. Mas agora acho que ele está certo. Cooperar é o único jeito de manter qualquer independência!

— E logo vai ficar e se casar com Prasutagos, como me diz que seu pai deseja?

— Com Dubi como refém, nossa família precisa de uma aliança firme com outra linha real icena. Em Mona, eu nunca seria mais que uma sacerdotisa menor. Posso ser capaz de ajudar nosso povo como rainha.

Elas andaram em silêncio e viram que seus passos as levaram para o caminho até Camulodunon. A escuridão amigável escondia a maior parte da destruição, mas mesmo à noite o forte nunca tinha sido tão silencioso.

— E ele vai amá-la? — perguntou Lhiannon em voz baixa depois de um tempo.

— Isso importa? — Boudica explodiu. — Ardanos ama *você*, mas isso não fez nenhum dos dois mais feliz, percebo!

Lhiannon parou, a desolação apertando sua garganta enquanto admitia que o que Boudica dissera era verdade. Ela cambaleou para a frente e sentou-se em uma carroça quebrada.

— Ah, agora a magoei de novo! — Havia lágrimas na voz de Boudica também. — Mas precisa entender… da última vez que estive aqui, esta era a casa de um grande rei. Não quero que isso aconteça com o forte de meu pai!

Como Lhiannon não disse nada, Boudica sentou-se ao lado dela.

— Confio que Prasutagos vai trabalhar para nosso povo. Estou fazendo uma aliança. Mas vai ser mais fácil se souber que ainda me ama…

— Vou rezar para a Deusa para que você encontre alegria em seu dever — sussurrou Lhiannon. *Ainda que ela tenha me dado pouca no meu…*

Ela podia sentir Boudica assentindo enquanto choravam nos braços uma da outra.

໙ NOVE ໙

Vivendo na comunidade fechada de Lys Deru, Boudica havia esquecido da sensação de galopar sobre uma charneca aberta debaixo de um céu infinito. Até mesmo Helve em seu pior não tinha sido tão irritante quanto a conversa infinita de Anaveistl sobre a gama incrível de bens e coisas que se esperava que Boudica levasse com ela para seu novo lar. No dia seguinte viajariam até Dun Garo, no Rio das Enguias. Rei Antedios já tinha reclamado a honra de celebrar o casamento entre seu vice-rei mais importante e a filha de seu herdeiro.

Prasutagos vai permitir que a esposa galope sobre as colinas? O território do clã dele ficava no norte, perto do mar. Ir para lá seria como ser uma recém-chegada à Ilha dos Druidas de novo, mas essa mudança era para a vida toda.

Os lábios de Boudica se retorceram ironicamente quando ela percebeu o que realmente a incomodava. Seu povo criava cavalos, e ela sabia, mais ou menos, o que a reprodução humana envolvia. Alguns tateamentos experimentais com Rianor até haviam mostrado a ela por que alguém gostaria daquilo. Ela então percebeu que não era tanto o ato que ela temia, mas a ideia de se submeter a um estranho.

Seu velho pônei baio jogou a cabeça e parou quando uma lebre cinza, assustada de seu ninho no gramado, correu pela charneca. Boudica prendeu a respiração e fez um sinal de reverência enquanto ela desaparecia.

Por gerações o Clã da Lebre tinha trazido cavalos e ovelhas para pastar naquela terra ondulante, onde o solo arenoso só retinha chuva suficiente para que a grama ocupasse os espaços entre as touceiras de tojo e urze, embora mais recentemente o pai dela tivesse tomado vantagem da posição deles, onde um caminho ancestral vadeava dois rios, para estabelecer um centro de tecelagem, onde os fios que as mulheres costuravam podiam ser transformados em tecido.

Conforme a estação da colheita seguia para seu fim, as charnecas brilhavam com o roxo da urze e o dourado rico do tojo. As árvores que floresciam em torno dos rios que seguiam a oeste para as terras pantanosas tinham tons que iam do verde a todas as cores do outono. Ali estava o bosque sagrado que abrigava o santuário de Andraste, que era honrada ali desde antes que os príncipes belgas chegassem do outro lado do mar.

Boudica bateu os joelhos para que a montaria andasse de novo, e trotaram pelo caminho que seguia entre os velhos montes funerários. Ela desceu e prendeu a rédea em um abrunheiro onde o cavalo poderia fuçar na grama seca.

A Virada do Outono tinha acabado de passar. Em um dos montes, jazia um buquê ressequido de urze e ásteres. Aquilo deveria ser coisa da velha Nessa – era ela quem sabia todas as lendas antigas. Boudica começou a andar pelo padrão entre os montes funerários como a velha mulher a ensinara, terminando no monte do meio – o único que se podia subir.

Cerca de seis quilômetros e meio a noroeste ela avistava as casas redondas de Teutodunon, de frente para o baixio onde o rio era cruzado pelo caminho ancestral. O jardim da mãe ficava atrás da casa do chefe, o cercado para ovelhas e cavalos e o galpão de tecer depois. Parecia enganosamente pacífico visto dali.

Amanhã partiriam para o forte de Antedios e o casamento dela, e quando veria seu lar novamente? Tinha concordado com o casamento, mas naquele momento sentia-se a lebre sacrificial que esperneara nas mãos de Helve.

Ela encontrou um pedaço de bolo de aveia na sacola, e o colocou em uma fresta entre duas pedras no topo do monte.

— Antigo, sua terra e sua água construíram meu sangue e meus ossos. Aceite essa oferta. Guarde este lugar como faz há tantos anos, e, embora eu precise deixá-lo, lembre-se de mim...

Gradualmente, o pânico dela baixou. Coventa, ela pensou saudosamente, teria ouvido uma resposta. Para Boudica, ali havia apenas uma sensação de paz, até que a luz começou a sumir e ela soube que era hora de ir para casa.

***

A égua balançou a cabeça, um relincho agudo expressando seu desdém pelo rapaz que puxava seu buçal. A pelagem dela brilhou num castanho-avermelhado rico quando o sol atravessou as nuvens, um tom mais escuro que o cabelo de Boudica. O menino afundou os calcanhares para segurá-la, mas tinha chovido pela manhã, e em vez disso ele foi arrastado pela lama.

— Acho que aquela potranca não quer ser selada — disse um dos guerreiros do rei Antedios.

— É preciso um bom homem para montá-la — respondeu o companheiro dele.

— Prasutagos tem uma mão boa para cavalos, dizem...

Boudica corou quando os dois homens olharam para ela e riram. Mas era de fato um belo cavalo, e era dela, um presente de casamento de seu futuro marido.

A mãe a pegou pelo cotovelo, e ela se permitiu ser levada na direção da casa redonda. Drapeada e coberta de joias, com o vestido vermelho e capa xadrez que usara em Camulodunon, ela se movia com cuidado, com medo de estragar as elaboradas tranças que as criadas da mãe tinham feito em seus cabelos. Uma guirlanda de tojo dourado e espigas de trigo coroava o arranjo sobre um véu carmim fino.

Desde que acordara, estava em um estado estranho, suspenso, permitindo que as mulheres a vestissem e a adornassem como se fosse a imagem de um deus. E aquilo, ela pensou distantemente, era quase verdade. Naquele dia ela era a Noiva, não Boudica. A cerimônia iria celebrar a união de duas famílias reais que fortaleceria a tribo, a união entre homem e mulher que renovava o mundo. O simbolismo estava ali em qualquer casamento, mas reis e rainhas carregavam a sorte da tribo. Ela havia sido capturada por uma torrente de emoções que vinha do povo para o rei quando o pai fazia os ritos na plantação e na colheita. Os druidas haviam dado a ela educação para entender o que acontecia. Mas agora era ela quem precisava carregar aquele poder. Era diferente estando do lado de dentro.

Um chilreio de vozes femininas adiante dela lhe disse que a procissão de mulheres estava se formando. Boudica ficou surpresa ao ver a rainha brigante, Cartimandua, entre elas. Queria que Lhiannon e Coventa pudessem estar ali.

A mãe pressionou as outras em algum tipo de ordem enquanto um harpista começou a tocar cordas rítmicas. Anaveistl colocou um feixe de cereais nos braços de Boudica e a empurrou para o lugar atrás das garotas que tagarelavam com suas cestas de ervas e flores. O resto entrou no lugar atrás delas quando começaram a subir o caminho pelos campos.

Em algum lugar um tambor tocava, uma vibração profunda que ela sentia tanto quanto ouvia. Ou talvez fosse o próprio coração dela batendo. Harpa e tambor ficaram em silêncio quando a procissão dos homens se aproximou pela floresta a noroeste, liderada por meninos levando galhos verdes e jovens com tochas ardentes. Eles seguiram pelo círculo ancestral de terra com a altura de um homem e definido por valas rasas para encontrar o grupo da noiva na entrada.

Conforme a mãe levava Boudica para a frente, os rapazes começaram a cantar...

> *Você é a lua entre as estrelas,*
> *Você é a espuma sobre a onda,*
> *Você é o lírio entre as flores*
> *Você é a centelha que acende a chama,*
> *Você é a amada.*

Prasutagos, vestido com um esplêndido manto com franjas e xadrez de sete cores sobre uma túnica azul e calças listradas de azul e vermelho, emergiu do grupo de homens para ficar ao lado dela enquanto as donzelas que haviam acompanhado Boudica respondiam...

> *Você é o sol acima das nuvens,*
> *Você é a onda que bate na costa,*
> *Você é o carvalho dentro da mata,*
> *Você é a tocha que ilumina o salão,*
> *Você é o amado.*

Dentro do círculo, o rei Antedios e sua rainha, seu druida e o pai de Boudica esperavam. Ao passar pela abertura, Boudica teve a impressão estranha de que a terra havia se movido. Prasutagos a firmou quando ela tropeçou, e ela respirou fundo, olhando em torno de si. Ali não havia pedras ancestrais para testemunhar o passado, mas a terra ainda era mais velha. Por quantas vidas dos homens aqueles aterros definiam o solo sagrado?

Entre os druidas ela achava que não tinha nenhum talento psíquico, mas, ao se mover ao redor do fogo que queimava no centro do círculo, soube que sua temporada na ilha a havia mudado. Não havia sentido nada diferente naquele lugar ao visitá-lo quando criança, mas agora, enquanto olhava pela abertura que emoldurava os telhados pontudos do forte e uma colina baixa atrás, sentia a corrente de poder que os ligava. Tudo do lado de fora do aterro parecia borrado, como se visto através do ar quente acima de uma fogueira. Ela se perguntou se tinha sido assim que Lhiannon se sentira quando estava no mundo das fadas. Por um momento, teve a impressão de que todos os tempos eram simultâneos, como se simplesmente mudando o foco ela pudesse *ver*.

Será que Prasutagos sentia aquilo?, ela se perguntou enquanto pararam diante do fogo. Os traços normalmente agradáveis dele pareciam severos, o olhar um pouco para dentro. Ou talvez ele estivesse se recordando da primeira esposa e lamentando a necessidade que exigia que ele se casasse com Boudica.

O druida, vestido com mais cores até que as usadas por Prasutagos, se virou para os outros. A barba branca caía sobre o peito como lã cardada, mexendo-se um pouco no vento.

— De que sangue vêm este homem e esta mulher?

— Eu represento Prasutagos, já que o pai dele não está mais vivo — disse Antedios. — Ele é chefe do Povo do Carneiro. Que ele se case com esta mulher com a bênção da família dela.

— Eu represento Boudica, do Povo da Lebre — o pai dela então falou. — Liberto minha filha dos laços e do direito do clã para que ela possa se tornar parte da família do marido. Que ela se case com este homem com a bênção de sua família.

O druida se moveu em torno da fogueira, carregando uma corda trançada na mão. Era um homem pequeno, um pouco encurvado com a idade, mas havia uma luz no olhar dele que a recordava de Lugovalos.

— Prasutagos e Boudica, viestes aqui com as bênçãos de suas famílias para se unirem diante do povo, dos ancestrais e dos deuses. Em carne e espírito, serão parceiros. Os dois consentem com esta união?

O que iria acontecer se eu dissesse não?, ela pensou desenfreadamente. Ela ouviu o consentimento murmurado do homem se juntando ao dela enquanto o sacerdote enrolava a corda em torno das mãos deles. Mas ela já tinha se comprometido quando dissera a Lhiannon que não voltaria para a Ilha dos Druidas.

— Por quais votos sereis unidos?

Prasutagos olhou para ela diretamente pela primeira vez desde que tinham entrado no círculo. Os olhos dele eram cinza, mas em torno das íris ela via pintas douradas. *No tempo certo*, ela pensou, *vou saber tudo sobre esse homem*, e então, com um tremor, *e ele vai saber tudo sobre mim...*

— Eu, Prasutagos, te prometo, Boudica, viver como teu marido.

Ela respirou fundo e respondeu:

— Eu, Boudica, te prometo, Prasutagos, viver como tua esposa.

Juntos, eles continuaram os votos.

— Teu lar será meu lar, tua cama será minha cama. Por tua lealdade, retribuirei amor, e por teu amor, te darei minha lealdade. Sobre o círculo da vida eu juro, pela terra e pelo fogo, pelo vento e pela água, e diante dos deuses sagrados.

— Eu sou teu cajado e tua espada — disse Prasutagos.

E Boudica respondeu:

— Sou teu escudo e teu caldeirão.

A rainha estendeu um pão feito de grãos que haviam crescido na Casa da Lebre misturados a outros das terras de Prasutagos.

— Este pão foi feito da terra que vos pariu — o druida proclamou —, muitas sementes moídas juntas para formar um pão. Que vossa união seja frutífera; e que essa abundância se estenda para campo e floresta, para terra arada e pasto, e todas as terras que governais.

Apesar da idade dele, a voz ainda era cheia e forte.

Boudica partiu uma ponta, derrubou algumas migalhas no chão e no fogo, e deu o restante para que Prasutagos comesse.

— Enquanto parto este pão, assim ofereço minha vida para nutri-lo — ela disse.

— Enquanto aceito, meu corpo se tornará um só com o teu — ele respondeu.

O pão foi dado a Prasutagos, que fez a mesma coisa. Enquanto Boudica engolia os grãos ásperos, percebeu que estava subitamente consciente da presença física dele.

O druida pegou o resto do pão e o desmanchou sobre as cabeças deles. Ela tinha a impressão de que podia sentir cada grão.

O rei foi para a frente com uma vasilha de azeviche entalhado cheia de água.

— Esta água é o sangue da terra, tirado de duas fontes sagradas — o druida então disse. — Como essas águas se tornaram uma, que vossos espíritos se misturem, e que as nascentes que irrigam vossas terras sejam sempre puras e limpas.

O rei ofereceu a vasilha a Prasutagos, que derramou um pouco na terra e jogou uma gota no fogo. Como o grão, era uma mistura dos lares dos dois.

— Conforme esta água é derramada, derramo meu espírito para ti.

— Enquanto bebo, meu espírito se mistura ao teu — ela respondeu.

Prasutagos levou a vasilha aos lábios de Boudica, e ela bebeu. Então o druida passou a vasilha para ela. Enquanto ela repetia as palavras, percebeu que os olhos se enchiam de lágrimas e tentou domar a onda de emoções que vinha com elas enquanto piscava para afastá-las.

Quando acabou, o druida colocou a vasilha de lado e os virou para que ficassem face a face.

— O ar livre do céu é o alento dos ancestrais. Respirai profundamente, deixai-vos tomar pelo espírito, e o devolvei ao outro mais uma vez.

Era verdade, ela pensou enquanto aspirava o ar carregado para os pulmões. Se a terra era feita da poeira de tudo o que tinha vivido, aquele ar continha o alento deles, geração após geração, mudando, trocando, inspirando e expirando a cada nascimento e cada morte.

Entre mulheres, Boudica era alta, mas Prasutagos era um palmo mais alto. Com a mão livre, ele levantou o queixo dela. Ela controlou o tremor involuntário, sentiu as cócegas dos bigodes quando ele colocou os lábios sobre os dela. Eles eram secos e frios, exigindo com firmeza. *Logo ele terá o direito de tomar mais que um beijo*, ela disse a si mesma, forçando-se a abrir os lábios debaixo dos dele.

— Pela terra, pelo ar, pela água e pela terra fostes unidos. Que o fogo do coração e o fogo do lar testemunhem vossos votos.

O velho druida foi para trás.

Ainda atados, Prasutagos e Boudica circularam o fogo, uma vez, duas e uma terceira, para ficarem diante do druida de novo. Estava mais quente, ou era o calor do corpo de Prasutagos que estava avivando o dela?

— Agora está feito. Agora estais unidos sob a vista da terra e dos céus. Rei e rainha, sacerdote e sacerdotisa, senhor e senhora serão um para o outro e para vossas terras.

Ele os virou, e juntos eles cruzaram a abertura e saíram do círculo de terra, com os outros seguindo atrás. Conforme saíram, os meninos e homens começaram a cantar...

> *Você é a brisa que esfria a testa,*
> *Você é o poço de água doce,*
> *Você é a terra que aninha a semente,*
> *Você é o forno que assa o pão,*
> *Você é a amada.*

E mais uma vez as mulheres responderam...

> *Você é o vento que balança o carvalho,*
> *Você é a chuva que enche o mar,*

Você é a semente dentro da terra,
Você é o fogo na lareira,
Você é o amado.

***

— Achou que isso tudo fosse em *sua* honra? — Cartimandua se virou para Boudica, fazendo um gesto para a fogueira em torno da qual um círculo de homens jovens dançava, a coordenação apenas um pouco prejudicada pelas quantidades de cerveja de urze que tinham bebido naquela noite. Como rainha reinante, ela recebera um lugar de honra ao lado da noiva.

Comida em abundância havia sido colocada no longo tecido estendido diante dos convidados reais – veado e javali selvagem assados, carne dos pastos deles, salmão e enguias do rio, pão, feijões e cevada, frutas secas e frescas e queijos pungentes. Se o propósito do banquete de bodas fosse marcar o acontecimento na mente do povo, aquele casamento seria bem lembrado.

— Os romanos vieram — continuou a rainha. — E, apesar de todas aquelas palavras bonitas em Camulodunon, ninguém sabe de verdade o que vai acontecer com a Britânia agora.

Por um momento, o olhar dela pousou no jovem Epilios, que tinha arrastado o irmãozinho de Boudica, Braci, para a dança.

Até então, todos haviam conspirado para manter os romanos na ignorância de que outro filho de Cunobelin ainda vivia. Mas agora que eram subordinados dos romanos, ele poderia não estar seguro nas terras icenas, e daria um refém muito valioso pelo bom comportamento de Caratac. Com aquele pensamento, Boudica se lembrou do próprio irmão, agora a caminho de Roma. O pai dela já estava começando a treinar o pequeno Braci como herdeiro. Dubnocoveros poderia jamais retornar, e se voltasse poderia ser mais romano que celta, como aquele menino pedante, Cogidubnos, que Boudica conhecera em Camulodunon.

Cartimandua deu de ombros.

— Um casamento é uma promessa de que a vida vai continuar, e ficar bêbado é um jeito seguro de soltar a frustração de não poder combater o inimigo.

Boudica baixou o pedaço de porco assado que estava fingindo comer e deu outro gole da taça de prata. Tinham servido hidromel, ardente como a tocha do casamento e doce como o amor deveria ser. Um barulho de conversa se levantava em torno dela, da qual, de tempos em tempos, pescava um nome – Morigenos... Tingetorix... Brocagnos – que imaginava que precisaria saber. Eram os chefes do reino dos icenos, com os quais precisaria lidar como rainha.

E a minha frustração?, ela pensou.

Prasutagos estava falando com o rei sobre a criação de gado. Na verdade, desde os votos no círculo de terra, ela mal tinha trocado uma palavra com ele. E, ainda assim, embora a corda trançada não os prendesse mais, ela estava extremamente consciente da massa e do calor do corpo dele ao lado do seu.

Estou presa, ela pensou, com ressentimento. *Mas ele está?* Ela estendeu a taça para ser servida e bebeu de novo. Na metade do céu, uma lua cheia subia, mandando raios de luz prateada para desafiar o brilho do fogo.

— E como celebram os casamentos na sua terra? — ela perguntou à rainha.

O olhar de Cartimandua passou pela linha dos que se banqueteavam até o marido dela, e ela riu.

— Não de modo tão comportado como vocês fazem aqui! Há votos e bênçãos, claro, mas primeiro o homem precisa tirar a noiva do meio da família. Eles vão à casa dela, e ela finge se esconder, ou atacam a procissão da noiva e ela enfia os calcanhares no cavalo, e ele precisa correr atrás.

— Até no casamento de um rei e uma rainha?

— Especialmente nesse — Cartimandua sorriu, relembrando. — No meu país, temos muito orgulho dos nossos cavalos. O garanhão não tem permissão para procriar a não ser que consiga pegar a égua.

— Os icenos criam belos cavalos também! — exclamou Boudica.

— De fato criam — Cartimandua lançou um olhar especulativo sobre ela. — Eu apostaria que a potranca alazã que seu marido lhe deu de presente alcança uma bela velocidade...

Os servos tinham por fim parado de trazer novos pratos, mas ainda serviam hidromel. Os músicos ficaram em silêncio, e o murmúrio de conversa cessou quando o rei Antedios se levantou.

— Vamos brindar à ocasião feliz... um brinde para o casal de noivos! — Ele levantou a taça. — Os dois ramos dos icenos estão mais uma vez unidos! Para selar o contrato, Dubrac dá ao novo filho quarenta ovelhas brancas e seis éguas parideiras.

— E a mais bela é a potranca sentada ao lado de Prasutagos!

O comentário foi alto o suficiente para ecoar. Houve o rugido geral de risos masculinos, e Boudica sentiu o rosto arder. Tinha se ressentido por ser ignorada, mas aquele não era o tipo de atenção que desejava. Ela estendeu a taça para que fosse enchida.

Onde estavam agora os votos nobres que tinham trocado no círculo? Não importava o quanto fosse vestida em ritual, a verdade era que ela fora casada com um homem com quase o dobro de sua idade para consolidar uma aliança, por fim, se não menos importante, na soma de animais que Prasutagos recebia como pagamento por tomá-la. Em troca, Dubrac receberia gado, e várias fazendas na costa do norte seriam de Boudica.

Ela piscou, zonza, enquanto serviçais traziam os presentes dos outros convidados do casamento para serem apreciados – rolos de lã e linho e um belo tear esculpido, para que ela pudesse se ocupar fazendo mais, um conjunto de pratos sâmios avermelhados feitos na Gália, várias ânforas de vinho romano.

Muito bonito, pensou Boudica, *mas valeram a nossa liberdade?* Ao menos a égua alazã, adornada com seu rico arreio e andando de lado nervosamente enquanto era levada entre os convidados, era um produto de casa. Boudica bebeu o resto do hidromel.

As mulheres da rainha se organizavam na frente da casa que tinha sido preparada para a noite da noiva.

— Ainda não é dia, não é dia ainda? — elas cantavam. — Não é dia, ainda não é manhã: não é dia, não é dia ainda, pois a lua brilha...

Era, também, pensou Boudica, apertando os olhos enquanto tentava focar a visão. Parecia haver duas luas dançando lá em cima, talvez três. Muita luz para os tolos bêbados que iriam bater em panelas do lado de fora da porta e gritar sugestões indecentes de como Prasutagos deveria servir a nova égua.

— Hora de se preparar para sua noite de casamento, minha criança — disse Cartimandua, estendendo uma mão firme conforme Boudica tentava se levantar. — E é uma pena gastar uma noite assim debaixo de um teto. Com a lua tão cheia, a noite é clara como o dia.

Boudica ficou de pé e girou enquanto o mundo girava em torno dela.

— Ah, querida — disse a rainha. — Bem, é apenas o marido que não ousa arriscar ficar incapacitado. Se você é virgem, pode até preferir estar bêbada na primeira vez...

A mãe de Boudica foi na direção delas, e Cartimandua fez um gesto para que ela se afastasse.

— Eu preciso... da privada — disse Boudica, com a dignidade que conseguiu reunir.

— Tenho certeza de que precisa, minha criança. — Cartimandua colocou uma mão sob o cotovelo dela e a levou para longe da fogueira.

Para acomodar o número de convidados, tinham cavado novas privadas perto das fileiras de cavalos. A égua ruiva, ainda usando seu cobertor bordado, estava amarrada a um mourão pelo cabresto. Ela levantou a cabeça e bufou quando Boudica e sua acompanhante passaram.

A caminhada pelo ar fresco tinha clareado a cabeça de Boudica o suficiente para que ela pudesse ir para trás do painel de vime sozinha, e, quando se aliviou do máximo de hidromel possível, só havia uma lua no céu. Uma pena, ela pensou, desanimada. Cartimandua estava certa. Estava a ponto de ser deflorada, praticamente em público, por um homem para quem ela era apenas mais uma égua parideira. Tudo teria sido mais fácil com o atordoamento do hidromel.

Por fim ela ficou de pé, ajustando as saias e prendendo o manto de lã com mais segurança. Agora que o álcool estava saindo de seu sistema, o ar parecia frio. Cartimandua estava esperando. Em silêncio, começaram a andar pelo caminho.

— Espere um momento — ela disse quando chegaram ao lugar onde a égua estava amarrada. — Essa égua é minha e ainda não dei um nome a ela.

Ela se moveu para a frente em silêncio.

A égua balançou a cabeça e bufou quando Boudica esticou a mão para acariciar o lugar atrás da orelha onde a testeira apertava. Ela baixou as mãos para aninhar a cabeça do cavalo e soprou nas narinas dela.

— Ei, minha menina linda. Posso chamá-la então de Roud, minha ruiva? E eles a deixaram presa? — Ela deslizou a mão pelo pescoço brilhante, e a égua esfregou a cabeça para cima e para baixo no ombro dela. — Parece uma pena numa noite dessas, quando você deveria estar correndo livre por essas colinas...

De algum lugar perto da fogueira, homens gritavam:

— Tragam a noiva!

— Tragam a égua... o garanhão está pronto!

— Onde ela está, rapazes? Vamos encontrá-la! Mostrem a noiva!

— Você sabe... — disse Boudica sobre o ombro para Cartimandua. — Não me importo de ser a diversão de todos esta noite. Seu povo não é o único que acredita que uma rainha precisa ser respeitada.

Ela suspirou, lembrando-se dos conselhos de Lhiannon em Avalon. Passou a mão pelo baixeiro e viu que a cilha ainda estava presa.

— Mas acho que o que me contou sobre os costumes dos brigantes é um tanto atraente. O rei Prasutagos precisa conquistar a noiva, não concorda?

Ela esticou a mão para baixo do pescoço da égua e deu um puxão no nó. Como tinha esperado, era do tipo que soltava rápido. A égua deu um passo para a frente quando a corda se afrouxou, ficando entre Boudica e a rainha.

— Ah, de fato — expirou Cartimandua, a voz afetada por preocupação, ou possivelmente riso.

— Prasutagos não me cortejou — continuou Boudica no mesmo tom firme, volteando a égua —, nem me comprou.

Ela colocou as mãos no garrote e no lombo da égua.

— O mínimo que ele pode fazer é me pegar.

Com um salto, ela colocou a barriga sobre o lombo macio, lutando para levantar e passar a perna por cima, a corda do cabresto ainda na mão.

E então estava montada, as pernas longas apertando os lados da égua, e no mesmo momento o animal pulou para a frente. Boudica se curvou sobre o pescoço brilhante, sem se preocupar muito com para onde iam, desde que fosse para longe dali. Enquanto corriam pela estrada, ouviu uma gritaria atrás dela, e, acima disso, o repique ecoante do riso de Cartimandua.

dez

A primeira corrida desabalada da égua as levou para fora da fortificação e atravessou o baixio do Tas. Enquanto subia a margem, Boudica se virou e viu o forte aceso por tochas. Prasutagos precisaria segui-la ou ficaria envergonhado para sempre, mas todos os outros cavalos estavam soltos no pasto, e àquela altura a maioria dos homens estaria muito bêbada para conseguir pegá-los. Várias estradas raiavam do baixio, brancas sob o luar. Rindo, deixou a égua solta, imaginando qual caminho ela escolheria.

Foi o norte. Conforme os quilômetros ficavam atrás delas, tornou-se claro que a égua corria para os pastos que conhecia. Quando as encontrasse, Prasutagos estaria na metade do caminho para casa. De tempos em tempos ela fazia a égua desacelerar, ouvindo. Mas, a não ser pelo ocasional latido de cachorro quando passavam por casas de fazenda, a terra estava quieta sob a lua.

Os druidas tinham feitiços para confundir um perseguidor ou apagar rastros, mas Boudica não os aprendera. E, de qualquer jeito, ela queria que Prasutagos a encontrasse... só não... agora.

Havia mais dois rios para serem atravessados, o último fundo o suficiente para obrigar a égua a nadar. Quando chegaram à costa, Boudica estava tremendo no frio antes do amanhecer. Ainda assim, estava mais aquecida no lombo da égua do que estaria no chão, e seu treinamento de druida a ensinara a ignorar os desconfortos do corpo. Àquela altura, a égua queria seguir num passo de caminhada, e continuaram até que o sol de outono tivesse secado as vestes de Boudica.

Quando ela tirou a montaria da estrada e foi para uma mata onde uma fonte oferecia água e a grama crescia grossa entre as árvores, tinham viajado mais de trinta quilômetros. Ela esfregou a égua e usou o cinto como peia para que o animal pudesse pastar, então colocou a manta da sela no chão como cama e se enrolou no manto para descansar, imaginando quanto tempo levaria até que Prasutagos chegasse.

Quando acordou, era bem depois do meio-dia, e ela se arrependeu de ter comido tão pouco no banquete do casamento. A égua, por outro lado, tinha aproveitado a grama viçosa e estava bem disposta a sair de novo.

A terra ali ondulava suavemente, uma mistura de floresta e charneca quebrada por moradias de fazendas cercadas por longos campos retangulares. Àquela altura Boudica não tinha mais medo de deixar pistas para qualquer um que a seguisse, e se aventurou a parar em uma das fazendas e trocar parte dos laços dos cabelos por uma refeição e uma cama perto do fogo. Ela havia temido precisar arranjar respostas para as perguntas deles, mas as pessoas ali falavam devagar e eram pacientes, sem jogar conversa fora, e pareciam contentes em deixá-la em silêncio. Foi só depois que se recordou dos gestos de proteção que estivera cansada demais para notar na hora, e percebeu que devem ter pensado que ela era uma criatura que escapara do mundo das fadas.

Boudica ficou surpresa ao acordar pela manhã e não ver sinal do rei. Naquele ritmo, pensou exasperada, chegaria ao forte de Prasutagos antes que ele a alcançasse, e estaria esperando para recebê-lo – se fossem deixá-la entrar. Ser capturada no campo poderia ser romântico, recebê-lo como mendiga nos portões dele seria embaraçoso.

Ela saiu com maçãs e pães de aveia na saia o suficiente para durar um dia ou mais, deixando a égua alazã seguir no próprio ritmo pela estrada. Aquela era uma terra mais aberta que o terreno em torno da fortificação de Antedios, e, a julgar pelos campos cobertos de restolho, com melhor drenagem e mais farta. As ansiedades e ressentimentos que atormentaram Boudica no casamento pareciam distantes. Aquela era uma nova terra, e, como ela fizera em Mona, precisaria aprender seus costumes.

A não ser, é claro, que Prasutagos repudiasse o casamento e a mandasse para o pai em desgraça. O pensamento foi suficiente para mergulhar Boudica em uma contemplação desalentada pela maior parte da tarde. Naquela noite, não teve coragem de buscar abrigo em outra casa de fazenda e mais uma vez se deitou na floresta, olhando através de uma teia de galhos para o caminho estrelado nos céus que pareciam apontar a direção.

Foi despertada pelo cheiro de linguiças assando. Por alguns momentos, achou que fosse parte do sonho, mas agora podia ouvir o crepitar de uma fogueira. Ela franziu o cenho e se virou, esfregando os olhos. A luz da manhã transformava a fumaça em uma bruma dourada na qual podia distinguir a figura do homem que se ajoelhava ao lado do fogo. Mas ela reconheceu a altura e a largura dos ombros. Uma onda de emoções a trouxe para a consciência total, composta igualmente de alívio, exasperação e consternação.

— Dois dias... — ela disse, sentando. Seus irmãos sempre lhe disseram que o ataque era a melhor defesa. — Não se apressou, meu senhor.

— Não havia pressa. A terra está em paz, e eu sabia para onde a égua seguiria.

Prasutagos virou as linguiças e se voltou para ela.

O cabelo e o bigode dele estavam penteados com cuidado, até os fios brancos que brilhavam dourados no sol da manhã. Ele vestia calças grossas e uma túnica verde desbotada, apropriadas para a estrada. E estava limpo.

— Espero que sim. — Ela tirou um pedaço de grama do cabelo.

— Não foi difícil segui-la. O campo está cheio de rumores de uma mulher ruiva em um cavalo ruivo, embora os relatos discordem se é uma deusa ou alguma refugiada das guerras romanas, e se é um bom auspício ou um presságio de ruína.

Boudica sentiu a pele arder e corar debaixo da poeira e da sujeira. Ela limpou a garganta.

— E qual sua visão?

— Acho que ela é uma deidade do outono — ele respondeu secamente. — Prometi encontrá-la, e assegurei a eles que a magia do rei era suficiente para se contrapor a qualquer feitiço.

Ele levantou as linguiças do fogo e enfiou as pontas dos espetos nos quais elas assavam no chão.

— Perdão — ela disse, com a dignidade que podia juntar. — Vou para o riacho me lavar.

— Excelente ideia. No embrulho perto do salgueiro vai encontrar roupas limpas — ele disse, em tom sério. — Não fuja de mim de novo. Acho que minha reputação não sobreviveria a perder a noiva pela segunda vez...

***

Boudica seguiu o novo marido pela tarde dourada de outono. No embrulho que ele trouxera para ela havia encontrado uma túnica de mangas compridas de lã leve da cor dos campos colhidos. Ela suspeitava de que passaria um bom tempo até que ousasse usar vermelho de novo na terra de Prasutagos. Ele também trouxera as calças que ela usava para cavalgar, muito bem-vindas por suas pernas esfoladas depois de dois dias sem proteção além das dobras do vestido de linho.

O grande cavalo baio do rei tinha o passo mais largo que o da égua, e ela se viu sempre um pouco atrás dele. Imaginou como ele tinha conseguido escapar dos membros da casa. Mas até aí, como um filho mais novo, ele nunca esperara herdar um bando de guerra, e talvez estivesse acostumado a cavalgar sozinho pelos campos. Certamente as pessoas na casa de fazenda na qual pararam para um descanso e para beber leite recém-tirado da vaca não pareciam surpresas em ver o rei andando pelas estradas com a noiva.

Prasutagos estava acostumado a ficar sozinho, ela pensou, enquanto os quilômetros passavam. Apesar da vergonha da manhã, esperava que o constrangimento entre eles fosse desaparecer. Mas ela agora suspeitava de que no banquete ele tinha ficado calado por hábito, não por inibição.

Se Coventa estivesse ali, teria enchido o vazio com sua conversa. Boudica nunca tinha precisado fazer isso, e naquele momento mal se atrevia.

— Onde vamos passar a noite? — ela perguntou depois que uma hora tinha se passado sem uma palavra. — Ou planejou cavalgar direto até seu forte?

— Os cavalos precisam descansar — ele disse, puxando a rédea para responder a ela. — Um pouco acima da estrada há um poço sagrado onde as pessoas vão rezar para a Deusa por cura e pela concessão de desejos. Dou um pouco de apoio às pessoas da casa da fazenda para que elas alimentem os viajantes. Vamos ficar lá.

***

Chegaram ao poço da Senhora bem quando as estrelas se avivavam no céu. A água que fluía da fonte caía por um vale oco entre colinas cobertas de árvores. Mas o caminho era bem marcado, a área abaixo da fonte tinha sido limpa, e a grama ainda estava verde. Abrigos de telhado de colmo usados por antigos peregrinos se erguiam entre as árvores. Não havia ninguém ali àquela altura do ano, mas claramente era um santuário popular.

Prasutagos deixou Boudica arrumando o lugar onde dormiriam enquanto ia até a fazenda buscar comida. Ela se perguntou se aquela divisão de trabalhos tinha sido tato, para permitir que ela escolhesse consumir ou não o casamento deles agora. Se ele a tivesse pressionado, pensou, com ironia, ela poderia ter resistido, mas precisava enfrentar o fato de que o afastamento dele era um desafio, e que a união que tinha sido feita com eles no círculo sagrado exigia ser completada. Ela estendeu os dois conjuntos de cobertores totalmente abertos, um sobre o outro.

Quando o marido ainda não tinha voltado na hora que terminou, ela pegou os odres e um dos últimos laços e tomou o caminho para a fonte sagrada. Uma lagoa havia sido escavada para recolher a água que brotava da encosta de uma pequena colina. A luz que desaparecia era o suficiente para que ela avistasse os pedaços de tecido que voavam, presos à aveleira que sombreava o lugar. Na base, um pedaço de madeira fora enfiado no chão, gravado com olhos que observavam e o oco da vulva de uma mulher abaixo. Sorrindo, ela amarrou a própria fita em um galho com as outras e se abaixou na margem.

— Senhora — ela sussurrou —, seja qual for o nome que favoreces nesta terra, eu te honro. Ajuda-me a ser uma boa esposa para Prasutagos e a dar filhos a ele... — E então, mais baixo. — Ajuda-me a ganhar o amor dele.

Ela pegou água com as mãos e bebeu, então colocou os odres na beirada para enchê-los.

Sentou-se sobre os calcanhares, tirando os pensamentos dispersivos da cabeça um a um, como tinha sido ensinada na Ilha dos Druidas, até que nesse momento existia somente a música doce da fonte. Mas daquela melodia simples vinha uma consciência que permaneceu em sua memória como palavras.

— *Pode me chamar de Mãe Sagrada, pois o leite do meu peito está sempre brotando, sempre fluindo, sempre derramando para minhas crianças em amor eterno. Vá em paz. Em sua alegria e sua tristeza, estou aqui...*

Boudica pegou mais água e a colocou no oco da imagem, sentindo uma pulsação em resposta entre as próprias coxas.

Ela se levantou em paz e pegou os odres que havia enchido. Quando voltou para o abrigo, Prasutagos havia acendido uma fogueira, e ao lado da lareira havia frutas e pão novo. Ainda em transe pela quietude da fonte, Boudica se viu à vontade com o silêncio. Quando ele pediu licença depois da refeição, ela se despiu e deslizou entre os cobertores.

Ele saiu pelo que pareceu um longo tempo, e, quando voltou, trouxe consigo o hálito fresco do poço sagrado. Ela imaginou se tinham ambos rezado pela mesma coisa. Mas era uma condição de tais milagres que nunca fossem falados em voz alta.

O fogo tinha baixado, e mais uma vez ela o viu como uma forma escura delineada em dourado. Ficou tensa quando ele se enfiou entre os cobertores ao seu lado. Ele se levantou sobre um ombro e, com a outra mão, levantou um cacho do cabelo dela e murmurou algo reconfortante que ela não entendeu bem.

Ela queria dizer que não tinha medo, mas ele ainda sussurrava, ainda acariciava os cabelos dela, e ela não conseguia encontrar as palavras. Ela se recordou de como ele havia amansado o garanhão branco na lagoa da oferenda. Era magia de cavalos, ela pensou, para amansar a égua ruiva...

Prasutagos se curvou para beijá-la, e dessa vez os lábios dele estavam quentes. As mãos dele se moviam pelo corpo dela, acariciando, comandando, até que ela se deitou aberta e receptiva, todo o seu ser fluindo para abraçá-lo, acolhedora como as águas da fonte sagrada.

***

— Boudica! — a voz de Nessa veio do outro lado do pátio. — Venha agora, amor... seu senhor disse que não pode levantar nada pesado... venha.

Boudica suspirou e colocou no chão a braçada de madeira que estava a ponto de levar para dentro da casa redonda. Logo depois que ela e Prasutagos chegaram a Eponadunon, uma caravana de carroças trazendo todos os presentes do casamento tinha chegado, e com elas a velha Nessa, enviada pela mãe para ser sua criada na nova casa. Ou talvez sua guardiã – pelo começo do ano novo, ficou claro que Boudica estava grávida, e desde então Nessa e Prasutagos vinham conspirando para tratá-la como se ela fosse feita de vidro romano. Aquilo havia ido muito bem durante o inverno, quando a chuva congelante mantinha todo mundo dentro das casas redondas, mas a Virada da Primavera estava próxima, e o tempo bom instava todos ao ar livre. Em retrospecto, ela imaginava que deveria ser grata porque a mãe não tinha enviado a velha com ela a Mona, embora a imagem de Nessa enfrentando Lhiannon a fizesse sorrir.

Ela *sentia falta* de Lhiannon, cujo bom senso calmo teria sido de tanta ajuda enquanto se instalava na nova casa. Eponadunon ficava na curva de um pequeno rio a meio dia de cavalgada do mar, ou melhor, dos pântanos, pois a costa do norte se estendia gradualmente em faixas de pântanos de água salgada e alagadiços, com um canal estreito pelo qual botes podiam chegar até a margem. Ao sul, mais meio dia de cavalgada levava à fonte sagrada, embora, desde que chegara, tivesse estado ocupada demais para visitar de novo. Ela teria gostado de mostrá-la a Lhiannon.

— Vamos, querida, para dentro de casa. — Nessa apareceu ao cotovelo dela.

Boudica se virou para ela.

— Sou jovem, saudável, e nunca me senti melhor na minha vida! Não vou derreter no sol da primavera!

— Um dos rapazes que cuidam do gado entrou. Ele disse que viu cavaleiros na estrada... é melhor trocar esse vestido velho.

Conforme Boudica suspirou em derrota e seguiu Nessa para dentro da maior das três casas redondas, estava consciente de um arrepio de empolgação. Eponadunon era quase tão remota quanto Mona, e Prasutagos não tinha a rede de informantes do arquidruida para mantê-lo a par das notícias, embora, agora que o primeiro choque da conquista romana tinha passado, mascates e comerciantes começassem a reaparecer.

E de tempos em tempos havia rumores. Quando Cláudio voltou para Roma, gabaram-se de que ele tinha recebido a submissão de onze reis. É claro que disseram que seu Triunfo também retratara a conquista de Camulodunon como a captura de uma cidade murada. Mais perto de casa, os homens diziam que a legião deixada para segurar os trinobantes estava construindo um forte na colina sobre as ruínas da fortificação.

Mas os recém-chegados não eram mercadores. Enquanto Boudica prendia a túnica, uma das meninas que estiveram lavando roupas no riacho veio correndo informá-las de que um grupo de romanos vinha pela estrada.

— O rei foi para o novo forte na costa esta manhã... podemos enviar um dos rapazes para encontrá-lo, mas precisamos receber essas pessoas até que ele chegue — ela disse à garota. — Nosso pão ainda está assando. Menina, quando tiver mandado a mensagem, corra para a casa de fazenda mais próxima e veja o que eles têm à mão. Enquanto isso, nossos hóspedes precisarão se contentar com nossa carne e nosso queijo.

Conforme a fortificação explodia em atividade ao redor, ela pegou sua caixa de joias para incluir um colar e braceletes no figurino. O rei vivia com simplicidade ali, e a fortificação não impressionaria os visitantes, mas ao menos ela poderia se parecer com uma rainha.

Quando os estranhos entraram pelo portão de madeira, a casa tinha sido varrida, e o pior da bagunça estava arrumado. Boudica ficou esperando com um chifre de beber cheio do último vinho do casamento nas mãos. Em tempos de paz, Prasutagos não mantinha mais do que meia dúzia de guerreiros no forte. Calgac, um jovem guerreiro magricela que fora designado para escoltá-la, ficou com os três que não tinham ido com o rei quando os romanos chegaram.

Automaticamente, ela os contou – uma *contubernia* de dez soldados, acompanhando três homens que vestiam túnicas civis e calças de montaria até os joelhos, e um de calças xadrezes que deveria ser o guia deles.

— *Salutatio*.

Ela ofereceu a taça ao cavaleiro com as melhores vestes, arregalando os olhos quando reconheceu o nariz grande e olhos escuros que vira na sombra roxa do pavilhão do imperador. Certamente os impostos que deveriam pagar aos romanos não venciam agora! O sorriso dela ficou um pouco rijo enquanto ela continuou.

— Lucius Junius Pollio, *salve*!

Aquilo era todo o latim de que ela se lembrava dos anos no forte do rei Cunobelin.

— Saudações — Pollio respondeu na língua dela. — Bebo em seu nome, minha rainha... — Ele tinha um sotaque atrébate.

Boudica levantou uma sobrancelha. Não esperava que os romanos tivessem o bom senso de enviar um homem que falava a língua dos britões.

Os minutos seguintes foram ocupados em desmontar todos e arranjar lugar para cavalos e homens. Ela dirigiu um olhar de calma aos mais jovens de seus guerreiros. Alguns deles eram novos no serviço do rei, substituições de homens que haviam caído no Tamesa, e eles faziam cara feia para os legionários romanos. Quando fizera todos se sentarem e comerem, Prasutagos ainda não tinha voltado. Em vez de sentar olhando para o rosto de Pollio na frente da lareira, ela sugeriu uma volta pela fortificação.

Degraus tinham sido cavados na parte de dentro do aterro coberto de grama que a cercava. Do lado de fora, o aterro era ladeado por uma paliçada.

— A família do meu marido ocupa este forte desde os dias do trisavô dele — ela disse quando chegaram ao topo —, mas os clãs aqui estão em paz há muitos anos.

— E, no entanto, o rei Prasutagos está construindo um novo lugar. — Não era bem uma questão. — Um novo forte para guardar o porto em que aportam os navios que cruzam o Wash?

— Acho que ele gosta de construir coisas. — Ela deu de ombros.

Ela havia cavalgado um dia para ver a imensa muralha diante dos blocos de calcário, mas as cabanas dos trabalhadores eram os únicos alojamentos, e o rei estava muito concentrado no trabalho para notar se ela estava lá ou não, então não tinha ficado.

— Ele de fato gosta... — concordou Pollio.

O olhar dele se moveu brevemente para a barriga inchada dela e depois para longe.

— O aterro dá um bom ponto de vantagem.

Ela sorriu um pouco, como sempre fazia quando ficava ali e olhava para os campos. Naquela estação, a região estava verde com a grama nova, quebrada pelo marrom enrugado dos campos recém-arados e plantados. Um bando de corvos tinha se instalado no mais próximo, bicando atrás de grãos. Uma criança correu pelo campo gritando, seguida por um cão que latia, e os corvos explodiram para cima em uma nuvem tagarela.

Cathubodva, leve suas galinhas para longe, ela rezou. *Não há nem carne nem ração para vocês aqui!* Embora preferisse dividir com a Deusa a dividir com os romanos, ela pensou, olhando de soslaio para o homem ao seu lado. De modo perturbador, ele olhava para ela, não para os campos.

— É verdade que não temos colinas altas para construir nossos fortes como fazem nas terras dos durotriges — ela disse, suavemente.

Mesmo ali tinham ouvido que a campanha romana para o sudoeste se arrastava enquanto o general Vespasiano sitiava cada forte, um por vez.

Se aquilo o incomodou, ele não deu sinal.

— Vocês plantam cevada aqui, e criam gado? — O olhar escuro dele se desviou.

— E trigo-vermelho, e ovelhas nas charnecas — ela adicionou, colocando um pouco de distância entre eles. — Nossos campos não são tão ricos como os dos trinobantes, mas alimentamos nosso povo na maioria dos anos. Nos invernos ruins há enchentes, e temos sorte de conseguir qualquer colheita.

— Entendo — ele disse suavemente. — Mas é aí que se beneficiam de ser parte do império. Em anos assim, podemos fazer empréstimos para desafogar vocês, e quando tiverem excedente podem pagar de volta. Também não precisam temer que alguma outra tribo com colheitas arruinadas venha tentar pegar as suas. Nosso general Vespasiano já tomou vários fortes.

Ele seguiu em frente.

— Logo todo o oeste estará totalmente conquistado também.

Ela teria gostado de desmanchar aquele sorriso presunçoso, mas infelizmente o que ele tinha dito era verdade. *Deusa, proteja Lhiannon do perigo!*, ela então pensou. Mas certamente manteriam as sacerdotisas longe da guerra. Ela andou em torno do aterro, e ele a seguiu.

— O senhor fala bem a nossa língua — ela comentou, quando chegaram à madeira forte que dava apoio ao portão.

— O imperador me destacou para ser companheiro do jovem Cogidubnos quando ele foi a Roma, e para aprender a língua dele enquanto ensinava a nossa. Cláudio, é claro, conhece a língua de sua juventude na Gália — ele respondeu.

Por quanto tempo o imperador pensou na conquista da Britânia?, ela se perguntou, sem freios. Todos os esforços deles para impedir o ataque tinham tido alguma importância? Ela respirou fundo.

— Falar a língua das pessoas ao seu redor é sempre algo útil. De fato, estive pensando que seria bom ter alguém aqui que pudesse ensinar o latim.

— A senhora é sábia. Se vão receber os cidadãos do império, vão precisar falar a língua deles, embora certamente existam muitos que dizem que grego é a única fala civilizada.

Boudica se ressentiu da superioridade inconsciente que sentiu sob as palavras de Pollio. Mas agora ela via os quatro cavaleiros na estrada. Mesmo àquela distância, havia algo no equilíbrio relaxado com que o primeiro cavaleiro estava sentado na sela que ela reconhecia. *Faz menos de um ano*, ela pensou, espantada. *Eu já me tornei tão ligada a ele?* Talvez precisasse ter esperado aquilo, embora ele seguisse tão silencioso como sempre na maior parte do tempo. Talvez fosse porque carregava o filho dele.

Ela se esticou e acenou enquanto Prasutagos vinha a meio galope na direção deles, tão grata pelo resgate como se tivesse sido sitiada.

ONZE

Lhiannon ficou de frente para Ardanos do outro lado da fogueira, as vozes se enlaçando no canto conforme a coluna de fumaça girava na direção do céu. As muralhas de terra que protegiam os montes funerários dos antigos mortos estavam cobertas por grama e erodidas pelo tempo. Era o cume da colina do outro do lado do vale ao sul que seria o refúgio de Caratac. Mesmo agora, homens da tribo dos durotriges subiam a encosta com cochos cheios de terra e pedras para reforçar as defesas construídas por pessoas cujos nomes se perderam da terra.

Nos dias de paz, a Virada da Primavera tinha sido uma época para trabalhar por uma estação de crescimento abundante. Mas neste ano o sangue dos homens iria fertilizar os campos. Através da névoa do calor, ela viu os traços de Ardanos exaltados e determinados como sempre durante o ritual. *Ele teria essa aparência fazendo amor...* Ela tentou expulsar a imagem, mas naqueles dias eram tão ligados que ele sentiu seu pensamento, e, quando os olhos dele encontraram os dela, o corpo de Lhiannon se encheu de desejo. O primeiro instinto dela foi reprimi-lo, mas isso, também, poderia ser uma oferenda.

Quando o círculo começou a se mover na direção horária, ela permitiu que aquela energia crescesse, fluindo através da mão esquerda pelo círculo para os druidas e sacerdotes das vilas que haviam se juntado a eles para o ritual.

> *Igualdade de noite e dia,*
> *Escuridão e luz em ponto de equilíbrio...*
> *Este é o dia, e esta é a hora,*
> *Para levantar o poder, escolher o propósito...*

Desde a submissão das tribos do sul e do leste no verão anterior, ela e Ardanos tinham se movido continuamente adiante do avanço romano para o oeste, sempre juntos, mas nunca sozinhos. O rei Veric tinha morrido pouco tempo depois que o imperador romano deixara a Britânia. Enquanto o general Vespasiano estava ocupado derrubando os últimos apoiadores de Caratac na Ilha de Vectis e estabelecendo Cogidubnos no lugar do avô, Lhiannon e Ardanos tinham ido até o rei Tancoric. As terras dos durotriges eram ricas em fortes construídos nos dias antigos e reconstruídos durante as intermináveis guerras entre tribos no oeste. Certamente os romanos não seriam capazes de capturar todos...

O vento soprou no cume e a fogueira bruxuleou subitamente, soltando faíscas ao longo dos galhos de juníperos que tinham sido entremeados aos troncos de carvalho em sigilos de chamas. Agora os troncos de pinheiro ardiam com um crepitar de resina, adicionando o cheiro picante à fumaça que era soprada para o leste pelo vento sempre presente. Para o leste... na direção do inimigo que avançava.

O fogo ardia e sibilava agora como um só, e agora outro dançarino vinha para a frente para lançar oferendas de óleo, hidromel ou sangue sobre as chamas. A fumaça ficou mais grossa, subindo sobre a colina. Lhiannon sentia o poder crescendo dentro do círculo enquanto dançavam.

> *Por nossas palavras e nossa vontade*
> *Aqui em cima da colina sagrada,*
> *Uma bênção a tudo que vemos,*
> *Um feitiço para a vitória lançamos!*

O vento soprou de novo, jogando o cabelo que Lhiannon tinha deixado solto sobre seu rosto para o ritual. Ela balançou a cabeça para deslocar os fios finos, e seu sorriso desapareceu quando percebeu que o vento mudara. Ardanos puxou a parte dele do círculo para a frente, levantando os braços para soltar o poder, e os outros o seguiram um tanto irregularmente. A coluna de fumaça que tinha ido para o leste para ameaçar seus inimigos agora ia para o norte, na direção da colina de pedras.

***

Lhiannon sentou-se no banco e levantou um pé, secando-o com o manto de lã pesada e oleada. A pele estava pálida e ensopada, a carne cortada e machucada por andar descalça na lama. Ao menos quando seu refúgio era um forte na colina, a maioria da água da chuva que não ia para a cisterna descia a encosta. Dizia-se que o povo dos pântanos em torno de Avalon tinha pés palmados. Ela gostaria de ter. Queria estar na Ilha de Avalon, e não sitiada naquela colina. Ela olhou para cima, esperando que a névoa fina que começara a se formar significasse uma possível folga das nuvens, mas tudo o que via era cinza.

O presságio no ritual do equinócio tinha se provado verdadeiro – o avanço dos romanos havia alcançado as forças de Caratac uma semana depois, e eles cavaram a própria elevação e uma vala em torno de toda a base da colina. Lhiannon levantou os olhos conforme um guerreiro de cabelos escuros desceu do aterro e depois pela pilha de pedras para pegar mais munição para a funda dentro do saco que pendia do cinto, e ela deu a ele o que esperava ser um sorriso alegre. Os defensores do forte tinham reunido suprimentos suficientes para um cerco longo, mas a construção se concentrara em fortalecer as elevações de proteção e aprofundar a vala entre elas, não nos prédios de dentro. No entanto, embora pudesse faltar conforto, tinham muita água e muitas pedras.

Agora, é claro, não poderiam recolher palha para reforçar os telhados ou cal para proteger as paredes de taipa. Os círculos de casas redondas erguidas com pressa na grama barrenta do cume da colina eram menos seguros que as construções em que as pessoas mantinham as vacas em casa, e não havia vime para consertar as cercas que prendiam o gado que haviam trazido. A comida fora movida para o melhor abrigo, e mesmo assim parte tinha estragado. Esperava-se que os humanos fossem mais resilientes. Com um suspiro, ela pegou o outro pé, fazendo uma careta com o toque da lama fria quando baixou o outro.

A razão pela qual ela se recusara a ficar com Boudica estava de pé na muralha, olhando entre dois troncos pontudos que formavam a paliçada. A túnica branca de Ardanos era cor de barro agora, mas, até aí, as vestes azuis de sacerdotisa de Lhiannon também. O que era necessário ali era um belo cinza neutro. Mas roupas novas eram outra coisa sem a qual precisariam viver por um tempo.

Alguém gritou e ela apertou os olhos para cima, seguindo o voo da pedra que vinha com um olhar cauteloso. As catapultas romanas eram bastante poderosas, mas a área protegida pela muralha dupla que cercava um quadrado no topo da colina era grande o suficiente para que, com exceção do desgaste de uso e dos nervos de todos, elas raramente causavam dano. As rochas que atingiam a paliçada eram outra história, mas eles ainda tinham troncos o suficiente para substituir à noite o que havia sido esmagado durante o dia, com apoio nas pedras presenteadas pelo inimigo.

Por que os épicos que os bardos tanto gostavam de recitar nunca mencionavam a infelicidade pura de ficar sitiado na chuva? Ela esperava que os romanos estivessem igualmente desconfortáveis. Esperava que os peitorais de metal e placas traseiras deles estivessem enferrujando juntos, que os braços laminados de suas catapultas se descolassem, que as tendas de couro apodrecessem.

Lhiannon ficou de pé com um suspiro e puxou o manto sobre a cabeça quando a chuva apertou de novo.

***

— Nós dominamos este lugar por mais tempo que qualquer outro — disse Caratac, tossindo conforme uma corrente de ar trazia fumaça da lareira girando em torno da casa redonda em que os chefes tinham se reunido. Lhiannon protegeu o rosto com o véu e pegou mais chá de ervas do caldeirão. A chuva batendo no telhado de palha fazia um tamborilar abafado sob o sussurro do fogo, tão familiar que era só em momentos como aquele, quando todos ficaram em silêncio, esperando a fumaça sair, que ela notava o som.

— Quase duas luas... — disse Antebrogios, o chefe que Tancoric havia encarregado da defesa. — Mas mais tempo não é para sempre.

Ele tossiu, por causa da fumaça ou do catarro que afligia a maioria dos presentes ali.

— Nossos suprimentos estão baixando e temos doentes entre os homens.

— Os romanos também — murmurou um dos outros. — À noite se pode ouvi-los tossindo nas tendas. Eles amaldiçoam o tempo na Britânia e amaldiçoam o imperador que os enviou para cá.

— Que eles voltem para casa, para a Itália ensolarada — murmurou alguém. — Se a chuva continuar por muito mais tempo, eu também iria querer poder ir.

— Se eles ficarem sem comida ou homens, podem pedir substituições — disse o chefe dele. — Nós não podemos.

— Está dizendo que deveríamos desistir? — questionou Caratac.

Ele estendeu a caneca para que Lhiannon a enchesse. Como o resto deles, estava magro e sujo, afilado pela dureza até osso e músculo. *Se ele tivesse previsto este dia no conselho de Mona, teria falado de modo tão ousado?*, ela se perguntou, ao devolver a caneca para ele. Algum deles teria?

O olhar dela encontrou o de Ardanos, sentado nas sombras perto da porta, e ela achou que ele também se perguntava. Ele emagrecera nas últimas semanas, com bochechas encovadas e olhos assombrados. Antes ele sempre tinha um comentário irônico ou uma palavra alegre, mas, nas últimas semanas, tornara-se estranhamente quieto. Não haviam se sentido tentados a dançar juntos em Beltane, pois os defensores não tinham madeira suficiente para uma fogueira. Ele não tentava mais persuadi-la a ir para a cama, e aquele era o sinal mais perturbador de todos. Mas ela também tinha ficado silenciosa.

Ela desviou o olhar. *Se conversarmos, temos medo de precisar admitir que não há esperança de vitória...*

— Os romanos lá fora estão em maior número que nós — disse Caratac, com uma intensidade silenciosa. — As legiões deles superaram em número os durotriges, assim como fizeram com os trinobantes quando lutamos no Tamesa. Mas eles *não* superam os números dos britões da Britânia! Se não desistirmos, se os fizermos sangrar a cada forte, a cada cruzamento de rio, a cada pé no chão, virá o tempo em que o ouro e os cereais que eles nos tomam cessará de ser suficiente para pagar as vidas de seus homens. É por *isso* que precisamos resistir o máximo que pudermos, e, se formos expulsos deste bastião, vamos recuar para outro. *Podemos* sobreviver a eles. Esta é nossa terra!

Talvez até mesmo Caratac tivesse cedido, um ano antes, se soubesse o que estava por vir, mas estava claro para Lhiannon que ele não faria isso agora. Os outros podiam se render, mas ele precisava continuar. Já tinha dado muito em pagamento para desistir.

Mas e se os romanos sentissem a mesma coisa? E se cada legionário que alimentava os corvos de Morrigan fortalecesse a resolução do general Vespasiano de destruir aqueles que o tinham derrubado?

Lá fora, alguém soou o alarme. Praguejando, os chefes pegaram suas espadas e se espremeram pela porta. Escorregando e deslizando na lama, uma mão segurando o escudo para cima em uma massa ligada para repelir projéteis vindos de cima enquanto a outra segurava uma espada, os romanos estavam atacando as muralhas novamente.

***

Só depois do meio do verão a chuva por fim parou.

Grandes fortes brilhantes de nuvens flutuavam lentamente para o leste, tendo entregue todo o seu estoque de chuva e deixando o sol como vitorioso em um campo azul. No Forte de Pedras, tanto sitiados quanto sitiadores fizeram uma pausa por um momento em seus trabalhos, virando-se na direção da luz como flores enquanto o sol que ficava mais forte extraía a umidade do chão encharcado do forte em espirais de vapor. O ar úmido descia pesado pelos pulmões de Lhiannon, mas ele iria secar, e a lama nas escarpas do forte iria secar, e os romanos iriam atacar de novo.

Acima, corvos voavam em círculos, alternadamente escuros e brilhantes enquanto as asas lustrosas refletiam a luz do sol. *Tenham paciência*, ela pensou. *Logo serão alimentados!*

Ela se despiu até ficar com a túnica de linho de baixo e prendeu as vestes azuis sobre a palha da casa redonda, então começou a desfazer as tranças.

— Seu cabelo é como o sol fiado...

Ela sentiu um toque e se virou quase dentro dos braços de Ardanos.

— E você é como uma criança das fadas, com seu vestido claro, com seus braços brancos brilhando no sol.

Sorrindo um pouco, ele começou a trabalhar nos nós do cabelo com os quais ela estava lutando.

— Cor de lama na barra, embora seja gentil de sua parte dizer isso... — ela respondeu, do modo mais firme que conseguiu. — Mas, se a morte está chegando, ao menos vou enfrentá-la usando roupas limpas.

— Provavelmente... quase certamente, eu diria — ele respondeu, com uma tentativa de voltar a seu distanciamento irônico. — Quando olhei sobre a paliçada, parecia ter muita atividade abaixo da colina. Os romanos estão movendo balistas em posição para um ataque, sem tentar fazer isso escondidos. E por que deveriam? Seja qual for a hora que escolham atacar, só podemos enfrentar o ataque com o que temos. O que não é muito. Estamos quase sem flechas, e até mesmo o suprimento de pedras para funda está acabando.

— E um forte não pode fugir — ela concordou.

Nem os que estão presos dentro dele. Mas não havia necessidade de dizer isso em voz alta.

Ele terminou de trabalhar na segunda trança, penteando os fios com os dedos de modo que eles caíssem suavemente sobre seus ombros, brilhando no sol.

— Como é que a falta de comida só deixa você mais linda? — ele então disse. — Você era quase muito magra antes, mas agora seu espírito brilha como uma lamparina através de sua pele...

Na última semana, a ração de comida, que nunca era grande, tinha sido cortada. Os romanos poderiam não ter esperado que resistissem tanto tempo, mas Antebrogios nunca esperara que os romanos fossem ter paciência para um cerco tão longo.

Ardanos também tinha ficado macilento. Ela agora percebia como ele seria quando ficasse velho, se de fato algum deles sobrevivesse para ver a velhice. Naquele momento, pouco importava. Ouvir aquela nota gentil na voz dele, ver aquela luz nos olhos dele, era do que ela precisava agora. Se ele estava condenado à morte, ela também estava. Não era só a fome que deixava a cabeça dela zonza quando ela se moveu para dentro do círculo dos braços dele.

***

A atividade no acampamento romano continuou pela tarde toda. Na fortificação, a refeição noturna foi silenciosa, mas os cozinheiros serviram o melhor da comida que restava. Só havia água para beber, mas os chefes brindaram uns aos outros como se fosse vinho.

— Se nosso destino é cair esta noite, iremos nos regozijando — disse Ardanos quando o chifre de beber foi passado para ele. — Os romanos que matamos podem descer para o Hades sombrio, mas para nós as Ilhas Abençoadas estão esperando, até que seja hora de entrar no Caldeirão e nascer de novo.

As Ilhas dos Abençoados, ou o Além-Mundo que a rainha das fadas me mostrou..., pensou Lhiannon. Se aquela senhora abrisse um portal como aquele ali e naquele momento, ela entraria? Não sozinha, ela pensou, olhando para Ardanos. Nunca, se precisasse tomar aquela estrada sozinha.

— Por todos os deuses, seus homens durotriges certamente vão se banquetear entre heróis — exclamou Caratac. — Ninguém lutou com mais bravura, ou resistiu tão bem.

— Ninguém teve chefes tão nobres para guiá-los — veio a resposta dos homens.

Quando a refeição tinha acabado, Lhiannon e Ardanos caminharam pelos cercados de animais vazios, olhando para as estrelas. Os homens que andavam pela murada estavam cantando. Quando fizeram uma pausa, era possível ouvir um murmúrio como um trovão distante lá embaixo. Mas ali, na pilha de palha onde Ardanos tinha estendido o manto, parecia muito calmo.

Lhiannon pousou a cabeça no ombro dele. Ainda estavam totalmente vestidos, e ele não fez nenhum movimento para mudar isso. Ela sentia um tremor regular sob a palma, como se segurasse o coração dele na mão.

— Nunca pensei que seria em um momento e um lugar como esses que finalmente me deitaria com você em meus braços — Ardanos por fim disse. — Ou que seria suficiente somente abraçá-la, e saber que foi aqui que você escolheu estar.

Os mais ascéticos entre os druidas deixavam de comer para alcançar um estado em que a carne não sentia mais fome. Talvez fosse o que tinha acontecido com ela e Ardanos, ou talvez fosse que no lugar onde estavam agora, além de todas as distrações da vida ordinária, podiam falar de alma para alma.

— Quando eles vierem — ele sussurrou, depois de um pouco de tempo. — Quando eles invadirem, vai vir comigo para as Ilhas Abençoadas? Eles vão nos reconhecer como druidas, e vão nos arrastar presos pelas ruas de Roma e nos atirar para os animais na arena se nos pegarem vivos.

— Sim, meu amor. Mas ainda não. Há homens valentes aqui, e seria errado abandoná-los cedo demais.

Ele riu um pouco daquilo e a beijou na testa.

— Nunca duvidei de sua coragem, Lhiannon.

As estrelas ficavam mais pálidas conforme a lua cheia subia o céu. Numa noite como aquela, parecia impossível que em pouco tempo homens morreriam. Os romanos chamavam a lua de deusa casta. Não percebiam que quebrar a paz daquela noite com violência era uma blasfêmia?

Lhiannon se endireitou, levantando as mãos para os céus.

— Deusa sagrada, Deusa sagrada — ela cantou:

Sobre o mundo de guerra entre os homens
Olha para baixo e cessa o ódio deles.
Ó Deusa sagrada, ouve-nos agora,
ó ouve nossas preces e a paz nos dá...

Como se em resposta, uma bola de fogo fez um arco sobre o rosto da lua. Caiu em um telhado de palha e deu início a um incêndio.

— Deusa, tenha misericórdia de nós todos! Começou!

Caíram mais bolas de fogo, algumas acertando construções, outras fervilhando no chão. Do portão veio uma gritaria. Conforme ela e Ardanos saíram naquela direção, um guerreiro passou por eles correndo e gritando, as roupas em chamas. Ela mesma gritou quando o projétil de uma balista passou por ela e espetou outro homem em uma parede.

Mais além na muralha, homens gritavam. O fogo subia onde os troncos da paliçada tinham sido incendiados e homens saíam correndo das chamas. *Isso foi o que as tempestades impediram*, pensou Lhiannon, de modo entorpecido. *Sinto muito por ter amaldiçoado a chuva...*

Bandos de homens corriam para lá e para cá enquanto o alarme era gritado de diferentes partes da muralha. Ela e Ardanos se separaram para pegar os baús em que guardavam os curativos que restavam e ferramentas cirúrgicas; quando ela saiu da cabana, viu um dos chefes agarrar Ardanos pelo braço. O homem apontou para o outro lado do forte e ele assentiu, lançou um olhar desesperado para ela e saiu correndo.

Agora estavam trazendo os feridos para o espaço diante da casa de Antebrogios e colocando-os sobre cobertores trazidos das cabanas que não haviam pegado fogo. Lhiannon correu para o mais próximo, que tinha um dardo de balista atravessado na coxa. A haste era um pedaço robusto de madeira de freixo com pouco mais de sessenta centímetros, mas tudo que ela podia ver saindo da carne dele eram as três farpas da ponta. Uma flecha podia ser quebrada, mas aquele cabo era muito grosso; ela precisaria puxá-lo. Não havia muito sangue; poderiam esperar que não tivesse rompido nenhuma artéria.

— Segure-o — ela disse ao homem ao lado dele, cuja perna precisaria ser entalada a seguir.

Fazendo uma careta, ele concordou, e jogou o peso sobre o companheiro enquanto ela pegava o dardo entre as farpas e puxava com força. O paciente dela gritou e então ficou flácido. Lhiannon apertou os dentes e puxou de novo, usando toda a sua força. Ela sentiu algo ceder, então a coisa se soltou, a cabeça quadrangular nociva respingando sangue nas saias dela. Mais sangue saía do buraco. Ela pegou um maço de algodão e o pressionou com força, depois o prendeu no lugar.

A ferida precisava ser lavada com vinho. O homem precisaria ser mantido em repouso e alimentado com infusões de salgueiro branco para a dor. Ela até poderia fazer isso, se ele sobrevivesse – se algum deles sobrevivesse – pelas próximas horas. Como estava, ele poderia viver até a manhã e depois morrer de infecção. Ele poderia sobreviver para viver em escravidão e desejar ter morrido naquele dia.

Mas estavam colocando um homem diante dela com uma lasca de um tronco despedaçado atravessando o ombro, e ali estava outro cujo joelho tinha sido esmagado pela pedra de uma catapulta. A consciência dela se concentrou na próxima decisão, na próxima incisão, sangue vermelho, luz do fogo e dor. Homens gritavam e sangravam sob suas mãos, alguns desmaiavam, e alguns morriam. Quando ela levantou os olhos, viu a lua brilhando vermelha da fumaça no ar. Ela não era nenhuma deusa casta – aquele era o escudo sangrento de Cathubodva, a lua da guerra.

A batida oca regular que sacudia a terra debaixo dela poderia ser a batida de seu coração. Foi só quando os homens começaram a passar correndo diante dela que percebeu que os romanos atacavam o portão. Apesar de todos os projéteis que os defensores conseguiam jogar sobre eles, os escudos ligados que eles chamavam de "tartaruga" protegiam os homens que batiam o aríete.

Ela viu Caratac em todo o seu esplendor surrado gritando para um grupo de guerreiros para que tomassem suas posições no topo da encosta íngreme que descia ao portão.

— Saia do caminho!

Um dos guardas da casa de Antebrogios a colocou de pé e a empurrou na direção da casa redonda.

— Procure abrigo! Não pode ajudá-los agora!

Onde estava Ardanos? Lhiannon hesitou, olhando desenfreadamente para a confusão de homens que se moviam. Houve um gemido de rompimento, e a grande barra que atravessava o portão rachou e caiu. As madeiras tremeram sob outro golpe; presas pelas rochas empilhadas atrás, elas racharam com o impacto de um terceiro grande golpe. Os defensores soltaram mais uma chuva de projéteis enquanto os primeiros inimigos de armadura se espremiam pela abertura.

Ela foi indo para trás até que estava encolhida sob o telhado excedente da casa redonda, mas precisava ver! Mais romanos entravam pela abertura. Aço batia contra aço conforme eles subiam sobre os britões que ali esperavam. Ela ouviu o grito de guerra de Caratac. Uma espada deslizou pelo chão até seus pés, e ela a pegou, então a soltou de novo. Ela era uma curandeira; seu coração estava rasgado de angústia, mas até naquele momento não havia nada dentro dela que respondesse à raiva de Morrigan.

O nó de homens em batalha se movia na direção dela. Quando ela percebeu isso, os defensores se dispersaram e correram. Ela viu Caratac se levantar do tumulto, batendo ao redor com grandes golpes da espada longa. Os romanos se afastavam do terror daquela lâmina, e por um momento, o espaço em torno dele estava limpo. Ele pulou para a frente, a viu encolhida e a colocou na sombra atrás da casa.

— Eles não vão me pegar, ou pegar você, sacerdotisa! A paliçada caiu do lado oeste. Venha comigo!

O braço dele era como ferro em torno da cintura dela. Meio arrastada, meio correndo, ela fugiu da casa enquanto a batalha seguia. Conforme se aproximaram da paliçada, ela pensou ter visto a túnica branca de Ardanos no meio de um grupo de guerreiros que corria. Ela tentou chamá-lo, mas não tinha fôlego. Então Caratac a estava enfiando através do buraco cheio de farpas nos troncos; ela tropeçou e rolou para baixo da muralha. Ele deslizou atrás dela, puxou-a sobre a segunda muralha, e juntos eles deslizaram para a escuridão além.

Lhiannon olhou para trás. O céu acima da colina estava vermelho; a maioria das casas devia estar em chamas agora. Uma névoa de calor e fumaça tapava o céu. Ou talvez a visão dela estivesse borrada pelas lágrimas.

***

Enquanto Caratac levava o grupo pela estrada, um tumulto de cães, manchados, malhados e cinzentos, veio correndo pelo portão do casario da fazenda, latindo em uma cacofonia de claves. Acordada quando o pônei se assustou, Lhiannon despertou para a consciência pela primeira vez em dias. Ardanos teria uma Palavra de Poder para acalmá-los, ela pensou com tristeza. O rei Caratac, porém, tinha a voz da autoridade. Os cães rodearam de volta e então, quando alguém os chamou, ficaram em silêncio, rabos abanando e cabeças baixas. O coração de Lhiannon saltou quando ela viu uma túnica branca atrás dele. Era a túnica de um druida, mas a figura alta debaixo dela tinha um rosto de menino sob uma barba macia e negra de jovem.

— Senhora Lhiannon! O que está fazendo aqui? — ele exclamou, e, ao ouvir a voz, ela reconheceu Rianor, que tinha sido aluno com Boudica.

Ele olhou para a fileira de homens exaustos e o rosto dele mudou.

Eram um grupo esfarrapado, muitos enfaixados, guerreiros que tinham escapado depois da queda do Forte de Pedras e foram recolhidos por Caratac naqueles primeiros dias desvairados, enquanto desviavam de patrulhas romanas. O rei não era mais o jovem agradável que os visitara em Mona, não era mais nem o guerreiro cansado que havia chorado sobre o corpo do irmão no Tamesa. Sobre o torque real, o rosto de Caratac tinha se desgastado em uma moldura para olhos que ardiam em propósito. A energia frenética que a tirara do Forte de Pedras estava domada e agora concentrada a serviço da causa deles.

— Deuses sagrados, vocês estavam no forte... nós todos soubemos como foi bravamente defendido — disse Rianor. — Estávamos rezando por vocês na ilha. Minha mãe era dos belgas, então ela me mandou para cá...

— Como vê, temos feridos — disse Caratac. — Alguns deles vão se recuperar o suficiente para lutar de novo, e outros não deveriam viajar mais.

— Os romanos estão vindo? Estão aqui para comandar a defesa de Camadunon? — Rianor apontou na direção da colina ao sul da fazenda.

Nos longos anos desde que a colina tinha sido necessária como lugar de refúgio, a floresta crescera em torno dela, mas alguém já havia começado a cortar árvores para reconstruir a paliçada. Com um tipo de desespero entorpecido, Lhiannon se viu calculando onde o inimigo poderia tentar escalar a colina.

Caratac balançou a cabeça.

— O rei Maglorios está mandando homens para defendê-lo. Preciso viajar para as terras dos siluros. As tribos ao norte e ao oeste serão nossa melhor defesa se o sul cair. — Ele se virou para Lhiannon. — Senhora, será uma viagem rápida e difícil, então preciso deixá-la. Este forte guarda as aproximações ao País do Verão, e daqui pode encontrar escolta para Mona ou para Avalon.

— Obrigada. — Foi tudo o que ela conseguiu dizer, embora em muitas noites o tivesse amaldiçoado em seu coração por não ter permitido que ela morresse com Ardanos.

Rianor a ajudou a desmontar, e juntos observaram o rei partir com três homens da própria tribo que tinham sobrevivido. Ela se perguntou se o veria de novo um dia.

— Ardanos não está com a senhora? — aventurou-se Rianor quando mostrava onde ela iria dormir até que novas cabanas fossem construídas no forte.

— Nós nos separamos quando o inimigo invadiu. Vi Ardanos pela última vez com alguns dos homens de Antebrogios. Caratac me tirou de lá, mas não temos notícia dos outros. É mais provável — ela manteve a voz calma com um esforço — que ele tenha sido morto ou feito prisioneiro.

Ela o tinha buscado nas estradas do espírito sem sucesso. Em seu estado atual de fraqueza, isso poderia não significar nada. Certamente, se ele tivesse sido morto, ela teria sentido a passagem dele. Mas, se estava vivo, por que não a tinha procurado?

— Ah, minha senhora, sinto tanto! — exclamou Rianor. — Todos nós sabíamos como a senhora o amava, e ele amava a senhora. Se não fosse assim, a senhora teria sido grã-sacerdotisa em vez de Helve.

Lhiannon fechou os olhos em dor. Eles todos imaginavam que ela e Ardanos tinham sido amantes? Parecia difícil ter a reputação sem nada da alegria. E, no entanto, aquilo não era totalmente verdade, ela pensou, recordando-se de como tinham se deitado juntos sob a lua. Alma para alma, tinham sido unidos com uma totalidade que poucos que experimentaram apenas a cópula de corpos suados jamais conheceriam.

— Minha senhora — ele então disse —, tem alguma notícia de Boudica? Eu... nós esperávamos que ela fosse voltar depois de sua visita a Avalon.

— Ela escolheu voltar para a tribo dela — disse Lhiannon, com firmeza. — Foi arranjado um casamento para ela com o rei Prasutagos, para unir os dois ramos dos icenos. Imagino que ela será feliz como qualquer um pode ser nesses tempos. Ele pareceu um bom homem.

— Se ele é bom para ela, isso basta para mim! — disse Rianor, ferozmente. — Mas é estranho pensar que ela se casou com um dos que se ajoelharam para Roma. Ao menos ela estará segura em terras icenas.

Ele se levantou.

— Queria que pudéssemos dizer a mesma coisa... se o avanço dos romanos continuar, eles vão vir para este lado.

෴ DOZE ෴

Saídas da região oeste, as nuvens de chuva que tinham encharcado as terras dos durotriges foram para o norte e para o leste para inundar as terras dos icenos, e a estação que deveria trazer sol viu uma sucessão de tempestades. Conforme a água empoçava nos campos, afogando a plantação, havia momentos em que Boudica imaginava se as palavras dela para o romano tinham sido proféticas, pois naquele ano haveria pouca ou nenhuma colheita. Nem poderiam esperar ajuda de Dun Garo, onde a terra era ainda mais baixa, e os rios eram maiores. Todos os chefes icenos iriam implorar aos romanos o cereal de que precisavam para seu povo por mais um ano.

Enquanto as chuvas continuavam a cair, a casa redonda cheirava perpetuamente a fumaça de madeira e esterco e às vestes de lã que tinham sido penduradas nas vigas para secar. Os animais para reprodução mais valiosos tinham sido levados para o terreno mais alto da fortificação e presos dentro, mas todo dia, parecia, alguém vinha de outra fazenda pedindo ajuda para resgatar ovelhas isoladas ou fortalecer o dique que protegia uma casa de um riacho que subia. E logo a doença da tosse começou a assolar o campo, e Boudica e Nessa se ocupavam de fazer chá de ervas e caldo de carne.

***

Nos dias que se seguiram à sua chegada a Camadunon, Lhiannon percebeu que o tormento na mente, diferentemente da dor no corpo, era tratado melhor com atividade. Trabalho que necessitava de toda a atenção era melhor que cavalgar. Não tinha vontade de passar mais dias como passageira, olhando para imagens mentais de Ardanos acorrentado ou morrendo, e de qualquer jeito nenhum homem poderia ser retirado de serviço para acompanhá-la até Avalon. Ali havia homens feridos que precisavam de seus cuidados, comida a ser cozinhada para os trabalhadores, e, quando não havia outro trabalho, um par de mãos extra sempre poderia ser aproveitado no forte.

De tempos em tempos um pastor ou ajudante de fazenda trotava para o casario com notícias do avanço romano. Vespasiano tinha deixado engenheiros para construir fortificações romanas no Forte das Pedras e então continuara em sua campanha. Rumores diziam que estavam marchando para o norte, para o sul ou totalmente parados, mas na festa de Lugos já se sabia que estavam a caminho.

Tinham feito tudo o que podiam em Camadunon. As valas entre as quatro muralhas de pedra e madeira que cercavam o forte haviam sido cavadas para ficarem mais fundas, e a muralha mais acima tinha sido coroada com uma nova paliçada. Pedras estavam diante das aberturas que davam para os portões nos lados noroeste e sudoeste. Um touro tinha sido oferecido aos deuses no novo santuário, suprimentos tinham sido trazidos, e dos campos no entorno vinham homens.

Camadunon ficava na fronteira entre as terras cultivadas e o País do Verão. Se caísse, Avalon não teria defesa além dos pântanos. À noite, Lhiannon se deitava sem sono, lembrando-se do Forte de Pedras. Ela começou a perceber que não conseguia suportar o desespero crescente de um cerco e o terror de um ataque novamente, mas como poderia abandonar as pessoas que tinham começado a confiar nela?

***

Boudica saiu da cabana do pastor e apertou a lã pesada do manto em torno de si. Rosic era o chefe dos pastores deles, mas ele era melhor com ovelhas do que com crianças, e tinha ido implorar ajuda dela quando a mulher ficara doente. A filha dele, Temella, tentara cuidar dos irmãos, mas estava perto de entrar em pânico quando Boudica chegou.

Naquela estação deveria haver algumas horas de luz ainda, mas nuvens da tempestade da tarde ainda cobriam o céu, drenando a cor dos campos ensopados. Ela esfregou a parte mais estreita das costas quando o bebê chutou com força. Quando estava dentro com as crianças, não tinha notado a dor. Ao menos sua própria criança estava aquecida e segura dentro do berço de seu útero, e os menores de Rosic tinham segurado a sopa que dera a eles. Temella podia tomar conta deles agora.

Boudica apertou os olhos para o céu, acostumada demais com os bastiões de nuvens cinza cobrindo os céus para notar a beleza delas. A oeste, eram contornadas por um pouco de amarelo. A luz deveria durar tempo suficiente para que voltasse para casa. Se não, tinha passado por aquele chão tantas vezes nos últimos dias que mal poderia perder o caminho. Ela enfiou a tigela de madeira na qual trouxera a sopa debaixo do braço e começou a voltar pelo caminho.

Era trabalho lento, pois as poças tinham ficado mais fundas. Uma mudança no vento mandou uma névoa fina em seus olhos e ela xingou, mas nas últimas semanas se acostumara com a umidade. Um pouco mais não lhe faria mal. Aquilo teria sido mais fácil, ela pensou enquanto deslizava na lama, se tivesse pensado em trazer um cajado. Mas no caminho de ida tinha precisado das duas mãos para levar a tigela. A dor nas costas estava aumentando, o que a surpreendeu, pois normalmente era amainada pelo exercício.

Boudica piscou e puxou o manto sobre a cabeça conforme a chuva ficou mais forte. A lã rica em óleo iria repelir a maior parte da umidade, e até mesmo molhado o manto era quente. A água respingava em torno de seus tornozelos, e ela tropeçou. A passagem ali beirava o que em tempos normais era um riachinho. A água estava chegando ao caminho agora. Talvez devesse ter ficado na casa, mas os caminhos para trás e para a frente eram igualmente perigosos agora.

Uma nova rajada de vento a balançou, ela deu outro passo, sentiu o chão ceder e caiu sentada. Quando se levantou, as saias estavam encharcadas, e foi só gradualmente que percebeu que a água morna empapando sua camisa de baixo não era da chuva. Ela parou, estremecendo assim que a barriga se contraiu com uma pontada súbita de dor. Ela só estava grávida de sete meses – era cedo demais!

Boudica deu mais alguns passos para a frente e parou novamente. A água que subia tinha escondido qualquer traço do caminho. Sem luz, ela poderia facilmente ser levada pelo riacho. Mas um terreno mais alto assomava adiante na penumbra. Ela foi naquela direção, parando quando as pontadas vinham, e subiu de quatro. Conforme o coração dela desacelerou, olhou ao redor e percebeu onde estava.

Muito tempo atrás, as pessoas que construíram o forte tinham enterrado um de seus chefes ali. Embora o nome dele tivesse sido esquecido, o povo de Eponadunon trazia oferendas na noite de Samhain. Certamente o espírito ancestral não se ressentiria daquele refúgio até que Prasutagos viesse resgatá-la. Os primeiros filhos sempre levavam um tempo – toda velha esposa que tinha tentado assustá-la com suas histórias de partos ruins durante a gravidez dela havia concordado. Ainda tinha tempo...

No entanto, à medida que as pontadas do trabalho de parto vinham mais rapidamente, Boudica se recordou de que o rei tinha viajado para uma das fazendas mais remotas naquela manhã. Com aquele tempo, ele sem dúvida passaria a noite onde estava, e era bem provável que Nessa e o resto fossem achar que ela fizera a mesma coisa. Um gemido saiu por entre seus dentes apertados quando percebeu que ninguém viria.

E as velhas esposas estavam erradas a respeito de quanto tempo levaria, ao menos quando um bebê chegava cedo demais. E ela estivera errada em pensar que poderia andar em todos os tempos sem companhia. Estava tudo dando errado! Ela se encolheu de quatro enquanto as contrações corriam por seu corpo, gritando sua revolta e sua dor.

Quero Lhiannon, o espírito dela uivou, mas cada pontada de dor a jogava de volta para o corpo de novo. *Se eu tivesse ficado em Mona, isso não estaria acontecendo... Se os romanos não tivessem vindo...* Ela lutou para se concentrar. "Se" não a ajudaria. Precisaria atravessar aquilo sozinha.

Quando as dores lhe deram um momento de trégua, Boudica cortou duas faixas da camisa de baixo com o punhal e as deixou prontas. Quando sentiu as contrações começarem a mudar, colocou a massa do manto abaixo de si e se agachou, chorando enquanto sua barriga se contorcia repetidamente. Pegou a coisa vermelha, que se retorcia e que por fim foi expelida, e conseguiu cortar e amarrar o cordão umbilical. Era um filho, com o cabelo tão vermelho quanto o dela. Com o toque de ar frio, ele soltou um vagido fino. Arquejando, Boudica abriu a gola da camisa o suficiente para aninhar o bebê entre os seios e amarrou o cinto abaixo para segurá-lo ali. Pequeno como era, ele se encaixou com facilidade.

— Deite sobre meu coração, pequenino, como você deitou debaixo dele — ela gaguejou, retesando-se conforme o útero se contraiu mais uma vez e a massa sangrenta de uma placenta deslizou livre.

Tremendo, ela curvou o corpo em tornou do embrulho no peito, curvando a palma da mão sobre o arco frágil do crânio, e o bebê se aquietou. Era uma coisinha tão pequenina para ser o começo de um homem, tenro como um broto que poderia um dia se tornar um carvalho poderoso que abrigaria a todos.

— Quando você crescer, vai ser um rei e um guerreiro — ela murmurou —, nascido na tempestade e feroz como o próprio Lugos, não é?

Ela sorriu quando o bebê fez um barulhinho e se aconchegou no peito dela. Mas, agora que o parto tinha acabado, ela percebeu que estava fria.

***

Na noite da lua cheia, Lhiannon estava sobre a muralha, olhando através do emaranhado de pântanos e lagoas. Pela primeira vez em semanas, não havia nada a fazer. Amanhã, disseram os batedores, os romanos estariam ali. A noite estava fresca e limpa, mas a oeste nuvens de chuva vinham do mar. Quanto tempo, ela se perguntou, antes que aquela lua também fosse manchada de vermelho, aquela paz destruída pelos gritos de homens morrendo? Ela se assustou com um toque em seu ombro e se virou para ver Rianor ao seu lado.

— Olhe. — Ele apontou para o noroeste, onde um cume pontudo se erguia claramente contra as nuvens do poente. — Você pode ver o Tor, e, num dia bem claro pela manhã, o outeiro em pirâmide na costa. O poder da terra flui por eles para essa colina e além. Consegue senti-lo aqui?

Era uma medida de sua preocupação, ou talvez desolação, pensou Lhiannon, que não tivesse pensado em tentar. Ela fechou os olhos, buscando sentidos havia muito sem uso, permitindo que a consciência afundasse em uma profundidade que não era totalmente física, até que sentiu um tipo de vibração como o bater da corrente abaixo da madeira de um barco no mar, e então veio uma recordação vívida do Além-Mundo que havia visitado no Tor de Avalon. Se tivesse ficado ali, quanta tristeza teria evitado – *e quanta alegria...*

A mulher das fadas tinha dito a ela que todos os mundos eram conectados, Rianor acabara de recordá-la de que poder fluía de Avalon para aquele forte. Aquele poder poderia ser usado? Era a mulher das fadas ou a Deusa que enchia a mente dela com imagens agora?

Sou uma sacerdotisa, ela disse a si mesma, *e não obedeço a ordens de nenhum homem. Enquanto tinha Ardanos eu o seguia, mas agora preciso fazer minhas próprias escolhas.*

— Rianor... nas últimas semanas você e eu trabalhamos até que as costas quebrassem e as mãos sangrassem, não fazendo mais do que qualquer trabalhador faria, e, ao menos no meu caso, sem metade do resultado. Nós nos esquecemos de quem somos.

Ele piscou, e ela soube que ele também tinha estado muito concentrado no próximo tronco e na próxima pedra para pensar além disso.

— Se os romanos nos atacarem aqui, no final vão tomar o lugar como tomaram o Forte das Pedras. Não acha que seria melhor se eles jamais viessem até aqui?

— Seria melhor, minha senhora, se eles jamais tivessem atravessado o Mar Estreito. — Ele ficou sério ao ver que ela não ria. — O que quer dizer?

— Nós temos nuvens. — Ela apontou para as massas ondulantes a oeste. — Nuvens, chuva e a névoa que cobre os charcos em torno de Avalon com tanta frequência. Se as atrairmos para a linha de poder, podemos envolver esta colina com elas.

Agora, ela sentia, era hora de colocar o poder em movimento. Com uma certeza onírica, apertou o manto com força em torno do corpo e se deitou ao lado da paliçada, cobrindo o rosto e fechando os olhos para reter a imagem das nuvens que tinha visto.

— Cuide de mim. Não deixe ninguém me perturbar até que eu volte a você. Dê-me o poder que conseguir...

Teria sido mais fácil se Ardanos estivesse ao lado dela, equilibrando sua energia com a dele, mas, enquanto Lhiannon afundava no transe, sentia a força jovem de Rianor lhe dando apoio. Ela desacelerou a respiração, invocando disciplinas havia muito aprendidas para separar a mente do corpo e deixá-la voar livre. Por um momento, tocou a angústia de alguém. Mas a dor estava destravando seus pesadelos de guerra. Ela afastou a consciência, virando desesperadamente para o oeste intocado.

E ali, como uma carícia, encontrou outra mente.

— *Então, minha irmã, você voltou... em seu mundo, quanto tempo se passou?*

— *Mas não voltei! Não estou no Tor!*

Com um sentido mais profundo que a visão, ela reconheceu a senhora com quem tinha conversado no reino das fadas, mas como ela poderia estar ali?

— Nem eu estou — veio a resposta. — *Estamos entre os mundos, onde todos os mundos se encontram e todos os poderes se juntam em uma grande dança. Cante o feitiço, irmã, faça a música que vai servir a sua necessidade...*

Por que ela nunca havia buscado aquele poder antes? Não estivera desesperada o suficiente, então percebeu, e tinha acreditado na sabedoria de Ardanos e dependia dele para orientações. *Preciso confiar na minha própria sabedoria agora...*

Bruma e névoa, nuvem e chuva... ouçam meu chamado, voltem... Mais uma vez, ela teve a impressão de que alguém chamava, mas não ousava admitir distrações. No mundo dos homens, ela estava em silêncio, mas fazia uma música poderosa por dentro. Com visão interna, ela podia ver as camadas de ar quente e frio cheias de espíritos. *Calor e frio se misturam nos céus... onde eles se encontram, as brumas se erguerão...* Rindo, ela fez um gesto para os espíritos do ar, atraindo-os para a dança.

No lugar distante em que sua carne jazia, estava ficando escuro e frio, mas o tempo tinha um significado diferente onde estava agora. Seus sentidos internos se regozijaram quando os espíritos das nuvens começaram a soltar uma chuva fria leve; ela invocou o ar quente, e a chuva se tornou névoa antes que pudesse cair.

Era névoa, não a chuva, que se precipitava do ar úmido, aparições de brumas que flutuavam sobre a colina e o vale, engrossando conforme a noite seguia. A névoa cobriu Camadunon, enfeitando com joias a lã grossa em que Lhiannon estava embrulhada e decorando com contas a barba enrolada de Rianor. A névoa brilhava em torno das tochas que iluminavam o acampamento de marcha dos romanos e condensava nas armaduras e lanças.

***

Em algum momento da última hora tinha parado de chover. O riacho começou a baixar. Um vento frio castigava as nuvens, e uma lua cheia lutava para se libertar. A iluminação aquosa mostrou a Boudica o formato da terra. As coxas dela estavam escorregadias de sangue. Muito? Ela não sabia dizer. Se estivesse em casa, poderia descansar agora, o trabalho terminado, mas não era suficiente parir o filho vivo.

Se eu morrer, você morre... ela disse à criança no peito dela. *Precisamos de abrigo, e logo...*

Boudica se perguntou onde estava por apenas mais um pouco de tempo, mas agora começava a tremer. Com um esforço final de vontade, ela se levantou, enrolou o manto em torno de si e desceu do monte.

Árvores novas cresciam na base; conforme as agarrava para se equilibrar, uma se soltou em sua mão. Com a ajuda dela, conseguiu sentir o terreno adiante e cruzar o riacho. Dali era um pouco mais de um quilômetro e meio através dos campos até o forte.

— Não é longe... não é longe... — ela sussurrou. — Quando eu ficar velha, você vai precisar me carregar. Vamos surpreender seu pai, minha doce criança? Como ele vai ficar contente...

Murmurando, ela avançou cambaleando. Se não fosse a criança, teria desmaiado na metade do caminho e não teria se esforçado para levantar.

Do modo como era, depois de cada queda ela achava que o forte estava mais perto a cada vez que se levantava de novo.

O portão, é claro, estava fechado. Os guardas tinham buscado abrigo lá dentro também? Seria uma grande ironia, observava uma vozinha interna, morrer no próprio portão depois de ter ido tão longe. Com o resto de suas forças, Boudica tomou fôlego como os druidas tinham ensinado a ela e, em uma grande voz, berrou para que a deixassem entrar. E então tudo foi uma confusão de vozes e fogo e abençoado, abençoado calor.

— Pegue ele... — ela murmurou quando a colocaram na cama. — Cuide de meu filho...

Alguém exclamou, mas ela não entendeu as palavras. Só havia o calor e o conforto da escuridão.

***

Em Camadunon, não havia sol à vista no amanhecer seguinte, apenas o cobertor grosso e cinzento das brumas. O exército romano, organizando-se em sua formação precisa de sempre, pegou a estrada que parecia mais aberta, e chegou ao anoitecer a uma colina onde um antigo monte funerário estava cercado por muralhas erodidas e meio sufocado pelas árvores. Ali não havia selvagens celtas gritando, apenas os fantasmas de guerras ancestrais. Os rumores, decidiu o general, deveriam estar errados. Na manhã seguinte, deu ordem para que marchassem em direção ao sudoeste, para as terras dos dumnônios, sem suspeitar da existência do forte que esperava em silêncio envolto em névoas a menos de oito quilômetros de distância.

***

Boudica levantou a mão, surpresa com a dificuldade em se mexer. A memória era uma confusão que alternava pesadelo e esquecimento. Prasutagos era parte daquelas memórias, os traços normalmente calmos dele atormentados pela angústia. Ela até se lembrava do toque escaldante das lágrimas dele. Aquilo deveria ter sido em uma das horas em que ela estava fria.

Estive doente, ela pensou. *Mas nunca fico mal. Que estranho...*

— Ela está acordando! — alguém disse.

Ela ouvia todos os sons familiares do forte – a reclamação de uma vaca, alguém assoviando, galinhas cacarejando à porta...

— Beba isso, minha senhora.

Um braço forte passou em torno dos ombros dela, levantando-a. Obediente, ela engoliu o líquido que puseram em seus lábios. Era leite quente, com um retrogosto de casca de salgueiro-branco. Ela se recordava vagamente de ter sentido aquele gosto antes.

Com o pensamento em leite, os seios dela começaram a latejar. A barriga flácida estava dolorida; todos os membros doíam com a sensibilidade que vem depois de uma febre. Seus olhos se abriram quando ela percebeu o que não tinha ouvido. Não houve um choro de bebê.

Ela tentou falar, engoliu em seco, tentou de novo.

— Onde está meu filho?

O silêncio que se seguiu durou tempo demais. O rosto da velha Nessa oscilou acima dela, bochechas marcadas por lágrimas.

— Ele era muito pequeno, minha querida, e estava muito frio. Ele só viveu um dia.

— Glória a Brigantia porque a senhora sobreviveu — completou uma das criadas. — Pensamos que fôssemos perder a senhora também.

— Prasutagos? — ela perguntou, fracamente.

— Ele batizou a criança de Cunomaglos em homenagem ao irmão. O bebê está no campo de túmulos com a família.

— Onde está o rei agora? — ela conseguiu perguntar.

O silêncio não foi tão longo.

— Quando ele soube que sobreviveria, senhora, ele pegou dois homens e saiu para ver quem mais precisaria de ajuda.

Deixando-me em um silêncio ainda maior que de costume, pensou Boudica. Mas não importava mais. O que poderiam ter para dizer um ao outro agora?

***

— Minha senhora... para ti.

Lhiannon se virou para ver uma mãozinha oferecer um buquê de ásteres um tanto murchos. Quando ela se voltou para espiar pela porta, a criança corou, derrubou o buquê e saiu correndo.

— Por que eles nunca ficam e me deixam agradecer? — ela suspirou, olhando em torno e procurando algum vaso em que pudesse colocar as flores.

— Permita-me!

Rianor retirou o buquê da mão dela, tirou a oferenda do dia anterior da caneca de argila e colocou os ásteres no lugar. Ele também não a olhava nos olhos, ela percebeu subitamente.

Depois do trabalho de magia que salvara Camadunon, ela havia se levantado apenas para comer antes de cair de novo em um sono sem sonhos. Passaram-se semanas até que conseguisse notar as coisas de novo. Mas todas as manhãs desde então as oferendas apareceram, e talvez antes disso, até onde sabia. Ontem havia sido um ramalhete de folhas cor de bronze e ocre. Enquanto ela se deitava no que o povo das fazendas claramente considerava um sono encantado, o verão tinha passado.

Ela mesma diagnosticara seu colapso como o efeito cumulativo da fome e do medo que tinha passado no Forte das Pedras. E tristeza... ela não sabia que a tristeza poderia se tornar uma doença que tirava a força do corpo e da alma. A dor de perder Ardanos ainda estava ali, mas, se tivesse cuidado, poderia passar metade de um dia sem chorar.

— Diga às crianças que fiquei grata. — Conforme ela ganhava força, viu-se concentrada nos prazeres simples – o gosto de leite recém-tirado, as cores das folhas de outono. — Se quiserem me visitar, serão bem-vindas.

— Elas a respeitam demais, senhora... — ele disse em voz baixa. — Para elas, é uma senhora branca que se transformou em uma nuvem para nos salvar dos romanos, e eles têm medo.

— Bem, precisa reassegurar a eles — ela disse de modo azedo. — Nós, druidas, somos servos, não deuses!

— É claro, senhora Lhiannon — ele respondeu, corando quando a olhou nos olhos.

No olhar dele, viu o mesmo olhar de reverência com que haviam mirado a grã-sacerdotisa quando ela possuía o poder da Deusa nos rituais em Lys Deru.

Ah, céus. Ela imaginara que haveria rumores sobre a névoa mágica que salvara o forte, mas não tinha percebido que sua longa recuperação permitiria que se enraizassem tão bem ali.

— Os fazendeiros próximos vieram me procurar — ele por fim disse. — Querem que eu construa uma casa para a senhora na encosta do forte, perto da fonte de Cama. Ficariam honrados se vivesse aqui...

Como deusa local e espírito guardião deles, pensou Lhiannon, com ironia, *e Rianor como grão-sacerdote do meu culto!*

Ela balançou a cabeça. Precisava de paz, não de adoração. Ficar ali seria ridículo. Mas o simples pensar em voltar para Mona, onde seria lembrada de Ardanos a cada volta do caminho, fazia seu espírito sangrar de novo.

— Não posso ficar aqui — ela disse gentilmente. — Enviamos os que precisam de ajuda para o Tor. Gostaria de passar o inverno em recolhimento em Avalon, e então veremos...

— Vamos precisar reunir provisões. A casa vai precisar de reparos. Mas não é tão longe. — O rosto dele se iluminou. — Vou cuidar disso, senhora, em seu nome.

***

Os dias se passaram e a força de Boudica voltou, embora os seios continuassem a vazar e as lágrimas seguissem caindo. O espírito do monte funerário tinha roubado a vida de seu bebê? Ou fora apenas uma coincidência nefasta? Como todos estavam sempre tão prontos para lembrá-la, em qualquer família mais crianças morriam do que viviam até terem seus filhos. Ouvir que era jovem e teria outros doía ainda mais. Ela preferia culpar alguém ou alguma coisa a aceitar que a perda de seu filho não tinha nenhum significado.

Pensou em mandar chamar Lhiannon, mas de algum modo tinha a impressão de que a *havia* chamado e a sacerdotisa a decepcionara, e, de qualquer modo, chamá-la a obrigaria a abandonar a letargia. O marido lidava com aquilo ficando no forte que estava construindo perto do litoral, como se, tendo perdido o filho, muralhas de pedra fossem ser a imortalidade dele.

Talvez a criança tivesse sido levada como sacrifício, ela pensou sombriamente, pois, à medida que a estação progredia, parecia que os espíritos do céu tinham sido aplacados. As nuvens se moveram para a frente e o chão enlameado secou. Em alguns cumes afortunados havia até um pouco de plantação. O ânimo de Boudica, no entanto, não melhorou, e Nessa começou a sugerir que ela devia fazer uma visita à fonte sagrada.

A primeira reação dela foi repulsa. Voltar como estava agora àquele lugar em que seu casamento tinha começado de fato, onde sentira tanta esperança e tanta paz, pareceria sacrilégio. Mas, enquanto pensava naquilo, começou a perceber que a senhora do poço sagrado a enganara, prometendo tanto a ela e traindo tudo. Deveria ir, pensou de modo soturno. Tinha algumas coisas a dizer ao espírito da fonte.

Partiram para o sul do forte em um dia sorridente, quando o primeiro sinal de outono tocou o ar. Boudica não tentou desencorajar ajudantes. Naqueles dias as outras pessoas pareciam fantasmas e sombras para ela. Se quisessem segui-la, não conseguia reunir a energia para dissuadi-los.

Meio dia de viagem os levou até o santuário. O lugar estava cheio de peregrinos, alguns dos quais enxotados de seus abrigos sem nenhuma cerimônia com a chegada da rainha dos icenos do norte. Boudica não se importava muito com o lugar onde iria dormir, desde que não fosse no abrigo que ela e Prasutagos tinham partilhado antes. Enquanto os outros arrumavam as roupas de cama, caminhou entre as árvores. Comeu a comida que cozinharam para ela, mas só foi até a fonte na manhã seguinte.

A manhã era para a esperança, pensou enquanto o caminho se curvou e ela cruzou as pedras de passagem na área pantanosa abaixo da fonte.

Pedaços de pano, alguns velhos, outros novos, ainda voejavam dos galhos da aveleira. Ela se esticou e desamarrou a fita que havia colocado ali quase um ano antes.

O sopro gelado da água não tinha mudado, e a água em si continuava a brotar, vinda de profundezas desconhecidas, doce e limpa.

— Eu preferiria vir aqui agradecer por um parto seguro — ela disse em voz baixa. — Se é que te importas se te dou ou te tomo uma fita, se agradeço ou cuspo em tua lagoa!

Mas, mesmo em sua raiva, Boudica não conseguia ir tão longe. Aquilo poderia não ser mais que água, mas não era menos, um elemento a ser respeitado mesmo agora, quando tinham tanto dela. Os druidas teriam usado isso como deixa para algum sermão místico, mas nesse momento a sabedoria deles também parecia inútil. Tudo o que tinham conseguido com a magia deles fora trazer os romanos à costa da Britânia mais rápido. Na verdade, no momento ela não conseguia pensar em nada em que acreditasse. Como se, com a esperança, também tivesse perdido o poder do movimento, ela se deixou cair sobre um tronco que tinha sido colocado como banco por ali.

— Eu te odiaria, se tivesse a energia — ela se dirigiu à lagoa. — Dizem que tuas águas são copiosas, como os seios da Mãe. Os *meus* seios estão secos! Dizem que tua lagoa é o útero da vida. O *meu* útero está vazio!

Também diziam que as lágrimas da Deusa enchiam a fonte. Conforme ela se inclinou sobre a água escura, as lágrimas dela caíram na lagoa.

Quando Boudica estivera ali antes, tinha achado que a Senhora do Poço havia falado com ela. Teria resistido a tal fantasia agora. Mas não conseguia resistir a uma coisa que as águas lhe ofereciam... um lugar para por fim ficar imóvel. Aquilo não era nem conforto, nem perdão, nem paz, mas um lugar além disso tudo. O sol se moveu inexoravelmente para o oeste; a água seguiu brotando do fundo e então caindo colina abaixo; juncos, grama e árvores continuavam a crescer. Ela vivia.

Por um tempo ela ficou sentada sem pensar, mas nesse momento percebeu um som que não pertencia à harmonia daquela floresta – um gemido intermitente, vindo de uma touceira de juncos. Com a primeira pontada de curiosidade desde que o bebê havia morrido, ela se levantou para ver. Um pedaço enrolado de linho sujo se movia, metade dentro da água e metade fora. Levantou o pano para revelar o que parecia ser uma ratazana afogada, se existisse uma ratazana branca com uma orelha ruiva e patas absurdamente grandes.

Um cachorrinho – alguém tinha tentado afogar um cachorrinho na fonte sagrada. Agora isso certamente era blasfêmia! Sentiu um aperto no estômago quando a coisinha se retorceu nas mãos dela. Ela queria vomitar, e queria matar quem havia feito uma coisa daquelas. Mas já estava arrancando o linho molhado, esfregando a pele encharcada com o xale. Ela aninhou a criatura tremendo contra o peito, e a cabecinha virou e uma língua muito rosada lambeu a mão dela.

Boudica enrolou o filhote no xale e deu um passo no caminho. Então parou, pegou sua fita do chão e a enrolou de volta em um galho da aveleira.

Quando voltou ao abrigo, o alívio nos rostos das criadas a fez imaginar quanto tempo havia ficado fora. Se alguma delas estava curiosa sobre o que tinha embrulhado com tanto cuidado no xale, não ousava perguntar.

— Deseja ficar aqui esta noite, minha senhora? — perguntou Calgac. — Se partirmos agora, podemos chegar ao forte antes do anoitecer...

Ela olhou para ele. Voltar para Eponadunon, onde cada vista a recordava do que tinha perdido? Não conseguia fazer isso. Queria espaço, luz e uma cama em que nunca tivesse se deitado no abrigo enganador dos braços do marido. Havia uma fazenda a oeste dali que visitara uma vez com Prasutagos, quando ele a apresentou a seu povo e a sua terra. De acordo com os arranjos do casamento, ela pertencia a Boudica.

— Não vou fazer nenhuma das duas coisas... — ela disse lentamente. — Vamos carregar a carroça e pegar a estrada para oeste, até Danatobrigos. Voltem para Eponadunon. — Ela assentiu aos guerreiros. — Podem dizer a meu marido para onde fui, e que agora é seguro para ele voltar ao forte. Não estarei lá para censurá-lo.

Ou para ser censurada...

Não esperava encontrar felicidade, mas talvez o tempo trouxesse alguma cura. Antes, porém, ela pensou enquanto o filhote se aninhava no peito dela, precisaria encontrar leite para o cachorrinho.

෴ TREZE ෴

A neve caía quando o filhote alcançou a muralha, a forma pálida desaparecendo e então correndo livre como algum espírito do inverno manifestando-se em forma canina. Ele deslizou alguns metros, então pulou de novo, deixando uma série de marcas respingadas colina abaixo.

— Como ele ama a neve! — disse Temella.

Com um xale enrolado na cabeça, só os grandes olhos cinzentos e a ponta de um nariz vermelho da menina estavam visíveis.

— Bogle ama tudo — respondeu Boudica, divertida.

Quando tinham se acomodado no casario em Danatobrigos no outono passado, sacos e cestas com qualquer coisa ao alcance dos dentinhos dele se transformavam em brinquedo. Enquanto o filhote crescia para cumprir a promessa das patas grandes, encontrou um esporte imenso nas folhas de outono que voavam. Pela cor da pelagem dele, achavam que fosse em parte cão de caça, mas a outra parte deveria ter sido alguma coisa muito maior. E agora, na altura do joelho dela e ainda crescendo, ele descobria a neve.

A égua alazã batia os pés e bufava enquanto o filhote entrava debaixo dos cascos dela, latia e saía de novo. Mas Roud estava acostumada com as brincadeiras dele, já que, a pé ou a cavalo, aonde Boudica fosse, o cão nunca estava além do alcance de um assovio. Temella era uma companhia quase tão constante quanto. A menina era a mais velha das crianças para quem Boudica tinha levado sopa no dia em que dera à luz seu bebê. Ela havia aparecido na fazenda um mês depois que Boudica se mudou e ficara como criada, mensageira e sombra.

Boudica respirou fundo o ar frio. Esperava-se um pouco de neve naquela estação, mas uma nevasca do tamanho da que os prendera em casa pelos últimos três dias era incomum. Campos e pastos tinham sido transformados pela neve, todas as irregularidades cobertas numa extensão de branco prístino. Até mesmo os galhos nus do freixo que dava sombra à lareira ritual estavam cobertos de branco, e o caminho ancestral que seguia na direção da costa não era mais que uma depressão na neve. Sob aquele cobertor branco muitas coisas dormiam, do corpo do bebê dela até as sementes da colheita do ano seguinte.

Nos meses desde que se mudara para Danatobrigos, houve momentos em que quis se deitar debaixo de um cobertor tão obliterante quanto aquele, sem pensamento ou movimento, até que todos os sentimentos também desaparecessem. Nem as raras visitas do marido perturbavam sua letargia. Era Bogle, enfiando a cabeça despenteada debaixo da palma da mão dela em busca de carinho, ou jogando algum objeto amorfo babado no colo dela para ser jogado, quem a mantinha conectada ao mundo dos vivos. Às vezes ela até ria.

Ela observou, sorrindo, enquanto ele corria por um grupo de carvalhos sem folhas pela estrada, latindo furiosamente.

— Alguém está vindo — disse Temella, conforme o cão pulou de volta na direção delas.

— Bogle! Quieto!

Boudica puxou as rédeas e assoviou, e o cachorro desacelerou o passo, um rugido baixo vibrando na garganta dele, a cauda emplumada balançando gentilmente. Ele estava incerto, não alarmado, embora, naquela idade, ela imaginou, como ele saberia a diferença entre o que era perigoso e o que era simplesmente novo? Ainda assim, era improvável que um inimigo estivesse por ali naquele tempo, especialmente agora, quando estavam seguros sob a mão protetora de Roma.

Bem atrás de seus pensamentos vieram os forasteiros em si. Romanos pela roupa, movendo-se em ordem pelas árvores. Quando eles se aproximaram, ela reconheceu Pollio com seu acompanhante, todos montados em pôneis nativos, cujas pelagens longas soltavam neve.

— Prazer em vê-la, minha senhora! — ele gritou, o hálito fazendo nuvens brancas no ar frio. — Mas não esperava encontrá-la tão cedo! Estava a caminho da balsa. Tenho uma missão a cumprir na terra dos brigantes e me arrependi de não ter parado a viagem em Eponadunon. A senhora e seu marido estão aqui de visita?

Ele parou ao lado de Boudica.

— O rei está em Eponadunon — ela disse, numa voz monótona. — Eu moro aqui.

O olhar escuro dele ficou mais intenso.

— De verdade? Então a sorte está comigo.

Ela levantou uma sobrancelha, imaginando o que ele poderia querer dizer a ela em vez de para o rei.

— Temella, vá até o casario e avise que teremos hóspedes.

A menina assentiu e fez o pônei sair num trote. Bogle deu uma guinada, circulou o pônei dela e depois voltou para Boudica.

— Vai cavalgar comigo estrada acima? — Pollio perguntou, movendo a montaria para perto da dela. — Nossos cavalos não deveriam ficar parados nesse frio.

Isso era verdade. Ela soltou a rédea e deixou Roud caminhar ao lado do cavalo cinza dele.

— O inverno lhe cai bem, senhora.

— O senhor também não parece estar sofrendo — ela observou.

O frio tinha trazido uma cor inabitual à pele amarelada e clareara os olhos dele, embora ela tivesse notado que até mesmo os romanos deixavam a barba crescer naquele frio.

— Imagino que isso seja muito diferente de seu lar.

— Nem tanto quanto possa pensar... nasci na Dácia, e os invernos lá podem ser muito rigorosos.

— Isso explicaria por que está viajando neste tempo. Pensei que vocês romanos passassem os invernos da Britânia avivando as fornalhas de seus hipocaustos e amaldiçoando o frio.

Dessa vez ele riu alto, um som surpreendentemente agradável.

— Sem dúvida estão fazendo isso em Camulodunon, mas até mesmo seu cão sabe que há esporte no inverno...

O olhar dela seguiu Bogle, que tinha desentocado uma lebre na floresta e a perseguia pela neve, latindo de modo extático, embora não estivesse claro se estava tentando caçar ou brincar.

— Minha mãe era uma nobre na Dácia. — Os olhos de Pollio foram para o rosto dela e depois desviaram. — Meu pai se casou com ela quando estava posicionado lá. É assim que as novas províncias se tornam parte do império.

Eu já tenho um marido... por que ele está dizendo isso para mim? Mas ela mesma dissera a ele que vivia separada de Prasutagos. Tinha ouvido dizer que o divórcio era fácil entre os romanos. Talvez ele não considerasse o estado de casada dela como impedimento. Ela olhou para ele, vendo-o pela primeira vez como um homem que não era feio, que claramente gostava da companhia dela. Como se tivesse sentido o olhar dela, ele se virou, e ela desviou os olhos.

Conforme atravessavam a mata, os cavalos, sentindo a falta de atenção dos cavaleiros, atrasaram o passo. Pollio esticou o braço e tomou a mão dela.

— Boudica, você é como uma chama, queimando no meio da neve. Pensei isso na primeira vez em que a vi, brilhando como uma tocha na escuridão púrpura imperial, mas você era ainda uma criança. Agora é uma mulher, e magnífica.

Desde aquele dia, ela havia tido e perdido um filho. Se aquela era a qualificação para ser adulta, ela imaginava como a raça poderia sobreviver. E como ela poderia ser uma chama quando se sentia congelada por dentro?

Ou era? Pollio tinha tirado a luva e agora acomodava os dedos dentro da meia-luva de lã que cobria a mão dela. O toque era surpreendentemente íntimo. Ela sentiu uma onda súbita de calor, como se ele tivesse colocado a mão debaixo do vestido dela.

— Você é uma princesa entre seu povo e eu sou um senhor entre o meu. Juntos poderíamos fazer tanto por esta terra...

Os cavalos tinham parado. Ela tremeu quando ele começou a traçar pequenos círculos no centro sensível da palma da mão dela.

— Sonhei com você, minha senhora — ele disse suavemente. — Doce e madura como as maçãs que plantamos nas terras do sul. Sonho em provar essa doçura, assim como sonho em me esquentar em seu fogo. Abençoada Boudica, a mais bela das mulheres, me receba em seu lar...

Bogle latia, mas o som parecia vir de muito longe. Pollio se inclinou para a frente, o outro braço esticado para puxá-la para ele. Os lábios dela se abriram, esperando o beijo dele.

E o cão, ganindo alegremente, foi para baixo das barrigas dos cavalos. A montaria de Pollio empinou, chutando, e a égua alazã se esquivou.

Boudica agarrou um punhado de crina e se endireitou. O romano estava metade fora do cavalo, xingando, enquanto tentava recuperar as rédeas. Bogle, aparentemente achando que tinha por fim encontrado um colega de brincadeira, pulava para lá e para cá, desviando dos cascos, e então saiu correndo de novo, latindo em um tom que significava: "Tem gente vindo, venha ver, venha ver!".

Ela se endireitou, apertando os olhos contra o brilho do sol na neve, enquanto um grupo de cavaleiros se aproximava vindo de outra direção. Um homem grande em um cavalo grande os liderava. Com algum sentido que ia mais fundo que a visão, Boudica o reconheceu. Ela foi para trás na sela, tentando desacelerar a batida do coração.

Quando Prasutagos os alcançou, Pollio também tinha controlado a montaria. Ele assentiu com uma cortesia cautelosa:

— Saudações, meu senhor.

Boudica observou com um misto de diversão e preocupação. Por quanto tempo estiveram à vista antes que Bogle notasse Prasutagos e começasse a latir? E o que, a uma distância daquelas, ele poderia ter visto?

O que, de fato, havia para ver? Eu realmente teria deixado o romano me beijar? Ela não sentia nada por Prasutagos, mas ao lado dele o romano parecia... pequeno.

— É um dia frio para cavalgar — o rei observou. — Não temos tempestades assim com frequência.

Ele se virou para Boudica.

— Estava na fazenda de Coric perto do porto. O teto de uma das construções externas dele caiu com o peso da neve. Achei que deveria ver se precisava de alguma ajuda aqui.

Era uma questão razoável. O casario estava em mau estado quando ela chegara ali. E ela sabia que nos últimos seis meses Prasutagos tinha passado o tempo viajando de uma fazenda para outra. Para estreitar os laços entre rei e povo, eles diziam, mas poderia ser porque ele não aguentava morar em Eponadunon, também. Certamente era coincidência que ele estivesse naquela parte de suas terras quando a tempestade caíra. Se era uma coincidência feliz ou ruim, ela não sabia.

— Tudo parece estar seguro — ela respondeu, de modo neutro.

— Isso é boa notícia — disse Prasutagos.

Ele se virou para o romano.

— Para alojar seus homens e os meus, vamos precisar da segunda casa redonda, e seria melhor colocar os cavalos em um abrigo também.

— Ah, não há necessidade de apertar seus guerreiros. — Os lábios de Pollio se esticaram em um sorriso igualmente educado. — Se continuarmos, vamos chegar à balsa ao anoitecer. Tenho mensagens para o rei dos brigantes que não podem esperar, e preciso aproveitar a calmaria para atravessar antes que venha mais mau tempo.

Antes que Prasutagos chegasse, pensou Boudica, ele parecia muito disposto a passar a noite com ela.

— Talvez seja sábio — disse o rei, pensativo. — Um navio veio bem antes da tempestade, então não vai precisar esperar muito. Mande meus cumprimentos a Venutios e Cartimandua por mim.

— Sinto que não teremos o prazer de sua companhia. — Boudica deixou o romano entender aquilo como quisesse. — Mas entendo as exigências do dever.

Incluindo, pensou ela cautelosamente, *as minhas?*

Prasutagos a havia visitado de tempos em tempos quando estava na vizinhança, ficando tempo suficiente para uma refeição, mas sempre indo embora de novo antes de escurecer, verificando como ela estava como faria com qualquer outra posse, ela pensou amargamente. Nas primeiras vezes mal tinha notado quando ele estava lá ou não, mas ultimamente achava o distanciamento dele um pouco irritante.

Bogle sentou-se na neve, a língua balançando, enquanto Pollio reuniu seus homens e a pequena tropa saiu pela estrada.

— Eles precisam nos agradecer por abrir a trilha para eles — observou Bituitos, o mais velho dos dois guerreiros que eram os principais guardas do rei.

Um homem tão grande quanto Prasutagos, porém dez anos mais novo, ele era um tipo de primo, com o tamanho, a força e as cores da família.

— Mas era melhor eles se apressarem — completou Eoc Mor, igualmente alto, mas com o cabelo marrom e os olhos cinza da raça mais antiga.

Ele tinha sido destinado a uma vida como fazendeiro até que alguém notou que era mortalmente rápido com uma espada.

— Se os romanos não sabem ler o tempo, eu sei, e estão se formando nuvens no leste que vão trazer mais neve antes do anoitecer!

Era verdade que o vento tinha começado a aumentar, com um frio úmido que cortava mais fundo que o frio da manhã.

— Talvez nós também devêssemos voltar — ela sugeriu. — Quando encontramos os romanos, mandei Temella avisar em casa que teríamos hóspedes. É bom que tenham chegado... seria uma pena desperdiçar a comida.

***

Bituitos tinha lido o tempo corretamente. Ao pôr do sol, o vento trazia as primeiras rajadas de neve pela chapada. A estrutura de vigas e varas entrelaçadas que sustentava o telhado de colmo flexionava e rangia a cada rajada, e a mudança na pressão enviava a fumaça da lareira para cima do cume alto. Ninguém sugeriu que o rei e seus homens deveriam cavalgar a qualquer lugar numa tempestade daquelas, se de fato Prasutagos tinha essa intenção. Ela estava consciente da presença dele como não estivera antes, e não sabia se era ele quem havia mudado, ou ela. Ele parecia mais magro, ela pensou, afinado pela cavalgada até músculos nodosos e ossos. O fogo brilhava no bigode e brunia a forma forte dos ossos do rosto e da mandíbula.

Havia duas casas redondas no casario, junto com outras construções para serem usadas como estábulo e depósito. Quando o cozido de ovelha terminou de ser comido, a maioria dos homens do rei foi mandada para a segunda casa, onde o velho Kitto e a mulher moravam com os outros homens que trabalhavam na fazenda. Até mesmo soltar a pele que cobria a porta por tempo suficiente para que eles saíssem fez Boudica tremer. As peles e tapetes de lã pesada que pendiam do lado de dentro das paredes impediam algumas correntes de ar, mas a mesma permeabilidade que permitia que a fumaça saísse por cima do telhado de colmo também permitia que o ar frio entrasse.

Temella encontrou mais peles e cobertores, e Bituitos e Eoc se enrolaram neles diante da fogueira onde Bogle já roncava, a cabeça pesada pousada em um osso. Normalmente, num tempo frio daqueles, Boudica e Temella dividiriam uma cama, mas a menina estava arrumando a cama na seção separada que era o lugar da velha Nessa. Aquilo pareceu responder à questão de onde Prasutagos iria dormir. Boudica podia sentir o olhar dele a acompanhando enquanto cobria o fogo.

— Senhora do fogo sagrado, guarda esta chama até a manhã. Brigantia, abençoada, esteja no fogo da lareira como está no fogo do coração. Contra todo o mal que anda seja a noite nosso escudo e nossa proteção.

Ela desenhou a cruz do sol na cinza e se levantou, limpando as mãos.

Conforme ela começou a se virar, o rei se levantou e se emparelhou a ela. Ela controlou um tremor – tinha se esquecido de como ele era alto. Juntos, passaram através das cortinas de lã que Boudica tecera no marrom, dourado e cinza de seu clã para pendurar nos pilares que definiam seu espaço de dormir. Rapidamente ela despiu o xale, a túnica externa e os sapatos e se deitou de camisola de baixo e vestido, curvando-se defensivamente contra o frio e longe do homem que ouvia tirar as próprias vestes externas. A palha debaixo das peles de ovelha e lençóis de linho farfalhou quando Prasutagos entrou na cama ao lado dela. Ela não falou, mas certamente as costas viradas deixavam sua vontade clara.

Boudica tinha se esquecido de que, para algumas coisas, ele não precisava de palavra.

Ela se preparara para resistir à corte dele, mas dessa vez não houve nada dos sussurros doces com os quais ele tirara a virgindade dela, apenas o som da respiração dele atrás de seu ouvido. Ela endureceu quando ele puxou as saias da camisola e do vestido para cima e se curvou em torno dela, aquelas mãos fortes, calejadas de espada e rédea, tomando posse de tudo o que estava embaixo. Em fúria silenciosa, ela tentou se livrar, mas pernas que apertavam o torso de um cavalo seguraram as dela, um braço musculoso prendeu os dela enquanto a outra mão reaprendia o formato de seus seios.

— Você é minha esposa... — As palavras escaparam por entre dentes apertados enquanto a mesma força que dava a ele a capacidade de segurá-la atravessava as barreiras que o tinham mantido em silêncio.

Ela conseguia sentir cada tremor que passava pelo corpo dele, apertado com tanta força contra o dela.

— Você pode viver sem um homem... mas não vai se deitar com nenhum... homem... além... de mim!

Aquilo respondia à questão de se ele tinha visto Pollio tentando beijá-la.

Boudica ainda estava tentando pensar em uma resposta quando, com uma mudança ágil, ele a possuiu, e, como antes, quando seu corpo estava preso, sua raiva explodia para dentro, colocando de lado o eu que pensava. O romano a chamara de chama, e agora ela estava pegando fogo.

Eu sou o forno que assa o pão... disse uma voz interna. *Sou a fornalha que queima a taça... Sou a forja que dá forma à lâmina. Queime!*

Quando Boudica acordou na manhã seguinte, a neve tinha parado, e Prasutagos havia partido. Ela poderia ter pensado que a visita dele fora um sonho, mas, na Virada da Primavera, soube que estava de novo grávida.

***

A primavera chegou ao Tor trazendo um tesouro de caltas douradas e íris-amarelos e anunciada por um clamor de pássaros que retornavam. Para Lhiannon, parecia que os dias que se alongavam eram uma longa manhã, soltando-a das sombras nas quais andava desde a queda do Forte de Pedras. Os ciclos longos e lentos do inverno tinham combinado com o humor de Lhiannon, mas, com a primavera, o ritmo da vida ficava frenético, e, enquanto sentia aquela mesma energia ardendo nas próprias veias, soube que, até onde um dia se curaria, estava curada.

Logo, ela sabia, precisaria deixar o Tor, mas, enquanto o mundo pairava na Virada da Primavera, ela se viu tão indecisa quanto a estação.

Um ano antes, ela e Ardanos estavam se preparando para defender o Forte de Pedras. Agora o local abrigava um forte romano, e a maior parte do sul e do oeste estava em mãos romanas. O governador Plautius estava indo para o oeste através das terras centrais. Caratac tinha se escondido em algum lugar nas montanhas além. Ainda que Lhiannon estivesse disposta a enfrentar mais guerra, não havia nada que ela pudesse fazer.

No primeiro dia claro depois do equinócio, um excesso de energia a levou até o Tor. Dessa vez ela não andou pela espiral, mas isso mal importava. Sua consciência do Além-Mundo estava sempre com ela agora. O vento eriçava a grama nova. Abaixo, as lagoas dos charcos, ainda cheias das chuvas da primavera, espalhavam-se pelos níveis como um mosaico mutante em prata e azul. Mas o sol da primavera era quente nos ombros dela, e, quando chegou ao cume, sentou-se para descansar.

Se o que veio para Lhiannon então foi sono ou uma visão, ela jamais teria certeza, mas teve a impressão de que estava em um lugar de céus rasgados e campos abertos onde o ar tinha o cheiro do mar. Boudica estava com ela, mais linda que nunca, os seios cheios, mas o rosto afinado para revelar as belas curvas da bochecha e do cenho. Nos olhos dela, Lhiannon viu uma dor que se comparava à sua.

— *Lhiannon...* — Através dos quilômetros, ela ouviu o grito. — *Lhiannon, estou com medo. Preciso de você... venha até mim!*

***

Boudica se ajoelhou na beirada da cova de oferendas, passando os dedos nos sulcos que decoravam a vasilha que segurava. Era uma bela peça de cerâmica cor de creme em estilo gaulês que seu povo trouxera através do mar, uma de um conjunto que tinha sido incluído no tesouro de casamento enviado de Eponadunon quando ela começara a morar em Danatobrigos. Estava agora cheia das primeiras prímulas, colhidas enquanto caminhava pela floresta que cercava parcialmente o Santuário dos Cavalos ao pé da colina. Do outro lado, o terreno se abria na direção de um caminho que ladeava o riacho. No centro da área cercada, o crânio de um dos sacrifícios equinos mais recentes a contemplava de um poste.

— Vós, antigos que estáveis aqui antes — ela sussurrou. — Vosso pó é parte da terra cujos frutos me alimentam, e alimentam meus filhos. Abençoai-nos!

A visita de inverno de Prasutagos havia destruído a paz dela. Os primeiros movimentos do bebê a deixaram em pânico e deram início a uma busca frenética de maneiras para proteger a vida nova dentro dela. Mais uma vez, havia para ela algo a perder.

— Os fantasmas desta terra tiraram uma vida de mim — ela continuou. — Certamente não precisam de outra! Por favor, aceitai esta oferenda!

Conforme ela se esticou para baixar a vasilha, perdeu o equilíbrio e a cerâmica lisa escorregou de suas mãos, bateu em uma pedra e rachou. Ela caiu sobre as mãos e os joelhos, olhando enquanto a água escorria e encharcava o solo. Como uma imagem residual, veio a memória de como os reis tinham quebrado as espadas e amassado os escudos antes de oferecê-los no Lago das Pedrinhas. Aquilo era um sinal de que os ancestrais tinham aceitado a oferenda dela ou um presságio de que seu útero era inútil como aquela vasilha quebrada?

Ela não era druida para interpretar isso! Tinha se recusado a se tornar uma sacerdotisa, abandonado seus deveres como esposa e rainha... ela seria um dia mãe? Ela se curvou sobre a barriga, chorando.

— Boudica? Quem feriu você, criança? Qual o problema?

Por um momento, ela pensou que aquela voz suave fosse invenção da memória. Então ouviu o pônei bufar e o rangido do arreio. Ela se virou, a vista borrada com a visão de uma mulher magra vestida de azul com cabelo dourado. Lentamente, ela ficou de pé.

— Lhiannon? Você é real? Eu desejei tanto que viesse! Está mesmo aqui?

Enquanto a sacerdotisa descia do pônei, Boudica correu para a frente, abraçando-a em um tumulto de riso e lágrimas.

— Você não perdeu nada de sua força, de qualquer modo — disse Lhiannon quando Boudica por fim a soltou. — E está florescendo. Mas o que está fazendo aqui? Disseram-me que eu ainda tinha alguns dias de viagem antes de chegar ao forte de Prasutagos. Só tomei esse caminho para ver se conseguia uma refeição na fazenda.

— Tenho certeza de que Palos e Shanda a receberiam bem, mas não há motivos para incomodá-los quando minha casa fica ali em cima da colina! — exclamou Boudica. — A fazenda está ocupada com as preparações para Beltane, mas podemos matar uma das ovelhas mais cedo para um banquete de boas-vindas! Siga-me!

Enquanto andavam, talvez ela pudesse encontrar as palavras para contar a Lhiannon tudo o que havia acontecido com ela desde que tinham se separado em Camulodunon. Os deuses sabiam que havia ensaiado a história com frequência durante aquelas noites sem sono em que ansiava que a outra mulher viesse.

***

— Eu acredito em você — disse Lhiannon. — Quando a necessidade é grande, há poder num grito desses. Dessa vez a ouvi chamar, acho, porque estava no Tor. Eu só sinto muito...

Ela suspirou, puxando as rédeas com as quais guiava o pônei enquanto ele tentava alcançar uma touceira de grama nova especialmente suculenta.

— Por não ter me escutado quando estava parindo meu filho? — perguntou Boudica. — Não a culpo agora. Nem a maior das sacerdotisas poderia ter se transportado por todo o caminho através da Britânia.

Nos pastos de ambos os lados, as ovelhas aproveitavam a abundância, cercadas por cordeiros saltitantes que tinham dado nome à fazenda. Lhiannon teve a impressão de que a fertilidade da terra e de seus animais era um bom presságio para a gravidez de Boudica. Agora ela entendia a radiância trágica da mulher mais nova, mas ainda não estava claro o que iria fazer. Muita coisa, ela pensou, dependia de se o rei era um homem violento ou tinha apenas manejado mal sua égua jovem.

— Quanto tempo você ficou na estrada?

Lhiannon franziu o cenho.

— Parti bem depois do equinócio, logo após a lua cheia, e agora ela está quase redonda de novo. Foi difícil seguir até que me mantive no velho caminho perto de Carn Ava, e então fiz um bom progresso, exceto quando um destacamento romano cruzou meu caminho.

— Você esteve em perigo?

— Nosso povo ainda não está tão acuado a ponto de não honrar minha Ordem, e sempre houve alguma casa na qual pude encontrar abrigo em troca de uma bênção ou de um feitiço.

De fato, a viagem a recordara do motivo pelo qual era uma sacerdotisa. Como ela havia dito a Rianor, os druidas mereciam a honra que o povo dedicava a eles porque serviam. E claramente precisavam muito dela por ali.

O caminho pelo qual Boudica as levava passava por uma floresta e pela beira de um campo. Conforme o sol baixava ao leste, seus raios inclinados enchiam cada folha de árvore e de grama de luz. Era pacífico ali, um bom lugar para buscar cura. Para as duas, então lhe ocorreu.

Quando chegaram ao topo da colina, a paz foi quebrada pelo som de latidos. Lhiannon segurou as rédeas do pônei enquanto uma criatura do tamanho de um bezerrinho saiu pelo portão na cerca de vime que cercava o casario e veio na direção delas.

— Bogle! No chão!

Boudica pegou o animal no meio do salto e brigou para colocá-lo no chão enquanto ele se esforçava para alcançar a sacerdotisa.

— O que, em nome de An-Dubnion, é *isso*?

— Ele é meu filhote. — Por um momento, o sorriso de Boudica a recordou da menina que tinha conhecido. — Chão, Bogle, seja educado! Ela é amiga!

Deve ser um cão, pensou Lhiannon enquanto o animal lambia sua mão, embora não fosse de nenhuma raça que já tivesse visto. Ondas duras de pelos cremosos cobriam uma forma magra e de pernas longas com uma cauda emplumada que batia perigosamente. Mas a cabeça acima dos ombros poderosos era larga, com um nariz castanho-avermelhado e uma orelha branca e outra ruiva.

— Impressionante — disse Lhiannon, em um tom neutro, enquanto o cachorro lhe dava a última lambida e saía para anunciar a chegada delas.

— Acho que a Deusa o mandou para salvar minha razão — respondeu Boudica.

CATORZE

Lhiannon observou Boudica com cuidado enquanto o mês de Beltane passou e o ano começou a madurar em junho. Foi um alívio quando o tempo bom durou até julho — mesmo sem chuvas, para as duas era um mês com memórias nefastas. E não apenas para elas, ela percebeu quando, numa manhã, os latidos de Bogle anunciaram a chegada do rei Prasutagos e de seus homens.

Ele tinha vindo uma ou duas vezes desde a visita em janeiro da qual Boudica lhe contara, e ficado apenas pelo tempo que levava para dar água aos cavalos e se assegurar de que a mulher estava bem. Certamente não era surpresa, se o encontro tinha sido tão... intenso... quanto Boudica dissera. Mas Lhiannon sabia muito bem que seu relacionamento com Ardanos mal a tinha preparado para julgar um casamento. Estava feliz pela chance de ver por si mesma com que tipo de homem o clã de Boudica a casara.

— Minha senhora, eu a saúdo — disse Prasutagos quando Lhiannon emergiu da casa redonda para cumprimentá-lo.

Por um momento o olhar dele pousou na porta, mas, quando ela permaneceu vazia, ele se virou para ela com um sorriso. Ele não parecia surpreso por vê-la, mas a notícia da chegada dela teria se espalhado rapidamente pelo campo.

— Estamos felizes por lhe oferecer refúgio aqui.

Claramente, pensou Lhiannon, ele ainda não tinha percebido *por que* a sacerdotisa viera. Ela percebeu pela tensão aumentada nos ombros dele quando Boudica apareceu, trazendo o chifre de cerveja de boas-vindas. Ela usava uma túnica de linho presa nos ombros, e tinha amarrado o cinto apertado abaixo dos seios, de modo que a nova forma arredondada da barriga ficava clara. Por um momento, o rosto de Prasutagos ficou completamente vago. Lhiannon esperou pelo que viria a seguir – alegria ou raiva? Em vez disso, o que viu foi medo.

— A bênção dos deuses esteja sobre você, meu marido — disse Boudica, em tom monótono.

Prasutagos assentiu ao pegar o chifre. Mas bebeu e devolveu a ela sem dizer uma palavra.

O silêncio do rei era encoberto pelo barulho feito pelos outros homens enquanto eles cuidavam dos cavalos e se sentavam para a refeição que as mulheres levaram lá fora para eles, pois, em um dia de verão tão bonito, seria uma pena se aglomerarem dentro de casa. Eles haviam colocado troncos como assentos em torno da fogueira, onde um caldeirão pendia sobre um fogo baixo. Prasutagos sentou-se num banco entalhado que tinha sido presente de casamento, com Boudica na frente dele do outro lado da fogueira. Lhiannon estava feliz por estar ao ar livre, onde ainda havia luz suficiente para observar os dois, pois ainda não tinha certeza do que estava acontecendo exatamente.

Seja lá o que fosse, os últimos meses tinham sido duros para ele também. O príncipe que ela conhecera em Mona era quieto, mas um tanto acessível quando era necessário falar. O rei que vira em Camulodunon tinha sido tão contido que bem poderia ter enviado uma imagem de pedra. Se ele se casara no mesmo humor, Lhiannon não ficava surpresa por Boudica ter reagido mal. Ela sempre tinha sido uma garota sem rodeios. Mas o que a sacerdotisa via nele agora ia mais fundo. Aquilo não era ser quieto, não era constrição, como se o silêncio dele fosse uma barreira para segurar emoções que não ousava revelar. Ela percebia a tensão na maneira como ele erguia a cabeça, o modo abrupto com que se movia, e via dor nos olhos dele quando ele olhava para Boudica.

Depois da refeição, Prasutagos foi para outro lado da fazenda com o velho Kitto, que gerenciava o trabalho para Boudica. A maioria dos homens dele permaneceu onde podiam provocar a pequena Temella e trocar insultos de mentira com Nessa, mas nesse momento Bituitos atravessou o pátio e chamou a atenção diante dela, obviamente procurando palavras.

— Há algum modo como eu possa ajudá-lo? — Lhiannon ficou com pena dele.

— Senhora — disse Bituitos —, é claro que a rainha lhe tem muito respeito. Poderia falar com ela em nome de meu senhor? Ele não reclama, mas sabemos que está sofrendo. Outro homem poderia tê-la arrastado pelos cabelos de volta para casa, mas ele não fará nada, não falará nada, até que ela diga.

Lhiannon assentiu.

— Ele sempre foi assim tão silencioso?

Bituitos franziu o cenho.

— Comparado aos irmãos, ele sempre foi o quieto. Mas não assim, não. Ele perdeu a alegria quando a primeira mulher morreu com a criança. E então perder todos os irmãos... foi difícil.

— Eu esperaria que a tristeza compartilhada os uniria depois que o filho deles morreu — disse Lhiannon.

— Acho que a dor os afastou — murmurou o guerreiro.

Ela o observou por um momento em silêncio. Valia alguma coisa saber que o rei era um homem a quem seus guerreiros jurados serviam não apenas por dever, mas por amor.

— Eu sinto muito... — ela disse no mesmo momento. — Sei que derramaria seu sangue para protegê-lo. Mas não pode protegê-lo das feridas que ele causa a si mesmo. Nem eu posso proteger a rainha. Talvez as coisas melhorem entre eles quando essa criança nascer.

— Que os deuses permitam. Acho que, se as coisas derem errado de novo, isso vai matá-lo — disse Bituitos em voz baixa. — Vi o rosto dele quando achava que ela estava morrendo como a outra.

Ele se endireitou, e Lhiannon percebeu que Prasutagos estava atravessando o portão, ainda conversando com o velho. O rosto dele era bem diferente quando ria. Mas, conforme os homens dele começaram a preparar os cavalos, ele veio até Lhiannon, e suas feições de novo se tornaram impassíveis.

— Sacerdotisa, fico feliz por estar aqui. Jamais forçaria Boudica de volta a Eponadunon, mas tenho temido por ela, sem ninguém por perto que tivesse a autoridade de comandá-la, e comandar a casa, se ela sofrer algum dano. Mande me chamar se houver qualquer coisa de que ela precise.

Lhiannon poderia ter pensado que aquelas palavras eram apenas a fala do dever se não tivesse conversado com o homem dele; se não tivesse visto a aparência de Prasutagos quando ele sorria. Do modo como a coisa era, ela assentiu. Mas ele não estava mais olhando para ela. Boudica tinha saído mais uma vez, com o copo da partida nas mãos.

— Uma jornada segura a você, meu senhor — ela disse claramente.

— Que a bênção da Grande Mãe esteja contigo, minha senhora — ele respondeu em voz baixa, e em um sussurro: — e com a criança...

Quando tinham ido embora, o casario parecia muito silencioso e sem cor, como se alguma coisa da vida tivesse saído do mundo. Ou talvez fosse apenas Boudica que parecia subitamente pálida.

Naquela noite a rainha foi para a cama cedo, mas, por volta da meia-noite, Lhiannon acordou e a ouviu chorar. Em silêncio, ela abriu as cortinas e se ajoelhou ao lado da cama dela.

— Ora, minha querida, o que há com você? Está sentindo dor?

Boudica ficou imóvel, soluçou e se virou.

— Só em meu coração — ela sussurrou. — E eu deveria ter me acostumado com isso a esta altura.

Com cuidado, Lhiannon se deitou e passou um braço em torno dela, puxando-a de modo que Boudica pudesse se recostar no ombro dela.

— Vai ficar tudo bem... Vai ficar tudo bem, minha querida.

Um pouco da tensão deixou o corpo de Boudica em um longo suspiro.

— Eu estava tão feliz quando fiquei grávida da outra vez. Mas desta vez, quando o bebê chutou, eu fiquei com medo. E se eu perder este também?

Era o que Prasutagos temia também. Lhiannon acariciou o cabelo que se enrolava com tanto vigor na testa de Boudica.

— Seu marido... — ela começou, mas Boudica se afastou.

— Ele veio para inspecionar a égua dele. Talvez me deixe em paz agora que sabe que vou parir de novo.

O oposto era mais provável, pensou Lhiannon, mas claramente não era a hora de dizer isso.

— Deixe para lá, então. Vou cuidar de você.

Boudica suspirou e se ajeitou ao lado dela. O coração de Lhiannon doía de pena por ela, e pelo marido dela também, mas era estranhamente doce abraçar aquele corpo jovem e forte, agora desabrochando em gravidez.

E eu vou amá-la, ela jurou em silêncio, *e em nome de Brigantia estarei entre você e seja lá o que for que ameace sua vida e a de seu filho!*

***

Foi um verão dourado. Enquanto os cereais amadureciam nos campos, Boudica sentia o próprio corpo inchar e florescer. E conforme um mês se seguia ao outro sem incidentes, os medos dela começaram a diminuir. Sentia o amor de Lhiannon como um escudo de proteção em torno dela. Ela abençoou os campos à medida que seus homens traziam a colheita, modelo vivo para a imagem da Mãe do Grão que faziam com os últimos feixes no campo. E, quando o nono mês da gravidez começou, ela esperava o parto com alegria.

Estava cruzando o pátio com uma cesta de resto para as galinhas – a carga mais pesada que lhe permitiam carregar – quando sentiu a dor familiar na parte mais baixa das costas de novo. Ela parou, mordendo o lábio – tinha tido essas dores antes, e colocara todos da casa em pânico em torno dela, apenas para que elas passassem. Lhiannon disse que era o jeito como o útero se preparava, praticando como um guerreiro para a batalha por vir. Eles a fariam deitar se soubessem que isso estava acontecendo, e a compulsão que sentia no momento era de andar. Não para longe – sabia que não podia –, mas, se ficasse numa distância em que poderia ser ouvida, poderia circular o casario. Ela terminou de alimentar as galinhas e saiu pelo portão para o campo.

Boudica tinha dado três voltas, pausando de tempos em tempos para deixar a dor passar, quando percebeu que Lhiannon caminhava ao lado dela.

— Começou? — perguntou a sacerdotisa.

Boudica assentiu, arquejando um pouco quando outra contração correu por sua barriga.

— Por favor, não me faça ir para dentro...

— Posso não ter dado à luz, mas ajudei muitos partos — respondeu Lhiannon, acidamente. — Segure em meu ombro se precisar, e ande até cansar.

Aquilo ajudou, mas, quando chegou o momento em que Boudica não conseguia dar dois passos sem se dobrar, ela permitiu que a levassem para dentro. Conforme Nessa a ajudava a se despir, ela se virou para Lhiannon.

— Mande buscar... meu marido. Ele deveria estar aqui... para ver o que ele... fez.

— Ele está no Santuário dos Cavalos — disse Temella, ansiosa. — Está hospedado com Palo e Shanda na fazenda.

— Maldito! — ela sussurrou. — Me espionando!

Então aquele aperto poderoso rodeou sua barriga e ela não teve fôlego para dizer mais nada.

Quando ela dera à luz o filho, as dores eram agudas, mas ela reconhecia agora que não tinham durado muito. O trabalho de parto seguiu. A consciência ia e vinha com as pontadas. Durante uma trégua, ouviu a voz de Prasutagos e chamou o nome dele. Quando a contração seguinte passou, ele estava sentado ao lado dela. Na luz bruxuleante da lamparina romana que pendia da viga ela via o rosto dele, sem movimentos como a imagem de um deus.

— Você fez isso comigo! Você, com seu rosto de pedra! Não se importa?

Ela percebeu que divagava e não conseguia parar, nem controlar suas palavras. Debateu-se e ele apertou a mão dela. Ela aguentou, arquejando, e, conforme a dor passou, começou a xingá-lo de novo. Tinha uma vaga consciência de Lhiannon e das outras entrando e saindo do quarto, mas Prasutagos era a rocha na qual ela se segurava.

— Por que não veio? Eu estava com frio, com dor, e você não veio... — ela sussurrou em um momento de pausa, e o viu fechar os olhos em dor.

Quando olhou de novo, ele tinha recuperado a calma.

— Estou aqui... — ele garantiu em voz baixa. — Boudica, eu estou aqui.

— Está... — ela disse, espantada. — Fique comigo...

Então ela arquejou. Ainda doía, mas dessa vez era diferente. Ela se esforçou para se sentar.

— Chegou a hora — disse Nessa, que tinha visto ainda mais bebês chegando ao mundo que Lhiannon.

Mas foi a sacerdotisa que se colocou na cama atrás de Boudica, apoiando suas costas, enquanto Prasutagos puxava suas mãos.

Boudica gemeu, e de repente corpo e mente estavam de novo juntos. Ela empurrou e empurrou; estava sendo partida em duas, mas não importava. Com um berro que era um grito de batalha, ela seguiu em direção ao objetivo. E a criança, ruiva, ensanguentada, e já choramingando, deslizou para as mãos prontas de Nessa.

Por um tempo, o alívio foi tão grande que Boudica mal se importava com o que acontecia, desde que ainda ouvisse o choro saudável do bebê. Mas quando as mulheres terminaram de lavá-la e vesti-la e de trocar as roupas de cama, os gritos tinham sido substituídos por uma canção de ninar.

Conforme ela se concentrou, percebeu que era Prasutagos quem cantava, sentado ao lado dela com o bebê adormecido nos braços. As mãos dele pareciam raspadas e feridas, e havia círculos escuros sob seus olhos. Ao menos, ela pensou com ressentimento, ele também tinha sofrido.

— Gostaria de batizá-la de Rigana — ele disse, pensativo. — Ela se parece com minha mãe quando era velha.

— Com quem você esperava que ela se parecesse, Pollio?

— Achei que fosse possível. — Ele manteve os olhos fixos no bebê. — Não a culparia.

— Não culparia? — ela retrucou. — Não foi isso que disse na noite em que ela foi concebida. Mas a criança é sua — ela completou —, se você se importa...

A cor desapareceu do pescoço até a testa dele, e então voltou. Ele olhou para a criança.

— Como é estranho que um milagre como este seja fruto de minha loucura. Mas talvez seja porque esta aqui é uma lutadora... — a voz dele baixou até um sussurro — e vai viver...

— E você não tem nada a dizer para *mim*?

Sente muito?, a voz interior dela continuou. Ela se perguntou se ele não conseguia ouvir.

— Eu sinto muito... por muitas coisas. Nunca disse a você... — Ele fechou os olhos, e ela subitamente sentiu que sabia o que ele iria dizer. — Eu estava com medo. Sabe que tive uma mulher que morreu... dando à luz meu filho. Quando vi que você estava grávida, protegi meu coração para que não fosse ferido de novo.

— E então o bebê morreu — disse Boudica, em tom monótono.

Ela ainda não conseguia perdoar, mas começava a entender. *Mas eu também fui ferida, e ainda não estou pronta para baixar meu escudo.*

— O silêncio se torna um costume — ele então disse. — Mas vou tentar.

***

Rindo triunfante, Rigana prendeu os dedos gorduchos nos pelos de Bogle e se levantou, observada de perto por Nessa, que ainda não estava totalmente convencida de que aquele cachorro grande não ia se virar e eviscerar a criança. Apenas no ano passado, Bogle era ele mesmo filhote, mas, depois que o bebê chegou, ele pareceu ter decidido que ela era uma extensão de Boudica, e assim merecedora de paciência infinita. Assim que os dedinhos de bebê dela conseguiram pegar, se fecharam na pelagem de Bogle. Ele se transformou em algo a ser escalado assim que ela começou a engatinhar. E, agora que ela estava quase andando, o cachorro era um apoio sempre à mão, com dentes expostos para desencorajar qualquer estranho que chegasse perto.

E hoje eles eram muitos, pensou Lhiannon, torcendo mais lã em torno da roca e continuando a fiar. Além da cerca, havia brotado no campo cheio de restolho uma nova plantação de tendas e abrigos, conforme os clãs dos icenos do norte chegavam para o conselho e a feira de cavalos do outono. Os romanos reclamavam de que os britões não tinham civilização porque não tinham cidades, mas agora ela percebia que aquelas reuniões eram o equivalente celta, manifestando-se quando e onde era necessário. Ali mercadores vendiam roupas, joias e sapatos de couro, e vasilhas de cobre e vidro romano. Ferreiros e carpinteiros exerciam seu trabalho. Gado para carne e leite pastava com os cavalos que eram o motivo pelo qual todos tinham vindo.

Era a primeira vez que o conselho dos clãs seria realizado ali. Desde que Rigana nascera, Prasutagos morava em uma fazenda perto do Santuário dos Cavalos. Nem mesmo para o conselho ele voltaria a Eponadunon enquanto a mulher e a filha estivessem ali. Elas o viam sempre, e, embora

Boudica ainda não o tivesse convidado para compartilhar sua cama, ela ainda estava amamentando o bebê, então ninguém realmente esperava isso. Eles estavam sentados juntos agora, ouvindo o mensageiro do rei Antedios em Dun Garo.

— É certo, então, que o governador Plautius vai voltar para Roma? — perguntou o rei.

— O mandato dele acabou, e eles não gostam de deixar homens no lugar por muito tempo, para que não comecem a pensar que a terra pertence a eles, e não ao império.

— Esse sol é brilhante demais para minha cabeça velha — disse Nessa. — Minha senhora, posso levar o bebê para dentro?

Rigana e seu servente canino tinham conseguido chegar até o meio do pátio. A criança estava sentada entre as patas dele, reunindo energia para tentar domar o equilíbrio que permitia aos adultos andar por aí com tanta facilidade.

— Ela está bem onde está — disse a rainha. — Estamos aqui para observá-la. Pode ir para a sombra.

— Hmf — murmurou a velha enquanto se virou na direção da casa redonda. — Você deu nome de rainha à criança e ela está crescendo para acreditar que é uma. Ela precisa aprender que nem sempre pode fazer o que quer, ou escreva minhas palavras, vai ter problemas um dia!

Aquilo poderia ser verdade, refletiu Lhiannon, enquanto o fio girava entre seus dedos habilidosos, mas, como Nessa profetizava desastres de um tipo ou outro diariamente, as palavras dela raramente eram levadas em conta.

— Quem vem depois dele?

— Um homem chamado Publius Ostorius Scapuola está sendo enviado, mas ele não vai chegar muito antes do inverno, e isso não é época de começar uma campanha, então podemos ter paz por um tempo...

— Aqui, certamente — Prasutagos suspirou. — Pagamos o suficiente para eles nos deixarem em paz...

De fato, o dia era muito bonito para pensar em guerra. Os céus sempre pareciam ficar mais extensos acima das colinas de calcário, uma extensão azul riscada por poucos fiapos de nuvem, como se parte da lã tivesse escapado da cesta dela e ido para o céu. De trás da muralha vinha o trovão de cascos de cavalo enquanto alguns dos jovens praticavam para as corridas que seriam disputadas no dia seguinte. Ontem tinham corrido com carruagens. Lhiannon não estivera lá – as memórias da última ofensiva dos trinobantes ainda traziam muita dor. Ela imaginava que precisaria ter assistido. Os britões eram o único povo que ainda usava carruagens, e quem sabia quando alguém veria um espetáculo desses de novo.

Alguém gritou, e o barulho de cascos ficou mais alto de repente. Fuso e tear voaram das mãos de Lhiannon enquanto um cavalo histérico pulou através do portão. O animal empinou enquanto o cavaleiro lutava para controlá-lo, cascos afiados correndo a um passo da criança. Os adultos saíram dos assentos e corriam enquanto o cão saltava sobre o cavalo.

O cavaleiro saiu voando para a cerca e o cavalo caiu, gritando. Sangue jorrava enquanto dentes afiados rasgavam a garganta dele. Prasutagos pegou a filha e a passou para Lhiannon, que correu para a casa. Boudica, vendo a filha em segurança, virou-se para o cão, que rosnava terrivelmente enquanto tentava pegar a jugular.

— Bogle! Solte! Ela está segura, rapaz. Solte agora!

Lhiannon, perto da porta com Rigana nos braços, levantou uma sobrancelha. Aquilo não era um fuso para ser resgatado da boca de um filhote. A voz de Boudica conseguiria penetrar a fúria que dominava o animal agora? O salto de Bogle tinha sido incrível. Que ele tivesse parado o ataque e ficasse tremendo, vermelho escorrendo das mandíbulas, quando Boudica o chamou de novo, era um milagre.

Murmurando suavemente, Boudica esperou até que a loucura deixasse completamente os olhos do animal. Então ela o pegou pela coleira e o levou lentamente, passando por uma multidão, até o cocho dos cavalos, onde encheu a vasilha de água dele. A água ficou vermelha quando ele enfiou o focinho nela pela primeira vez. Ela a encheu de novo e a esvaziou sobre a cabeça dele, então o deixou beber até que ele chacoalhasse a água do pelo e caminhasse lentamente na direção da casa, como se imaginando por que todo mundo estava fazendo um estardalhaço.

Prasutagos estava falando com o cavaleiro, que tinha se levantado e cuspia desculpas a quem quisesse ouvir. A voz do rei era baixa e controlada como sempre, mas Lhiannon jamais ouvira aquela vibração de fúria antes. O cavaleiro saiu, e Prasutagos se ajoelhou ao lado do cavalo, que jazia sangrando e se retorcendo no chão.

Conforme ele colocou uma mão no focinho macio, o cavalo entrou em convulsão; um casco da frente que girava jogou o rei pelo pátio. Eoc correu na direção dele. Depois de alguns momentos, ele se mexeu, acenando para que o homem ficasse longe, e, movendo-se com muito cuidado, aproximou-se do cavalo novamente, dessa vez por trás. O cão não tinha rasgado a grande artéria, mas o pescoço do animal estava destroçado demais para ser curado. O aço brilhou quando alguém ofereceu uma faca ao rei.

— Isso, isso... minha beleza — ele murmurou, ajoelhando-se rigidamente enquanto Eoc observava com olhos preocupados. — Não foi sua culpa, mesmo assim. Vá agora para Epona correr por campos verdes, onde nenhum cavaleiro tolo vai lhe causar nenhum mal. Durma agora, meu herói.

Ele colocou uma mão sobre os olhos do cavalo e o animal ficou imóvel. A lâmina entrou uma vez, afundando embaixo da mandíbula, e depois a cruzou. O rei se inclinou para trás enquanto o cavalo se debatia, sangue jorrando como um riacho vermelho, e então ficou imóvel.

Àquela altura, os gritos de Rigana tinham diminuído para uma fungada ocasional. Lhiannon a passou para Boudica e foi para a frente, enquanto Eoc estendia a mão para ajudar Prasutagos a se levantar.

O rei deu um passo, mordeu o lábio, tentou se endireitar e parou, respirando com cuidado.

— Venha aqui — disse Lhiannon.

— Eu estou bem — ele murmurou, sem olhá-la nos olhos.

— Claro que está — disse a sacerdotisa, cordialmente. — Agora venha para cá, assim posso ver.

Ela colocou um toque de sua voz de sacerdotisa naquilo, e Prasutagos levantou os olhos em surpresa. Ela percebeu que ele considerava, então, com um suspiro, ele se virou para ela.

— Devo levá-lo para a casa? — perguntou Eoc.

Lhiannon balançou a cabeça.

— Traga um cobertor para cá e o faça deitar, preciso de luz.

Quando tinham tirado a túnica do rei e o feito deitar no cobertor, ele estava pálido e suava. Uma sombra de barba dourada brilhava no queixo dele. Boudica rodeou indecisa, com Rigana nos braços. No lado esquerdo, a pele acima das costelas mais baixas do rei mostrava a marca de um casco. A carne em torno já estava vermelha e inchava. Ele ficaria com um hematoma coloridíssimo ali em pouco tempo.

Fechando os olhos, Lhiannon colocou a palma da mão acima da área para identificar o ponto em que o corpo de energia estava mais desarranjado. Então, usando os olhos e as pontas dos dedos, começou a examinar as costelas.

Depois de um momento, ela se endireitou e franziu as sobrancelhas.

— É um guerreiro, meu senhor, e corajoso por definição. Mas não consigo saber muito se insistir em esconder sua dor. Onde dói mais? Aqui? — Ela apertou suavemente. — Aqui?

Ela assentiu quando ele ganiu.

— É, foi o que pensei. O senhor quebrou uma ou duas costelas, e tem sorte porque elas estavam ali para proteger o que há dentro. Vamos enfaixá-las, mas não pode cavalgar por mais ou menos uma lua. Temella — ela se virou para a menina —, vou precisar da minha bolsa de curandeira, e coloquem água no fogo para o chá de casca de salgueiro.

Quando Boudica acabou de enfaixar as costelas de Prasutagos, ele estava novamente pálido. A maioria dos observadores, vendo que a empolgação tinha acabado, partira.

— Obrigado — ele sussurrou enquanto Eoc o ajudava a se levantar. — Você tem boas mãos.

— O modo como acalmou aquele pobre cavalo foi memorável — ela respondeu. — Se falasse com sua esposa a metade do que fala com os cavalos, muitas coisas teriam sido diferentes nesses últimos dois anos.

O tremor dele com isso não vinha da dor física. Não era exatamente justo falar daquele modo quando ele não tinha fôlego para responder, mas ela conquistara esse direito. Daria a ele algo para pensar enquanto esperava que as costelas se curassem.

E Lhiannon, também, tinha algo a considerar. O mensageiro de Dun Garo dissera que Caratac estava nas terras dos ordovicos com os parentes da mulher dele, preparando-se para tirar vantagem da ausência do governador para punir os dóbunos e cornóvios que tinham se aliado a Roma.

Tinha achado que a causa pela qual ela e Ardanos haviam aguentado tanta coisa estava morta. Ela traía a memória dele ficando ali em segurança com aqueles a quem Caratac chamaria de traidores? Ela era útil ali, mas era trabalho que qualquer sábia de vila poderia fazer. Deveria voltar para Mona ou se juntar a Caratac para mais uma vez enfrentar a luta?

QUINZE

— Acha que o rei voltará para casa logo? — perguntou Temella.

Boudica bateu o batente do tear entre os fios da urdidura e xingou quando o fio da trama enrolado na lançadeira se rompeu. Não faria nenhum bem gritar com a menina por perguntar. Na verdade, a própria Boudica não tinha certeza do motivo pelo qual a pergunta a irritara. Ela deveria estar feliz que Prasutagos ainda estivesse com Antedios, o grande rei, em Dun Garo. Tê-lo por toda parte durante o último inverno, enquanto as costelas dele saravam, a tinha deixado meio louca, embora tivesse tentado esconder por causa da filha.

Não tinha ajudado que onde quer que o rei estivesse vinham os mensageiros, e notícias perturbadoras continuavam a chegar. O novo governador aparentemente nunca tinha ouvido falar que operações de inverno eram impossíveis, e atacara com tanto vigor que Caratac fora obrigado a se retirar para o noroeste, para as montanhas inacessíveis que guardavam os fortes dos ordovicos. Deveria ser o fim daquilo, mas, logo depois da festa de Brigantia, um cavaleiro viera correndo de Dun Garo, chamando Prasutagos para um conselho de emergência da tribo.

E agora uma lua tinha se passado. Se tivesse ocorrido um acidente, certamente Eoc ou Bituitos teria vindo avisá-los. O que o conselho poderia ter para discutir que levaria tanto tempo? E por que ela ficava mais incomodada a cada dia que o marido estava fora? Boudica suspirou e começou a separar os fios rompidos da lã para que pudesse juntá-los com cuspe. Ficaria um pouco empelotado, mas a tecelagem continuaria.

Ela se recordaria daquela observação nos dias depois que Prasutagos voltara para casa.

Quando os latidos de Bogle levaram todos para fora para receber os cavaleiros que regressavam, ela primeiro pensou que o rei deveria ter sofrido algum ferimento. Mesmo quando as costelas estavam na pior fase, ele não tinha ficado tão acinzentado e magro. Nessa trouxe um chifre de hidromel para ele, e serviu outro depois que ele havia bebido o primeiro. Mas foi Bituitos quem primeiro contou as notícias.

— Os romanos tomaram nossa terra, nossa colheita e nosso ouro. Agora estão tomando nossas espadas! — Ele viu a confusão nos rostos deles e riu sem humor. — Querem nos desarmar. Esse governador teme que, se tivermos armas, vamos nos juntar a Caratac. Ele ordenou que todos deste lado da fronteira que eles chamam de *limes* rendam todas as armas de guerra... as tribos conquistadas e todas as tribos aliadas também.

— Eles não podem — exclamou Boudica. — Temos um tratado. Como podemos ser aliados deles se não podemos lutar na necessidade?

— Eles podem... — Prasutagos por fim falou. — As coortes já estão passando pelas casas dos trinobantes, ordenando que os homens tragam as armas, e, se não se convencem pelo que é colocado na pilha, destroem o telhado de colmo e enfiam as lanças no cereal armazenado. Eles estarão aqui antes da Virada da Primavera.

— Os soldados que estão construindo o forte recrutaram os fazendeiros locais como trabalhadores para construir as muralhas. Alguns dos trinobantes já planejam rebelião. Muitos dos nossos chefes e príncipes do sul querem se juntar a eles — disse Eoc, intenso. — Alguns estão se juntando em um grupo secreto para planejar a resistência... eles chamam de Sociedade dos Corvos.

Boudica estremeceu, recordando-se de como a Senhora dos Corvos tinha falado através dela muito tempo antes. Se *a* desejavam e queriam como patrona, deveriam estar de fato desesperados.

— Vamos lutar? — Os olhos de Temella estavam muito redondos.

O rei olhou para ela e tentou sorrir.

— Resistir ou obedecer é o que ficamos discutindo por tanto tempo...

— Não pode abrir mão da espada de seu pai — exclamou Boudica.

A espada que fora passada para o pai de Boudica fora perdida com o irmão mais velho dela no Tamesa. Com isso, não só o filho dele, mas também o símbolo da honra de sua família, havia desaparecido.

— Não... mas não vejo esperança em lutar contra Roma. Vamos precisar dar a eles o suficiente para ser convincente, mas precisamos guardar as armas que foram abençoadas pelos deuses.

— Vai ceder? — gritou Lhiannon. — Não vê que é nossa chance de pegar de volta o que perdemos?

Boudica olhou para ela. Tinham vivido ali em paz por muito tempo – nos dias atuais, Lhiannon nem usava mais azul. Ela havia imaginado que, como o resto deles, a sacerdotisa se resignara a viver sob o jugo de Roma. Mas mesmo hoje Lhiannon às vezes acordava gritando com pesadelos sobre a guerra no sul.

— Esse porco romano está certo em sentir medo! Quando Caratac atingi-los no oeste, o sul e o leste podem se revoltar. Só quando acontecer algo que revolte todo o nosso povo igualmente as velhas inimizades serão esquecidas! Se tivéssemos conseguido colocar todo o nosso povo lutando do mesmo lado, não teríamos perdido há quatro anos.

Os olhos de Lhiannon estavam com as bordas brancas; o cabelo loiro estava de pé. Aquela não era a amiga amada, mas algum espírito vingador que guinchava sobre o fogo. O sangue pulsou nos ouvidos de Boudica.

— Temo imaginar quais outros desastres seriam necessários para levantar nossos ânimos se deixarmos essa oportunidade passar — completou Lhiannon. — E, se isso acontecer, o que poderíamos fazer? Não teremos armas para lutar, não teremos guerreiros jovens treinados no uso das armas. Vai haver sangue! Vejo sangue e ruína se não aproveitar essa oportunidade!

Boudica sentiu um nó no estômago ao perceber que aquela não era a máscara da sacerdotisa que invocava, mas o Oráculo profetizando destruição. Ela havia se esquecido do treinamento de Lhiannon. Talvez a própria sacerdotisa tivesse se esquecido.

— O que diz o grande rei? — ela perguntou.

Prasutagos balançou a cabeça.

— Antedios é um homem velho e doente. Não temos líder de guerra que se compare a Caratac. O rei não tem filho, e seu pai, que é herdeiro dele, também é velho. O grande rei ordenou que devemos obedecer.

— *Você* não é velho — rosnou Lhiannon.

— Quer que me rebele contra meu rei e contra os romanos também? Ficaríamos tão divididos quanto os clãs do sul.

— Devo invocar Caratac para liderá-lo? — ela cuspiu. — Vocês são todas velhas mulheres, e vão se arrepender se não ouvirem minhas palavras.

Ela saiu pela porta.

Boudica reprimiu um ataque de riso histérico com a imagem de Caratac manifestando-se ali ao lado do fogo. Lhiannon provavelmente conseguiria fazer isso, dado seu humor no momento. Boudica quase podia ouvir os discursos ferozes e a fúria da resposta da multidão.

— Talvez... — murmurou Prasutagos. — Mas sou um rei de paz, e o que é necessário agora é um líder de guerra...

***

Não posso ficar aqui, pensou Lhiannon.

Ela havia se sentado ao lado do caldeirão na casa redonda, um véu preso sobre o sigilo delator na testa e um xale nos ombros, mexendo a sopa no caldeirão suspenso sobre o fogo. As primeiras verduras da primavera tinham sido incluídas nela – urtiga nova macia e dentes-de-leão para poupar a carne salgada dos estoques minguados. Mas ainda era inverno na alma dela.

Ouvia passos de sandálias de tachas e vozes graves de homens do lado de fora, e o clangor de aço e bronze enquanto espadas, escudos e pontas de lança eram jogados sobre a pilha.

Vim para cá para ficar longe da guerra, mas isto não é paz, é morte...

Boudica estava do outro lado de frente para ela, amamentando a criança. Rigana estava quase parando de mamar, mas quando ficava ansiosa buscava o peito da mãe. Elas se encolhiam a cada batida de metal, mas a fúria lenta de Lhiannon queimava sob uma camada de gelo. Prasutagos não tinha escolha a não ser observar os confiscos, ainda que apenas para controlar a fúria de seus homens. Ela esperava que cada espada atingisse o coração dele quando caísse.

Ela olhou quando o couro pesado que cobria a porta foi afastado para o lado. A luz raiou pelo centro da casa redonda conforme o agente romano Pollio entrou, seguido por um legionário usando uma couraça de placas que se sobrepunham, como uma centopeia, que segurava debaixo do braço um capacete redondo com proteção de pescoço em forma de sino.

— Perdão, senhoras — ele disse na língua britânica, surpreendentemente bem —, mas minhas ordens me obrigam a vasculhar a casa também...

Boudica se levantou, a criança adormecida ainda nos braços.

— Entendo — ela disse de modo doce, mas havia um brilho perigoso nos olhos dela.

Era bom que tivessem prendido Bogle no cercado de cavalos. Ele era tão perigoso quanto qualquer aço. Se os romanos ao menos soubessem.

Pollio fez um gesto, e o soldado se moveu hesitantemente em torno da lareira, levantando tampas e olhando debaixo de arcas. Lhiannon continuou a mexer o cozido, colocando anonimidade em torno de si como um véu.

Quando ele tocou as cortinas em torno da cama dela, Boudica enrijeceu.

— Não se esqueça das camas! Nós, celtas, somos tão bárbaros, dormimos em cima de nossas lanças. E por que se restringir à mobília? — ela completou. — Procure aqui no meu busto! Posso estar escondendo uma adaga.

Ela puxou a parte da frente do xale, ainda solto por causa da amamentação, para desnudar um seio branco. O soldado arquejou e se virou de costas, e Pollio corou até a linha do cabelo.

— Ou talvez queira olhar nos panos do meu bebê para ver se escondemos uma ponta de lança dentro!

— Não, minha senhora, sei que a senhora e seu marido são amigos de Roma — disse Pollio.

Ele murmurou alguma coisa para o soldado, que se virou parecendo aliviado.

Ele não teria visto nada na cama, pensou Lhiannon. Eram realmente tão ingênuos a ponto de pensar que armas seriam escondidas onde poderiam ser facilmente encontradas? Os legionários não descobririam a espada de Prasutagos a não ser que conseguissem segurar brasas, como aprendera a fazer em Mona. Eles tinham enrolado as armas de herança em couro oleado e as enterrado fundo debaixo da lareira. Que a deusa que cuidava do fogo da família as guardasse até que chegasse a hora de usá-las novamente.

E esse dia vai chegar. Enquanto Pollio e seus subordinados se retiravam, Lhiannon olhou para as costas dele. *Aquelas espadas vão beber sangue romano assim como hoje bebemos vinho romano...*

Ela achava que havia parado de se envolver em guerras. Tinha pensado que fora cortada da profecia. A consciência de ambas remexia dentro dela agora.

Fiquei aqui tempo demais.

***

Os estranhos vieram mancando pelo caminho bem quando o sol se erguia. Quando chegaram ao portão, a enxurrada de latidos de Bogle acordou o casario inteiro. Boudica colocou um xale sobre a camisola e cambaleou sonolenta até a porta, pegando a coleira do cão. Com uma palavra dela, o latido dele se modulou em um rosnado subliminar.

Eram três, com corpos jovens e rostos prematuramente velhos. Um tinha o braço numa tipoia. Outro trazia um pano sujo em torno da cabeça. Juntos, apoiavam um terceiro, cuja perna tinha faixas ensanguentadas do tornozelo até a coxa.

— Lhiannon — ela disse sobre o ombro —, venha rápido. Temos homens feridos.

— Senhora... — disse o que tinha o braço ferido —, por misericórdia, tem alguma comida, e há um lugar escondido onde podemos nos deitar? Não queremos lhe causar problemas... no amanhecer continuaremos em nosso caminho...

— Isso você não vai! — exclamou Boudica. — Vocês não têm melhores condições de viajar do que minha menininha. Entrem na casa. Ninguém aqui vai traí-los, mas não há como saber quem pode aparecer. Você não é o primeiro refugiado a vir por esse caminho.

Desde que a ordem de desarmamento fora anunciada, alguns tinham escolhido deixar suas casas em vez de ceder.

Mas aqueles não eram meros refugiados fugindo do avanço romano, ela pensou, com o coração apertado, enquanto os ajudava a entrar. Aqueles homens tinham visto batalha, e não fazia muito tempo.

O homem com o braço quebrado se chamava Mandos. Ele vinha de uma pequena fazenda não longe do forte em que Boudica nascera. De seus companheiros, o que tinha um ferimento na cabeça era trinobante, e o homem com a perna ferida vinha de algum lugar perto da costa. Tinham acabado escondidos no mesmo matagal e estavam juntos desde então.

Quando os três estavam alimentados e limpos, Prasutagos chegou. Lhiannon estava cuidando do homem com a perna ferida, que estava febril, mas os outros pareciam ter se recuperado o suficiente para contar suas histórias.

— Fico feliz por estar aqui, senhor — disse Mandos. — Os deuses sabem as histórias que andam acontecendo. Sei que não achou que podemos vencer, e talvez estivesse certo...

Com a sujeira lavada, ele parecia mal ter dezoito anos, dois anos mais velho que o irmão mais novo de Boudica, a quem ela rezava para que o pai tivesse mantido fora da rebelião.

— Talvez — disse Prasutagos, em voz baixa. — Mas talvez vocês estivessem certos em tentar. O que aconteceu?

— Deveria ter funcionado — disse o companheiro. — Nosso líder de guerra era um homem dos charcos que sabia o caminho para uma velha fortificação em uma ilhota de terra alta ali. Ele achou que poderíamos levar os romanos para lá, onde o chão não seria bom para a cavalaria deles, e cansá-los enquanto nos atacavam.

Mandos assentiu concordando.

— Mas o comandante romano também era uma raposa. Ele desmontou os homens, e eles avançaram. As muralhas se transformaram em uma armadilha assim que os romanos entraram. Estávamos pisando uns nos outros, tentando sair. Algumas pessoas do local tinham se refugiado conosco. Havia velhos... crianças... eles mataram todos. Isso aconteceu há quatro dias. — Ele deu outro gole no caldo de urtiga. — Só podíamos viajar à noite. Durante o dia, as patrulhas romanas estavam caçando aqueles que escaparam.

— Vocês estão seguros aqui — disse o rei. — Vamos encontrar casas em que possam ficar.

Mandos balançou a cabeça, o rosto jovem mais sombrio do que os anos permitiam.

— Eu agradeço, senhor. Nosso amigo com a perna ruim certamente vai aguardar. Mas esse tolo trinobante e eu vamos seguir até encontrar uma terra em que temos permissão de usar nossas espadas! — Ele acariciou a lâmina surrada ao lado dele. — Talvez outros da Sociedade dos Corvos estejam lá.

Boudica viu o marido se encolher, e dessa vez foi ela quem ficou sem palavras.

Três dias depois que os dois jovens guerreiros tinham partido, o terceiro homem morreu. No anoitecer, eles o enterraram perto do Santuário dos Cavalos, com sua amada espada na mão. Enquanto todos andavam de volta para a fazenda, um cavaleiro veio subindo a colina. Ele não tinha sinais de batalha, mas seu rosto estava lúgubre.

— Meu senhor Prasutagos, está convocado para Dun Garo.

— O rei convocou outro conselho? Achei que já tinha deixado clara a minha opinião.

— Meu senhor, o rei Antedios está morto. Foi o governador romano quem convocou o senhor e todos os chefes sobreviventes dos clãs icenos.

— Imagino que ele tenha morrido de coração partido — disse Boudica, quando o mensageiro foi mandado para a fazenda de Palo para comer e descansar.

Ela começou a tomar o caminho para Danatobrigos, e Prasutagos, que tinha ficado em silêncio desde que ouvira a notícia, a seguiu.

— Antedios teria conhecido todos os que caíram. Eu provavelmente brinquei com alguns deles quando era criança.

Apesar das histórias de Lhiannon sobre a guerra no sul, era difícil imaginar que jovens que deveriam estar cavalgando e gerando filhos poderiam morrer tão facilmente.

Eles andaram em silêncio por alguns minutos, mas nos olhos do rei ela viu um brilho de lágrimas.

— Bem, não acha? Diga alguma coisa. Não se atreva a virar uma pedra de novo.

— Não acha que meu coração também está ferido? — Prasutagos explodiu de repente. — Desde que aqueles jovens entraram pelo nosso portão, venho pensando se deveria ter me juntado à rebelião, se ela poderia ter corrido de modo diferente com algumas cabeças mais sábias para guiá-los, ou ao menos com mais espadas!

— E poderia ser você morto nos charcos se tivesse ido — ela respondeu. — E então o que faríamos?

Ele parou no caminho, o olhar seguindo um grupo de corvos que voava pelos campos.

— Você se deu bem comigo no último ano e no ano anterior — ele disse em voz baixa, ainda observando os pássaros. — Sei que tolera minha presença apenas por causa da criança...

— Isso não é verdade! — exclamou Boudica, e subitamente se perguntou se os sentimentos dela tinham mudado.

Prasutagos ficou muito quieto, a cabeça baixa, e ela não ousou quebrar o silêncio dele. Ela cruzou os braços sobre os seios, sentindo um pouco de frio.

Depois de alguns momentos, começaram a andar de novo.

— Acho que, se eu estivesse lá — ele disse em voz baixa —, poderia tê-los ajudado a vencer a batalha, mas ainda teríamos perdido a guerra. Caratac estava certo... a hora para a união das tribos foi quatro anos atrás, antes que as águias romanas tivessem enfiado as garras nesta terra. Tudo o que podemos fazer agora são os melhores acordos que conseguirmos.

Então ele parou e se virou para ela, a silhueta contra o céu que esmaecia.

— Minha senhora, concorda comigo?

Boudica olhou para ele confusa. O que importava o que *ela* pensava sobre qualquer coisa? Sem dúvida Lhiannon diria que deveriam continuar lutando, mas ela ainda se lembrava da agonia no rosto daquele pobre rapaz enquanto morria. Não era a paz, mesmo com inconveniências relacionadas, melhor que esse desperdício de homens?

— Sim, meu senhor. Concordo.

— Preciso ir para Dun Garo — ele disse, em tom grave. — Seu pai era o herdeiro de Antedios, mas ele está velho. Da família real, sou o próximo em sangue, e acho que vão tentar me tornar rei da tribo unida. Os romanos só permitirão isso se confiarem em meu comprometimento com eles. Não quero isso, mas pode ser o único jeito de manter a independência que temos.

Isolada na fazenda até a ordem para desarmar, Boudica tinha sido capaz de fingir que era possível viver sem perturbação de Roma. Mas Prasutagos não tivera aquele luxo.

— Quando partir, virá comigo, Boudica?

Ela não podia ver os olhos dele. Esticou o braço para se reassegurar de que a voz não tinha vindo de uma sombra, e sim de um homem vivo, e sentiu o músculo duro do antebraço dele estremecer sob a mão.

— Irei, meu marido. Prometo.

**

Lhiannon desatou o rolo de roupas de cama e as esticou ao lado das de Boudica. A casa redonda reservada para a rainha e suas mulheres mal comportava todas elas, e não era muito limpa, mas ela e Temella tinham conseguido torná-la habitável. Seja quem fosse o escolhido como grande rei, precisariam ficar até pelo menos depois de Beltane.

Ela levantou os olhos conforme uma sombra desceu sobre a porta aberta.

— *É* você — disse uma voz que ela devia conhecer. — Alguém me disse que você tinha sido vista... mal posso acreditar que é verdade!

Quando Lhiannon se levantou, reconheceu Belina, com a mesma figura confortável, embora houvesse mais fios grisalhos no cabelo dela.

— Achávamos que estivesse perdida nesses três anos desde que Rianor disse que você tinha desaparecido de Avalon — disse a sacerdotisa. — Nós colocamos um lugar para você no Samhain, criança. Pensamos que estivesse morta, ou que tivesse ido para o mundo das fadas. Não pareça tão surpresa... não é a primeira a ter encontrado a rainha daquela terra.

— Estive servindo a rainha desta terra — Lhiannon por fim encontrou sua voz.

Belina riu.

— Saia dessas sombras e deixe-me vê-la, querida! Ainda magra como um fantasma... não alimentam você naqueles charcos? Mas você parece saudável, com a bênção da Deusa.

Lhiannon piscou ao sair na luz. Dun Garo zumbia como uma colmeia conforme os clãs continuavam chegando. Homens arrastavam troncos para construir a grande fogueira de Beltane no gramado. Tendas haviam brotado em uma desordem colorida por todos os pastos mais distantes. Do outro lado do rio, uma paliçada cercava as fileiras organizadas de tendas de couro que abrigavam o governador romano e seus homens, um lembrete mudo, mas eloquente, de que, embora os pais dos clãs pudessem eleger seu novo grande rei, era melhor não aclamar ninguém que não fosse aprovado por Roma.

— Mas não precisa usar essa faixa na testa. — Belina tirou a echarpe que Lhiannon tinha amarrado para cobrir a crescente de Avalon. — Mesmo que saibam o que significa, os porcos romanos não se importam com o que as mulheres fazem. E até agora ninguém tentou aplicar a proibição da Ordem dos Druidas aqui.

Lhiannon se perguntou se Belina sempre tinha tagarelado assim, ou ela precisava das palavras para cobrir a emoção com aquela reunião inesperada?

— Deveríamos ter esperado que fosse atrás de Boudica — continuou a outra mulher. — Ela sempre foi sua preferida quando estava na escola.

— O que está fazendo aqui? — Lhiannon por fim conseguiu soltar uma palavra. — Quem mais veio? Helve está...

— Ah, não! Certamente não acha que nossa amada grã-sacerdotisa iria se arriscar em meio ao inimigo, embora esteja disposta o suficiente para enviar o resto de nós para fomentar a rebelião aqui... as outras sacerdotisas superiores, digo.

Lhiannon riu. Parecia que pouca coisa tinha mudado.

— É para isso que está aqui? Não vai ter sorte entre os icenos... estão com os dentes à mostra de verdade, e Prasutagos não é homem de arriscar o que ainda tem — ela completou amargamente.

O rei não a ouvira quando seus argumentos ainda poderiam ter adiantado alguma coisa. Agora não se falavam.

— Ele se apega ao poder? — perguntou Belina.

— Não ao poder — Lhiannon respondeu, honestamente. — À paz. Boudica daria um líder melhor que ele, se tivesse sido homem.

Belina assentiu.

— Mas ela vai dar uma rainha? Não há nada além de uma eleição na outorga do trono ao rei. A transferência de soberania é assunto de mulher. É melhor que a rainha saiba fazer o ritual, mas não sabíamos se Boudica seria capaz. O quanto ela se lembra de quando foi educada na escola?

Lhiannon baixou os olhos.

— Não falamos disso.

Ultimamente, Boudica e Prasutagos pareciam ter ficado mais à vontade na companhia um do outro, mas ela ainda não dormia com ele, apesar de a filha já ter desmamado. Se Boudica não compartilhava o poder dele, como Prasutagos poderia reinar de fato? Aquilo importava, agora que o poder de verdade estava com Roma? E o que restava ali para Lhiannon, se Boudica tomasse seu lugar ao lado do marido?

— Que outras ordens trouxe de Lys Deru? — ela perguntou.

Belina deu de ombros.

— De Helve, você diz. Lugovalos está débil, e é ela quem dá as ordens agora. Disseram-me para levantar o apoio que conseguir para Caratac.

O governador está enviando as legiões dele perto demais do norte e do oeste para' conforto.

— Eles ameaçam Mona? — Lhiannon perguntou, alarmada.

— Ele sabe que é o forte dos druidas — respondeu Belina. — Ele sabe que Mona tem algumas das terras mais ricas da Britânia, e que, com cereal ou com magia, vamos apoiar qualquer um disposto a lutar. Ele precisaria ser estúpido para não saber que, enquanto seguirmos em pé, o domínio dele sobre a Britânia jamais estará seguro.

— Os romanos não são estúpidos — Lhiannon disse lentamente. — Mas esta é uma ilha grande. Se continuarmos dando preocupação a eles, podem decidir que seria tolice continuar desperdiçando recursos e homens...

— Você não perdeu nada da sua inteligência. — Belinda deu um abraço de aprovação nela. — Seja eu ou Boudica fazendo as honras, deveria partir comigo quando a posse tiver acabado.

As duas mulheres olharam para cima quando uma comoção se ergueu de repente da direção da fogueira do conselho diante do salão do grande rei.

— Depois da coroação... — disse Lhiannon, lentamente — darei minha resposta.

As pessoas começavam a correr enquanto o barulho aumentava.

— Prasutagos, filho da aveleira, Prasutagos, filho do sol, Prasutagos, filho do arado, Prasutagos Ricon, rei dos icenos! — veio o grito.

৵ DEZESSEIS ৵

—VIRE-SE, MINHA SENHORA, E LEVANTE O BRAÇO.

Boudica obedeceu, controlando um espasmo com o toque de pena do pincel com o qual a velha pintava uma série de espirais do lado de seu corpo. O pulso dela latejava com as vibrações sob os pés, a batida do coração dos tambores de Beltane.

Raios do sol poente entravam pelos tecidos de trama grossa com os quais tinham preparado os lados e o teto da área cercada para as mulheres, espalhando brilhos de luz avermelhada pela grama. A máscara da Égua Branca pendia do mastro central, esperando para fazer seu papel na transformação dela. O barulho do festival atravessava as paredes de pano de um modo estranhamente abafado, como se aquele espaço fosse separado do mundo.

Como eu sou do meu antigo ser... ela pensou lentamente. *Esperando para saber o que serei...* Para aguentar o tédio da pintura de corpo, precisou lançar mão da disciplina que tinha aprendido em Mona; ficava sentada imóvel como a imagem em que a pintura a transformava. As costas e a barriga nuas já tinham as figuras da Lebre e do Javali, do Lobo e da Águia, do Carneiro, do Touro e do Urso, com uma série de cavalos enroscados entre eles, totens que os celtas que vieram haviam herdado dos povos que conquistaram.

No círculo de terra, Prasutagos estaria recebendo a bênção dos druidas que tinham testemunhado os juramentos dos chefes. Quando os romanos estavam presentes, os sacerdotes eram disfarçados. Desde que não chamassem a atenção dos conquistadores, a política corrente parecia ser ignorá-los.

Mas a Rainha Cavalo que tinha abençoado os ritos de Beltane era a sacerdotisa da antiga magia. Os druidas consagravam os reis à tribo. A Deusa os ligava à terra na qual viviam. Boudica ainda não sabia se *conseguiria* se submeter a uma energia tão sobrepujante. Belina estava preparada para tomar seu lugar, mas, se Boudica fracassasse, suspeitava de que isso significaria o fim de seu casamento.

Uma parte da mente dela ficava imobilizada dentro do corpo, sua falação apavorada suprimida pela mesma disciplina que segurava seus membros. Dessa vez, pensou, não podia cavalgar a égua alazã para a liberdade. Dessa vez *ela* seria cavalgada pela Égua Branca.

— Tudo pronto — disse a velha.

Lentamente, ela baixou o braço.

— Volte, minha querida — o rosto de Lhiannon apareceu diante dela. — Pode comandar seus membros agora. Aspire e expire, depois de novo. Está certo... você está aqui comigo e logo o ritual vai começar. Volte!

Boudica piscou enquanto uma sensação atravessava seu corpo, consciente da tinta endurecida na pele, a conversa das mulheres de repente alta em seus ouvidos. Ela estremeceu. A procissão do rei chegaria logo.

— Não! — Nessa dizia a alguém na porta. — Não pode vê-la. Esse espaço é proibido para homens, especialmente o senhor. Vá embora antes que eu chame os guerreiros para jogá-lo no monturo... para isso não vão precisar de espadas!

— Quem é? — perguntou Boudica.

— Ninguém com quem precise se preocupar — murmurou a velha, suspirando ao ver o olhar de Boudica. — É aquele Pollio... ele diz que precisa falar com a senhora.

A irritação inicial dela deu lugar ao alarme.

— Vou falar com ele — ela disse em voz baixa. — Lhiannon, mantenha as outras longe da conversa até que eu tenha terminado.

Ela foi até a cortina.

— O que é? Deve falar rapidamente — ela murmurou através do pano.

— Deixe-me ver seu rosto, Boudica — veio o sotaque atrébata conhecido.

— Pela Deusa, não! — Ela corou com a súbita consciência de seu corpo nu. — Nos velhos tempos teria sido jogado aos lobos por chegar perto assim do santuário das mulheres.

— Nem precisa fazer isso! — as palavras de Pollio vieram apressadas. — Sabe-se que a senhora recusa seu marido na cama... não precisa deixar que ele se deite contigo agora. Não fará diferença. Prasutagos é rei porque tem o apoio de Roma, não por causa de algum ritual bárbaro.

— Do que está falando?

Desde aquele dia na neve em que ele tentara beijá-la, mal tinha visto o homem, e nunca sozinha. Ele vinha alimentando alguma fantasia de que ela o amava durante todo esse tempo?

— Deixe seu marido! Venha comigo! — ele sibilou. — Você é uma princesa da casa real... eu poderia torná-la rainha governante, como Cartimandua!

— Está louco! — ela disse, com convicção. — E isso é sacrilégio!

— Eu te amo, Boudica! Sei que não é indiferente a mim!

— De fato, não sou — ela respondeu, com fúria restrita. — Um homem que tenta a esposa de um aliado a trair seu casamento só pode ser desprezado! É essa a honra que ensinam em Roma?

Não importava que ela mesma tivesse sido tentada a fugir – jamais teria ido embora com aquele porco romano! E nesse momento Boudica percebeu que sua ambivalência tinha desaparecido.

— Mas minha senhora. — As palavras dele foram cortadas quando o som dourado da trombeta carynx reverberava pelo ar.

— Eles estão vindo! Vão matá-lo se o encontrarem aqui! Suma e maldito seja, romano! Esse aviso é a última palavra que ouvirá de mim!

Ela ouviu um barulho de passos que recuavam, as trombetas soavam novamente, e foi para trás, respirando rápido.

— O que ele queria? — perguntou Lhiannon.

— Nada que importe — Boudica murmurou, feliz porque a penumbra escondia o rubor que ardia em seu rosto.

Lhiannon era a última pessoa a quem queria revelar a proposta vergonhosa que o romano tinha feito.

Lá fora, tambores soavam, dominando a atenção. As vozes profundas dos druidas se levantavam e caíam, cada vez mais perto, então passando enquanto o rei era levado para seu lugar de honra perto da fogueira. Havia mais coisas em jogo ali do que uma cerimônia. Se Belina fosse sacerdotisa naquela noite, ela estaria ligada ao rei apenas quando a Deusa estivesse presente. Mas, para Boudica, fazer esse papel daria entrada a Prasutagos, assim como a Epona, em seu coração. Boudica sentiu um tremor de antecipação passar pela pele. Lhiannon trouxe um manto branco e o colocou sobre os ombros dela, contra o ar frio. A cortina da porta se moveu de novo e ela viu a mãe ali.

— Ah, minha filha, você está tão linda... até mais que no dia de seu casamento! — Anaveistl disse, com um sorriso trêmulo. — Só queria vê-la, e agora vou voltar para casa e para nossa querida menininha...

Boudica acariciou a mão da mulher mais velha. Ao conhecer a neta, Anaveistl tinha ficado imediatamente apaixonada. Rigana não poderia pedir uma guardiã mais devotada.

— O que está acontecendo agora? — ela perguntou quando a mãe saiu.

— O rei foi sentado — respondeu Belina. — Acho que está escuro o suficiente para abrirmos um pouco a cortina. Se se sentar aqui, vai conseguir ver...

Um dos druidas se ajoelhou para colocar o fogo que havia trazido desde o círculo de terra até a pilha de madeira no centro; um grande grito se levantou quando ela ardeu em chamas. Os tocadores de tambor soltaram um som de trovão enquanto uma fila de homens jovens vinha dançando em torno da fogueira, carregando bastões.

Deveria haver mais deles, pensou Boudica, com tristeza. Aqueles eram os irmãos mais jovens dos homens que tinham morrido nas batalhas nos charcos. Mas eles rodopiavam e atacavam com valentia. Prasutagos estaria pensando a mesma coisa? Ele parecia cansado, mas seus traços demonstravam o controle calmo de costume. Como deveriam, ela percebeu, se ele fosse reinar. Braceletes de ouro brilhavam nos braços fortes dele, um torque dourado envolvia o pescoço. Ele tinha sido vestido com um kilt e um manto no estilo antigo. Ela nunca notara que as pernas dele eram tão musculosas e bem formadas quanto os braços.

Bem, quando teria tido a oportunidade?, ela pensou, com uma onda de vergonha, e algo mais. Um lampejo de empolgação a aqueceu com a percepção de que estava livre para olhar para ele o quanto quisesse, e ele não veria.

Agora algumas das moças saíam da área feminina cercada para se juntarem à fila de donzelas que traçavam padrões sinuosos em torno da fogueira. Elas estavam coroadas por pilriteiros, e, conforme ficavam aquecidas com a dança, primeiro uma, depois outra, abriram as presilhas que prendiam as vestes nos ombros, de modo que ficassem presas apenas pelo cinto, deixando os seios brancos nus.

Alguém trouxe uma taça de vinho a Boudica; ela sentiu o calor nos membros, e, na cabeça, uma pulsação regular que combinava com a dos tambores.

Os rapazes voltaram para circular as donzelas, dançando para a frente até que quase se tocassem, e então se afastando novamente. Os olhos se abrilhantavam, e os rostos coravam com algo mais além do calor do fogo. Prasutagos sorria. Ela imaginava que a pulsação na base da garganta dele batia mais rápido, ou era apenas o pulsar que sentia na própria garganta?

O festival não era apenas para honrar o novo rei, mas para dar boas-vindas ao verão e fazer tudo o que os homens pudessem para encorajar um ano abundante. Boudica lançou um olhar para Lhiannon, lembrando-se de como a mulher mais velha tinha esperado encontrar Ardanos nas fogueiras de Beltane. Criança como era, não havia entendido a mensagem dos tambores. Sua carne a compreendia agora.

Eles trovoaram em um último floreio; homem e donzela juntaram as mãos e saíram rindo para a escuridão. Subitamente, o círculo ficou em silêncio.

— Está na hora... — disse Lhiannon, de modo bem firme, como se ela, também, lutasse por controle.

— Está na hora de fato... — Belina se virou para Boudica. — Pronta, minha querida?

Boudica não conseguia encontrar palavras, mas o corpo respondia por ela. Ela se levantou. Esticou um braço para pegar a máscara da Égua Branca das mãos da sacerdotisa. Ajeitou o couro moldado sobre a cabeça, onde o cabelo tinha sido enrolado para dar apoio, e Lhiannon esticou os braços para prender as amarras. O pescoço da máscara se estendia para baixo na parte de trás da cabeça, chegando até os ombros, enquanto a frente escondia seu rosto, as peças das bochechas curvadas para baixo para emoldurar as dela, enquanto o focinho se projetava para a frente. Pelos de cavalo de verdade tinham sido colocados para formar uma crina.

— Agora... — a voz de Lhiannon parecia vir de um lugar distante. — Agora você é uma rainha...

Boudica mal notou o peso do couro. Quando a máscara fechou sua cabeça, sentiu uma pressão correspondente dentro do crânio que expulsava o eu que pensava ser seu para algum espaço do qual só podia assistir em terror e maravilha enquanto o corpo pulava como um cavalo jovem resistindo às rédeas. Quantas rainhas tinham levado aquela coroa? Elas estavam todas ali, sussurrando, as vozes se mesclando em uma só Voz.

— *É hora de correr?* — veio a pergunta. — *É hora de dançar?*

Tremores corriam por sua espinha, pelos braços que se agitavam, desciam pelas pernas fortes para pés que batiam e golpeavam a terra. Ela cambaleou, e mãos macias a colocaram de pé novamente. A crina batia conforme ela balançava a cabeça, a respiração explodia de seus pulmões com um som que era metade riso e metade relincho. Ela tentou lutar, como tentara lutar contra a Morrigan. Aquela deusa era mais selvagem e mais benigna, mas Ela tinha a mesma força.

— *Você já Me conhece, minha filha, está com medo de quê? Não se lembra de quando cavalgou a égua alazã?*

E, enquanto Boudica se recordava daquela cavalgada selvagem sob o luar, passado e presente, cavaleiro e montaria, se tornavam um. Quando era pequena, tinha implorado ao pai por um pônei, e cavalgado as próprias pernas pelo forte até que ele atendesse o pedido. Seu corpo já conhecia os movimentos. Deixando o manto cair dos ombros Dela, colocou a cortina de lado e foi andando em direção à fogueira.

Um sussurro de assombro varreu o círculo, mais alto que as flautas e chocalhos que tinham finalmente se lembrado de tocar.

— A Deusa está conosco... Epona veio até nós... a Deusa vem até o rei.

Os totens de cada clã ondularam enquanto músculos deslizavam sob pele branca. Ela se virou, braços estendidos, abraçando-os todos. Mulheres choravam, os olhos dos homens tinham um brilho que não estava lá antes. Ela não teve pressa, pois aquele povo havia sofrido e tinha necessidade do amor Dela. Uma vez, duas, três vezes Ela andou em torno do círculo, abençoando a tribo Dela, e então por fim parou diante do rei.

A calma de Prasutagos se partiu. No rosto dele brilhava a linha prateada das lágrimas, em seus olhos havia uma alegria assombrada. A máscara moldada se curvou diante dele, levantou-se batendo a crina. Um tremor correu pelo corpo Dela; Ela se virou, apresentando-se como uma égua. Mas Ela também era uma mulher. Ela se virou de novo para ele, oferecendo seios firmes que amamentaram os filhos dele, passou as mãos pela barriga de Boudica, destacando o útero que tinha recebido a semente dele.

— Venha! — veio a ordem em uma voz que era e não era a de Boudica.

O rei se levantou, lutando com a fivela de ouro do cinto, e deixou o kilt cair. O membro dele já estava inchado e se levantava. Era o ritual ou ele de fato era mais dotado que outros homens? As pessoas gritaram sua aprovação quando ele se dirigiu para ela. Como Ela era a Deusa, ele estava diante deles como a imagem do deus.

— Venha Me servir! — ela sussurrou.

O poder passava entre ambos quando ele pegou a mão Dela.

Um caminho se abria diante em meio à multidão. Atrás, o campo arado esperava para se transformar na cama deles.

***

— Gostaria que não nos deixasse — disse Boudica, pegando o manto de viagem que Lhiannon tinha acabado de estender e dobrando-o novamente.

Em Dun Garo, a rainha e suas mulheres tinham uma estufa para suas atividades, construída em um círculo cujo centro era aberto para o céu. A luz era bem-vinda, mas a companhia de tantas mulheres que conversavam irritava os nervos de Lhiannon. No entanto, havia espaço ali para colocar nas bagagens as muitas coisas que a rainha havia insistido para que ela e Belina levassem na viagem delas.

— Precisamos de você aqui, Lhiannon. Precisamos de sua cura e de sua sabedoria — continuou Boudica.

Se tivesse dito: "Preciso de você, Lhiannon...", eu poderia ficar..., ela pensou, com tristeza.

— Você não está mais sozinha em um casario de fazenda — ela disse em voz alta. — Tem curandeiros, sábios e guerreiros aos montes aqui em Dun Garo. Está na hora de me tornar uma sacerdotisa de novo.

Ela tirou o manto dos dedos nervosos da rainha e o colocou no próprio braço.

— A maioria dos druidas mora nos fortes dos chefes, não na escola — respondeu Boudica. — Se quer enfiar sabedoria na cabeça dos jovens, fique aqui e enfie algum bom senso na cabeça de Rigana!

Naquela manhã, a menininha tinha conseguido escapar dos cuidadores. As perninhas curtas a levaram para o recinto dos ferreiros antes que ouvissem Bogle latir e a encontrassem aos berros porque o cachorro não permitia que ela chegasse até a fogueira.

— Para o tipo de cuidado de que ela precisa agora, Bogle é um guardião melhor do que eu jamais seria — respondeu Lhiannon.

Ela se curvou para amarrar a bolsa.

— Minha querida, isso não é para sempre, ainda virei visitar, e, quando ela estiver mais velha, pode mandar Rigana para ser treinada como você foi...

Se ainda existir uma escola para que ela estude, veio o pensamento. Mas ela não estava indo embora exatamente para fazer o que podia para preservar a vida que tinham conhecido?

— Sim, mas... — as palavras de Boudica foram interrompidas.

Lhiannon levantou os olhos e viu que o rei tinha entrado. A rainha se virou para ele como uma flor se vira para o sol. Desde Beltane tinha sido assim. O casamento havia por fim sido consumado não apenas na carne, mas no espírito. A menina se tornara mulher, sacerdotisa para seu marido e também rainha.

Não, estou indo embora porque ela não precisa mais de mim, Lhiannon admitiu para si mesma enquanto Boudica foi para o círculo dos braços de

Prasutagos. O que ela havia esperado – que, tendo perdido o homem que amava, poderia encontrar um substituto em Boudica, e ainda manter a virgindade? Lhiannon sabia bem que não era apenas o contato físico, mas o laço emocional que criava o que era uma distração ao oráculo. Apenas por isso estava desqualificada. *Preciso recuperar minha própria soberania.*

— Lhiannon, está pronta? — Belina gritou da porta.

Ela pegou a bolsa. Prasutagos e Boudica vieram abraçá-la – juntos. Sempre estariam juntos agora.

— Minha senhora, obrigada por tudo o que fez... — murmurou o rei.

— Lhiannon — a voz de Boudica se interrompeu. — Tome cuidado! Tome cuidado!

Ela não tinha palavras. Beijou ambos e saiu para a luz cegante do sol.

***

Boudica se recostou no parapeito no topo da muralha em torno do gramado de Dun Garos, observando Roud se mover graciosamente pela grama, a pelagem avermelhada brilhando no sol. A égua fazia uma pausa para dar uma bocada, então batia a cauda de modo sedutor, olhando para trás para ver se o garanhão cinzento do rei a estava seguindo. Boudica não tinha percebido que a égua alazã havia entrado no cio. Ela se perguntou quanto tempo levaria para que o garanhão cinza a deixasse prenha.

E quanto tempo Prasutagos vai levar para fazer a mesma coisa comigo? Com o pensamento, ela sentiu o calor correr pela pele. Suas recordações do rito de Beltane eram fragmentadas, mas se lembrar da autoridade com que o marido a tinha tomado todas as noites desde então a deixava líquida de anseio. E, como se o pensamento o tivesse convocado, sentidos que jamais havia tido antes avisaram Boudica de que o rei se aproximava agora.

Ela virou a cabeça e sorriu em boas-vindas, imaginando como poderia um dia ter observado aquele andar saltado sem desejar o corpo forte dele perto do seu, ou olhar para aqueles traços rústicos sem querer fazê-lo sorrir.

— Bom vê-la, minha senhora. — Os lábios dele se torceram quando ele percebeu o que estava acontecendo. — Espera-se que o rei e a rainha tragam fertilidade ao reino, mas não tinha imaginado que o efeito seria tão imediato.

Rindo, Boudica torceu os quadris como a égua fazia naquele momento e deu um passo para trás, de modo que o traseiro encostou na virilha dele. Ela sentiu que ele endurecia de encontro a ela e se afastou rapidamente. Tinha dançado nua na frente de toda a tribo no rito de Beltane, mas não podia fazer isso ali.

— Aquilo foi... sábio — ele disse, um pouco afogueado. — O rei precisa demonstrar autocontrole além de virilidade, e, se tocar você, em mais um momento vou colocá-la de joelhos na grama...

— Sim... — ela disse em uma voz abalada, concordando com mais que desejo.

Ele respirou fundo e a olhou nos olhos. Não estavam mais se tocando, mas ela o sentia tão poderosamente quanto se estivesse dentro dela. Aquilo não era luxúria, ou não apenas luxúria.

— O que aconteceu conosco?

Prasutagos engoliu em seco. Fosse o que fosse, ele também era escravo daquilo.

— Entre um rei e uma rainha deve existir consideração e respeito — ele disse, como se fosse um ensinamento que tinha aprendido. — Nunca ousei esperar...

— Amor... — ela respirou, permitindo-se reconhecer e aceitar aquilo por fim.

Ela viu o rosto dele ficar radiante enquanto percebia que, para os dois, aquilo era o perdão pelo que acontecera antes e uma promessa do que estava por vir.

Eu devo desculpas, pensou Boudica, *ao espírito da fonte sagrada...*

***

Lhiannon se curvou para encher o odre, reprimindo o impulso de tirar os sapatos e enfiar os pés na lagoa. O cavalo dela havia ficado manco naquela manhã, e ela havia caminhado, levando-o pelas rédeas, pelo resto do dia. Alguns trapos de pano voejavam das bétulas que ladeavam a água. O povo local que tinha dado a elas leite e pão chamava o lugar de Vernemeton, o bosque sagrado. Não seria bom ofender o espírito da fonte.

Ela se recostou, aspirando profundamente o ar frio, úmido. Havia uma grande paz ali. Ela desejou poder ficar por um tempo. Tentou dizer a si mesma que era porque estava cansada da viagem, mas, quanto mais viajava na companhia de Belina e dos outros druidas que se juntaram a elas enquanto cruzavam a Britânia, mais se recordava do motivo de ela e Ardanos terem ficado tão felizes ao irem embora.

A lua, que estava minguante quando o pequeno grupo de druidas partiu de Dun Garo, tinha passado da cheia e agora começava a diminuir mais uma vez. Nos velhos dias, teria sido uma viagem um tanto mais curta, mas os romanos patrulhavam os territórios de seus aliados na região central com mais atenção do que esperado, para o caso de Caratac e os guerreiros ordovicos atacarem de novo.

Ela suspirou e ficou de pé quando Belina chamou seu nome. Os outros já tinham feito uma fogueira. Lhiannon derramou a água no caldeirão, e Belina jogou dentro a bolsa de trama solta com carne-seca e farinha. Dois dos druidas discutiam sobre as maneiras de calcular as datas dos festivais. Ambos eram velhos de terras recém-conquistadas, tendo deixado os clãs que serviam com medo da proibição dos romanos. O que as pessoas fariam para encontrar liderança espiritual se todos os druidas buscassem santuário em Mona? O que os romanos fariam, ela se perguntou, inquieta, quando percebessem que fora para lá que os druidas todos tinham ido?

Quando a comida ficou pronta, já estava um tanto escuro. As muralhas cheias de mato do forte abandonado acima deles assomavam contra as estrelas. Naqueles dias, ele servia a região como local para feiras de estação e festivais. Lhiannon esperava que fosse tudo que sempre precisasse ser. Os últimos anos tinham criado nela uma aversão por fortes – era fácil demais que aquelas muralhas prendessem quem deveriam defender.

— E Lugovalos tem certeza de que os romanos não irão para Mona? — perguntou um dos homens.

— Alguma coisa é certa, a não ser, talvez, as profecias de Helve? — perguntou Belina. — Mas eles só podem chegar até nós pelo caminho da costa, e isso será difícil conseguir com tantos homens.

— Mas, se eles conseguirem — o velho persistiu —, o arquidruida consegue nos defender? Ouvi dizer que a saúde dele andou ruim.

— Os últimos anos foram difíceis para ele, assim como foram para todos nós — disse Belina, com paciência, enquanto servia o mingau.

— Se ele falecer, quem pode sucedê-lo? O mais antigo é Cunitor, mas ele não é muito poderoso, pelo que me lembro.

— Imagino que a escolha ficaria com Ardanos, mas vamos esperar que essa necessidade demore muito.

Lhiannon piscou enquanto o mundo se tornou um torvelinho de escuridão atravessado por fogo. Uma dor ardente na coxa a trouxe de volta à consciência e ela percebeu que tinha derramado a tigela de mingau. Ela limpou a sujeira um tanto desajeitadamente com a manga.

— Lhiannon, você está bem?

Belina estava ao lado dela com um pano.

— Desculpe — ela disse, anestesiada. — Não queria desperdiçar a comida. Ardanos...

Ela aspirou, tremendo. Não iria admitir que tinha pensado que ele estava morto por todo aquele tempo.

— A última vez que o vi foi na queda do Forte das Pedras. Fico feliz por ele... ter escapado.

— Ah, é claro, você ficou tão longe do alcance que não saberia disso. Ele foi ferido e largado para morrer, é verdade, mas está bem agora. Ele vai ficar feliz em vê-la — ela completou, alegremente. — Ele andou por aí com uma cara de maçã azeda por meses, achando que você estivesse perdida. Eu tinha me esquecido de que vocês trabalharam juntos quando Caratac estava liderando os durotriges. Sabia que vocês eram bem próximos — ela seguiu falando.

Próximos..., pensou Lhiannon. *Tão próximos como sangue e alento. Ele está vivo, e o verei de novo logo!*

***

Conforme contornavam o penhasco de granito, Lhiannon respirou fundo, estremecendo quando o cheiro salgado frio por um momento deu lugar ao hálito verde doce da ilha adiante, uma promessa de santuário no domínio cinza do mar. Depois de três semanas, podia ver as águas azuis do estreito e a Ilha de Mona, uma ilha mágica cercada por magia, brilhando dourada sob o sol da tarde.

Ela estremeceu de novo quando o vento ficou mais forte. Ataques de tremor a tomavam durante intervalos desde que soubera que Ardanos estava vivo. Belina tinha dado remédio para febre intermitente e ela não a contradisse, embora soubesse que aquilo não era doença do corpo, mas um sintoma de confusão interna.

Ardanos teria mudado? Ele pareceria mais velho? Ela pareceria? Eles haviam perdido tanto tempo, desperdiçado tantas oportunidades. Ela havia visto na realização que Boudica por fim encontrara o que um casamento verdadeiro poderia ser. Ela seria a Deusa para Ardanos, e eles renovariam o mundo.

Como se num sonho, ela parou o pônei atrás dos outros no caminho. Uma barcaça chata foi trazida ao porto. Lhiannon atravessou na segunda viagem. Quando entraram pelos portões de Lys Deru, a comunidade toda tinha se reunido. Havia mais gente do que ela se lembrava, sacerdotes e sacerdotisas que tinham fugido dos romanos antecipadamente. Ela não invejava o trabalho que Helve deveria ter para manter todos bem alimentados e ocupados.

Ainda montada, Lhiannon observou a multidão buscando o cabelo ruivo de Ardanos. A multidão se partiu quando a grã-sacerdotisa em pessoa saiu para saudá-los, com Coventa, mais alta, mas sem outras mudanças, a meio passo atrás. E depois dela vinha uma série de outros, mas apenas um com um rosto que dizia alguma coisa a Lhiannon. Enquanto Helve avançou, ele parou, levantou os olhos e encontrou o olhar dela que buscava.

Os lábios dele se moveram, mas não houve som. Toda a cor sumiu do rosto dele. Uma mulher se esticou para segurá-lo enquanto ele balançava. Mas, a essa altura, Lhiannon tinha descido do pônei e corria na direção dele.

— Lhiannon — veio a voz de Helve de trás dela. — Que milagre tê-la entre nós de novo! Como pode ver, nossa comunidade recebeu muitos novos membros. Ardanos... precisa apresentar sua esposa e sua filha...

Pela primeira vez, Lhiannon olhou para a mulher que o segurava. Cabelo longo comprido em um coque sob uma echarpe. Uma túnica verde cobria uma figura que provavelmente se tornara mais matrona com o nascimento da menina loura de dois anos que puxava as saias dela.

— Nah, meu marido está atordoado demais para dizer uma palavra, e é um bardo treinado! — a mulher exclamou, com sotaque da tribo dos durotriges. — Sou Sciovana, e esta é nossa filha, Rheis. Ele falou tanto sobre a senhora... sei que deve ser um assombro para ele ver que está viva!

Aquela fala tinha salvado os dois, pensou Lhiannon enquanto olhou de Ardanos, que lutava para recuperar a compostura, para Helve, que observava com o que parecia um sorriso malicioso. Ela não poderia gritar com aquela mulher que sorria para ela com uma recepção tão boa, e não poderia se dar ao luxo de deixar que Helve tivesse a satisfação de saber que sua surpresinha havia ferido Lhiannon tão fundo quanto ela havia desejado.

Coventa veio para o lado dela.

— Lhiannon, deve estar exausta de sua viagem — ela disse em voz baixa. — Venha, vamos guardar suas coisas... depois do jantar vamos ter tempo suficiente para falar com os velhos amigos...

***

Era verdade que era mais fácil enfrentar a maioria das coisas de barriga cheia, pensou Lhiannon, embora não tivesse esperado que Coventa soubesse disso.

— Estou surpresa por ainda estar usando linho branco. — Ela apontou para a túnica sem tingimento de donzela que a menina vestia. — Tinha esperado vê-la com o azul das sacerdotisas a esta altura.

Coventa deu de ombros.

— Estou pronta, mas Helve achou que as estradas estão muito perigosas para fazer a jornada de volta depois da cerimônia em Avalon. Talvez no ano que vem, se as coisas se ajeitarem...

Bem, essa poderia ser a razão. Mas poderia haver outras. Coventa sempre fora delicada. Agora ela parecia etérea, como se não precisasse entrar em transe para visitar o Além-Mundo.

— Você vem passando bem, criança? — ela perguntou.

— Ah, segura como tenho estado na ilha, como poderia ter sido diferente? — Coventa disse alegremente. — Foi você que teve aventuras...

Ela havia feito uma cama para Lhiannon na Casa das Sacerdotisas e a ajudado a arrumar os poucos pertences, e tinha trazido uma tigela de cevada e verduras da cozinha central, para que ela pudesse comer em paz.

— Quando você está no meio da história, o perigo é mais aparente que a aventura — disse Lhiannon, de modo bastante irônico. — Momentos assim são muito mais bem experimentados de ouvir dizer, em uma lenda de um bardo ao lado da fogueira.

— Nem todas as histórias são de horror — observou Coventa.

Ela se sentou de pernas cruzadas na ponta da cama de Lhiannon.

— Conte-me de Boudica, sinto tanta falta dela. É mesmo verdade que ela fugiu do marido na noite do casamento?

Lhiannon balançou a cabeça, pasma porque a história tinha viajado tão longe.

— Ela fugiu, mas eles são muito felizes juntos hoje...

Ela suspirou, lembrando-se por um momento de que por poucos dias tinha esperado encontrar uma alegria semelhante, e, como se o pensamento o tivesse invocado, ela ouviu a voz de Ardanos do lado de fora da porta.

— Lhiannon está aqui? Ela está descansada o suficiente para sair para um passeio comigo?

Coventa olhou de modo inquisitivo para Lhiannon, que ficou de pé e pegou um xale. Ela sabia que precisariam ter essa conversa um dia. Depois ela poderia esquecer de seus sonhos, ou, se isso fosse impossível, se jogar no mar.

O sol tinha se posto, mas, tão perto do meio do verão, o céu ainda brilhava sem uma fonte visível de luz. Aquilo a lembrou da luz no mundo das fadas. Conforme cruzavam o círculo da fogueira, Lhiannon viu que mais cabanas tinham sido construídas ao redor dele. Os mourões entalhados eram os mesmos, como as árvores que se curvavam no caminho para o Bosque Sagrado. E, no entanto, para ela pareciam estranhos, como o homem que andava ao lado dela era um estranho, mancando um pouco enquanto seguiam pelo caminho.

— Sua menina é muito doce e sua esposa parece ter boa natureza e ser bondosa — ela disse, educadamente.

— Lhiannon, eu pensei que estivesse morta! — Ardanos respondeu à pergunta entre as palavras dela. — Espadas giravam em torno de você, e então eu levei um golpe. Achei que eu estivesse morto. Os romanos também pensaram, ou a esta altura eu seria um escravo na Gália. Eles me jogaram numa pilha de corpos, e, se não fosse encontrado por pessoas da fazenda procurando seus homens, teria me tornado comida de corvos.

Ela não disse nada. O Bosque Sagrado estava diante deles. Num acordo sem palavras, pararam diante dele.

— A família de Sciovana me abrigou — ele continuou. — Tinha perdido muito sangue e tido febre. Ela cuidou de mim, e quando estava em delírio de dor e luto ela me tomava nos braços.

Não dor suficiente para impedi-lo de tirar vantagem da generosidade dela, pensou Lhiannon.

— Não sabia o que estava fazendo, mas, quando dei por mim e percebi que havia engravidado a menina, me dispus a me casar com ela. Que importância isso tinha se você estava perdida para mim?

Poderia culpá-lo?, ela se perguntou, recordando-se de como tinha buscado conforto com Boudica. Se Boudica a tivesse amado como Sciovana amara Ardanos, ela não estaria ali. Mas ali estava ela, e sua própria dor deixava pouca empatia pela dele.

Ele olhou para ela, com lágrimas nos olhos.

— Meu amor é uma garota com cabelos como o íris-amarelo — ele sussurrou. — Suave como o peito de um cisne… — Ele engoliu em seco e pegou a mão dela. — Você é uma sacerdotisa, Lhiannon, de um jeito que Sciovana jamais será. Nos grandes rituais, ainda podemos nos juntar, sacerdote e sacerdotisa, invocando o poder.

— Você tem tudo planejado, eu vejo! — Lhiannon arrancou a mão da dele. — Uma mulher no altar, e outra no lar. Que conveniente! Mas eu não permaneci virgem por tanto tempo para me tornar sua amante mágica! Volte para sua esposa, Ardanos! Ela parece uma boa mulher e merece coisa melhor, mas parece que ela o ama…

Ele tentou segurá-la, mas, com um giro rápido, ela correu de volta pelo caminho. Não parou até chegar à Casa das Sacerdotisas, onde caiu, chorando, nos braços de Coventa.

dezessete

— Helve quer saber se vai servi-la esta tarde — disse Coventa.

A primavera havia por fim chegado à ilha, e o vento suave agitava o cabelo dela.

— Minha criança, você está mentindo. — Lhiannon levantou os olhos da mó com a qual estava moendo grãos e sorriu. — Helve não faz pedidos a seus inferiores. Você deveria me levar por *ordem* dela...

— Bem, sim — Coventa corou. — Mas ela fala assim porque acha que é uma exigência de sua dignidade. Na verdade, ela pode ser muito bondosa.

Para você, talvez, pensou Lhiannon. Se acreditar na bondade de Helve fazia a mulher mais jovem se sentir melhor a respeito da própria posição ali, seria cruel privá-la disso, especialmente agora, quando Helve havia transferido seu afeto para uma nova menina chamada Nodona. A não ser pelo fato de ter o cabelo escuro, ela fazia Lhiannon lembrar bastante de como Coventa era quando muito jovem.

— Pode dizer à grã-sacerdotisa que irei.

Ela colocou mais um punhado de grãos no buraco da pedra de cima do moinho, pegou o pau polido pelo uso que servia de cabo e começou a girar novamente. Era um trabalho duro do tipo que deveria delegar a Sciovana, mas o movimento repetitivo tinha um efeito de embotar a mente que a ajudava a atravessar os dias.

Antes de ir até Helve, no entanto, Lhiannon tirou um tempo para se lavar e vestir uma túnica limpa. Ficou feliz por ter feito isso quando viu que a grã-sacerdotisa não estava sozinha. Lugovalos, Belina, Cunitor, Ardanos e uma seleção de druidas mais velhos que se refugiaram em Mona também estavam ali.

Coventa não me disse que era um conselho – talvez porque Helve temesse que eu pudesse me recusar a comparecer, ela pensou, com ironia, embora não fosse verdade que evitasse a companhia de Ardanos totalmente: só se recusava a vê-lo sozinho. Ela se acomodou em um lugar ao lado de Belina com um sorriso blindado.

— Bem-vinda, minha irmã... você completa nosso círculo — disse Lugovalos, com bondade.

Se ele tinha consciência do que estava acontecendo, não deu sinal disso ao continuar.

— Nós os chamamos aqui porque descobrimos que o governador está planejando atacar os deceanglos.

— *Nos* atacar, você quer dizer — disse Divitiac, que tinha sido chefe druida dos durotriges antes que os romanos chegassem.

Ele havia sido levado para longe quando as legiões estavam marchando sobre o forte de Tancoric, e seus membros tremiam, embora a mente estivesse ainda forte.

— Qualquer tolerância que os romanos tivessem por nós acabou. O novo governador está matando os membros da nossa Ordem onde os encontra. Somos tudo o que resta, e os deceanglos protegem o caminho em torno da costa norte que qualquer invasor precisa tomar para chegar até aqui.

— Precisamos fugir! — sussurrou uma sacerdotisa que tinha estado entre os belgas e às vezes acordava soluçando no meio da noite por causa de pesadelos. — Precisamos ir de barco até Eriu. Os druidas irlandeses são fortes e vão nos receber.

— E para onde vamos depois disso... para as Ilhas Abençoadas? — perguntou Cunitor, com um humor sombrio.

— De um jeito ou de outro todos vamos para lá no final — murmurou Belina.

— Se fugirmos agora, nunca vamos parar — protestou Cunitor. — Caratac ainda está lutando, e ainda há tribos que não se ajoelharam para Roma. Se conseguirmos insuflá-los a se rebelarem, os romanos deixarão os deceanglos em paz.

Por enquanto, Lhiannon pensou, mas não disse nada em voz alta.

— Minha família entre os clãs brigantes não está feliz com a amizade de Cartimandua com os romanos — disse Cunitor. — Talvez eu consiga persuadi-los de que agora é a hora de demonstrar os sentimentos deles...

— Caratac precisa saber que estamos com ele — observou Lugovalos.

— Vou até ele — disse Ardanos. — Já trabalhei com ele antes.

— Você ainda está se recuperando de suas feridas e tem uma família — disse Helve, com firmeza. — Precisamos de você aqui.

Posso ver onde isso vai parar, pensou Lhiannon. *Sem dúvida ela e Lugovalos decidiram esse caminho antes que o resto de nós chegasse.* Mas ela não tinha desejo de resistir à manipulação deles. Havia suportado as restrições do inverno, mas não achava que conseguiria estar no mesmo lugar que Ardanos quando o mundo se regozijava com a chegada da primavera.

— Envie a mim. — Ela sorriu de modo brando para Helve. — Caratac me salvou da morte ou de coisa pior. Eu devo a ele a ajuda que puder dar.

— Irei com ela — veio outra voz.

Ela se virou surpresa ao reconhecer Brangenos, um pouco mais cinzento e magro, mas sem outras mudanças.

— Um bardo errante passa por todos os lugares, e tenho treinamento como curandeiro também.

Lhiannon franziu a testa. Ela se lembrava de que ele tinha cantado para o rei Togodumnos antes da batalha no Tamesa. E ouvira falar dele entre os durotriges quando Vespasiano destruía as terras deles. Aquele filho de corvo era um pássaro de mau agouro. *Que desastres espera celebrar quando estivermos com Caratac, bardo?*

— Então está decidido. E vamos pedir aos sacerdotes mais jovens para espalhar a notícia em todo lugar... — resmungou Lugovalos.

Enquanto os outros se levantaram para ir embora, Helve fez um gesto chamando Lhiannon.

— Nunca fomos amigas — disse a grã-sacerdotisa quando estavam sozinhas. — Mas acredite em mim quando digo que não a estou enviando nessa missão para me livrar de você.

Não?, perguntou-se Lhiannon. *Achei que poderia ser porque ameaço sua influência sobre Coventa.* Ela continuou a sorrir.

— Seja qual for a rivalidade que nos dividiu no passado, agora precisamos trabalhar juntas — continuou Helve. — Você tem grandes habilidades, e a Deusa sabe como precisamos de cada homem e de cada mulher de poder! Não tenho escolha a não ser empregar as ferramentas que tenho, independentemente do custo. Nem você nem eu importamos, nem Ardanos, nem Coventa, nem Lugovalos, se pelo sacrifício pudermos salvar nossas tradições.

Lhiannon abriu um pouco sua percepção e ficou surpresa ao encontrar apenas sinceridade. Helve acreditava no que dizia, e poderia até ser verdade. Talvez ela estivesse evoluindo em seu trabalho.

— Entendo.

Pela primeira vez ela concordou com a grã-sacerdotisa, com um aceno respeitoso de cabeça.

— Fique segura, Lhiannon, e volte para nós quando sua tarefa estiver cumprida.

***

Boudica sonhou que andava por um caminho estreito através de colinas de floresta densa, cercada por homens que carregavam espadas. As roupas deles estavam sujas de lama e sangue, um brilho fanático ardia em seus olhos. Diante dela marchava Lhiannon, tão suja quanto os outros, mas parecendo forte e dura.

No vale abaixo havia um casario de fazenda. Os guerreiros o cercaram silenciosamente. Ela viu Caratac entre eles. Quando alguém acendeu uma tocha, o torque de ouro dele brilhou. Eles saltaram ao ataque, berrando gritos de guerra siluros. Homens correram para fora das casas. Mulheres gritaram quando o telhado de colmo pegou fogo. Logo havia mais sangue e corpos jogados no chão. E então os agressores se retiraram, alguns carregando animais de criação ou sacos de cereais. Conforme eles passaram, Lhiannon se virou e por fim pareceu ver Boudica.

— Assim serviremos todos os que dobram o joelho para Roma.

***

Boudica percebeu que estivera chorando ao abrir os olhos e ver a careta preocupada do marido. Devia ser de manhã. A porta da casa deles em Teutodunon estava aberta, e o sol entrava pelas cortinas de listras vermelhas e amarelas que cercavam a cama.

— Você gritou... está sentindo dor?

— Um pesadelo — ela murmurou, esfregando os olhos. — Já está indo embora — mentiu, pois sabia que se recordaria daquele sonho.

Seu irmão mais jovem, Braci, e Epilios, irmão de Caratac, haviam se juntado à rebelião no ano anterior. Mas, no sonho, os britões pareciam estar vencendo. Se Lhiannon estivesse ali, ela pediria uma interpretação. A sacerdotisa tinha enviado o sonho, e, se tinha, era uma repreensão ou um aviso?

— Venha aqui e espante o pesadelo com beijos.

Ela o empurrou para baixo de novo, encostando o corpo no dele do jeito que tinha se acostumado nos dois anos desde que era de fato sua rainha. Ele riu e esfregou o rosto no pescoço dela, uma mão deslizando sobre o seio. Ela sentia o contentamento e o desejo dele. Por que tinha levado tanto tempo para descobrir que Prasutagos era mais eloquente quando estava em silêncio?

— Mama, papa! Bogle pegou uma lebre.

Prasutagos rolou para longe conforme as cortinas foram jogadas para trás e uma mancha ruiva pulou na cama entre eles. Boudica piscou e esticou o braço em uma tentativa de fazer a filha parar.

— Ele pegou a lebre na charneca e trouxe para casa. Os filhotes estão brigando por ela agora!

Boudica trocou um olhar exasperado com o marido, que riu e saiu da cama, procurando a túnica que tinha despido sem nenhuma cerimônia na noite anterior. O que significava, ela pensou, quando o totem de seu clã era caçado pelo seu cão? Era provável que acontecesse, ela imaginava, se permitissem que Bogle e seus vários rebentos corressem pelas charnecas enquanto residiam no velho forte do pai.

— Rigana! Rigana... a menina está com vocês?

Prasutagos vestiu a túnica desajeitadamente enquanto a mãe de Boudica entrava apressada.

— Sinto muito, meus caros, ela acordou vocês? — a mãe dela se desculpou. — Ela corre tão rápido, vocês sabem.

— Sim. Está tudo bem, mamãe — disse Boudica. — Eu estava me levantando de qualquer jeito.

— Achei que poderia estar — disse a mulher mais velha. — O ferreiro já está aqui com as moedas novas para a aprovação do rei.

Desde que o pai de Boudica morrera, Anaveistl tinha reagido bem, mas às vezes ela se esquecia de que não era mais rainha.

Boudica abraçou Rigana, deleitando-se com os membros firmes e o cheiro de flor no cabelo dela.

— Sua irmãzinha está acordada, broto?

As duas meninas dormiam com a avó e as babás na casa redonda ao lado, perto o suficiente para que Boudica pudesse ouvir se alguém chorasse.

Como se a pergunta tivesse sido um sinal, Nessa entrou pela porta trazendo Argantilla, que tinha acabado de começar a andar, pela mão. Sorrindo como o nascer do sol, a menina pequena, tão dourada e gentil quanto a irmã era enérgica e ativa, subiu na cama para se juntar a Rigana para um abraço matinal antes que os pais estivessem distraídos pelas demandas do dia.

O desjejum debaixo dos galhos estendidos do carvalho era o momento de receber relatórios e planejar o dia. Naquela manhã tinham moedas de prata com o mingau – as primeiras de uma nova emissão, com a nova imagem em estilo romano do governante de um lado, e a legenda "*Subri Esvprasto Esico Fecit*", com o totem de cavalo dos icenos, no outro. Esico poderia tê-las cunhado para Prasutagos, mas moedas demais precisariam ir para os romanos em impostos. Outras poderiam ser pagas aos chefes que tinham retirado produção de seus clãs para alimentar a necessidade sem fim de suprimentos dos romanos.

Esico, o moedeiro, um homenzinho moreno com dentes faltando e um ar de confiança que vinha de saber que suas habilidades seriam necessárias a quem estivesse no poder, também mascateava informação. A primeira oferta foi a notícia de que o governador, descobrindo que seus recursos estavam sobrecarregados, estava movendo a Vigésima Legião de Camulodunon para um lugar perto do estuário do Sabrina, onde podiam ficar de olho nos siluros.

— Estão retirando todas as forças deles para as terras dos trinobantes? — perguntou Prasutagos.

— Não exatamente — disse Esico, com um ceceio. — Eles querem transformar o forte em um tipo romano de fidade e enchê-la de foldados velhos. "Colônia da vitória", eles chamam.

Ele cuspia as palavras.

— Já estão recrutando homens para ajudar com a construfão e com a colheita que está chegando — ele balançou a cabeça... — Os trinobantes não estão felizes, mas o que podem fazer?

O que qualquer um de nós pode fazer, pensou Boudica, *além de continuar?*

— Os romanos dão muita importância aos prédios majestosos... — Prasutagos disse devagar enquanto Esico ia embora. — Eles o consideram uma marca de civilização.

Boudica olhou para ele suspeitando de algo, reconhecendo o brilho entusiasmado nos olhos do marido.

— Os romanos nunca vão permitir que construamos fortificações. O que exatamente — ela completou com cuidado — você tinha em mente?

— Nada de pedra... — ele disse, rápido. — Nada que fossem considerar uma ameaça. Mas estava me lembrando do jeito como os romanos colocam um segundo andar na casa deles, e acho que poderíamos construir uma casa redonda daquela maneira, com dois níveis.

Boudica piscou. Ela não conseguia imaginar do que ele estava falando, mas era óbvio que Prasutagos podia ver claramente.

— Vamos tirar algumas das construções no recinto... mover as barracas de fiar para um pátio adjacente e dar um lugar próprio para a casa da moeda. Fazer uma boa muralha nova e uma vala em torno da casa aqui.

— Quer dizer desafiar o rei Cogidubnos? — Ela riu. — Ele está construindo um palácio romano em Noviomagus.

Ele balançou a cabeça.

— Isso será puramente celta, apenas... maior.

Ele sorriu.

Boudica suspirou. A elevação na qual ficava Teutodunon era alta o suficiente para proporcionar uma boa vista do rio, com as charnecas douradas sob o sol da manhã além. A paz da cena tornava a violência de suas visões noturnas ainda mais irreal – ou isso era o sonho? Enquanto ela suspirava, Bogle levantou a grande cabeça de um dos pés dela para colocá-la sobre o outro. Ela mexeu os dedos para recuperar a circulação. O cão, tendo feito sua contribuição ao suprimento de comida da comunidade, claramente se sentia merecedor de um descanso.

Em outro momento, no entanto, Bogle levantou a cabeça de novo, orelhas de pé, então saiu de debaixo da mesa e deu uns passos em direção ao portão.

— Estamos esperando convidados? — perguntou Prasutagos.

O cão tinha demonstrado uma habilidade perturbadora para distinguir entre estranhos que se aproximavam e o pessoal que era dali.

— São amigos, aparentemente — observou Boudica, quando a cauda emplumada começou a balançar suavemente.

Em alguns minutos, um dos guerreiros de guarda veio trotando pelo portão para avisar que três homens e uma mulher vinham a cavalo pela estrada.

— Eles não parecem muito perigosos — disse Prasutagos, acariciando o bigode com um sorriso. — Por que não os recebe?

A curiosidade deu lugar ao espanto quando as três mulheres apareceram no portão. Boudica tinha esperado ver Lhiannon, mas a cabeça amarela cacheada da primeira figura era quase tão bem-vinda quanto.

— Coventa!

Ela fez uma pausa e reconheceu Belina e Helve, de todas as pessoas, atrás dela, e reduziu seu progresso para algo mais digno de uma rainha.

— Minha senhora! — O assentir dela era cuidadosamente calculado para implicar igualdade. — A senhora nos honra!

Conforme ela ordenava comida e bebida, examinava-as em segredo. Coventa ficara mais alta, e Helve parecia mais como uma dama. A grã-sacerdotisa ainda era bela, mas tinha algumas rugas no rosto que não estavam lá antes. *E não é surpresa*, pensou Boudica em silêncio, *os últimos anos não foram fáceis para ninguém*. Ela sorriu de novo quando o acompanhante delas demonstrou ser Rianor. Como as outras, ele usava roupas comuns.

— Deve estar imaginando o que estamos fazendo aqui — disse Belina, enquanto se sentavam em torno de um prato de pão de aveia e um garrafão de vinho romano. — Com os romanos ocupados construindo novos fortes perto do Sabrina, as estradas pareceram seguras o suficiente para a cerimônia de feminilidade de Coventa em Avalon.

Boudica assentiu, relembrando-se de sua iniciação pelas mãos de Lhiannon. Ela se perguntou se Helve poderia trazer a mesma magia, mas, até aí, Coventa tinha magia suficiente em si para as duas.

— E agora vamos visitar a família dela nas terras dos brigantes antes que ela faça os votos — disse Helve. — Tem sido uma jornada interessante.

E você veio reunindo informação por onde passou, observou Boudica. Aparentemente o tipo de pensamento exigido para ser grã-sacerdotisa não era muito diferente do de uma rainha.

— Disse a eles que não importava — disse Coventa. — Ninguém tinha feito uma boa proposta de casamento para mim, e eu me recusaria se tentassem... embora suas menininhas sejam doces o suficiente para me fazer pensar de novo sobre a maternidade!

Boudica sorriu. "Doce" não era uma palavra que ela teria usado para Rigana, mas as duas crianças estavam comportadíssimas para encontrar as sacerdotisas, e ela percebia como elas poderiam ter sido enganadas.

— Planejamos encurtar a viagem tomando um barco na costa norte de suas terras — disse Helve. — Vamos ficar com a rainha Cartimandua em Briga por um tempo antes de voltarmos para casa. Achei que, se seu marido permitir, pudesse querer vir conosco.

— Ah, por favor, venha, Boudica! — implorou Coventa. — Só podemos ficar aqui uma noite, e isso está longe de ser tempo suficiente para falar tudo o que preciso dizer para você!

— Não sei — disse Boudica, incerta.

A bebê tinha parado de mamar, e certamente não faltavam protetores para as meninas, mas ela não passava mais de uma noite longe de

Prasutagos desde que ele se tornara grande rei, a não ser quando dera à luz Argantilla, e por uma semana, quando ele teve febre. Sem ele na cama ao lado, ela não dormia bem.

***

Por fim, foi Prasutagos quem a aconselhou a ir, embora ela percebesse que ele não gostava mais da perspectiva de separação do que ela. Mas eles não falavam com Cartimandua havia um tempo, e, já que os brigantes do oeste tinham se rebelado no ano anterior, era importante saber a posição dela e do marido em relação a Roma.

— Cartimandua pareceu ser bondosa com você no casamento — disse Prasutagos, seco.

Boudica percebeu pela primeira vez que ele sabia que a rainha dos brigantes a encorajara a sair galopando.

— Ela é ardilosa, mas talvez, se passarem um tempo juntas, ela fale livremente.

Só depois de alguns dias na estrada ocorreu a Boudica que o motivo pelo qual Helve a convidara era o mesmo.

Três dias de viagem os levaram ao pequeno porto no Wash, na costa norte das terras icenas. Ali encontraram duas barcaças chatas que podiam levar as mulheres e o acompanhante para uma viagem de quatro dias pela costa até um grande estuário. Ao desembarcarem, compraram pôneis de pelagem áspera para levá-los rio acima até chegarem a Lys Udra, onde a rainha Cartimandua morava.

***

— Simpatizo com Caratac, é claro — disse a rainha.

Ela ainda era a criatura lisa, de língua sarcástica, da qual se recordava, com o cabelo preto brilhando no sol da manhã. Coventa iria passar a semana com a família do irmão, deixando a rainha brigante para entreter os hóspedes inesperados no salão ao lado do rio. A terra era boa para cultivo, mas a oeste havia colinas e charnecas nas quais apenas pastores conseguiam ganhar a vida.

— Ele e o irmão estavam no caminho certo para unir a maior parte do sul, se os romanos não tivessem chegado. — Ela colocou mais vinho em taças de cerâmica vermelha sâmia e passou para os convidados. — Ele também é um homem de boa aparência, embora deprimentemente fiel à mulher dos ordovicos com quem se casou.

Ela sorriu.

Boudica levantou uma sobrancelha. *Você tentou, então, e foi rejeitada?* Cartimandua era conhecida por ficar de olho em homens bonitos. O marido dela não se opunha, mas, até aí, Briga era uma terra selvagem, onde o povo tinha costumes mais antigos que os dos celtas da Gália, que os haviam conquistado. O rei Venutios estava passando o verão em Rigodunon, perto da foz do Salmaes, na costa noroeste. Claramente o relacionamento dele com Cartimandua era muito diferente da união que ela e Prasutagos haviam finalmente encontrado. Boudica imaginou se ele tinha tido algum papel na rebelião lá.

— Dizem que Caratac levou seu grupo de guerreiros de volta para as terras dos ordovicos — disse Helve.

— Ele pode levá-los para onde quiser, desde que fique longe de Briga — disse Cartimandua, com um veneno súbito. — Não quero que ele convença mais nenhum dos nossos clãs a fazerem uma rebelião que só poderia ser sufocada trazendo as legiões.

— Eu, por outro lado, só posso ficar grata por terem se rebelado. Aquela rebelião salvou Mona — observou Helve.

— Espera que eu diga "de nada"? — Cartimandua respondeu à pergunta não feita por ela. — Não tenho problemas com sua Ordem, mas gosto muito mais dos romanos quando os cobradores de imposto deles, por mais irritantes que possam ser, são os únicos representantes que eles precisam enviar para as minhas terras.

Os lábios de Helve se apertaram, mas nem mesmo ela poderia se opor às palavras da rainha enquanto bebia o vinho dela. Era bom que a grã-sacerdotisa precisasse ser educada com um colega soberano, pensou Boudica. Ela gostaria que Lhiannon estivesse ali para ver.

— Dizem que Caratac tem uma sacerdotisa da Ordem de vocês com ele, uma Senhora Branca com poderes mágicos — completou Cartimandua, como se Boudica tivesse falado seu pensamento em voz alta.

Coventa tinha dito a ela que Lhiannon fora ajudar os rebeldes. Estava feliz por ter confirmado seu sonho.

— É mesmo? — perguntou Helve, rígida.

— Sem dúvida os romanos também souberam disso. Não vai deixá-los mais tolerantes com seu poder.

Cartimandua se recostou e fez sinal para que uma de suas mulheres trouxesse mais vinho.

— Se não nos levantarmos contra eles, não *teremos* poder — disse Helve, com mais honestidade do que Boudica esperava.

— Ah, bem, cada um joga o jogo de um jeito diferente — disse Cartimandua, sorrindo. — Será interessante ver quem vence...

***

À noite, antes de partirem de Lys Udra, a rainha brigante segurou Boudica enquanto os outros procuravam suas camas depois do jantar na grande casa redonda que era o salão real.

— O que ela queria? — perguntou Coventa, quando Boudica voltou.

— Alertar-me contra vocês — Boudica tentou rir. — Ela acredita que os romanos vão tentar destruir os druidas assim que pacificarem as tribos.

— Sei que não pode fazer muito para nos ajudar, em sua colocação — disse Coventa, séria —, mas será um conforto saber que ainda estou em seu coração...

— Ah, minha querida, como poderia ser diferente? — exclamou Boudica. — Mas não vai repensar sua decisão? Acho que estaria mais segura comigo do que com Helve.

Coventa balançou a cabeça com seu sorriso doce de costume.

— Sei que não gosta dela, mas ela de fato deseja servir às pessoas e aos deuses. E ela foi bondosa comigo.

Ela usou você, pensou Boudica, mas não fazia nenhum bem dizer isso em voz alta.

— Essa viagem me mostrou como eu seria infeliz se precisasse viver entre pessoas que só veem e ouvem com os olhos e ouvidos. Segura ou não, ser sacerdotisa em Mona é a única coisa para a qual sirvo — disse Coventa.

— Então faça isso, e seja feliz. — Boudica abraçou os ombros magros.

Pelo maior tempo que puder. Mas, na verdade, ela poderia, ou alguém poderia esperar mais?

***

A colheita era a época mais esperançosa do ano. Nos velhos dias, a guerra terminava quando era hora de colher a plantação. Mas agora, a não ser quando era necessário correr atrás da ocasional vaca que tinha terminado de algum jeito do outro lado de uma fronteira tribal, não precisavam mais se preocupar com lutas – talvez o único benefício prometido pelos romanos que de fato tinha sido bem-recebido. Quando os grãos ficavam dourados, todos, de classe alta ou baixa, apareciam para ajudar nos campos.

Boudica se curvou, pegou a pilha de hastes diante dela e as colocou no monte que levava no braço. Adiante, a fila de ceifadores se movia no ritmo da batida dos tambores da colheita, pegando, cortando e jogando de lado as hastes de cereal. Ela se abaixou para colocar mais na braçada, prendeu o que tinha com uma palha retorcida e começou o processo outra vez.

Grande parte das terras dos icenos era pasto ou charco. Os lugares onde os cereais cresciam eram duplamente preciosos, e os melhores se encontravam na terra alta e ondulada em torno de Danatobrigos. Boudica viera para ali depois da visita a Cartimandua, e o rei trouxera as meninas para ficar com ela enquanto viajava pelo reino. Eles todos voltariam para Teutodunon quando a colheita terminasse.

Ela sempre esperava ansiosamente pela estação e seus festivais, mas, naquele momento, queria que tivessem acabado. O sol ardia, e o suor descia por suas costas, colando o linho da túnica velha na pele e causando coceira onde a palha onipresente tinha entrado. Mangas longas protegiam seus braços do sol, mas naquela noite o rosto estaria vermelho e dolorido apesar do óleo que passara antes de começar e do chapéu de palha largo que usava.

Mas não poderiam parar agora. As nuvens se amontoavam sobre as águas do Wash, e perderiam a maior parte do trigo se chovesse. As famílias com fazendas perto do Santuário dos Cavalos colhiam juntas, indo de um casario para outro conforme os campos amadureciam. Hoje estavam na casa de Palos e Shanda. Mais cedo naquele verão, Palos tinha ficado doente, mas ele parecia saudável agora, com a pele escurecida e o cabelo castanho clareado pelo sol.

Ao lado dele, Prasutagos cortou outro feixe e o colocou de lado. Por um momento, Boudica fez uma pausa, apreciando a onda de músculos nas costas de Prasutagos conforme ele se esticava de novo, pegava o que tinha cortado e fazia outro feixe de grãos.

— Aqui está a água, mãe — disse Rigana.

Boudica se esticou para aliviar a dor nas costas, então bebeu o odre todo. O gosto era melhor que o do vinho romano. Ao menos aquele era o último campo. Da fazenda vinha o aroma de comida cozinhando – logo estariam em um banquete.

Bem logo, ela percebeu, pois os ceifadores se aproximavam do fim do campo. Uma onda de antecipação passou pelos observadores. As foices brilhavam enquanto os homens se apressavam para terminar, então pararam, afastando-se de Prasutagos, que segurava a única touceira ainda de pé. Ouvindo o silêncio, ele parou, percebeu que era o último e olhou em torno de si com um riso pesaroso.

"A Velha!", "A Mãe do Grão!", "Cuidado, ela vai pegar você!", vieram os gritos.

— Palos, este é seu campo... deixarei que faça as honras — disse o rei, esperançoso, segurando a foice para o outro homem.

— Não, meu senhor. — Palos sorriu. — É pelo senhor que ela espera. Não vou ficar no caminho!

A esposa de cabelos dourados dele pegou os braços do marido, como se para se certificar daquilo.

Prasutagos soltou um suspiro dramático.

— Bem, você esteve doente, então vou enfrentá-la.

Aprumando-se, ele deu um passo para a frente, pegou as hastes com a mão esquerda e, com um golpe rápido, cortou-as. Conforme ele deu um passo para trás, algo marrom e rápido saiu do restolho e seguiu pulando pelo campo.

— Uma lebre! — alguém sussurrou, fazendo um sinal de proteção.

Boudica sentiu os braços se arrepiarem. Subitamente, a oferta risonha do rei para proteger o fazendeiro do ressentimento da Mãe do Grão por ser cortada tinha um significado mais profundo. Lebres eram criaturas misteriosas, sagradas à Deusa, e não deviam ser feridas. O olhar dele encontrou o do fazendeiro, que havia empalidecido um pouco.

— É dever do rei ficar entre seu povo e o perigo — Prasutagos disse, com gentileza, e sorriu.

"Um pescoço!", "Um pescoço!", "Ele está com a Velha!", agora as outras pessoas gritavam.

Prasutagos passou o feixe para Shanda, que então começou a trabalhar rapidamente para separar as seções em membros e a trançar uma cinta e uma coroa para a imagem. Assim que ela chegou aos grãos, as outras mulheres pegaram o rei, enfiando palha dentro das roupas e nos cabelos dele. Então elas o levaram na direção do rio e o empurraram para dentro.

Quando os tempos eram verdadeiramente ruins, pensou Boudica, um pouco sombriamente, o governante, ou seu substituto, morreria pela terra de verdade, e não de brincadeira. Aquilo seria exigido de Caratac? No entanto, apesar das ambições dele, ele nunca tinha sido rei de toda a Britânia. A aceitação precisa vir antes do sacrifício.

Agora estavam tirando Prasutagos da água. Acima das cabeças, o olhar risonho dele encontrou o dela. *Vão levá-lo para a fazenda para o banquete*, ela pensou enquanto conseguia abrir um sorriso em resposta, *e fazê-lo dançar com a Mãe do Grão, e comer tanta comida quanto Devodaglos, e prometer ainda mais cerveja a todos. Isso não é um sacrifício tão grande...*

"Way-yen, Way-yen..." Enquanto a Mãe do Grão era levada de volta para a fazenda, o grito ecoava triunfante pela terra.

Enquanto Boudica seguia o grupo, ocorreu-lhe que o tratamento duro dado ao ceifador era apenas um símbolo, mas, a cada primavera, a Deusa do Grão, no cereal que tinha formado a imagem da colheita passada, era desmembrada e espalhada para abençoar os campos.

~ dezoito ~

Tinha sido uma longa guerra. Da porta da tenda do comando, Lhiannon observava as fogueiras do acampamento bruxuleando nas campinas que ladeavam o rio, onde os homens da grande coalizão forjada por Caratac haviam afogado as próprias rivalidades do passado no ódio por um inimigo maior. Os siluros, que eram veteranos das guerras do sudeste fazia dois anos, e os durotriges sobreviventes da última campanha de Vespasiano estavam ao lado dos sobreviventes ordovicos e deceanglos que haviam aguentado o pior das batalhas mais recentes, junto com uma série de homens de outras tribos. A última vez que um exército tão grande de britões se reunira fora nas margens do Tamesa.

Atrás dela, Caratac estava sentado com os líderes da guerra, desenhando mapas na terra. Brangenos tinha se acomodado nas sombras atrás, tocando algo doce e sinuoso que aliviava a alma sem exigir atenção.

— Dizem que o governador era um homem doente quando chegou aqui, e não acho que a saúde dele melhorou por ter me caçado pelas colinas. Por todos os deuses, estou tão cansado de fugir quanto ele está de me caçar!

— Então quer confrontá-lo? — perguntou Tingetorix, um guerreiro iceno que Lhiannon conhecera quando morava com Boudica.

— Quero oferecer batalha... em um lugar de minha escolha. — Caratac mostrou os dentes em um sorriso. — Duvido que ele consiga resistir ao convite.

Oito anos de guerra haviam transformado a raposa dos cantíacos em um velho lobo, o cabelo ruivo agora malhado por fios mais claros, a pele curtida pelo tempo costurada por cicatrizes. Mas o fogo nos olhos dele ardia como sempre.

E o fogo nos olhos de Lhiannon? Ela, também, tinha deixado a primeira juventude naquelas colinas. Para os homens do exército de Caratac, de quem cuidara e a quem confortara durante a doença e os ferimentos, ela era a Senhora Branca. Naqueles dias, usava linho caseiro sem tingimento. Sua túnica azul de sacerdotisa tinha se desgastado havia muito tempo. Mas a aparência verdadeira dela não importava mais – embora ela não fosse o único membro da Ordem dos Druidas com o exército, como

Caratac, ela se transformara em um talismã vivo. E houve momentos, mesmo ali, em que a visão do transe vinha para ela, não como no ritual ordenado em Mona, mas como uma intuição repentina que a deixava em uma confusão de esperança e medo.

— Nossos batedores dizem que o governador trouxe a Décima Quarta Legião de Viroconium e a Vigésima do sul — disse um dos ordovicos.

— A Vigésima, que ficava em Camulodunon? — ecoou Epilios. — Estou ansioso para encontrá-los novamente...

O sorriso dele era um reflexo jovem do de seu irmão – os últimos dois filhos de Cunobelin estavam juntos, liderando os homens da Britânia na guerra.

— Estão em acampamentos de marcha perto dos baixios onde os rios se juntam. Perto de vinte mil homens em um acampamento, e a cavalaria no outro.

— Temos quase o mesmo número que eles, e a cavalaria não vai ajudar muito no lugar para onde quero levá-los — Caratac fez um gesto para Lhiannon. — Conte a eles, donzela, as visões que compartilhou comigo...

Todos os olhos se viraram para Lhiannon quando ela entrou na luz da fogueira, colocando o véu de novo.

— Isso foi um sonho... vocês devem interpretá-lo, mas isso é o que vi. Era como um pássaro, olhando para baixo, para a terra da Britânia. Abaixo de mim vi águias perseguindo Caratac do oceano até o rio através de pastos e terras lavradas. Mas, quando ele entrou na floresta, elas tiveram dificuldade para segui-lo, e quando ele foi para a montanha elas ficaram exaustas. Minha visão então falhou, e não vi o fim da batalha. Mas, se lutar em uma colina, tem chance. É o que vejo.

— A terra em si vai lutar por nós, percebem? — Caratac se curvou sobre o mapa e começou a apontar para as colinas e rios representados ali. — Os romanos lutam como leões em terreno plano, mas nossos homens são como gatos-monteses em suas colinas nativas. Vamos atraí-los para lá com um pouco de resistência no cruzamento dos rios e então nos retiramos para essa colina. — O graveto que ele usava para apontar entrou no chão.

— O velho forte? — perguntou um guerreiro dos durotriges que estava com eles desde a campanha de Vespasiano. — Não está planejando nos prender lá!

Lhiannon estremeceu. Ainda havia noites em que acordava gemendo por causa das memórias da queda do Forte das Pedras.

— Não, embora possa servir como última defesa se as coisas terminarem mal — respondeu Caratac. — Vamos tomar nossas posições na encosta abaixo dele, onde a posição da terra vai amontoá-los, e, onde a subida for fácil, podemos fazer bloqueios com muros de pedra.

— Pedras temos em abundância — disse um dos ordovicos, e todos riram.

Pedras, e vento frio, pensou Lhiannon, conforme a brisa que sempre soprava mais forte no pôr do sol procurava qualquer imperfeição na trama de seu manto de lã cor de creme. O sol tinha baixado atrás das montanhas do oeste, e o poente trazia um véu de sombras sobre as montanhas mais baixas. Os homens discutiam onde e quais tribos deveriam ficar na colina e tinham se esquecido dela.

Amanhã viajariam novamente. Lhiannon atravessou o acampamento até a tenda que dividia com a mulher e a filha de Caratac e as poucas outras mulheres cujo valor como potencial refém era alto demais para deixá-las onde corressem risco de captura. De vez em quando um homem levantava os olhos enquanto ela passava perto da fogueira dele. Ela sorria em resposta. Não lhe custava nada dar aquele conforto. *Mas quem*, ela se perguntou, *vai me confortar?*

Ela afastou o pensamento. Em seus primeiros meses com o exército, o dia de marcha a deixava cansada demais para pensar em qualquer coisa além de dormir quando a noite caía. Contudo, depois de mais de dois anos no campo, ela era tão dura quanto o resto dos homens. Era difícil dormir com uma batalha aguardando. Mas ela precisaria tentar. Se tivesse sorte, não sonharia.

***

Alguns homens sonhavam com riqueza e glória. Prasutagos, sua mulher percebera, sonhava com construções. Quando o olhar de Boudica seguiu a fumaça que se enrolava para cima, ainda precisou piscar em assombro com a altura adicionada com o segundo andar da nova casa redonda. A área em torno da lareira era grande o suficiente para que todos os chefes se sentassem; cômodos grandes para a casa foram criados com partições que iam da viga principal até a parede externa. Não havia nada como o salão de dois andares do rei nas terras celtas.

Eles tinham se mudado apenas um mês antes. Sob os aromas de fumaça de madeira e cozido de cordeiro ainda havia um toque de cal e palha fresca. Mas para as crianças, para quem o mundo era feito de maravilhas, a casa nova do pai se tornara um milagre habitual. No momento, derrubar a inevitável expulsão para suas camas era a preocupação.

— Uma história, mamãe! — implorou Rigana. — Conte uma das histórias que aprendeu na ilha mágica!

A pequena Tilla bateu palmas.

Boudica sorriu ao pensar que seu principal uso da sabedoria que os druidas ensinaram com tanta solenidade fosse como fonte de histórias de criança. E, no entanto, essas histórias eram a fonte da religião delas. Era mais importante que nunca que as crianças deles as aprendessem agora, quando tantos se viraram para os deuses romanos vitoriosos.

— Bem, agora... já que é verão, vou contar uma sobre o deus que faz as coisas crescerem. Ele toca harpa para ordenar as estações, e no pomar Dele sempre há frutas nas árvores. Nós o chamamos de Dagdevos, o Bom Deus, ou Pai de Tudo, ou Vermelho Que Tudo Sabe, Bom Batedor, e Ele pode fazer qualquer coisa. Ele é um dos reis dos Iluminados.

— Como papai — disse Tilla, sabiamente.

— *Exatamente* como papai — concordou Boudica, mantendo o rosto sério com esforço enquanto o marido corava. — Quando o povo-monstro atacou a terra Dele, Ele precisava sobreviver aos testes que faziam com Ele. Precisou comer um mingau feito de oitenta galões de leite, e Ele comeu, embora a barriga Dele ficasse tão cheia que a túnica mal cobria.

Com isso, o olhar que as meninas deram para o pai era francamente especulativo, e Temella e Bituitos não resistiram ao riso.

— A barriga não era a única coisa arrastando, ouvi dizer — sussurrou Eoc, e o riso começou de novo.

— Ah, está falando do bastão Dele? — Boudica perguntou, inocentemente. — Quando Ele bate, mata instantaneamente, mas, quando Ele o toca com a outra ponta, você volta a viver de novo.

— É a ponta que Ele usa com a Senhora dos Corvos — Prasutagos retaliou. — Por mais que Ela seja uma deusa de batalha, Ele tem uma arma para vencê-la...

— Mas a melhor possessão Dele era um caldeirão mágico — prosseguiu Boudica, embora a essa altura ela também estivesse vermelha. — Alguns dizem que é o mesmo em que você coloca guerreiros mortos para torná-los vivos, mas outros dizem que pode alimentar um exército, e, seja qual for a comida de que você mais gosta, ele vai servir.

— Ele serviria bolos de mel? — perguntou Rigana.

— E mirtilos com creme? — a irmã ecoou. — Eu quero ir lá.

— Você deveria é estar indo para a sua cama — disse Prasutagos, com uma careta cômica. — Pode se banquetear com Dagdevos em seus sonhos...

Quando as duas meninas tinham sido abraçadas, beijadas e passadas para as babás, ele se virou para Boudica.

— Você não contou a elas a história de como Dagdevos faz amor com a Morrigan todo Samhain para paralisar a raiva dela e restaurar o equilíbrio do mundo — ele murmurou com um olhar que a fez corar de novo.

— Acho que podemos esperar até que as meninas sejam mais velhas — ela disse, afetadamente. — E nunca entendi bem como até os deuses conseguem fazer isso, cavalgar o rio...

— Prefere uma cama, então? Porque se for eu tenho uma...

Boudica sorriu quando ele tomou a mão dela, sabendo que era abençoada pelos deuses.

***

Com os outros druidas, Lhiannon tinha feito as oferendas para Lenos, que era o nome que davam ao deus da guerra ali, derramando o sangue de um touro sobre o chão e pendurando a carcaça nos galhos de um antigo carvalho. Tinha sido aceita? Não houve nenhum estrondo de trovão, apenas corvos gritando como sempre faziam quando um exército marchava. Não era preciso um druida para interpretar aquele presságio – onde humanos lutavam, os corvos se alimentariam.

Mas naquela noite Lhiannon tinha sonhado de novo. Mais uma vez ela voava sobre um campo de batalha, e dessa vez os romanos, como insetos de armadura, avançavam colina acima. O deus águia avançava diante deles com um passo como trovão, e os britões caíam diante deles, sangue salpicando as rochas como sangue. Ela havia chorado quando acordou, sabendo que era um sonho de destruição. E também sabia muito bem que não havia nada que pudesse fazer. Os romanos já estavam a caminho. Qualquer rumor de derrota quebraria o exército britão antes que dessem um golpe. Caratac poderia ter escapado com um bando pequeno pela floresta, mas uma força tão grande não tinha escolha a não ser se posicionar. Até mesmo dizer ao rei o que ela havia visto poderia privá-lo da esperança que poderia provar que a visão dela estava errada. Ela só poderia observar, e rezar, e esperar que os deuses da Britânia estivessem ouvindo.

Ou estamos rezando para as coisas erradas?, ela se perguntou de repente.

A colina de onde assistiam a batalha se desenrolando não lhe dava exatamente a vantagem de sua visão, mas nem ela tinha o mesmo distanciamento. Depois de atrasarem o cruzamento do inimigo com pedras de fundas e flechas, os britões recuaram ordenadamente para a encosta da colina, subindo para encontrar o avanço dos romanos em profundidade conforme ficava mais íngreme, atirando e jogando lanças de trás de barricadas de pedra que os protegia das flechas de balista do inimigo.

Por volta da metade da manhã, a mulher e a filha de Caratac começaram a celebrar, vendo os mercenários dos romanos expulsos pela intensidade da defesa. Mas as legiões estavam se formando atrás deles. E agora os blocos de homens em marcha estavam cobertos por escudos que se sobrepunham, que os projéteis britânicos acertavam em vão. E, apesar da fúria dos defensores, eles continuavam seguindo, metro após metro, quilômetro após quilômetro, até atingirem as muralhas de pedra e as derrubarem, e agora era espada contra espada, escudo contra escudo, e o sangue corria pela colina.

Morrigan, deusa da batalha, esteja com eles agora!, ela rezou. A angústia que ouvia no choro das mulheres de Caratac enquanto observavam a fileira de britões quebrar e desaparecer era o mesmo hino de dor que ouvia dos corvos que circulavam a colina. *A Deusa está com eles*, Lhiannon estremeceu, em um entendimento chocado. *Até a morte e além. Mas ela não pode, ou não vai, salvar.*

Alguém gritou que os soldados estavam chegando. Atordoada demais para se mover, Lhiannon ficou paralisada no meio da confusão enquanto os outros a deixavam sozinha entre as árvores.

***

Uma escuridão como as asas de mil corvos havia caído sobre o mundo. As forças romanas haviam passado, perseguindo um grupo grande de siluros que tinha conseguido sair da colina, deixando o campo de batalha para os que tinham coragem de procurar alguém esperando salvamento. Lhiannon andava como um fantasma entre eles. Alguns poucos coitados conseguiam beber a água que ela levava. Para outros, uma estocada firme com o punhal dela era a única misericórdia possível. Anestesiada pelos horrores dos corpos destroçados em torno dela, oferecia ambos com a mesma calma.

E assim, vagando pelo campo de batalha em suas vestes claras, ela chegou até o rei.

Ela só o reconheceu pelo torque de ouro torcido no pescoço dele. Caratac estava coberto de sangue, as roupas em sua maior parte rasgadas. Estava sentado com o corpo de um guerreiro nos braços. Lhiannon não reconheceu o morto. Talvez aquilo não importasse. Ele era todos eles.

Conforme ela se aproximou, Caratac levantou a cabeça.

— A Senhora Branca... — ele sussurrou. — Veio me levar também?

— Meu senhor. — O choque rompeu o distanciamento de Lhiannon. — O senhor não deveria estar aqui!

— Não... não deveria. Isso é muito verdade... — Ele olhou em torno de si. — Ah, meus guerreiros! Veja como estão imóveis... Por que estou vivo? Lutei duro... Não fugi... Sabe disso, não sabe? — ele se dirigiu ao homem morto. — Diga a eles, enquanto eles se banqueteiam com heróis, que eu tentei...

A cabeça dele caiu mais uma vez.

— Caratac, levante-se! Os romanos vão voltar e não podem encontrá-lo aqui.

— Isso importa?

Era uma pergunta que ela vinha evitando muito fazer.

— Pode importar para aqueles que escaparam deste campo — ela disse com cuidado. — Eles vão querer que seja o líder deles novamente...

— Como liderei esses? — ele perguntou, com amargura.

Mas ele pareceu ao menos reconhecer que o homem que segurava não podia escutar nada. Houve um longo silêncio. Então, com muita gentileza, ele colocou o corpo no chão.

— Os ordovicos estão destruídos — ele disse em um tom mais normal. — E os suínos romanos vão colocar toda a atenção deles nas montanhas aqui. Nossa única esperança é buscar apoio em uma direção para a qual não estarão olhando.

Mais uma vez ele ficou em silêncio, mas começava a se parecer com o homem que ela conhecia.

— Os brigantes estiveram dispostos a se rebelar contra eles antes. O que diz, Senhora Branca?

Lhiannon balançou a cabeça.

— Não olhe para mim atrás de respostas, meu senhor. Estou vazia. Quando estive em Mona há dois anos, o arquidruida queria que eu fosse estudar em Eriu. Dizem que eles têm conhecimentos que nós perdemos. Mas escolhi vir até o senhor. Deveria ter ido embora... tenho tido pouca utilidade ao senhor aqui...

— Somos de fato um par triste — Caratac disse em voz baixa. — Mas está errada, senhora. A senhora me deu uma razão para viver. Siga para o oeste até Eriu e encontre alguma sabedoria para nosso futuro, porque vou seguir para o leste, até Cartimandua.

***

— Vai procurar Cartimandua? — Boudica franziu o cenho para o homem diante dela. — Tem certeza de que é boa ideia?

Ela o tinha encontrado nos portões de Teutodunon, sentado encurvado, usando um manto de capuz, anônimo como qualquer outro homem deslocado pelas guerras. Quando fez uma pausa para dar a ele um pão de aveia que carregava na bolsa para tais eventualidades, vislumbrou um brilho de ouro debaixo dos trapos enrolados no pescoço dele.

Ele tirou a echarpe. O rosto dela empalideceu ao reconhecer o torque, e então o olhar feroz do rei.

— Meu senhor Caratac! Bem-vindo! Venha para o forte e me permita lhe dar uma refeição de verdade!

E um banho... e curativos nesses ferimentos..., ela completou, silenciosamente.

— Não.

Dedos fortes se fecharam sobre a mão que ela estendeu a ele. O olhar dele foi para a estrada, onde uma carroça levando rolos de pano de lã das barracas de tecer deles para Colonia passava rangendo.

— A senhora tem muitas pessoas aqui que são amigas de Roma. Pelo seu bem e pelo meu, é melhor se ninguém souber que vim.

— Mas precisamos conversar... Soubemos da batalha. Alguns disseram que o senhor foi capturado, outros, que tinha sido morto. — Ela parou com a dor que escureceu os olhos dele.

— Talvez tenha sido, e seja só meu fantasma que a senhora vê aqui. Venho me sentindo como um fantasma nas últimas semanas, andando sem ser visto pelo reino. Vários – muitos – dos meus homens jazem mortos naquela colina. — Ele hesitou, então levantou os olhos para ela. — Bracios era um deles. Seu irmão caiu defendendo o meu.

— Obrigada por me dizer. — Boudica respondeu depois que alguns momentos se passaram.

Ela mal tinha visto o irmão desde que eram pequenos; imaginava que a pontada de dor era mais pela morte de sua infância do que por ele.

— Mas o senhor está vivo, e vejo que precisa ser alimentado... Se seguir esse caminho até o rio, vou encontrá-lo na gruta de Andraste. Espere por mim lá.

E agora, com um cesto cheio de comidas, bebidas e curativos, ela se sentava diante de Caratac na sombra dos carvalhos que rodeavam o santuário.

— Faz muito tempo que não bebo uma safra dessas. — Ele deu outro gole no odre de vinho. — Ultimamente só bebo água, e antes disso bebia cerveja de urze. Rejeitei todas as coisas romanas, menos isso.

Ele suspirou.

— Nosso povo poderia ser livre hoje se tivéssemos nos privado de nosso gosto por vinho romano.

— Meu marido e eu não vamos traí-lo, mas também não podemos ajudá-lo — disse Boudica. — Ouvi histórias sobre o deserto que os romanos deixam depois que impõem a "paz" sobre uma terra conquistada. E, na verdade, não acho que seríamos muito úteis ao senhor, mesmo se ousássemos. Os icenos com fogo para lutar contra os romanos fizeram isso no forte nos charcos quatro anos atrás, e morreram.

— Desejo a vocês a paz que os romanos deixaram — Caratac disse, secamente. — Espero que dure.

Ele mordiscou um pedaço de pão e o baixou.

— Tornou-se uma linda mulher — ele disse. — Quando passou levando o copo de hidromel pelo salão em Mona, ainda era como uma jovem potranca, só pernas e energia nervosa.

Ele deu outro gole no vinho.

— E agora sou a Égua Ruiva dos icenos... não deveria saber que meu povo me chama assim. — Ela sorriu. — Mas é com a Égua Negra dos brigantes que deveria se preocupar.

— Posso ao menos esperar que ela escute. Cartimandua foi bondosa comigo há muito tempo.

Ela tinha desejo *por você*, corrigiu Boudica, com um suspiro interno. Naqueles dias, Prasutagos ficara um tanto substancial na metade do corpo, mas ela ainda podia se esquentar na chama firme dele. O homem diante dela tinha o corpo duro de um guerreiro, mas o fogo que havia atraído homens até ele, e mulheres também, tinha virado cinza.

— Preciso fazer alguma coisa — ele continuou. — Os porcos romanos capturaram meu irmão Epilios, e minha esposa, e nossa filha, minha pequena Eigen, a única de meus filhos que resta. A senhora tem filhos... certamente entende como me sinto!

Boudica assentiu.

— Rigana tem seis anos agora, e ganhou seu primeiro pônei. Argantilla tem quase quatro.

Se ela e Prasutagos não tinham mais filhos, não era por falta de tentativa, mas ela não concebera de novo. Quase a única coisa que tinha o poder de despertar sua fúria naqueles dias era pensar em perigo às crianças brilhantes, embora às vezes exasperantes, que pareciam provavelmente os únicos filhos que teria.

— Se me entregar agora, não posso fazer mais do que ficar acorrentado ao lado deles. Mas posso ser capaz de negociar a libertação deles se os romanos me virem como uma ameaça de novo — continuou Caratac.

Pouco tempo antes, pensou Boudica, aquele homem havia jurado defender toda a Britânia. Agora sua ambição se limitava à liberdade de um homem, uma mulher e uma criança. Mas não era sempre esse o resultado? Não importavam as palavras que os homens usassem para cobrir suas ambições, a abstração pela qual lutavam tinha rosto e nome humano.

— Tudo que posso oferecer são provisões para a estrada e minha bênção — ela começou.

— Não... há mais uma coisa que pode fazer por mim. — Ele levantou as mãos até o torque, pegou as pontas ornadas em círculo e começou a abrir a espiral de fios de ouro torcidos. — Esse ponto de seu aviso levarei em conta. Este torque foi feito por um artesão iceno.

Estremecendo, ele o tirou, deixando um semicírculo branco em torno da base do pescoço, onde tinha ficado.

— Guarde isso para mim, Boudica. Se as coisas forem bem, virei pegá-lo de volta. Se as coisas forem... mal, não vou envergonhar o ouro usando-o com correntes romanas.

***

Se Mona era chamada de ilha dourada, coroada de magia, o pedaço de rocha separado do resto dela por um estreito que surgia com a maré era tido como ainda mais sagrado. De cima dele, na ponta oeste de Mona, via-se um oceano prateado meio velado por brumas. Alguns diziam que era o último porto de onde era possível navegar para as Ilhas dos Abençoados. Lhiannon estava indo apenas para Eriu.

Mas era como a morte, certamente, ir embora da Britânia. Ela se prendeu à amurada da pequena embarcação barriguda conforme descia do abrigo do porto e começava a rolar e mergulhar nos ritmos do oceano. Deixara para trás a satisfação limitada de saber que o governador romano Ostorius tinha morrido, e a tristeza com a notícia de que a rainha Cartimandua enviara Caratac acorrentado para os romanos. A essa altura ele, também, deveria estar sobre o mar, indo para Roma. Ter a mulher, a filha e o irmão com ele certamente não era nenhum conforto, quando tudo que poderiam esperar era morte ou escravidão.

Com a morte do governador, os siluros tinham recomeçado uma guerrilha cruel. As tribos das montanhas do oeste ainda ficavam entre Mona e os romanos, mas as terras baixas ao sul estavam em uma paz desconfortável. Não havia nada que Lhiannon pudesse fazer para ajudar a Britânia. Ela disse a si mesma que ficaria feliz por ir embora.

A incerteza sob os pés dela refletia bastante sua confusão interior. Tudo o que havia conhecido desaparecia atrás dela, não tinha uma fundação firme, e o futuro estava envolto em brumas cinzentas como a névoa que pairava sobre o mar.

Na costa, ela ainda conseguia ver a figura azul que era Helve. Lhiannon não tinha esperado que a grã-sacerdotisa fosse se despedir dela. Só quando estavam na estrada percebeu que a outra mulher queria uma chance de falar com ela longe das orelhas de toda a comunidade druida.

— Os romanos vão tentar nos destruir — disse Helve, sombriamente. — Vi isso, e Coventa também viu. Apesar de nossa resistência, os novos fortes que estão construindo chegam mais perto a cada ano. Eles descobriram o ouro no coração das montanhas e a prata na terra dos deceanglos. Isso vai atraí-los, e então vão encontrar as estradas costeiras que vêm até aqui. Aquelas montanhas não vão mais nos proteger.

— Então por que está me mandando para longe? — Lhiannon perguntara.

— Você provou que sabe se adaptar. Acredito que tem a melhor chance de aprender as habilidades que os druidas de Eriu podem ensinar. Mearan acreditava que você era a mais talentosa das novas sacerdotisas... vai depender de você preservar nossa tradição se cairmos.

O choque daquela declaração tinha deixado Lhiannon sem palavras.

— Achei que me desprezasse — ela por fim disse.

E Helve tinha olhado para ela com uma expressão entre a exasperação e a raiva.

— Você era minha rival. Mas, se esses ornamentos forem seus um dia — ela tocou o ouro no pescoço —, vai descobrir que o trabalho tem precedência a qualquer coisa que possa sentir. Amor e ódio são luxos aos quais não posso mais me dar. E, se você se tornar grã-sacerdotisa, isso significa que morri, e estou além de qualquer inveja.

Ela soltou um riso amargo.

— Então se cuide e aprenda tudo o que puder...

dezenove

—Quero que fiquem de olhos abertos. — Boudica falou com as filhas com um olhar de aviso. — A cidade romana será muito nova e estranha. Precisam ficar sempre sob a vista de Temella ou de um dos guardas da casa... vocês entendem?

O olhar se fixou em Rigana, que aos sete anos tinha adicionado à sua independência de espírito uma habilidade sobrenatural de despistar seus cuidadores. Por um momento a rainha desejou que tivessem trazido Bogle, mas o cão estava ficando velho para uma viagem assim, e ela se encolheu ao pensar em como ele poderia reagir aos novos sons e cheiros da cidade romana.

Ela imaginou o quanto Camulodunon, ou Colonia Victricensis – a Cidade da Vitória –, como deveriam chamá-la agora, seria estranha. Tinha visto o forte que eles construíram na colina, acima da velha fortificação, mas não ia tão para o sul havia alguns anos, e conhecia a cidade apenas do que ouvira falar.

— Elas estão confiantes — observou Prasutagos, enquanto começaram a subir a colina.

Um grupo de cabanas espalhadas e jardins ladeava a estrada, e a vala e o barranco que sustentava as muralhas não eram mais coroados por uma paliçada. Muitas construções antigas dos legionários tinham sido convertidas em casas e lojas, mas ainda havia muitas construções novas sendo feitas. Os soldados aposentados tinham se adaptado bem, mas uma legião era como uma cidade móvel, com homens treinados em todas as profissões. Alguns importaram esposas de suas terras natais e outros tinham se casado com moças das tribos. Boudica se perguntou como os trinobantes se sentiam com tantos estrangeiros assentados no meio do território deles. Mas, como uma tribo conquistada, havia pouco que pudessem fazer a respeito. Mais uma razão, ela pensou sombriamente, para que os icenos mantivessem sua posição protegida de aliados.

— Elas têm razão para estar — ela respondeu.

O novo governador, Aulus Didius Gallus, tinha forçado os siluros a se renderem. Com Caratac feito prisioneiro, não restava nenhum líder britânico com a mesma estatura para liderar uma rebelião.

— Olhe, mamãe... uma rocha grande com portas!

Argantilla podia ser perdoada por não reconhecer o portão como trabalho de homens. Ela nunca havia visto uma construção feita de pedras. E aquela estrutura, com os arcos idênticos e frontões esculpidos, não tinha propósito real a não ser como declaração do orgulho romano. A luz do sol deu lugar à sombra conforme passaram debaixo do arco e entraram na cidade.

***

O sol brilhava sobre a fonte no meio do jardim de Julia Postumia, seu brilho e barulho sutil um pano de fundo para o murmúrio das vozes das mulheres. Ela recordou Boudica das águas da fonte sagrada. Embora aquilo pudesse ser mais bem-cuidado e ordeiro que o tipo de santuário que os deuses dela amavam, ainda era uma mudança bem-vinda das linhas retas e ângulos agudos da cidade romana. Naquele jardim não crescia nada tão prático como repolho ou feijões. Era um santuário da beleza, completo com uma gruta de pedra onde a imagem de uma deusa sorria sobre as flores. Os deuses que tinham levado os romanos à Britânia eram Júpiter e Marte. Aquela bela senhora parecia ser uma deidade de um tipo mais gracioso.

— Quem é a deusa? — perguntou Boudica.

O latim dela ainda era atrapalhado, e ela falava com o sotaque do escravo gaulês que tinham trazido como professor e libertado, mas servia. Postumia ficara visivelmente aliviada ao perceber que poderiam conversar sem a necessidade de um tradutor.

— Essa é Vênus, a senhora do amor. Vocês têm uma deusa assim entre as tribos?

— Uma deusa do amor sozinha? — Boudica balançou a cabeça. — Mas todas as nossas deusas são libidinosas.

Ela sorriu um pouco, recordando-se de algumas das histórias que tinha ouvido sobre a Morrigan.

— Até nossas deusas de guerra.

Postumia riu.

— Dizem que Vênus lutou na Guerra de Troia, mas não muito bem. Desde então, o quarto é o único campo de batalha dela.

— Sem dúvida os seus homens preferem assim — respondeu Boudica. — Eles parecem desconfortáveis com mulheres no poder, até com rainhas.

Ainda a irritava que Prasutagos tivesse sido convidado para o conselho de chefes e ela não. Seu único consolo era que a proibição também se aplicava a Cartimandua, que estava sentada do outro lado do jardim. *Ao menos confio que Prasutagos vá me contar o que está acontecendo, e pedir meu conselho*, ela então pensou. Por todos os relatos, desde que Cartimandua tinha traído Caratac, ela e Venutios mal haviam trocado uma palavra.

— Foi muita bondade sua nos receber enquanto nossos maridos estão ocupados — ela disse, educadamente.

Enquanto seu marido está lembrando os nossos de quem de fato governa a Britânia, o pensamento dela continuou.

— Ah, acho que temos o melhor de tudo — disse a mulher do governador. — Podemos nos sentar confortavelmente ao ar fresco enquanto eles precisam suar naquele salão abafado. Mas, se seguirmos o exemplo do imperador, isso pode mudar. Eu soube que, quando Caratac e a família foram exibidos em Roma, Agripina sentou-se ao lado do marido em seu próprio trono.

— Sabe mais do que aconteceu lá? — perguntou Boudica em um tom neutro.

— Ele é um homem valente, seu Caratacus. Os outros, dizem, baixaram as cabeças em desespero, mas o rei usou as correntes como se fossem joias reais. Ele perguntou por que os romanos iriam querer a Britânia quando já tinham uma cidade tão magnífica. Então disse a Cláudio que as dificuldades que havia nos causado apenas aumentavam nossa glória ao prendê-lo, e apontou que morto seria esquecido, enquanto vivo seria testemunha da magnanimidade do imperador. Os romanos sempre apreciam um bom discurso, então o imperador o deixou viver, e deu a ele uma casa em Roma.

Mas Caratac nunca mais vai ver a Britânia..., pensou Boudica. *Acho que preferiria morrer a aguentar mesmo um cativeiro tão bom.*

Postumia levantou os olhos quando um de seus escravos apareceu no portão com Temella bem atrás.

— Domina — ele começou, mas Temella se adiantou a ele.

— Minha senhora, as meninas sumiram!

Mas Boudica já estava de pé, murmurando uma desculpa para a anfitriã antes que Postumia pudesse responder. *Eu deveria ter trazido Bogle*, ela pensou ao sair correndo.

Foi o conhecimento de cidades romanas do escravo liberto gaulês, Crispus, que se mostrou mais útil.

— Temo que isso possa ser minha culpa, senhora — ele disse enquanto corriam pela rua. — Contei às meninas sobre as lojas, e elas mal podiam esperar para ver.

A própria Boudica tinha desejado visitar as lojas, e prometera levá-las. Visões das filhas assustadas e sangrando se alternavam com cenários do que iria fazer com elas se as encontrasse em segurança.

De longe, ouviu uma gritaria. Aquilo soava promissor. Ela trocou uma careta com Temella e começou a correr, com Calgac, o guerreiro que tinha sido encarregado de acompanhá-la, correndo atrás.

A cena que encontrou trouxe lágrimas curtas de alívio disputando com um desejo forte de rir. Rigana, com uma careta feroz e empunhando um pau que aparentemente tinha segurado a cobertura que caía atrás dela, estava num impasse com um grupo de adultos que discutiam. Aparentemente a qualidade das roupas da criança havia impedido o povo da cidade de tomar providências mais fortes. Atrás dela estava Argantilla, sentada com os braços fechados de modo protetor em torno de um menino de cabelo escuro um pouco mais velho que ela, que parecia igualmente aterrorizado pela gritaria dos adultos e sua pequena protetora. Cestos de feijões estavam virados no chão.

— Ela é certamente sua filha, minha senhora — murmurou Calgac. — Boa forma com aquela, hum, lança.

Boudica trocou o sorriso por uma carranca real, endireitou a túnica e avançou. Os homens se separaram para deixar que ela passasse, tão impressionados, ela esperava, pelo ar de autoridade dela quanto pela lança na mão do homem que a seguia.

— Mamãe! — gritou Rigana, quando ela apareceu. — Eles iam *matar* o menino!

— Não, senhora... nobre rainha! — disse um homenzinho redondo com um rosto muito vermelho, tentando simultaneamente se vangloriar e fazer uma mesura. — Bati no menino porque ele é estúpido e preguiçoso, e as menininhas começaram a gritar comigo, e a ruiva me *bateu*, e olhe a bagunça que fizeram na minha barraca!

Boudica olhou com mais atenção e viu o começo de um hematoma notável no rosto dele. *Bom para você, Rigana!*

— Percebo... — ela disse em voz alta.

Infelizmente, o homem estava dentro de seus direitos, e ela não tinha nenhum desejo de levar aquilo a um tribunal romano.

— Imagino que o menino seja seu escravo?

— Ele é, para minha tristeza, e um mais estúpido, inútil...

— Então o preço dele sem dúvida é pequeno — ela o cortou. — Isso vai compensá-lo pelo insulto a sua honra, pelo dano a sua loja e por esse menino inútil?

Ela tirou um dos braceletes de ouro e estendeu para ele.

— Sim, mas o menino custa... — o protesto dele morreu quando deu uma boa olhada no ouro. — Sim, grande rainha, a senhora é muito generosa!

— Sou, pois esse bracelete vale mais que você e sua loja e tudo aí dentro.

Os homens se endireitaram e baixaram a cabeça enquanto ela olhava para a multidão com um olhar régio.

— Diante dos deuses, eu os convoco como testemunhas de que uma compensação foi oferecida e aceita, e para atestar tal fato se necessário.

"Sim, senhora", vieram os murmúrios, e daqueles que a reconheceram: "Sim, minha rainha!".

— Crispus, pegue alguns nomes para o caso de precisarmos, enquanto Calgac e eu levamos essas guerreiras poderosas para casa para enfrentar a própria justiça — murmurou Boudica, avançando para pegar as filhas e o prêmio delas.

— Qual de vocês teve essa ideia? — ela perguntou enquanto entravam na casa em estilo romano que tinha sido reservada para eles durante a estadia.

Rigana a encarou em dúvida, claramente tentando decidir se assumir a liderança lhe traria elogios ou culpa.

— Riga queria ver as lojas — Argantilla disse precisamente —, mas eu salvei o menino!

— Ah, sim...

Por um momento, ela observou a menina menor. Rigana sempre fora mais agressiva, mas claramente Tilla também tinha tutano. Então ela suspirou e se virou para o menino.

— Bem, vamos dar uma olhada em você, criança. — Ela levantou o queixo dele e olhou nos olhos escuros arregalados de desafio e medo. — Qual o seu nome?

— *Ele* me chamava de "pequeno filho da puta" — murmurou o menino —, mas tinha uma mulher que me chamava de Caw.

Ela agora percebia que ele era desesperadamente magro, e podia ver os vergões do chicote debaixo da túnica esfarrapada que ele vestia.

— Ela era sua mãe? — Boudica perguntou, de modo mais gentil.

Ele falava com o sotaque dos trinobantes, mas aquilo era esperado. Com aquele cabelo e aquelas cores, poderia ser um bastardo romano ou o filho de uma mulher dos siluros levada na guerra.

— Não sei... — Caw baixou os olhos.

— Bem, não tem importância, você nos pertence agora. Vamos tornar sua liberdade legal quando você crescer. E não batemos nos nossos criados, livres ou escravos! — Ela se virou para o guerreiro. — Calgac, pode levar nossa criança nova e arrumar comida, um banho e roupas para ele? Quando se recuperar, Caw, vai servir minhas filhas. Espero que as ajude, mas não deve deixar que elas mandem em você. E vocês duas — ela se virou para as meninas — devem tratá-lo com cortesia.

— Sim, mamãe — elas responderam em coro, compelidas a se comportarem bem, ao menos por enquanto.

***

Estava quente na praça. Conforme a fila de homens e mulheres ricamente vestidos avançava sossegadamente, Boudica puxou o véu para a frente a fim de fazer um pouco de sombra. Prasutagos olhou para ela com inveja. O cabelo dele estava rareando no topo, e ele ficaria com a cabeça bem vermelha quando tivessem acabado. Os cidadãos romanos entre eles tinham colocado as pontas das togas sobre a cabeça. Sempre pensara que as dobras volumosas da toga tinham intenção de demonstrar que não se esperava que quem a usava fosse fazer qualquer coisa prática, mas claramente, na terra nativa, as vestes também serviam para dar proteção aos homens que precisavam ficar de pé por horas em cerimônias oficiais debaixo do sol quente italiano. Ela sentia o suor escorrendo pelas costas debaixo do vestido de linho.

Uma fumaça suave redemoinhava pelo ar, velando as telhas dos prédios em torno da praça. Aquele lugar era a parte mais enfaticamente romana de Colonia. Tinha sido feita na ponta leste da cidade, onde as bases da muralha haviam sido aplainadas para conseguir mais espaço. De um lado, os muros semiconstruídos do novo teatro brilhavam brancos sob o sol. Embora ela não visse nenhuma imagem de Júpiter, a presença dele pairava sobre o lugar como uma nuvem invisível. Mas a figura da Vitória sobre sua coluna alta olhava com complacência para aqueles que tinham vindo ao altar cívico para oferecer incenso ao *genius* do imperador. Boudica não fazia objeções a participar, embora o ritual parecesse rígido e superficial depois do poder dos rituais dos druidas. Qualquer coisa que melhorasse a virtude do governante só poderia melhorar o modo como ele lidava com a Britânia.

Prasutagos deu um suspiro paciente enquanto, um passo por vez, os reis e chefes avançavam. Ao menos tinha conseguido se entreter olhando para as construções. Ela aprendera a interpretar os suspiros dele como fizera com os silêncios. Aquele expressava uma série de coisas que ele era educado demais para dizer, como a opinião sobre as togas que alguns dos catuvelanos usavam. Os britões que foram cedo para o lado de Roma tinham sido recompensados com a transformação do centro tribal deles em uma cidade, Verulamium, e tinham recebido o status de cidadãos. A Paz de Roma exigia que ela fosse educada com eles, como a impedia de dizer o que pensava a Cartimandua.

Através da fumaça ela olhou nos olhos escuros da rainha dos brigantes. *Você me despreza como traidora*, eles pareciam dizer. *E, no entanto, aqui estamos nós duas. Caratac foi até você em segredo, mas até mim veio abertamente. Pode jurar que, se enfrentasse minha escolha, não teria feito a mesma coisa?* E Boudica, reconhecendo que poderia ter traído Caratac ela mesma se entregá-lo fosse o preço da segurança das filhas, foi a primeira a desviar os olhos.

As narinas dela se agitaram com o aroma doce e temperado conforme chegaram ao altar. Ela curvou a cabeça e jogou uma pitada de resina desmanchada no fogo. Então tinham acabado, e se moviam para o grupo que conversava debaixo de um toldo na beira da praça.

— Eles realmente acham que preparar todo esse espetáculo vai nos fazer amar Roma? — ela murmurou.

— Acho que não importa — respondeu Prasutagos. — Os romanos estão sempre mais preocupados com as formas das coisas. Desde que façamos tudo de acordo, não se importam se realmente acreditamos. Acho que mostra a fé *deles* nas coisas que constroem...

O olhar dele voltou para a praça.

— Até os muros das casas deles são retos e altos, como muralhas, escondendo o que há dentro.

Boudica sorriu, imaginando o que ele sonhava em construir agora, e permitiu que ele a levasse para a sombra.

Estava mais fresco debaixo do toldo. Escravos de túnicas verdes se moviam em meio à aglomeração, levando bandejas de petiscos temperados e vinho em taças de vidro azul.

A expressão de interesse agradável de Boudica ficou um pouco rígida quando ela viu Pollio vindo na direção deles.

— Uma bela tarde, não é? Quase quente o suficiente para que nós, os romanos, possamos nos sentir em casa. — O tom dele era casual, mas ela se encolheu com a intensidade do olhar e puxou o véu sobre os ombros e os peitos como um escudo adicional. — É minha honra apresentar meu novo assistente... Lucius Cloto, de Noviomagus, nas terras atrébates.

Boudica piscou, subtraindo mentalmente gordura e barba para combinar aquele homem de olhos apertados com o menino soltando maldições enquanto era arrastado por Ardanos. Infelizmente, Cloto estivera certo sobre o poder de Roma, e claramente tinha sido recompensado, embora a toga arrumada de modo desajeitado dele parecesse estar a ponto de prendê-lo. Pelo novo nome, devia ter se transformado em cliente de Pollio quando se tornou cidadão romano.

— Rei Prasutagos, é claro, você conhece, mas pode não conhecer sua bela esposa, Boudica — Pollio continuou.

— Ah, conheci Boudica quando ela era só uma menina desengonçada, há muito tempo — disse Cloto.

Ele e Boudica trocaram sorrisos sarcásticos.

— Desde então muita coisa mudou — ela disse suavemente.

Provavelmente não seria político nem digno mencionar que naqueles dias ela ganhava dele no campo de *hurley*.

Realmente, minha bela esposa, disse a sobrancelha levantada de Prasutagos, *sinto uma história que nunca ouvi*.

— Sem dúvida nos encontraremos de novo no outono, quando fizermos as rondas depois da colheita — disse Cloto.

Eu estava certo... e agora você vai pagar, ele sorriu.

— Sabe que as pessoas daqui o chamam pelo nome de uma das Moiras gregas, *Clotho*? — perguntou Prasutagos, quando os dois coletores de impostos tinham ido embora. — Ele mede o que é devido.

— Ele era estudante em Mona quando estive lá — disse Boudica —, e era um menino tão desagradável como é como homem. Ele vai ser perigoso... sabe o que as pessoas devem ter e o que elas vão tentar esconder... Isso vai afetar o projeto em Teutodunon?

A casa redonda de dois andares não satisfez o rei por muito tempo. O novo plano de Prasutagos envolvia um grupo de construções em um vasto terreno cercado.

— Acho que não — ele disse, pensativo. — Estou dando trabalho para pessoas que de outro modo seriam potenciais rebeldes. Os romanos precisam me agradecer por tirá-las das estradas.

Ele deu de ombros.

— Os romanos dizem que o destino é algo de que não se pode escapar.

Prasutagos sorriu, mas Boudica não. Certamente tudo que os druidas tinham feito para escapar do destino previsto pelas videntes havia apenas auxiliado seu acontecimento. Quais dos esforços deles para preservar seu povo em vez disso terminariam em desastre? Apesar do calor do dia, ela sentiu um calafrio.

***

O dia tinha amanhecido limpo, mas um vento frio movia as nuvens pelo céu. A Virada da Primavera sempre trazia tempo instável, pensou Boudica, pegando uma pilha de roupas de cama para transferir para a grande casa de dois andares que fora construída para as mulheres ao lado. Gansos voavam para o noroeste, e a família real se mudaria do salão de dois andares. Seria um alívio, ela pensou, com ironia, não precisar adormecer ao som dos homens discutindo em torno da fogueira central.

— Mamãe! Bogle sumiu!

Boudica se virou enquanto Argantilla corria na direção dela.

— Ele é um cachorro velho, querida. Tenho certeza de que só se deitou em algum lugar fora do caminho para tirar uma soneca.

Embora fosse difícil saber onde seria isso, com o forte fervilhando de homens cavando para erguer a nova muralha e a nova vala, agora que tinham terminado as casas redondas que flanqueavam o salão do conselho.

— Mas eu olhei em *todo lugar*!

Aos oito anos, Argantilla estava crescendo uma criança robusta, responsável, o rosto vermelho pelo exercício no momento, com o cabelo grosso e farto do pai. Era um alívio ter uma filha na qual se pudesse confiar ao perguntar onde ela havia deixado os sapatos na noite anterior, mas a convicção de Tilla de que ela era a única pessoa responsável da família podia irritar às vezes.

— Não, não olhou — disse Boudica, ácida —, ou teria encontrado. Nesses dias ele mal anda para chegar muito longe. Peça ajuda para sua irmã, ou para Caw.

— Rigana saiu com o pônei dela para ajudar os homens a trazerem as vacas — disse Tilla, em tom desaprovador. — Acho que Caw está olhando o ferreiro.

Criado na cidade romana, Caw não tinha facilidade no lombo de um cavalo como as filhas, que cavalgavam antes de aprender a andar, mas ele era inteligente com as mãos. Argantilla ainda o tratava como uma descoberta sua, e o menino a reverenciava como sua salvadora. Boudica não tinha dúvidas de que ele interromperia o que estivesse fazendo se Tilla pedisse.

— Vá encontrá-lo, Florzinha — ela disse em voz alta —, e ache o cachorro, e então pode voltar e *me* ajudar.

Prasutagos precisava estar ajudando também, mas ele tinha descoberto uma obrigação conveniente com Drostac da Colina de Freixos. Agora que as duas casas redondas que flanqueavam o salão do conselho estavam prontas, Boudica e as meninas estavam levando todas as suas coisas para a casa reservada para a rainha. A não ser por poucos itens de que iria precisar à noite, as coisas do rei precisavam ser levadas para a Casa dos Homens, do outro lado. Só os deuses sabiam como ele e os guardas da casa organizariam as coisas lá, mas isso não era problema dela.

O que teria preferido, Boudica pensou amargamente, seria uma casa separada grande o suficiente apenas para ela e ele. Estava na época de fazerem outra viagem pelos territórios tribais, embora, agora que ele era o grande rei, imaginasse que nunca poderiam ficar totalmente sozinhos como ficavam quando ela fugiu do banquete de casamento e acordou para vê-lo cozinhando o café da manhã na fogueira. Ela sorriu, relembrando, e então deu um chacoalhão mental em si mesma e pegou de novo a pilha de roupas de cama.

Tinha arrumado todas as suas coisas, e ela e Temella estavam preparando a cama grande quando Caw apareceu na porta. Era uma cama nova, e ela estava ansiosa para testá-la, quando o marido voltasse para casa.

— Minha senhora — disse Caw, com a formalidade que ainda usava mesmo depois de três anos na casa deles. — Encontramos o cachorro.

Ele esperou.

— Ele está ferido? — perguntou Boudica.

— Acho que tem alguma coisa errada. Ele levanta a cabeça, mas não se levanta. Argantilla está com ele na beirada da vala nova. Ele é muito pesado, senhora, para que a gente o carregue para casa.

— Claro que é.

O cachorro havia emagrecido ultimamente, mas ainda pesava provavelmente a mesma coisa que uma das meninas. Argantilla não teria hesitado em ordenar aos homens que a ajudassem, mas ela entendia por que a menininha tinha ficado com o cachorro. Era sempre para ela que as pessoas traziam um pássaro com a asa quebrada.

— Se ele estiver machucado, deve ser movido com muito cuidado. Corra para os trabalhadores que estão construindo a paliçada e peça a eles para fazerem uma maca com as madeiras. Diga que é ordem minha — ela completou, quando ele pareceu ter dúvidas.

Deixando Temella para terminar a cama, Boudica cheirou o ar, então pegou um xale e atravessou o pátio. O céu agora estava totalmente cinzento, e o ar pesava com a promessa de chuva. Poderia ter desejado que

Prasutagos não tivesse feito o novo terreno retangular cercado tão *grande*. Dava para encaixar todo um forte romano dentro. O aterro da muralha e a vala originais tinham sido nivelados, e, conforme cada seção do novo era finalizada, os carpinteiros colocavam a paliçada, enquanto os cavadores estendiam a vala um pouco mais.

Quando ela correu para o canto do terreno fechado, viu a cabeça loira de Argantilla e então os membros cor de creme espalhados do cachorro. Bogle levantou a cabeça quando ela se aproximou, a cauda balançando em boas-vindas.

— Olá, velho amigo — ela murmurou, ajoelhando-se ao lado dele e colocando sua grande cabeça no colo. — Como você está?

O cachorro deu um suspiro cheio de vento e fechou os olhos quando ela começou a acariciar as orelhas dele. O coração de Boudica estava torcido de pena, sentindo o osso debaixo da pele solta. Ela sabia que Bogle vinha envelhecendo, mas ele era um cão branco, e não havia pelos grisalhos no focinho para avisá-la do quanto ele tinha envelhecido.

— Onde está o problema, então, meu menino?

Com gentileza, ela passou as mãos pela espinha dele, flexionou as juntas, explorou os longos músculos das costas e das coxas. O cachorro não se encolheu ou se moveu, a não ser pela batida preguiçosa da cauda.

— Mamãe, qual o problema com ele?

Boudica levantou os ombros, impotente.

— Não consigo achar nenhum machucado, Florzinha. Acho que ele está simplesmente velho e cansado.

— Como a vovó ficou? — perguntou a menina.

— Isso, querida. — A mãe de Boudica morrera no ano anterior, e nos últimos dias dela tinha sido Argantilla quem fizera companhia a ela. — Os corpos gastam, para cachorros e para humanos também.

— Mas ele é só dois anos mais velho que Rigana! — exclamou Tilla.

— Mas anos de cachorro são diferentes — disse Boudica. — Para um cachorro grande, Bogle é muito velho...

A mesma idade que seu filho teria, se tivesse vivido. Como era estranho que a vida inteira de um cachorro pudesse ter passado quando a morte do bebê parecia ter sido ontem.

Estava ficando frio. Onde estavam os homens com a maca?

— Mas eu não quero que ele morra... — murmurou a criança.

Atrás dela, o rosto de Caw tinha ficado muito pálido. *Ele já viu morte*, pensou Boudica, *e sabe o que é. Eu sei?*

Quando a mãe dela morreu, ela estava longe de casa, e a casca que tinha sobrado parecia irreal. Se tivesse visto o corpo do filho, talvez não tivesse sido assombrada por tantos anos por sonhos em que o ouvia gritar que ela o havia abandonado, ou se tivesse sentido a vidinha dele oscilar debaixo das mãos dela, como sentia a vida de Bogle oscilando agora.

Ela se curvou mais para perto, tentando confortar o cão enquanto ele se retorcia e tremia nos braços dela.

— Eles vão precisar tomar muito cuidado para levantá-lo — dizia Argantilla quando Bogle endureceu, relaxou e começou a tremer mais uma vez.

— Ah, meu pobre filhote — sussurrou Boudica —, fique calmo, fique em paz. Os campos de Na-Dubnion são cheios de lebres, dizem, e Arimanes ama um bom cão de caça...

A morte a cercava naqueles anos em que os romanos haviam matado seus irmãos e tantos outros homens, mas ela sempre a havia evitado. Não tinha escolha a não ser abraçá-la agora.

— Você foi um bom cachorro, Bogle, um *bom* cachorro... — ela disse por uma garganta dolorida.

Obrigada por todo o seu amor por mim...

A cauda emplumada bateu no chão. Ela o apertou com mais força enquanto ele convulsionava mais uma vez, e então ficou imóvel.

— Fizemos uma maca, senhora. Devemos levar o cachorro para a casa?

Boudica se endireitou, reconhecendo a presença deles, embora naquele momento não conseguisse se lembrar dos nomes. Teve a sensação de que tinha se passado uma era.

— Não. Precisamos encontrar um lugar para enterrá-lo — ela sussurrou, e Tilla começou a chorar. — Os buracos para os mourões foram cavados?

Quando os homens assentiram, Boudica completou:

— Vamos colocá-lo lá, onde ele pode continuar a nos guardar, e esculpir a cabeça dele no mourão.

Gotas brilharam no pelo branco do cão, e ela pensou que tinha começado a chover, mas eram apenas suas lágrimas.

VINTE

Em samhain, as portas estão abertas entre o ano velho e o novo, entre os vivos e os mortos, entre os mundos. Naquele ano, o portão novo de Teutodunon também estava aberto, com tochas colocadas no chão diante dos mourões onde as cabeças do gado sacrificado para o festival tinham sido penduradas.

A muralha interna e a vala estavam terminadas, embora a paliçada ainda seguisse sendo colocada. Agora Prasutagos havia tido a ideia de erguer outra muralha externa, com uma floresta de postes entre as duas. Só o Bom Deus sabia quanto tempo *aquilo* levaria para ser construído.

Era a estação em que os rebanhos eram trazidos para os pastos em casa. Na semana seguinte, quando começariam a matar todos que não manteriam durante o inverno, o cheiro de sangue iria pairar pesado no ar. Mas agora, enquanto Boudica observava o sol se pôr no oeste, o vento trazia o cheiro de carne assada, madeira queimando e a promessa de mais chuva.

— Mãe, o que está fazendo? Estamos esperando *você*!

Rigana tinha acabado de fazer onze anos, e a cada lua, parecia, ficava mais alta. Com a idade veio a aparente convicção de que os pais eram seres inferiores que alternadamente divertiam e irritavam. Boudica disse a si mesma que a menina mudaria com a idade, mas ela se recordava de ser muito parecida.

Bem, mamãe, você tem sua vingança, ela pensou com um sorriso interno. E talvez nessa noite o espírito da mãe fosse ouvir.

— Sim, querida, vou agora — ela disse de modo pacífico, e seguiu a filha para o salão de dois andares.

Prasutagos já estava sentado em sua cadeira esculpida do outro lado da fogueira. O banquinho dela estava ao lado dele, mas então vinham dois assentos que seriam deixados vazios para a mãe e o pai dela. Os guardas do rei e o resto das pessoas da casa estavam se ajeitando em seus lugares. Haveria outros lugares vazios ali também; um dos guerreiros tinha morrido com a queda de seu cavalo, e a esposa de outro havia morrido dando à luz.

Um ano comum, ela pensou, não como o outono depois do casamento dela, quando metade do banquete tinha sido colocada de lado para o irmão de Prasutagos e todos os homens mortos na batalha do Tamesa. Se os deuses fossem bons, nunca veria de novo um festival de Samhain como aquele.

Prasutagos olhou para ela com uma careta preocupada, e ela conseguiu sorrir. O festival era sagrado, mas na maioria dos anos não era época de tristeza. Os druidas ensinavam que o Além-Mundo estava a um sopro de distância deste. Os mortos não tinham ido embora, e, no Samhain, o véu entre os mundos ficava mais fino.

Agora a comida chegava em tábuas de madeira – pão, bolos de mel, cevada fumegante, maçãs silvestres secas, costelas de vaca e fatias de javali assado. Tinham feito bebidas por semanas para se preparar, e taças e chifres eram mantidos cheios.

— Saúdo minha mãe, Anaveistl — disse Boudica. — Teutodunon mudou muito desde que esteve aqui, mas espero que não esteja muito desapontada com nossos cuidados com a casa!

Isso tirou um riso daqueles que se recordavam dos surtos heroicos de limpeza da mãe. Boudica bebeu a taça e o brinde seguiu.

Ela tirou o último pedaço de carne que dentes humanos poderiam remover de uma costela, esticou-se para dá-la para Bogle, então parou, lágrimas ardendo nos olhos ao se lembrar do motivo de ele não estar ali. Mas certamente o cão tinha sido um membro da casa tão estimado quanto muitos dos outros que estavam brindando – com uma prece silenciosa, ela colocou o osso no chão onde ele sempre ficava.

Os brindes continuaram, às vezes com uma música ou uma história como se os mortos vivessem de novo em memória. Mas, conforme a noite seguiu, Boudica viu as filhas começando a olhar com cada vez mais frequência para a porta aberta.

— Acho que alguém quer ficar de vigia lá fora — ela disse, sorrindo. — Eoc Mor, pode ir com elas ao portão?

E porque estava ouvindo, mesmo antes que as meninas viessem correndo de volta, Boudica percebeu as vibrações dos tambores distantes.

— A Égua Branca está vindo! A Égua Branca!

Todo o grupo saiu para a noite iluminada por chamas. Acima, algumas nuvens brincavam de pega-pega com a lua, e um pouco de névoa subia do chão úmido. Além dos mourões do outro lado do terreno cercado, via um brilho de luz. Não era a grande fogueira acesa além do portão, porque aquela luz se movia. O ar enevoado dava à luz uma aparência que arrepiava os pelos dos braços dela. Pulsava em compasso com o chocalhar de bexigas cheias de pedrinhas, o som agudo de flautas de bétula e a vibração dos tambores. Boudica sentiu o coração acompanhar aquele ritmo e riu.

E agora conseguia ver os seres que levavam aquelas tochas entrando na área cercada, mascarados e com capas para imitar os animais que eram totens de família ou criaturas do Além-Mundo. Capas e mangas voejavam com flâmulas de lã colorida, pedaços de metal e ossos que chocalhavam. Alguns tinham forma de homens, mas pintados como os guerreiros da raça antiga cujo sangue traziam. Alguns não usavam fantasias além de pasta de calcário que transformava suas cabeças em caveiras, nas quais os olhos brilhavam com uma intensidade enervante.

E subindo no meio daquela multidão que conversava e guinchava vinha a Égua Branca, o crânio limpo com a mandíbula que batia colocado sobre o drapeado de pele branca. Discos de cobre tinham sido encaixados nos soquetes dos olhos, polidos para refletir a luz das tochas com um brilho sinistro. Aquela não era a deusa dos cavalos amorosa e viva que Boudica carregara na coroação do rei. Em Samhain, Epona mostrava a face da Vida além da vida, para a qual a Morte era a porta.

Em Samhain ela caminha com a Senhora dos Corvos, pensou Boudica, *e esse é um aspecto que ninguém em seu perfeito juízo pediria para aguentar...*

Os invasores formaram um semicírculo grosseiro com a Égua Branca no centro e começaram a cantar...

Cá estamos, olhem,
Vindos de longe,
Abram, amigos, os portões
E nos ouçam cantar!

Cada distrito tinha sua própria variação do festival. Teutodunon havia sido a casa de infância de Boudica, então coube a ela dar a resposta...

Sábios, a verdade contem,
Quantos esse grupo formam,
E deem também os nomes,
Para podemos saber.

Ela provavelmente conhecia os homens que respondiam, mas através das máscaras as vozes deles soavam embotadas e estranhas.

Deve nos alimentar
Com trigo e cevada,
Como os espíritos trata,
Você há de prosperar!

Enquanto as meninas corriam de volta para a casa para pegar pão de aveia e cerveja, Boudica manteve a interação. Em alguns minutos a comida e a bebida eram distribuídas aos mascarados.

A Égua Branca tem uma canção,
Os espíritos trarão
Vida nova e bênçãos
Para todos...

A cabeça enorme baixou. Boudica deu um passo para trás, zonza como se tivesse bebido a cerveja, vendo não um crânio de cavalo e um couro, mas o animal inteiro, retratado em pele e ossos brilhantes.

— *Um presente de seus ganhos, um presente meu... O que pediria, rainha dos icenos?*

Ela ouvia aquilo com os ouvidos ou com o coração?

— Traga meu filhinho de volta para mim... — ela sussurrou em resposta.

— *Ele vai voltar, mas não para você. Não é por seus filhos que vai ganhar imortalidade. Mas vou lhe devolver seu guardião...*

Então o grupo de pessoas veio para a frente deles e a conexão foi quebrada. Piscando, Boudica se viu na beira do amontoado de gente.

— Minha senhora...

Ela se virou e reconheceu Brocagnos, uma máscara de javali pendendo na mão. Do outro lado dele algo branco se movia.

— Quando visitou meu forte no outono passado, minha cadela estava no cio, e aquele seu cachorro... bem, pode ver que o filhote é a cópia dele. Pensei em ficar com ele, senhora, mas acho que o lugar dele é aqui...

Boudica mal ouviu.

— Bogle... — ela sussurrou quando uma cabeça branca imensa com um nariz avermelhado e uma orelha ruiva apareceu na altura dos quadris de Brocagnos.

— Bogle — ela disse de novo —, é você?

As orelhas sedosas se levantaram. Então, com um latido alegre, o cão se jogou nos braços dela.

***

Os grãos amadurecidos nos campos em torno de Danatobrigos ondulavam como a pele de um animal no vento frio que soprava todos os dias vindo do mar no pôr do sol. Prasutagos tinha ido para Colonia para o encontro anual de chefes, mas fazia cinco anos desde a última vez que Boudica o acompanhara. Ela preferia passar o verão ali, na terra que aprendera a amar, onde as meninas, agora com dez e quase treze anos, podiam correr com a mesma selvageria que os pôneis que montavam.

Durante o dia ela ficava ocupada demais para sentir falta de Prasutagos, mas, quando as sombras aumentavam e a noite começava a se aproximar do mundo, tinha se tornado seu costume assoviar para os cachorros e andar pelo caminho perto das pastagens. Havia uma boa meia dúzia deles agora, filhotes do velho Bog com cadelas em todas as terras icenas. Depois que Brocagnos tinha trazido o cão jovem, outros a presentearam com filhotes nos quais o sangue dele corria forte, e agora suas caminhadas eram acompanhadas por uma espuma de cães brancos de pintas ruivas.

Eles corriam para lá e para cá, caçando uma lebre escondida na cerca viva, latindo para os corvos que se levantavam em revoadas barulhentas e voavam pelos campos para as árvores em que dormiam. E ainda assim, debaixo do barulho da superfície, havia um silêncio profundo na terra que confortava a alma de Boudica. Nesse momento, ela chegou a uma estrada e olhou para o sul, esperando ver o grupo de homens e cavalos que anunciaria a volta do marido.

Boudica não via nada na estrada, mas os cães tinham parado, as cabeças levantadas, cheirando a brisa. Ela ficou esperando, acariciando primeiro uma e depois outra cabeça peluda que empurrava sua mão, e agora uma só figura entrou na vista. Era um homem, pelo vigor da caminhada, usando uma túnica de lã sem tingimento, com um pacote nas costas e um chapéu de palha trançada puxado até as sobrancelhas.

— Bom encontro, caminhante — ela disse quando ele parou diante dela. — Ora, é Rianor! — ela exclamou quando ele tirou o chapéu.

Ele era um sacerdote agora, ela via pela barba e pelas sobrancelhas raspadas.

— Espero que esteja vindo nos visitar em Danatobrigos. Se não, eu e meus cães vamos levá-lo de qualquer jeito.

— Desde que não seja a matilha de Arimane que está aí — ele disse, ainda sorrindo. — Eles são como cães do mundo das fadas, mas parecem mansos. Mas aquele não pode ser seu velho cão Bogle, a não ser que ele tenha ido para a Terra da Juventude e voltado...

— Muito próximo disso. Esse nasceu depois que o primeiro nasceu, e pode ver que as marcas são quase as mesmas.

O cão tinha se encaixado na vida dela de um jeito tão fácil que mesmo sem a profecia da Égua Branca ela teria acreditado que era o mesmo.

— De algum jeito as palestras de Lugovalos nunca mencionavam a reencarnação dos cães, mas imagino que possa existir. — Rianor sorriu.

— Diga-me, o que está fazendo aqui? — perguntou Boudica, quando tomaram o caminho para o casario.

— Como estou entre aqueles ainda jovens e fortes o suficiente para isso, eu basicamente levo notícias e mensagens. E quando o solo parece favorável, planto algumas sementes que podem brotar em rebelião, quando as estrelas estão certas. Toda aquela prática em memorização, você sabe. — Ele sorriu. — De qualquer modo, é por isso que estou aqui.

— Não para me persuadir a me rebelar, espero — ela começou, mas ele balançou a cabeça.

— Não, trago uma mensagem, da senhora Lhiannon.

— Você a viu? Onde ela está? Ela está bem?

Rianor levantou uma mão restritiva.

— Eu viajei para Eriu, e espero jamais fazer isso de novo. O oceano e eu não nos damos bem. Mas de fato vi a senhora, e ela está bem. Está morando em uma comunidade de druidas no reino de Laigin, e eles são de fato uma maravilha, tão numerosos e poderosos que podem se dar ao luxo de brigar entre si, quando não estão usando a magia para ajudar os reis deles. Eles ainda são como éramos, acho, antes que os romanos viessem.

— E ela mandou mensagem para mim? Melhor me dar agora. As meninas estão na idade de achar que você é uma figura de grande romance. Assim que perceberem sua presença, o resto de nós não vai conseguir dizer uma palavra até que tenha contado toda a história de suas andanças.

— Muito bem.

Eles tinham chegado à mata abaixo do casario, e Rianor sentou-se em um tronco caído e fechou os olhos.

— Essas são as palavras da sacerdotisa Lhiannon para a rainha Boudica...

A voz dele assumiu um timbre mais suave, como se Lhiannon o tivesse imbuído também de seu espírito, além de suas palavras.

— Minha querida, aproveito a oportunidade para mandar notícias por alguém que conhece bem. Ele vai lhe dizer que estou bem e feliz. Foi muito difícil ir embora da Britânia, mas fico feliz por ter vindo. Aprendi muita coisa que espero compartilhar com você um dia. Mas a notícia principal é que tenho uma filha... não, não do meu corpo, mas uma menininha que encontrei chorando no mercado um dia, com os cabelos brilhantes como as asas de um melro-preto e os olhos azuis como o mar. Os pais dela tinham uma casa cheia de crianças que não podiam alimentar, e ficaram felizes em vendê-la para mim.

"Minha pequena Caillean, que significa 'menina' na língua de Eriu, não sabe quando nasceu, mas acho que ela deve estar perto da idade de sua menina mais nova. É difícil saber, pois estava malnutrida quando a encontrei, embora esteja crescendo rápido com comida boa e cuidados. Ela é uma coisinha inteligente, e ansiosa para aprender. Entendo um pouco de seu deleite com suas filhas enquanto a vejo mudar de um dia para o outro.

Penso em você com frequência, e espero vê-la de novo, embora não possa dizer quando. Pode mandar uma mensagem por Rianor, que diz que você estava bem e feliz – e linda – quando a viu há sete anos. Se os deuses forem bons, ele poderá trazer o recado para mim.

"Você sempre tem meu amor, querida. Sigo sendo sua Lhiannon."

Por alguns momentos o druida ficou em silêncio, então balançou e abriu os olhos.

— Obrigada — disse Boudica. — Quanto disso você se lembra?

— Você não entende... quando uma mensagem é colocada em mim em transe, eu não me lembro, e é frustrante quando as pessoas querem mais informações, e não tenho ideia do que disse.

— Isso deve ser difícil, mas tenho certeza de que entregou a mensagem com fidelidade. Parecia que ela estava falando comigo.

— Fico feliz. — Ele sorriu com afeto.

— Vamos, agora, nosso jantar vai estar pronto e tenho certeza de que deve estar com fome. Você veio do sul? Enquanto andamos, pode me contar as últimas notícias de Colonia.

Rianor era um bom observador, com um dom para descrever as coisas que tinha visto. Eles todos haviam se perguntado o que aconteceria quando o imperador Cláudio fosse sucedido pelo filho adotivo Nero, mas, até onde o druida podia ver, o principal resultado local parecia ser o templo que estava sendo construído em nome do imperador morto. Era estranho que um homem que em vida fora desprezado por muitos fosse honrado como um deus depois de morto, especialmente desde que os rumores diziam que ele tinha sido envenenado pela esposa. Mas apenas as boas qualidades dos mortos eram relembradas, como se o espírito divino ao qual tinham oferecido incenso fosse tudo o que restava. Os reis antigos cujos montes mortuários estavam por toda a Britânia ainda eram honrados, então talvez as crenças dos celtas e dos romanos não fossem tão diferentes nesse aspecto. No entanto, por mais benigno que o espírito do imperador pudesse ser, parecia duro que os trinobantes, a quem Cláudio tinha privado de um reino e um rei, precisassem pagar pela deificação do conquistador deles.

— Não vi seu marido, mas ouvi que ele estava lá. Ele é muito respeitado. Eles o chamam de "o próspero rei Prasutagos", sabia? — Rianor parou.

Quase tinham chegado ao casario. Acima da cerca viva, os telhados das casas redondas se erguiam em pontos escuros contra o céu que escurecia, mas saía luz por baixo das portas, e havia um aroma tentador de carne sendo cozida no ar.

— Antes de entrarmos, há uma coisa que preciso lhe dizer. Quando éramos mais jovens — ele disse com uma timidez súbita —, esperava que ficasse em Mona, e talvez dançasse comigo nas fogueiras.

E então achou que estivesse apaixonado por Lhiannon, pensou Boudica.

— Mas quando estive aqui com a grã-sacerdotisa e com Coventa, vi como seu marido olha para você. Ele não é nenhuma brasa ardente, mas claramente vem sendo bom com a senhora. Algumas mulheres apenas ficam mais velhas, mas a senhora ficou mais bonita.

Isso era uma declaração ou uma renúncia? Boudica segurou o ímpeto de rir. Agora que as filhas se aproximavam da idade de se casarem, era um consolo saber que ainda era agradável aos olhos dos homens.

— Nós somos muito felizes — ela por fim disse. — Mas fico honrada por sua consideração.

Conforme eles entraram pelos portões, os cães vieram girando em um tumulto de línguas pendentes e caudas que balançavam, seguidos pelas filhas dela.

— Onde você estava, mamãe? Voltamos faz um tempão e o jantar está *pronto*!

***

Boudica engoliu a última bocada de carne e feijões e observou o marido terminando a própria tigela do outro lado da fogueira. Pela primeira vez desde que o conhecera, Prasutagos parecia velho. Ele e seus homens tinham chegado mais cedo naquela tarde, e por um tempo se ocuparam de descarregar os sacos e fardos de mercadorias e presentes que tinham trazido com eles de Colonia. Para Rigana, havia uma rédea de couro vermelha com juntas de cobre para o pônei dela, e para Argantilla, uma seleção de fios de bordar em todas as cores possíveis. A menina mais nova já era mais inteligente com uma agulha que a irmã; melhor, na verdade, que Boudica jamais seria.

Ela havia desejado que Rianor pudesse ficar com eles até que o rei chegasse. Teria sido interessante comparar as informações dele com o que Prasutagos tivesse descoberto no conselho... as más notícias que ele estava guardando para quando estivessem sozinhos. Precisava ser algo político, ela pensou com infelicidade. Já teriam escutado qualquer coisa pública dos homens. Os outros poderiam pensar que o rei estava tão quieto porque estava cansado. Prasutagos parecia mais fatigado do que deveria, mesmo depois de uma viagem tão longa, mas, depois de dezesseis anos de casamento, os silêncios dele diziam mais para ela do que as palavras da maioria das pessoas.

***

Boudica sempre tinha amado o brilho difuso que iluminava a cama deles quando a luz das brasas na lareira atravessava as cortinas. Nem luz nem escuridão tornava a cama matrimonial deles um lugar protegido e separado do mundo. Agora ela se levantou sobre um cotovelo, olhando para o marido, colocou para trás com cuidado um fio do cabelo que rareava e o beijou na testa.

— Senti sua falta — ela disse em voz baixa, e o beijou nos lábios.

Ele a puxou para baixo e o beijo se tornou mais profundo.

Quando subiram para tomar ar, ela se aninhou no lugar de costume, com a cabeça no ombro do marido e o braço sobre o peito dele, ouvindo a respiração.

— E eu a sua — ele murmurou. — Senti falta de segurá-la nos braços. Senti falta de conversar com você quando os encontros acabavam.

— Sentiu? Então o que é que está deixando de dizer com tanto cuidado desde que voltou para casa?

Ela moveu a mão pelo músculo do ombro dele, reaprendendo os contornos.

— É assim tão óbvio?

— Para mim, é.

Ela torceu o pelo do peito dele e ele se retraiu e riu.

— Dinheiro.

As carícias dela pararam.

— O que quer dizer? A colheita foi boa este ano...

— Para levantar a riqueza de que vamos precisar, cada grão em cada espiga precisará ser feito de ouro... — Ele suspirou. — Todos os empréstimos imperiais precisarão ser pagos. Você se lembra daqueles fundos convenientes que nos foram oferecidos por Cláudio e seus amigos patrícios no ano das enchentes, e do dinheiro que tomamos emprestado para construir o salão em Teutodunon. Os homens que governam para o jovem Nero querem o dinheiro deles de volta. Eles dizem que Seneca emprestou quarenta milhões de sestércios para os chefes britões. Manter um exército tão grande aqui é caro, e as minas terminaram não sendo tão ricas como esperavam. O novo procurador, Decianus Catus, parece ter sido escolhido porque vai adotar uma linha dura.

— Mas o governador não pode domá-lo?

Ela olhou sem enxergar para a cobertura da cama.

— Varanius está morto. Um homem chamado Paulinus está a caminho, mas não sabemos qual será a política dele. Por enquanto, Catus está encarregado...

— Catus e Clotho... — Ela estremeceu, recordando-se do significado do nome do procurador. — Um para descobrir como vão nos trapacear e outro para medir o preço. Eles devem se dar muito bem...

Mentalmente ela estava avaliando rebanhos e estoques, imaginando o que poderia ser vendido e do que poderiam abrir mão. As cortinas em torno do mundinho deles não pareciam mais uma barreira segura.

— Imagino que Rianor sabia que era melhor não falar de rebelião aqui, mas em outros lugares ele encontrou ouvidos dispostos — disse Prasutagos. — Até agora todos esperam que o golpe não os atinja, mas, quando começarem a tomar as propriedades, qualquer faísca vai deixar a terra em chamas. O ânimo no conselho estava ruim, ali no final.

— Vamos conseguir o dinheiro de algum jeito. Nós precisamos... rebelião só pode trazer desastre agora...

Boudica sentou-se e colocou as mãos nos ombros dele, tentando distinguir os traços. Os olhos dele brilhavam no escuro.

— E no ano que vem vou ao conselho com você, não quero que volte de novo parecendo alguma coisa que Bogle trouxe da charneca.

Ela acariciou os músculos fortes do peito e da barriga dele como se o seu toque pudesse torná-lo inteiro.

— Já estou revivendo.

Ele tentou rir, mas sua respiração tinha ficado irregular. Ela sorriu e foi mais para baixo, colocando a mão sobre o peso quente da virilidade dele. Conforme ele se levantou para encontrá-la, ela montou nele e lhe deu as boas-vindas.

VINTE E UM

Desde o festival de Brigantia vinha chovendo, uma precipitação suave, insistente, que deixava uma umidade penetrante, como se terra e céu se dissolvessem em lodo primordial. Se continuasse assim, pensou Boudica, Dun Garo iria deslizar para dentro do rio. O frio cortante do vento teria sido mais bem-vindo.

Quando foi até a porta da cabana de tecelagem, conseguia ver a estrada enlameada. Mas as árvores se desvaneciam na névoa atrás. Com aquele tempo, não conseguiria ver Prasutagos se aproximando até que estivesse nos portões. Diabos com o homem – ele deveria ter voltado àquela altura! Drostac da Colina de Freixos estava esperando havia dois dias por um julgamento em uma disputa de limites, e, embora tivesse aceitado a autoridade dela como rainha, ela queria o aconselhamento do marido.

Naquela manhã um pequeno grupo tinha vindo das terras dos trinobantes, despejados de sua fazenda por um oficial romano que dera a propriedade para um de seus subalternos. Era uma coisa difícil ser forçado a sair da terra onde você conhecia os espíritos que viviam em cada pedra e riacho pelo nome – ainda mais difícil fugir para o território de uma tribo diferente. Mas eles não tinham mais um rei para proteger o relacionamento sagrado. Prasutagos os colocaria sob sua proteção? Ele *poderia* fazer isso, perguntou-se Boudica, quando a extenuação de seus próprios recursos era tão grande? Entre os projetos de construção do rei e os impostos romanos, não sobrava muita coisa nos cofres.

A ganância dos romanos parecia não ter fim. Ela já tinha vendido boa parte de suas joias para ajudar seu povo. Das peças maiores, apenas o torque de Caratac ainda estava escondido como uma rebeldia oculta no fundo do baú de carvalho. Os romanos tinham o direito legal de receber o dinheiro de volta, embora entre o povo dela, quem não perdoasse os impostos de seu próprio povo em tempos de dificuldade seria um mau governante. Até os romanos providenciavam pão a seus cidadãos. Essa era a diferença, ela pensou amargamente. Os romanos alimentavam seu próprio povo, mas, apesar de todas as suas belas palavras sobre pertencer ao império, os britões ainda eram o inimigo.

Boudica deixou a cortina da porta cair e voltou para o tear. Temella olhou para cima de modo inquiridor, mas sabia que não deveria fazer perguntas quando a rainha estava com aquele humor. Por um momento ela ficou olhando para o padrão de verdes e azuis, então se virou inquieta. Tecer exigia paciência e calma, e ela não podia dizer que tinha nenhuma das duas no momento. Queria estar por aí *fazendo* alguma coisa, e, até que Prasutagos voltasse, não havia nada que pudesse fazer.

Foi com profundo alívio que ouviu o som de cavalos entrando no pátio. Quando os cães começaram a latir, ela correu para a casa redonda. Crispus já tinha servido a taça de boas-vindas. Ela a pegou e ficou esperando.

A porta foi empurrada com uma rajada de vento úmido. Prasutagos estava entrando, meio apoiado por Eoc, com Bituitos bem atrás. As palavras de saudação dela, assim como as palavras de censura que planejava dizer a seguir, foram esquecidas.

— O que foi? — ela exclamou enquanto o rei dispensava o ajudante. — Houve um acidente?

— Estou bem! Velhas cheias de frescura.

Prasutagos ficou cambaleando, sem parecer notar que Bituitos tinha colocado uma mão de apoio debaixo do cotovelo dele. Aquela careta deveria ser um sorriso de resposta? Ele começou a beber e teve um acesso de tosse. Ela deu a taça de volta a Crispus, então pegou a mão do marido entre as suas.

— Ele está ardendo em febre! — Ela olhou para os homens de modo acusatório. — Por que o deixaram viajar nesse tempo? Ele está doente!

— Senhora, eu sei, mas ele *quis* vir! — disse Eoc, com desespero. — E ele é o rei...

— Ele disse que seu toque o deixaria bem — completou Bituitos.

— Meu toque vai colocá-lo na cama, que é onde ele precisa ficar — ela murmurou, passando um braço em torno do marido. — Ajudem-me a colocá-lo lá!

Assim que ela tirou as roupas de Prasutagos, ele pareceu mais confortável. Ela se sentou ao lado da cama, dando colheradas de sopa quente ao marido até que ele não quis mais.

— Certo, se não vai comer, conte!

— Sim, minha senhora — ele disse com o velho sorriso, embora ainda respirasse com cuidado. — Bem... fiz Morigenos concordar em emprestar cereais a Brocagnos para o plantio da primavera... Eles vão dividir o trabalho e a colheita.

Boudica assentiu. Seria mais um clã a sobreviver.

— E houve alguma notícia de Colonia?

Ele assentiu.

— Paulinus terminou de subjugar os deceanglos. Dizem que — ele fez uma pausa para respirar — que ele planeja marchar até Mona e terminar com a interferência dos druidas de uma vez por todas.

— Vai ter pouca sorte — ela respondeu, esperando que fosse verdade. — Metade dos druidas da Britânia está lá. Mona será defendida por magia poderosa. Também soube de notícias. Cartimandua não rompeu apenas com Venutios, ela tomou o carregador de armadura dele, Velocatos, como amante.

Prasutagos levantou uma sobrancelha.

— Isso era para ser um aviso? Vou precisar ficar de olho em Bituitos.

O riso dele se transformou em outro acesso de tosse, e dessa vez, quando ele terminou, havia pontos de sangue no pano.

— Vai ficar de olho da cama, então — ela disse, ácida. — Andou tossindo até a garganta ficar em carne viva.

Ela colocou a mão sobre a testa dele e achou que a febre estava um pouco mais baixa que antes.

— Seus dedos estão frios — ele murmurou, fechando os olhos. — Posso descansar agora. Não durmo bem... quando você não está ao meu lado...

Nem eu, meu amor, ela se curvou para beijar a testa dele. Parecia estranho vê-lo deitado tão quieto quando ainda era dia. Ela tivera de cuidar das filhas durante várias doenças de infância, mas Prasutagos sempre fora agressivamente saudável. Homens fortes eram sempre os pacientes mais difíceis. Ela esperava que a doença não durasse muito.

Desejava que Lhiannon estivesse ali.

— Durma, meu querido... e se cure — ela disse em voz alta. — Preciso cuidar da alimentação de seus homens.

Ele descansaria, e a febre cederia, e ele ficaria bem. Nenhum outro resultado era possível.

***

— Por que papai não melhora?

Rigana cutucou os lados do pônei e o levou para o lado da égua branca que tinha tomado o lugar de Roud como montaria regular de Boudica. Os homens que Prasutagos havia insistido que ela trouxesse trotavam atrás.

A égua se chamava Branwen e se considerava a rainha da estrada. Boudica viu as orelhas brancas virarem para trás e bateu no pescoço dela antes que ela pudesse morder o pônei. Era um dia bonito pouco antes da Virada da Primavera, e os dois cavalos estavam bem-dispostos.

Ela poderia falar alguma platitude quando as mesmas perguntas batucavam seu cérebro? Já fazia uma lua que Prasutagos havia caído de cama. Ele ainda estava tossindo, e a cada vez que tentava se levantar a febre retornava. Boudica olhou de lado para a filha. Rigana tinha quase quinze anos – mais que o suficiente para o ritual de feminilidade. Boudica havia atrasado o ritual, sonhando que poderia levar a menina para Avalon para ser iniciada como ela fora. Mas não podiam fazer uma viagem tão longa com Prasutagos doente. Havia outros santuários mais próximos que poderiam servir. Naquele passo, Argantilla estaria pronta para o próprio ritual quando Rigana fizesse o dela.

— Você está preocupada com ele — Rigana disse, de modo acusatório. — Você não dorme. Está com olheiras debaixo dos olhos. Se precisa fazer o trabalho do rei — ela indicou o casario da fazenda —, deveria aceitar ajuda minha e de Tilla para o seu.

— É muita consideração sua, querida, mas...

— *Mãe!* Não me insulte. Não preciso ser protegida.

Exceto, talvez, de si mesma..., pensou Boudica, lembrando-se com desconforto de si mesma naquela idade. Tinha trazido Rigana com ela por um sentimento de que a menina precisava aprender as responsabilidades de um chefe, já que iria se casar com um governante um dia. A rainha não se permitia refletir que Rigana também era herdeira de Prasutagos.

— Talvez não precise — ela disse, de modo suave. — Mas quando tiver filhos vai entender por que os pais sentem que precisam tentar...

— É papai que precisa de ajuda — disse Rigana, de um jeito repressivo. — Se não pode curá-lo, deveria encontrar alguém que pode.

Boudica suspirou.

— Lhiannon está em Eriu, e os druidas de Mona estão escondidos atrás de suas proteções esperando os romanos chegarem.

— Ainda pode perguntar... talvez exista alguém que queira estar seguro aqui em vez disso!

— Muito bem — respondeu Boudica.

Ela podia dizer a si mesma que estava pedindo ajuda para agradar a filha, não por causa do terror que a fazia acordar nas horas escuras em que estava deitada ao lado do marido, escutando a respiração difícil dele. Calgac era um homem confiável. Falaria com ele sobre isso assim que voltassem ao forte.

O casario de Drostac ficava em uma pequena elevação. Gado e cavalos pastavam nos campos ao redor. Conforme se aproximaram da fazenda, uma maré de cães veio do pátio, latindo furiosamente. Ela viu um soldado de guarda ao lado de alguns dos cavalos – aparentemente os romanos já tinham chegado.

— Aqui, minha senhora.

Calgac apontou para um grupo de homens que discutia no campo ao lado. Um deles, ela viu com desprazer, era Cloto.

Boudica considerou fazer Branwen pular sobre a cerca de vime e chegar a cavalo entre eles, mas isso não apenas irritaria Cloro como assustaria o gado sobre o qual eles pareciam discutir, e, além disso, não era digno.

— Eu lhe devo três vacas — Drostac exclamava. — Não nego isso, eu as prendi mais longe. Esse animal é um touro, e não vão levá-lo embora!

O animal em questão, um touro marrom com ombros pesados e um brilho desconfiado nos olhos, estava a alguns passos de distância.

— Sou eu, e não você, que vai decidir que animais vou levar — disse Cloto. — Eu selecionei aquele.

Ele sorriu, e Boudica de repente teve certeza de que ele sabia quanto orgulho Drostac tinha daquele touro.

As cabeças se viraram quando ela foi na direção deles, Rigana um passo atrás. Ela olhou de Cloto para o oficial romano que o acompanhava, um homem pequeno que ficava trocando de pé com medo de afundar na lama, e estava claramente desconfortável com a presença do touro.

— Está falando do *touro*? — Boudica produziu uma série de risadinhas. — Ora, Cloto, esqueceu tudo o que sabia sobre criação de animais?

Ela balançou a cabeça de modo lastimoso, e se virou para o romano:

— Imagino que ainda vá querer cobrar imposto desse homem de novo no ano que vem? De onde acha que vão vir os bezerros se levar o touro embora?

Drostac fechou os lábios para seja lá o que estivesse a ponto de dizer enquanto o romano franziu o cenho. O rosto de Cloto escureceu. Quando ele se virou para responder, Boudica soltou um pequeno grito e se afastou.

— Rigana, querida, quero que fique do outro lado da cerca — ela disse em uma voz alta. — E, bons mestres, acho que deveriam fazer o mesmo. Aquele animal não parece *seguro* para mim...

A indignação de Rigana com a ordem desapareceu quando ela viu a mãe piscar. O oficial romano não precisava de mais encorajamento para segui-la. Boudica e Drostac foram atrás dele, deixando Cloto para enfrentar o touro, que àquela altura estava de fato perturbado e tinha começado a raspar o chão com a pata.

Assim que atravessou o portão, Boudica pegou o braço do romano.

— Se matasse o animal, ele não seria bom para muita coisa além de couro para sandálias — ela disse, confidencialmente. — Seus soldados vão lhe agradecer pela carne de três novilhas tenras, acredite em mim, quando iriam amaldiçoá-lo por tentar alimentá-los com aquele touro.

***

No campo pelo qual passavam, ovelhas jovens brincavam com uma energia que ninguém poderia imaginar que suas mães já tiveram. De vez em quando um dos cordeiros levantava a cabeça com um *baa* admonitório. Boudica sentia empatia. Como se suas especulações tivessem sido uma profecia, bem depois da Virada da Primavera, Argantilla veio até a mãe anunciar que havia começado a sangrar "do lugar de mulher", e quando poderiam fazer a cerimônia? Embora Rigana considerasse sua floração mensal um estorvo, Argantilla sempre fora muito mais confortável com sua feminilidade. Iniciá-las juntas parecia a resposta óbvia, e, agora que estavam na estrada, as meninas galopavam para lá e para cá em seus pôneis com igual entusiasmo.

— Acalmem-se, vocês duas — ela gritou quando a filha mais jovem pulava perto. — Se cansarem as montarias antes de chegarmos lá, vão caminhar ao lado delas.

Boudica se viu contente em manter a égua branca num passo gentil, a ansiedade por ter deixado Prasutagos para trás em Dun Garo lutando com um alívio culpado por estar livre em céu aberto. Deveria ter ficado com ele? Ele tinha insistido para que ela levasse as meninas para a fonte sagrada.

Elas poderiam ter feito a viagem em dois dias, mas as carroças em que algumas das outras mulheres seguiam moviam-se lentamente. Temella estava com elas, e algumas mulheres de chefes. Sua própria mãe morrera havia muito tempo, mas tinham enviado alguém para trazer a velha Nessa de Danatobrigos, e a mulher de Drostac levava a própria filha, Aurodil, para partilhar o ritual.

***

— O seu ritual foi assim? — perguntou Argantilla, quando se acomodaram nos abrigos sob as árvores.

Boudica passou os braços pelos ombros da filha. Tilla ainda não tinha começado a crescer, mas seu corpo já estava belamente arredondado. Ela devia ter herdado aquele corpo feminino e a natureza calma do lado da família do pai, pensou a rainha. Não era nada como a energia delgada que ela dividia com Rigana. Ela não estaria pronta para um ritual de feminilidade aos treze anos, mas, para Argantilla, estava na hora.

— Não, eu estava com os druidas em Mona. Quando meu fluxo começou, fizemos uma celebração, mas o ritual era sempre atrasado até que uma garota pudesse escolher se desejava se tornar uma sacerdotisa. Então eu era muito mais velha...

E, de alguns modos, muito mais jovem, ela refletiu, dando um abraço extra na menina. Em Mona, os druidas viviam em uma grande separação das demandas do mundo, ou ao menos tinham vivido até agora, ela pensou, com apreensão. Crescer na casa do grande rei dera às duas filhas uma sofisticação além da idade delas.

Naquela noite, no entanto, os risinhos que saíam do abrigo onde as três meninas deveriam estar dormindo eram um tanto apropriados para a idade delas. Boudica ficou deitada acordada, recordando-se de como Prasutagos a tinha procurado no escuro, tocando-se como ele a tocava, imaginando que ele estava ao seu lado agora. Não faziam amor desde que ele ficara doente. Ela não havia percebido o quanto precisava da liberação que encontrava nos braços dele.

Foram acordadas na hora escura antes do amanhecer, e seguiram a sacerdotisa que cuidava da fonte sagrada pelo caminho, velas de junco brilhando nas mãos. Quando chegaram à lagoa, colocaram as velas em torno e ficaram esperando.

As mãos de Boudica estavam atadas às mãos das filhas. Conforme se aproximaram, a sacerdotisa entrou no caminho.

— Quem vem à fonte sagrada?

— Sou Boudica, filha de Anaveistl, e essas são minhas filhas, Rigana e Argantilla. Eu as protegi e as nutri por todo o crescimento delas. É meu direito estar com elas agora.

— As crianças que estimava já não existem — disse a sacerdotisa. — Elas são mulheres, e o próprio sangue delas corre vermelho ao chamado da lua. Na jornada que estão começando, devem andar sozinhas.

Ela se virou para as meninas.

— Rigana, Argantilla, a Deusa as chama para tomar as responsabilidades da feminilidade. Estão dispostas a se separar de sua mãe e a obedecer?

— Estou — elas responderam.

A sacerdotisa se virou para Boudica.

— E está disposta a deixá-las ir?

Quando ela concordou, o coração gritava: *Não! Elas são só meninas! É cedo demais!* Mas o ritual, como os anos que a trouxeram para aquele lugar, tinha um ímpeto que a levou adiante.

— Então eu corto as cordas que as amarram. A partir deste momento, vão andar livres.

Com uma pequena faca em forma de foice, a sacerdotisa cortou as amarras.

Conforme a corda cedeu, Boudica sentiu a perda de outra conexão que não havia percebido conscientemente que estava ali. *Não deveria ter feito isso para as duas meninas juntas*, ela pensou freneticamente. *Não estou pronta para perder meus dois bebês num só golpe!*

Ela ficou de lado enquanto o processo era repetido com a outra mãe e sua menina, e seguiu, infelizmente consciente de que, a partir dali, sua única função era a de testemunha. Três das mulheres mais jovens se despiram e ajudavam as garotas a tirar as vestes antes de levá-las para a lagoa. Boudica viu o arrepio tomar a pele delas e se encolheu em empatia. Mesmo no meio da primavera, o ar era gelado naquela hora, e a água estava sempre fria.

No vento do alvorecer, fitas flutuavam dos galhos, algumas velhas, outras novas. Ela imaginou que a que colocara ali tantos anos atrás tinha virado pó a essa altura, como o corpo do filho. Mas a imagem da Deusa ainda estava ali – ou talvez fosse outra feita do mesmo padrão. Boudica imaginou uma sequência de estátuas assim, uma substituindo a outra quando a primeira se deteriorava, como as novas gerações de filhas tomavam o lugar das mães na fonte sagrada.

— Agora deixem a água levar embora todas as manchas e impurezas — cantaram as jovens mulheres, pegando água e derramando sobre as garotas. — Que ela dissolva tudo o que as prende, que tudo o que esconde seus verdadeiros eus seja lavado... Sintam a água acariciar seus corpos, e se recordem das águas das quais nasceram.

Ruiva, morena e loura, as garotas se viraram para receber a bênção. Na luz bruxuleante, os corpos delas brilhavam como mármore, cintilando onde a água formava pequenos riachos nos membros arredondados. Boudica perdeu o fôlego fascinada com a beleza dos seios que cresciam e da bela junção das coxas esguias. Em lugares como aquele e a Fonte de Sangue de Avalon, tinha sentido um poder sagrado. E houve momentos em que o sentiu dentro de si. Mas, enquanto as três garotas se abraçavam, ela viu a Deusa Donzela se manifestar em toda a Sua variedade infinita, radiante de potencial, e suas lágrimas caíram para se misturar às águas da fonte sagrada.

— Rigana, Argantilla, Aurodil, limpas e brilhantes, reveladas em sua beleza, levantem-se, ó irmãs, e juntem-se a nós agora...

As meninas saíram da lagoa com mais vivacidade do que tinham entrado, arquejando de frio e risos enquanto secavam umas às outras e colocavam suas túnicas. Enquanto isso, as mulheres ficavam de frente uma para a outra no caminho, juntando as mãos, de modo a formar um túnel pelo qual as garotas precisavam passar para alcançar o banquete que aguardava na clareira mais além.

— *Da flor vem o fruto, e do fruto a semente* — as mulheres cantavam. — *Ao morrer, nascemos de novo, e, enterradas, somos libertadas...*

Boudica e a mãe de Aurodil abriram os braços para abraçar Rigana, apertando-a.

— Com esse abraço você nasce no círculo das mulheres — sussurrou Boudica.

— Com esse abraço você nasce para uma nova vida — respondeu a outra mulher.

Então a soltaram para o próximo par, e abriram os braços para Aurodil. Além delas, a música continuava.

> *Nascimento e renascimento, passando, voltamos,*
> *Libertando, tudo nos é dado, abdicando, aprendemos...*

Conforme as iniciadas passavam, a fila se desfazia atrás dela e o resto das mulheres seguia. A luz do sol que acabara de nascer atravessava os galhos em raios longos tornados visíveis pelo vapor que subia do caldeirão fervendo sobre o fogo. As meninas haviam recebido lugares de honra e foram coroadas com guirlandas das primeiras prímulas. Rindo e corando, receberam a sabedoria e os avisos, muitos dos quais desbocados, que as mulheres estavam ali para dar.

Boudica bebeu o chá de menta que Nessa tinha lhe dado em silêncio. Havia sentido essa mistura de alegria e perda depois do parto. E por que ficaria surpresa? Tinha esperado dor quando dera à luz os corpos das filhas, mas essa segunda separação rasgava seu coração com uma dor nova e inesperada.

Mas suas filhas ainda estavam com ela. Os druidas ensinavam que a morte era outro tipo de nascimento. Se o marido fizesse a passagem, o que ela faria? Depois de hoje, ainda poderia segurar as filhas nos braços mesmo se o relacionamento mudasse. Mas se Prasutagos morresse...

Deusa! Senhora da Fonte Sagrada! Darei tuas águas para que ele beba, e, se ele se recuperar, vamos construir um templo aqui em teu santuário. Senhora da Vida! Permite que meu marido viva!

***

Prasutagos jazia na cama grande, totalmente imóvel.

Minha Deusa, ele está morto? Boudica parou com as cortinas levantadas pela metade, olhando.

Certamente, ela pensou em uma convicção cega, ele teria esperado – não poderia deixá-la sem dizer adeus – e então, com mais sensatez, certamente teriam lhe dito se ele tivesse morrido. Ela viu o peito dele subir e descer e seu coração começou a bater de novo. E, embora ela não tivesse feito nenhum som, os olhos dele se abriram e ele a cumprimentou com seu velho sorriso doce.

Boudica forçou os lábios a responder, embora o coração estivesse chorando. *Ele está tão magro! Não deveria jamais ter ficado longe!*

— Então agora nossas filhas são mulheres...

— Os ritos correram bem — ela disse, deixando o manto escorregar para o chão.

As tiras da cabeceira rangeram quando ela se sentou ao lado dele.

Ele suspirou.

— Certamente os anos voam rápido, não parece que faz mais de uma estação que peguei Rigana nos braços pela primeira vez... Você não parece mais velha agora do que era na época, minha mulher... quando começou a me perdoar por tê-la gerado...

Boudica piscou para afastar as lágrimas.

— Vi cavalos estranhos no cercado — ela disse com vivacidade forçada. — Temos visitantes?

— Um para você... um para mim...

Os lábios dele se torceram.

— Ou imagino que sejam ambos... para mim, embora eu tenha chamado apenas um.

A respiração dele parou de repente e o peito subiu enquanto ele buscava ar.

Respire! Boudica se inclinou sobre ele, desejando força ao marido, e foi recompensada quando ele respirou de repente.

— Shh... não tente falar!

— Vai melhorar em um momento, minha senhora — disse uma nova voz.

As cortinas se agitaram e entrou um homem magro e alto de túnica branca. Ele pegou o braço do rei, procurando pulso.

Boudica o encarou, a memória gradualmente combinando os traços magros e mãos graciosas com os de um druida que tinha visto em Mona por mais de metade da vida. Não havia muito mais fios brancos no cabelo escuro do que quando o vira lá.

— Brangenos! O que está fazendo aqui?

— Respondendo ao seu chamado, minha senhora — ele respondeu.

— Fui treinado como curandeiro... uso remédios para curar o corpo, e música para restaurar a alma.

Ele olhou para Prasutagos, que parecia ter caído no sono, e puxou Boudica de lado.

— Posso aliviar a dor do rei, mas a música é o melhor tratamento que posso oferecer agora.

— Ele está morrendo?

Ela fechou os olhos quando ele acenou que sim com a cabeça.

— Não se culpe, minha rainha. Não teria feito diferença se eu viesse antes. Isso não é a doença da tosse, é um mal mais profundo. Ele me disse que um cavalo deu um coice no peito dele há alguns anos. Isso pode ser a primeira causa, ou algum mal que não podemos saber.

— Mas ele parece tão alegre — ela disse, com voz fraca.

— Ele sabe o que vem para ele, mas não vai mostrar sua dor. Não ainda. Mas a senhora estudou em Mona... logo vai precisar se lembrar do treinamento. Ele vai lutar – e sofrer – até que a senhora permita que ele vá. Precisa ser a Deusa para ele, minha senhora, e facilitar o nascimento dele no Além-Mundo...

Boudica balançou a cabeça. *Não me lembro... Não sou uma sacerdotisa... Não posso deixá-lo partir...*

— Mas ainda não — veio um sussurro da cama.

Boudica e Brangenos se viraram.

— Primeiro... temos trabalho a fazer.

— Sim, meu senhor.

O druida se curvou.

— Deseja que o romano entre?

— Enquanto você cuidava dos espíritos das nossas filhas... tentei proteger... a herança delas — disse Prasutagos, conforme as sobrancelhas de Boudica se levantavam em surpresa.

Ela retomou o assento ao lado dele à medida que as cortinas eram puxadas e Brangenos voltava, trazendo Bituitos, Crispus e um homem careca usando túnica romana que a olhou com uma mistura de apreciação e apreensão.

Que diabos ele ouviu sobre mim? Ela forçou a careta em algo mais agradável. *Não vou machucá-lo, homenzinho, não importa o quanto seja indesejado.*

— Este é Junius Antonius Calvus, um advogado de Londinium — disse Crispus, em britônico, então em latim:

— Senhor, esta é a rainha.

— Ela fala nossa língua? — perguntou Calvus, como se achasse difícil acreditar.

Boudica mostrou os dentes em um sorriso.

— Ela fala, mas Bituitos ali não. Assim, vou traduzir, para que ele possa servir como testemunha.

O advogado limpou a garganta;

— Muito bem, então. Domina, seu marido me pediu que fizesse um testamento à nossa moda, já que ele é cliente do imperador e amigo de Roma. Normalmente isso teria sido feito há muito tempo e o documento seria mandado para Roma para ser registrado no templo de Vesta, mas podemos mantê-lo no escritório do procurador por enquanto.

Ele abriu a bolsa de couro ao seu lado e tirou um pergaminho.

Boudica tentou ouvir enquanto o sonoro latim seguia, seu eco cadenciado britônico tirando o sentido dele. As terras do dote já dadas a Boudica permaneciam dela, mas as possessões do rei eram divididas entre as filhas dela e o imperador. Enquanto Calvus lia, Prasutagos escutava, os traços em linhas de teimosia que Boudica conhecia tão bem.

— Na lei romana, é incomum que uma mulher herde da família, não do marido — o advogado disse como quem pede desculpas quando a leitura terminou. — Um homem deixa sua riqueza para os filhos. Filhas podem herdar quando não há filhos.

— Mas... o imperador? — ela perguntou.

Calvus ficou um pouco rosado e desviou o olhar.

— Deve saber que há homens... próximos do imperador, que exercem muito poder...

Boudica assentiu. Sêneca e os outros velhos que controlavam o imperador menino vinham violando a Britânia para arrancar suas riquezas nos últimos anos.

— Achamos... que se Nero for coerdeiro de suas filhas, não vão ousar desafiar o testamento. Foi a única maneira legal que consegui encontrar...

A voz dele parou. Ele ainda parecia, pensou Boudica, achar que ela poderia comê-lo. Ela se virou para o marido.

— Meu amor, é esse de fato seu desejo?

— Meu *desejo* é viver — ele sussurrou. — Mas, se não posso... esse é meu desejo. Peço que o conselho confirme... você como governante.

— Até que Rigana cresça e escolha um marido — completou Bituitos. — Os romanos deram apoio a Cartimandua porque ela os serviu, mas não ficam confortáveis com rainhas reinantes.

Os olhos de Prasutagos haviam se fechado. Brangenos, que tinha uma habilidade notável de se confundir com o cenário de fundo quando queria para um homem tão alto, ficou de pé. O romano pulou, aparentemente não tendo percebido que ele estava ali.

— O rei esgotou sua força... precisa dormir agora.

O cenho franzido do druida era uma ordem.

Calvus se apressou para juntar suas coisas e foi acompanhado para fora por Crispus. Bituitos seguiu. Mas Boudica continuou de pé. O olhar desafiador dela encontrou compaixão no olhar do druida, que se curvou. Quando ele tinha partido, ela ficou olhando para os traços fechados de Prasutagos, memorizando o arco de seu nariz, a linha de suas sobrancelhas. Havia um pequeno vinco entre elas, como se até dormindo ele sentisse dor. O bigode estava totalmente prateado agora.

Seus olhos turvaram e ela caiu de joelhos ao lado da cama, chorando silenciosamente. Muito tempo depois, pareceu, sentiu um toque sobre a cabeça e se levantou num pulo, enxugando as lágrimas.

— Siga em frente e chore — ele disse. — Os deuses sabem que fiz isso. Acha que ir embora é mais fácil para mim do que ficar é para você?

— Acho! — ela limpou mais lágrimas. — Não foi pior para você quando sua primeira mulher morreu? E você só tinha vivido um ano com ela. Você e eu ficamos juntos por mais da metade da minha vida, e está me deixando sozinha!

Prasutagos fechou os olhos. Boudica prendeu a respiração, horrorizada com as próprias palavras. Nunca tinham falado da primeira mulher a chamá-lo de marido. Que loucura a fizera mencionar aquilo agora?

— Quando ela morreu... chorei porque não podia salvá-la — ele sussurrou por fim. — Agora... porque não vou poder proteger *você*...

***

Boudica gostava de caminhar até o cercado de cavalos quando Brangenos insistia para que ela saísse do lado de Prasutagos para tomar um pouco de ar. Agora somente ali se dava ao luxo das lágrimas. Bogle e os outros cães a seguiam em um silêncio pouco característico ao sentirem seu ânimo. A tarde morria. A égua branca veio até a cerca, batendo a cabeça nos ombros dela na esperança de um petisco, e Boudica passou os braços em torno do pescoço forte e enfiou o rosto na crina branca do animal. Ela não rezava. Não tinha sido capaz de rezar desde que voltara da fonte sagrada, mas a força sólida da égua era um conforto.

As celebrações de Beltane tinham sido um funeral em vez de um festival, embora Prasutagos ainda estivesse vivo. Os chefes, chocados com a perspectiva de perderem seu rei, estiveram dispostos a concordar com tudo o que ele pedia. O verão abençoava a terra com um crescimento jubiloso, mas a cada hora a força do rei diminuía enquanto seus pulmões deficientes perdiam a batalha para tomar o ar.

Com o rosto enfiado na pelagem grossa de Branwen, Boudica sentiu, mais do que viu, o declínio da luz. Então a égua bateu a pata no chão e balançou a cabeça, e Boudica percebeu que alguém a chamava.

— Mamãe... — Rigana disse de modo tenso. — Brangenos diz que precisa vir.

Um calafrio que não pôde impedir correu pelo corpo de Boudica, mas, quando ela se virou, seus olhos estavam secos. Ela esticou o braço e pegou a mão da filha. Enquanto se aproximavam da casa redonda, podia ouvir as notas da harpa, doces como memória. As poções do druida não tinham mais efeito, mas a música parecia aliviar a dor do rei. Enquanto entraram, ela parou, preparando-se para o cheiro da doença.

Rigana se juntou à irmã do outro lado da cama. Bituitos e Eoc estavam ali, e outros. Boudica não os viu. O rosto de Prasutagos estava ainda mais encovado desde que tinha saído, a carne encolhendo sobre os ossos. Cada respiração irregular era um sofrimento. Ele estava consciente ou apenas tão concentrado em se manter vivo que não restava atenção para o mundo externo? Agora as lágrimas que borravam a visão dela eram de pena, não de sua própria tristeza.

O que Brangenos dissera subitamente tornava-se real para ela. O marido não poderia viver. Cada hora apenas prolongava sua dor. Tinha sido assim que Prasutagos se sentira quando a observava dando à luz a filha dele? Ele trabalhava agora para soltar seu espírito, e a ela cabia a tarefa de ser a parteira da alma dele.

Não consigo fazer isso, ela pensou.

Eu preciso...

Ela deu um passo à frente e os olhos do marido se abriram. Os lábios dele se moveram, tentando formar o nome dela.

— Prasutagos... — Ela falou com ele como tinha falado tanto tempo atrás. — Prasutagos, estou aqui...

Ela se ajoelhou e pegou as mãos dele, desejando força pelos dedos interligados, e a agonia dele pareceu melhorar.

Os lábios dele se moveram mais uma vez, as palavras quase sem som.

— Cuide de meu povo, Boudica. Guarde minhas meninas...

— Sim, meu amor — ela respondeu com firmeza. — Farei isso.

Com esforço ele tomou fôlego, o corpo ainda lutando para viver. Ela se inclinou para a frente. Seus lábios tocaram a testa dele.

— Você fez tudo o que podia — ela sussurrou. — Nenhuma mulher teve um marido melhor. Acabou agora, meu amado. Siga em frente... siga livre.

Conforme ela se endireitou, os lábios dele se curvaram no sorriso doce familiar. Ele não falou novamente.

Boudica esperou, recordando-se de como fora quando tomara um barco para Avalon, como parecera que era a costa, não o barco, que se afastava. Muito tempo depois, ela percebeu que a respiração difícil tinha cessado. Os dedos dele estavam esfriando contra os dela. Ela os soltou e gentilmente cruzou as mãos dele sobre o peito.

Então ela se levantou. Se outros falaram com ela, não ouviu. Prasutagos estava imóvel. Em todos os anos em que protestara contra os silêncios dele, nunca houve nada como aquilo. Por mais que implorasse, ele não responderia a ela.

Boudica se virou, livrando-se de quem tentava pará-la. Os passos a levaram para o cercado dos cavalos onde a égua branca esperava. Que necessidade ela tinha de sela ou rédea? Saltou sobre as costas da égua, e em um momento atravessavam o portão e seguiam para longe.

A rainha cavalgou a égua branca como um dia tinha cavalgado a alazã, os cães selvagens latindo atrás dela, e os homens corriam para dentro de casa quando ela passava. "Epona cavalga", sussurravam. "Epona sofre pela morte do rei."

Mas não importava o quanto cavalgasse selvagemente, jamais o ultrapassaria agora.

～ VINTE E DOIS ～

Lhiannon apertou a beirada do barquinho redondo que a trouxera do barco maior para a costa, e cuidadosamente subiu pelo lado. A areia amassou sob seus pés. Ela se curvou e a pegou com a mão.

— Eu me ligo a esta terra da Britânia — ela murmurou —, a seu solo e suas pedras, aos riachos e às fontes. A cada coisa que cresce e tudo que anda e voa, com as pessoas desta terra me comprometo, para nunca mais partir.

À direita dela levantavam-se as massas cinzentas do monte sagrado. Algumas cabanas se prendiam à encosta. Barcos de pesca estavam reunidos na praia, onde corvos disputavam com gaivotas os restos da última pescaria que tinham trazido.

— Aqui é Lys Deru? — perguntou o druida irlandês que viera com ela, olhando em torno de si, incrédulo.

Os mais velhos, em resposta aos rumores de um potencial influxo de refugiados da Britânia, o enviaram para ver por si mesmo o que estava acontecendo.

Lhiannon riu.

— Essa é apenas a cara nua, tempestuosa, que Mona mostra ao mar. Sem dúvida essas boas pessoas nos darão comida em troca de uma bênção, e então dois dias de caminhada nos levarão até a vila. Mas, se não perdi toda a minha magia, alguém pode nos encontrar antes com animais para montar.

A perspectiva não fez o homem parecer mais feliz, mas ele não fez mais perguntas. Lhiannon suspirou. *Se não perdi toda a minha magia*, ela pensou, *e se os druidas de Lys Deru não estão distraídos demais com medo dos romanos para ouvir meu chamado*. A tripulação que os trouxera de Eriu tinha levado rumores inquietantes de um avanço romano. Havia esperado trazer Caillean com ela, mas, com a situação tão instável, não parecera sensato. A menina estaria segura com a família que Lhiannon pagara para cuidar dela até que mandasse aviso de que ela deveria vir.

Era um sonho que havia acordado Lhiannon pouco depois de Beltane que a preocupava agora. Tinha ouvido Boudica chorar, e então vira uma deusa no lombo de um cavalo, que cavalgava chorando pelos céus.

***

O pranto das mulheres cortava o murmúrio da multidão. Depois de três dias de luto público, Boudica já não as ouvia de fato. Agora que a voz de Prasutagos estava em silêncio, não havia muito que ela se importasse em ouvir. Quando os chefes começaram a chegar, ela falou com eles, mas um momento depois não se lembrava de quem tinha visto.

Na manhã depois que Prasutagos morrera, a égua, tendo corrido sozinha, trouxera Boudica para casa. Àquela altura, os preparativos para o funeral estavam avançados. Mulheres velhas tinham aparecido no forte para lavar e dispor o corpo. Homens já cavavam a cova de sepultamento e reuniam madeira para a pira. E, aos poucos, as famílias icenas chegavam.

— Mãe... está na hora de ir. — A mão quente de Argantilla tinha se fechado sobre a dela.

Piscando, Boudica se concentrou na cena diante dela, os rostos sombrios em conflito com as roupas de festival – Temella, Crispus, Caw como sempre ao lado de Argantilla. Todos esperavam que ela montasse a égua branca e os liderasse até o local de sepultamento. Rigana já estava em seu cavalo baio, o rosto pálido de passar noites chorando. Memórias fragmentadas lhe diziam que tinha sido a gentil Argantilla que mantivera a casa unida nos últimos dias. Um sussurro de instinto maternal revivido imaginava por que isso deveria surpreendê-la. *Rigana é muito parecida comigo...* ela pensou de um modo entorpecido. *Ela é uma espada sem bainha.*

Obedientemente, ela permitiu que Calgac a ajudasse a subir e se assentou. Branwen, também, estava no seu melhor comportamento, andando calmamente pela estrada como se não pudesse imaginar um galope selvagem pelos pântanos.

Um trecho de charnecas ao norte de Dun Garo tinha uma série de túmulos redondos erguidos para reis antigos. Agora uma nova cova estava aberta ao lado delas. Os olhos dela evitaram a câmara funerária de estrutura de madeira onde a carne que Prasutagos tinha deixado jazia sobre peles de ovelha em um suporte. Durante os dias em que ele ficara ali, seu povo viera para dizer adeus. Agora eles estavam de pé em uma grande massa silenciosa, esperando.

Deveria haver ricos bens de túmulo em volta do corpo, mas muito do que teria sido oferecido fora vendido. A riqueza do "próspero rei Prasutagos" havia ido para o auxílio de seu povo. Mas outros itens tinham sido adicionados àqueles que reconhecia — coisas pequenas cujo valor era medido pelo coração, não pelas balanças: um pedaço de pano bordado, uma vasilha de madeira lisa pelo uso, até um cavalinho de brinquedo. Aqueles tesouros jamais poderiam ser confiscados pelos conquistadores romanos.

Brangenos estava ao lado da pira. Ao lado dele, uma tocha acesa estava fixa no chão. Ele tinha encontrado uma túnica limpa em algum lugar. As dobras nevadas se enfunavam ao vento leve. Ele era um druida de muitos talentos, ela pensou sombriamente. Se precisasse de música, remédios ou ritual, ele estava ali. Teria gostado de odiá-lo por ter falhado em salvar o rei. Mas aquilo exigiria que ela sentisse.

Ela desmontou e tomou seu lugar com as filhas diante da pira, onde Bituitos e Eoc mantinham vigília desde que o senhor deles fora colocado no túmulo. Tinham ficado ao lado do rei desde que eram todos garotos. Boudica imaginava que a perda deles deveria ser quase tão dolorida quanto a dela. Chorando, pularam para dentro da câmara funerária e levantaram o senhor deles, para que outros pudessem levá-lo até a pira.

— Este é o corpo de um homem que amamos. — O druida contemplava o suporte da câmara funerária. — Mas Prasutagos não é sua carne. Essa carne é terra e a comida da terra, emprestada por um tempo. Agora precisamos devolvê-la. Das águas que são o útero da Deusa veio esse homem. Como sangue, aquelas águas correram pelas veias dele. Agora a terra é alimentada com o sangue do rei. Por esse corpo passou o sopro da vida. Ele o soltou ao vento. Respirando esse vento, inalamos seu espírito... e soltamos mais uma vez. Dentro de seu corpo ardia fogo imortal. Que essa chama agora o liberte!

Ele puxou a tocha do chão e a jogou nos troncos ensopados de óleo. Instantaneamente as chamas gulosas subiram. Boudica sentiu os dedos da filha afundarem em seus braços e só então percebeu que tinha começado a ir na direção da pira. *Por que me impede?*, pensou com ressentimento. *Se queimar com ele, eu também serei livre...*

Rigana começou a soluçar, e, com um instinto que transcendia sua tristeza, Boudica a juntou nos braços, enquanto Argantilla tentava abraçar as duas. Boudica ficou subitamente consciente do calor da carne delas contra a sua. *Ele vive nelas... desde que eu tenha nossas filhas, ele não se foi totalmente...* E subitamente aquele calor derreteu o gelo que tinha deixado seu espírito dormente, e lágrimas curativas caíram de seus próprios olhos também.

Conforme o corpo queimava, as pessoas desciam até a câmara funerária, pegando cada item e quebrando-o cerimonialmente, o pano rasgado, o metal quebrado em sacrifício, para ficar ali com as cinzas do rei quando ele tivesse parado de arder. Bituitos tirou a espada de cabo de ouro que tinha sido escondida quando os inspetores romanos vieram, colocou a ponta contra uma pedra e se curvou sobre ela até que a lâmina de ferro rachasse. Eoc entortou o escudo coberto de bronze cuja protuberância espiralada brilhava com esmalte vermelho. O brilho de joias turvava através de suas lágrimas. Como o sol poderia brilhar tão forte em um dia como aquele? Até os céus deveriam estar chorando por perder aquele homem.

Brangenos pegou a harpa e começou a cantar...

O rei que reina em paz é o escudo de seu povo...
O louvor deles é sua glória, o amor deles, sua riqueza,
Até que seu tempo termine.
O rei que protege seu povo é bem-recebido pelos deuses...
Ele come com os abençoados, caminha na luz,
Até que volte novamente...

A fumaça subia azul sob o sol, o cheiro de destruição misturando-se com a pungência das ervas na pira. Ela não olhava, não testemunharia o ressecamento das mãos que a tinham tocado de modo tão doce, a destruição dos traços dele. Gemendo, Boudica ficou de frente para as chamas, pois certamente a realidade não poderia ser pior que as imagens que sua mente estava criando agora.

— Queime, fogo! — gritou o druida. — Vente, vento! Consuma, carne! Vá, espírito!

A visão dela foi ofuscada pela chama. O fogo, diziam os druidas, liberava o espírito, reduzindo a carne à qual eles estiveram confinados a seus elementos componentes. Não era de estranhar que o mundo se rejubilasse – Prasutagos era parte de tudo agora.

Tudo... Por um só momento eterno, Boudica era uma com o mundo em torno dela, suas filhas, a terra, o povo que chorava pelo rei. Prasutagos tinha amado todos eles. Por um momento, ela sentiu a presença dele encobri-la mais uma vez.

Ela levantou a cabeça, uma consciência súbita formigando por seu corpo. O calor da pira tinha colocado aquele brilho no ar, ou o mundo era apenas um véu de luz que encobria uma realidade mais duradoura?

***

Lys Deru parecia menor do que Lhiannon se lembrava. Ou talvez parecesse assim porque agora tinha tanta gente a mais aglomerada ali. Ela não deveria ficar surpresa – o influxo de refugiados havia começado antes que ela fosse para Eriu –, mas era estranho.

— Obrigada por enviar os cavalos — ela disse enquanto seguia Coventa pelo caminho até o salão do conselho.

— Depois de minhas outras visões recentes, aquela foi muito bem-vinda. — Coventa olhou para trás com um sorriso triste.

Parecia estranho ver Coventa usando as túnicas azul-escuras das sacerdotisas mais velhas, mas ela deveria ter passado dos trinta agora. *Bem*, pensou Lhiannon com tristeza, *nós todos envelhecemos*.

— Voltou por causa de Boudica? O marido dela morreu, dizem. Rianor saiu para ver se poderia ter alguma serventia para ela. Se ele soubesse que estava vindo, talvez tivesse ficado...

Lhiannon parou no meio do caminho.

— Senti... que ela estava passando por algum tipo de problema — ela murmurou. — Obrigada por me dizer.

— Não estou surpresa. Vocês duas sempre foram próximas. Dizem que ele era um bom homem.

Aquilo era verdade, mas, depois de tantos anos, o laço que tinha sido formado entre Prasutagos e Boudica na noite da coroação deveria ter se desvanecido na afeição que a maioria dos casais casados conhecia. E, no entanto, Lhiannon tinha sentido a angústia de Boudica. Ela estaria devastada, mas... o rei se fora. Onde sua rainha buscaria conforto agora?

Do salão adiante ela ouvia o murmúrio de conversa – de discussão –, ela percebeu enquanto se aproximavam.

As paredes de vime tinham sido removidas para deixar entrar ar, e os bancos debaixo do telhado de colmo estavam cheios. Helve estava sentada na grande cadeira diante do buraco da fogueira, os olhos brilhantes como os de algum pássaro predatório. Mas o cabelo estava fartamente listrado de cinza. E o homem ao lado dela – Lhiannon errou um passo ao perceber que era Ardanos.

Mesmo em Eriu ela soubera que Ardanos fora escolhido como arquidruida quando Lugovalos morrera. Mas não tinha esperado que ele *mudasse*. Ele estava sentado como uma imagem de túnica branca, até o cabelo parecia endurecido em cachos. Mas talvez o coração não estivesse tão encouraçado quanto parecia, pois foi ele quem se virou primeiro, e, conforme os olhos deles se encontraram, algo se acendeu no olhar dele.

O que quer que ela achasse que tinha visto fora quase imediatamente velado. Ele curvou a cabeça em cumprimento, e Helve olhou ao redor, a expressão uma mistura estranha de exasperação e alívio ao ver Lhiannon ali de pé.

— Nossa irmã Lhiannon voltou de Eriu — ela disse agradavelmente. — Tenho certeza de que ela terá muito a nos dizer quando nossas presentes deliberações forem concluídas. Enquanto isso, deixem-me dar as boas-vindas a ela.

O olhar dela varreu os druidas reunidos, homens e mulheres, e um murmúrio apropriado se levantou entre eles. Lhiannon reconheceu Belina, Cunitor e alguns dos outros, e aquele jovem robusto de barba castanha era o pequeno Bendeigid? Mas muitos dos outros eram sacerdotes e sacerdotisas mais velhos que ela não conhecia.

Ela seguiu Coventa até um assento em um dos bancos de trás.

— Esta é a situação. — A voz de Ardanos era ainda mais controlada. — O governador Paulinus passou o inverno em seu forte em Deva, construindo barcos e reunindo suprimentos. Os suprimentos podem levá-lo para qualquer lugar, mas barcos — barcos de fundo chato que podem navegar em alagamentos e costas arenosas — só podem ter a intenção de trazer soldados para cá. E agora a estação das tempestades acabou...

Com o murmúrio de protesto, ele levantou uma mão.

— Há muito sabemos que isso poderia acontecer. Deveríamos estar gratos pelos deuses terem nos protegido por tanto tempo.

— Esta ilha está cheia de guerreiros siluros, ordovicos e deceanglos que escaparam quando os romanos conquistaram suas tribos — disse Helve. — Na terra principal não há rei britão com força para nos defender. Nós os chamamos aqui juntos para decidir se vamos nos dispersar, resistir com todos os nossos poderes, ou nos render à misericórdia de Roma.

— O último item não é escolha, com certeza — disse alguém. — Eles não têm nenhuma para o nosso tipo.

— Eles odeiam o que temem... deixe-nos provar que estão certos em temer!

Esse era um velho camarada imponente, com uma longa barba branca, que claramente tinha sido chefe druida de algum rei tribal.

— Para os guerreiros que vieram para cá, não há para onde fugir, e quando tivemos tantos druidas de nossa estatura reunidos em um só lugar? Vamos conclamar a ira dos deuses contra Roma!

Minha Deusa, pensou Lhiannon, *para que voltei? Será como a campanha com Caratac tudo de novo.* Em pesadelos, ela ainda caminhava por aquele campo de batalha final, embora as memórias tivessem esmaecido enquanto estava em Eriu.

— Primeiro, certamente devemos buscar o favorecimento deles — disse uma das sacerdotisas. — Quando fugimos para este lugar, trouxemos nossos tesouros. Espadas e carruagens não são armas de um druida. Vamos dá-las aos deuses!

— Melhor afundar do que ser mostrado em um triunfo romano — murmurou alguém atrás dela.

— O guerreiro se prepara para a batalha praticando suas habilidades — Ardanos disse, com seriedade. — Vocês que serviram em fortes e vilas tiveram mais necessidade dos ritos de crescimento e cura do que de alta magia. E seu propósito aqui em Lys Deru vem sendo nutrir almas. Se vamos resistir aos romanos, precisamos passar o tempo que ainda temos em rezas e purificações, disciplinando a mente e preparando a alma.

Lhiannon se perguntou o quanto aquilo seria útil. Tinha visto guerra suficiente para saber que o fazendeiro mais acostumado a manejar uma enxada que uma lança era mais útil para encher as fileiras de batalha, na maior parte das vezes. Usar uma espada de modo efetivo exigia prática constante. Em Eriu, os druidas eram frequentemente convocados para levantar tempestades ou espíritos contra os exércitos que guerreavam com seus reis, mas apenas alguns poucos druidas ali – *como Ardanos... e eu*, ela pensou sombriamente – tinham de fato visto uma batalha.

Perdida em pensamentos, ela ficou surpresa com o fim do encontro. Antes que pudesse protestar, Coventa a puxava para o círculo que tinha se formado em torno de Ardanos e Helve.

— Sua família está aqui? — ela perguntou educadamente quando o arquidruida se virou para ela. — Confio que estejam bem.

Os traços de Ardanos relaxaram.

— De fato estão, mas não aqui. Estão seguros, graças aos deuses, com a família de Sciovana nas terras dos durotriges. Minha pequena Rheis se casou com Bendeigid no ano passado, e ela espera um filho.

Lhiannon piscou, mentalmente contando os anos, pois parecia que tinha sido ontem que ela voltara a Mona para encontrar Ardanos casado com uma filha pequena. Mas o mundo não tinha ficado imóvel enquanto ela estava em Eriu. Àquela altura, as filhas de Boudica deveriam estar na idade de escolherem maridos também.

Ao som de seu nome, Bendeigid levantou os olhos. Lhiannon percebeu que dentro daquele corpo musculoso ainda vivia o rapaz que subia em árvores para ver os ninhos de pássaros, assim como em algum lugar dentro dela estava a menina que amava Ardanos. *E, apesar da casca que construiu para proteção, há algo em Ardanos que ainda se importa comigo...*

Ela não se surpreendeu quando ele veio até ela depois do jantar.

— Caminhe comigo, Lhiannon.

Ela olhou para ele em dúvida, recordando-se da última vez em que estiveram sozinhos. Lendo a expressão dela, Ardanos desviou o olhar.

— Não precisa ter medo — ele assegurou em uma voz constrita. — Preciso lhe dizer algo que não pode ser dito em plena vista de toda a comunidade druida, nada de natureza pessoal, é isso. Mas também quero falar francamente de questões que envolvem outros, que preferiria que não escutassem.

— Muito bem, meu senhor — ela respondeu. — Irei.

Dessa vez ele a levou pelo caminho em direção à costa. Os penhascos do outro lado estavam cobertos de mata densa. Na altura além, um ponto de luz marcava a fogueira de algum pastor. As águas escuras do estreito estavam quietas abaixo da lua jovem, encobrindo a força das correntes abaixo, mas a maré subia e as pequenas ondas, cada vez mais próximas umas das outras, batiam gentilmente na areia. Era difícil acreditar que logo aquelas águas poderiam correr com sangue.

— Estava certa ao se dirigir a mim como "senhor" agora há pouco — disse Ardanos nesse momento. — O coração do homem que te ama me diz para mandá-la embora enquanto ainda posso, mas o arquidruida responde a outros imperativos. Você viu meu "exército" — ele completou, com amargura.

— Bons sacerdotes e sacerdotisas, a maioria, mas não são adeptos. Helve, por menos que goste dela, tem poder. Coventa também, se houver alguém para dirigi-la. A maioria daqueles que eram jovens o suficiente para se lembrar do treinamento saiu para ajudar os guerreiros e morreu. Mas você, Lhiannon, foi a sacerdotisa mais poderosa de nossa geração. Pelo bem de nossa Ordem, peço que fique.

— Que chances temos? — ela perguntou.

Ardanos suspirou.

— Esse governador Paulinus me preocupa. Temo que seja outro romano na linhagem de César. Os deuses deles devem amá-lo. Ele corre riscos e vence. Deveria ter morrido cem vezes quando estava naquelas montanhas — ele fez um gesto para as formas escuras que se aninhavam do outro lado da água —, mas ele sempre superou.

Lhiannon assentiu. O fato de Paulinus ter conseguido por fim subjugar os ordovicos que tinham continuado a lutar depois que Caratac se fora era um testemunho disso.

Como ela poderia pesar a necessidade de uma mulher – mesmo uma que amava – contra o de uma comunidade que guardava as tradições de todo um povo? Era o velho argumento de novo. Que bem fazia preservar o corpo se perdesse a alma? E se esse inimigo fosse de fato forte demais, se todos os deuses da guerra das tribos juntos não podiam competir com Júpiter e Marte Ultor, conseguiria viver em segurança com Boudica, sabendo que não havia nem tentado?

***

— Estamos reunidos aqui para nos aconselharmos sobre o futuro da tribo dos icenos — disse Morigenos, com um tipo de grandeza sóbria que ele adotava até em ocasiões menos importantes.

Como o mais velho dos líderes dos clãs, ele tinha se transformado no porta-voz dos homens que se reuniam em torno da grande fogueira diante da casa do rei.

O agrupamento de prédios dentro da paliçada não tinha mudado muito desde que ela viera ali para seu casamento, pensou Boudica, nostalgicamente. A não ser pelo pequeno templo bem do lado de fora do forte, mesmo em sua paixão por construção, Prasutagos não se aventurara a alterar o lar ancestral de sua linhagem. Mais uma vez os anciãos dos clãs icenos tinham se reunido em Dun Garo para escolher um rei.

— Enterramos um nobre senhor, Prasutagos, filho de Domarotagos, filho através de muitos pais de Brannos, que nos liderou até estas terras. Agora não resta linhagem masculina do sangue de nossos reis. — Morigenos puxou a barba grisalha.

Boudica suspirou, recordando-se do filho perdido. Se ele tivesse sobrevivido, teria quase a idade do jovem imperador.

— Era desejo de nosso senhor que suas filhas herdassem junto com o imperador — Morigenos torceu os lábios com aquilo, mas não disse uma palavra que pudesse ser usada contra ele.

Foram os outros chefes que olharam para Cloto, que tinha chegado um dia depois do funeral, sem aviso, sem convite e indesejado.

Ao menos era apenas Cloto, pensou Boudica. Temera que Pollio pudesse vir ao funeral. Ela mesma só estava ali pelo bem das filhas vivas, sentadas uma de cada lado dela. Seus momentos de exaltação no funeral tinham ido embora tão rapidamente quanto chegaram. Sem Prasutagos, era um mundo estéril, mas, para o bem delas, precisava aprender a viver nele.

— Não temos problema com isso. Um homem pode deixar suas possessões onde desejar...

E onde é político deixar, veio o complemento não dito em voz alta.

— Mas cabe a nós escolher quem vai liderar a tribo.

— Está errado nos dois casos — a voz de Cloto se sobrepôs à dele. — Prasutagos era cliente do imperador. Aquele relacionamento morre com ele. Cabe ao imperador escolher outro homem para governar estas terras como rei cliente ou administrá-las diretamente como território conquistado.

— Nunca fomos conquistados!

— Somos aliados de Roma!

A reunião irrompeu em uma balbúrdia de protestos.

— E quem é você para falar em nome do imperador, desgraçado? — rosnou Bituitos.

— Alguém que tem a confiança do procurador de Nero. Enquanto o governador está no oeste, é a palavra de Cecianus Catus a que precisam obedecer. Nem a vontade de vocês nem a de Prasutagos tem nenhum significado até que seja confirmada pelos verdadeiros governantes da Britânia.

— Se não fizerem isso, traem o Direito Romano que tanto elogiam! — explodiu Drostac, o bigode eriçado.

— E se mostram sem honra e indignos de nossa obediência — completou Morigenos.

Cloto deu de ombros.

— Digo isso pelo bem de vocês, não pelo meu.

Boudica ficou de pé.

— Como ousa dizer tais coisas enquanto as cinzas de meu marido ainda estão mornas? Ele confiava em Roma. Volte para seus mestres e deixe que eles lhe ensinem o significado de honra, se conseguirem.

— Acha que é outra Cartimandua? — ele desdenhou. — Eles não confiam *nela*, e vão botar ainda menos fé em *você*...

Das gargantas dos homens em torno do fogo veio um rosnado profundo, como o dos cachorros quando farejam um inimigo. Pela primeira vez, Cloto pareceu perceber que poderia estar em perigo. De pé, ele colocou o manto sobre os ombros com a dignidade que conseguiu encontrar.

— Façam como quiserem — ele repetiu. — Vocês foram avisados.

— Nós o ouvimos.

Boudica se levantou. Os homens riram enquanto ele murchou sob o olhar dela.

— Agora vá embora!

Quando Cloto tinha partido, ela tomou seu assento de novo e assentiu para Morigenos.

— Peço desculpas por interferir. Continue.

— Nós lhe agradecemos por nos livrar daquela pr... — Por um momento ele a observou, então se virou para os outros novamente. — Não que eu acredite nele. Os romanos foram fortes em seu apoio à rainha brigante. Por que não aceitariam uma rainha nas terras icenas? Não há homem do velho sangue, mas Boudica e as filhas são dessa linhagem, e ela governou ao lado do marido. Proponho que ela seja aclamada agora. Quando as filhas tiverem maridos, haverá tempo suficiente para considerar a eleição de um rei.

— Isso é o que eu esperava! — Rigana apertou a mão dela. — Mãe, por que parece surpresa? Era a coisa óbvia.

Boudica não tinha esperado aquilo. Mas, conforme os homens da tribo começaram a festejar, ela ouviu mais uma vez a voz de Prasutagos lhe pedindo para guardar o povo dele. *Por você farei isso...*, ela disse em silêncio. *Por você...*

***

Boudica estava de pé no círculo de terra em que ela e Prasutagos tinham sido unidos. O corpo ao qual o ritual de casamento a unira não existia mais, mas ele ainda era parte da alma dela. Ali, com os campos verdes rolando de todos os lados, ela quase podia senti-lo ao seu lado. Ele tinha amado aquela terra, e ela o tinha amado. Se seguisse os passos dele, talvez ele pudesse caminhar com ela, e ela poderia ousar sentir de novo.

Os druidas que conduziram o ritual de Prasutagos tinham sumido fazia muito tempo, seguindo apavorados para o exílio ou para esconderijos quando os romanos começaram a impor a proibição da Ordem deles. Brangenos, com a ajuda surpreendente de Rianor, que tinha aparecido inesperadamente nos portões deles alguns dias antes do conselho, conduzia a cerimônia.

— Boudica, filha de Dubrac, da linhagem de Brannos, filho da Égua Branca, servirá como rainha de seu povo e Senhora da Terra?

Eles já a tinham purificado e abençoado com fogo e água, com terra e com ar. Ela sentiu-se subitamente pesada, como se tivesse se enraizado no solo.

— E jura ser uma mãe para os icenos, nutrindo-os em tempos de paz, protegendo-os na guerra, defendendo os direitos dos fracos e punindo os delitos dos fortes?

Subitamente ela ficou consciente das pessoas ao redor, os chefes dentro do círculo de terra e todos os restantes do lado de fora. O ar pulsava com energia. A própria voz dela tremeu ao responder:

— Assim juro.

— E pelo que jura tudo isso, filha de Dubrac?

— Juro pelos deuses de nosso povo.

Ela engoliu em seco enquanto o ar em torno dela parecia ficar mais grosso. As pessoas juravam pelos deuses o tempo todo. Ela nunca tivera tanta certeza antes de que Eles estavam ouvindo.

— Juro por Epona, Senhora dos Cavalos, por Brigantia, do Fogo, e por Cathubodva, Senhora dos Corvos. Juro por Lugos, o de muitas habilidades, por Taranis, da Roda que Gira, e por Dagdevos, o Bom Deus.

Ela sentiu os pelos finos arrepiando-se em seus braços como testemunhas invisíveis aglomeradas em torno dela.

Ela respirou fundo e continuou:

— Juro pelos espíritos de meus ancestrais, e, se falhar neste juramento, que os céus caiam e me cubram, que a terra ceda debaixo de meus pés, e que as águas engulam meus ossos.

Os druidas esperaram, como se para dar tempo para que o juramento alcançasse o Além-Mundo.

— E o que a prenderá, Senhora dos Icenos? — ele então perguntou.

— Ofereço o sangue do meu coração como garantia — ela respondeu, puxando o punhal e fazendo um corte rápido no monte carnudo na base do polegar.

Ela esticou a mão para que o sangue pingasse na abertura que tinha sido feita na grama verde que cobria o círculo. Ela piscou quando a abertura pareceu brilhar com energia.

— Eu o ofereço agora a esta terra sagrada, que está no lugar de toda a terra, como ofereci meus serviços a vocês que são testemunhas, em nome do povo que aqui vive. E, se a necessidade exigir, vou oferecer minha vida também.

Como a Mãe do Grão dá seus grãos para alimentar todos nós... ela pensou, recordando-se do ritual da colheita.

Os druidas se viraram para os outros.

— Assim sua senhora faz seus votos a vocês; prometem seus serviços em retorno? Sua comida para a mesa dela, seus guerreiros para a segurança dela, sua obediência a todas as ordens dentro da lei?

A resposta rugiu em torno dela.

— Prometemos! Prometemos! Prometemos!

***

— Por nossa fé e nosso povo fazemos essa oferenda. Olhai para nós com bondade. Ó deuses sagrados — a voz de Helve soava clara, embora a forma dela mal pudesse ser vista na escuridão enevoada.

A chuva caía e parava pela noite, e, embora em algum lugar o sol estivesse nascendo, a fogueira dos druidas parecia a última luz no mundo.

Lhiannon se aninhou no manto de lã, ouvindo tosses e espirros das pessoas em torno dela. *Reze para que o tempo chuvoso continue, Helve*, ela pensou com diversão sombria. *E talvez os romanos não venham...*

No ritual malfadado em que os reis tinham feito suas oferendas ali, o amanhecer havia sido limpo. Hoje as gaivotas nadavam na água. Talvez aquele céu sombrio fosse um bom presságio.

Ela queria chorar, pensando nos tesouros que tinham ido para a lagoa – espadas com lâminas brilhantes, pontas de lanças afiadas e escudos de bronze. Havia lindas trombetas carynx de Eriu, grandes caldeirões e foices com as quais cortavam o visco. Aros de pescoço e correntes de ferro um dia usados em prisioneiros seguiram as outras coisas para a água. Ornamentos menores brilhavam na luz da fogueira antes de afundar nas profundezas escuras. Mas ela não conseguia sentir nenhuma diferença na atmosfera.

Todos com forças para fazer a viagem seguiram a carroça cheia de oferendas. Os muito velhos tinham sido enviados para longe pelo mar, ou, se fossem muito frágeis para viajar, levados para sítios e casarios de fazendas em outros lugares da ilha onde poderiam passar por avós e tios velhos se os romanos viessem. As três dúzias de sacerdotes e sacerdotisas que permaneceram agora tinham tochas apagadas nas mãos na margem do Lago das Pedrinhas.

De seu lugar no lado oeste, Lhiannon olhou através das águas para Ardanos. Ao sul estava Helve, e, na frente dela, Cunitor. *Helve sempre foi fogo para minha água*, pensou Lhiannon. *Não é de espantar que achamos difícil nos dar bem.*

Ardanos acendeu a tocha e a tocou na do homem ao seu lado, e ele tocou sua tocha na da sacerdotisa ao lado dele, e assim foram de um ao outro até que a lagoa fosse cercada de chamas. Pontos de fogo dançavam na água como se os espíritos da lagoa se juntassem ao ritual. Lhiannon sentiu um calafrio na espinha quando o circuito se fechou e os druidas colocaram as tochas no chão. Talvez os deuses os ouvissem por fim.

> *Por terra e água, fogo e ar,*
> *Traçamos o círculo da vontade.*
> *Entre a luz do dia e o escuro,*
> *Achamos uma senda entre os mundos!*

Conforme as vozes deles se juntavam em um canto, Lhiannon sentiu a queda e a expansão interna da aproximação de um transe, e soube que a magia estava começando.

> *Por sacrifício, os deuses comem,*
> *Em oferenda, nosso sangue corre...*
> *Cathubodva aqui saudamos,*
> *Traga o fracasso aos guerreiros romanos!*

E, um a um, cada sacerdote e sacerdotisa deu um passo para a frente, passou uma faca afiada no monte macio na base do polegar, e deixou o sangue correr para dentro da lagoa. Aquela era a mudança no ritual que Helve tinha decretado – que não deveriam oferecer cavalos nem touros, nem mesmo uma lebre, mas o próprio sangue como presente de energia.

> *Seus braços enfraquecem, suas armas quebram,*
> *Sua coragem esfria, tomamos a força deles!*
> *Quando o dia raiar por fim,*
> *Vão vacilar, virar e fugir!*

E de novo o canto foi repetido, e de novo. Para Lhiannon, pareceu que uma névoa se formava sobre a água. Era algo que se via com frequência sobre lagoas frias quando o ar começava a se aquecer com a chegada do dia, mas aqueles vapores pulsavam com uma escuridão de disparos de fogo. Ela esticou os braços para a esquerda e a direita enquanto o poder que levantavam começou a empurrar os limites do círculo, sentiu a paixão de Helve e a força fiel de Cunitor, e, do outro lado da lagoa, a inteligência afiada de Ardanos equilibrando sua onda de amor.

O círculo segurou, e a energia, contida, girava para cima. Em volta da lagoa, o dia nascia, mas acima a escuridão se encrespava como uma nuvem de asas negras.

— Que o medo os arrefeça, e o fogo queime! — gritou Helve.

— Que eles vejam tudo o que construíram destruído! — ecoou Lhiannon.

— Morrigan, Grande Rainha, mande-os embora já! — gritou Cunitor.

— Cathubodva, vá para o leste, traga a morte para nossos inimigos!

Ardanos abriu os braços, e a escuridão emplumada flutuou na direção dele. No mesmo movimento suave ele a recebeu, a virou e a lançou a oeste, na direção da aurora.

Quando ela passou, Lhiannon percebeu, com um sentido além da audição, um som que era ao mesmo tempo o grito de um corvo e a risada de uma mulher.

VINTE E TRÊS

Como poderia ter imaginado que sentiria menos falta de Prasutagos em Teutodunon? Boudica piscou para afastar as lágrimas enquanto ouvia os últimos postes sendo colocados em posição nas fileiras. Duas semanas tinham se passado desde que o marido queimara na pira, e ela ainda se flagrava notando coisas que precisava dizer a ele, e então se lembrava, e a dor vinha. Era pior ali, onde só o conhecera saudável e forte. Certamente o rei viria a qualquer momento pelos portões, brilhando de orgulho com a finalização de sua grande realização, chamando-a para vir admirar.

Era um monumento digno. O recinto retangular tinha sido ampliado para o tamanho de quatro campos de *hurley* lado a lado, o aterro da muralha e a vala cercando duas novas casas redondas que flanqueavam o salão do conselho de dois andares que ele tinha construído antes. Eram os postes do lado de fora da vala que tornavam o local único. Nove fileiras de troncos de árvores e outro aterro e outra vala cercavam o recinto fechado, dobrando seu tamanho. Ela queria que pudessem ter árvores vivas, mas o solo da charneca não aguentaria tal floresta. Construtores romanos tinham ajudado a erguer o local, mas o desenho era o sonho do marido.

Ah, meu amado, é tudo que você esperava, ela pensou enquanto começou a voltar através do círculo cercado que servia como pátio para a casa redonda na qual ela e suas meninas estavam morando agora. E por um momento ela o sentiu tocar seu rosto como sempre fazia, ou talvez fosse o vento.

Mas alguém *estava* chamando. Ela se virou de novo. Pelo meio dos mourões altos do portão esculpidos com totens dos clãs icenos entrou um cavaleiro sobre um cavalo suado. O coração dela afundou. Homens que traziam boas notícias não cavalgavam tão desesperadamente. Mas tinha acabado de ver as filhas em segurança dentro de casa – por quem mais temeria agora que Prasutagos se fora?

O cavaleiro parou ao vê-la sair para encontrá-lo e saiu do cavalo com uma contorção apressada que não era exatamente uma mesura. Àquela altura outros haviam escutado a comoção e saíam para ver.

— Minha rainha! — ele se forçou a respirar. — Precisa fazer alguma coisa... os romanos...

Ele engoliu ar novamente.

— Os porcos romanos mandaram homens para tomar a fazenda de Brocagnos.

— Mas os impostos dele estão pagos — ela disse, perplexa.

O bracelete de ouro da mãe tinha sido sacrificado para pagar aquela dívida, ela se recordava.

— Ele não é o único, senhora — o homem continuou.

Ele começou a listar nomes de fazendeiros que viviam perto da fronteira do sul.

— Estão levando os animais e pegando pessoas também.

— Para o exército?

Uma pulsação raivosa começava a latejar atrás dos olhos dela. Muitas famílias tinham dado filhos aos recrutamentos militares. Os meninos eram normalmente enviados para servir em locais muito longe da Britânia. Ocasionalmente chegava um presente de uma terra distante, mas a maioria deles estava tão perdida quanto o irmão dela, Dubnocoveros, que morrera enquanto era refém em Roma.

— Estão fazendo escravos, senhora... mulheres e homens!

— Eles não podem fazer isso, podem? — perguntou Argantilla, que tinha saído da casa.

O pátio estava se enchendo de pessoas enquanto a notícia se espalhava.

— Crispus, preciso de você — Boudica gritou. — Pegue suas tabuletas... precisamos mandar uma mensagem para Colonia. Pollio vai saber como resolver isso.

— Talvez algum oficial romano ache que vai fazer dinheiro rápido enquanto o governador está fora — disse um dos homens.

Boudica esperava que fosse isso. Mas, ainda enquanto ordenava as palavras para a mensagem, tentava não imaginar se Cloto sabia do que estava falando por fim.

***

Boudica andou com Prasutagos em meio a um bosque de aveleiras. Pelas prímulas cor de creme que estrelavam o chão debaixo das árvores, achou que deveria estar perto de Beltane. Ela se regozijou ao vê-lo tão forte e saudável – grande e mais sólido do que jamais fora. Aquelas memórias em que ela o via definhar deveriam ser algum sonho ruim. Ele tinha uma grande clava pousada no ombro, e usava uma túnica sem mangas tão curta que ela vislumbrou o traseiro dele por baixo. Ela andou mais rápido, imaginando se o que poderia ver da frente seria ainda mais interessante.

— Aqui é a clareira onde vou construir o novo forte — ele disse quando saíram para o sol.

Ele girou a clava em um golpe circular poderoso que abriu uma grande vala no solo, jogando terra para o lado em uma pilha tumescente. Ele se virou para ela, o sorriso radiante, ficando maior conforme ele se aproximava dela, a grande clava na mão.

A cena se dissolveu ao redor quando o chão oscilou, mas era a cama que balançava enquanto Bogle pulava sobre ela, latindo. Ela acordou com um arquejo, e começou a chorar ao perceber que Prasutagos tinha sido o sonho, e ela estava sozinha.

Mas isso ao menos era uma ilusão melhor que os pesadelos nos quais perseguia infinitamente a forma dele que se desvanecia através de uma terra estéril. Ela passou os braços em torno do cão, buscando conforto no calor dele enquanto coçava atrás das orelhas do animal. Mesmo em meio às lágrimas, a memória do deleite de Prasutagos com a perspectiva de construir a fez sorrir.

***

Era pouco depois do meio-dia quando os romanos chegaram. Pouco depois do amanhecer, nuvens tinham começado a se juntar, bloqueando o sol do sonho de Boudica. Naquela luz cinzenta, os mantos dos soldados eram da cor de sangue velho; até as armaduras tinham um brilho baço. Pollio os liderava. Bogle, que não gostava de romanos, latia furiosamente. Boudica disse a Crispus para amarrar o cachorro na parte traseira das casas e levou a caneca de cerveja de boas-vindas com um sorriso sombrio. Se Pollio achava que estava fraca porque o marido não estava mais ao seu lado, estava a ponto de descobrir o contrário. Agora teriam uma contabilização, e os subalternos responsáveis por aquelas afrontas pagariam seus pecados.

— Junius Pollio, *salve*! — Ela ofereceu a cerveja a ele.

A torcida de lábios com que ele respondeu à saudação dela mal poderia ser chamada de sorriso, mas até aí o rosto comprido dele sempre parecera sombreado. Os olhos escuros dele examinaram o rosto dela como sempre faziam quando a encontrava, como se esperasse que os sentimentos dela por ele pudessem ter mudado. Quando Pollio esticou a mão para pegar a caneca, o cavalo dele se moveu de repente, e ela escorregou pelos dedos dele e caiu no chão. Por um momento Boudica observou o líquido escuro encharcar a terra. Então chacoalhou a mente e conseguiu sorrir.

— Não tem importância... venha ao salão do conselho e peço para trazerem mais.

— Onde estão seus guerreiros? — ele perguntou enquanto a seguia para a casa redonda central.

— Cavalgando pelos campos, para reunir evidências dos crimes dos romanos...

Ela se sentou na grande cadeira diante do fogo, cuja luz quente esfriava ao encontrar a iluminação vinda das aberturas no andar de cima. Pollio olhou em torno, inquieto, enquanto tomou a cadeira mais baixa ao lado dela. Do círculo da fogueira ao topo do teto, o interior tinha a altura de quatro homens altos. Ali não havia colunas de mármore ou estátuas de bronze, mas as imagens bordadas nos panos que envolviam as paredes pareciam se mover na luz bruxuleante do fogo. As construções romanas se vangloriavam do poder de seus donos; o salão de Prasutagos escondia o dele em mistério.

— Chame-os de volta, Boudica — ele disse em uma voz baixa. — Não há nada que possa fazer.

— O que quer dizer? — ela explodiu. — É meu dever proteger meu povo. Sou rainha dos icenos e cliente do imperador.

— Não. A senhora não é. Roma não faz tratados com rainhas.

Por um longo momento ela apenas o encarou.

— Mas Cartimandua...

— É validada pelo juramento do marido, mesmo que ele tenha se rebelado. Seu marido está morto.

As palavras eram como espadas no coração dela. Boudica estava aprendendo a viver de novo. Por horas de uma vez, agora, conseguia perder a consciência de seu luto lidando com outras coisas até que alguma palavra incauta, como um galho morto enfiado entre as brasas, revivia a chama.

— Prasutagos era um aliado de Roma — ela por fim disse. — Parte das propriedades em que seus homens estão foram deixadas para as filhas dele por seu testamento. Precisam ser devolvidas.

— O testamento não significa nada. Prasutagos não era cidadão.

Boudica balançou a cabeça em descrédito.

— O governador Paulinus disse isso?

— O procurador diz isso. Decianus Catus diz isso — respondeu Pollio na mesma voz monótona. — A aliança, e o reino, morreram com Prasutagos. Acabou, Boudica.

Que estranho, ela pensou, apaticamente. *Ele soa como se estivesse implorando...*

— Este salão, tudo, pertence a Roma...

Sem bem saber como chegara ali, Boudica se viu de pé. Pollio também se levantou, esticando o braço para ela.

— Boudica! — a voz dele tremia. — Eu te amo desde a primeira vez que a vi! Uma vez ofereci minha proteção, e recusou. Faço a mesma oferta agora. Sei que não é indiferente, Boudica...

Ele falava do beijo abortado na neve, ela pensou, antes que soubesse o que um beijo poderia significar... Para ela, a memória era embaçada pela distância, mas para ele ainda era real. Como a vida dele deveria ser estéril.

— Não.

Ela o empurrou para longe, tentando demonstrar alguma pena com um sorriso.

— Você não entende! Eu me casarei com você!

Ele a pegou de novo, puxando-a contra o corpo.

— É *você* quem não entende — a voz dela era baixa e perigosa. — Fui a esposa de um rei, um homem como o próprio Bom Deus! Não iria para sua cama, porco romano, se a alternativa fosse a escravidão!

Ela cuspiu no rosto dele.

— Pode ser! — ele sibilou, pegando o outro braço dela. — Você não tem escolha, cadela... precisa de um dono, e Júpiter é testemunha, se não vai se deitar na minha cama, eu a terei aqui nesse chão!

Pollio a puxou com força contra ele, o hálito quente no rosto dela.

Por um momento, o choque lutou com riso histérico. Ele fuçou atrás dos seios dela e o alfinete que prendia um ombro da túnica dela se soltou. Então a volição voltou, e Boudica se livrou. *Ele acha que sou alguma mulher romana mole que não pode mijar sem permissão de um homem?*, ela pensou, ultrajada. *Cloto diria outra coisa a ele!*

Com uma promessa, Pollio a agarrou de novo. Eles oscilaram perigosamente perto da lareira, e uma das cadeiras virou com um barulho. O sangue batia nos ouvidos de Boudica; ela pegou os pulsos do romano e então levantou o joelho com força brutal entre as pernas dele, e, conforme ele gritava e sofria espasmos, forçou-o para cima do fogo.

Os fedores misturados de lã queimando e merda encheram o ar. Boudica riu e o soltou, recuando enquanto o cômodo se enchia de homens de armadura.

— Peguem-na!

Pollio rolou livre do manto em chamas, ainda enrolado em agonia.

— Tirem-me daqui!

Mais homens entraram pela porta. Aqueles eram soldados, não coletores de impostos. Os que arrastaram Boudica para o pátio lá fora tinham músculos como cordas e mãos de ferro. Outros seguiram, apoiando Pollio. O rosto dele estava pálido enquanto ele tentava ficar de pé.

— Se não gosta do meu pau, tenho outras armas — ele arquejou. — Amarrem-na àquilo.

Ele apontou para o pátio cercado da Casa dos Homens.

— Chicoteiem essa mulher até sangrar!

Ainda lutando, Boudica foi forçada a sair pelo portão, amarrada com os membros abertos aos mourões com cordas nos punhos e calcanhares. Alguém pegou a parte de trás da túnica dela e rasgou o outro lado, então usou um pedaço do cordão e amarrou os cabelos dela. Nua até a cintura, ela se retorcia, observando como o decanus que comandava os soldados andava na direção dela, um chicote com nós nas correias nas mãos.

Escravos eram chicoteados. Não mulheres livres... não rainhas.

As pessoas se juntaram, murmurando de olhos arregalados. Boudica ouviu um barulho de cascos enquanto um cavalo era levado a galope. Um dos soldados começou a ir na direção da própria montaria, mas Pollio o chamou de volta. Ela forçou as amarras; a corda raspava em seus pulsos, mas os nós seguravam com força.

Então a primeira chicotada queimou através dos ombros dela. O choque a fez soltar um grito surpreso. Ela cerrou os dentes para não fazer aquilo de novo. As cordas gemeram com a força quando o próximo golpe a jogou para a frente.

O decanus contava lentamente em latim.

— Unus, duo, tres...

Ela tentou se concentrar nas palavras. *Posso aguentar isso*, ela pensou, *e depois vou me vingar...*

Pelo canto do olho, ela viu Rigana correndo da Casa das Mulheres, brandindo uma lança.

— Deixe-a ir! — ela gritou, agachando-se com a arma em prontidão.

— Olhem, uma gladiadora! — riu um dos homens, apontando conforme Argantilla apareceu atrás dela, trazendo um escudo.

— Voltem! — Boudica só conseguia grunhir. — Voltem para dentro!

Os soldados estavam rindo alto demais. As meninas não conseguiam ouvir.

— Quattuor, quinque...

Rigana começou a ir na direção do decanus, atacando com a lança. Ainda rindo, um dos legionários tirou a espada e jogou a lança para o lado. No momento seguinte, outro homem a pegou por trás enquanto o primeiro lutava para arrancar a arma da mão dela.

— Senhor, o que faço com esse filhote de leão? — ele gritou.

— Arranque as garras dela — enfureceu-se Pollio, o olhar ávido ainda em cima de Boudica. — A leoa está acorrentada! Façam o que quiserem com o filhote e com a irmã dela. Que todas as cadelas abram as pernas para Roma!

— Não! — Boudica gritou como não havia gritado pela própria dor.

Argantilla gemeu quando um soldado pegou o braço dela e arrancou o escudo.

— Não minhas filhas, não elas, por favor...

O fôlego foi retirado dela quando decanus, que havia parado para assistir, voltou ao trabalho.

Prasutagos!, o espírito dela gritou. Mas ele as tinha deixado. Não viria para salvá-la agora.

— Octo... undecim... tredecim...

As costas e os ombros de Boudica estavam tramados por fogo.

— Façam isso! — repetiu Pollio quando os soldados hesitaram. — Levem-nas agora!

Eles já tinham rasgado a túnica de Rigana; ela lutava, os seios jovens pulando, e chutava furiosamente enquanto um soldado arrancava a roupa que restava do caminho e enfiava uma mão entre as coxas dela.

Não minhas filhas, não meus bebês, não minhas menininhas...

— Sedecim... viginti...

A carne agredida se encolhia em ondas nauseantes. Fogo e sombra pulsavam atrás dos olhos dela.

— Por favor, por que estão fazendo isso? — soluçou Argantilla.

Uma das criadas correu para ajudá-la e foi derrubada. Agora os homens tinham colocado as duas meninas no chão. Alguém jogou dados para ver quem ficava com a primeira vez.

— Vigintiquinque...

Boudica se debateu, gemendo, quando as filhas começaram a gritar. Ela não podia protegê-las... não conseguia se soltar!

Ajude-as! Ajude-me! Dominada, a fúria dela se voltava para dentro, estraçalhando os limites da identidade.

Das profundezas além do conhecimento veio a Voz que tinha ouvido tanto tempo atrás.

— *Permita-me...*

— Triginta...

A chicotada desceu, dividindo ser de Ser. Boudica caiu amarrada enquanto a carne e o espíritos destruídos cediam.

E, com um grito como um campo de batalha de corvos, a Morrigan entrou.

Ela se endireitou. Uma a uma, Ela estourou as amarras. O sangue escorreu das costas arruinadas de Boudica quando Ela se virou. Bocas trabalhando, os homens se encolheram. Os soldados que seguravam as garotas recuaram. A Deusa pegou o homem que bombeava em cima de Rigana e o jogou para o lado, também quebrou o que estava com Argantilla. Os outros correram.

Pollio tropeçou para trás quando Ela se virou, o rosto contorcido em um esgar de medo. Ela esticou os braços e o puxou para Seu abraço.

— Piedade — ele coaxou. — Deixe-me ir...

— Assim como as deixou ir?

A Morrigan indicou as garotas que choravam.

— Mas serei mais bondosa do que foi... não vou forçá-lo a viver...

Pollio lutou enquanto Ela pegou a cabeça dele e girou. Houve um *clique* nítido. Ele ficou flácido e ela o soltou.

Cascos de cavalo trovejavam do lado de fora do forte. Bituitos e os guerreiros retornavam. Os soldados apavorados tentaram correr deles.

Não chegaram longe.

***

Corvos gritavam, vozes ásperas ecoando para lá e para cá em algum lugar muito próximo...

Boudica percebeu que estava deitada em algo macio; começou a virar, arquejou e grunhiu conforme a dor geral nas costas dela explodiu subitamente em uma cacofonia de dores individuais. E havia uma pressão estranha na cabeça dela, como se algo mais que o próprio cérebro estivesse enfiado em seu crânio.

— Minha senhora... como se sente?

A voz era sonora e calma. Por que ela a associou a tristeza?

— Como se eu tivesse levado uma surra de...

A garganta dela se fechou conforme a memória voltou – números em latim, agonia e um tormento mental que transcendeu qualquer coisa que seu corpo pudesse sentir.

— Minhas meninas!

Ela se sentou, olhando. As cortinas de sua cama continham o mundo escuro em torno dela. Brangenos estava sentado ao lado da cama, o rosto comprido iluminado pelo bruxuleio da pequena lamparina romana em seu colo.

O druida colocou a lamparina na mesa. Ela se encolheu quando ele se esticou para pegar as mãos dela.

— Não me toque — ela disse, com voz rouca.

As marcas das cordas em torno dos pulsos dela ainda estavam em carne-viva.

— Ninguém nunca mais vai me segurar! — O olhar dela buscou o rosto dele. — Onde estão minhas filhas?

— Estão dormindo, senhora — ele disse em voz baixa. — Os ferimentos delas foram cuidados. Não tente ir até elas...

Ele parou o movimento involuntário dela.

— Dormir é o melhor remédio para elas agora. Elas não foram muito feridas... não houve tempo para mais que dois ou três — o olhar dele se escureceu — as pegassem antes que a senhora... as resgatasse.

Boudica respirou rapidamente com o aumento súbito da pressão na cabeça dela.

— Ela os parou, então...

Os olhos dele encontraram os dela mais uma vez.

— De quanto se lembra?

— *Ela* estava lá, dentro da minha cabeça, e então eu... não estava. Acho que era Cathubodva. Ela falou através de mim uma vez antes, há muito tempo.

A centelha de expressão no rosto do druida se acalmou rapidamente, mas Boudica tinha reconhecido um misto de curiosidade, empolgação e medo.

— Isso explicaria... muita coisa — ele disse secamente.

Subitamente ambos estavam muito conscientes das vozes dos corvos lá fora. Ele levantou os olhos para ela, o rosto ficando sombrio.

— Ela matou Pollio e os estupradores. Nossos guerreiros tomaram conta do resto.

Boudica olhou para ele alarmada.

— Os romanos vão querer vingança!

— Primeiro precisam encontrar os corpos. — Ele suspirou. — Podemos até conseguir fingir que eles nunca chegaram aqui, mas a Deusa quer vingança, também.

Ele levantou os olhos para ela mais uma vez.

— Ela ordenou que seus guerreiros erguessem o campo. Os homens já começam a chegar.

— Preciso falar com eles...

— Ainda não, senhora... por favor. Está se curando bem... muito mais rápido do que se esperaria — ele completou, como se para si mesmo. — Mas a senhora, também, precisa dormir, e não há necessidade de ficar de frente para a tribo até que todos tenham chegado. Os corvos estão chegando também — ele disse, de modo reflexivo. — Os primeiros chegaram quando enterramos os corpos – fiquei tentado a deixar que se banqueteassem –, e mais seguem chegando.

— Eles são muito barulhentos... Nunca vou conseguir dormir.

Tormentos de mente e corpo zuniam pela mente dela.

Ele tirou uma garrafinha de vidro romano da bolsa e colocou parte do conteúdo em uma colher.

— Vou lhe dar tintura de papoula. Isso vai separá-la da dor.

***

— Onde vamos comer? Onde vamos comer? — gritavam os corvos.

Com uma parte da mente, Boudica sabia que o clamor deles tinha palavras porque ela vagava em sonhos de papoula. Ela não se importava – sempre quisera saber o que os pássaros diziam em suas conversas infinitas entre as árvores.

— No mato tem um texugo maduro, três dias — gritou outro pássaro.

— No monturo há cevada queimada — gritou um terceiro.

— E o que vamos comer amanhã, amanhã? — crocitou o primeiro corvo.

Boudica sabia que o corpo estava deitado na cama grande, mas o espírito estava acordado, com sentidos que ela não tinha normalmente.

— Nos fortes, os ferreiros estão forjando espadas e afiando lanças — respondeu outro.

— Logo a Senhora nos dará carne de homem para comer... — disse o terceiro.

Em seu presente estado, parecia a Boudica que era certo e apropriado que os corvos recebessem sua comida.

— Você acha, minha criança? — Veio outra voz, doce como mel, com um subtom de riso escondido. — Isso é bom, pois temos trabalho a fazer.

Aquela voz não era de nenhum corvo. Boudica tentou abrir os olhos e descobriu que não conseguia se mover.

— Onde você está?

— Estou tão perto de você quanto o palpitar de seu coração — a Outra respondeu.

— Quem é você? — sussurrou Boudica, embora seus lábios estivessem imóveis.

— Sou a Ira — a voz ecoou através da alma dela. — Sou a Destruição, sou o Corvo de Batalha...

— Você é a Morrigan — respondeu Boudica. — Você vingou minhas meninas!

— Mas quem vai vingar seu povo? — a Deusa perguntou, e Boudica não encontrou resposta.

Pollio estava certo – a paz de Prasutagos havia terminado. A única escolha deles agora era entre escravidão e rebelião. A primeira seria morte em vida. A outra poderia levar à morte – mas nela haveria glória.

— Se Me der uma forma para usar — a Deusa então disse —, eu lhe darei poder...

— Vai punir os romanos por tudo o que nos fizeram? — ela perguntou.

Os homens que haviam atacado suas filhas poderiam estar mortos, mas os que os tinham enviado ainda governavam. Se não fossem punidos, quantas outras mães chorariam pela inocência perdida de suas menininhas?

— Eles vão uivar em terror e invocar em vão os deuses deles...

— E teremos a vitória?

— Você *é* Vitória, e seu nome viverá.

Ela havia precisado tomar aquela decisão uma vez antes, quando fora a Prasutagos como a Égua Branca. Naquela ocasião, tinha consentido com alegria. Agora, rendia-se com dor, mas com a mesma necessidade.

— Então me entrego a Você como cavalo para cavaleiro — disse Boudica. — Use-me como desejar!

— Uma égua indócil, teimosa, você é — veio a resposta —, mas forte. Durma agora, minha criança, e cure-se.

O riso que Boudica ouviu enquanto deslizava para a escuridão era gentil.

***

Boudica estava sentada na casa redonda escurecida com Argantilla nos braços, observando Rigana andar para cá e para lá. Ela a teria abraçado também, mas a garota estava tensa como uma corda de arco de guerra e se encolhia ao menor toque. Argantilla apenas tremia, os olhos cheios de lágrimas silenciosas. Boudica mordeu o lábio e abraçou mais forte a menina mais jovem. As feridas em suas costas não doíam a metade do que a dor das filhas.

Fora da Casa das Mulheres, a voz da multidão subia e descia como o vento.

— Preciso ir falar com eles logo — ela disse suavemente. — Vocês virão comigo?

Argantilla estremeceu e enfiou a cabeça no ombro da mãe. Rigana se virou, respirando fortemente.

— Como pode nos pedir isso? Eles são homens. Vão nos olhar e vão *saber*...

— Vão olhar para vocês e ver as próprias filhas — respondeu Boudica. — Vão olhar para mim e ver as próprias esposas. Vão sentir a vergonha que senti quando não consegui proteger vocês, a que vocês sentiram quando não puderam me ajudar, e vão querer vingança...

— Mais do que já teve? — O olhar de Rigana se intensificou. — Vi seu rosto quando arrancou aquele animal de cima de mim... mas não era você, era, mãe?

— Era... a Morrigan. — A respiração de Boudica parou.

Até mesmo falar aquele nome despertava a consciência da Presença dentro dela.

— Ela virá novamente? Vai nos liderar contra Roma? — Rigana por fim parou, olhando para a mãe com olhos ávidos.

Argantilla enrijeceu e parou de chorar.

— Ela virá... — Boudica ouviu a própria voz ficar mais profunda. — Ela está aqui...

As feridas que cicatrizavam nas costas dela formigaram com um fogo frio enquanto sua consciência a empurrava gentilmente de lado. *Logo*, veio o pensamento, *elas se transformarão em asas...*

Ela sentiu aquele formigamento da Outra fluir por seu crânio e descer pelo corpo, esticando e torcendo enquanto a Deusa o controlava. Assim como, pensou divertida, ela mesma testava uma nova montaria até que se certificasse de que ela iria obedecer. Bogle, que estava deitado na porta, ficou de pé de repente, os pelos do pescoço de pé, olhos escuros atentos.

— Virão comigo?

Ela ficou de pé, levantando Argantilla com facilidade, e esticou a mão. Conforme Rigana veio para o abrigo do outro braço Dela, Boudica sentiu apenas gratidão porque a Deusa podia confortar suas meninas quando ela fracassava.

— Vocês serão Minhas aias, e você — a Deusa estalou os dedos e Bogle rastejou aos pés dela — será Meu cão de caça.

A consciência de Boudica vinha e sumia enquanto saíram da Casa das Mulheres e passaram pelo pátio. A noite havia caído, e tochas bruxuleavam pelo recinto. Além do aterro, as linhas dos troncos de árvore se erguiam como uma floresta protetora, nítidas contra as estrelas.

Diante do Salão do Conselho, os homens haviam erguido uma plataforma flanqueada por uma fileira de postes. Bogle rosnou quando passaram pelo primeiro, e ela percebeu que a coisa escura no topo era a cabeça de Pollio. Seus legionários sorriam dos outros postes ao lado dele. Brangenos não dissera a Boudica que tinham retirado as cabeças antes de enterrá-los. Talvez não soubesse. A maioria já tinha olhos faltando – sentiu uma satisfação sombria em saber que os corvos haviam recebido seu banquete no fim das contas.

Conforme subiam a plataforma, a multidão que murmurava ficou imóvel. Prasutagos havia projetado aquele recinto para assembleias como essa, mas graças aos deuses jamais imaginara qual seria seu primeiro uso. Na luz bruxuleante das tochas, rostos familiares surgiam e desapareciam – Brocagnos e Drostac, o velho Morigenos. Ela viu Rianor, que havia chegado depois do funeral do rei, com Brangenos. Eles estavam fora, cuidando de uma criança doente, quando os romanos chegaram. Tingetorix, que havia lutado sob a liderança de Caratac, estava com Carvilios e Taximagulos. Ela reconheceu com alguma surpresa os rostos de Segovax e os filhos Beric e Tascio. Ele era um dos icenos mais ricos, e ela havia achado que fosse apoiar os romanos – mas se recordava de ter ouvido que a riqueza dele era baseada em subsídios romanos. Catus deveria ter tentado receber os empréstimos.

— Homens icenos... — a voz que ecoou pela noite era a de Boudica, mas os homens enrijeceram, olhando, como se sentissem o poder dela. — Filhos de Epona... vocês me escolheram como sua rainha, como sua sacerdotisa diante dos deuses, para guiar e proteger esta terra!

Ela se vestira cuidadosamente, enrolando o cabelo ruivo dourado no topo da cabeça, preso com grampos de ouro. Pingentes de ouro pendiam de suas orelhas, e no pescoço brilhava o grande torque dourado que Caratac deixara em seu poder dez anos antes.

— Jurei defender as leis que o bom rei Prasutagos criou, e manter as promessas que ele fez ao imperador de Roma.

"Mas veja como os romanos traíram a honra deles! Muitos entre vocês já sofreram com a ganância deles – Drostac, eles levaram seu rebanho –, Brocagnos e Taximagulos, eles tomaram suas fazendas! Tomaram as armas que os marcavam como homens! Bens e equipamentos foram roubados, levaram nossos jovens para morrer longe da terra natal deles, venderam nossas mulheres como escravas. Mas agora eles vão da ganância para a blasfêmia!"

Ela se virou e apontou para Rigana, que olhava de modo desafiador, abrigando a irmã nos braços.

— Eles profanaram as filhas do rei, a flor desta terra, e trataram a rainha de vocês como se fosse uma escrava.

Os homens se encolheram ao sentir a raiva no olhar Dela.

— Olhem!

Ela abriu o broche de ouro que segurava o manto e o deixou cair. Ela usava uma saia, mas estava sem túnica. Boudica teria se encolhido ao ficar nua diante de tantos olhos, mas Cathubodva exibiu Seus seios, ainda altos e cheios mesmo que Boudica tivesse trinta e quatro anos, com orgulho. Ela ouviu os homens aspirando o ar abaixo, e então, ao se virar para revelar a ruína de Suas costas, um sussurro de horror correu pela multidão como o farfalhar das árvores antes da tempestade.

Boudica sentiu a consciência recuar enquanto a Morrigan se virava para encarar a tribo.

— Por tempo demais — Ela gritou — os romanos vêm profanando nossa terra! Precisamos expulsá-los! Os soldados deles precisam ser mortos; as cidades deles precisam queimar!

Gritos ecoavam as palavras Dela, mas outros argumentavam que os romanos os tinham derrotado treze anos antes, e por que se sairiam melhor contra eles agora?

— Se os seus braços esqueceram o peso de uma espada, podem aprender novamente! — Ela gritou. — Seus corações são fortes! Se os icenos não forem suficientes para expulsar os romanos para o mar, precisamos conclamar toda a Britânia!

Ela tocou o torque que brilhava em seu pescoço.

— Este é o torque do rei Cunobelin, que Caratac tirou do corpo de seu irmão Togodumnos e usou quando liderou as tribos!

— Eles não vieram todos nem para eles — gritou Segovax. — Por que iriam se levantar por você?

— Por que eu sou a Grande Rainha! Sou o Corvo de Batalha, e vou liderá-los! — Ela balançou a cabeça e os grampos voaram como fagulhas enquanto o cabelo Dela brilhou solto. — Por que eu sou Vitória!

— O que devemos fazer? Para onde devemos ir? — vieram os gritos.

— Este é o domínio do clã da Lebre... que o animal sagrado de Andraste nos mostre o caminho!

Ela pulou da plataforma.

Os homens saíam do caminho enquanto Ela caminhava na direção dos portões esculpidos, seguindo atrás Dela em uma turba que gritava e se revolvia. Bituitos estava bem atrás Dela, segurando um saco em que algo se debatia e lutava. Eles passaram debaixo do lintel e por entre as cercas que ladeavam o caminho para a estrada. Ela esperou que a multidão saísse pela abertura atrás Dela, ficando em silêncio enquanto se espalhava para ambos os lados. Esticou a mão para pegar o saco e trouxe a lebre, que estava mole e trêmula nas mãos de predador Dela.

— Não tema, pequena — Ela murmurou, acariciando o pelo cinzento. — Esta não é uma noite em que deva morrer...

A terra estava quieta em torno deles, estendendo-se além da parte levantada com os montes funerários em charnecas e pastos, pontilhados com as formas encolhidas das árvores. Ela baixou a cabeça da lebre, sentindo a tensão voltar aos músculos do animal enquanto o pelo se eriçava com a energia.

— Andraste! Andraste! Irmã, eu a invoco, Senhora desta Terra! Mostre-nos o caminho, senhora! Leve-nos até a vitória!

Ela aninhou a lebre contra o peito e sussurrou na orelha comprida:

— Corra agora, e nos mostre seu caminho, corra rápido e livre!

Ela se curvou, colocou a lebre no chão e abriu as mãos. Por um momento, o pequeno animal se agachou, tremendo. Então, com um salto poderoso, desceu correndo a estrada – para o sul – que ia para Colonia.

O grande grito dos icenos levou a lebre para a frente em uma onda de som. Os homens trouxeram cavalos, enfiando as flechas de guerra pintadas de vermelho nos cintos e carregando tochas nas mãos. Com a palavra Dela, seguiram em frente, correndo como estrelas cadentes através da noite, indo levar a notícia para as pessoas de todas as tribos de que os britões iam marchar para retomar sua terra natal.

VINTE E QUATRO

A Grande Rainha cavalga uma égua cinzenta,
Sobre sua cabeça voam os corvos.
Aonde ela anda, as águias temem,
Aonde ela vai, os homens morrem!

A ÉGUA BALANÇOU A CABEÇA E BUFOU QUANDO BOUDICA puxou as rédeas. Atrás dela vinha uma maré irregular, incansável, de pessoas, cavalos e carroças, começando a ir mais devagar e virar agora que se moviam para fora da estrada para montar acampamento para a noite. Bogle, que tinha trotado atrás da égua, deitou-se com um suspiro, e os outros cães, com dores nas patas por causa da marcha do dia, ajeitaram-se ao lado dele.

Os icenos tinham partido para o sul no segundo dia depois da reunião, e Brangenos começara a canção para alegrar a marcha deles. Os corvos voavam com eles, ciscos negros circulando sobre a poeira, seus gritos em contraste acima do barulho dos cascos e do rumor das carroças.

— Ho, Tingetorix — ela gritou quando um guerreiro grisalho num pônei malhado entrou em vista.

Ele andava mancando por causa dos ferimentos que recebera nas guerras de Caratac, mas ainda podia cavalgar mais rápido do que a maioria dos homens mais jovens.

— Quantas espadas nos enviaram hoje?

Em Teutodunon, os ferreiros ainda estavam trabalhando duro fazendo novas armas e reparando as velhas. Todo dia um cavaleiro alcançava a coluna e entregava uma sacola ou mais.

— Doze — ele trouxe o pônei para o lado dela —, e muitas pontas de lanças.

— São mais doze rapazes que podem parar de usar gravetos para praticar, e transformar seus bastões em lanças — ela disse, com satisfação.

Prasutagos não tinha sido o único a esconder armas. Alguns haviam chegado a Teutodunon com suprimentos e as armas que haviam sobrevivido aos confiscos romanos, mas muitos mais tinham apenas arcos e fundas, ou talvez uma lança de caça. A força principal era obrigada a seguir o ritmo das carroças puxadas por bois, e havia mais tempo que o suficiente para que um cavaleiro galopasse de volta para casa e pegasse uma espada, um escudo ou capacete que os pais tinham levado para a guerra, e persuadisse os vizinhos a se juntarem a ele enquanto estava lá.

— Brangenos diz que minhas costas cicatrizaram o suficiente para começar a trabalhar com a espada — Boudica disse a ele.

Ela sempre tinha sido forte e ativa, mas jamais precisara desenvolver os músculos específicos necessários para o uso da espada e do escudo. Até mesmo homens que tinham a parte superior do corpo endurecida por anos de trabalho na fazenda se viam com dores em locais inesperados quando começavam a treinar.

— Ele sabe? — disse o guerreiro. — Então devo vê-la depois do jantar.

Boudica riu. O retesamento e o balanço da montaria tinham deixado suas costas doloridas, mas não conseguiriam azedar o ânimo dela.

— Então é melhor reunir os chefes para um encontro comigo agora. Precisamos mandar alguém para a cidade. — Ela ouviu a voz dela ficar mais profunda e fechou os olhos por um momento enquanto sentia a guinada vertiginosa que significava que a Morrigan estava vindo para a dianteira. — Precisamos descobrir se eles sabem que estamos chegando, que defesas eles têm, e se pediram ajuda.

Por um lampejo de desconforto no olhar dele, ela soube que Tingetorix havia sentido a presença de sua conselheira interior. Ele e outros homens experientes tinham ficado surpresos com a sabedoria que ela demonstrava sobre problemas de treinamento e suprimento. A cada hora, a parceria entre a rainha dos icenos e a Grande Rainha se tornava mais azeitada.

Quando a Morrigan estava com ela, Boudica não sentia o vazio que Prasutagos deixara em sua alma.

— Sim, minha rainha.

Ele se curvou e conduziu o cavalo a meio galope para cumprir as ordens dela.

Quando ela se virou de volta para a estrada, suas filhas estavam ali. Como ela, tinham se recuperado bem de corpo.

Rigana a observava com o cenho fechado.

— Ele vai ensiná-la a lutar? — ela perguntou abruptamente. — Também quero aprender. Nunca mais quero ficar indefesa na frente de um homem.

Boudica começou a balançar a cabeça, mas havia algo nada infantil nos olhos de Rigana. Entre os que tinham se juntado à rebelião havia meninos que não eram mais velhos nem muito maiores, que tinham bem menos motivos para matar romanos que ela.

— E você? — Ela olhou para Argantilla.

— Caw diz que sou pequena demais para fazer qualquer coisa além de levar as flechas para os arqueiros — ela disse de um jeito um pouco trêmulo —, mas vou fazer o que puder...

O menino que Tilla resgatara em Colonia tinha crescido no ano anterior e prometia ser um homem grande. Ele havia se tornado o protetor mais devotado dela.

— Nem *pense* em nos mandar para um lugar mais seguro... se é que há um lugar assim agora! — Rigana disse, ameaçadora.

Boudica suspirou. Aquilo era verdade. Se a rebelião fracassasse, não haveria refúgio para elas em lugar algum. Ela olhou para as filhas e sentiu a fúria de Morrigan amplificar seu amor e sua dor.

— Muito bem... vamos atrás de nosso destino juntas, seja ele qual for...

***

Estavam na estrada havia três dias quando um homem pequeno usando uma túnica romana rasgada veio mancando até o acampamento. Boudica deixou Rigana esforçando-se para manter firme a espada com o braço esticado contando até dez e seguiu Crispus para a fogueira na frente da carroça que levava suas coisas. Um pano de lã com trama apertada tinha sido esticado da carroça para dar alguma proteção contra a garoa fina, apoiado em duas lanças.

Tingetorix já o questionava quando ela chegou.

— Minha senhora. — Ele se virou para ela. — Este homem traz boas e más notícias.

Os olhos do homem se arregalaram quando entrou na luz da fogueira, e ela se perguntou o que ele tinha ouvido. Ele fez uma reverência.

— Grande Rainha, eu um dia fui um dono de propriedade e homem notável entre os trinobantes. Hoje sou chamado de Tabanus, um escravo por dívida em Colonia. Há muitos de nós... vamos ajudá-la do modo que pudermos.

Ela assentiu.

— Eles souberam que estamos chegando, então?

— Sim, senhora, e estão com medo. Houve maus presságios... a estátua da Vitória caiu do pedestal, e gritos malignos foram ouvidos no teatro e no senado. Alguém teve uma visão de uma cidade devastada ao lado do mar, e as águas ficaram vermelhas.

— Nossos deuses são mais fortes que os dos romanos porque eles pertencem a esta terra — ela disse em voz baixa.

Uma leve inexatidão em sua consciência lhe disse que a Deusa estava com ela. Ela estava grata. Cathubodva saberia melhor o que dizer agora.

Tabanus assentiu.

— Algumas centenas de homens estão posicionadas no forte na antiga fortificação, e na cidade há homens que um dia serviram nas legiões, mas são velhos agora, e Colonia não tem muros. Eles mandaram avisar o procurador em Londinium, e outro mensageiro foi para o forte ao norte de Durovigutum.

Boudica assentiu. Os romanos haviam construído um destacamento avançado para proteger a estrada que estavam fazendo nas terras alagadas.

— Ninguém sabe que força o procurador pode enviar, mas Petillius Cerealis tem parte da Nona Legião e alguns homens da cavalaria.

— Ele é o tipo de comandante que espera ordens ou vai mandar imediatamente quando souber? — perguntou a rainha.

— Dizem que ele é cabeça quente. Acho que ele virá assim que conseguir reunir os homens.

Boudica conseguia sentir a Deusa refletindo.

— Quantos guerreiros experientes há entre nós? — ela perguntou.

Embora a Morrigan pudesse saber tudo em Seu próprio reino, a parte do ser Dela que agia através de Boudica dependia de informações disponíveis para a rainha.

— Junte-os, e os homens que são bons de caça também. Tingetorix, quero que pegue nossos cavalos mais rápidos e os leve para o norte. Mande batedores para descobrir que estrada eles vão tomar e ataque-os de tocaia. Isso é importante: não deve deixar que os peguem em campo aberto. Atinja-os de trás de uma proteção com dardos, flechas e fundas, atire de árvores.

— Entendo.

O olhar de lado dele notou o assombro do escravo com a perícia dela, e ele sorriu debaixo de seu bigode grisalho.

— Não precisa temer nenhuma surpresa da Nona Legião, minha rainha.

***

— Os romanos construíram um acampamento na elevação acima do estreito — disse Ardanos. — Paulinus trouxe homens de duas legiões.

Eles vão tirar mais um dia para descansar, talvez dois, e então vão embarcar. Enviei corredores para todas as fazendas. Cada homem que consegue carregar uma arma estará aqui logo.

— Mas seria muito melhor se os soldados nunca chegassem à nossa costa — observou Helve.

Alguém sufocou um riso nervoso.

— Não temos os poderes dos mestres das Terras Afundadas que usavam sons para mover grandes pedras, mas há trinta cantores treinados. Vamos levantar uma barreira de som contra o inimigo. Vão agora e descansem enquanto podem...

Conforme a reunião se dispersava, Lhiannon viu seus passos se atrasando. O colmo sobre o salão de encontros logo estaria em chamas, ou o lugar se transformaria em um abrigo de curandeiros onde ela trabalharia para enfaixar homens feridos? Ela olhou em torno de si com um suspiro. A primeira visão era a mais provável. Se os romanos conseguissem cruzar o estreito, ela achava que o exército de refugiados que os druidas tinham juntado não conseguiria resistir.

Que utilidade tivera o ritual que tinham feito no Lago das Pedrinhas? O poder fora levantado e enviado para o leste, mas no máximo tinha apenas atrasado o inimigo. O canto deles faria mais?

Ela precisava buscar a cama como Helve tinha mandado, mas a tensão faiscava em cada nervo. Não haveria descanso na Casa das Sacerdotisas, onde precisaria bloquear a mente contra os pesadelos de Coventa e o choro da velha Elin. O cenho dela relaxou conforme ela percebeu que seu espírito já a tinha colocado no caminho do Bosque Sagrado.

Um vento suave sussurrava entre as folhas dos carvalhos. Mesmo em seus momentos de maior angústia, Lhiannon sempre tinha encontrado paz ali. *Deusa sagrada... Deusa sagrada...* A melodia cantava em sua memória, embora fosse apenas de tarde. Ela fechou os olhos, abrindo a percepção ao espírito do bosque.

Mas era outro espírito, mais familiar, porém imensamente menos pacífico, que ela encontrou. Ela piscou e viu um homem de túnica branca sentado ao lado do altar de pedra. Ela hesitou, lutando contra um impulso de fugir, mas ele estendia a mão. Quando o viu pela primeira vez com a túnica do arquidruida, ele tinha parecido um estranho. Agora, pela primeira vez desde que o conhecera, ele parecia *velho*.

— Mais uma vez nos sentamos juntos na véspera da batalha — ele murmurou. — E mais uma vez só desejo saber que está próxima...

Isso era bom, ela pensou com acidez, pois, se tivesse pedido que ela se deitasse com ele agora, teria dado um tapa nele. Se o ardor ainda queimava nele, tinha aprendido a mantê-lo coberto, e, quanto a ela mesma, a armadura que construíra em torno do coração não poderia ser retirada em uma tarde.

— O que acha que vai acontecer quando eles chegarem? — ela perguntou.

— Será nossa magia contra o espírito de Roma — disse Ardanos, pensativamente. — Fico pensando nas histórias que Brangenos contou sobre Vercingetorix, que não conseguiu derrotar César, embora tivesse todos os druidas da Gália para ajudá-lo.

— E tem medo de que a vontade desse comandante possa ligar seus homens a uma entidade capaz de resistir aos druidas da Britânia?

— É possível. E, se eles aportarem, temo que nossos guerreiros não sejam capazes de detê-los. Lhiannon, se isso acontecer, precisa se salvar. Você disse que me tornar arquidruida me mudou, e é verdade. Preciso planejar para a derrota assim como para a vitória. Coventa teve visões de uma casa de sacerdotisas na terra principal, dentro de um bosque sagrado, tendo você como líder delas, mas, para isso, você precisa sobreviver.

Lhiannon estremeceu, embora o vento tivesse cessado. Raios dourados do fim da tarde brilhavam através das árvores.

— Mearan viu alguma coisa parecida quando estava morrendo. — A antiga grã-sacerdotisa tinha visto Mona encharcada de sangue também. — Mas mal ouso acreditar nessa profecia, já que todas as outras nos serviram tão mal.

— Talvez... — Ele pegou a mão dela. — Mas, Lhiannon, é a única opção que temos!

— E quanto a você? — Ela se virou para encará-lo. — Vai fugir também?

— Enquanto nossos sacerdotes ficarem de pé, Helve e eu temos obrigação de ficar com eles — ele disse, com um suspiro. — No momento, minha querida, minha própria sobrevivência não parece muito provável. Mas poderei enfrentar meu próprio fim com mais paz sabendo que está livre.

E como eu vou enfrentar a vida, sabendo que você se foi?, ela se perguntou. Subitamente, o escudo em torno do coração dela não parecia mais tão impenetrável. De uma árvore no bosque um corvo gritou, e, de algum lugar do outro lado dos campos, seu companheiro respondeu.

***

Corvos estavam pousados no portão do pequeno forte que os romanos tinham construído contra o fosso que um dia defendera Camulodunon. Estava aberto, as tropas tinham fugido. Fazia apenas cinco dias, pensou Boudica, desde que saíram em marcha de Teutodunon. Agora ela observava seu exército aleatório descendo pela estrada além do fosso romano que um dia abrigara o acampamento do imperador e acampando nas ruínas do forte de Cunobelin. Tendas e carroças cobriam a terra até metade do entorno da cidade cujos tetos vermelhos brilhavam pouco mais de três quilômetros adiante.

Ela reconheceu Tabanus abrindo caminho em meio à aglomeração, e fez sinal a Eoc para que permitisse a aproximação dele.

— Fico feliz por ver que está seguro.

Ela havia ficado surpresa quando o escravo trinobante se oferecera para voltar a Colonia, e achou espantoso que ele tivesse conseguido sair mais uma vez.

O homem deu de ombros.

— Meu mestre está correndo por aí feito uma galinha marcada para a panela, e certamente ninguém mais está prestando atenção. Alguns dos veteranos queriam bloquear as estradas principais, mas começamos um rumor de que isso encorajaria vocês a atacar as casas das ruas laterais, e os vizinhos os impediram.

— Quantos deixaram a cidade? — perguntou Morigenos, juntando-se a eles.

Tabanus deu de ombros.

— Uns poucos... os outros temem ser pegos com mais facilidade se partirem.

— O que eles estão pensando? — perguntou Boudica, sentando-se em um saco de cereal. — Sem muros, devem saber que não conseguirão resistir.

— *O líder deles esteve nas legiões* — a Deusa falou dentro dela. — *Eles acham que nenhum bárbaro pode derrotar Roma. Acreditam que os irmãos soldados virão resgatá-los...*

— E eles virão?

— *Escute... o que dizem os corvos?*

Boudica sorriu, recordando-se de como os tinha escutado em seu sonho de papoula. Um gritava do forte, e, de algum lugar acima, outro respondia. Conforme ela ergueu o olhar, ele voou acima do ombro direito dela, e ela viu algumas penas brancas na asa.

— Os corvos dizem que alguém nos traz boas notícias — ela disse em voz alta, e no momento seguinte todos ouviram as batidas de cascos de um cavalo a galope descendo pela estrada.

Eoc lançou a ela um daqueles olhares inquietos que tinham se tornado a resposta comum aos pronunciamentos dela, então se virou para observar com o resto enquanto o cavaleiro aparecia. Uma onda de celebração o seguia.

— Nós os destruímos! — O cavaleiro desmontou, ainda falando. — Fizemos o que disse, senhora, e pegamos a maioria dos homens a pé. O comandante saiu com sua cavalaria, não pararam até chegarem ao posto avançado, e não ousam enfiar o nariz para fora dos muros. Tingetorix e o resto estão voltando, mas ele queria que a senhora soubesse imediatamente. Ataque Colonia quando quiser, minha rainha... não há ninguém para impedi-la agora!

Boudica assentiu enquanto o murmúrio de antecipação raivosa que se espalhava pelo acampamento encontrava eco dentro dela. Conforme se aproximavam de Colonia, homens maltrapilhos dos trinobantes começaram a se juntar a eles, sem armas, mas com suas pás e enxadas. Tinham sofrido muito mais que os icenos, e por muito mais tempo, e os olhos deles queimavam com um ardor fanático. Segura em seu próprio país, Boudica não tinha entendido a extensão do pagamento que os romanos haviam forçado os trinobantes a dar pela própria subjugação.

Pollio está morto, mas os homens que o enviaram, os homens que estupraram meu povo, ainda estão na cidade. Eles, também, precisam morrer.

Mais homens, e mais armas, chegavam todos os dias. Agora homens de substância chegavam, trazendo suprimentos e trabalhadores em madeira, couro e ferro, além de mais comida. Levaria mais um dia ou dois para organizá-los, mas qualquer romano que mudasse de ideia sobre fugir de Colonia não chegaria longe agora.

> *O exército da Grande Rainha toma a campina,*
> *Ela os lidera para a luta...*
> *Cem mil seguem em sua comitiva*
> *E cada dia mais gente se junta.*

Ela olhou para a cidade com olhos apertados. *Contem as nossas fogueiras, romanos. Ouçam nossas canções... Não vamos deixá-los esperando por muito tempo...*

***

— O que estão esperando? — murmurou Coventa.

Lhiannon apertou os olhos para enxergar do outro lado da água à medida que o sol da tarde refletia nos capacetes romanos. Entre lábios secos, ela murmurou:

— Deve levar muito tempo para organizar tantos homens.

Certamente havia muitos deles; o chão em terraços do outro lado do estreito brilhava com pontos de reflexo da luz.

As primeiras fileiras tinham sido avistadas pouco depois do amanhecer, e pelo meio-dia os britões haviam entrado em formação para encontrá-los onde a campina descia para o alagadiço, uma faixa nua de oitocentos metros através da água. Veteranos das guerras dos durotriges e siluros esperavam com homens de toda Mona, e na frente deles os druidas, as túnicas brancas dos sacerdotes misturadas ao azul das vestes das sacerdotisas.

De vez em quando alguém olhava em direção à ponta, onde tinham colocado um rapaz com bons olhos. Ainda assim, o som da corneta dele era um choque depois de terem esperado por tanto tempo. Lhiannon deu um chacoalhão mental em si mesma. Por fim, todas as coisas, boas ou ruins, terminavam. Ela havia achado que ficariam lá como algum exército de lenda, até que se tornassem pedra?

Agora ela conseguia ver o movimento na outra ponta da água. Ardanos movia para baixo sua fila de druidas. Se houvesse nuvens, poderiam tentar levantar uma tempestade contra os romanos, mas há uma semana Mona tinha céus claros. Lhiannon bebeu do odre de água, segurando o líquido na boca antes de engolir.

Ardanos estava com os braços estendidos na direção da barreira invisível. Contra um homem, ou alguns, funcionaria, mas não contra a vontade agrupada de centenas. Figuras escuras se moviam na água enquanto o barco de atracar dos romanos começou a navegar da costa. O arquidruida se virou.

— De modo doce, agora, meus queridos — ele murmurou. — Cantem agora como as Crianças de Lyr cantam debaixo da água, e levantem o muro de som!

E suavemente, como ele tinha mandado, as primeiras vibrações rolaram de trinta gargantas. Respirando de modo lento e fácil, Lhiannon deixou o som fluir, e, conforme o ritmo se estabeleceu, começou a moldá-lo com palavras e vontade.

Era um feitiço antigo, tão velho que o significado preciso das palavras não era claro. Apenas o sentido atrás delas permanecia. De voz para a água, a vibração passava.... água tremendo, brilhando... partículas mudando, levantando quando atingiam a barreira para se levantar em uma névoa enfeitiçada que se enrolava e coagulava através da água em formas de terror.

Perdida em som, Lhiannon sentiu o barco romano perder o rumo e flutuar indefeso com a corrente. Ela notou sem compreensão a lenta descida do sol em direção ao oeste. Mas, além da barreira que os druidas erguiam, ela sentia a pressão pulsante de outra vontade.

Enquanto o dia terminava, a força dos druidas diminuiu, e aquela oposição ficou mais forte. Lhiannon tentou cantar mais alto conforme uma, depois outra voz se calava. Estava quase escuro agora. Um a um, os druidas que restavam ficaram em silêncio. Com um grito baixo, Coventa desmaiou ao lado dela. Lhiannon ficou sem fôlego, e sua própria voz parou abruptamente. Um momento depois, a última voz masculina parou. Ela piscou, e viu um dos guerreiros pegar Ardanos enquanto ele cambaleava.

Luz vermelha brilhou quando alguém acendeu os troncos empilhados. O brilho mostrou a ela as formas agachadas dos druidas e os guerreiros de espadas em punho atrás deles. Pequenas ondas refletiam a luz em rebrilhos vermelhos, como se o sangue já corresse. Ela ouviu o bater de um tambor. Através da névoa que se dissipava, as proas dos barcos romanos começavam a surgir.

Druidas cambalearam para o abrigo das árvores. Lhiannon engoliu água e passou o braço em torno de Coventa. Ela estava exausta até os ossos, mas isso não importava agora.

— Coventa, levante-se, menina! Lembre-se do seu treinamento! Respire!

Ela falava com Coventa ou consigo mesma?

Passou o odre de água para outra mulher, pegou duas tochas da pilha acesa e as passou para Belina e Brenna, e pegou mais. Das doze sacerdotisas, apenas nove estavam de pé. Precisariam bastar. *Os romanos temem nossas sacerdotisas – que eles nos vejam, e temam!*

Ela afundou as tochas no fogo e as levantou ao alto. Helve mostrou os dentes em um sorriso, e juntas elas lideraram as outras para ficarem na frente dos guerreiros, em uma fileira bem espaçada.

O som do tambor falhou quando os homens nos primeiros barcos avistaram as sacerdotisas de vestes escuras. Mas a pressão das multidões atrás deles os empurrava adiante. Lhiannon agora conseguia ver os rostos com o brilho dos capacetes. Atrás das sacerdotisas, Ardanos tinha reunido o resto dos druidas e, com uma voz rouca, lançava maldições sobre os inimigos. A garganta dela estava dolorida, mas ela não precisava mais cantar, apenas gritar...

Quando as primeiras proas chegaram ao alagadiço, as sacerdotisas correram para a frente, ululando como as fúrias que os romanos temiam. O primeiro romano que saltou do barco recuou, gritando enquanto afundava na lama. Mas algum comandante arguto havia previsto o problema, e em mais um momento estavam colocando tábuas no chão mole. O próximo homem enfrentou uma saraivada de zagaias celtas com pés firmes e escudos levantados. Em fileiras próximas, começaram a avançar e, conforme os outros faziam pressão atrás deles, os barcos em que tinham vindo saíam para voltar pelo estreito para buscar mais soldados.

Quando os primeiros legionários chegaram ao solo firme, os britões correram para a frente a fim de encontrá-los.

— Lhiannon! Helve! Fujam! — a voz de Ardanos se levantou acima do barulho. — Agora é trabalho para as espadas.

Lhiannon jogou as tochas ardentes no inimigo mais próximo e correu.

***

O fedor de construções queimadas pesava forte no ar. Boudica o tinha sentido uma ou duas vezes, quando o colmo de uma casa redonda pegara fogo – um cheiro pesado, acre, muito diferente do cheiro de toras limpas. Havia ordenado o ataque ao amanhecer, quando o povo da cidade, cansado de esperar que os britões se movessem, estariam menos alertas, mas poderiam também ter dormido – houvera pouca resistência.

Estava agora no átrio da grande construção que abrigava os departamentos da cidade e o governador quando ele estava ali. A luz da tarde mostrava a ela uma massa de ladrilhos quebrados, argamassa queimada e vigas fumegantes. Os corpos dos servos que tinham sido deixados para defendê-lo jaziam entre as ruínas. Fragmentos de pergaminhos queimados flutuavam no vento. Mas o jardim onde a mulher do governador a tinha recebido estava intacto, e a deusa em seu pedestal ainda observava com um sorriso secreto.

Um guerreiro colocou uma corda em torno da estátua para derrubá-la e ela fez um gesto para que ele fosse embora.

— *De uma deusa para outra, obrigada...*, disse a Voz interna.

Tascio andou entre os destroços, fazendo uma reverência quando a viu ali.

— Senhora, Bituitos diz para vir...

Agora a fumaça se erguia acima de toda a cidade. Boudica esperava que os homens estivessem se lembrando de vasculhar as casas atrás de armas e alimentos antes de incendiá-las. Não precisavam de encorajamento para pegar qualquer ornamento ou joia que encontrassem. As ruas estavam cheias de caixas abandonadas e destroços dos incêndios, com corpos ocasionais, alguns ainda não exatamente mortos.

Ela sentia pouca empatia. Conforme marchavam para o sul, haviam escutado centenas de histórias de injustiças e brutalidades romanas para competir com as próprias. Aquela era uma cidade de mais de dois mil habitantes. A única surpresa era que não havia mais corpos no chão. É claro que escravos e criados celtas estavam fugindo desde que os icenos apareceram na porta deles – muitos haviam se juntado à horda, mas os romanos e escravos estrangeiros deveriam estar ali. Ela se perguntou para onde tinham ido.

Um grupo de trinobantes com rostos sombrios passou trotando. Enquanto passavam por um prédio que ainda estava em pé, um homem usando túnica romana apareceu na porta com dois escravos assustados brandindo clavas atrás dele. Ele tinha uma espada, enquanto os trinobantes estavam armados apenas com enxadas e ancinhos, mas medo não era páreo para fúria. Com um grito selvagem, os britões estavam em cima dele, e em instantes o romano e os escravos estavam no chão. Ela podia ver os braços dos agressores subindo e descendo bem depois que os gritos haviam parado. Quando por fim pararam, o líder trinobante tinha uma espada.

Rindo, o homem entrou na casa, e momentos depois uma mulher gritou. Boudica reprimiu um tremor, mas sabia que não conseguiria pará-los. Ela ao menos queria? Os romanos haviam estuprado suas filhas. Que as mulheres deles sofressem agora. Conforme ela se virou, um movimento em uma porta chamou a atenção de seu olhar. Ela gritou, levantando o escudo enquanto meia dúzia de homens armados saiu na estrada entre ela e seu séquito.

— Ho, uma gladiadora! — gritou um, pulando na direção dela enquanto outros dois tentavam lutar com Tascio e os outros homens.

Aquilo era como o soldado romano havia chamado Rigana.

Uma onda de fúria levou a consciência de Boudica e Morrigan entrou, empunhando a espada com um movimento suave que derrubou a arma da mão do homem. O riso mal teve tempo de mudar para medo antes que a espada girasse e arrancasse a cabeça dele.

Quando Ela pulou para a frente para cair sobre os outros, o som que saiu de Sua garganta estava entre um grito de raiva e o chamado de um corvo. Ela pegou um homem enfiando a espada nas costas dele e usou o escudo para empurrar outro na lâmina de Tascio. Àquela altura, os companheiros dele já tinham derrubado os outros.

Eles ficaram de pé, respirando pesadamente, ouvindo gritos distantes e um gemido enquanto o último de seus agressores morria. Lentamente, como se estivesse se levantando na água profunda, Boudica voltou a si mesma. O braço dela tremia como a corda de um arco depois que a flecha tinha sido lançada. Sua espada pingava vermelha. *Obrigada...* ela pensou de modo entorpecido, curvando-se para limpar o sangue na túnica de um dos homens que tinha matado, e sentiu a aprovação da Deusa dentro dela. Tascio e os outros a olhavam com olhos arregalados. Ela não sentia vontade de explicar que a semana de treinamento fortalecera seus músculos, mas que tinha sido a Deusa que os usara.

— Bom trabalho — ela disse com firmeza. — Agora vamos seguir em frente...

Eles se desviaram à medida que detritos em chamas choviam de outra casa e chegaram a uma encruzilhada. Homens tinham colocado cordas em torno da grande estátua de bronze do imperador Cláudio sobre um cavalo que ficava ali. Boudica duvidava que ele um dia tivesse cavalgado um cavalo daqueles em vida, certamente não com toda a armadura de parada. Tudo naquela imagem, a não ser pelas orelhas protuberantes, era outra mentira romana. Ela sorriu com uma satisfação sombria conforme os homens começaram a puxar as cordas. A peça era solidamente construída, mas não era páreo para a raiva deles, especialmente depois que tinham encontrado um ferreiro para soltar os parafusos que a prendiam ao pedestal.

Boudica pulou para trás quando a coisa foi abaixo. Gritando em triunfo, alguém girou um machado, e em outro momento tinham a cabeça cortada em um poste, ainda observando a cena com uma carranca gentil. Enquanto a admiravam, Tascio veio por uma esquina, a viu e sorriu.

— Nós os encontramos — ele gritou. — Os soldados e o resto das pessoas se enfiaram no Templo de Cláudio. Vai levar um tempo para tirá-los de lá... a coisa é feita de pedras.

— Protejam o resto da cidade — ela respondeu a ele. — Deixe-os ficar lá cozinhando por mais um dia, esperando que as legiões venham salvá-los... e imaginando o que vai acontecer se ninguém vier — ela disse, mostrando os dentes em um sorriso.

VINTE E CINCO

Lys deru ardia. Chamas subiam, enchendo o céu de luz lúgubre, como se os incêndios tivessem consumido as estrelas. Abaixo, faíscas se moviam entre as campinas enquanto legionários com tochas vasculhavam a terra. O comandante deles tinha mandado vários destacamentos para formar um perímetro e trabalhar indo para dentro, mandando os fugitivos para diante deles como os homens mandam a caça.

Lhiannon estava deitava em um buraco debaixo de uma cerca viva de espinheiros onde a cova de um texugo havia cedido. De vez em quando ouvia gritos e sabia que outro fugitivo tinha sido encontrado. Às vezes era uma mulher, e então os gritos continuavam. Enquanto durasse a noite, as vestes escuras a esconderiam – seria outra história quando o sol se levantasse. Era muito bom Ardanos lhe dizer para se salvar, ela pensou sombriamente. Se ele quisesse que ela estivesse segura, não teria permitido que ficasse.

Mas poderia não existir segurança para uma sacerdotisa druida em lugar algum de Mona. Os romanos seguiam o seu trabalho de maneira pavorosamente metódica. Quando terminassem de vasculhar a área em torno de Lys Deru, sem dúvida começariam a vasculhar a ilha. Àquela altura deveriam saber o que significava quando uma mulher tinha uma crescente azul na testa. A tatuagem a marcaria como sacerdotisa mesmo se se livrasse das vestes azuis.

Deusa amada, cuide de Caillean, ela rezou. *Se eu não puder voltar para Eriu para pegá-la, mantenha-a em segurança – mantenha-a livre!* Ela teria se jogado no combate e buscado um fim rápido se não fosse pela criança.

Tinha visto Cunitor ser golpeado ao fugir da costa, e vislumbrou Brenna sendo arrastada. Parecia improvável que Ardanos pudesse ter sobrevivido. Tantos homens e mulheres que conhecera estavam mortos, e, mesmo que não gostasse de todos eles, ainda tinham a obrigação de sua lealdade. Mas haveria tempo suficiente para sentir culpa por ter sobrevivido a eles se vivesse para ver mais um amanhecer.

Ela ouviu os passos de sandálias de tachas de ferro e um murmúrio em latim e ficou ainda mais imóvel. *Eu sou noite... Eu sou sombra...*, ela pensou, reduzindo a respiração, lutando para aquietar a alma. *Você não vê nada aqui – siga em frente...*

Ouvia dois passos diferentes, um sussurro regular e uma batida que não conseguia identificar. Chegaram mais perto. Através dos talos de grama, ela vislumbrou um brilho metálico e soube que era a ponta de uma lança um momento antes que ela baixasse ao lado de sua cabeça.

Nem o treinamento druida conseguia impedir um arquejo. Um dos romanos xingou e se virou, e no momento seguinte uma lebre saiu da cerca viva e pulou pela grama. O outro homem riu, e o par seguiu em frente.

Sagrada Andraste!, pensou Lhiannon, recordando-se da deusa e totem do clã de Boudica. *Se sobreviver a isso, eu te devo uma oferenda!*

Passou-se um longo tempo antes que ela ousasse se mover novamente. Quando levantou por fim a cabeça, os incêndios em Lys Derus queimavam baixo, mas um pouco a leste novas chamas se levantavam. Com o coração pesado, percebeu que tinham colocado fogo no Bosque Sagrado. Por alguma razão, a visão das árvores em chamas atravessava seu coração com uma dor que ainda não se permitira sentir por seus colegas humanos. Chorando em silêncio, ela observou o fogo e esperou pelo amanhecer.

***

As brasas de Colonia fumegavam. De tempos em tempos, uma viga de telhado queimada cedia, ou o último pedaço de uma cerca de vime começava a queimar. Tinham sido necessários quase vinte anos para transformar aquele cume trinobante em uma imitação tosca de Roma. Os britões a destruíram em dois dias. Colonia Victricensis não era mais vitoriosa, a não ser por aquele símbolo final do imperialismo, aquele húbris máximo, o templo de Cláudio deificado que jazia cercado de devastação, colunas de pedra brilhando enquanto os homens levantavam suas tochas.

Boudica sentiu uma pontada de diversão da Deusa dentro dela ao refletir que era a última pessoa a negar que um humano pudesse ser o veículo de uma divindade, ou mesmo que cada alma humana guardava alguma centelha do divino. Mas era o deus que deveria ser adorado, não o homem. Nem mesmo os ancestrais em cujos montes funerários seu povo deixava oferendas tinham tido tempo para se tornar deuses. Que os romanos façam suas honras ao Cláudio Deificado na própria tumba dele e construam lá um templo se suas preces forem respondidas. Adorá-lo ali era um insulto e uma blasfêmia.

O prédio estava intacto, a não ser por cicatrizes nas portas de bronze, onde o aríete tinha fracassado. De um modo desprendido, Boudica podia apreciar a elegância de suas proporções. Ela imaginava que Prasutagos teria chorado com o pensamento de destruí-lo – mais uma coisa pela qual estava grata que ele não estivesse ali para ver. Ela mesma não tinha tais remorsos. A única maneira de conseguir o interior do ovo era quebrar a casca, e aquela casca ainda abrigava metade da população de Colonia – homens, mulheres, crianças, os soldados do forte, e os meros duzentos que o procurador tinha enviado de Londinium.

— Não há como queimar do lado de fora, vê — disse um homenzinho retorcido sem os dentes da frente que fora forçado a ajudar construir o templo.

Boudica se virou para olhar para ele, vagamente consciente de que ele estivera falando com ela por algum tempo.

— O lado de fora é todo recoberto de pedras, certo? E bronze em todas as portas. Mas o telhado, agora — ele fez uma carranca olhando para cima. — Sobre as vigas só há telhas. Eu deveria saber, Senhora... quase quebrei as costas ajudando a colocá-las lá. Solte as telhas e terá madeira robusta para queimar. Podemos forçá-los a sair com a fumaça, como colocar fogo na toca de um texugo. Vão abrir as portas eles mesmos e vão sair quando for uma escolha entre nos enfrentar e não respirar!

Os homens em torno dele assentiam. Boudica sentia a antecipação de Cathubodva. Um corvo gritou, pousando sobre a água de bronze no pico do telhado do templo, como se para mostrar o caminho a eles.

— Eu o escuto — ela murmurou, e então se virou para os homens em torno dela:

— Sim... façam isso agora!

Conforme os homens arrastavam escadas que tinham feito e se aglomeravam do lado da construção, ela disse a si mesma que não havia um trabalho do homem que outros homens com motivação suficiente não pudessem destruir. As telhas retiniam enquanto os homens martelavam para soltá-las, e então começaram a jogá-las para baixo, beliscando a extensão de terracota até que o teto começasse a parecer um manto de lã comido por traças. Logo ela viu as longas vigas nuas.

Gritos ecoaram de dentro enquanto alguns dos homens começaram a atirar pelas aberturas. Mas agora os homens subiam jarros de azeite e os jogavam sobre a madeira, enfiando estacas cobertas por piche e linho entre as vigas e ateando fogo nelas. Eles jogaram os jarros remanescentes por buracos e os seguiram com flechas acesas como uma promessa do que estava por vir.

Os agressores tiraram as escadas enquanto gavinhas de fumaça branca mudavam para o negro, seguidas por línguas de fogo.

— Queime, Cláudio — sussurrou Boudica —, pois certamente seu próprio povo nunca lhe deu uma pira tão nobre ou tantas oferendas!

Aquela era uma fogueira de verão jamais vista na Britânia.

Sobre o murmúrio das chamas, ela podia ouvir gritos.

— Não vai demorar agora — disse um dos homens.

Dentro estaria ficando quente e perigoso, enquanto fragmentos do teto em chamas começavam a cair. Fumaça negra subia pelo telhado, mas o mesmo tanto deveria estar girando lá dentro conforme o fogo seguia seu caminho para a parte de baixo das vigas. Aqueles que morressem por falta de ar seriam os sortudos.

Um grito chamou a atenção dela para a parte da frente do templo. As portas de bronze se abriam.

— Por fim! — exclamou Bituitos, indo para a frente. — Vão sair para morrer como homens!

Soldados apareceram na porta, o escudo de cada homem protegendo metade de seu corpo e o braço da espada do vizinho. As lâminas deles iam para a frente e para trás como a língua de uma víbora. Por alguns momentos eles seguraram os agressores, mas a pressão das pessoas atrás deles os empurrava adiante. Agora ela conseguia ver espaço atrás deles, e no momento seguinte os britões haviam andado em torno para atacá-los por trás e os derrubaram pelo puro peso. Outros entravam na massa de corpos atrás deles. Alguns tentavam recuar, tropeçando em quem vinha atrás, apenas para serem jogados de volta.

— Recuem! — gritou alguém. — Não podemos matá-los se não abrirmos espaço!

As nuvens brilhavam na luz do sol poente, como se os céus, também, estivessem em chamas. Mesmo na beira da praça Boudica sentia o calor conforme as chamas subiam mais alto. Os agressores começaram a se afastar, deixando um emaranhado de corpos para trás. O sangue que cobria os degraus do templo brilhava em um vermelho ainda mais vivo na luz do fogo. Mais alguns poucos romanos emergiram da porta. Por um momento, uma mulher com uma criança nos braços mostrou a silhueta contra as chamas, depois voltou novamente.

Depois daquilo, ninguém mais apareceu. Boudica lutou para limpar a imagem da mente – eles eram romanos! Mereciam morrer. A mudança do vento trouxe o fedor de fumaça e o cheiro sufocante de carne queimada; ela puxou o manto sobre o rosto para filtrá-lo, e por um momento horrível estava de volta a Dun Garo, observando Prasutagos queimar em sua pira. Os homens e mulheres dentro do templo eram esposas e maridos... eles eram romanos... a angústia a tomou, mas, na comoção, ninguém a ouviu gemer.

Uma multidão que apupava a cercou. Ela não podia fugir.

— Ajude-me — ela sussurrou, mas nem mesmo Eoc, que estava ao seu lado, podia ouvir.

Apenas a Deusa, levantando-se como uma maré negra dentro dela, reconheceu sua agonia e a compartilhou, absorveu-a, puxando um véu suave entre Boudica e o mundo. Como alguém que observa a distância, ela viu lajes de rocha racharem e caírem para dentro das paredes, deixando um esqueleto de postes queimados dentro. E então mesmo aquilo desapareceu, e ela estava em um campo dourado observando Prasutagos construir um muro.

Em Colonia, Cathubodva via o Templo de Cláudio queimar. Agora apenas a fachada da construção continuava em pé. Homens começaram a celebrar quando ela oscilou. Em mais um momento, a águia no topo do telhado estava nítida contra as chamas, então uma mancha de fumaça a recobriu e ela caiu.

Cornetas celtas soavam em triunfo, mas a música dela era sobrepujada pelos gritos da multidão. De pé no meio deles, a Deusa chorou as lágrimas de Boudica.

***

Lhiannon acordou com um sobressalto. Ainda estava deitada debaixo da cerca viva. Com o coração disparado, tentou identificar que novo perigo a tinha assustado. Era dia, mas o sol ainda não se levantara sobre as montanhas na terra principal. Da direção de Lys Deru, ela ouviu gritos, e então a música dura de uma trombeta romana. Ela soou repetidamente. Encolhendo-se conforme o movimento acordou uma miríade de dores, ela espiou entre as folhas.

Fumaça negra ainda saía de Lys Deru e do Bosque Sagrado. No campo de esporte dos estudantes, legionários se reuniam, cada vez mais deles enquanto a trombeta continuava a soar. Lhiannon se encolheu de volta em seu buraco quando um par de soldados passou em uma marcha ligeira, talvez os mesmos dois que quase a tinham encontrado na noite anterior. Não estavam caçando agora. Do som do murmúrio deles, ela percebeu que estavam tão intrigados quanto ela.

Havia uma beleza perturbadora na velocidade com a qual a confusão de homens se arrumou em fileiras ordeiras. Jamais se veriam britões entrando em estado de atenção como tantas imagens quando um oficial viesse. Enquanto ela observava, os homens continuavam a chegar. Deveriam estar chamando os guardas de perímetro também. Mas por quê? Certamente iriam querer fazer outra busca por fugitivos à luz do dia.

Lhiannon observou pela manhã, mas nenhum outro soldado se aproximou. Pouco antes do meio-dia, as trombetas soaram novamente, e, ainda em sua formação precisa, os romanos marcharam de volta à costa. Conforme o último deles desaparecia, Lhiannon começou a chorar, soltando todas as lágrimas que tinha prendido dentro de si naquela noite longa e terrível. E, quando acabou, retorceu-se para fora de seu refúgio e começou a atravessar os campos na direção do que restava do santuário dos druidas.

O fedor de colmo queimado pairava pesadamente no ar. Lhiannon amarrou o véu sobre o rosto, mas não adiantou muito. Enquanto se aproximava, podia sentir um toque nauseante de carne queimada e o odor de ferro do sangue. A madeira dos mourões estava queimada, mas, antes que queimassem, alguém havia cortado os sigilos espiralados que lhes davam magia. A devastação adiante zombava do dia claro.

Minha Deusa, tenha misericórdia, ela pensou de modo entorpecido, *sou a única sobrevivente?* Ela endureceu quando algo se moveu, mas era apenas um corvo voando do corpo de um dos cães da comunidade com uma batida de asas negras.

Quando soltou o fôlego, algo se mexeu no que ela havia achado que fosse uma pilha de trapos. Era Belina. Lentamente, a sacerdotisa mais velha se concentrou em Lhiannon, e a humanidade voltou aos olhos dela. Havia um hematoma no rosto dela e marcas de dedos em seus braços.

— Lhiannon... você está viva... — Os lábios dela se contorceram no que tinha a intenção de ser um sorriso.

— Como você está? — Lhiannon se ajoelhou ao lado dela.

— Não estou pior do que era de se esperar, a não ser por uma pancada na cabeça.

Belina se encolheu quando Lhiannon a ajudou a se levantar.

— Ajude-me a lavar a sujeira deles. Graças à Deusa eu não era virgem.

E aquelas que eram?, pensou Lhiannon. *Morte rápida era a melhor sina que se poderia esperar para elas?*

Uma vaca morta estava caída com metade do corpo no riacho, metade para fora, mas a água acima corria limpa e fresca. As duas mulheres sentiram-se melhor depois de se lavarem e beberem. Lhiannon estava até começando a imaginar se havia alguma comida que não fora estragada. Elas voltaram para as casas e começaram o trabalho sombrio de identificar os mortos. Alguns dos druidas mais velhos tinham escolhido queimar nas casas. Elin havia morrido ao lado da cabana onde mantinha suas ervas. Mandua parecia ter encontrado uma faca e se matado antes que os romanos tivessem terminado.

E, surpreendentemente, alguns ainda estavam vivos.

Lhiannon estava enfaixando um grande corte na perna de um dos druidas mais jovens quando um novo som chamou sua atenção. O sangue saiu de sua cabeça quando ela levantou os olhos e viu Ardanos, apoiado no braço de Bendeigid. Ou talvez fosse o espírito dele, pois nunca tinha visto tamanha dor nos olhos de um homem vivo.

Ele tinha hematomas e arranhões, mas, fora isso, parecia incólume. Os lábios dele se abriram, mas não saiu nenhuma palavra.

— Sente-se, meu senhor — disse Bendeigid com gentileza, levando-o para um banco que de algum modo havia escapado da destruição. — Vê, não foi o único a sobreviver...

O olhar desolado dele encontrou o olhar das mulheres.

— E é um assombro que ele tenha vivido — ele disse. — Ele queria se jogar nas espadas dos romanos. Eu o afastei da luta... passamos a maior parte da noite na água. Ele estava me amaldiçoando, mas o fiz viver. Vamos precisar dele para nos liderar quando lutarmos de novo.

— Não... — Ardanos sussurrou. — Nunca mais. Não podemos lutar com Roma.

— Quando estiver recuperado, senhor, vai se sentir diferente — respondeu Bendeigid, mas Ardanos continuou a balançar a cabeça.

— Os soldados foram todos embora? — perguntou Lhiannon. — Eu os vi entrando em formação e marchando...

Bendeigid assentiu.

— Pouco depois do amanhecer, outro barco cruzou o estreito com um mensageiro preso na amurada. Ele saiu correndo pela estrada assim que tocou a areia, e logo depois ouvimos as trombetas. Partiram, embora só a Deusa saiba por quê.

— Alguma coisa aconteceu — disse Belina em uma voz monótona.
— Nossa magia funcionou. Só que não... em tempo...

— Em tempo de salvarmos alguma coisa — disse Lhiannon o mais rapidamente que podia. — Eles teriam encontrado o resto de nós até o fim do dia.

— Onde *estão* os outros? — O rosto de Bendeigid ficou sombrio ao ver a fileira de mortos. — Onde está a grã-sacerdotisa? A escória romana não levou prisioneiros com eles... não podem ter morrido todos...

***

Encontraram Coventa atrás de uma cortina de folhas de salgueiro na curva do riacho onde as garotas tinham feito um santuário para Brigantia. Ela estava nua, enrolada contra o altar, tremendo. Com a visão de sangue naqueles membros brancos, Lhiannon esticou uma mão para parar Bendeigid.

— Volte e encontre algo para cobri-la.

Suavemente, ela se ajoelhou ao lado de Coventa.

— Está tudo bem, minha querida, você está segura... estamos aqui...

Os olhos de Coventa se abriram e de algum jeito ela conseguiu sorrir. Belina segurou o odre de água nos lábios dela. Ela bebeu avidamente, então se deitou de novo com um suspiro.

— Por que eles fizeram isso? — ela sussurrou. — Nunca quis um amante, mas vi como as mulheres iam ansiosas para as fogueiras de Beltane... Achei que, quando homens e mulheres se juntavam, era alegria. Isso foi como ser atacada por *animais*!

— Coventa, é o que eles eram...

— Quando machucaram meu corpo, desejei não sentir... mas não consegui fechar minha mente à raiva e ao medo deles. E o tempo inteiro estavam gritando... animais não praguejam, Lhiannon! — ela exclamou. — Não é verdade o que dizem sobre a habilidade de ter visões depender da virgindade... — ela continuou. — Desde então não consigo parar de ver imagens, mas são todas malignas... sangue e cidades em chamas, corpos em toda parte...

Lhiannon se encolheu. Era por isso que diziam que o Oráculo precisava ser virgem, não por causa da intimidade do corpo, mas porque, para um adepto, a relação sexual também precisava trazer intimidade da mente?

— Essas imagens estavam nas mentes dos homens que a estupraram — disse Belina. — Deixe-as ir.

— Não poderiam ser. — Coventa balançou a cabeça. — Os homens que vi eram do nosso povo, e Boudica estava com eles, brandindo uma espada ensanguentada.

— O desejo molda os sonhos dela — murmurou Belina. — Boudica a protegeu quando eram jovens, então agora ela invoca a imagem dela de novo.

Lhiannon não tinha tanta certeza, mas não podia fazer nada por Boudica, e ali estavam os que precisavam desesperadamente de sua ajuda naquele lugar e naquele momento.

— Era Boudica, mas não era — Coventa seguiu falando. — Vi a forma de um grande corvo se levantando atrás dela, com sangue no bico e nas garras...

***

A Senhora dos Corvos pisava forte pelas ruínas de Colonia, dirigindo o armazenamento de suprimentos pilhados, a distribuição de armas capturadas, a divisão de espaço de acampamento aos homens que continuavam chegando. Rainha, ícone, ninguém questionava o direito Dela de liderá-los, embora os membros da casa de Boudica tivessem começado a sugerir que Ela reservasse um tempo para comer e dormir enquanto a noite passava e o próximo dia se aproxima.

Estava quase anoitecendo quando Brangenos foi até Ela, com Rianor ao lado. Atrás deles, Rigana e Argantilla observavam cautelosamente.

— Minha senhora, como vai? — o druida mais velho disse, com cuidado.

Era claro que ele sabia com quem estava falando. Por que ele não dizia o que queria?

— *Eu* estou muito bem... como poderia estar de outro modo, depois de um banquete desses? — Ela riu. — Ou quis saber de meu cavalo?

Alguns dos outros olharam para eles confusos, já que a rainha tinha andado a pé o dia todo, mas Brangenos respondeu:

— Sim, minha Senhora, como sabe bem, e a Senhora é uma cavaleira muito boa para levar uma montaria disposta à exaustão.

— Imagino que seja verdade.

Ela mandou a consciência para dentro, notando pés que doíam e costas doloridas. Eles mantiveram um suprimento de cerveja para Ela, mas o que os corvos comeram não tinha colocado nada na barriga de Boudica. Um olhar em torno do acampamento mostrava as coisas na melhor ordem possível para aquelas pessoas. Ela via que em mais um momento ele passaria de um pedido a um comando, e, com o corpo tão cansado, Ela poderia não ser capaz de reter o controle.

— Gostaria que Eu a deixasse agora? — Ela sorriu.

— Por favor, Senhora, volte para sua tenda. — Brangenos lançou um olhar cauteloso para os rostos interessados ao redor dele.

Talvez ele tivesse razão. Por mais divertido que fosse largar a montaria Dela bem ali, era provavelmente melhor deixar que os britões achassem que era Boudica quem os liderava.

— Mãe... nós também precisamos de você — então disse Argantilla, e, ao som daquela voz, Boudica começou a despertar por dentro.

— Sim... está na hora...

A deusa se apoiou no druida mais velho e deixou que o mais jovem pegasse seu outro braço, retirando-se um pouco mais a cada passo, de modo que, quando chegaram ao acampamento de Boudica, os druidas a apoiavam.

— Era isso que desejavam?

Ela riu suavemente. Então Seus olhos se fecharam e Ela havia partido.

***

Depois que levaram Coventa de volta ao abrigo no Salão do Conselho e ela estava dormindo em paz, deixaram Belina para tomar conta dela e saíram de novo para procurar Helve. Encontraram a grã-sacerdotisa no Bosque Sagrado.

O círculo exterior de árvores havia queimado, mas no centro os troncos dos grandes carvalhos estavam apenas chamuscados, e as folhas, marrons com o fogo. Helve estava sentada com as costas apoiadas na pedra do altar, uma zagaia romana alojada no flanco. Ela ainda usava o torque e os braceletes do cargo. Sangue escuro empapava suas roupas azuis.

— Estavam com medo de tocá-la — Bendeigid disse em voz baixa. — Ela fez sua defesa aqui, e garanto que os amaldiçoou. Por isso seu corpo não foi profanado.

Ele deu um passo para trás, os dedos se movendo em um sinal de proteção quando as roupas escuras se mexeram. Mas Lhiannon endureceu, apontando...

— Olhem... aquele sangue ainda está vermelho... ela está viva!

Bendeigid foi para o lado dela, chamando seu nome, mas não houve resposta.

Ardanos se endireitou, vestindo com esforço a autoridade de um arquidruida de novo. Ele se ajoelhou ao lado de Helve.

— Helve... eu a chamo. Do lugar em que seu espírito vaga, eu a chamo de volta. Abra seus olhos, minha senhora, e me responda...

Um tremor passou pela forma imóvel e a sacerdotisa abriu os olhos. Sangue novo saiu do ferimento. Lentamente, o olhar dela se fixou em Ardanos.

— Meu senhor... — era apenas um sussurro de som, mas ela se encolheu como se mesmo aquele movimento lhe causasse dor. — Eu sabia que... viria.

Mesmo naquele momento, pensou Lhiannon, a voz de Helve não tinha gratidão, mas orgulho.

— Helve, está ferida. Precisamos remover essa lâmina.

A sacerdotisa levantou uma sobrancelha.

— Morrendo — ela corrigiu. — Deixe-me... falar, então... puxem a lança.

Ela ficou em silêncio, respirando com cuidado.

— Eu dei a Nodona o beijo da bênção... ela será grã-sacerdotisa... — Ela retirou o torque. — Até que Lhiannon volte... de Eriu.

Ela respirou tremulamente e seus olhos se fecharam.

— Helve, estou aqui! — Lhiannon pegou a mão fria da mulher.

— Ela acha que eu a... odeio. — Os lábios pálidos se retorceram. — Ela era muito... boa. Eu tinha medo.

— Não... eu entendi — disse Lhiannon, tentando se impedir de murmurar. — Você fez bem.

Aquilo estava errado. Uma grã-sacerdotisa deveria falecer com todas as suas mulheres ao seu redor. A não ser por Belina, nenhuma delas estava em condições de vir ao Bosque Sagrado, mesmo Nodona, que ainda estava histérica, embora, a não ser pelo estupro, seu corpo tivesse sofrido poucos danos.

— Eu salvei... a pedra sagrada...

Helve tinha percebido que Lhiannon estava ali? Atrás deles, Bendeigid começara a murmurar o canto que facilitava a passagem de um adepto ao Além-Mundo.

Os olhos de Helve se abriram, e com um esforço se fixaram em Ardanos.

— Meu senhor... estou pronta. Puxe... a maldita... lança!

Ardanos tremia, mas, quando cantou, a voz era firme.

— Você não é essa dor... você não é este corpo... De todos os juramentos que a prendem, esteja livre. Você é Luz, você é Alegria que não pode morrer. Levante-se, sagrada, nas asas da manhã. Siga para o oeste até chegar à Ilha dos Abençoados. Lá deverá descansar até que seja tempo de ocupar um corpo de novo. É o arquidruida da Britânia quem a liberta. Esteja em paz, Helve. Tem permissão para partir...

Os olhos de Helve estavam fechados. O rosto de Ardanos tinha empalidecido, mas a mão era firme quando ele pegou a haste da zagaia bem atrás da ponta e lentamente a tirou do ferimento. Um jorro de sangue fresco seguiu-se. O corpo de Helve se sacudiu, lutando, e então ficou flácido. Por um momento, Lhiannon pareceu ver uma neblina brilhante sobre a forma imóvel, mas talvez fosse uma névoa do sol passando entre as árvores. Então desapareceu.

— Eu deveria estar deitado ao lado dela — Ardanos respirou. — Que utilidade teve toda a nossa sabedoria e a nossa magia? Lys Deru acabou. Fracassamos.

E então, por fim, ele começou a chorar.

***

De Colonia, apenas destroços e alguns fiapos de fumaça restavam onde alguma chama teimosa ainda queimava. A maioria dos habitantes tinha virado cinzas, mas alguns haviam sido pregados nas vigas chamuscadas de suas casas como aviso, e, no pequeno forte, agora cabeças adornavam os mourões. Por quatro dias os britões celebraram sua vitória, tão bêbados com o sangue romano que tinham derramado quanto estavam de vinho romano.

Boudica estava sentada diante de sua tenda em uma cadeira curul romana engastada com marfim e ouro, ouvindo os chefes que estavam em uma variedade de assentos diante da fogueira. Era uma cadeira surpreendentemente confortável – uma coisa boa, considerando quantos de seus músculos ainda estavam doloridos.

— A Cidade da Vitória, eles a chamavam! — exclamou Segovax. — É a Cidade das Vítimas agora.

— Esse é o assentamento romano mais antigo da Britânia — disse o rei Corio. — Bem, *era*… — ele completou, sorrindo.

O senhor dos dóbunos tinha chegado quando ela estava dormindo, junto com vários chefes das terras dos catuvelanos.

— Os outros não terão chance!

— Se todo o povo se levantar em rebelião — disse Boudica —, nenhum conquistador pode dominar uma terra. Mas *todos* nós precisamos atacar os romanos… e precisamos tomar os fortes, assim como as cidades.

Quando Boudica havia acordado depois de uma noite e parte do dia seguinte, encontrara meia dúzia de chefes dos cancíacos e catuvelanos à espera. Eles ouviram com um respeito que a surpreendeu. O que quer que a Deusa tenha feito no dia seguinte ao incêndio do Templo de Cláudio, aparentemente não causara danos a sua reputação.

Ela fez um sinal para que Rigana carregasse o jarro de vinho aos outros, reprimindo um impulso de pedir cerveja no lugar. A cabeça dela ainda tinha aquela sensação de ter sido varrida, como a praia depois da maré alta – a pressão que sentia da Deusa havia quase desaparecido, mas Boudica tinha a impressão de que certas coisas, como cerveja, ou sangue, a trariam de volta. Aquele dia de ausência havia apavorado suas filhas. Ela não podia ceder à tentação de se perder na Deusa sem necessidade. Ao menos Cathubodva parecia ter deixado um pouco de Sua sabedoria.

— Temos flechas de guerra o suficiente para enviar a todas as tribos, e elas foram avermelhadas pelo sangue romano. Precisamos de mais quatro bandos do tamanho deste para encurralar as legiões e convencer os romanos de que a Britânia é uma cova na qual podem jogar seu ouro e seus homens por um século e ainda não ficará cheia.

— Uma cova de oferendas — murmurou Brangenos —, um presente aos deuses...

Com essas palavras, Boudica sentiu um revoar de asas de corvo por dentro. *Ela ainda está faminta...* Com esse pensamento, o cheiro de carniça ficou mais forte, trazido pelo vento.

***

Quando o vento soprou pelo Bosque Sagrado, era possível sentir o cheiro de queimado, embora quatro dias tivessem passado, mas o odor de madeira queimada era limpo comparado ao fedor que ainda pairava onde existira Lys Deru. Um dos druidas que permaneceram no santuário mal tinha sobrevivido para cantar o hino funerário enquanto os outros queimavam. Os outros poderiam se recuperar no corpo, pensou Lhiannon, enquanto observava Coventa olhar vagamente para a brincadeira das luzes nas folhas; tinha menos certeza sobre suas mentes.

— Lys Deru não existe mais — disse Ardanos. — A magia foi embora.

Ele tinha se certificado disso, ordenando que colocassem abaixo as ruínas para alimentar a pira funerária.

— Não deixaremos nada para o triunfo dos romanos quando voltarem, como certamente farão...

Ele piscou duas vezes, um tique facial que tinha surgido no dia depois do ataque. Apesar da energia com que Ardanos supervisionara a demolição e o funeral, Lhiannon se perguntava se ele deveria ser contado entre os feridos também.

— E para onde deseja que sigamos? — ela perguntou gentilmente.

Ela olhou em torno do círculo. No dia depois que os romanos partiram, alguns dos vizinhos tinham aparecido com suprimentos, então ao menos estavam vestidos e alimentados, embora fosse estranho ver druidas usando as cores naturais da lã e do linho em vez de branco e azul-escuro.

— Por um tempo, precisamos nos dispersar. Viemos de muitas tribos... precisamos procurar aqueles de nossa Ordem que permanecem nos clãs para arranjar abrigos em fazendas remotas onde aqueles que estão feridos poderão se curar.

E nossas sacerdotisas podem esperar para saber se a semente plantada pelos romanos vai criar raízes em seus úteros, pensou Lhiannon sombriamente. Belina já estava falando de criar quaisquer filhos para se vingar, e, de todas as mulheres estupradas, ela era a que estava mais próxima da sanidade. *Estamos todos destroçados de um jeito ou de outro... ainda veremos se seremos capazes de nos recuperar.*

Um a um, os sobreviventes começaram a falar de lugares onde poderiam encontrar refúgio.

— Não tenho mais família nas terras dos cornóvios — disse Lhiannon, quando chegou sua vez —, mas há pessoas no País do Verão que me darão abrigo. Vou pegar Coventa e seguir para Avalon.

— E poderemos ser capazes de voltar para cá um dia — disse Belina.
— Um dos pescadores ouviu a conversa entre os soldados quando eles partiam. Há uma rebelião no leste... nas terras dos icenos e dos trinobantes. É por isso que as legiões foram embora tão subitamente. Talvez essa seja a revolta pela qual estivemos esperando, quando todas as tribos da Britânia vão se levantar como uma só.

Lhiannon enrijeceu, sendo invadida pela compreensão. Boudica tinha sido enfiada naquilo de algum modo. Ela se retorceu com uma exasperação súbita com todas aquelas pessoas feridas. Ardanos estava certo – Lys Deru havia acabado, e com ela o poder dos druidas. Talvez ela agora pertencesse aos que ainda não tinham desistido da luta...

— É possível que nosso sacrifício tenha conseguido tempo para que uma rebelião tivesse início? — perguntou Brigomaglos. — Acreditar que conseguiu *alguma coisa* aliviaria minha alma.

— Não vou negar a possibilidade de um milagre — disse Ardanos, com uma voz seca. — Mas não vamos ousar imaginar que esse será o momento em que nosso povo alcançará a unidade que nunca foi capaz de alcançar antes.

Ele balançou a cabeça.

— Não... vamos nos esconder, e faremos o que for preciso para sobreviver. Que os romanos pensem que estamos destruídos até conseguirmos encontrar um modo de viver com eles em segurança.

— Vamos deixar de ser druidas? — perguntou Belina. — Nossa grã-sacerdotisa está morta.

O olhar dela se moveu para a mancha de sangue que ainda marcava a pedra sagrada.

— Ela disse que Nodona deveria sucedê-la — disse Brigomaglos.
— Mas ela será capaz de servir? — perguntou Belina.

Lhiannon ficou em silêncio. Muitas pessoas ali sabiam da tensão entre ela e Helve. Qualquer coisa que dissesse seria suspeita agora. E ela não poderia se esquecer de como os braceletes de ouro se pareciam com algemas enquanto pesavam nos braços de Helve. Ela sonhara em ser grã-sacerdotisa por tantos anos, e nunca percebera o quanto gostava de ser livre.

— Até que tenhamos um lugar para fazer as cerimônias de novo, isso importa? — perguntou Brigomaglos. — Quando tivermos, a menina terá se recuperado. Se ela sobreviver ao suplício e for capaz de carregar o poder da Deusa, então o desejo de Helve pode ser cumprido. Se não... vamos escolher de novo.

Alguns dos outros homens concordavam. Ardanos olhou para Lhiannon como se estivesse a ponto de falar, mas ela balançou a cabeça. Com o tempo ela poderia se arrepender de permitir que os sacerdotes tomassem tanto poder, mas naquele momento achava difícil se importar. Não percebiam que tudo dependia da rebelião dos icenos? Ela entendia a visão de Coventa agora. Boudica tinha o poder da Morrigan. Se ela triunfasse, ninguém questionaria o poder das sacerdotisas. E poderia não haver esperança para nenhum deles se ela fracassasse.

VINTE E SEIS

Boudica riu e agarrou a borda enquanto a carruagem pulava sob seus pés, a zagaia girando loucamente na outra mão. Era antiga, uma das várias que tinham sido trazidas depois do ataque a Colonia. Suas partes de couro precisavam muito de reparo, mas era um lembrete inspirador das glórias do passado.

Tascio, que guiava a carruagem para ela, abaixou-se com uma imprecação, puxando as cabeças dos pôneis para evitar a carruagem de Rigana e jogando Boudica para o outro lado. Equilíbrio era difícil – com Tascio sentado na plataforma diante dela e com o escudo e as lanças presos aos lados de vime, mal havia espaço para ficar de pé.

Conforme eles galopavam, as pessoas celebravam. A visão de um carro de guerra evocava glórias ancestrais – motivo suficiente para colocar novos aros de ferro nas rodas de madeira e substituir as partes de couro. Para Boudica, aparecer em uma carruagem confirmava seu papel como líder. Ela havia dado um dos veículos restaurados para a filha mais velha sob o entendimento de que Calgac, que a dirigia, iria sair com ela ao primeiro sinal de perigo real. Mas, a não ser que aprendessem a usá-las de modo certo, ninguém levaria as carruagens para a batalha.

Boudica teve um momento para invejar a resiliência de Rigana enquanto passaram correndo. Andar e cavalgar constantemente a deixara em forma, mas ela não poderia estar à altura da flexibilidade de uma garota de quinze anos.

— Equilíbrio! Não se segure! — gritou Tingetorix.

A perna ruim dele o mantinha no lombo de um cavalo, mas, se não podia dar exemplo, certamente diria ao resto deles o que estavam fazendo errado.

As tiras de couro que suspendiam a plataforma de madeira que pulava rangiam enquanto as rodas deslizavam em solo duro. Boudica tinha pensado que o deque oscilante de um barco era instável; aquilo era como tentar ficar de pé em um lamaçal num terremoto. Conforme outra virada a jogou contra a lateral da carroça, ela podia sentir Cathubodva rindo. A Deusa dançava no caos como Seus corvos dançavam no vento. Para humanos, a estabilidade do chão era a única certeza. No entanto, por mais tentador que fosse deixar a Deusa tomar conta, Boudica tinha ensinado cavalos o suficiente para saber que, quanto mais treinasse os reflexos em seus músculos, menos o condutor precisaria fazer.

Quando pequena, ela adorava observar os irmãos mais velhos praticando com carruagens. Dubi conseguia andar sobre o eixo que ligava os dois pôneis, jogar uma zagaia e voltar. Ele normalmente também atingia o alvo. Aquilo não seria problema em combate — desde que o projétil fosse lançado na direção correta, certamente atingiria alguém.

Tascio virou a carruagem e por um momento ela conseguiu, equilibrando a parte da frente dos pés para manter a mesma relação com a terra, independentemente do modo como a plataforma saltava. A dor em suas pernas se transformou numa cãibra súbita.

— Oa... — ela arquejou ao encostar a zagaia e se curvar para massagear a perna.

Quando conseguiu ficar de pé de novo, viu a carruagem de Rigana trovejando na direção dela. Conforme passaram, a menina soltou um grito de rachar o crânio e brandiu a zagaia com um sorriso que tinha estado ausente por tempo demais. Boudica acenou de volta, então se virou quando alguém chamou.

— Isso basta por ora, Tascio... vamos voltar.

Ela se endireitou enquanto ele virava os pôneis na direção do emaranhado de pessoas que se reuniam na ponta da multidão, fazendo seu melhor para manter a imagem de uma rainha guerreira ousada sem revelar como ficava grata por uma desculpa para ficar quieta.

Da carruagem, Boudica via boa parte do acampamento, que desde a queda de Colonia começara a parecer uma reunião de clãs para a feira de Lughnasa. Guerreiros ainda chegavam, mas agora traziam as famílias, e bardos e mercadores também chegavam. A qualquer lugar que se fosse, podia-se ouvir canto ou encontrar alguma disputa improvisada de força ou habilidade. Uma atmosfera eufórica, de festa, enchia o ar.

Mas os homens que a esperavam não estavam em um humor festivo.

— Os batedores voltaram? — ela perguntou, olhando para eles.

Depois da derrota da Nona Legião, ela havia enviado homens para observar todos os fortes romanos, especialmente no leste, onde o governador havia postado a Vigésima e a Quarta, e no sudeste, onde ele tinha colocado a Segunda Legião. Um bando do tamanho de seu exército improvisado não poderia se mover sem ser notado – ela ficou surpresa por não haver uma resposta dos romanos àquela altura.

O grupo se abriu para permitir que um homem cansado viesse à frente.

— Fui para o leste, minha senhora, como ordenou. Não precisei ir além do novo forte que chamam de Letocetum, na Grande Estrada. Havia muitas notícias na loja de vinho ali.

— A Vigésima está vindo?

— Está, com a Quarta bem atrás deles, mas estarão na estrada por um tempo. Eles estiveram em Mona, minha senhora! Queimaram o santuário até o chão e mataram todos os druidas que conseguiram encontrar!

— Sacrilégio! — veio o grito. — Os deuses vão atingi-los!

Boudica fechou os olhos, apertando a beira da carruagem enquanto um murmúrio de horror se espalhava pela multidão. Ela havia acabado de ver a devastação que o fogo poderia causar em uma cidade. Sua imaginação mostrou de um jeito vívido demais as chamas subindo do círculo de casas em Lys Deru e do Bosque Sagrado. O que tinha acontecido com Belina e Coventa, e os outros que ela amava? Ela rezou para os deuses para que Lhiannon estivesse em segurança em Eriu.

— Os deuses vão atingi-los de fato — ela ecoou, limpando lágrimas dos olhos.

Ela pegou a zagaia e a segurou no alto.

— Meu braço é a arma deles! E os seus. — Ela girou a zagaia sobre a multidão. — Cada punho que pode segurar uma lâmina é a mão dos deuses. E vamos nos vingar!

Ela sentiu o rosto corar com o rugido de fúria que veio em resposta.

— A Vigésima vai passar algumas semanas na estrada — continuou o mensageiro. — Minha notícia vem da tropa da cavalaria que seguiu com o governador Paulinus três dias atrás. Eles mal tiveram tempo para comer e dormir antes de pegarem cavalos novos e seguirem para o sul, para Londinium.

— Ele vai tentar manter a cidade? O que vai fazer para conseguir homens? — vieram as perguntas.

Boudica estava indecisa quanto ao caminho para o qual dirigir suas forças. Essa era a notícia de que precisava.

— Não sei o que *ele* vai fazer — ela disse, com crueldade —, mas o que *nós* precisamos fazer é claro. Gritem a notícia por todo o acampamento, todos vocês! Alimentem bem seus animais e carreguem suas carroças. Amanhã marchamos para Londinium, e, se tivermos sorte, podemos pegar o carniceiro de Mona lá!

***

O barco rolava, levantando e mergulhando mais uma vez enquanto um vento bom o levava na direção do País do Verão. Três dias tinham passado desde os funerais, e foi só quando saíram do estreito que o vento vigoroso do mar tirou o último resto de queimado do ar. Só então Lhiannon percebeu o quanto tinha se acostumado ao fedor. Até Coventa, embora tivesse ficado enjoada pela manhã, parecia reviver.

Mas ela mesma estava melhor? As montanhas roxas empilhadas além da costa deslizavam como um sonho. O mar brilhava no ar claro, e o céu era de um azul benfazejo. Nos velhos dias, Lhiannon diria que os deuses do mar tinham abençoado a viagem deles, mas no momento achava difícil acreditar que eles se importavam.

— Queria que pudéssemos ficar no mar para sempre — murmurou Coventa —, entre os mundos.

Ela ainda estava pálida e quieta, mas as visões só vinham à noite agora, como sonhos.

— Ninguém sabe onde estamos... ninguém pode nos dizer o que fazer. Achei que você fosse uma exilada e ficasse triste porque não podia ficar conosco em segurança. Mas começo a perceber por que você passou tanto tempo longe.

— Não era nenhum feriado — ela observou, de modo reminiscente. — Quando estava com Caratac, muitas vezes sentia fome ou frio, ou estava em perigo, mas é verdade que não tinha os druidas me dizendo o que fazer a cada vez que me virava.

— Fui tão ingênua... — disse Coventa em voz baixa. — Sou como um pássaro selvagem que cresceu cativo em uma gaiola e, quando a porta para a liberdade é aberta, não sabe voar. Não estou apta para esse novo mundo ao qual fomos forçadas. Mas você está, Lhiannon. Espero que não deixe Ardanos colocá-la em uma gaiola. Ele tem tanto medo... e talvez esteja certo... o mundo é mais terrível do que poderia ter imaginado. Se houver um dia um lugar em que nossas sacerdotisas possam viver todas juntas de novo, acho que ele vai tentar transformá-lo em um forte.

Ardanos jamais... o pensamento se interrompeu. O Ardanos que ela havia amado jamais tentaria governar com uma mão tão pesada, mas os romanos tinham feito alguma coisa com a alma dele.

— O mundo segue como quer, não como queremos — continuou Coventa —, e tudo que podemos fazer é tentar servir aos deuses.

— Os deuses! Se eu acreditasse que tudo isso era a vontade deles, eu os amaldiçoaria. — Lhiannon parou de repente, percebendo só agora por quanto tempo vinha se recusando a enfrentar seu desespero. — Como é, ou eles nos odeiam, ou não têm poder. Tudo que fizemos para propiciá-los só tornou as coisas piores, até onde posso ver...

Ela havia falado com gentileza, mas Coventa a encarava com uma surpresa chocada. *Sou uma sacerdotisa*, ela disse a si mesma. *Para o bem dela, devo fingir que acredito...* Aquilo era o que fizera desde que a crescente da Deusa tinha sido colocada entre suas sobrancelhas.

— O que quer que eu diga? — ela explodiu de repente. — Quer que eu diga que tudo vai ficar bem? Não vai! Não *está*...

Sua garganta doía muito para que pudesse continuar. Através da guerra e do desastre, tinha ficado muito ocupada lidando com crises para considerar suas implicações... mas naquele mar sorridente, iluminado pelo sol, ela havia baixado as defesas e agora estava perdida. Colocou as mãos sobre o rosto, balançando com soluços.

Depois do que pareceu um longo tempo, ela sentiu braços suaves em torno de si. Coventa a abraçava, balançando-a como o barco balançava no mar. E nesse momento ela parou de chorar.

— Obrigada — ela sussurrou. — Parei agora.

Ela abraçou Coventa de volta e sentiu a mulher mais jovem relaxar, mas para ela o brilho tinha deixado o dia.

Lhiannon entendia agora por que alguns druidas tinham se retirado para a mata, para viver seus dias em uma caverna ao lado de uma fonte sagrada. Embora as mudanças de estações tivessem seus próprios desastres, na natureza havia uma ordem inerente na qual era possível encontrar alguma certeza. Mas ela não conseguia ver tal esperança no mundo dos homens.

***

Da rua seguinte, Boudica ouvia um uivo que soava mais como animais do que como humanos. A égua branca dançava debaixo dela, batendo as orelhas nervosamente, e Bogle rosnou como aviso quando outro grupo passou trotando. Dois homens carregavam cabeças romanas nas lanças. Os outros traziam sacos de pilhagens e suprimentos. O emaranhado de casas, lojas e depósitos que tinha brotado na margem norte do Tamesa parecia se encolher sob um céu que baixava. Era possível traçar o progresso dos agressores britões pelos corvos que os seguiam através da cidade.

Londinium, como Colonia, estava sem defesas. Decianus Catus fugira para a Gália quando Colonia caiu, e seus empregados, incluindo Cloto, tinham ido com ele. Haviam se desencontrado do governador por dois dias. Paulinus ao menos tinha feito uma tentativa de evacuar a cidade, mas os habitantes que estavam teimosamente determinados a proteger suas propriedades ou eram velhos demais para fugir permaneceram, e estavam morrendo no lugar daqueles mais merecedores de serem mortos conforme os britões iam de uma rua para a outra.

Boudica ordenara que a cidade não deveria ser queimada até que retirassem tudo de valor. A maioria dos que haviam se juntado a ela tinha comida, mas não podia correr o risco de ficar sem provisões antes de alcançar o governador. E muito do que aqueles armazéns continham fora tirado como impostos romanos. Ela sentia uma satisfação sombria na simetria de tomar tudo de volta.

Depois que viraram uma esquina, os gritos ficaram mais altos. A escolta de Boudica se aproximou de modo protetor conforme avistou o emaranhado de homens lutando. Um grito de mulher atravessou o burburinho como uma lâmina no coração. Sem pensar, Boudica fez a égua avançar. Viu lâminas brilhando enquanto os agressores saíram da frente. Os traços deles eram os dos homens que ela conhecia, mas naquele momento seus rostos estavam estampados com uma só identidade.

Um romano estava atrás da porta quebrada de sua casa, segurando uma mesa como escudo. Um britão com um machado o atacava, fazendo voar pedaços como gravetos de fazer fogo, enquanto outros atacavam com lanças. Boudica reconheceu o homem do machado. Ele era um pequeno fazendeiro que fizera uma dívida e lutara quando os romanos vieram tomar suas terras. Na luta, ele havia escapado, mas a mulher tinha sido capturada e vendida como escrava.

O homem cambaleou quando uma das lanças perfurou sua perna; o próximo golpe do machado fez a mesa sair girando. Muitas mãos o puxaram para a rua e as lâminas vermelhas subiram e desceram. Com um pedaço de madeira, outros derrubaram os restos da porta e entraram. A mulher começou a gritar mais uma vez.

Um menininho saiu correndo pela porta, seu choro fino silenciado abruptamente enquanto alguém o acertou com um porrete e jogou o corpo de lado. Então os homens estavam arrastando a mãe dele para a rua, rasgando suas túnicas e a forçando para o chão. Boudica viu os olhos desesperados dela com contornos brancos em cima de uma mão sufocante.

— *Se tentar impedi-los, eles vão se virar contra você* — veio a voz interna da Deusa quando ela abriu os lábios para protestar.

Os membros brancos debatendo-se diante dela se mesclaram com a imagem do corpo de Argantilla enquanto o romano a arrastava.

Não somos melhores que eles?, seu espírito gritou.

— Isso não diz respeito a desejo, mas a poder...

Ajude-a! A visão se turvou conforme o conflito levou a consciência para dentro. Boudica sentiu o cavalo se mover abaixo dela enquanto pegou a lança de um de seus homens, mas a mira infalível era a de Cathubodva, como o poder que mandou a lança passando ao lado do ombro do estuprador para o coração da vítima.

Isso é obra sua, Senhora, ela pensou desesperadamente. *Se precisa ser feito, não quero ver.* Dessa vez ela abandonou a consciência por sua vontade, e a misericórdia da Morrigan dobrou asas escuras entre ela e a dor.

Até mesmo a escolta da rainha deixava uma distância entre eles e Aquela que seguiam pelas ruas onde o sangue fluía pelas sarjetas, pois a voz calma e clara que os dirigia para onde buscar coisas de valor mostrava uma ressonância que era mais que humana, e a mente que a dirigia tinha uma paciência mortal que eles não entendiam.

Mas Boudica se viu caminhando por um bosque de carvalhos cheio de folhas de outono e algo espalhado que ela achou que fossem bolotas. Conforme chegou mais perto, viu que eram cabeças humanas. Seus rostos estavam contorcidos, mas ela não sabia se era em exaltação ou raiva.

— Essa é Minha colheita... o sangue vai alimentar a terra... — veio uma voz ríspida de cima.

Ela olhou para cima. Equilibrado em um dos galhos estava um Corvo com olhos vermelhos.

— Os homens não são diferentes de qualquer outra criatura — disse o Corvo. — Quando um grupo é mais forte, eles conquistam, e, quando enfraquecem, outro vem e se alimenta deles por sua vez. Conflito e competição são necessários. A fúria passa como um grande incêndio, queimando a fraqueza, e na sua luz a essência é revelada. Os mais fortes em ambos os grupos vão sobreviver. Sangue e espírito são mesclados, e o que cresce deles é ainda mais forte.

— Essa é a única maneira? — gritou Boudica.

— Esse é o caminho que deve seguir agora — veio a resposta. — A Britannia já é uma mistura de muitos sangues, de povos que lutaram uns com os outros quando chegaram a estas costas. Com o tempo, mais virão, e o vitorioso de hoje vai fracassar, deixando sua própria força na terra.

— É um ensinamento duro — disse Boudica.

— É a minha verdade... o Caminho do Corvo. De um jeito ou de outro, o ciclo precisa continuar. O equilíbrio precisa ser mantido. E há mais de um tipo de vitória...

***

Quando Boudica voltou a si de novo, estava de volta ao acampamento, desmontando da égua. Brangenos a pegou quando seus joelhos arriaram, e Eos tomou a rédea para levar Branwen para longe. Havia vermelho manchando e salpicando a pelagem branca da égua. O fedor de sangue a cobria. Boudica olhou para baixo e viu as pernas cobertas de vermelho coagulado até o joelho. Bogle gemeu e sentou-se. Ele também estava manchado de sangue.

— É uma mulher vermelha em um cavalo branco que nos lidera... — correu o sussurro —, e com ela os caçadores do Além-Mundo, os cães de caça brancos, de orelha vermelha...

— Meu cavalo está bem? — a voz dela parecia vir da distância.

— Ela precisa ser limpa, como a senhora, mas ela é Branwen, o corvo branco. Que montaria seria melhor para a Rainha dos Corvos?

Mas eu era o cavalo, pensou Boudica, zonza. Ela se perguntou o que tinha acontecido depois que a Deusa a cortara de sua própria identidade.

Os rostos em torno dela eram aquecidos pelo brilho do pôr do sol, mas o horizonte estava escuro. Lentamente ela percebia que a luz refletia as nuvens sobre a cidade em chamas. Havia acabado, então – por ora –, e os mortos tinham sua pira.

— Venha — disse Brangenos.

Conforme ela se equilibrava, ele colocou a mão debaixo do cotovelo dela.

— Precisa de água. Precisa descansar.

— Sim, mas não para beber. Primeiro preciso me limpar.

Eles haviam montado acampamento ao lado de um dos riachos que corriam para o Tamesa. Ignorando as exclamações assustadas de seu grupo familiar, Boudica tinha atravessado os juncos e entrado na água, com Bogle pulando atrás dela. O frio a colocou totalmente de volta ao corpo num choque enquanto lavava o sangue. Quando andou de volta para a margem, estremecia de reação. O cão passou pelos juncos e se balançou, soltando arcos de pingos.

Temella se apressou na direção dela com um cobertor. Quando ela estava seca e tinha uma tigela de sopa quente nas mãos, Brangenos acomodou-se ao seu lado. Além dos mastros da tenda, homens se curvavam ao passar.

— Vi aquele homem na cidade — ela disse conforme uma figura robusta com um machado preso na cintura passou. — Estava matando um romano que defendia seu lar. Mas ele parecia diferente...

Ela fez um gesto para a multidão.

— Todos eles pareciam. Agora parecem com eles mesmos de novo. Era minha imaginação? O que eu vi?

O druida suspirou.

— Outro espírito pode possuir homens que estão ligados por uma grande emoção. Não sei se é uma maldição ou uma clemência.

— A clemência da Morrigan — ela disse, amargamente. — É como as coisas que acontecem comigo?

— De certo modo, exceto que esse é um êxtase compartilhado, criado quando muitas almas sob pressão se tornam uma.

— Eles vão se lembrar do que fizeram?

— Em tal estado, os homens são capazes de grandes feitos de coragem... ou de crueldade. — O rosto magro dele estava sombrio. — Ser incapaz de se recordar dos primeiros os alivia de querer alcançar um nível que nunca mais serão capazes de atingir. Esquecer os segundos... acha que poderiam encarar suas mulheres e filhos se tivessem memória total do que fizeram?

— Mas, se não se lembram, vão fazer de novo — ela disse, sabendo que não tinha o direito de julgar, tendo desistido da própria consciência em prol de uma força igualmente implacável. — E, se o Corvo de Batalha me tomar de novo, então vou...

Ela engoliu em seco.

— Não há como fazer guerra de modo honrado?

— Com guerreiros perfeitos... com disciplina perfeita — ele respondeu. — Nos velhos dias os campeões saíam para lutar entre os exércitos, e a vontade de cada lado ia com seu defensor, e todos eram enobrecidos pela luta deles. Os romanos não nos permitem esse tipo de guerra. O que temos aqui não é um exército, minha rainha. É uma turba, uma criatura composta de ultraje e dor que queima seu caminho pela terra.

— *Ela* disse algo assim — murmurou Boudica, e viu o olhar dele se aguçar. — Enquanto Ela estava guerreando, também estava falando comigo em uma floresta de carvalhos onde havia cabeças de homens jogadas pelo chão.

De modo entrecortado, ela recontou as palavras de Cathubodva.

— É realmente um ensinamento duro — o druida concordou quando ela terminou. — Mas é tudo o que temos. Se esse incêndio ao qual a senhora deu início conseguir reviver a coragem de todas as tribos, ainda poderemos expulsar os romanos desta terra. Se não, nosso próprio sangue vai alimentar a terra. Não pode pará-lo agora, minha rainha, só pode abanar as chamas e esperar que queimem de modo rápido e limpo.

Boudica engoliu a sopa, mas o calor dela não podia aquecê-la. Agora, mais que nunca, entendia por que Prasutagos buscava a paz com tanta seriedade. De repente, sentiu a necessidade de ter os braços dele em torno dela, de fazer vida naquela terra arruinada. Ele lhe daria as costas, horrorizado, se visse o que estava fazendo agora? Mas a paz que os romanos lhe dariam era morte em vida, destruição sem esperança de renovação.

— Minha senhora, se desejar posso fazer uma mistura para ajudá-la a dormir — disse Brangenos.

Ela levantou os olhos, vendo-o subitamente como um homem, ainda forte, apesar dos cabelos brancos. Se ela pedisse, ele se deitaria com ela? Os olhos deles se encontraram, e ela soube a resposta dele.

— Não. — Ela balançou a cabeça, negando-o, negando-se apesar do que desejava. — Se os que morreram hoje puderam aguentar suas dores, o mínimo que posso fazer é aguentar meus sonhos...

***

A viagem pelo mar tinha passado como um sonho, mas o País do Verão mal parecia mais perto do mundo de morte e batalha que Lhiannon deixara para trás. Conforme os barqueiros empurravam os barcos longos e chatos pelos pântanos, juncos e salgueiros se fechavam sobre eles, e seus únicos inimigos eram os mosquitinhos que se levantavam em nuvens que zumbiam enquanto eles passavam.

A cada manhã a névoa se levantava para velar os pântanos de mistério. Lhiannon se viu quase esperando que, quando clareasse, fosse se encontrar no Além-Mundo, mas os longos raios do sol da tarde mostravam a mesma paisagem que antes. Mas a cada dia o cume pontudo do Tor aparecia com mais clareza sobre o emaranhado de árvores, até que chegaram com a última luz do poente às costas de Avalon.

A casinha em que Lhiannon havia morado perdera um pouco do colmo – os druidas não tinham tido muito tempo para iniciações nos últimos anos, e apenas uma velha sacerdotisa, uma mulher chamada Nan, permanecia –, mas todo o resto parecia inalterado. O povo esbelto de cabelos escuros dos pântanos providenciava comida e trazia seus doentes para serem curados. Conforme o País do Verão cochilava pelos longos dias, Lhiannon viu seu coração se aliviar. Se Avalon não tinha respostas, ao menos ela poderia às vezes se esquecer das perguntas.

Sua única ansiedade era Coventa, que continuou a ficar enjoada durante o dia, e perturbada à noite por sonhos malignos. Uma semana depois que tinham chegado à ilha, Coventa acordou uma manhã chorando. Com um suspiro, Lhiannon se levantou e a abraçou até que os soluços dela começaram a parar.

— Nan, pode acender o fogo e encher a panela pendurada com água, assim podemos fazer um pouco de chá de camomila?

— Obrigada — disse Coventa quando a velha mulher lhe trouxe a taça. — Sinto muito por ser um aborrecimento para vocês todas.

— Foi outro sonho ruim? — Lhiannon perguntou à garota.

Coventa suspirou.

— Sonhei que dei à luz um filho, que cresceu para ficar alto e forte, com cabelo dourado. Mas, quando ele estava crescido, se transformou num corvo e voou embora.

— Era por isso que estava chorando?

Coventa balançou a cabeça.

— Ele era um menino bonito. Fiquei feliz em vê-lo. Chorei porque, quando ele crescer, vai se transformar num guerreiro.

— Em seu sonho — disse Lhiannon, franzindo o cenho.

— Neste mundo. — Coventa olhou para ela com um sorriso estranho. — Nunca esperei precisar saber tais coisas, mas, morando entre mulheres, não se pode evitar aprender algo. Meus seios estão doloridos e minha menstruação não veio, e fico enjoada pelas manhãs. Estou grávida.

— Dos romanos... — sussurrou Lhiannon.

— De um deles — corrigiu Coventa —, mesmo entre os romanos acredito que só haja um pai para cada criança.

— Conheço ervas que pode tomar para tirar a abominação de você — disse Lhiannon. — Vou pedir ao povo do pântano para me mostrar onde crescem.

— Não. O que carrego ainda não é uma criança, mas não posso negar vida a ele. Acho que no futuro ele terá algum papel a cumprir.

Lhiannon olhou para ela, sem compreender. *Eu arrancaria meu útero fora antes de parir um filho de um romano! Coventa não será a única com esse fardo,* ela então pensou. *Talvez as outras mulheres sejam mais sensatas, e, se não puderem matar os bebês antes que nasçam, os destruam depois.* Mas ela não disse isso em voz alta.

Coventa parecia melhor do que tinha estado por muitos dias, e Lhiannon não queria comprometer nenhuma crença que levasse à felicidade.

***

— Claramente nosso próximo objetivo deveria ser Verlamion — disse Vordilic. — Ou, melhor, Verulam*ium* — ele completou, adicionando o final em latim com um rosnado.

Grisalho como um texugo, ele era um homem dos catuvelanos, algum tipo de parente de Caratac.

— O recinto real nas margens do Ver era um centro sagrado para a minha tribo. A cidade que existe lá agora é uma blasfêmia romana.

Do círculo de chefes e reis que tinham se reunido em torno da fogueira de Boudica veio um murmúrio de concordância. Os tecidos esticados que barravam o orvalho da noite eram panos caros que um dia tinham servido de cortinas em portas romanas. A discussão fora lubrificada por uma ânfora de vinho romano.

— Mas eles são britões — alguém discordou.

— São traidores — cuspiu Vordilic. — Eles um dia foram catuvelanos, mas abandonaram seu nome e sua raça para usar toga e se gabar de serem cidadãos romanos.

— Isso os torna piores do que inimigos honestos — outro homem respondeu. — Eles nos mostram o que será de nós se não vencermos. Precisamos torná-los exemplo para toda a Britânia.

— Aquela grande estrada que os romanos escavaram em nossa terra sagrada ao menos deixa a viagem mais fácil. Se sairmos amanhã, podemos chegar a Verlamion em dois dias!

Vordilic tinha se juntado a eles quando chegaram a Londinium. A pele dele pendia solta dos ossos, e o bom pano de sua túnica era usado em farrapos. Tudo a respeito dele aludia a uma prosperidade desaparecida.

Boudica foi para trás. As roupas esfarrapadas de Vordilic eram apenas uma representação do ódio que consumia sua alma. Estar perto dele era como estar perto de algum pântano nocivo. O problema em convocar todas as tribos era que as pessoas mais motivadas a lutar contra os romanos eram as mais danificadas, em corpo ou mente, e as que menos desejavam conduzir uma campanha inteligente.

— Poderíamos chegar — ela disse brandamente —, mas não deveríamos levar o tempo necessário para o ataque? Diferentemente de um exército, uma cidade não pode fugir. As legiões estão em movimento, e deveríamos estar nos preparando para encontrá-las.

— Nós obliteramos a Nona com metade dos homens que temos agora — gabou-se Drostac. — Por que os homens da Vigésima e da Quarta nos causariam mais problemas?

— A Segunda Legião não vai reforçá-las — disse outra pessoa, para riso geral. — As notícias que soubemos dos durotriges é que o prefeito do acampamento deles acha que a situação é "muito incerta para operações seguras". Vão ficar em Isca.

— Quando nós ganhamos mais guerreiros a cada dia — disse o rei Corio. — Não precisamos de uma estratégia refinada... podemos esmagá-los só pelos números!

Números eles certamente tinham. Fogueiras de acampamentos pontilhavam o campo que se estendia ao norte do que havia sido Londinium como papoulas em um trigal. Tinham capturado vinho e carne o suficiente para deixar todos alegres. O vento noturno estava musical com riso e canções.

Boudica trocou olhares com Tingetorix. Ele era o melhor comandante que tinham, e dera seu melhor para fazê-la entender como os homens guerreavam.

— Números não são o suficiente. Derrotamos os soldados a pé da Nona Legião porque fizemos a terra lutar para nós — disse o velho guerreiro, com desaprovação. — Se conseguirmos pegar o governador Paulinus em marcha, temos uma boa chance de diminuir a força dele. Mas não ousaremos deixar que ele nos force a uma batalha campal.

— E isso significa que precisamos marchar para o norte, e rápido — disse Boudica —, mesmo que algumas carroças, especialmente aquelas com mulheres e crianças, sejam deixadas para trás.

Talvez ela pudesse persuadir as filhas, como representantes da casa real, a ficar com eles.

— Vamos sair pela manhã — ela continuou. — Tingetorix, quero que pegue seus melhores cavaleiros e vá adiante. Morigenos, pode trabalhar com os homens que acabaram de se juntar a nós? Mostre a eles onde devem marchar, certifique-se de que têm armas. Drostac, você está encarregado das carroças de suprimentos. Precisamos tomar cuidado com comida... não sabemos quanto tempo precisará durar.

Cidades tinham depósitos. Reunir suprimentos para o bando havia sido outra razão para atacar Londinium.

— Há comida em Verlamion — murmurou Vordilic.

— E ainda estará lá quando tivermos tempo de lidar com a cidade como ela merece.

Boudica franziu o cenho, e o catuvelano desviou o olhar.

Nos dias de ouro dos heróis tudo era muito mais simples, ela refletiu enquanto os chefes terminavam seu vinho e se preparavam para partir. Quando celebravam antigas batalhas, os bardos simplesmente pulavam os desafios da estratégia e do suprimento? Seus homens jovens tinham crescido sem a experiência que teria ensinado a eles as realidades da guerra, e os velhos pareciam ter memórias seletivas. As responsabilidades que ela carregava agora tinham pouco a ver com a glória que os poetas cantavam, mas, embora pudessem ser muito maiores em escala, não eram tão diferentes do planejamento que qualquer mulher que comandava uma casa grande precisava fazer todos os dias.

Mas lutar com romanos não era como matar ratos em um depósito. Havia lobos. Como se tivesse sentido o pensamento dela, Bogle levantou a grande cabeça com um rosnado baixo.

VINTE E SETE

Os corvos dançavam, asas negras espalhando sombras pela estrada romana. Boudica os observava subir e descer, rolando no êxtase do voo, seu próprio corpo flexionando-se com facilidade enquanto a carroça de guerra balançava.

A Grande Rainha semeia com chamas a terra,
A fumaça negra sobe alto
Onde guerreiros à morte chamam o nome dela
E corvos pelo céu pairam.

— E é uma celebração ou uma dança de guerra que estão fazendo ali? — ela se perguntou em voz alta.

— Uma dança de antecipação, talvez. Alimentamos bem os corvos em Londinium — disse Tascio, seguindo o olhar dela. — Estão esperando outra batalha logo.

Londinium não foi uma batalha, foi um massacre, pensou Boudica, mas ela duvidava que Tascio fosse entender sua falta de entusiasmo por matança. No entanto, nem a Morrigan amava sangue por si, apenas pelo que ele poderia comprar.

— Talvez estejam se divertindo enquanto esperam que cheguemos a eles — ela disse em voz alta.

— Precisariam esperar mais se estivéssemos viajando sobre montanhas e vales — respondeu Tascio. — Os romanos constroem boas estradas...

Boudica assentiu. A Grande Estrada cortava em linha reta como um corte de espada o campo ao norte de Londinium, onde uma trilha celta teria seguido os contornos da terra.

A Grande Rainha o grão pisa,
Caminha sobre a vinha,
Com a dor dos heróis mói farinha,
O sangue deles ela torna vinho.

Atrás dela ainda estavam cantando. Em dois dias, a horda tinha ido mais longe do que teria pensado ser possível. Mas uma legião romana poderia marchar ainda mais rápido. Conforme cavaleiros e carruagens se moviam para o norte com a vasta turba desorganizada de homens e carroças atrás deles, Boudica parecia ouvir como um eco dos passos firmes de sandálias de tachas de ferro na pedra.

Os romanos estavam vindo. O último batedor a chegar dissera que Paulinus tinha se juntado novamente ao seu exército. Ele os manteria no forte em Letocetum ou continuariam em direção ao sul? A estrada romana era um canal no qual britões e romanos eram forçados a um confronto inevitável. Boudica pensou na turbulência na praia onde as águas correndo de um riacho da montanha colidiam com a maré que vinha – duas correntes insaciáveis, cada uma obedecendo às leis de sua própria natureza. Quando se encontravam, criavam um caos no qual nenhuma delas poderia vencer.

A estrada é uma armadilha... ela pensou, olhando para a fita de pedra que a levava na direção do horizonte. *Antes de encontrarmos os romanos, vamos precisar entrar no campo, onde temos alguma cobertura.* Mas, enquanto isso, cavalos e carroças seguiam adiante em um passo firme.

O sol já mergulhava na direção dos montes a oeste. Ela vislumbrou a distância o brilho da água através de uma fileira de árvores. Ali poderia ser um bom lugar para acampar. Naquela noite ela reuniria os chefes e os faria concordar com uma rota que os levasse em torno de Verulamium.

Os pôneis balançaram a cabeça, bufando, e Tascio puxou as rédeas quando ouviram o ruído de cascos do outro lado daquelas árvores. Em mais um momento, um cavaleiro surgiu à vista, vindo rapidamente.

— Verulamium! — ele gritou. — Fica bem depois do rio, e está sem defesas!

Os homens celebraram conforme a notícia passava pela fileira. Em instantes, cavaleiros galopavam adiante. Boudica vislumbrou Tingetorix, mas o tumulto já era muito alto para que ela entendesse as palavras dele. Ela fechou os lábios sobre a ordem que estava a ponto de dar. O velho guerreiro tinha dito a ela que um comandante que não poderia ser ou não era obedecido era pior que inútil. A estrada já a havia aprisionado. Os homens e cavalos seguiam os corvos em direção à cidade, olhos ardentes com a perspectiva de mais matança. Desejasse ela aquilo ou não, iriam atacar Verulamium.

***

A luz do pôr do sol se inclinava através das árvores, intensificando a cor avermelhada que manchava as pedras em torno da lagoa. O dia tinha sido quente, mas havia sempre um sopro de ar fresco ao lado da Fonte de Sangue. Lhiannon encheu novamente as mãos com a água rica em ferro e sentou-se com um suspiro.

— Já me sinto mais forte — disse Coventa, olhando para dentro da lagoa enquanto as águas escuras se aquietavam.

Ferro para nutrir uma criança romana... pensou Lhiannon, o líquido ficando amargo na língua, e ela tentou tirar o pensamento da mente. Não permitiria que os romanos lhe roubassem também o Tor. Mostrar seu lugar predileto na ilha a Coventa lhe dera alegria. Como a mulher mais jovem observou, quando se viajava com Helve, não havia muito tempo para ouvir a terra.

Naquela tarde tinham se banhado na Fonte de Sangue, e Lhiannon observou com uma mescla de dor e maravilha o novo brilho que a gravidez dera à amiga. Desde que soubera que estava grávida, Coventa não tinha chorado à noite. Era possível que tamanho horror pudesse deixar uma bênção atrás de si? Lhiannon não queria acreditar, mas não era tão cruel a ponto de questionar qualquer felicidade que Coventa pudesse encontrar.

Ela fechou os olhos, esforçando-se para se perder no murmúrio musical que a água fazia ao passar no canal que saía da fonte e caía na lagoa.

— Sangue... — sussurrou Coventa.

Por um momento, Lhiannon pensou que ela estivesse comentando sobre a fonte. Ela abriu os olhos, endireitando-se em alarme, ao ver a outra mulher agachada e rígida, olhando para a água. Mearan tinha dito a elas que as águas da Fonte de Sangue poderiam ser usadas para adivinhação – ela deveria ter alertado Coventa para não olhar para a lagoa.

— Coventa — ela firmou a voz para murmurar suavemente. — O que você vê?

— Um rio em um vale... sangue na água... poente vermelho, chamas vermelhas, vermelho em tudo... — O tom de Coventa era desprendido, e Lhiannon agradeceu à Deusa por lhe dar aquele conhecimento como uma visão de oráculo em vez de sonho.

— Onde é? — Lhiannon perguntou.

Claramente a virgindade não era um requisito para visão, embora pudesse haver efeitos colaterais que ela não poderia prever. Mas o dano tinha sido feito agora, e bem poderiam tirar vantagem dele.

— A terra é suave. Vejo casas redondas espalhadas e outras com lados retos e telhados vermelhos estranhos como escamas. Há construções ao lado de uma estrada. Conforme os homens atacam, um desmaia e espalha pedaços de gelo pela estrada... não, são pedaços de vidro.

Prédios romanos, pensou Lhiannon, começando a suspeitar do que, se não exatamente de onde, aquilo deveria ser.

— Há um recinto estranho quadrado com algumas casas compridas. São construídas de madeira e queimam bem.

— Quem está queimando? — perguntou Lhiannon.

— Nosso povo... — veio a resposta. — Arrastam homens para fora dos prédios e os golpeiam.

Lhiannon tinha sido ensinada que um druida deveria responder tanto à alegria quanto à tristeza com o mesmo desprendimento, mas não conseguiu reprimir uma onda de satisfação cruel.

— Homens... e mulheres também... — Coventa parou de falar. — Mulheres com cabelos claros. Elas também são do nosso povo — Ela balançou a cabeça. — Não quero mais ver isso...

— Está tudo bem, Coventa... deixe isso ir embora, se desfazer — disse Lhiannon rapidamente.

Ela se recordava agora de que o povo de Verlamion tinha adotado os costumes romanos, e entendia com muita clareza o que deveria estar acontecendo lá.

— Vê a estrada que entra na cidade? Siga por ela, querida. Deixe a luta para trás.

— A estrada está na minha frente... — Coventa soltou um suspiro grato. — A noite cai e a terra está em paz. O que quer que eu veja?

— Siga para o norte e me diga se há alguém nela. Viaje para o norte, vidente, e procure soldados romanos — disse Lhiannon, sombriamente.

Por vários momentos Coventa não disse nada, o cabelo fino caindo para a frente enquanto ela se curvava sobre a lagoa. Lhiannon a observava de perto, esperando o momento em que ela enrijecesse e começasse a tremer.

— Eles não podem vê-la, não podem tocá-la — ela murmurou. — Suba aos céus, olhe para baixo e me diga o que vê...

— A estrada corre sobre uma planície. O chão se ergue a oeste. Há um pequeno forte, mas os romanos não estão nele. Vejo muitas fogueiras de acampamentos e aquelas tendas de couro que eles usam. Estão acampados em uma elevação na entrada de uma série de colinas, com uma mata atrás deles. Entre eles e a estrada há um rio ladeado de juncos.

— Suba mais alto, Coventa — murmurou Lhiannon, mas ela estava pensando.

Se os romanos não estavam marchando, Paulinus deveria ter escolhido um campo de batalha.

— Você viu o suficiente, minha querida... volte para nós agora, para o leste sobre a terra até chegar ao Tor. Deixe tudo o que viu para trás... não vai se recordar e não vai se importar... volte agora, seu corpo espera.

— Ela se levantou quando Coventa desmaiou em seus braços.

— Ela vai ficar bem? — perguntou Nan, franzindo a testa vincada, enquanto Lhiannon colocava a sacerdotisa mais jovem no chão.

— Ela vai acordar daqui a pouco, e é bem provável que não se lembre de nada.

Com gentileza, Lhiannon alisou o cabelo cacheado.

— Acha que o que ela viu é verdade? — perguntou a outra sacerdotisa.

— Temo que sim — respondeu Lhiannon. — Acho que a rainha Boudica está atacando Verlamion agora.

— Mas os romanos estão esperando por ela — disse Nan.

Lhiannon suspirou.

— Estão — ela concordou de modo sombrio. — E ela não sabe.

— Mas não há como dizer a ela... — Nan a encarou em um alarme súbito. — Há?

— Preciso tentar avisá-la — disse Lhiannon, a decisão cristalizando-se enquanto ela falava. — Vão me dar um cavalo e comida em Camadunon, e consigo seguir rápido quando é preciso.

— Mas será perigoso!

— Nenhum britão me machucaria, e todos os romanos estão escondidos em seus fortes esperando Boudica. Você e Coventa estarão seguras aqui em Avalon. Quieta, agora, ela está acordando — ela disse, e a outra mulher começou a se mexer. — Boudica precisa de mim, mas prometo que vou voltar para você!

***

Boudica entrou em Verulamium em sua carruagem como um general romano em seu triunfo, mas não havia alegria em seu coração. Aqueles tinham sido britões, por mais que fossem traidores, e não eram os únicos que haviam sucumbido à tentação de imitar os costumes do conquistador. Como ela poderia conquistar seu povo de volta se tudo o que podia oferecer era vingança? Ao menos tinha sido capaz de impedir seus guerreiros de atacar as fazendas próximas, mas a paliçada que cercava os prédios públicos queimava alegremente.

Vordilic ficou diante do portão, ao qual um homem tinha sido preso numa zombaria da crucifixão romana. Uma pilha de tecido branco que poderia ter sido uma toga estava no chão. A carne bem alimentada do homem estava arroxeada e marcada, mas ele ainda estava vivo. Sangue empapava seu cabelo grisalho e corria da boca, onde tinham cortado sua língua.

Vordilic olhou em torno enquanto Boudica se aproximou. Não era apenas o ódio nos olhos deles que marcava o homem crucificado e seu algoz como similares.

— Contemplai Claudius Nectovelius filius Bracius. — Havia veneno em cada sílaba. — Magistrado de Verulamium. Retirei sua língua junto com o que ele negou a seu povo e a seus deuses. A seguir, talvez, serão os olhos... os testículos não lhe servem há muito tempo.

— Ele era de sua família? — ela perguntou, com gentileza.

Um soluço veio do mourão onde uma mulher e duas crianças tinham sido amarradas.

— Meus ancestrais o renegam! — cuspiu Vordilic. — Que ele vá para o Hades com seus amigos romanos.

— *Que assim seja!* — As palavras vibraram dentro e fora.

Vordilic empalideceu quando a Deusa tomou o corpo de Boudica. Em um único movimento certeiro, Ela pegou uma zagaia e a enfiou através da carne, do coração, e na madeira em que tinham crucificado o homem.

A multidão reunida gritou e festejou enquanto o corpo gorducho saltou e se retorceu e então, com uma última convulsão, ficou flácido, mas aquela parte de Boudica que observava de dentro entendeu que aquilo tinha sido misericórdia.

— Deem a carniça para os pássaros e purifiquem esse lugar com fogo — a voz, de uma vez mais dura e ressoante que a dela própria, penetrou o murmúrio da multidão.

— Fizemos bem, senhora? — uma dúzia de vozes perguntou.

— Vocês fizeram o que precisavam — veio a resposta. — Vocês são Meu fogo, vocês são Minha espada, vocês são Minha fúria... Mas entendam isso — Ela disse, o olhar varrendo os rostos virados para Ela que então ficaram imóveis. — O fogo que queima seu inimigo também queima vocês, e o sangue e o fogo não vão cessar até que tenham seguido seu curso através da Britânia.

A Morrigan fez um gesto na direção do corpo flácido no portão. Da ferida no peito de Nectovelius, uma trilha vermelha se enrolava através da pele pálida para pingar na terra abaixo.

— O sangue de vocês ou o deles... isso tudo alimenta o chão.

— Então deixe tudo correr! — rosnou Vordilic, a sede de sangue frustrada empurrando-o na direção da mulher ao lado do portão.

Um grito se levantou de uma centena de gargantas, e maças e espadas agitaram-se no ar. Em instantes, a família de Nectovelius tinha ido se juntar a ele.

Isso, também, é Sua misericórdia?, murmurou Boudica internamente.

— *Você não teria ficado feliz, depois que perdeu seu rei?* — veio a resposta.

A onda de angústia resultante jogou Boudica de volta ao corpo com um soluço abalado.

Ela respirou fundo, olhando em torno. Uma deusa de cabelos de fogo, vermelha de sangue, se virava dos corpos agredidos no portão. Um choque de reconhecimento enviou fogo pelas veias de Boudica. *É assim que eles Me veem, antes de morrer...*, disse a deusa interior. Boudica fechou os olhos, zonza com a visão dupla.

Quando os abriu, era totalmente ela mesma de novo. Com a certeza horrorizada de uma mãe, ela reconheceu a figura diante dela como Rigana.

— O que está fazendo? Saia — ela engoliu as palavras, observando a fúria de batalha duradoura nos olhos da filha, e soube que era uma hipócrita ao querer negar a ela a mesma liberação que desejava. — Rigana... — A voz dela soou estranha nos próprios ouvidos. — Rigana, acabou... volte para mim, minha filha.

O pensamento era o dela mesma, mas era a Deusa quem colocava poder nas palavras. Ela continuou a murmurar enquanto o fogo morria nos olhos de Rigana, até que ela fosse de novo somente uma menina, os olhos arregalados em inquietude ao perceber quem era e onde estava. Mas aquele sacrifício final parecia ter saciado a sede de sangue da multidão também, que agora se concentrava mais em pilhar do que em vingança.

Naquela noite o Ver correu vermelho abaixo da cidade.

***

— Rigana, preciso falar com você.

Boudica pegou a filha pelo braço e a fez sentar-se com Argantilla ao lado da fogueira deles. Os britões tinham se acomodado em um agrupamento solto de tendas e carroças bem depois das brasas de Verulamium. Agora estavam se empanturrando da comida pilhada e ficando bêbados com vinho capturado.

— Vamos lutar com os romanos logo.

— E o que estivemos fazendo pela lua passada? — Rigana soltou-se e olhou em torno com um riso.

— Matança — disse Boudica, sombriamente. — Destruímos três cidades, nenhuma das quais defendidas por soldados. As legiões serão outra história. Quando lutarmos com elas, não a quero na batalha. Você e Argantilla vão ficar com as carroças.

— *Você* não quer? — Os olhos de Rigana arderam. — E o que lhe dá o direito de nos negar a escolha que é livre para todo o resto aqui?

— Vocês são crianças — Boudica começou.

— Os romanos não acharam... — murmurou Argantilla.

— Nós somos *mulheres*! Lembra, o cordão umbilical foi cortado na fonte sagrada! — exclamou Rigana. — Se somos velhas o suficiente para arriscar a morte no parto, somos velhas o suficiente para arriscá-la em batalha!

— O que quer dizer? — Boudica a observou, alarmada. — Aqueles vermes a deixaram grávida?

Rigana fixou na mãe um olhar brilhante, amargo.

— Não, mãe. Nosso sangue mensal ainda corre, e o meu vai continuar a correr, pois não vejo motivo para querer um homem um dia. Mas, se não sabe que pelas últimas duas semanas nossa pequena Tilla vem dividindo os cobertores com Caw, é mesmo cega!

O vermelho manchando a pele clara de Argantilla enquanto ela olhava para a irmã disse a Boudica tudo que ela precisava saber.

— Você toma a vida — a menina protestou, virando-se para a mãe de novo. — Eu prefiro dá-la. Eu sempre amei Caw desde que éramos crianças, e, quando estava chorando porque os porcos romanos tinham me desonrado, ele me confortou. Quando os braços dele estão em torno de mim, sou perfeita e completa.

Boudica olhou para ela desamparada, abalada por uma onda de anseio ao se recordar de como tinha sido completa nos braços de Prasutagos. Se Argantilla encontrara um amor assim, ela deveria proibi-lo? *Poderia*?

— Vocês são mulheres da realeza icena — ela disse, com voz fraca. — Não nos casamos de acordo com nossos desejos...

Mas Rigana estava rindo.

— São só icenos esses que escuto lá fora? Quando tivermos lutado com os romanos, vai ser a senhora da Britânia ou nada. Se vencermos, os chefes não vão contrariar sua vontade. Se perdermos, o que você quer não tem a menor importância.

— Sou sua filha. — Argantilla se endireitou e limpou as lágrimas. — Se pode liderar um exército, posso ao menos escolher meu próprio homem. E juro que não aceitarei nenhum outro, então, se deseja que a linhagem de Prasutagos continue, vai aceitar minha vontade.

— Depois que lutarmos com os romanos, vamos falar disso novamente — disse Boudica, de modo repressivo.

Mas as filhas estavam sorrindo.

VINTE E OITO

Olhando para os campos, era de pensar que a terra estava em paz. As espigas de trigo e cevada que inchavam pendiam pesadas nos talos enquanto esperavam a colheita. Nos campos com exposição ao sul os ceifadores já trabalhavam, lâminas de foice rebrilhando sob o sol do verão. Assim como as espadas brilhariam quando chegasse o tempo de a Morrigan começar sua colheita, Lhiannon pensou de modo soturno ao passar. De vez em quando um trabalhador olhava para cima, então se curvava à sua tarefa com paciência firme, como seus pais tinham servido aqueles campos antes que mesmo os druidas chegassem à terra.

E como farão quando formos apenas uma memória, ela refletiu, atiçando o cavalo.

De acordo com os rumores, os soldados da Segunda Legião ainda estavam escondidos atrás dos muros em Isca. A estrada que deveriam ter tomado para dar reforço ao governador levava Lhiannon ao norte mais rapidamente do que ela poderia esperar, embora seu coração fosse ainda mais rápido. Enquanto ela se movia para os alagadiços da Britânia, as fazendas onde parou estavam cheias de rumores da destruição de Verulamium.

Mais ao norte, porém, a conversa ficava mais discreta. Lhiannon estava viajando havia pouco mais de uma semana quando o fazendeiro cujos campos ela abençoou em troca de cama e uma refeição disse que ela estava chegando ao ponto em que a estrada de Isca cruzava a estrada vinda de Londinium. A um dia ou dois de viagem mais ao norte ficava o novo forte romano em Letocetum, embora os legionários tivessem saído dele em marcha havia mais ou menos uma semana.

Mas eles não haviam passado pela encruzilhada. *Estavam esperando*, pensou Lhiannon, na encosta em que Coventa os tinha visto. *Boudica sabia?*

— A Grande Rainha está vindo pela outra estrada para o leste daqui com todos os guerreiros da Britânia atrás dela — o fazendeiro disse, com uma mistura de orgulho e medo. — Se quiser se juntar a ela, meu filho Kitto vai com a senhora. Ele vem implorando minha permissão para se juntar ao exército, e vejo sua vinda como um sinal de que ele deveria ir...

A Grande Rainha... Com esforço, Lhiannon manteve o rosto sereno. Aquele título poderia ter mais de um significado. Não pela primeira vez, ela se perguntou quem de fato estava liderando o exército, e com que fim.

> *A Grande Rainha reúne os ousados*
> *Para se juntarem em seu poder,*
> *Para atacar com lança, vara e espada*
> *E botar o inimigo para correr!*

As pessoas nas carroças mais próximas estavam cantando. Aquela música tinha sido um acompanhamento frequente à rebelião, mas naquela noite vinha constantemente, ora de uma direção, ora de outra, enquanto um novo grupo seguia com o refrão. Boudica ouvira pássaros fazendo isso na mata, a música mudando e se enchendo de uma árvore para outra conforme um bando migratório se assentava no local.

Desde a destruição de Verulamium, pouco mais de uma semana se passara. Os britões tinham vindo para a planície ao lado do riozinho enquanto o sol se punha, refletindo o brilho dos capacetes romanos na colina acima, onde o governador tomara posição para esperar por eles. Boudica tinha esperado pegá-los em marcha. Atacá-los em cima da colina seria difícil, mas, se os romanos queriam ficar seguros, teriam se refugiado em seus fortes. Naquela noite os celtas se banqueteavam com os bois que os druidas haviam sacrificado aos deuses que governam a guerra. Quando enfrentarem as legiões amanhã, os romanos teriam de descer da colina, e, de um jeito ou de outro, a música teria um fim.

> Ela é o Corvo e é o Pombo,
> O êxtase da batalha e do amor...

O coro seguiu. Brangenos tinha começado, mas nem todos os versos que os homens cantavam agora eram dele. *A canção escapou dele*, pensou Boudica, *como o exército escapa de mim. Não sou líder deles, mas o ícone... o talismã deles.* Aquilo tinha ficado claro para ela havia algum tempo. Um general romano poderia ser capaz de comandar da retaguarda, mas conforme viajavam para o norte, Boudica vinha pensando. Sua única esperança de dirigir o que seus guerreiros fariam amanhã era ser a ponta de suas lanças.

E se ela precisasse estar na dianteira da batalha, quais as chances de ainda estar viva quando acabasse? A questão vinha com uma clareza fria que a espantava, mas não com medo. Sua vida seria um preço pequeno a pagar pela vitória. Dados seus números, achava difícil duvidar da confiança de seus homens. E se fossem derrotados? O mundo que os romanos fariam não seria um em que ela gostaria de sobreviver. Mas seria difícil separar-se de quem amava.

Boudica os considerou enquanto passavam o odre de vinho, os rostos aquecidos pela luz do fogo. Alguns pertenciam a sua vida com Prasutagos. Tinha ficado próxima de outros naquela jornada. Argantilla estava sentada com Caw, a cabeça clara perto da cabeça morena dele enquanto sussurravam. Rigana estava aos pés de Tingetorix, ouvindo as histórias de guerra do estoque interminável dele. Brangenos conversava calmamente com Rianor.

O velho corvo da tempestade tinha visto muitas batalhas. Essa seria apenas mais um verso para sua canção. Mas já quando o pensamento surgiu em sua mente, ela o descartou como indigno. Durante as últimas semanas, o druida mais velho tinha sido uma fonte bem-vinda de conselho. Como se tivesse sentido o pensamento dela, Brangenos levantou os olhos. Diante daquele olhar calmo, o dela se desviou para pousar em Eoc e Bituitos, que estariam ao lado dela no fim, fosse ele qual fosse.

Ela sentia mais a falta de Prasutagos e de Lhiannon entre os que amara. Mas, se o marido ainda estivesse vivo, nenhum deles estaria ali. Ela tentou não pensar nele. O rei agora andava pelas Ilhas dos Abençoados. Ele ao menos reconheceria a pessoa que ela estava se tornando agora?

Lhiannon, ela esperava devotamente, ainda estava na Ilha de Eriu. Um dia, a angústia de Boudica tinha trazido a amiga por todo o caminho de Avalon. Mas havia se passado muito tempo, e o laço entre elas certamente enfraquecera. Ela tentava ficar feliz porque a sacerdotisa agora morava em uma paz e uma segurança que Boudica jamais experimentaria de novo, e, mesmo ficando, sentia o coração se retorcer de anseio por ver os olhos luminosos da amiga sorrindo do outro lado do fogo.

Eles todos levantaram os olhos quando um jovem apareceu na beira da luz da fogueira e se curvou para sussurrar na orelha de Tingetorix. Era o filho de Drostac, que tinha saído em patrulha. Boudica ficou de pé.

— Qual a notícia?

— Os romanos parecem não ter mais que dez mil homens, a julgar pelo número de suas fogueiras.

— É bondade deles deixar tão fácil fazer a contagem — riu Bituitos.

— Eles não precisam mandar batedores para saber os *nossos* números — observou Eoc. — Eles podem nos ver de cima daquela colina!

Boudica sorriu. Durante a marcha deles, ainda mais homens haviam chegado. Ela mesma não tinha ideia de fato de quantos britões estavam acampados na planície, mas certamente excediam os romanos em dez para um.

— Vejam-nos, e tremam — respondeu Bituitos.

— Não precisamos empunhar a espada contra eles — disse Drostac, com um sorriso. — Podemos sair num estouro e pisar neles até virarem pó.

Boudica trocou olhares com Tingetorix. Números podiam ser uma desvantagem se não fossem bem usados, mas ela não iria dizer a nenhuma daquelas pessoas para voltar para casa.

— Descanse um pouco, rapaz — ela disse ao batedor. — Usando a espada ou os pés amanhã, vamos precisar de sua força.

— Nós todos deveríamos dormir — disse Argantilla, séria —, incluindo você, mãe.

Drostac tinha pegado o filho pelo braço. Outros começaram a se levantar.

— Eu sei. — Boudica deu um abraço na filha mais nova. — Mas minhas pernas estão agitadas demais para eu ficar quieta. Vou andar um pouco, e então prometo que vou me deitar.

Argantilla parecia duvidar, mas Caw tinha tomado a mão dela. *Ela será amada*, pensou Boudica, pegando o manto escuro, *não importa o que aconteça comigo*. Ela ouviu mais cantoria por perto e sorriu.

> *A corneta soa, a carynx estruge*
> *Quando a Grande Rainha toma a sela,*
> *Seus sete cães brancos de orelhas ruivas*
> *Correm uivando ao lado dela.*

Como se a música o tivesse invocado, Bogle se levantou de seu lugar ao lado do fogo e colocou a grande cabeça debaixo da mão dela. Os outros cães tinham sido amarrados para a noite, mas haviam aprendido a futilidade de impedir Bogle de seguir.

— Vê, não estarei sozinha.

Boudica se moveu entre as carroças, parando aqui e ali para trocar uma palavra com um dos homens que tinha conhecido durante a viagem. Das fogueiras, ela ouvia música e riso, ou o barulho de raspar e o chiado de alguém afiando a espada. Das sombras debaixo de algumas carroças vinha o som suave de pessoas fazendo amor. Algumas mulheres eram esposas, mas os homens se deitavam com qualquer uma disposta durante a campanha. Era natural – quando as pessoas enfrentavam a morte, havia uma urgência poderosa de afirmar a vida.

Até a Morrigan, no dia anterior à batalha, fizera amor com Dagodevos, pensou Boudica, reprimindo um tremor indesejado de excitação. Mas Ela não tinha parceiros ali para balancear Seu poder destrutivo com amor. De algum lugar próximo, uma mulher gritava no momento de satisfação. A rainha parou, tocando o próprio peito. Mas não havia solução – ela havia tentado, nas longas noites em que dormira sozinha. Não era apenas do corpo do marido que ela sentia falta ao seu lado, mas do espírito dele envolvendo o dela.

Amantes levantam o poder e o oferecem um ao outro, ela disse a si mesma de modo soturno. *Só posso oferecer minha necessidade aos deuses.* Ela se forçou a seguir.

No centro do acampamento, as pessoas haviam construído um santuário votivo, cercado por tochas e postes nos quais pendiam as cabeças e peles dos animais que tinham sido oferecidos aos deuses enquanto a carne fervia em mil caldeirões e assava em mil fogueiras. O cheiro de sangue pendia pesadamente no ar.

O altar em si era uma construção de postes e troncos cobertos por tecidos ricos pilhados de Londinium. Entre as dobras, as pessoas haviam colocado pratos de prata, cântaros e pratos de cerâmica sâmia, bancos de madeira entalhada, ânforas de vinho, estátuas e roupas bordadas. No topo estavam as cabeças dos dois batedores romanos que tinham sido pegos pela vanguarda celta, e, acima delas, uma barreira de postes na qual pousavam três corvos, sangue das feridas de guerra vermelho nos bicos negros.

— Vocês, eu reconheço — Boudica disse em voz baixa. — Vocês são os três do mau presságio, sempre mortos e sempre recebendo o sacrifício...

— *Alguns morrem para que outros vivam...* — disse a Deusa dentro dela —, *e o sangue deles alimenta a terra.*

— Eu sei... — respondeu a rainha.

Não era de um homem que ela precisava, mas de respostas, e, se elas vinham da Deusa ou do próprio coração, para ouvi-las, precisava estar sozinha.

Ela se virou das carroças e cruzou o campo na direção das margens cheias de junco do riacho.

***

A água brilhava onde o riacho atravessava a fita pálida da estrada. O pônei de Lhiannon puxou as rédeas e ela as afrouxou para deixá-lo beber.

— Senhora, está ficando tarde — disse o menino do fazendeiro. — Não deveríamos acampar para a noite? Há água aqui, e poderíamos nos abrigar naquelas árvores.

Lhiannon esticou as pernas, tentando suavizar a dor dos músculos com cãibra por causa de uma cavalgada que tinha começado de manhã cedinho. A sugestão dele era tentadora, mas a urgência que a movia era, na verdade, maior do que fora no dia anterior.

— Qual a distância do forte romano daqui? — ela perguntou.

— Devem ser uns oito quilômetros até Manduessedum, mas não vamos querer acampar lá perto.

— Não, Kitto, onde eu *quero* acampar é com o exército da rainha. Os sinais da passagem dele são tão recentes, não podem estar longe.

Mesmo à noite, os traços de que tantos homens e animais tinham passado eram claros.

No silêncio, quando o pônei levantou a cabeça, ela teve a impressão de que ouvia um murmúrio suave, como o mar distante.

— Vamos continuar até meia-noite, mas acho que vamos encontrá-los antes disso.

Ela puxou as rédeas, enfiou os calcanhares no pônei e eles seguiram.

— Sim, senhora — disse o menino, claramente achando que a certeza dela vinha da magia druida.

Lhiannon não contou a ele que o que a movia era medo de que a batalha fosse lutada antes que chegasse lá, e que jamais fosse ver Boudica de novo.

Mas por fim os deuses pareciam sorrir. Antes de terem andado um quilômetro e meio, perceberam que as estrelas eram diminuídas por uma luz laranja, e nesse momento, na colina que saía da estrada à esquerda, ela viu as fileiras regulares das fogueiras romanas.

— O povo da Grande Rainha está adiante de nós na planície. — Ela apontou para a estrada na frente. — Não podemos forçar os cavalos agora, pois vão precisar descansar logo.

Pouco depois um homem se levantou como um espírito do lado da estrada e barrou o caminho deles com uma lança.

— É Carvilios, não é? — Lhiannon espiou pela escuridão. — Onde podemos encontrar a rainha?

— No centro do acampamento, senhora, à direita da estrada. — Ele sorriu. — Ela ficará feliz com sua vinda.

Mas foi Crispus e o resto dos moradores da casa que a receberam.

— Ela saiu faz pouco tempo para andar pelo acampamento — disse Temella. — Ela sempre faz isso antes de dormir, mas achei que estaria de volta a essa altura.

— Talvez eu devesse procurá-la — disse a sacerdotisa. — Minhas pernas estão com cãibra de muitas horas na sela, e preciso andar para soltar os músculos.

— Ficaríamos gratos. — Crispus parecia aliviado. — Ela disse que estava muito tensa para dormir. Bem, todos estamos, mas nem todos vão lutar na batalha amanhã. Ela precisa descansar, minha senhora. Ela vai escutá-la se disser que deve entrar.

***

Era bem silencioso ali na terra de ninguém entre amigos e inimigos. Os patos que chapinhavam na água durante o dia dormiam nos juncos, mas uma coruja deslizou em asas silenciosas. Sobre o murmúrio da corrente, Boudica ouvia um respingar e uma batida familiares. Ela olhou para o cachorro, mas a cauda de Bogle estava balançando. Ela seguiu o caminho entre as margens na direção do vau, e parou quando viu uma pessoa ajoelhada na beira da água.

O que ela havia escutado era o som de uma pessoa batendo a roupa que lavava. *Mas por que no meio da noite anterior a uma batalha alguém...* o pensamento dela parou quando a mulher se virou. Pálida sob a luz das estrelas, o rosto diante dela era o seu próprio.

— O que está fazendo? — A pergunta viera de fora ou de dentro?

— Lavo as roupas do massacre... Corvos rasgam os pescoços dos homens, o sangue jorra na luta furiosa, a carne é talhada na fúria da batalha, e as lâminas mordem os corpos em guerra vermelha. Heróis no calor da batalha assolam o inimigo com golpes cortantes. A guerra é disputada, cada um pisando em cada um... — Nas bochechas lisas brilhavam as marcas prateadas de lágrimas. — Não lute amanhã. Será sua ruína.

— Não tenho escolha a não ser pagar o preço — respondeu Boudica. — Fazer outra coisa seria trair meu povo...

Ela fez um gesto para as fogueiras espalhadas.

— Usas meu rosto, mas eu Te conheço, Atiçadora de Tristeza, Corvo Sangrento, Corvo de Batalha. Sentes deleite com a batalha. Por que finges chorar? Tu trouxeste essas pessoas para cá.

A mulher balançou a cabeça.

— Eles dirão que seguiram Boudica.

— Mas és Tu quem tem o poder!

— Meu coração é seu coração. Minha raiva é sua raiva. Você é a deusa...

Boudica percebeu que, conforme a mulher falava, ela dizia as palavras também. Ela balançou a cabeça em desespero. Aquilo era uma ilusão, ou ela se iludira o tempo todo?

— E minhas mãos são *Tuas* mãos? — ela gritou.

A mulher ficou de pé e Boudica se viu refletida nos olhos da Outra.

— Só quando Me permitir usá-las — veio a resposta em voz baixa. — Você molda os deuses como Nós a moldamos. Mas as formas nas quais Nos vê foram aprimoradas por muitas vidas dos homens. Através de Nós, você passa da mortalidade para a eternidade. Através de Nós, o Divino se torna manifesto em você.

Boudica percebeu que estremecia, e não sabia se o que sentia era pavor ou êxtase.

— Então vai usar minhas mãos amanhã? — Boudica se retraiu num medo que não entendia. — Vai nos levar para a vitória?

— Vai terminar como precisa em prol do bem maior — veio a resposta. — Dar tudo pela causa da vida é um caminho de crescimento, mas o conflito é outro. Na guerra, você é testado até a destruição. Ganhadores e perdedores podem fracassar da mesma maneira, dando espaço para ganância ou medo. E vencedores e perdedores podem transcender a mortalidade. Mas só os que caem lutando com bravura chegam às últimas reservas de valor. Só aqueles que dão tudo conseguem a glória que vive na música e alimenta gerações adiante. E isso é um prêmio que os vencedores não podem reivindicar.

— E para conseguir essa vitória, muitos vão morrer? — Boudica então perguntou.

— A morte é somente um portal, mas a maneira como você passa por essa porta vai mudar o que vê do outro lado...

***

Lhiannon parou, a pele arrepiada com a presença do poder, enquanto via a figura de pé ao lado do riacho. O grande cão estava sentado ao lado.

Quando Crispus pediu a ela para procurar a rainha, Lhiannon se perguntou se o poder tinha deixado Boudica voluntariosa. Mas se isso fosse verdade, ela pensava agora, o poder, e a vontade, não eram da rainha. A figura diante dela se inflava acima da altura dos mortais, com uma luz em torno dela que não vinha das estrelas. Descolorido pela noite, o cabelo dela voava em ondas de sombra. Das pálpebras fechadas vinha um fluxo contínuo de lágrimas.

A sacerdotisa respirou fundo, forçando calma na voz.

— Grande Rainha... a noite está passando, e o corpo que usas precisa de descanso.

A Deusa se virou, abrindo olhos que continham uma tristeza mais velha que o mundo.

— Você tem tão pouco tempo, e tanta coisa a aprender...

Lhiannon lutou contra a tentação de usar a oportunidade para fazer algumas perguntas próprias.

— Não há tempo — ela concordou —, se a mulher for dormir. Em nome de Dagdevos, Senhora, deixa-a.

Depois de um momento de consideração, os traços rígidos foram transformados por um sorriso.

— Em nome Dele que ama quem Boudica amou, farei isso...

Os olhos se fecharam mais uma vez, mas agora o rosto mudava enquanto a energia saía. Lhiannon se esticou quando as pernas de Boudica cederam e, cambaleando um pouco, pois desde que a vira pela última vez a rainha tinha ganhado massa e músculo, baixou-a até a grama.

— Lhiannon... — Boudica se esforçou para se sentar. — Eu sonhei que você tinha vindo.

Ela olhou em torno de si, confusa, enquanto Bogle gemia e enfiava o focinho na mão dela.

— Ou isto é o sonho?

— Isto — disse a sacerdotisa, com um sarcasmo nascido do alívio — é a noite anterior à batalha, e nós precisamos ir dormir.

— Havia uma mulher lavando roupas ensanguentadas.

— Sei quem encontrou aqui — Lhiannon disse de modo sombrio, e suspirou. — Acha que pode andar agora, ou devo chamar homens para carregá-la?

— Pela manhã vamos lutar — Boudica continuou como se não tivesse escutado. — Cuide de minhas filhas, Lhiannon. Mantenha as duas em segurança por mim!

— Sim, Boudica. *Se eu puder...*

Boudica tomou fôlego e se concentrou totalmente na sacerdotisa pela primeira vez.

— Ah, Lhiannon, graças aos deuses está aqui! Precisei tanto de você, por tanto tempo!

Ela se virou, chorando, e Lhiannon a tomou nos braços.

vinte e nove

Os deuses tinham dado a eles uma bela manhã. O sol enchia um céu transparente de luz, e as papoulas brilhavam como manchas de sangue sobre o dourado brilhante dos campos maduros. Na planície entre o riacho e o declive, os britões estavam reunidos por tribo e clã. Naquela luz clara, as vestes listradas e xadrezes e os escudos pintados eram um tumulto de tons. Alguns estavam despidos até a cintura, os redemoinhos e espirais de pintura de guerra brilhantes contra a pele clara. Outros usavam cotas de malha com elos que brilhavam sob o sol. A luz do sol refletia nas protuberâncias dos escudos e rebrilhava em lâminas cintilantes. A mesma luz brilhava nos uniformes dos romanos que esperavam na colina.

Estar em terreno elevado dava uma vantagem ao inimigo, mas eles estavam de frente para o sol, pensou Boudica ao pular na carruagem atrás de Tascio. Ela movimentou os ombros para a frente e para trás para distribuir o peso de sua cota. A camisa tinha sido feita para um homem maior e, a não ser em torno do busto, pendia solta. O peso adicional parecia lhe dar mais estabilidade na carruagem, embora, depois dos quilômetros que tinha viajado de pé naquela coisa, equilíbrio não fosse mais um problema. Conforme Tascio levava os pôneis na direção da fileira, o xadrez vermelho do próprio manto voejava atrás dela. Ela sentia as asas de corvo presas a seu capacete em forma de cone esvoaçando no vento. Uma segunda carruagem trazendo Rigana e Argantilla vinha atrás. Quando a luta começasse, Calgac as levaria de volta para as carroças arranjadas em semicírculo do outro lado do campo. Argantilla, ao menos, certamente ficaria lá.

Quando a carruagem a levou pela fileira, os homens começaram a celebrar.

— Boud! Vitória! Boud-i-ca!

Corvos voavam de um grupo de árvores, crocitando exultantes.

Senhora, eu Te escuto... o coração de Boudica respondeu. *Me escutas? Foste Tu que nos trouxeste aqui – agora ajuda-nos! Ajuda-me!*

Ela se encolheu quando a primeira onda de som vibrou através da carne e dos ossos. Via rostos agora. Levantou a espada em saudação a Brocagnos e seus rapazes. Segovax e seu filho mais velho, Beric, e os homens deles, formavam um grupo perto do clã de Morigenos. Mais adiante na fila, Drostac da Colina do Freixo e os homens de sua casa balançavam as lanças.

— Boud-i-ca — veio o grito, e com ele uma onda de energia que era como o poder quando Cathubodva entrava.

Outros rostos emergiram do borrão diante dela – Mandos, que tinha voltado do exílio nas terras brigantes quando soube da rebelião, trazendo a espada que se recusara a entregar; Tabanus, que tinha sido escravo em Colonia; Vordilic e seu bando sombrio de catuvelanos; Corio dos dóbunos, com os homens de sua tribo. Ela viu icenos e trinobantes, durotriges e dóbunos, e grupos menores de uma dezena de outras tribos. Havia até alguns poucos siluros que tinham lutado com Caratac, que saudaram ao reconhecer o torque que ela usava. No fim da fileira, Tingetorix liderava um grupo misto de guerreiros montados. Todos celebravam, ondas de som rolando pelo ar luminoso.

— Boud-i-ca! Vitória!

Se aquilo não era todo o poder da Britânia, ali estavam homens de mais tribos até que as que Caratac jamais conseguira reunir. Na noite passada, Boudica havia chorado porque muitos homens seriam mortos, mas hoje, com toda a hoste diante dela, tinha a impressão de que poderiam perder metade dos homens e ainda ter números suficientes para esmagar o inimigo aninhado no topo da colina.

Tascio parou a carruagem em uma pequena elevação.

Quando a multidão ficou em silêncio, Boudica lutou para conter a energia que faiscava em cada veia. Em seu pescoço, o torque de Caratac era morno ao toque, como se absorvesse poder. Ela havia se perguntado onde encontraria forças para alcançar aqueles guerreiros, mas o poder era deles – o espírito deles, a alegria feroz por finalmente entrar em combate com o inimigo –, tudo o que ela precisava fazer era encontrar as palavras. Ela não sabia se era a resposta da Morrigan, mas serviria.

— Homens... não, *guerreiros* da Britânia — ela corrigiu, encontrando o olhar de Rigana. — Os romanos os desprezam porque seguem uma mulher, mas não sou a primeira rainha a levar os britões até a vitória. Pergunte aos homens de Colonia e Londinium se uma mulher sabe como vingar seus danos!

Ela fez uma pausa para deixar os gritos de insulto se erguerem e caírem.

— Por fim, enfrentamos nosso inimigo de espadas em mãos. Vocês, cujos filhos foram levados para morrer em outras terras, defendam a própria terra agora. Foram expulsos de seus lares, retomem-nos! Vocês, cujas mulheres e filhas foram ultrajadas, como fomos profanadas eu e minhas filhas — ela apontou para a outra carruagem e um novo rugido balançou os céus —, restaurem a honra delas!

A cada palavra, o poder que os guerreiros lhe deram fluía de volta para eles, raiva incipiente transmutada em propósito e concentrada no inimigo. Quando ela tomou fôlego, ouviu uma conversa bem baixa vinda da encosta e soube que o general dos romanos deveria estar falando com suas tropas também.

— Olhem para eles, acovardados em sua colina! — Ela brandiu a espada na direção do inimigo. — Destruímos uma legião com apenas um décimo da força temos agora. Levantem suas vozes, e Taranis, o trovão, vai destruí-los com som!

Um novo grito estremeceu os céus enquanto ela brandia a lâmina no ar.

— Eles não conseguem nem enfrentar nossos gritos, muito menos resistir a nossas espadas e lanças!

Quando ela tomou fôlego, as imprecações deram lugar a um riso sombrio.

Das árvores, os corvos os ecoavam. Boudica sentiu os pelos dos braços se arrepiarem, e teve a sensação de que a Morrigan se aproximava.

— Veja que belo dia os deuses nos deram! — ela gritou.

Ela ouvia a própria voz ficando cada vez mais ressoante e soube que o feitiço da Deusa era adicionado ao poder levantado pelos homens.

— Sangue romano será uma oferta digna! Vejam como a glória do Além-Mundo brilha através da superfície das coisas... vejo a mesma glória ardendo em seus olhos. Sigam para a batalha, e que os deuses sigam com vocês, como estão dentro de vocês.

E em mim... o pensamento silencioso veio conforme seus últimos medos desapareciam.

— Os que viverem terão honra sem fim; os que caírem vão se banquetear com os deuses abençoados. Nesta batalha, vou conquistar ou cair... isso é a resolução de uma mulher! E quanto a vocês... lutem como homens ou vivam como escravos!

Os braços dela se levantaram, como se para abraçar todos eles. Não mais bois pacientes sob o jugo de Roma, eles andavam pelo chão como garanhões. Naquele momento, Boudica amou seu povo como se nunca tivesse sabido como amá-lo antes.

— *Seja Minha espada, Boudica...* — veio a voz da Deusa dentro dela — *e serei seu escudo!*
   — Boudica! Vitória! — gritava a hoste. — Grande Rainha! Boudica!

***

O chão tremia conforme os guerreiros da Britânia pisavam. O grito de batalha deles estremecia o ar. Do outro lado do campo, Lhiannon sentia a vibração nos ossos. Os pelos finos de seus braços se eriçaram com a energia. Mesmo quando Caratac tinha falado com seus soldados, ela jamais sentira tanto poder, mas Caratac tivera apenas uma Senhora Branca para protegê-lo. Hoje, o próprio Corvo de Batalha iria liderar a Britânia. Lhiannon já tinha visto seu povo lutar em Durovernon, nas margens do Tamesa, nas colinas dos ordovicos. Mas, pela primeira vez desde que tinha chegado a Manduessedum, Lhiannon começou a acreditar que dessa vez poderiam vencer.

Ela ficou de pé na carroça, fazendo sombra nos olhos com a mão, conforme a carruagem levando Argantilla e Rigana passou pelas aberturas entre os grupos de guerreiros, atravessou o riacho e rugiu na direção do semicírculo de carroças. Caw, que recebera ordens expressas da rainha para ficar e protegê-las, se movia inquieto ao lado dela, e Bogle puxava sua corda e gemia. Lhiannon entendia a frustração deles. O poder que Boudica havia invocado batucava em suas veias; ela, também, queria uma espada nas mãos.

O resto da hoste começava a se mover na direção do inimigo. De quando em quando um campeão individual avançava correndo, balançando a lança e gritando insultos. Como deveria ser para os romanos, forçados a ficar suando em suas armaduras para esperar que aquela horda de humanidade passasse sobre eles? Seria como tentar lutar contra o mar.

A carruagem parou, e Argantilla pulou e correu para os braços de Caw. Rigana permaneceu onde estava, observando com um sorriso superior. Então ela pegou seu capacete sem adornos que subia numa ponta arredondada e o colocou sobre as tranças ruivas. Já estava usando uma camisa sem mangas de cota de malha.

Bem, aquilo respondia à questão de se a filha mais velha de Boudica iria ficar com as carroças. Lhiannon tentou invocar a resolução de argumentar com a moça, mas já estava usando toda sua autodisciplina para não se juntar a ela. Em vez disso, levantou a mão em uma bênção.

— Que a força de Sucellos a proteja, que a habilidade de Lugos dirija seu braço, e que a raiva de Cathubodva a leve até a vitória!

Rigana respondeu com um sorriso brilhante tão parecido com o da mãe que o coração de Lhiannon se torceu. Ela e Boudica se despediram com poucas palavras naquela manhã, a mente da rainha já concentrada nas demandas do dia, a da sacerdotisa cheia demais para palavras. E certamente tinham dito tudo o que era necessário na noite anterior. Apenas agora, vendo a criança que enfaixara quando era um bebê guinchando armada e pronta para enfrentar o inimigo, Lhiannon entendeu que, mesmo se tivesse ficado com Boudica por todos aqueles anos, não haveria tempo para tudo que ela poderia querer dizer.

Rigana pegou uma das zagaias da abertura na borda da carruagem e a brandiu. Então Calgac balançou as rédeas nos pescoços dos pôneis e eles saíram correndo.

***

Boudica se segurou enquanto a carruagem balançava em movimento, os outros cinco carros de guerra que os britões tinham conseguido consertar chacoalhando atrás dela. Para isso, não precisava buscar esquecimento no abraço da Morrigan. A sede deles por aquela batalha era a mesma. Um olhar rápido de volta mostrou a ela o capacete de Rigana no fim da fileira. Ela não tinha tempo para arrependimento, ou até mesmo para surpresa. Conforme se aproximavam, o borrão de homens na formação dos romanos se resolvia rapidamente em uma série de escudos e capacetes combinando, cada homem com seu pilo na mão. Mas qualquer esperança que ela pudesse ter tido de que o ataque em carruagens fosse levar pânico ao inimigo se desvaneceu enquanto a encosta ficou mais íngreme e os pôneis começaram a diminuir a velocidade.

O general romano tinha disposto seus homens em três blocos. No centro, ela via os odiados legionários de pé em coortes de oito fileiras, espaçados com pouco mais do que a distância de um homem entre eles, e duas vezes isso entre as filas. Tropas auxiliares com armas mais leves estavam em blocos de ambos os lados. A cavalaria deveria estar escondida na mata atrás.

— Vire — ela disse a Tascio. — Leve-nos ao longo da fileira...

Com uma invocação a Cathubodva, ela pegou uma zagaia, colocou o braço para trás e jogou. Seu primeiro projétil caiu antes do alvo, mas o segundo fez um arco sobre a fileira da frente e furou o pescoço de um homem na segunda fileira.

— Primeiro sangue para mim! — Ela deu a eles um sorriso rosnado.

Um estremecimento passou pelas fileiras inimigas, mas uma ordem entrecortada em latim os acalmou. Boudica atirou repetidamente. Algumas das zagaias se prenderam nos escudos, mas muitas mais atravessaram. Então, ficou sem projéteis, e Tascio puxou os pôneis de volta para baixo da colina. As outras carruagens a seguiram, mas os romanos se recusaram a avançar depois dela.

Conforme ela se aproximava das próprias fileiras, puxou a espada, e, com um sinal, flechas celtas encheram o céu em uma nuvem relinchante. Talvez aquilo fizesse os romanos entrarem em ação. Os números de britões teriam pouca utilidade a não ser que conseguissem atrair os inimigos para longe das encostas cobertas de árvores que protegiam seus flancos.

Os guerreiros foram para o lado a fim de deixar as carruagens passarem. Perto da beira do campo, homens esperavam para segurar os cavalos. Quando Boudica pegou o escudo e começou a voltar para a frente, Bituitos e Eoc foram atrás dela na tradicional formação em tríade. Ter aqueles homens que haviam protegido o marido às costas era como ter o próprio Prasutagos ali.

Assim que ela chegou ao fim da fileira de britões, um dos tocadores de carynx a vislumbrou e soltou um som triunfante. No momento seguinte, estavam todos soprando, as surdinas de madeira nas bocas das cabeças de dragão de bronze zumbindo como abelhas enlouquecidas. Tascio correu por ela para se juntar ao pai e ao irmão. Ela sentiu a raiva de batalha de seus guerreiros aumentar conforme a hoste de britões avançou, gritando.

***

Quando Lhiannon estava nas montanhas com Caratac, uma vez tinha ouvido o rugido de uma avalanche distante. O som que se levantava do campo de batalha agora carregava a mesma sensação explosiva de liberar tensão. A luz se estilhaçava nas pontas das miríades de lanças.

A carroça de Boudica tinha sido estacionada onde o terreno se levantava do lado norte do campo, para que pudesse servir como estação dos curandeiros para os feridos. Além da massa viva em ascensão de britões, Lhiannon via os guerreiros mais fortes subindo a encosta na direção da fileira silenciosa de aço. Cada vez mais perto – em mais um momento, o inimigo seria varrido embora.

A menos de quarenta metros, um movimento estremeceu pelas fileiras romanas. Conforme cada homem tirou seu pilo, um borrão luminoso tomou o ar. Cinco mil lanças atiradas ceifaram através dos britões na frente; momentos depois, uma segunda onda derrubou os que vinham atrás. Subitamente a encosta era um emaranhado de corpos que se retorciam. Sobre os gritos de batalha, ela ouvia um descanto horrendo de berros.

A exultação mudou para horror à medida que o ataque dos celtas fracassou. Lhiannon se forçou a respirar. Ela havia visto as carruagens sendo levadas para os lados. Boudica tinha tido tempo para voltar ao centro da fila? Um dos corpos que jaziam lá era dela?

Trombetas romanas soaram o próprio desafio. Com um grito profundo, o centro da linha de legionários se estendeu e os blocos de soldados se tornaram uma cunha maldita que entrou na massa confusa abaixo. E, no entanto, os britões ainda eram mais numerosos que os inimigos por centenas de homens. Agora que os romanos estavam se movendo, eles podiam cercá-los.

Lhiannon percebeu que tinha enfiado as unhas na palma da mão. Ela forçou as mãos a se abrirem e verificou os curativos que deixara prontos. Brangenos e Rianor começariam a trazer os feridos em breve.

Senhora dos Corvos!, gritou seu coração. *Cuida de Boudica!*

***

Boudica se encolheu enquanto as lanças dos romanos escureciam o céu e uma onda de sombra correu pela encosta. Ligada a seus guerreiros, o choque dos projéteis a jogou para trás contra o escudo de Eoc.

— Senhora, foi atingida?

Só em espírito, ela pensou, endireitando-se. Eles tinham que atacar agora, antes que os romanos pudessem usar a vantagem momentânea.

— Ataquem! — ela gritou. — Matem!

Ela puxou a espada e correu na direção da massa ondulante de homens. Enquanto se aproximava, os celtas avançaram, depois recuaram. Ela viu homens lutando para ficar de pé ou caindo ao serem empurrados para o lado. Onde estavam os romanos? Ela queria sangue em sua espada.

Um grito agudo de pranto saiu da garganta dela e os homens recuaram. Através do buraco momentâneo, ela vislumbrou capacetes romanos acima de escudos vermelhos e as centelhas de espadas que cortavam. Ela e seus companheiros começaram a abrir caminho pela massa enquanto a fileira romana avançava. Espadas celtas mais longas surgiam, mas, apertados juntos, os britões não tinham espaço para dar força aos golpes. Ela viu o rosto de Morigenos se contorcer enquanto uma espada romana entrou no peito dele.

— Abram espaço e os cerquem — gritou Boudica, mas até mesmo o grito da Morrigan não podia ser ouvido acima do tumulto.

Mais e mais britões se lançavam para a frente, tropeçando nos corpos dos companheiros caídos, e com uma deliberação inevitável, a cunha romana penetrava entre eles, mil gládios cortando mil corpos celtas sem armadura a cada passo de chão tomado.

Boudica viu uma abertura e enfiou a espada, apoiada por Eoc e Bituitos, as espadas deles afastando as lâminas romanas. Ela golpeou de novo, mirando abaixo de um escudo; o romano deu uma guinada, e por um momento havia uma abertura na linha. Movendo-se como um, os três atacaram, girando lâminas longas. Mais romanos caíram, então os companheiros deles se moveram para restaurar a fileira e Boudica caiu para trás de novo, o escudo gemendo sob uma chuva de golpes.

Com o braço do escudo doendo, ela ficou de pé um momento para recuperar o fôlego e vislumbrou Rigana com Calgac atrás dela, perto de Drostac e Brocagnos e seus homens. Ela começou a se mover na direção deles. Mais britões estavam se juntando em grupos, jogando-se contra a linha de legionários, mas ainda assim a máquina de moer carne romana seguia em frente.

As trombetas dos romanos soaram novamente. Um tumulto atrás dela a fez prestar atenção. As tropas auxiliares estavam formando uma cunha e começavam o próprio avanço. *Ótimo*, pensou Boudica, *talvez esses cheguem ao alcance da minha espada!*

Adiante deles, ela vislumbrou homens montados em cavalos. A cavalaria romana tinha surgido do esconderijo e atacava pelas beiradas da multidão, lanças acertando os que tentavam fugir. Com um grito agudo, Tingetorix levou seus cavaleiros colina acima para enfrentá-los.

— Senhora — gritou Bituitos —, vão nos prender entre eles. Precisamos voltar.

Ela olhou para ele sem entender. Os romanos estavam na frente dela. Com uma troca de olhares, os dois grandes homens vieram mais para perto, descendo a colina com ela.

Corio e seus dóbunos atacavam os auxiliares furiosamente, mas nesse momento ele, também, caiu. Então Boudica ficou novamente presa na onda de guerreiros atirando-se contra a fileira romana.

Seguiu daquele jeito, em uma luta infinita que se movia tão lentamente quanto o sol cruzava o céu. Boudica viu o ex-escravo Tabanus cair, e então Carvilios, e outros que conhecia, mas não havia tempo para luto. A concentração dela tinha se fechado na linha de espadas que abria caminho através de seus homens conforme a batalha descia a encosta e seguia para a planície.

A luta ficou mais lenta quando chegaram ao riacho. À medida que o campo se abria, novos chamados de trombeta formaram as três cunhas com as quais os romanos tinham começado em uma dúzia, alargando a linha de batalha, atacando ferozmente a horda celta. Em pouco tempo corpos entulhavam o canal, e os romanos começaram a avançar novamente.

O inimigo ainda mantinha suas formações, mas as cunhas menores às vezes podiam ser quebradas. Com Eoc e Bituitos atrás dela, Boudica tinha o peso para seguir adiante, e sua lâmina sedenta bebeu profundamente enquanto ela desferia golpes. Havia recebido vários cortes, mas nenhuma ferida séria. Ela se movia agora em um estado além da exaustão, no qual tudo o que conhecia era a necessidade de matar.

***

A vida saía do rosto do homem ferido conforme o sangue empoçava os curativos com os quais Lhiannon tinha tentado estancar a ferida no flanco dele. Ela tocou o pescoço dele, sentiu o pulso flutuar e sumir, e sentou-se com um suspiro. Com um gesto de cabeça dela, Caw levou o corpo para ficar com os outros que não tinham conseguido salvar.

A única coisa boa em cuidar dos feridos era que isso a mantinha ocupada demais para se angustiar com o que estava acontecendo no campo de batalha. Lhiannon se permitiu levantar os olhos, e percebeu com um pequeno choque que a batalha estava em sua maior parte daquele lado do riacho. Os corpos se amontoavam na encosta adiante como o cereal quando os ceifadores tinham passado. Os corvos já os colhiam. Era uma colheita poderosa de heróis, a maioria britões, embora aqui e ali brilhasse uma armadura romana. Quantos daqueles corpos ainda tinham vida neles? Até que a batalha terminasse, não poderiam procurar e ver.

Do outro lado das carroças, aqueles que poderiam se recuperar estavam deitados sob a sombra das árvores. Argantilla e algumas das outras mulheres jovens se moviam entre eles, oferecendo água e um pouco do precioso xarope de papoula para os que sentiam mais dores. Para alguns, a visão do rosto doce de uma garota era remédio suficiente. Para tantos não havia o que fazer — e os homens sendo cuidados eram apenas aqueles que tinham conseguido rastejar para a beirada do campo de batalha, onde Brangenos, Rianor e algumas das mulheres mais fortes conseguiam alcançá-los.

— A batalha está chegando mais perto — disse Caw.

Sua túnica estava manchada com o sangue de outros homens. Ele tinha no máximo dezesseis anos, mas nesse momento uma alma muito mais velha olhava pelos olhos escuros dele.

— Está — respondeu Lhiannon.

A batalha já tinha ocupado mais espaço do que ela esperara, e durado mais tempo. A luta estava quase perto o suficiente para reconhecer indivíduos. Ela esquadrinhou a massa em batalha, mas não conseguiu encontrar o capacete de asas de corvo de Boudica ou seu cabelo de cor viva.

— Ainda estamos recuando.

— Eles nos empurraram o dia todo — ela respondeu, de modo cáustico. — Mas nossos homens ainda estão resistindo.

Porém, da massa de homens que havia subido a colina, mal restava a metade.

— A rainha disse que, se parecesse que estávamos perdendo, deveríamos levar Argantilla para longe...

Enquanto os britões que ainda enfrentavam o inimigo se recusassem a admitir que estavam derrotados, era difícil abandoná-los, embora a Deusa soubesse que ela havia visto batalhas perdidas o suficiente para reconhecer os sinais agora. Lhiannon dissera a si mesma que, se a luta atravessasse a água, ela começaria a se preparar, ou quando passasse a ponta do semicírculo de carroças. Estava claro para ela agora que, se a luta chegasse às carroças no fim do campo de batalha, qualquer um que permanecesse de pé seria capturado. Seria uma matança.

Era uma matança agora.

— Junte suas coisas — ela disse entre lábios duros.

Boudica tinha insistido que todos fizessem pacotes com suprimentos de viagem.

— Leve Argantilla para os arbustos abaixo das árvores, e leve o cachorro.

— Mas é a direção do forte — ele disse.

Lhiannon assentiu.

— Se houver perseguição, não vão esperar que ninguém corra para aquele lado.

— E a senhora?

Ela olhou para trás, para o campo de batalha.

— Preciso esperar um pouco mais. Até que os druidas voltem...

Até que eu saiba o que aconteceu com Boudica...

***

Boudica cambaleou quando o gládio de um legionário atingiu seu escudo e bateu rápido. Por um momento, o homem mirou, os olhos se arregalando ao perceber quem ela deveria ser. Ele ainda seguia quando ela deu o golpe, a espada borrando a abertura entre o capacete e a placa peitoral de sua lorica. O choque conforme a lâmina cortou músculos e espatifou ossos vibrou até o braço dela. O sangue espirrou quando ela tirou a espada.

Quando o homem morto caiu, o peso dele arrastou o escudo rachado da mão dela. Eoc Mor avançou para cobri-la com o escudo dele. Ela ouviu um grunhido, virou-se e o viu se curvar enquanto outro legionário puxava a lâmina dele para trás. A resposta instintiva dela arrancou a mão do homem.

— Pegue o escudo dele! — veio a voz de Bituitos no ouvido dela.

Ela olhou para baixo e viu Eoc curvado em agonia enquanto o sangue jorrava de um grande ferimento no sovaco. Mas ele ainda estava segurando o escudo. Conforme ela o pegou, os dedos dele soltaram e ele caiu para trás com um sorriso feroz.

Boudica tomou fôlego tremulamente, consciente pela primeira vez de que estava ficando cansada. A fileira romana ondulava enquanto os homens na frente iam para trás a fim de permitir que outros, menos cansados, tomassem suas posições ali.

Atrás dos guerreiros mais próximos ela viu Rigana no fim da cunha, perto do ângulo onde começava a próxima. Capacete e escudo tinham sumido, embora Calgac ainda estivesse ao lado dela. Mas, ao mesmo tempo que os reconhecia, ela viu o guerreiro alto começar a cair. Ela começou a correr na direção da filha, tropeçou em um corpo, caiu sobre ele, e pisou em outro.

Rigana tinha ao menos notado que seu protetor havia morrido? Guinchando, ela pegou a espada com as duas mãos e a girou num golpe que derrubou um legionário. Boudica estava à distância de um braço quando um romano na beira da próxima cunha golpeou além da beira da cota de malha da garota, por trás. Rigana continuou a virar, a espada ensanguentada voando de dedos sem nervos em um arco brilhante para a massa de inimigos além.

— Não pode ajudá-la! — gritou Bituitos, enquanto Rigana caía. — Vamos ser cercados! Venha para longe!

Mas ele ficou com ela quando Boudica empurrou outro britão e passou sobre um corpo para ficar em cima da forma convulsionante da filha. Os romanos se afastaram de ambos os lados delas conforme as duas cunhas avançavam. Asas negras trovejaram nos ouvidos de Boudica, mas sua visão estava toda vermelha, vermelha como o sangue da vida empapando o solo.

Os lábios dela se curvaram e a Morrigan gritou.

***

O grito continha toda a angústia do mundo, e fúria, e perda. Homens de ambos os lados soltaram as armas ouvindo aquele grito. Lhiannon sentiu o coração parar. Pelo espaço de uma longa respiração, nada se moveu no campo de batalha.

Então, lentamente, as cunhas romanas começaram a empurrar para a frente de novo. Apenas em um ponto havia um nó de resistência, onde os flancos de duas cunhas se juntavam. Os homens amontoados balançavam e giravam; mesmo de onde ela estava, conseguia ouvir os gritos deles, mas nesse momento a luta aliviou e ela soube que, fossem quais fossem os guerreiros valorosos lutando ali, tinham sido derrotados.

E, com aquilo, a resistência celta começou a se desfiar como um nó de lã quando alguém puxa o fio central. Assim que o avanço romano recomeçou, os britões que restavam se espalharam, jogando os escudos. E agora por fim os romanos quebravam as fileiras para perseguir.

— Acabou — Brangenos pegou o braço dela. — Precisamos ir.

— Mas os feridos — ela disse distraidamente. — Não podemos deixar...

— Eles estão seguros — a resposta rígida dele a silenciou. — Os romanos não vão tocá-los agora.

E, olhando para trás dele, ela viu o sangue onde cada homem havia recebido o golpe de misericórdia. Ela se sentiu como se ele a tivesse atingido no coração também.

— Que a Deusa em Sua misericórdia os receba — ela murmurou. — Se Ela tem alguma misericórdia... Se Ela se importa...

Enquanto Brangenos a arrastava para cima da encosta, Lhiannon ouviu gritos. Os britões que tinham conseguido ir para além da linha de carroças gritavam através do campo, perseguidos pela cavalaria romana. Mas a grande massa de homens estava presa, pisoteada por seus companheiros ou caindo pelas espadas romanas. E, não contentes com a matança de guerreiros, os legionários estavam arrancando mulheres e crianças das carroças e matando-as também.

Lhiannon ficou feliz pelo aperto firme de Brangenos, pois quando chegaram às árvores estava chorando com intensidade demais para ver qualquer coisa. Quando se sentou, Argantilla veio até ela, e, embora Lhiannon soubesse que precisava encontrar algumas palavras de conforto, foi a menina quem aninhou a sacerdotisa nos braços. Ela podia ouvir os druidas cantando enquanto urdiam um feitiço de ocultação. Era por isso que a mata ficava tão escura em torno deles, ou a morte de suas esperanças havia tirado toda a luz do mundo?

෴ trinta ෴

Os corvos tinham partido com o pôr do sol. Conforme a noite caía em Manduessedum, era a vez dos lobos. O quadrúpede descia da floresta enquanto a lua minguante subia sobre a planície. Os lobos romanos rondavam o campo de batalha com tochas, despachando qualquer britão que ainda vivesse e tirando equipamentos e ouro dos corpos.

Ninguém ainda tinha procurado na mata acima do campo de batalha, mas, se os fugitivos queriam alcançar segurança pela manhã, precisavam partir logo.

— Não até que eu saiba o que aconteceu com minha mãe e minha irmã — disse Argantilla, teimosamente.

— Elas estão mortas, Tilla — a voz de Caw falhou com a dor. — Você está vendo como é lá embaixo!

— Não todos eles, ou quem os romanos estão matando agora? Mesmo se você estiver certo, quer que aqueles monstros profanem os corpos delas? Se ninguém mais vai procurar, eu vou.

Com isso, Lhiannon despertou de seu desespero.

— Prometi à rainha que a deixaria em segurança, e com Brangenos e Caw você vai ficar. Rianor e eu vamos... somos treinados para passar despercebidos.

— Leve o cachorro — disse Argantilla. — Bog acharia a dona nos portões de An-Dubnion.

— Ele pode precisar — murmurou Rianor, mas pegou a corda da mão dela.

— *Sempre que me oculto, minha forma escondo.*

Os druidas começaram a murmurar o feitiço. As vestes azuis de Lhiannon se apagaram nas sombras, e Rianor tinha coberto a túnica branca com um manto xadrez de marrons e verdes que se mesclava ao terreno. Conforme sussurravam, Lhiannon sentia que se tornava uma com a noite, até que havia apenas duas sombras seguindo a forma pálida de um grande cão.

— *Não há motivo para temer... ninguém está aqui...*

Apenas os mortos, pensou Lhiannon. Desses, havia uma abundância, deitados com olhos que miravam e membros torcidos de cada lado da linha pela qual os romanos haviam avançado. A carruagem usada por Boudica de modo tão triunfante ainda estava na beira do campo, embora os pôneis tivessem sumido havia muito tempo.

Ela se ajoelhou ao lado do cachorro.

— Encontre Boudica, Bogle... encontre-a. Encontre Boudica agora...

O cão soltou um gemido ansioso, olhando em torno como se esperasse que a rainha reaparecesse, então começou a farejar o chão. Pela primeira vez, Lhiannon sentiu uma centelha de esperança.

Com o cão como guia, não precisavam identificar cada corpo, embora não pudessem evitar encontrar alguns que conheciam – Mandos, ainda segurando a amada espada, e Tingetorix, esmagado debaixo do cavalo; Brocagnos e Drostac, vizinhos na morte como tinham sido em vida. Espantosamente, alguns ainda viviam. Kitto, o filho do fazendeiro, fora derrubado com um golpe na cabeça e estava voltando à consciência quando o encontraram. Lhiannon o manteve consigo enquanto seguiam.

Ela achava difícil acreditar que Bogle conseguiria distinguir qualquer cheiro acima do fedor dominante de sangue, mas o cão continuou a seguir entre os corpos, e, quando Lhiannon reconheceu Eoc, soube que Bogle os guiava bem.

— Os deuses o recompensam... sei que a defendeu — murmurou a sacerdotisa, curvando-se para fechar os olhos que miravam.

Segurando a coleira de Bogle em uma mão e o braço de Kitto na outra, ela seguiu.

— Aqui — ela disse baixo quando o cão fez uma pausa, gemendo.

Diante deles os mortos estavam em uma pilha alta, romanos misturados a britões. Ela amarrou o cão na perna de um homem morto e começou, com Kitto, a arrastar os corpos frios para os dois lados.

Encontraram Bituitos primeiro, a cota de malha aberta e uma grande ferida no peito, e, bem ao lado dele, Boudica, amontoada sobre o corpo da filha no centro de um círculo de matança. Rigana estava bem morta, mas, quando Lhiannon pegou Boudica gentilmente nos braços, Bogle avançou com um latido abafado e começou a lamber o sangue no rosto dela.

— Quieto, Bogle, volte, desça! — Lhiannon sussurrou com um olhar frenético na direção das tochas dos romanos. O cão se agachou, balançando o rabo. Por um momento Lhiannon olhou, então apertou o dedo no ponto de pulso no pescoço da rainha. Não sabia dizer se o que sentiu era uma batida de coração ou seu próprio tremor. Mas tinha tocado carne morta o suficiente naquela noite para perceber que Boudica não estava exatamente fria.

— Deusa abençoada, ela está viva! Rápido, Rianor, ajude-me a levantá-la.

Kitto pegou o corpo de Rigana, e, movendo-se com cuidado infinito, seguiram na direção da colina. Precisaram se jogar no chão duas vezes quando buscadores romanos chegaram perto demais, mas a própria magnitude do desastre jogava a favor deles. Até o legionário mais ganancioso precisaria de tempo para vasculhar todos os mortos.

Quando chegaram ao abrigo das primeiras árvores, Lhiannon olhou para trás. Além do bruxuleio das tochas dos romanos, outra figura se movia entre os mortos. Alta e graciosa, um brilho de luz a seguia por onde passava. Ela tocou o ombro de Rianor.

— É uma de nossas mulheres, andando ali?

Ele seguiu o olhar dela, engoliu em seco, e então, muito suavemente, sussurrou o verso final da canção de Brangenos...

A Grande Rainha anda no campo de batalha
E chora pelos mortos,
Ao abraço Dela eles cedem suas almas,
Ela leva embora sua dor.

A Morrigan chora... pensou Lhiannon, e encontrou um conforto amargo ao saber que não sofriam sozinhos.

***

— Ela perdeu muito sangue — disse Brangenos, enquanto deitavam a rainha na colina.

— Perdeu...

O luar esporádico que se filtrava entre as árvores mostrava as feridas nos membros longos de Boudica. Tinham parado de sangrar em sua maioria, mas havia um corte profundo no flanco dela que parecia ruim. Tudo que podiam fazer era enfaixar a ferida e deitá-la, bem agasalhada, em uma liteira de galhos. Lhiannon levantou os olhos quando Caw voltou pelas árvores.

— Os romanos estão vasculhando a leste e sul, pela estrada. Não podemos seguir por aquele caminho.

— Cacei por todas essas colinas. — Kitto falou das sombras onde ele e Argantilla estiveram cavando uma cova rasa para Rigana. — Posso levá-los para além do forte romano e para o oeste deste cume. Dali podemos ir até a fazenda de meu pai.

Parecia que a Deusa não os tinha abandonado completamente. Pela primeira vez, Lhiannon ousou ter esperanças de que pudessem escapar. Para o quê, era uma questão para outro dia.

***

Para Boudica, a consciência voltou em uma onda de agonia. Estava deitada em algo que pulava e balançava; cada momento enviava agonia sacudindo cada membro. Ela respirou tremendo, sentiu abaixo das costelas uma dor tão profunda que nem sequer conseguia gritar. O movimento parou e algo doce foi forçado por entre seus lábios. Ela reconheceu o gosto de sementes de papoula no mel e no mesmo instante não sabia mais de nada.

Quando se viu desperta de novo, pensou que estivesse no barco que a levara para Avalon. Mas Prasutagos estava ao lado dela, a pele bronzeada e o cabelo dourado claro por causa do sol.

— *Eu o vi em sua pira. Estou morta também?*

O coração dela saltou quando ele sorriu.

— *Ainda não, meu amor. Ainda tem um caminho a seguir.*

O rosto dele começou a desaparecer quando o movimento abaixo dela aumentou. Ela se prendeu à sua visão, tentando ignorar a agonia atormentadora persistente.

— *Não me deixe novamente!* — o espírito dela gritou.

A escuridão girava entre eles, mas ela ouviu a voz dele, como havia ouvido através da dor tanto tempo atrás.

— *Boudica, estou aqui...*

Na vez seguinte em que acordou, estava deitada na sombra em algo macio que não se mexia. Vozes conhecidas murmuravam por perto. Ela deve ter feito algum som, pois o rosto de Argantilla entrou no campo de visão acima dela.

— Mãe! Está acordada! Como está se sentindo?

Como se preferisse ser chicoteada de novo, e fraca como um filhote de um dia, ela pensou, percebendo naquele momento quantos lugares doíam.

— Melhor por vê-la — ela disse em voz alta. — Onde estamos? — ela completou, enquanto Tilla conseguiu dar um sorriso aguado.

— Na fazenda de Kitto. Eles vêm sendo bondosos. — A menina parou, engolindo em seco. — Rigana...

— Está morta. Eu a vi cair. Era o que ela queria.

Era o que eu queria, também... Boudica não deixou aquele conhecimento alterar seu sorriso. Teria sido melhor se tivesse morrido no campo de batalha. Ela era um perigo para todos eles. Mas Lhiannon jamais daria o golpe de misericórdia nela agora.

Ela descobriu que conseguia se lembrar da batalha claramente, e se perguntou se o trauma da carne havia de algum modo a insulado do terror, ou se a magnitude do desastre a ajudara a aguentar a dor do corpo.

Argantilla se moveu para o lado e ela viu Lhiannon, o rosto magro e os olhos escurecidos pela fadiga. Com eficiência gentil, a sacerdotisa tomou seu pulso e sentiu a temperatura em sua testa.

— Você tem um pouco de febre, mas conseguimos limpar e costurar seus ferimentos enquanto estava inconsciente, e eles parecem estar indo bem. Descanse enquanto pode. Os romanos estão vasculhando. Não podemos ficar aqui por muito tempo.

— Há cavalos? — perguntou Boudica.

— Podemos consegui-los. Podemos fazer uma liteira de cavalo, imagino... — disse Lhiannon, em dúvida.

— Amarre-me na sela. Se eu cair, amarre-me sobre ela. Se eu morrer, enterrem-me como fizeram com Rigana — ela disse sem rodeios. — Se estiverem em perigo de serem capturados, cortem minha garganta e corram. Não serei arrastada em correntes pelas ruas de Roma.

Lhiannon apertou os lábios, e ela tocou a testa de Boudica mais uma vez.

— Não vou permitir que morra. Estamos fazendo sopa. Precisa beber o quanto puder para fortalecer seu sangue. Vamos ficar aqui o máximo que pudermos.

***

A estrada romana estava fechada para eles agora. Kitto os guiara pelas trilhas sinuosas e caminhos abertos pelo gado até a fazenda do tio, que por sua vez os passara para um irmão de criação, e assim, guiados de um amigo até o outro, eles atravessaram as terras dos cornóvios e dóbunos na direção de Avalon.

O campo estava cheio de rumores. Dizia-se que o comandante da legião em Isca, sabendo da grande vitória que seu medo impedira seus soldados de compartilhar, caíra sobre a espada. Se fosse assim, pensou Lhiannon, amargamente, aquele era o único oficial romano que tinham conseguido matar. O resto deles estava vigorosamente vivo, matando qualquer um que suspeitassem ter simpatia pela Rainha Matadora.

Mas os romanos ainda não tinham começado a olhar para o oeste. A maioria do exército de Boudica viera do sul e do leste, e eram eles os alvos da raiva das legiões. Os icenos que haviam voltado para casa logo poderiam desejar ter morrido no campo de batalha.

Os fugitivos viajavam lentamente por caminhos escondidos, e não encontraram patrulhas. Conforme seguiam, Boudica parecia ficar mais forte. Os ferimentos dela estavam começando a fechar. Mas, embora ela nunca reclamasse, quando paravam a cada noite, ela caía imediatamente em um sono exausto, e sua cor alternava entre corada e pálida.

Quando chegarmos a Avalon ela poderá descansar, pensou Lhiannon. *Vou deixá-la bem.*

A velha lua havia sumido e começava a inchar até ficar cheia novamente quando desceram as encostas do sul das Colinas de Chumbo e viram o cume pontudo do Tor do outro lado dos pântanos.

***

E assim, depois de tudo, estou de volta a Avalon, pensou Boudica.

Eles a tinham levado ao bosque de macieiras para que ela pudesse desfrutar da paz de sonho da tarde. Desejou que pudesse acreditar que tudo que havia acontecido desde que ela e Lhiannon partiram daquele lugar tinha sido um pesadelo. Mas isso teria sido perder Prasutagos. Ela não contou a Lhiannon, que trabalhava tão duro para que ela vivesse, que ele a visitava nos sonhos.

A luz do sol lantejoulava a grama debaixo das macieiras que cresciam abaixo da Fonte de Sangue. Em Avalon, o mundo parecia muito bonito. Mas em sua terra natal as coisas poderiam estar de outro modo. Tinha sido covardia fugir do que os romanos fariam com os icenos agora? Com o pensamento, Boudica começou a se levantar, e uma onda de angústia caiu sobre ela de novo.

As feridas em suas pernas e seus braços estavam cicatrizando, mas havia algo muito errado por dentro. Talvez a decisão de viver não fosse dela. *E por que estava surpresa?*, perguntou-se quando a escuridão recuou e ela foi capaz de se concentrar de novo nas folhas. Alguns destinos não podiam ser evitados – perder o filho, perder Prasutagos, perder a batalha pela Britânia...

Deusa, por que me traíste? Os olhos dela arderam com lágrimas de raiva. *Tu me prometeste vitória...* Mas, desde Manduessedum, o lugar na mente de Boudica onde estivera a Morrigan estava vazio. Talvez o que ela achava que fosse a Senhora dos Corvos não tivesse sido mais que uma ilusão nascida de sua própria raiva, e houvesse sido ela mesma quem traíra eles todos...

***

— Bituitos, cuidado! — O grito de Boudica despertou Lhiannon, o coração disparado. — São tantos, malditos sejam... não consigo passar pelos escudos deles!

Desde Manduessedum, a sacerdotisa tinha aprendido a dormir levemente, alerta para os primeiros murmúrios que significavam que a febre de Boudica estava subindo de novo. Brangenos ajudava a trocar os curativos dos ferimentos dela, e Coventa ou Argantilla podiam zelar por ela durante o dia, mas durante as noites Lhiannon lutava pela vida de Boudica com tanta ferocidade quanto a rainha tinha enfrentado Roma.

A luz da lamparina a óleo mostrava a ela que Boudica se debatia como se segurasse uma espada. Na cabana que dividiam, dois passos a levavam ao lado da paciente. Ela molhou um pano em água gelada e o colocou na testa fervente da rainha. Bogle, que tinha se levantado quando ela levantara, pousou a cabeça sobre o travesseiro.

— Quieta, fique calma, minha querida. A batalha acabou. Você está segura comigo agora... — Lhiannon achou que era por volta da meia-noite – ela poderia deixar a paciente beber chá de casca de salgueiro com segurança. — Acorde agora... abra os olhos e vou lhe dar algo para deixar isso melhor.

Ela segurou o copo nos lábios de Boudica e a rainha engoliu. Suas pálpebras bateram e ela bebeu de novo.

— Malditos sejam todos os romanos... — ela sussurrou enquanto Lhiannon descia as costas dela. — Lutei com eles o dia inteiro, não deveria precisar fazer tudo de novo.

Ela pousou a mão sobre a cabeça do cachorro.

— Deixe para lá, querida. Por fim as memórias vão se dissipar. Leva tempo para que os mortos nos deixem — disse Lhiannon. — No começo nós os vemos em todo lugar. Mas, conforme o tempo passa e o mundo é mudado, eles se retiram, e nós seguimos.

— Nem sempre — respondeu Boudica. — E não é tudo pesadelo. Prasutagos está comigo o tempo todo. — Ela parou. — Desculpe, sei que não gosta de me ouvir falar dele.

— Ele era um bom homem — respondeu Lhiannon brevemente. — Mas ele está morto, e você precisa pensar em ficar bem.

— Talvez — Boudica suspirou. — Quando estivemos aqui antes, você encontrou o caminho para o País das Fadas, e eu não consegui segui-la. Mas acho que, para onde estou indo agora, você me seguirá um dia.

Boudica sempre fora uma mulher forte, com bons músculos na estrutura alta. Com o tempo e os partos, tinha até ficado matronal, até perder aquela maciez durante a campanha. Mas agora, rígidos sob a luz da lamparina, os bons ossos do rosto dela se destacavam claramente. O estômago de Lhiannon se apertou ao reconhecer como a febre estava consumindo as carnes dela.

— Ainda pode ir para lá — Lhiannon disse com desespero, tentando negar o que tinha acabado de ver. — A rainha das fadas poderia curá-la, ou mantê-la viva até...

— Até nada — Boudica interrompeu. — Vida eterna e imutável, sem nunca encontrar quem você amou, sem nunca ficar mais sábio, sem nunca voltar para este mundo para viver de novo?

Lhiannon se encolheu, ouvindo de Boudica o mesmo argumento que ela própria tinha oferecido à rainha das fadas.

— Desejaria isso para você mesma, Lhiannon? Por que iria querer isso para mim?

— Nunca mais ver Prasutagos, você diz? — Lhiannon perguntou, com amargura. — Mas, quando ele estava morrendo, não o teria levado para qualquer lugar onde ele pudesse viver um pouco mais, se tivesse a oportunidade?

— Prasutagos era meu — Boudica ficou em silêncio, olhos arregalados ao mirar o olhar de Lhiannon.

Agora você entende?, pensou a sacerdotisa. *Agora você entende que eu te amo?*

— Ele era seu marido — ela disse em voz alta. — Não tentei separá-los enquanto ele estava vivo. Mas não vou deixar que ele a arraste para a morte se há algum jeito de salvá-la. Maldição, Boudica — ela completou subitamente —, você *quer* morrer?

— Não no momento, não — a outra mulher disse honestamente. — Também não queria ir para a batalha, mas, quando chegou a hora, eu fui. Admito que é mais fácil quando mil guerreiros estão uivando por sangue ao seu redor. É difícil passar por aquela porta sozinha. Prasutagos precisava fazer isso, e eu precisava ajudá-lo. Mas você não vai me ajudar... Dói, Lhiannon — Boudica então disse. — Vai me condenar a viver em agonia?

— Aposto que dói — a sacerdotisa respondeu, com sarcasmo. — Você sempre teve a constituição de um de seus pôneis. A não ser quando deu à luz, já conheceu dor? Você viveu suavemente por dezessete anos e então passou três meses em campanha. O que sabe da batalha longa que esgota a alma?

Boudica se encolheu enquanto cada palavra mordaz atingia o alvo. Bogle esticou os membros compridos e começou a olhar de uma mulher para a outra com olhos ansiosos. Uma vida de angústia que a sacerdotisa não sabia que estivera segurando jorrava, e ela não conseguia estancar o fluxo até que tivesse acabado.

— Você perdeu uma batalha... precisei gastar toda a minha força em magia sem frutos e ver nossos guerreiros morrendo repetidamente. Fracassar e morrer é difícil, mas é ainda mais difícil fracassar e seguir lutando, sabendo que provavelmente vai perder!

Boudica chorava em silêncio. Lhiannon sentiu-se subitamente doente e velha. O ódio que sentia pelos romanos era uma coisa brilhante, limpa, uma raiva justificada. O que ela e Boudica faziam uma com a outra agora era o lado da sombra do amor.

No entanto, mesmo fraca como estava, a rainha ainda não estava derrotada. Depois de alguns momentos, ela respirou fundo e fixou na sacerdotisa um olhar que tinha comandado um exército.

— E as coisas que *você* não ousou? — ela perguntou. — Quando cheguei a Mona, seu maior desejo era servir como Oráculo... ao menos — os lábios dela estremeceram — quando não estava sonhando em se deitar nos braços de Ardanos. Helve está morta, e você é nossa grã-sacerdotisa aqui. Por que não aproveitou a oportunidade para seguir o caminho do espírito?

Não era justo, pensou Lhiannon, usar o que tinham compartilhado contra ela, mas estavam as duas desesperadas agora. O que feria tanto era a verdade nas palavras de Boudica. Em Eriu, tinha aprendido a buscar iluminação privando os sentidos em um quarto escurecido, como fazer divinação pelo toque, e como a poesia poderia levar a mente além da razão no salto intuitivo que traz a verdade. No entanto, desde que viajara com Caratac, ela não usara magia para fazer nenhuma pergunta com cuja resposta se importasse.

Eu me afastei do êxtase da carne e também do espírito, ela percebeu.

— E se eu fizer isso... — ela disse lentamente —, se eu for buscar as respostas que temo, vai lutar para viver?

Dessa vez, ela notou de modo amargo, o retraimento de Boudica não veio de dor física.

— Vou lutar — a rainha disse com uma súbita resolução sombria — se, quando você ficar entre os mundos, permitir que a questione.

Houve um longo silêncio. Bogle, sentindo que a briga havia acabado, deu um suspiro ventoso e se esticou no chão.

— Sinto muito, Lhiannon, por tudo — disse Boudica nesse momento. — Gostaria que jamais tivesse voltado de Eriu.

— Eu não.

No vazio que sua fúria tinha deixado, Lhiannon observou algo que poderia ser paz. Isso, também, ela pensou de um jeito entorpecido, era o presente de Morrigan.

— Teria me arrependido para sempre se não tivesse dividido esta batalha final com você.

— Então é melhor me dar mais de sua poção mágica...

Subitamente, Boudica ficou muito pálida.

Conforme os olhos da rainha se fecharam, Lhiannon se curvou sobre ela num desespero súbito, mas Boudica ainda respirava. Por que haviam desperdiçado aquele tempo ferindo uma à outra, pensou a sacerdotisa, com desespero, quando isso podia ser tudo que tinham?

***

Lhiannon observou Boudica com cautela enquanto ajeitavam a liteira dela ao lado do fogo, muito ansiosa pela amiga para temer por si mesma. A febre da rainha tinha subido. Ela observava com olhos que estavam brilhantes demais enquanto Lhiannon tomava seu lugar no banco de três pernas que Caw fizera para o ritual.

Você me forçou a sentar aqui, Lhiannon disse em silêncio. *Que resposta pavorosa vai exigir de mim?* Por um longo momento, elas se olharam nos olhos, então Boudica levantou uma mão como um guerreiro saúda outro que vai enfrentar o inimigo.

A bebida sagrada queimava no estômago de Lhiannon, a guirlanda presa em sua testa. O dedo doía onde ela o havia espetado para adicionar sangue à água na vasilha de bênção. As respostas sempre vinham mais facilmente quando a necessidade impelia a questão, e os deuses sabiam que precisavam de sabedoria ali.

Tinham se reunido para o rito ao pé do Tor, entre a Fonte de Sangue e a Fonte de Leite. Até mesmo ali ela sentia a energia que espiralava da colina, e soube que ela a levaria longe e rápido. Conforme puxou o véu para baixo, Lhiannon sentiu a consciência começando a mudar, e reprimiu um temor de medo.

> *Como é suave o ar noturno,*
> *O pôr do sol embeleza o mundo,*
> *A paz abençoando tudo...*

O poente havia deixado o mundo em sombras frescas debaixo de um punhado de estrelas. Apesar de sua ansiedade, aquela paz a deixava melhor enquanto Brangenos cantava as palavras conhecidas.

> *Agora, enquanto morre o dia,*
> *Nossa estrada, raio de luz do fim,*
> *Entre os mundos encontraremos a via...*

Lhiannon sentiu que caía, embora o corpo permanecesse posicionado no banquinho. Como se de uma grande distância, ouviu Brangenos gritar.

— Filhos de Don, por que vieram aqui?

— Buscamos a bênção da Deusa — responderam os outros.

— Então a chamem!

Os muitos nomes pelos quais as tribos chamavam suas deusas soaram pelo ar parado, uma miríade de partes construindo um todo maior.

Lhiannon sentiu a identidade vacilar como se estivesse de pé em um vento forte. E então a voz de Boudica se ergueu acima das outras...

— Cathubodva, eu Te invoco! Senhora dos Corvos, tu nos trouxeste até este ponto. Dá-nos teu conselho agora!

Lhiannon tentou balançar a cabeça em negação. De todos os rostos que a Deusa podia usar, aquele certamente não era o que precisavam agora! Mas as asas negras dela já batiam em sua consciência e a levavam embora.

De uma grande distância, ela tinha consciência de que se endireitava, colocava os ombros para a frente e para trás, esticava os braços com um riso baixo enquanto a Morrigan entrava.

— Este cavalo não é tão forte quanto o outro, mas vai servir para sua necessidade. O que quer Me perguntar?

Houve um silêncio desconfortável, como se os espectadores, tendo convocado a Deusa, agora se arrependessem. O primeiro a recuperar a compostura foi Caw.

— Senhora, quando as retaliações romanas vão terminar? Quando poderei levar Argantilla para casa?

Houve outro silêncio. Lhiannon tremeu, sentindo a diversão da Morrigan declinar. O que tomou seu lugar foi dor.

— Não verei um mundo que me será caro — a Deusa lamentou. — Uma primavera sem semeadura, um outono sem colheita, mulheres mortas em suas casas e os homens no campo. Danatobrigos queima, e as muralhas de Teutodunon foram derrubadas. Mars Ultor assola a terra, vingando aqueles que queimaram nas cidades romanas.

Brangenos limpou a garganta.

— Há esperança para nós, Grande Rainha? Como vamos sobreviver?

— Nem mesmo os deuses conseguem combater a necessidade — a Deusa respondeu. — Sangue alimenta a terra, carne alimenta os corvos, e você alimenta o povo, ó filho do corvo, com suas canções. — O druida se encolheu com o riso duro da Morrigan.

— Hoje vocês britões caem, mas um dia será a vez dos romanos, e, quando as legiões partirem, suas histórias e seu sangue ainda estarão aqui. Vão cair repetidamente, mas algo sempre sobrevive. Vocês não estavam errados em guerrear... forçaram seus conquistadores a respeitá-los. Agora precisam dobrar-se aos ventos, usando a inteligência para tirar o que conseguirem.

Era o que Ardanos tinha dito, e Lhiannon não gostava mais daquilo ao saber que a Morrigan concordava.

— O sangue de meus mil já alimentou o campo de Manduessedum — gritou Boudica. — O que posso oferecer para salvar os que restam?

— O seu próprio...

A resposta caiu no silêncio como uma pedra. Naquele lugar oculto em que seu espírito se escondia, Lhiannon começou a chorar enquanto a Deusa usava seus lábios para pronunciar a condenação de Boudica.

— Seu próprio juramento a obriga. O sangue de um governante é o sacrifício final.

Argantilla deu voz ao protesto que o coração de Lhiannon gritava, mas o grito da Morrigan era mais alto.

— Você não entende, nem agora? Sou o gemido do guerreiro moribundo e o grito daquele que o mata; sou o berro da mulher no parto e o primeiro choro de seu bebê. Sinta minha fúria, pois sem equilíbrio vai destruir o mundo. Seu povo só pode renascer do Caldeirão de Dagdevos!

***

O Caldeirão era a Fonte de Sangue.

Lhiannon não podia negar as palavras que tinham saído de sua própria boca, embora tivesse preferido costurar os lábios fechados a dizê-las. Dessa vez lhe fora permitido lembrar não apenas do que a Morrigan havia dito, mas das emoções por trás disso, uma efusão de amor e dor. Mas, ao dar voz à Deusa, tinha feito tudo o que podia suportar. Então foi a calma disciplinada de Brangenos que os liderou enquanto se preparavam para o ritual.

Em silêncio congelado, Lhiannon seguiu a liteira de Boudica enquanto Caw e Rianor a levavam para a lagoa. Havia luz demais, ela pensou quando a colocaram no chão. O brilho do sol na água feria seus olhos. O cabelo de Boudica flamejava sobre o travesseiro, seu rosto parecia aceso por dentro.

Ela parece estar tão em paz, pensou a sacerdotisa, em desespero. A rainha parecia como era antes da batalha, todas as suas forças concentradas em um único objetivo. *Talvez*, pensou a sacerdotisa, *seja eu quem leve o medo dela...* Mas se aquilo era punição da Morrigan ou sua misericórdia, ela não sabia.

Coventa pegou o braço dela e a ajudou a sentar. Caw tinha ido para seu lugar ao lado de Argantilla, e os dois druidas estavam juntos perto.

— Tilla — a rainha disse em voz baixa. — Venha até aqui, querida, e me escute. Queria tanto poder ficar com você. Acho que você e Caw terão filhos lindos. Ainda não pode voltar para Danatobrigos, mas, se os deuses aceitarem minha oferenda, pode ser seguro um dia.

— Precisa levar o torque com você.

Ela se curvou, para que a filha pudesse girar os fios de ouro torcidos que formavam o colar. Eles não queriam ceder, e por fim Brangenos precisou colocar o punhal debaixo de uma das pontas e cortar.

— Talvez seja bom — disse a rainha quando Argantilla sentou-se com os dois pedaços na mão. — Acho que vai demorar muito tempo até que um príncipe do nosso povo use um torque assim de novo. Mas deveria ir para casa. Enterre-o em terra icena, e meu espírito irá com ele para cuidar de você.

— Vamos construir um monte sobre ele e nosso povo trará oferendas em sua honra! — disse a menina, com fervor.

— Não! — gritou a rainha. — Se fizer isso, os romanos vão encontrá-lo, e encontrarão você! O local e a maneira de minha morte devem permanecer um mistério. Esconda o torque em um lugar secreto que ninguém conhece... Mas faça minha pira no alto do Tor, e o vento vai levar minhas cinzas através da terra. Fiz um juramento aos icenos, mas lutei por toda a Britânia.

Caratac também, pensou Lhiannon, mas ele havia recusado o sacrifício final. Se ele tivesse oferecido o sangue dele naquela última batalha, Boudica precisaria fazer isso agora?

Por um longo momento a rainha aninhou a cabeça loura da menina contra o peito. Então a mão dela caiu. Argantilla se endireitou, chorando, e Caw a tomou nos braços.

— Lhiannon — Boudica então sussurrou, e a sacerdotisa forçou os membros a levá-la para o lado da rainha. — Nós fizemos um acordo. Você cumpriu sua parte. Peço que agora me liberte da minha.

— A Deusa a absolveu — Lhiannon disse, rigidamente. — Não precisa de nenhuma permissão minha.

Boudica balançou a cabeça com um pequeno sorriso.

— Não... apenas do perdão. Minha querida, você foi melhor para mim do que mereci. Eu deixo a você o meu amor...

Mas ainda assim me deixa... pensou Lhiannon, quando os olhos delas se encontraram.

— Fazemos o que precisamos — ela disse em voz alta.

Preciso deixar você ir, mas não vou consentir com isso, e vai levar muito tempo até que eu perdoe os deuses.

Boudica se esticou, e pela última vez Lhiannon a tomou nos braços, o coração retorcido de novo ao perceber como a figura debaixo da túnica branca tinha ficado magra. Conforme ela a soltou, Boudica suspirou profundamente e seus olhos se fecharam.

— Senhora, como está indo? — Brangenos perguntou depois que alguns momentos tinham se passado.

— Eu me sinto muito leve. — A voz de Boudica tinha espanto. — E não há dor. Acho que é melhor agir logo, ou irei com meu trabalho incompleto.

— As exigências do ritual são claras — Brangenos disse em voz baixa. — O sangue do governante precisa ser derramado. Pode ser uma oferenda voluntária. A água que vem da fonte vai levá-lo para a terra.

— Então que assim seja...

A rainha estendeu um braço, depois o outro, e, com um golpe rápido, passou a faca afiada longitudinalmente sobre as veias. O sangue jorrou vermelho sobre a pele branca, espiralando para baixo para cair nas pedras.

— Agora, me coloquem na lagoa.

***

— Contemplai o Caldeirão dos Poderosos.

A voz do druida parecia vir de longe.

Boudica se encolheu quando a liteira foi levantada e manobrada para baixo dos degraus que entravam na lagoa. Os braços dela ardiam onde a faca havia cortado, mas, em comparação com o que tinha suportado por tanto tempo, mal reconhecia a sensação como dor. Ela sangrava livremente, já zonza enquanto a força deixava seus membros. O sangue dela florescia em uma nuvem carmim através da água com gosto de ferro, fluindo para a frente pelo canal onde ela deixava a lagoa, espalhando-se como uma névoa de luz.

Ela esperava ouvir a voz da Deusa por dentro mais uma vez, mas ao menos Ela havia falado por meio de Lhiannon. *Se for permitido*, Boudica enviou um último pensamento para a amiga, *virei para você como Prasutagos veio para mim...*

— Que as águas te recebam... — A voz de Brangenos estremeceu. — Esse é o Caldeirão de Dagdevos, no qual renascerás.

Senhora dos Corvos, a rainha completou em silêncio, *eu sou Teu sacrifício.*

— *Boudica* — veio a resposta —, *você é Minha vitória.*

As águas frias se fecharam sobre ela e a levaram embora.

***

... E ela estava em Outro Lugar, de pé nua no riacho corrente, inteira, forte, e não o eu que conhecera.

Com um choque de reconhecimento, Boudica entendeu que era uma só com a Morrigan. Em puro alívio, Ela jogou a cabeça para trás e riu, e, como um eco, ouviu um riso profundo em resposta. Ele estava na margem, louro e robusto, inclinado sobre a clava, a outra arma Dele fazendo uma tenda na túnica absurdamente curta que Ele usava.

— Dagdevos — Ela o desafiou.

E a parte Dela que era Boudica reconheceu Prasutagos sorrindo através dos olhos do deus.

Ela pegou água e jogou entre as coxas, o toque enviando um formigamento por Sua pele. Ela olhou para Ele de novo. Ele tinha tirado a túnica e colocado a clava de lado. Ereto e pronto, Ele entrou na água, plantou os pés no leito do rio e a puxou para Seus braços.

— Agora é a hora de nossa união — a voz grave dele ressoou contra o cabelo Dela. — Que Sua raiva seja satisfeita. Liberte os corvos e torne-se o pombo, e deixe a destruição terminar. Aceite a oferta da mulher.

Ele a levantou e Ela balançou a perna para segurá-lo, dando e tomando. A paixão Dela despertando o poder Dele, a paz Dele transmutando a raiva Dela em amor, até que estremecessem por fim ao equilíbrio.

E, enquanto as águas da fonte sagrada levavam o sangue da rainha para a terra da Britânia, o poder que fluía de Avalon começou sua cura.

EPÍLOGO

Lhiannon fala

A ESCURIDÃO CAIU, E O VENTO GEME NOS GALHOS NUS COMO os cães de Boudica. Nesta estação, a Morrigan cavalga, mas não dou boas-vindas a Ela. Desde que nossa comunidade foi estabelecida em Vernemeton, a Deusa falou através de mim muitas vezes, mas nunca mais abri minha alma para a Senhora dos Corvos.

E, no entanto, Ela falou a verdade. Depois que Boudica morreu, mandei trazerem Caillean de Eriu. Vivemos por um tempo em uma torre de pedras na costa do norte, mas até mesmo naquele lugar solitário ouvi rumores sobre o horror que se seguiu à batalha de Manduessedum. O governador Paulinus tentou restaurar sua honra perdida com fogo e espada, e no verão seguinte mal sobrou uma fazenda em pé nas terras dos icenos. No entanto, o procurador que substituiu Decianus Catus entendeu que os crimes dos romanos tinham levado as pessoas ao desespero, e parou o governador antes que ele destruísse a Britânia. E gradualmente a paz começou a voltar.

Mesmo agora boa parte do reino de Boudica segue desolada. Mas Argantilla e Caw por fim voltaram, e construíram uma casa perto de onde um dia ficou Danatobrigos, onde vivem do solo. Os romanos reconstruíram suas cidades destroçadas. Camulodunon, Londinium e Verulamium estão maiores do que nunca, e, como Caratac temia, os filhos de nossos chefes estão aprendendo latim e tornando-se cidadãos.

Na primavera seguinte, as sacerdotisas deixadas grávidas pelo estupro dos romanos deram à luz seus bastardos. Algumas das meninas foram afogadas, mas os meninos foram reivindicados pela Sociedade dos Corvos. Coventa deu à luz um menino como tinha sonhado, e morreu no parto. Bendeigid o criou como se fosse seu.

Nos anos depois do ataque a Mona, Ardanos viajou incessantemente pela Britânia, visitando aqueles da nossa Ordem que sobreviveram, e em tempo se revelou para alguns dos romanos mais liberais, tornando-se aliado deles. Eu me pergunto se eles perceberam o rebelde que ele foi quando era jovem. A Deusa sabe que ele é um modelo do que um sacerdote de um povo conquistado deveria ser hoje.

Imagino que a submissão dele tenha sido justificada. Quatro anos depois que incendiaram Lys Deru, ele recebeu permissão para estabelecer uma comunidade em Vernemeton, onde nossas sacerdotisas pudessem viver isoladas do mundo. Os romanos parecem ter se esquecido das fúrias de túnicas escuras que os aterrorizaram na costa de Mona, e pensam que somos parecidas com as vestais deles.

Os sacerdotes escolheram, como Ardanos pediu a eles, e me tornaram grã-sacerdotisa, como a senhora Mearan um dia previu. Alguns dias, eu mesma acho difícil me lembrar de como isso aconteceu. Mas imagino que a Deusa aprove, pois envelheci no cargo. Caillean se tornou uma sacerdotisa tão boa quanto qualquer uma que já tivemos em Mona, embora eu não ache que o Conselho de Druidas vá aceitá-la como minha sucessora. Ela pensa por si mesma e isso nunca é popular entre os homens.

Nunca mais voltei a Avalon, e agora não tenho forças para fazer a viagem, mesmo se quisesse. Embora Caillean me ame demais para admitir, acho que logo vou encontrar o caminho para seguir Boudica. Confio que ela tenha me perdoado por tentar segurá-la, como eu a perdoei por me deixar. Eu fiz o que podia para preservar a fé do nosso povo, embora houvesse momentos em que eu mesma não tinha nenhuma. Nossos costumes não se perderão.

A procissão que acompanha a Égua Branca está chegando, mas a canção do vento é mais alta que as vozes deles. O vento levou as cinzas de Boudica através da Britânia. Nosso povo não fala o nome dela onde romanos possam ouvir, mas ela é lembrada.

Roma não dará a nossas mulheres a mesma liberdade que fora permitida a nossos homens. Mas um dia uma mulher se ergueu contra o poder de Roma, e, por um verão brilhante e terrível, teve a vitória.

POSFÁCIO

Quando a saúde de Marion Zimmer Bradley começou a minguar durante a escrita de *A casa da floresta*, ela me pediu ajuda para terminar o livro. A invenção de Marion da Sociedade dos Corvos, uma sociedade secreta de filhos de sacerdotisas druidas estupradas por soldados romanos durante o ataque à Ilha de Mona, colocava o romance firmemente no fim do primeiro século. Mas a história de *A casa da floresta* oferecia possibilidades ainda mais sedutoras, incluindo a conquista romana da Britânia e a rebelião liderada pela rainha Boudica, e Marion e eu prometemos uma à outra que abordaríamos aquela história um dia.

Neste livro, tive a oportunidade de fazer isso por fim. No processo, lutei com uma série de problemas que o escritor de fantasia normalmente é livre para ignorar. Não importa o quanto Boudica lutasse com coragem, ou o poder com que os druidas fizessem sua magia, a história nos diz que eles fracassaram, como outras pessoas boas e corajosas fracassaram ao longo dos séculos, ou, ainda pior, no processo de resistência, cometeram os mesmos tipos de crimes que seus inimigos.

Por que os deuses permitem tais injustiças? O destino pode obliterar tanto a virtude quanto o livre-arbítrio? Não finjo ter resolvido problemas com os quais os humanos vêm lutando ao longo da história. Só posso esperar que o livro faça com que você, assim como fez comigo, passe algum tempo pensando nessas questões.

Os acontecimentos no romance são baseados em evidências históricas e arqueológicas, quando conhecidas. A invasão da Britânia por Cláudio aconteceu no ano 43 d.C. A rebelião de Boudica e o ataque aos druidas ocorreram simultaneamente em algum momento em 60 d.C.

No momento estamos experimentando um renascimento de interesse em Boudica. Biografias recentes incluem aquelas escritas por M. J. Trow, Graham Webster e Vanessa Collingridge. Para uma visão diferente da conquista romana, tente *The Heirs of King Verica*, de Martin Henig. Pesquisando para o livro, também fiz uso de muitos sites dedicados a antiguidades britânicas na internet. Em particular, para o lugar e a sequência da batalha final de Caratac, recorri ao trabalho de Graham J. Morris.

Sou grata à equipe do Sedgeford Historical and Archaeological Research Project (SHARP), especialmente ao dr. Neil Faulkner, por tirar tempo de seus trabalhos para conversar comigo quando visitei os locais que chamo de "Santuário dos Cavalos" e "Danatobrigos". Para informações sobre descobertas na área, veja a produção da BBC *Boudica's Treasure*; o livro *The Sedgeford Hoard,* por Dennis Megan e Neil Faulkner; e o site do SHARP, www.sharp.org.uk. Os detalhes dos projetos de construção de Prasutagos são baseados nos volumes 30 e 53 do East Anglian Archaeology Publication Reports, que descrevem escavações em Norfolk. Quaisquer erros em interpretações são meus.

Se desejar visitar o local (mais provável) da última batalha de Boudica, perto de Mancetter, recomendo o Old House B&B (www.theoldhousebandb.co.uk). O campo de batalha fica do outro lado da A-5, na frente do B&B.

Samhain, 2006